Die Pforte
Die Fänge
Nach Villmark
Das Ruhige Meer
Das Nordmeer
BORSVALL
KIRVAYA
DIE SUNDERLANDS
Styrdalleen
Genzhar
Grenmark
CELDARIA
Der Große Ozean
Âme de la Terre/Elysium
Golf von Urdin
Gipfel
Das Silarrameer
VINDICA
(Altes Engelsland)
Quelbani
Das Maktari-gebirge
MAZABAT
Das Meer der Lieder
Die Stadt der Lüfte
Das Namurische Meer
PATRIA
(Altes Engelsland)

CLAIRE LEGRAND

LICHTBRINGER

DIE EMPIRIUM-TRILOGIE (BAND 3)

Aus dem amerikanischen Englisch von
Alexandra Rak und Ariane Böckler

ARCTIS

Die Originalausgabe erschien 2020 unter dem Titel
Lightbringer – The Empirium Trilogy (Book 3) bei Sourcebooks Fire.

MIX
Papier aus verantwortungsvollen Quellen
FSC® C083411

Deutsche Erstausgabe
1. Auflage

Originally published in the United States by Sourcebooks Fire,
an imprint of Sourcebooks, Inc. www.sourcebooks.com

Übersetzung: Alexandra Rak und Ariane Böckler
Lektorat: Petra Deistler-Kaufmann
Umschlaggestaltung: David Curtis/Shannon Associates
Karte: Michelle McAvoy
Satz: Greiner & Reichel, Köln
Druck und Bindung: CPI books GmbH, Leck
Printed in Germany 2021
ISBN 978-3-03880-034-7

www.arctis-verlag.de

Folgt uns auf Instagram
unter @arctis_verlag

Für meine Mutter,
die mich liebt

EIN UNGEHEUER UND EIN LÜGNER

»Ihr, die ihr für eure geliebten Gefallenen kämpft, für eure verwüstete Heimat, hört mir gut zu: Eines Tages taucht womöglich der Kaiser vor euch auf. Vielleicht ist ihm eure Schönheit ins Auge gefallen, vielleicht lag es auch an eurem Talent oder an eurer Stärke. Er wird euch anlächeln und verführen. Er wird euch umschmeicheln und Versprechungen machen. Traut ihm nicht. Kämpft bis zum letzten Atemzug gegen ihn. Kämpft für diejenigen, die ihr verloren habt. Kämpft für eine Welt, wie sie hätte sein können und vielleicht noch immer werden kann.«

Die Worte des Propheten

Simon kauerte mit dem Messer in der Hand neben dem vereisten Felsen und beobachtete mit hungrigen Augen einen Hasen. Seine Lippen waren vor Kälte aufgesprungen und seine schwieligen, verschorften Füße schmerzten in den abgetragenen Stiefeln.

Das schlaksige weiße Tier war noch nicht ganz ausgewachsen, und Simon wusste, dass mehr Fell an ihm war als ordentliches Fleisch, aber er wusste auch, dass er Hunger hatte und alles verschlingen würde, was er töten konnte.

Darüber hinaus wusste er fast nichts.

Der Hase hielt inne, er war so nah, dass Simon seine Schnurrhaare zucken sah. In stummer Angst starrte er auf die Welt und wartete auf seinen Tod. Um sie herum erstreckte sich die weitläufige Hochebene kilometerweit in der einsamen Kälte und der Morgenschnee glitzerte weiß. Geräuschlos schwebten Flocken vom wolkenverhangenen Himmel. Schon bald würden die richtigen Schneefälle einsetzen. Das wusste Simon. Und der Hase auch.

Und nur einer von beiden würde das erleben.

Der Hase schlich näher. Er hatte den Geruch des Jägers gewittert, seine blasse Nase zitterte, aber er konnte ihn nicht entdecken.

Simon war schon immer gut im Verstecken gewesen, doch seit er vor fast einem Jahr in dieser schrecklichen Einöde gelandet war, hatte er diese Fähigkeit sogar noch perfektioniert.

Der Hase kam noch näher. Simon roch jetzt seinen Moschusduft und spürte die Wärme, die von dem verängstigten Tier ausging. Er machte einen Satz, stürzte sich darauf und schnitt ihm die Kehle durch, bevor es weglaufen konnte.

Er war zu hungrig, um ein Feuer zu machen, deshalb häutete er mit ein paar schnellen Schnitten seine Beute und schlug seine Zähne in die Keulen. Er aß. Und legte dabei sein Messer nicht ab.

Während des letzten Jahres hatte er gelernt, sein Messer niemals abzulegen.

Simon hatte den Hasen gerade halb aufgegessen, Fasern des blutigen Fleisches hingen noch an seinen Zähnen, da hörte er ein Geräusch. Er ließ sein Abendessen fallen und wirbelte herum, entweder würde er töten oder flüchten müssen.

Stattdessen starrte er nur angestrengt durch das Schneegestöber.

Nicht weit von ihm stand eine Gestalt und beobachtete ihn. Simon kniff die Augen zusammen. Es war ein Mann. Er trug einen langen schwarzen, mit Pelz besetzten Mantel. Der Mantel unterstrich die breiten Schultern seines Trägers, hatte einen hochgeschnittenen Kragen und fiel in weichen Falten bis zum Boden, was zu den leicht gewellten schwarzen Haaren des Mannes passte. Er war wunderschön anzusehen, klar und markant hob er sich vor der tristen winterlichen Weite der Hochebene ab, die jetzt Simons Zuhause war.

Die Welt um Simon verstummte. Er hörte weder das entfernte Knacken der sich verschiebenden Eismassen noch die rauen Bergwinde. Er hörte ausschließlich das wilde Klopfen seines eigenen Herzens und die Schritte des Mannes, der auf ihn zukam.

Denn Simon kannte diesen Mann. Einst hatte er ihn gefürchtet, ja sogar gehasst. Aber seit jenen letzten schrecklichen Augenblicken in Âme de la Terre war so viel Zeit vergangen, dass Simon inzwischen sogar der Anblick eines Feindes willkommen war.

Der Mann legte eine behandschuhte Hand auf Simons gebeugten Kopf. Simons Lippen verließ ein leiser, sehnsuchtsvoller Aufschrei. Blind tastete er nach oben, und als er das Handgelenk des Mannes fand, klammerte er sich verzweifelt daran fest.

»Du bist das«, flüsterte er. Er war nicht mehr allein. Eine fast animalische Ekstase überfiel ihn und ein heiseres Lachen drang aus seiner Kehle.

»Ich bin es«, sagte der Engel namens Corien. Er kniete sich hin und betrachtete Simon genau.

Simon erstarrte und verstärkte den Griff um sein Messer. Schwarze Augen, dunkel und unendlich. Augen, wie er sie noch nie gesehen hatte. Er fletschte die Zähne und verlagerte sein Gewicht auf die Fußballen.

Doch Corien lächelte bloß. »Wie heißt du?«

Simons Gedanken wirbelten durcheinander. Vor ihm kniete der Mann, der in sein Land einmarschiert war, der Hunderte seiner Nachbarn und Tausende Celdarier getötet hatte.

Er hatte den Engel vor sich, der in den Geist seines Vaters eingedrungen war und ihn gezwungen hatte, von einem Turm in den Tod zu springen.

Einen ungezügelten Augenblick lang überlegte Simon, ob er sich auf Corien stürzen und ihm genau wie dem Hasen die glatte, weiße Kehle aufschlitzen sollte. Aber Simon hatte gesehen, mit welcher Geschwindigkeit Engel angriffen. Corien würde ihn aufhalten, noch bevor er sein Messer erhoben hätte.

Er könnte wegrennen, aber auch das war undenkbar. Ein ganzes Jahr lang lebte er nun schon allein in dieser Wildnis und war nur noch Haut und Knochen. Ein ganzes Jahr lang hatte er sich ausschließlich mit sich selbst und den Tieren unterhalten.

Vor Zorn traten ihm Tränen in die Augen. »Du weißt, wie ich

heiße, oder nicht?«, flüsterte er wütend. »Kannst du das nicht sehen?«

Daraufhin schwieg Corien so lange, bis sich die Furcht wie eine eisige Hand auf Simons Nacken legte und er sich darauf gefasst machte, doch davonzulaufen. Sich darauf einzustellen, davonzulaufen, war ihm schließlich vertraut.

»Ich kenne dich in der Tat«, sagte Corien leise und leicht irritiert. »Ich kenne dich und doch kenne ich dich nicht.«

Und dann drang plötzlich ein suchender Geist in Simons Gedankenwelt ein, so als würden geschickte Hände die Windungen seines Hirns beiseiteschieben, um nachzusehen, was darunterlag. Obwohl es ihm noch nie widerfahren war, wusste Simon genau, was gerade geschah. In den Monaten vor und nach König Audrics Tod hatten sich in Celdaria schaurige Geschichten verbreitet. Fürchterliche Geschichten über Menschen, die in den Wahnsinn getrieben wurden oder gebrochen in den Ruinen ihrer geplünderten Dörfer zurückgelassen worden waren.

So fühlte es sich also an, wenn ein Engel in einen eindrang.

Während Corien sich durch Simons Gedanken arbeitete, rührte sich der Junge nicht und atmete flach, allerdings zitterte er vor Kälte. Eine Stimme glitt an seinen Ohren vorbei, küsste seinen Nacken und fuhr seine Narben nach. Die Stimme zischte Worte, die Simon nicht verstand, Worte, die immer lauter und schneller wurden, bis es in seinem Kopf unerträglich dröhnte. Es kam ihm vor, als würde er durchgeschüttelt, über einen Abgrund gehalten und hin und her geschleudert, während das ausgehungerte Etwas, das tief unten in diesem Abgrund lebte, jammervoll heulte.

Simon schrie und wollte weglaufen, aber Corien packte ihn an Arm und Kinn und drückte ihn mit seinen behandschuhten Händen auf den Boden. Auf Simon legte sich ein so unglaubliches Gewicht, dass er fürchtete, sein Körper würde bersten. Von einer großen Kraft angezogen, stiegen in seinem Inneren Worte auf. Nicht mehr lange und sie würden überlaufen und wie Insekten davonhuschen, sie würden *Simon*, *Simon*, *Simon* zischen und die Welt verschlingen.

Dann war es endlich still.

Simon keuchte in den Schmutz. Coriens Antlitz wirkte angespannt und zugleich erregt, dort spiegelten sich Gefühle, die Simon nicht zuordnen konnte. Es war schon so lange her, seit er zuletzt ein Gesicht gesehen hatte.

»Ich kenne dich in der Tat«, sagte Corien leise. Seine Worte tropften gleichgültig wie Regen auf Metall; doch Simon spürte jedes einzelne bis in sein Innerstes. »Irgendwie kenne ich dich. Ich sehe, dass du Simon Randell heißt. Du bist neun Jahre alt. Du bist ein Gezeichneter. Oder besser gesagt, du warst einmal ein Gezeichneter, den ich kannte. Deshalb bin ich auch zu dir gekommen. Ich habe in diesen Bergen eine ungewöhnliche Existenz gespürt und bin ihrer langen Spur bis hierher zu dir gefolgt. Gezeichnete gibt es längst keine mehr. Wusstest du das, Simon? Außer mir existiert fast nichts Bedeutendes mehr.«

Coriens dunkler Blick wanderte über Simons Körper, über das dichte Narbengeflecht, das Gesicht und Hände des Jungen überzog. Simon spürte, wie sein Geist driftete und Corien Platz machte. Er biss die Zähne zusammen, versteifte sich. Er würde keine Angst haben. Nein. Er hielt den Atem an.

»Langsam sehe ich mehr«, flüsterte Corien ungerührt. »Deine Reise in die Zukunft hat dir schreckliche Narben zugefügt und hätte dich beinahe getötet. Nein, du warst nicht immer so verunstaltet.« Er lächelte, während der Rest seines schönen, blassen Gesichts ohne jede Regung blieb. »Aber du bist nicht hässlich, nicht wahr Simon? Unter diesen Narben bist du ein recht ansehnliches Geschöpf.«

Simon versuchte, sich aufzusetzen, und als Corien ihm seine behandschuhte Hand auf den Rücken legte, um ihm zu helfen, errötete er. Er straffte seine Schultern und hob sein Kinn, bemüht, sich wie ein Junge zu bewegen. Seine Gedankenwelt kippte und drehte sich. Er befand sich also in einer fernen Zukunft. Irgendein entsetzlicher Instinkt, der in seinem Innern schlummerte, hatte ihn das bereits vermuten lassen. So manche Nacht hatte er sich das zugeflüstert. Aber nun hatte er Gewissheit.

Unzählige Fragen stürmten auf ihn ein. *Wann* genau war diese Zukunft? Wie viel Zeit war zwischen dem Damals und dem Jetzt vergangen? Was war diese Welt? Coriens Augen waren schwarz und Simon konnte nicht länger durch Zeit und Raum reisen, und er fragte sich: Hingen diese seltsamen Gegebenheiten womöglich miteinander zusammen?

Was war aus dem Empirium geworden?

Und warum starrte Corien ihn so forschend an, als würde er etwas in seinem Gesicht lesen, von dem Simon nichts wusste?

Coriens Blick war kalt und undurchdringlich. »Sie ist an meiner Seite gestorben. Ich blutete jahrzehntelang, und selbst als ich wieder gesund wurde, heilte mein Geist nicht. Ist das der Grund, warum ich dich bloß wie einen flüchtigen Schatten wahrnehme und außer deiner großen, gleichwohl dumpfen Angst nahezu nichts höre? Liegt es daran, dass mein Verstand in all den Jahren schlimm zugerichtet wurde, Simon? Simon Randell. Ich kenne dein Gesicht, aber ich weiß nicht, woher. Wer bist du? Für wen kämpfst du?«

»Kämpfen?« Simon schüttelte den Kopf. »Ich kämpfe für niemanden.«

Corien betrachtete ihn noch einen Augenblick länger. »Ach, bedauerlich«, sagte er schließlich, stand auf und wischte sich den Schnee vom Mantel. »Ich bin hierhergekommen, weil ich Hilfe suchte. Offenbar habe ich bloß einen einsamen Jungen gefunden.«

»Warte!«, rief Simon, als Corien sich zum Gehen wandte. Er könnte es nicht ertragen, wieder allein gelassen zu werden. Also kroch er hinter Corien her und griff nach dessen Mantelsaum. Unglücklich wie ein geschlagener Hund rollte Simon sich zu Coriens Füßen zusammen. Als ihm bewusst wurde, was er vorhatte, machte sich in seiner Brust kurz Angst breit, aber Scham empfand er schon lange nicht mehr.

Schließlich hatte er durch Rielles Tod sein Zuhause verloren und war hier gelandet. Ihr Egoismus und ihre Unfähigkeit, ihre Macht zu kontrollieren, hatten die Welt verwüstet und ihn einsam und ohne Magie zurückgelassen.

Simon schob seine Furcht beiseite und klammerte sich an Coriens Arm. Er drückte seine Stirn fest gegen dessen Ärmel, raffte seinen Hass auf die tote Königin und schleuderte ihn auf den Engel vor ihm, damit der endlich erkannte, damit der endlich verstand.

»Ich bin aus Celdaria«, sagte Simon zitternd. »Ich habe Rielles Tochter gesehen. Und ich werde für Euch kämpfen, Mylord.«

Er wartete. Ertrug die schreckliche, schwere Stille, die auf ihm lastete. Obwohl Corien ihn nicht berührte, fühlte Simon eine feste Hand im Nacken.

»Ich hielt sie in der Nacht ihrer Geburt«, fuhr Simon fort und seine Worte sprudelten nun geradezu aus ihm heraus. »Ich bin der Sohn von Königin Rielles Heiler. Er versteckte mich vor Euch. Aber in dieser Nacht hatte ich Angst. Ich sah, wie mein Vater sprang …« Simon spürte einen Kloß im Hals. Er räusperte sich, um ihn wieder loszuwerden. Schon seit Monaten hatte er nicht mehr geweint und jetzt würde er es auch nicht tun.

»Ich sah, wie er hinunterstürzte«, sprach er weiter. »Königin Rielle lag im Sterben, und das Baby, ihre Tochter, war allein. Ich hörte, wie Ihr nach der Königin gebrüllt habt, Mylord – ich sah, wie Ihr auf ihr Licht einschlugt. Und ich wusste nicht, was ich tun sollte, also nahm ich das Baby und versuchte mit ihm an einen sicheren Ort zu reisen. Ich wollte das Mädchen nach Norden bringen, nach Borsvall, wo König Ilmaire sie beschützen konnte. Ich dachte, Königin Rielles Tod würde auch meinen Tod und den Tod des Kindes bedeuten.«

Simon blickte schlotternd nach oben. Durch den Schleier aus Tränen und Schnee konnte er Coriens Gesicht kaum erkennen.

»Aber irgendetwas ging schief. Die Zeit fing mich, Mylord, und hat mich hierhergebracht. Ich lebe nun schon seit Monaten allein. Und konnte niemanden finden. Obwohl ich immer weitergelaufen bin.«

Inzwischen heulte er hemmungslos. Und hasste sich für diese laute Wehklage, die ihn so klein werden ließ, aber jetzt, wo er mit jemandem sprach, den er kannte, jemandem aus der alten Welt, die sein Zuhause war, wusste er, dass er die Einsamkeit nicht mehr ertragen könnte. Wenn Corien ihn zurückließ, würde Simon sterben. Er würde sich gegen die Felsen werfen. Oder der Spur der Schneekatzen folgen, damit die Geschöpfe ihn witterten und fraßen.

Corien verharrte vollkommen regungslos, dann kniete er sich erneut langsam hin und umschloss Simons Gesicht. Er hatte die Handschuhe ausgezogen und die bloße Haut seiner Hände war weiß und weich.

»Du bist in Vindica, kleiner Simon«, sagte er freundlich, »in einer Einöde, die früher einmal Engelsland war. Du bist in der Hochebene des Maktarigebirges. Natürlich bist du allein. Natürlich ist dir kalt.«

Simon ließ sich an Coriens Brust ziehen und schluchzte in dessen Mantel. Dann hielt er inne und kämpfte mit aller Kraft gegen noch mehr Tränen. Er wollte beweisen, dass er ein Geschöpf war, dass es zu bewahren lohnte.

»Verlasst mich nicht, bitte, verlasst mich nicht«, flüsterte er. »Nehmt mich mit Euch, *bitte*, Mylord.«

Corien streichelte Simons lange, verfilzte Haare. »Du hast deinen Vater sehr geliebt. Du solltest mich hassen, weil ich ihn umgebracht habe. Denn ich *habe* ihn umgebracht – das sehe ich inzwischen. Du solltest mich dafür töten wollen, aber du hast eine solche Angst davor, wieder allein zu sein, dass du nur zu gerne mit mir gehen wirst, wenn ich dich dazu auffordere. Für die Gelegenheit, mit jemandem zusammen zu sein, der weiß, was du verloren hast, würdest du alles tun, was ich von dir verlange, nicht wahr?« Er lachte fahrig.

»Ja«, flüsterte Simon und bebte in Coriens Armen. Er spürte, wie der Engel seinen Geist sanft abtastete. »Ich tue, was immer Ihr sagt, Mylord.«

»So ein schwacher Geist, so ungeschützt und aufgerieben«, staunte Corien, während seine Finger behutsam Simons Wangen umschlossen. »Du erinnerst dich an Dinge, die du vergessen wolltest, und ich kann jede deiner Erinnerungen so klar sehen, als wäre sie meine eigene.«

Inmitten seiner Tränen und dieser schrecklichen, anschwellenden Angst, in seiner Not, Corien unbedingt bei sich zu halten, erinnerte Simon sich, ja, das stimmte. Er konnte nicht anders, als sich zu erinnern.

Er erinnerte sich, wie Königin Rielle in der Nacht ihres Todes ihre neugeborene Tochter in seine Arme gedrückt hatte. Er erinnerte sich, wie ihre erschöpften, tief liegenden Augen wie Gold funkelten, an die unerträgliche Spannung in der Luft, als der Raum hinter ihm lichterloh brannte. Er erinnerte sich, wie Corien in den Gemächern der Königin vor Trauer verzweifelt aufschrie. Er erinnerte sich, wie er in die Nacht geblickt und die Bänder heraufbeschworen hatte, die ihn und das Kind sicher nach Borsvall bringen sollten.

Und dann war da noch sein Vater, der, die Hände um seinen Kopf gekrallt, auf die Terrasse vor den Gemächern der Königin stolperte. Der über die Brüstung stürzte, dem Erdboden entgegen.

Und dann waren da noch die dunklen Bänder der Zeit, die nach Simon griffen und an ihm zerrten. Der Schmerz, den sie ihm zufügten, und wie er sich in den ersten Wochen nach seiner Ankunft in dieser Einöde kaum wiedererkannte, weil er mehr einem wilden Tier ähnelte als einem Jungen. Er hatte vergessen, wie man sprach. Blutend und mit Brandwunden übersät war er auf allen vieren gekrochen und hatte das endlose Nichts angeheult.

»Und das Kind? Das Mädchen?«, fragte Corien sanft und streichelte ihn weiter. »Was ist mit ihr passiert?«

»Als ich hier aufwachte, war sie nicht mehr da.« Simon wühlte in seiner Tasche nach dem kleinen Fetzen Decke, den er stets bei sich trug. Immer, wenn er sich schlafen legte, verbarg er sein Gesicht darin. Manchmal schrie er auch hinein. Oder vergrub die Zähne in dem Stoff und wiegte sich in der Dunkelheit vor und zurück.

Corien dachte eine ganze Weile nach. »Sie könnte hier sein. Sie könnte überall sein. Sie könnte nirgendwo sein.«

Simon hatte Mühe zu schlucken. Sein Herz trommelte wie Hufe auf Steinen. Er war in Panik. Er hielt so still, dass sein Körper vor lauter Anspannung brannte.

»Ja, Mylord«, flüsterte er.

»Dann wäre ein Gezeichneter recht nützlich. Selbst einer, dessen Magie erloschen und verschwunden ist.«

Corien erstarrte. Simon nahm wahr, wie sich in seinem Geist etwas verschob und zu einem vollkommenen Stillstand kam, so als wäre tief in seinem Innern etwas eingerastet, das sich nie mehr bewegen würde.

Corien trat zurück und fixierte ihn. Sein Blick war ganz anders als eben noch. Simon bebte vor Angst und versuchte, von ihm abzurücken.

Aber Coriens Griff war eisern.

»Ich erkenne es jetzt in deinem Gesicht«, flüsterte er, während er mit seinen dunklen Augen jede von Simons Narben sezierte. »Du bist der Mann, den ich gesehen habe, als Rielles Tochter sie an jenem Tag in den Bergen aufgesucht hat …« Er lachte einmal leise. Etwas in seinem Gesichtsausdruck hellte sich auf, aber Simon konnte sich weder erklären, warum das so war, noch verstand er irgendetwas von dem, was Corien erzählte.

»Du bist Simon Randell«, sagte Corien und berührte seine Schläfe mit zitternden Fingern. »Natürlich bist du das. Und jetzt bist du hier.« Er küsste Simons Stirn, und mit der Berührung seiner kalten Lippen breitete sich eine Wärme in Simons Körper aus, die ihn beruhigte.

»Und jetzt«, flüsterte Corien, »gehörst du mir.«

»Vielleicht kann ich meine Magie wiedererwecken, Mylord«,

stieß Simon eifrig hervor. Etwas war zwischen ihnen passiert, auch wenn Simon nicht begriff, was es war. Dafür wusste er mit Sicherheit, dass er von nun an nie mehr allein sein würde. »Ich habe es schon probiert, aber ohne Hilfe bin ich gescheitert. Womöglich mit Euch …«

Er schwieg und errötete unter Coriens scharfem dunklen Blick. Was sah Corien, wenn er ihn betrachtete? Zum ersten Mal schämte sich Simon wegen seiner zerstörten Haut.

Aber Corien nahm einfach seine Hand und hob mit der anderen behutsam das Kinn des Jungen. Simon wand sich.

»Ja, Simon.« Corien lächelte. Er schloss seine Finger fester um Simons Hand. »Womöglich mit mir.«

Und dann ergriff Coriens Geist von ihm Besitz.

Der Schmerz kam ohne Vorwarnung. Simon blickte zu Corien auf und stieß einen stummen Schrei aus. Corien ließ nicht zu, dass ihm ein Laut über die Lippen kam. Etwas Ungekanntes, grauenvoll Übergriffiges spaltete Simons Schädel und zerrte an jedem Gedanken, den er jemals gedacht hatte, an jeder Erinnerung, die in ihm lebte. Und suchte nach der Wahrheit. Jagte Lügen nach. Es war mit nichts vergleichbar, was der Junge je gespürt hatte.

Zuvor hatte Corien seinen Geist kaum gestreift.

Jetzt nahm er ihn auseinander.

»Es tut mir leid, Simon.« Corien sah zu ihm hinab und beobachtete, wie der Junge sich in seinen Armen krümmte. »Die Welt ist ein seltsamer Ort, und es gibt nichts Seltsameres als die Drehungen und Windungen der Zeit. Ich muss mir sicher sein, dass du mir gehörst, und zwar mir ganz allein. Ich muss wissen, ob ich dir trauen kann.«

Dann presste er seine Wange an Simons Stirn und flüsterte: »Vor dir und mir liegt eine Menge Arbeit.«

Das war das Letzte, was Simon hörte, bevor sein Geist zerbrach.

I

RIELLE

»›Aber wie konnte das geschehen?‹«, fragten viele. ›Wie konnte ein einziger Eiferer sämtliche Angehörigen des Engelsgeschlechts dazu bringen, sich gegen ihre menschlichen Brüder und Schwestern zu wenden? Wir bewohnen die Welt alle gemeinsam. Warum erklärte man ihn nicht für verrückt und bestrafte ihn für seine Mordlust?‹ Die Antwort ist simpel: Kalmaroth war eine unwiderstehliche Macht, wie sie unsere Welt nie zuvor gesehen hatte – und ich bete darum, dass man ihn nie wiedersehen wird.«

Aus den Schriften von Zedna Tanakret, Großmagistra der Bäder in Morsia, der Hauptstadt von Meridian, im Jahr 287 des Zweiten Zeitalters

Rielle verbarg das Gesicht in Coriens Umhang.

Sie drückte die Nase in den feinen dunklen Stoff und atmete seinen Duft ein. Sie wollte so lange wie möglich die Luft anhalten, denn Coriens Geruch beruhigte sie; sie saugte ihn regelrecht auf.

Sie spähte unter der Kapuze des Umhangs hervor, während Corien einen nach dem anderen aus der Kaufmannsgesellschaft tötete. Er ging rasch und effizient vor, und sie verfolgte das Geschehen durch einen Schleier der Gelassenheit, was sie nicht weiter irritierte.

Würde sie nämlich allzu angestrengt darüber grübeln, bekäme sie Kopfschmerzen, also beschloss sie, sich keine weiteren Gedanken zu machen und Corien beim Töten einfach zuzusehen.

Es waren vier Männer, die allesamt schwere Mäntel und Stiefel trugen, um sich vor der Novemberkälte zu schützen, und kein

Einziger von ihnen erhob die Waffe gegen Corien. Warum auch? Er war ein Bild für Götter, wie er lächelnd auf sie zuging, mit seinen wie aus bleichem Glas geschnittenen Wangenknochen, dem schwarzen Haar, das ihm wie gemalt auf die Stirn fiel, und der schmalen weißen Silhouette, die im Schnee zitterte. Eine erbarmungswürdige und zugleich reizvolle Gestalt. Kein Wunder, dass die Kaufleute ihre Kutsche angehalten hatten, als sie ihn am Straßenrand erblickten, wo er wie ein Bettler seine dürftige, spuckende Fackel schwenkte. Er hätte sie zum Anhalten zwingen können, doch er genoss es, sie zu manipulieren, ohne seine Engelsmacht einzusetzen.

Sie wartete, bis alle vier tot waren und ihre Leichen verkrümmt im Straßenstaub lagen, auf ihren verzerrten Gesichtern der Ausdruck des Entsetzens eingefroren. Dann zog sie die Kapuze wieder herunter. Einer der Männer lag mit ausgestreckten Armen neben der Kutsche, als hätte er in seinen letzten Lebensmomenten noch zu fliehen versucht.

Rielle trat über seine glasig grauen, weit aufgerissenen Augen hinweg und stieg mit einem selbstzufriedenen Lächeln in die Kutsche. Das Lächeln fühlte sich seltsam an, als wäre es auf ihr Gesicht geklebt worden statt durch ihren eigenen Willen zustande gekommen. Doch in der schäbigen Kutsche war es warm, und sie hasste es, zu frieren.

Trotzdem tat ihr der Mann leid. Sie alle taten ihr leid. Zumindest glaubte sie das. Sie konnte nicht lange eigenständig denken, bevor ihre Gedanken in ein ruhiges, nebelverhangenes Meer abdrifteten. Ihr war unklar, woher der Nebel kam, doch sie ließ sich gern von ihm einhüllen. Er war so warm und beruhigend wie eine alte Steppdecke.

Sie fasste sich an die Schläfe, blinzelte mehrmals und erinnerte sich nur mit Mühe an den bohrenden Schmerz in ihrem Schädel, der sie über die letzten Wochen begleitet hatte, während Corien und Ludivine in ihren Gedanken miteinander gerungen hatten. Wenn einer von ihnen seine Engelsmacht mit aller Kraft gegen sie gerichtet hätte, um sie von innen heraus zu töten, hätte er das mit Leichtigkeit tun können. Es wäre unbeschreiblich schmerzhaft gewesen, auf diese Weise zu sterben.

Nein, Rielle beneidete die Männer nicht.

Doch jetzt war sie in Sicherheit, weit entfernt von Ludivine, deren verhasste Stimme sie nun schon seit Tagen nicht mehr vernommen hatte, und selbstverständlich würde ihr Corien niemals etwas Böses antun. Schon allein der Gedanke an ihn beruhigte sie wie die Umarmung durch den Schlaf nach einem langen Tag.

Rielle blickte durch das vereiste Fenster der Kutsche in den Wald, in das undurchdringliche Schwarz dieser stürmischen, mondlosen Nacht.

Es war albern, sich den Kopf darüber zu zerbrechen, ob jemand sie beobachtet hatte. Das hatte Corien ihr eingeschärft, und nun wiederholte sie seine Worte in ihrem Inneren. Dieser Abschnitt der östlichen Grenze Celdarias war entlegen, hatte er ihr mehrmals versichert, eine abweisende, gebirgige Gegend voller Wälder. Die wenigen Straßen befanden sich in schlechtem Zustand. Und das nahende Gewitter grollte immer lauter und drohte mit Schnee und Blitzen. Jeder vernünftige Reisende würde unter diesen Umständen in festen Mauern bleiben, wo es warm und sicher war.

Und dennoch, so begriff Rielle, als sie ihre trägen Gedanken zu ordnen versuchte, hatten die toten Kaufleute der Nacht getrotzt, um ihren Geschäften nachzugehen. Falls ihnen abermals jemand begegnete, falls irgendjemand einen Blick auf ihr Gesicht erhaschte und sie erkannte, würde derjenige mit Sicherheit etwas unternehmen und eine Nachricht in die Hauptstadt schicken. Man würde versuchen, sie zu fassen, in der Hoffnung auf eine Belohnung seitens der Krone, und dann müsste sie diese Verräter aus dem Weg räumen, die von ihnen verbreiteten Gerüchte und Behauptungen auslöschen, und das würde gewiss … unschön.

Ich würde keinen entkommen lassen. Coriens Gedanken schlichen sich in ihren Geist, als glitte eine Hand über ihre Haut. *Egal, wer dich erblicken sollte, ich würde ihn töten, oder du würdest es tun, und ich würde es genießen, dir dabei zuzusehen.*

Sie blinzelte ihm zu. *Würde ich das tun?*

Das würdest du, und hinterher würde ich dich küssen, sagte er, und sie sah augenblicklich vor sich, wie er sie auf Stirn und Wangen küsste, doch ob es ihr Herz berührte, fühlte sie nicht und wollte es auch gar nicht fühlen.

Es genügte ihr, in Coriens Umhang eingehüllt zu sein. Am liebsten würde sie für immer darin wohnen.

Gegenüber von Rielle erklomm die kleine kirvayanische Königin Obritsa ihren Sitz. Ihre Miene war verkniffen, und über ihrem zerknitterten Kragen blitzte hellbraune Haut hervor, umwallt von langem weißen Haar. Corien bestand darauf, Obritsas Kraft noch mindestens eine Woche lang zu schonen und stattdessen zu Fuß oder mit der Kutsche zu reisen. Das Mädchen war erschöpft, nachdem sie sich selbst, Artem und Corien mit ihren geknüpften Bändern quer über den ganzen Kontinent zur königlichen Hochzeit befördert hatte

Eine Gezeichnete, die im Umfeld eines in Kirvaya brodelnden Aufstands heimlich echte Menschlichkeit vortäuschte.

Rielle nahm das Mädchen kaum zur Kenntnis. Aus Höflichkeit schenkte sie ihr ein Lächeln, was das glotzende Gör eigentlich gar nicht verdient hatte. Dann schmiegte sie sich in die üppigen Falten von Coriens Umhang und streckte die Arme nach ihm aus. Er stand noch draußen vor der Kutsche und erteilte Artem Anweisungen, Obritsas ergebenem Wächter, der das unruhige Gespann aus schneebestäubten Pferden weiter nach Osten lenken sollte.

Mach schnell und komm zu mir zurück, flehte Rielle. *Bitte, Corien.*

Seine Stimme klang spöttisch. *So schnell kann deine Einsamkeit dich überwältigen. Geduld, meine Schöne.*

Und auf einmal war Rielles Ruhe wie weggeblasen.

Auf einmal war der einlullende Nebel verschwunden, und Rielle war allein, mit ihren eigenen Gedanken irgendwo in ihrem eigenen düsteren Geist gefangen. Sie krallte sich fester in Coriens Umhang, während ihr Panik die Arme hinaufkroch. Ihr Körper fühlte sich plötzlich wie aufgequollen und unerklärlich schwer an. Sie funkelte Obritsa an, die sie beharrlich mit finsterer Miene musterte, dann wandte sie den Blick ab und schloss die Augen. Rielle wusste nicht mehr, wo sie war, und das machte ihr Angst. War sie eingesperrt, gefangen in einem hohen Turm, oder saß sie in Ost-Celdaria in einer Kutsche? Vielleicht befand sie sich auch auf hoher See, in einem weichen, grauen Meer, auf dem es Tausende von Meilen umher nichts und niemanden gab?

In dieser unbestimmten Leere wallten übermächtige Erinnerungen auf, und Rielles Augen füllten sich mit Tränen.

Es war noch gar nicht lange her – lediglich sechs Tage –, dass sie in den Gärten hinter Baingarde gestanden hatte. Daran erinnerte sie sich jetzt genau und ihre Erinnerung nahm Gestalt an. Aus dem immer dichter werdenden Nebel der Furcht, den sie sich nicht erklären konnte, trat ein Mensch hervor. Audric. Ihr König. Inzwischen ihr Ehemann. Ihre große Liebe. Erst vor sechs Tagen hatte er sich mit angewiderter Miene von ihr abgewandt und ihr verboten, ihn zu berühren.

Du bist das Monster, das Aryava prophezeit hat, waren seine Worte gewesen. *Eine Verräterin und Lügnerin.*

Wo auf der Welt gab es ein Zuhause für eine Verräterin? Welches Herz könnte für eine Lügnerin Liebe empfinden?

Rielle betastete ihre Schläfen. Durch ihren Kopf jagten verstörende Bilder, wechselten immer schneller, sodass sie kaum mehr atmen konnte. *Corien? Wo bist du?*

Rielle, entschuldige, ich war zu lange weg, ertönte seine Stimme, und schon stieg er neben ihr in die Kutsche und begrüßte sie.

Sie griff nach ihm und fühlte sich erbärmlich und klein, doch sie konnte ihre Gefühle nicht unterdrücken. Die Erinnerung an Audrics Abscheu, seine Verachtung und seinen Hass war noch zu nah, zu frisch. Irgendwo im Wald hatte sie ihr Brautkleid abgestreift und steckte nun in einem schlecht sitzenden Wollkleid, das Corien irgendeiner Bauerntochter gestohlen hatte, die ihm auf dem Nachhauseweg vom Markt allein in die Arme gelaufen war. Der Wollstoff kratzte und war viel zu warm. Sie musste daran denken, welches Chaos bei ihrer Flucht aus der Hauptstadt geherrscht hatte, sie hatten Tausende Menschen zurückgelassen, allesamt überwältigt und fassungslos angesichts der Enthüllungen, die ihnen Corien in der Vision gezeigt hatte.

Nein, das war keine Vision, sondern die Wahrheit.

Ihre neue Königin hatte den Vater von Ludivine und Merovec getötet. Sie hatte auch ihren eigenen Vater und ihre Mutter getötet. Und sie hatte Celdarias geliebten früheren König getötet, Audrics Vater.

Sie hatte all das verleugnet. Sie hatte gelogen und war trotzdem durch die heiligen Hände des Archons gekrönt worden.

Rielle schloss die Augen und presste die Lippen zu einer dünnen Linie zusammen. Schweißperlen traten ihr auf die Stirn. Wüstes Gebrüll hallte in ihren Ohren wider – die Stimmen der Menschen, die zu beschützen sie geschworen hatte, zuerst als Sonnenkönigin und dann als frisch gekrönte Königin von Celdaria. Sie hatte diesen Schwur geleistet, nur um ihr Volk anschließend im Stich zu lassen. Die Stimmen, die ihren Namen riefen, waren grausame schwarze Erinnerungsvögel, die in engen Spiralen Gedanken umkreisten.

Königsfluch!

Königsfluch!

Königsfluch!

Immer heftiger krallte sie sich an den Stoff von Coriens Umhang. Sie schämte sich nicht dafür, wer sie war oder was sie war, und doch überschwemmten Furcht und Schuldgefühle sie wie zwei brennende Flüsse, und sie wusste weder, wo sie sich befand, noch, wer dieses Mädchen war, das sie so aufdringlich anstarrte. Noch viel weniger konnte sie sagen, wohin ihr köstlicher grauer Nebel so still und leise verschwunden war.

»Hör mir zu.« Kühle Hände umfassten ihr Gesicht, und als sie die Augen aufschlug, war Corien da und neigte den Kopf, um sie zu küssen. Er hob sie auf seinen Schoß und hielt sie fest, bis sie nicht mehr zitterte.

»Ich hasse sie alle«, flüsterte sie gegen seinen Hals. »Trotzdem schmerzt mich der Gedanke, sie zu verlassen und mich in der Nacht davonzustehlen wie eine Verbrecherin.«

Corien lachte leise. »Du bist eine Verbrecherin. Zumindest in ihrer beschränkten Sicht. Lass sie doch in dem Glauben. Lass sie dich hassen. Sie sind nichts, und das weißt du.«

»Ja, aber …«

Sie verstummte, ehe ihr die Worte über die Lippen kamen, aber natürlich hatte Corien sie bereits gehört.

»Du vermisst ihn?«, fragte er ruhig.

Rielle spürte den respektlosen Blick des jungen Mädchens fast körperlich. Obritsa war ihr Name, erinnerte sie sich, während ihr Geist in Coriens Nähe in Aufruhr geriet. Sie presste die Handflächen gegen Coriens breite Brust und unterdrückte den Drang, die Hände nach Obritsa zu schleudern, ihr das unverschämte, neugierige Gesicht zu verbrennen und ihr eine Lektion zu erteilen. Der Gedanke amüsierte Rielle geradezu, in ihrer Angst hatte sie ganz vergessen, dass sie andere verbrennen konnte. Ja, sie konnte verstümmeln und zermalmen. Sie konnte vernichten.

Still jetzt. Coriens Stimme streichelte sie lautlos. Die heißen Zorneswallungen unter ihrer Haut flauten ab und legten sich schließlich ganz. *Wir brauchen sie*, gemahnte er sie. *Sachte, Rielle. Übernimm dich nicht. Hör auf mich. Still, meine Liebste.*

Rielles Gedanken wanderten in ruhigere Bahnen. Zufrieden und mit schweren Lidern vernahm sie das entfernte Brechen der Wellen, und ihr wurde fast schwindlig vor Erleichterung. Ein Schleier legte sich über ihre Augen, dessen Weichheit sie willkommen hieß. Es war unnötig, ja sogar dumm, jetzt wütend zu werden und ihre Kraft zur Geltung zu bringen, oder gar Angst zu haben, denn natürlich war sie bei Corien immer in Sicherheit. Ja, so war es.

In Gedankensprache murmelte sie, dass Obritsa lernen müsse, nicht so penetrant zu starren und ihre dauerhaft hochnäsige Miene gegen einen weniger herrischen Gesichtsausdruck auszutauschen, der einer Dienerin ziemte. Sowie sie im Norden ankämen, würde Rielle Obritsa an einen anderen Ort bringen lassen, damit sie aus ihrem Gesichtskreis verschwand, bis sie wieder gebraucht wurde.

Natürlich, sagte Corien nachsichtig. Aber jetzt ist nicht der richtige Zeitpunkt. *Ich habe dich etwas gefragt, meine Liebste. Schon vergessen?*

Ja? Sie lehnte ihren schweren Kopf an seine Schulter.

Fehlt er dir? Antworte mir, sagte er leichthin. *Antworte mir jetzt gleich.*

Rielle hatte Mühe, ihre Gedanken zu sortieren, doch das irritierte sie nur kurz, denn der Nebel wallte rasch durch ihren Geist und fegte sämtliche Bedenken fort. *Ich kenne ihn schon mein ganzes Leben*, sagte sie schließlich.

Du liebst ihn noch immer, und dieses Feuer lässt sich nicht einfach über Nacht löschen. Corien streichelte ihr übers Haar, das ihr wild und ungekämmt über den Rücken fiel. Müde seufzte er auf. *Das verstehe ich. Aber du begreifst es jetzt, oder? Du durchschaust ihn.*

Eine ganze Weile lang sagte sie nichts. Das Denken fiel ihr so schwer.

»Er hasst mich«, flüsterte sie schließlich gegen Coriens Ohrmuschel. »Er versteht mich nicht.«

Corien küsste sie auf die Nasenwurzel. »Er ist zu gering, um dich zu verstehen. Genau wie alle anderen. Sie sehen ein Monster. Ich sehe eine Göttin in Gestalt einer jungen Frau.« Seine Hand glitt ihren Arm entlang und blieb schließlich auf ihrer Hüfte liegen. »Sie sehen ein wildes Tier, das gezähmt werden muss. Ich sehe ein göttliches Wesen, das nach Freiheit lechzt.«

Rielles Augen fielen zu, als er sie auf die Stirn küsste. Aus dem Nebel ihrer Gedanken lösten sich einzelne Bilder – geheime Visionen von Coriens Verlangen, davon, wie sehr es ihn gelüstete, sich vor ihr zu enthüllen, und wie glühend er sich danach verzehrte, mit ihr allein zu sein.

Doch sie durfte sich nicht in die Zuflucht ihrer gemeinsamen Fantasien sinken lassen. Noch nicht. Sie hatte eine Frage, und so wehrte sie den Nebel, der sie umfangen wollte, gerade lange genug ab, um sie zu stellen.

»Sag mir nur eines: Ist er in Sicherheit?« Mit schwerer Zunge stieß Rielle die Worte hervor. »Geht es ihm gut?«

Eine winzige Welle strömte von Corien zu ihr herüber, die köstliche Schnur ihrer verbundenen Gedanken entlang, als hätte man einen Kieselstein in ein stilles Gewässer geworfen.

»Er ist in Sicherheit.« Corien sprach nicht laut weiter, doch Rielle hörte ihn klar und deutlich in ihrem Kopf.

Eines Tages, versicherte er ihr, *und zwar schon bald, wirst du hoffentlich einsehen, was getan werden muss.*

»Ich wünschte, ich würde ihn nicht lieben«, erwiderte sie mit fadendünner Stimme. Ein seltsamer Schlaf, den sie gar nicht unbedingt wollte, zog sie in die Tiefe. »Ich wünschte, ich würde mir keine Sorgen mehr um ihn machen. Jemand, der mich so hasst wie er, hat keinen Teil meines Herzens verdient.«

Dabei kann ich dir helfen. Wenn du es erlaubst.

Ihr erschöpfter Körper schrie protestierend auf, als sie sich von Corien löste, um sein Gesicht zu studieren. Ihr Geist war ein Wirrwarr aus Schmerz und Ermattung. Sie verzehrte sich danach, nicht mehr gehen oder in einer rumpelnden Kutsche fahren zu müssen. Eine Kutsche – wie merkwürdig. Warum eine Kutsche? Sie wollte fragen und stellte fest, dass sie keine Worte fand. Sie wollte sich ausruhen. Und sie wollte Corien küssen.

Aus einem entfernten Winkel ihres Geists zog unentwegt eine dünne Schnur an ihr – aus der finstersten, engsten Ecke hinter einer versperrten Tür, zu der sie keinen Schlüssel mehr besaß. Was beunruhigend war. Oder etwa nicht? Sollte sie nicht die Schlüssel zu ihrem eigenen Geist besitzen?

Doch als ihr Blick dem von Corien begegnete, verschwand ihr Unbehagen, und ein Schwall sauberer Meeresgischt sprühte ihr ins Gesicht, während der Wolkennebel darüber ihre Knie, ihren

Bauch und ihren Nacken streichelte. Ihre Schultern sanken herab, ihre düstere Miene schwand. Das Empirium, das nun auf ewig dicht unter ihrer Haut brodelte, schwappte unentwegt gegen ihre Ränder, und in einem stillen Aufwallen des Glücks kam ihr der Gedanke, dass sie diese mächtige Flut nie wieder unterdrücken müsste. Nicht hier. Nicht bei Corien.

Dabei kann ich dir helfen, hatte er gesagt. *Wenn du es erlaubst.*

Er würde ihr helfen, ihr altes Leben zu vergessen. Er würde ihr helfen zu lernen, Audric nicht mehr zu lieben.

Ich sehe ein göttliches Wesen, das nach Freiheit lechzt.

»Ich erlaube es«, sagte sie schließlich und schlief dann so schnell ein, dass sie ihren letzten Gedanken, der ein warnender war, sofort wieder vergaß, während die Dunkelheit sie umfing.

2

ELIANA

»Tameryn, Tameryn, Tameryn. Jede Nacht sage ich vor dem Schlafengehen ihren Namen und hoffe, dass die Welt etwas Gutes aus dem Empirium hervorbringen wird, eine freundliche Macht, die die Schläge meiner zahllosen Albträume auffangen kann. Savrasara, Tameryn, wo immer du bist. Komm zu mir zurück. Wir brauchen dich. Ich brauche dich. Dir gehört mein Herz und ohne dich bin ich verloren. Was haben wir getan, Tam? Mein Gott, was haben wir getan?«

Aus den Tagebüchern von Sankt Nerida der Strahlenden, geschrieben während der Engelskriege, gestohlen aus der Ersten Hauptbibliothek von Quelbani

An Bord von Admiral Ravikants geschätztem Kriegsschiff scheuerte sich Eliana in einer kleinen Arrestzelle im Bauch des Seglers die Handgelenke wund.

Früher einmal – erst vor wenigen Wochen – hatten um ihre Handgelenke schmale goldene Ketten und flache, runde Urformen gelegen, die sie in der Schmiede von Vintervok eigenhändig hergestellt hatte.

Die Ketten, die sie jetzt trug, waren von anderer Beschaffenheit. Während der ersten Tage auf dem Schiff, in denen sie sich auf dem Holzboden ihrer Zelle vor allem die Seele aus dem Leib kotzte, hatte Eliana das ungewohnte Gewicht an ihren Armen ignoriert. Hilflos und träge hatte sie in ihrem Erbrochenen gelegen und sich geweigert, das Essen anzurühren, das die Soldaten des Admirals ihr brachten, bis sie sie schließlich auf die Beine zogen und in einen Frachtraum schleppten, wo sie Eliana auf einen Gitterrost stellten und Eimer für Eimer mit eiskaltem Meerwasser übergossen, bis sie zitternd und mit klappernden Zähnen, aber sauber dort stand. Während zwei schwarzäugige Engelsoldaten selbstgefällig an der Tür lehnten, hatten drei stumme Adatrox ihr die Ketten abgenommen, die klatschnassen Kleider ausgezogen und sie neu eingekleidet. Ein weites Leinenhemd und Wollhosen.

Danach hatten sie Eliana wieder in Ketten gelegt, und als sie die junge Frau zur Tür drehten, um sie zurück zu ihrer Zelle zu eskortieren, stand Admiral Ravikant, die Hände in die Seiten gestemmt, auf der Schwelle. Ein Engel in Besitz von Ioseph Ferracoras Körper.

Als Eliana das Gesicht ihres Stiefvaters sah, verließ sie der Mut – die dunklen Haare und das spitze Kinn waren perfekte Kopien von Remy. In dem gedrungenen, muskulösen Körper, der früher so viel Sicherheit und Ruhe für sie ausgestrahlt hatte, erkannte sie nun eine grotesk zuversichtliche Fassade.

Die schwarzen Augen wirkten ausdruckslos, leerer sogar als ihre fensterlose Zelle.

Admiral Ravikant beobachtete sie schweigend, und ihr blieb nichts anderes übrig, als seinen Blick mit trockenem Mund und rasendem Herzen zu erwidern.

Als er schließlich sprach, tat er das mit Ioseph Ferracoras Stimme, allerdings ohne seine Wärme, und Eliana hätte sich am liebsten wieder übergeben, nur war nichts mehr in ihrem Magen.

»Solltest du dich wieder so besudeln«, sagte er, »werde ich mit deinem Bruder zurückkommen und dir zeigen, wie einfallsreich ich darin bin, jemandem Schmerzen zuzufügen. Solltest du noch einmal eine Mahlzeit verweigern, werde ich ernsthaft wütend.«

Er ging ohne ein weiteres Wort, und als die Adatrox sie zu ihrer Zelle brachten, suchte Eliana, auch wenn sie sich dafür hasste, die dunklen Gänge des Schiffes nach den vertrauten aschblonden Haaren ab, einem schlanken Profil oder funkelnden, eisblauen Augen.

Deine Augen sind wie Feuer.

Immer wieder hörte sie in Gedanken ihre eigenen Worte – immer wieder spürte sie seine Hände auf ihrem Körper und seine Lippen.

Aber die Schatten, die sich durch den unübersichtlichen Frachtraum bewegten, waren bloß Engel in gestohlenen Körpern und Adatrox mit leblosen Augen, die ihren Herren stumpfsinnig folgten.

Simon ließ sich nicht blicken.

Eliana drehte ihre Handgelenke in den Fesseln, aber nicht um sich zu befreien, sie hatte festgestellt, dass das ein aussichtsloses Unterfangen war. Selbst wenn sie ihre Ketten loswerden konnte und irgendwie an den Wachen vor ihrer Tür vorbeikäme, was dann? Was sollte sie dann tun? Sich mitten auf dem Meer in die Fluten stürzen und an Land schwimmen, während sie Remy durch die Wellen hinter sich herzog?

Vor gar nicht allzu langer Zeit hätte sie sich auf ihre metallenen Urformen konzentriert und die beiden identischen glatten Scheiben, die robust verankert in ihren Handtellern ruhten, genutzt, um die Flammen der Gaslampen in den Fluren an sich zu ziehen und Feuerbälle explodieren zu lassen, die jeden versengt hätten, der sich ihr in den Weg stellte.

Doch jetzt konnte sie nicht das kleinste bisschen Willenskraft aufbringen oder auch nur einen Versuch starten, ihre Macht heraufzubeschwören. Ohne ihre Urformen war sie eine Muschelschale, aus der man das Fleisch herausgekratzt hatte, um sie dann zurück in die Wellen zu werfen. Wenn sie nach dem Empirium griff, würde das bloß in einer herben Enttäuschung enden. Das spürte sie so sicher, wie sie den Geruch ihres eigenen Blutes in der Zelle wahrnahm, das beständig von den Wunden an ihren Handgelenken tropfte.

Etwas in ihr war verschwunden – es gab eine große, unüberbrückbare Kluft zwischen der Macht, die in ihr schlummerte, und ihrem momentanen Denkvermögen. Deshalb starrte sie nur ausdruckslos auf die Wand, während Admiral Ravikants Schiff sie immer weiter über den Großen Ozean zum östlichen Kontinent brachte.

Richtung Celdaria.

Richtung Kaiser.

Wenn sie sich ihre empfindlichen Handgelenke an den unnachgiebigen Metallketten wund rieb, verschaffte ihr das in der endlosen Dunkelheit einen schlimmen, selbstquälerischen Trost. Der konstante, brennende Schmerz erinnerte sie daran, wo sie sich befand, dass sie eine Gefangene war und man ihr die Urformen entrissen hatte. Dass einer ihrer Väter nicht mehr lebte, weil sein Körper vor langer Zeit durch den Willen seiner Geliebten zu Asche zerfallen war, und ihr anderer Vater ebenfalls nicht mehr lebte, weil sein Körper von einem Engel missbraucht wurde.

Dass eine ihrer Mütter gestorben war, und zwar durch ihre eigene Hand.

Und die andere …

Die Momente, in denen sie an Rielle dachte, waren die Momente, in denen Eliana sich mit einer Art fieberhaftem Verlangen gegen ihre Ketten wehrte.

Sie hätte sie am liebsten umgebracht.

Als Simon sie zurück in die Alte Welt geschickt hatte, in die Ausläufer des unbekannten Gebirges von Celdaria, war sie ihrer Mutter begegnet – sie hatte Rielle in die Augen gesehen, dieselbe Luft geatmet –, aber dann hatte sie sich nicht mehr richtig konzentriert und zugelassen, dass ihre Angst sie überwältigte. Im entscheidenden Augenblick hatte sie gepatzt und die Chance vertan, alle Probleme zu lösen und all das hier zu verhindern – *das hier*, eine Gefangene auf einem makellosen Schiff, dessen Geruch sie faul und schwer auf ihrer Zunge schmeckte; *das hier*, der Klang von Remys abgrundtiefer Verzweiflung, als er beim Anblick von Iosephs verändertem, schwarzäugigem Gesicht schreiend in Tränen ausgebrochen war.

Das hier – der Moment, als sie sich auf der Anlegestelle an der Küste von Festival umgewandt hatte und mit eigenen Augen mit ansehen musste, wie Simon ihre Verbündeten einen nach dem anderen erschoss und den kaiserlichen Soldaten in einer Engelssprache Befehle zurief, die diese eilig befolgten.

Eliana hätte das alles verhindern können. Das hätte sie wirklich! Aber stattdessen hatte sie den törichten Gedanken von Frieden gehegt, sie hatte an ein Gespräch und ein Einvernehmen zwischen ihr und dem größten Übel geglaubt, das die Welt je gekannt hatte: Rielle Courverie, geboren als Rielle Dardenne. Die Blutkönigin, der Königsfluch, die Herrin des Todes.

Eliana hätte sie umbringen können, aber stattdessen hatte sie versucht, mit ihr zu reden. *Mit ihr zu reden.* Als besäße solch eine abscheuliche Kreatur eine Form von Verständnis oder gar den Wunsch, über ein Ende des verheerenden, von ihr verursachten Krieges zu reden, der noch tausend Jahre nach ihrem Wirken wütete.

Und wer hatte dieses Treffen veranlasst? Wer hatte mit ihr und Remy beisammengesessen und Eliana dabei geholfen, die richtigen Sätze auf Altceldarisch zu lernen?

Simon. Sie zwang sich, seinen Namen auszusprechen, zuerst nur in Gedanken, aber dann auch laut, weil sie hoffte, dass der Klang seines Namens, der Rhythmus der Silben, schon bald keine dumpfe Verzweiflung mehr schüren würde, sondern eher eine kalte, klare Wut.

»Simon«, flüsterte sie und starrte in die unbarmherzige Dunkelheit. »Simon, Simon.«

Sie drückte fest gegen ihre Fesseln, rieb und drehte ihre Handgelenke.

Wenn sie entschlossen weitermachte, würden sie vielleicht bis auf den Knochen vordringen.

Vielleicht würde sie verbluten.

Eine der Wachen musste ihm berichtet haben, was sie tat.

Schlüssel klirrten im Schloss. Ihre Zellentür öffnete sich und Stiefelschritte kamen energisch näher. Sie erkannte diese Schritte. Sie rissen sie aus einem unruhigen Schlaf, und sie beobachtete mit angehaltenem Atem, wie er vor ihr in die Hocke ging und die Arme entspannt auf die Knie legte. Obwohl sich vor dem hellen Flur außerhalb ihrer Zelle lediglich seine Umrisse dunkel abzeichneten, nahm sie trotzdem den schwachen Glanz seiner Augen wahr.

Sie zwang sich, ihn anzustarren, furchtlos und ohne zu blinzeln, obwohl er diese Fassade bestimmt bald durchschauen würde. Ihr Körper war geschwächt und mangelernährt, und sein Anblick entfachte in ihr eine fast unerträglich heftige Wut. Seine Nähe ließ sie erzittern. Ihre Finger zuckten. Sie stellte sich vor, wie sie ihn zerkratzte.

»Simon«, sagte sie so fest und emotionslos, wie sie es sich vorgenommen hatte.

»Du verletzt dich selbst«, stellte er fest. »Das kann ich nicht zulassen.«

Der Klang seiner Stimme war sowohl vertraut als auch auf schreckliche Weise völlig fremd. Sie hatte ihn noch nie so kalt, leidenschaftslos und ohne einen Funken von Humor oder Wut gehört. Seine Sätze waren scharf und zielgerichtet formuliert, jedes Wort klar und gefühllos.

»Das ist mir egal«, antwortete sie – die Antwort eines trotzigen Kindes, aber sie brachte nichts Besseres zustande.

»Der Kaiser wünscht, dass du unversehrt und gesund ankommst.«

»Der Kaiser kann mich mal, und du mich gleich mit.«

Sie suchte in dem verschatteten Gesicht nach dem Mann, den sie kannte, entdeckte aber nichts Vertrautes, nicht einmal den Hauch einer verächtlichen Belustigung. Er erhob sich und trat zur Seite, als die beiden kaiserlichen Wachen, die an der Tür gewartet hatten, schweigend eintraten.

»Bringt sie auf Deck B«, befahl er. »In das Blaue Zimmer.«

Dann machte Simon auf dem Absatz kehrt und schritt davon, sein langer, schlanker Körper bewegte sich wie immer anmutig und geschmeidig. Sie kochte vor Wut. Wenn sie die Freiheit hätte, so zu handeln, wie sie wollte, wenn sie sicher wäre, dass es keine schrecklichen Konsequenzen für Remy hätte, würde sie sich auf ihn stürzen und ihre Fingernägel in die vernarbten Furchen seines Gesichts bohren, ihm die Haut aus dem Nacken reißen und seine Kehle aufschlitzen.

Einfach gleich wieder abhauen, nachdem er sich das erste Mal seit Tagen blicken ließ? Das ertrug sie nicht.

»Geh nicht«, stieß sie verzweifelt hervor. So furchtbar Simon sich auch verhielt, er war der Einzige, den sie an diesem schrecklichen Ort kannte. Während sie all diese endlosen Tage wie ein geschundenes Tier in der Dunkelheit kauerte, hatte sie sich in ihrem Dämmerzustand gefühlt, als würde sie sich nach und nach auflösen, aber als er jetzt vor ihr in die Hocke ging und sie sich in brutalen Bildern ausmalte, wie sie ihn tötete – war sie wieder zu sich gekommen.

Er beachtete sie nicht und ging weiter.

Verzweifelt warf sie sich gegen die Wachen, die sie eisern an den Ellbogen festhielten. »Ich nehme an, der Kaiser hat Pläne mit mir. Würden die nicht schneller zum Ziel führen, wenn ich wüsste, was mich erwartet, statt in Unwissenheit gehalten zu werden?«

Ein paar Schritte von der Tür entfernt blieb Simon stehen und blickte kurz über die Schulter. »Die Pläne des Kaisers werden auch ungeachtet deiner Unwissenheit schnell zum Ziel führen.« Und dann an die Wachen gewandt: »Ihr habt eure Befehle.«

Kurz darauf war er verschwunden, und während Eliana aus ihrer Zelle durch ein endloses Labyrinth aus sanft schaukelnden, mit Teppich ausgelegten Fluren eskortiert wurde, zweifelte sie allmählich daran, dass er überhaupt da gewesen war.

Danach war sie keine Sekunde mehr allein.

Sie brachten sie in eine geräumige Kajüte auf einem der oberen Decks. Unter einer hellviolett gestrichenen Holzdecke, die mit unbekannten Sternbildern verziert war, lag ein luxuriöser, mitternachtsblauer Teppich. Von den Deckenbalken hing ein Kronleuchter, dessen Kristallglieder zitterten, wenn das Schiff schaukelte und wummerte, außerdem gab es ein riesiges Bett, ein Monstrum aus lavendelfarbenem und dunkelblauem Satin, das Eliana anzüglich anzugrinsen schien, als das Trio aus Engelsgehilfen ihre Ketten löste und ihr die Kleider auszog.

Zwei Wachen flankierten die Tür, und vier weitere waren an den Fenstern positioniert, hinter denen sich eine schimmernde Dunkelheit erstreckte – endlose Wellen, ein wenig Mondlicht. Beim Anblick der Welt außerhalb des Schiffes zerbrach etwas Empfindliches in Elianas Kehle, und als die Diener ihre Handgelenke reinigten und neu verbanden, schluckte sie nur mit Mühe gegen ihre Tränen an.

Im angrenzenden Bad wurde sie von Kopf bis Fuß mit heißem Wasser geschrubbt, das aus einem glänzenden Messinghahn floss. Die Handgriffe waren effizient, aber nicht grob, und Eliana fragte sich, wie genau die Befehle des Kaisers lauteten. Sollte sie bis zum Äußersten gehen und die Diener so lange reizen, bis sie ihr wehtaten, oder würden sie auch das schweigend hinnehmen?

Wenn sie versuchte, sich umzubringen, um alldem ein Ende zu setzen, bevor der Kaiser es tat, würde er sich dann ihrer bemächtigen, ihren Geist gefangen nehmen und dadurch verhindern, dass sie irgendetwas anderes machte, als ruhig in diesem riesigen, blauen Bett zu liegen, bis das Schiff in Celdaria einlief?

Bei der Vorstellung musste sie ein wenig lachen, und als sie erst einmal anfing, konnte sie nicht mehr aufhören. Während die Diener ihre dichten, schulterlangen Locken einschäumten und die verknoteten Stellen herauskämmten, wurde sie von hysterischen Lachern geschüttelt. Sie betrachtete sich im Spiegel. Der Anblick erinnerte sie dumpf an Dani Keshavarzian, die ihr damals in Willow ihre so leicht verfilzenden Haare bis zum Kinn abgeschnitten hatte. Als sie an Dani, an das Jubiläum des Admirals und an all die Toten am Strand von Festival dachte, erwartete sie Tränen, doch es kamen keine.

Die Diener cremten sie ein, ihre olivfarbene Haut wirkte in dem schwachen Kerzenlicht beinahe fahl und grau. Sie wurde wie ein Stück rohes Fleisch durchgewalkt und durchgeknetet. Dann streiften sie ihr ein unförmiges violettes Seidennachthemd über, zogen sich zurück und ließen sie mit ihren sechs Wachen allein.

Einer zeigte zum Bett. »Schlaf.«

Sie gehorchte. Wenn sie sich noch einen Moment länger auf ihren zittrigen Beinen halten müsste, würde sie zusammenbrechen, und die Vorstellung, sich von Engelssoldaten bewusstlos zum Bett ziehen zu lassen, war einfach zu demütigend.

Also kletterte sie wackelig wie ein neugeborenes Fohlen hinein. Der Geruch der parfümierten Seifen auf ihrer Haut brachten sie fast zum Würgen. Sie sank in ihre Kissen, drehte den zwölf schwarzen starrenden Augen den Rücken zu und weinte das erste Mal, seit sie an Bord des Schiffes gekommen war.

⬩◆⬩

Tagelang lag sie still zwischen den Seidenkissenbergen, die zu ihrer ganzen Welt geworden waren.

Und in ihren Träumen suchte er sie heim.

Zuerst war er Remy, der den endlosen roten Flur entlanggeschleppt wurde, von dem sie in Astavar geträumt hatte. Sie stürzte ihm hinterher, rannte kilometerweit über den bluttriefenden Teppich, aber wer oder was auch immer ihn mit sich zog, war zu schnell für sie, zu stark, und dann löste sich das Ende des Korridors jäh auf und explodierte, sodass er wie rote Glasscherben in alle Richtungen zerbarst.

Dann war er Ioseph, der Vater, der sie großgezogen hatte. Er lag auf einem sauberen weißen Tisch in einem sauberen weißen

Raum, wo er von Engeln in sauberen weißen Gewändern aufgeschnitten wurde. Jeder von ihnen trug eine der Masken, die sie auf dem Jubiläum in Festival gesehen hatte: ein schwarzer Rabe aus Metall, ein lächelnder Messingfuchs, ein Pfau aus Elfenbein, besetzt mit türkisfarbenen Juwelen. Als die Messer der Engel in Ioseph eindrangen, schrie er, aber da wirbelte von oben eine trichterförmige Dunkelheit herab und schob sich gewaltsam in seinen Mund, in seine Nase und seine klaffende Brust.

Und schließlich war er Simon, der sie in dem kleinen Dachzimmer in Willow mit dem Kohlebecken und dem Bett in der Nische besuchte. Als er sich in ihr bewegte, zitterten seine Muskeln und er umschlang sie mit seinen warmen und starken Armen. Sie gaben ihr Halt und fixierten sie und berauschten sie. Er legte seine Hände auf ihre Stirn, und diese warme, zärtliche Berührung war tröstlich. Sie folgte der sanften Spur seiner Finger tief, tief hinab in einen dunklen, heißen Tunnel, der ganz unten in ihrem Geist begraben lag. Ihr Herz trommelte immer schneller und wummerte so laut, dass ihre Brust bebte, und plötzlich wollte sie von Simon weg, wollte vor ihm flüchten und nie mehr zurückschauen. Aber sie konnte sich nicht aus seinen Armen befreien. Sie war in diesem kleinen Bett, in diesem gewundenen Tunnel gefangen. Sie ertrank in dem Dröhnen ihres Herzens, bekam keine Luft, sein Mund lag auf ihr, seine Finger drückten sich zwischen ihre Lippen und in die zarte Halsbeuge, und sie sehnte sich nach seinen festen Berührungen genauso sehr, wie sie sie verabscheute.

»Deine Augen«, flüsterte er in ihre Haare, »brennen wie Feuer.«

In ihrem Inneren flammte eine unerträglich glühende Hitze auf. Sie breitete sich von ihrem Bauch im ganzen Körper aus, bis Eliana verzweifelt ihre Handballen auf die Wangen presste und ihre brennenden Finger in die beiden Feuerstellen drückte, die einmal ihre Augen gewesen waren. Simons Lachen hallte von überall, eine grobschlächtige Begleitung zu ihrem rasenden Herzen.

Durch das knisternde Inferno drang Harkans Stimme: *El, wenn du irgendetwas tun kannst, dann hilf ihm bitte.*

Sie sah sich, wie sie außerhalb der Stadt Karlaine im Schlamm kniete und ihre glühenden Hände in Remys schreckliche Bauchwunde versenkte –

Ein kurzes, saugendes Geräusch und dann Stille. Dunkelheit.

»Ah.« Ein leises Seufzen. Sanfte Worte, in denen ein Lächeln lag. »Da bist du ja.«

Sie wälzte sich in ihrem Bett in Willow in dem kleinen Zimmer mit den Dachschrägen, der Regen tropfte kalt und gleichgültig gegen die Fenster. Und in der Ecke auf dem Stuhl, über dem Simons Kleider lagen, saß ein schwarz gekleideter Mann, der seine weißen Finger nachdenklich gegen seine Lippen drückte.

Als ihr Blick auf ihn fiel, wurde sein Lächeln breiter. Aber wie er da so zufrieden und leicht amüsiert saß, ein Bild von makelloser und erschreckender Schönheit, musste Eliana wieder weinen.

»Willkommen zu Hause, Eure Majestät«, sagte er zu ihr und erhob sich dann; die Schatten im Raum liefen auf ihn zu, formten die klaren, dunklen Linien seines Umhangs, seiner Jacke, seiner Haare –

Ein Zittern erschütterte das Schiff, dann lag es ganz ruhig und Eliana erwachte.

Endlich hatte das ewige Schaukeln aufgehört und vor den Fenstern ihres blauen Zimmers schien die Sonne. Zwei weiße Möwen schwebten über einem weiten rosafarbenen Himmel.

Mit schweißnassen, zitternden Gliedern setzte sie sich zwischen ihren zerwühlten Bettlaken auf. Ihre Augen brannten, ihre Wangen fühlten sich rau und nass an.

Die Tür öffnete sich und Admiral Ravikant trat ein. Elianas drei Diener begleiteten ihn, über ihren Armen lagen opulente Stoffe.

»Wir sind da«, sagte sie krächzend. Sie hatte seit Tagen nicht mehr gesprochen, womöglich seit Wochen. »Nicht wahr?«

Der Admiral lächelte überglücklich. In dieser überschwänglichen Freude, die sie noch nie an ihm gesehen hatte, spiegelte sich schemenhaft das wahre Gesicht ihres Vaters wider.

»Zieh dich an«, befahl er. »Er erwartet dich.«

3

AUDRIC

»Fürchte dich nicht, Celdaria: Der Verräter Audric Courverie sitzt nicht mehr auf Katells heiligem Thron. Der mordlüsterne Königsfluch ist voll Furcht geflohen. Die unerklärlichen Angriffe an der Ostgrenze, die unsere Bürger bleich und entstellt in ihren Häusern zurücklassen, werden endlich aufhören. Endlich werden wir Gerechtigkeit für unsere Verluste erfahren. Endlich wird das Haus Sauvillier Celdarias Feinde in die Knie zwingen. Schaut auf die Hauptstadt und jubelt, denn auch wenn die Krone schwach war, so ist sie nun wieder stark. Gepriesen sei seine Majestät Merovec Sauvillier, der wahre König von Celdaria!«

Königliches Dekret, ausgestellt anlässlich der Besteigung des celdarischen Throns durch Merovec Sauvillier, 8. November im Jahr 999 des Zweiten Zeitalters

Audric wäre noch tagelang weitergeflogen, wenn Ludivine ihn gelassen hätte.

Am Himmel, wo ihm nur die einsamen Wolken sowie Ludivine und Atheria Gesellschaft leisteten, konnte er fast alles vergessen, was geschehen war. Er lebte in einer weichen, weißgrauen Welt, selbst wenn die Sonne ihn direkt so grell und heiß anstrahlte, dass ihm die Schweißperlen über Stirn und Rücken rannen und die Kleider an seinem Körper festklebten.

Seine Kleider – das waren Hosen aus feinster Wolle, auf Hochglanz polierte Stiefel, ein Frack aus smaragdgrüner Seide und ein bestickter Mantel in Weiß und Gold, der seine schlanke Statur betonte.

Die Sachen, die er erst vor wenigen Tagen auf seiner Hochzeit getragen hatte.

»Still«, befahl ihm Ludivine, als zum ersten Mal Erinnerungen an jenen Abend den dumpfen Nebel durchdrangen, der sich über ihn gesenkt hatte. Sie ritt hinter ihm auf Atheria, hatte die Arme um seine Taille geschlungen und hielt die Wange gegen seinen Rücken gepresst. »Es ist sinnlos, jetzt daran zu denken. Lass es sein, bis wir in Sicherheit sind.«

In Sicherheit. Audric lachte, aber nur kurz. Er hatte kaum noch Energie und gewiss nicht genug, um mit Ludivine zu reden, selbst wenn er gewollt hätte.

Und er wollte nicht.

Nur einmal sprach er mit ihr, nachdem sie ihn überredet hatte, in einem Wäldchen nahe der Südküste von Celdaria haltzumachen. Für ihre Flucht galt äußerste Vorsicht. Daher reisten sie ausschließlich nachts. Audric hatte Ludivine erlaubt, die Bedingungen ihrer Reise zu diktieren, da er zu erschöpft und zu niedergeschlagen war, um zu protestieren. Es war beruhigend, geleitet und getragen zu werden. Geleitet von einem Engel, getragen von einem Göttertier.

Abermals lachte er auf. Ludivines Wachsamkeit schwappte sacht gegen ihn wie die Umsicht einer übertrieben fürsorglichen Mutter. Mehrmals erwog er, sich umzudrehen, sie von Atheria herunterzustoßen und zuzusehen, wie sie durch die Wolken auf die Erde fiel. Das Einzige, was ihn davon abhielt, war die Hoffnung, dass sie sich bei der Suche nach Rielle und noch viel mehr dabei, Rielle zur Rückkehr nach Hause zu überreden, als nützlich erweisen würde.

Ein herzloser, vielleicht auch egoistischer Gedanke. Er hoffte, Ludivine konnte ihn spüren. Er hoffte, er lastete ihr so schwer auf dem Herzen wie seine letzten Erinnerungen an Rielle auf seinem. Er hoffte, Ludivine würde daran ersticken.

Atheria landete lautlos in einem Eichenhain und schüttelte ihre Flügel aus. Audric fühlte, wie sie ihn mit ihren großen schwarzen Augen beobachtete, während er zwischen zwei knorrigen Stämmen stand und gen Norden blickte, in Richtung Heimat.

Ludivine berührte seinen Arm. »Du hast deine Leute nicht verlassen.«

»Doch«, sagte er tonlos. »Lass uns nicht so tun, als wäre es anders gewesen.

»Wenn du geblieben wärst, hätte Merovec dich getötet.«

Audric umfasste Illumenors Heft fester. »Ich weiß mich zu schützen.«

»Natürlich, aber das hätten wir nicht riskieren dürfen.«

Er fuhr zu ihr herum. »Warum? Weil es dir, wenn ich tot wäre, schwererfiele, Rielle nach Hause zu holen?«

Ludivines bleicher Blick blieb starr. »Es hätte mir das Herz gebrochen, dich zu verlieren.«

»Das ist keine Antwort auf meine Frage.«

»Wahr ist es trotzdem.«

»Du erwartest doch nicht ernsthaft, dass ich irgendetwas, was du sagst, für bare Münze nehme.«

Ruhig musterte sie ihn einen Moment lang, vielleicht in der Hoffnung, dass ihr anhaltendes Schweigen ihn zermürbte, dass er sich für seine Unfreundlichkeit entschuldigte, sie in seine Arme zöge, vielleicht gar auf die Stirn küsste, wie er es stets getan hatte.

Doch stattdessen musterte er sie mit der Geduld eines Felsblocks, bis sie schließlich den Blick abwandte und sich schwer ins Gras sinken ließ.

»Irgendwo habe ich einen großen Fehler gemacht«, murmelte sie, »aber ich erkenne ihn nicht.«

»Dein Fehler war es, zu glauben, du könntest uns kontrollieren wie Figuren in einem Strategiespiel«, fauchte Audric. »Du hast gedacht, du könntest Rielle benutzen, sie ganz für dich behalten und sie trotzdem irgendwie vor ihm schützen. Du hast sie dazu überredet, die Wahrheit vor mir zu verbergen, und sie durch die Prüfungen geleitet, und du hast sie ermuntert, die Kunst der Auferweckung zu üben, was genau das ist, was er von ihr will, und all das hast du getan, ohne dich mit irgendjemandem zu beraten.«

Während er sprach, wurde er immer wütender. Seine Wut kam

allerdings nicht zum Ausbruch, sondern schwappte eher ganz allmählich über. Die Welt war ein Wirbel aus mattem Licht und tosendem Lärm, doch er blieb wie angewurzelt stehen und atmete durch die Hitze seiner Wut.

Sein Streit mit Rielle war noch zu frisch, als dass er den gleichen Fehler wiederholt und seine stärkste Verbündete im Kampf um Rielles Loyalität vergrault hätte.

Falls der Kampf überhaupt noch gewonnen werden konnte.

Und die Tatsache, dass er an solche Dinge denken musste, Rielles *Loyalität* – als ob sie ihm oder irgendjemanden diese schuldig wäre –, widerte ihn so gründlich an, dass ihm mit einem plötzlichen Geistesblitz sein bodenloser Selbsthass aufging.

Er starrte auf Ludivine herab und stählte sein Herz gegen den Anblick, wie sie mit zusammengesunkenen Schultern und trostlos ins Leere starrend vor ihm saß, während sich eine Locke ihres welligen goldblonden Haares aus den zur Krone hochgesteckten Zöpfen gelöst hatte.

»Vor vielen Monaten, als mich die Soldaten aus Borsvall bei der Boon Chase hinterrücks überfallen haben«, sagte Audric, »und Rielle die Kontrolle über ihre Macht verlor, als sie mich rettete – da hättest du sie aufhalten können, nicht wahr? Du hättest in ihre Gedanken eindringen und sie mäßigen können, ihre Macht geheim halten können. Dann wäre sie nicht erkannt worden. Keine Prüfungen, keine Sonnenkönigin.«

»Ich konnte nicht zulassen, dass du stirbst«, erwiderte Ludivine mit dumpfer Stimme.

Er wartete einen Augenblick und ging dann vor ihr in die Hocke. »Weil du mich liebst?«

»Weil Rielle dich liebt.«

Ludivines Worte trafen ihn. Liebte Rielle ihn wirklich noch? Womöglich würde er es nie erfahren. »Weil du *wolltest*, dass sie mich liebt. Du *wolltest*, dass wir uns lieben und dass wir heiraten und Kinder kriegen, weil sie all das fester an mich, an die Krone gebunden hätte. Und somit auch an dich.«

Ludivine zuckte zusammen. »Wenn du umgekommen wärst, hätte es ihr das Herz gebrochen.«

»Und in ihrem erschütterten Zustand hätte sie vielleicht übereilt gehandelt. Sich in die Arme von jemandem gestürzt, der bereitstand, um ihren Kummer zu lindern. Und genau das hat sie jetzt getan, trotz all deiner Mühen.«

»Ich habe nicht –«

»Vielleicht hättest du die Meuchelmörder sogar selbst aufhalten können.« Das ging ihm in diesem Moment zum ersten Mal auf, und es verblüffte ihn, dass ihm das nie zuvor in den Sinn gekommen war. Hatte Ludivine ihn daran gehindert, die Wahrheit zu erkennen? »Aber du hast sie nicht aufgehalten, weil du wolltest, dass Rielles Macht zum Ausbruch kommt. Du wolltest, dass sie mit dieser Macht experimentiert. Warum?«

Ludivine klappte hilflos den Mund auf und zu und klammerte sich mit ihren bleichen, schmalen Händen an den eigenen Schenkeln fest. »So einfach ist es nicht, Audric –«

»Und wenn du mir die Wahrheit über den Tod meines Vaters erzählt hättest«, fiel er ihr ins Wort, »hätte ich ihr helfen können. Ich hätte *dir* helfen können. Wir hätten Verbündete sein können, du und ich. All die Ängste, all die Schuldgefühle, die Rielle seit der Feuerprüfung mit sich herumgeschleppt hat. Die letzten Minuten mit ihrem Vater. Die Albträume, die sie zweifellos geplagt haben – ihre eigenen und dazu noch die von Corien. Ich hätte ihr helfen können, diese Bürden zu tragen. Aber du hast mir diese Wahl versagt. Und du hast ihr den Trost versagt, den ich ihr geschenkt hätte, den Frieden, den zu finden ich ihr geholfen hätte.«

In Ludivines Augen glitzerten Tränen. »Ich habe getan, was ich für das Beste hielt.«

»Du bist eine Närrin«, sagte er erbarmungslos. »Egoistisch und hochmütig. Wenn du nicht gewesen wärst, wäre Rielle vielleicht noch bei uns.«

Atheria ging in die Knie, als er näher kam. Ohne ein weiteres Wort erklomm er ihren Rücken und wartete, bis Ludivine hinter ihm aufgestiegen war. Sie setzte sich zwischen die massigen Flügel des Göttertiers und holte zitternd Luft.

»Ich werde mich nicht entschuldigen«, flüsterte sie, sowie sie abgehoben hatten. Der Wind verschluckte ihre Worte fast.

»Versuch bloß nie wieder, mir einzureden, dass du das alles aus Liebe tust«, sagte Audric. »Wenn ich das noch einmal höre, bin ich fertig mit dir. Ich bin es jetzt schon beinahe.«

Atheria jagte mit ihnen durch die Lüfte. Jeder fedrige Schlag ihrer Flügel war ein tiefer, leiser Trommelschlag, der Audrics Brust erschütterte.

Er sprach kein weiteres Wort mehr mit Ludivine.

Die Küste von Mazabat erschien zuerst als weiße Sichel am Horizont, ein ungewisses Lächeln, das über dem glitzernden Wintermeer lag.

Doch beim Näherkommen erkannte Audric die bittere Wahrheit darüber, was Mazabat seit Rielles Besuch vor ein paar Monaten durchlitten hatte: eine endlose Abfolge heftiger Stürme, die allesamt von der schwächer werdenden Pforte ausgingen. Abgetragene Strände voller Schutt erstreckten sich von Horizont zu Horizont. Oberhalb der Küste waren riesige Waldgebiete vom Wind weggefegt worden, und die Stadt Quelbani glich einer großen Baustelle, nachdem viele ihrer Türme umgestürzt waren und selbst den mächtigsten Tempeln Dächer und Fenster fehlten.

Während er mit wachsender Bangigkeit die zerstörte Landschaft betrachtete, übersah Audric die Menschen, die am äußersten Rand des Strands standen.

Doch dann ging der Himmel in Flammen auf.

Atheria flog eine Kurve. Ihre Flügel schlugen beim Kurswechsel scharf gegen die Luft, und sie stieß einen schrillen Wutschrei aus.

Audric vergrub die Hände in ihrer Mähne und blinzelte durch das grelle Licht. Ein Feld flammender Strahlenkränze hing, so weit das Auge reichte, über der Küste. Es waren so unendlich viele, und sie standen so dicht beisammen und waberten unruhig umher wie gefangene Glühwürmchen, dass sie ein dichtes Netz bildeten und Atherias Anflug erfolgreich blockierten.

Nur eine einzelne schmale Schneise blieb unberührt – ein Korridor, der sie an Land gelangen ließ.

»Sie steuern unsere Landung«, bemerkte Ludivine.

»Das kann ich ihnen nicht verdenken«, erwiderte Audric und streichelte Atherias Nacken. »Flieg weiter.«

Atheria schnaubte und legte die langen Ohren dicht an den Schädel. Audric spürte, wie ihre Muskeln zu zittern begannen. In der Luft stehen zu bleiben kostete das Göttertier ein Vielfaches an Kraft.

Audric schloss die Augen, konzentrierte sich auf das Sonnenlicht, das ihm auf Kopf und Nacken schien, und klammerte sich noch fester an Atherias Mähne. Er beugte sich hinab und presste die Wange gegen den samtigen Hals der Chavaile.

»Ich vertraue dir, Atheria«, flüsterte er ihr zu. Er drückte die Handflächen gegen ihr Fell und stellte sich vor, er könnte sämtliche Kanäle der Macht, die seinen Körper durchzogen – selbst jene, die er nicht spürte –, auf Atheria übertragen. Er war kein Engel, und er war auch nicht Rielle, die mit Atheria mit ebensolcher Leichtigkeit kommunizierte wie mit einem Menschen.

Allerdings war Atheria auch kein Pferd. Sie war ein Göttertier, ihnen allen überlegen, und stand dem Empirium näher als irgendjemand oder irgendetwas, abgesehen vielleicht von Rielle. Er hoffte, dass sie ihn irgendwie verstehen konnte und sich durch sein Vertrauen ermutigt fühlte.

»Falls uns an Land Gefahren erwarten«, fuhr er fort, »dann darfst du selbstverständlich sofort kehrtmachen und uns in Sicherheit bringen …« Unsicher fügte er hinzu: »Hast du mich verstanden?«

Atherias Ohren wirbelten vor und zurück, als lauschte sie auf eine Klangwelt, die für Audric unhörbar war. Nach kurzem Zögern ließ sie sich hinabsinken, dem Meer entgegen, und folgte der Schneise, die das Feuer der Leute von Mazabat für sie geschlagen hatte.

Zum ersten Mal seit dem Abend seiner Hochzeit empfand Audric etwas anderes als Verzweiflung – einen kleinen Funken Freude, schwach und flackernd und in unmittelbarer Gefahr, gleich wieder zu erlöschen.

Sie warteten am Strand – eine ordentlich ausgerichtete Aufstellung von etwa zweihundert königlichen Soldaten. Fünfzig von ihnen waren Feuerzeichner, deren Arme vor Anstrengung zitterten, da sie alle das Feuernetz am Leben erhielten, das sich entlang der Küste erstreckte.

Sowie Atherias Hufe den Sand berührten, senkten die Feuerzeichner ihre Urformen. Die Auserwählten wankten vor Erschöpfung, einige brachen sogar zusammen. Das wunderte Audric nicht, denn eine derart gewaltige Machtentfaltung verkrafteten nicht einmal die begabtesten Elementherrscher – in diesem ruhigen Zeitalter jedenfalls nicht mehr. Heiler in weißen Gewändern eilten herbei, um den Feuerzeichnern beizustehen. Bei ihrem Anblick musste Audric an Rielle denken, an das strahlende Kraftnetz, das sie erschaffen hatte, um die Flutwelle daran zu hindern, die borsvallische Hauptstadt Styrdalleen zu zerstören.

Rielle hatte damals einen mächtigeren und strahlenderen Schild errichtet als diese fünfzig Feuerzeichner zusammen – und sie war danach nicht zusammengebrochen. Sie war müde gewesen, das ja, doch sie hatte aufrecht und mit glänzenden Augen ihr Werk betrachtet und war ihm dann mit geschmeidiger Anmut entgegengegangen, während die Einwohner von Styrdalleen ihr begeistert zujubelten.

Audric versuchte diese Erinnerung an Rielle zu verdrängen, doch es wollte ihm nicht gelingen. Sie würde ein ewiger Refrain bleiben, der stets jeden seiner Gedanken, jedes seiner Worte untermalte. Er sah sie so deutlich vor sich – roch sie, spürte sie –, dass er einen Moment lang wie gelähmt war, da die kolossale Last seiner Trauer ihn überschwemmte wie eine dunkle Flut.

Atheria regte sich und wieherte leise.

Audric zwang sich abzusteigen und hielt die Hände hoch. Hunderte Augenpaare waren auf ihn gerichtet; gespannte Bogen mit angelegten Pfeilen und erhobene Urformen verfolgten jede seiner Bewegungen. Die Luft flirrte vor zurückgehaltener Elementarkraft, als wäre der Strand eine Fata Morgana.

»Werden sich eure Feuerzeichner erholen?«, rief Audric.

Eine in der Nähe stehende Soldatin trat aus den Reihen hervor. Ihr Revers war mit einer Reihe edelsteinbesetzter Medaillen dekoriert und ihr dunkles, krauses Haar kurz geschnitten. Audric nahm an, dass sie eine Kommandantin war.

»Lass deine Urform fallen, Lichtbringer«, befahl sie. »Und bitte vergiss nicht, dass du hier klar unterlegen bist und die Auslieferungsbestimmungen nicht für abgesetzte Könige gelten. Es ist nur der Großzügigkeit von Königin Bazati und Königin Fozeyah zu verdanken, dass du unser Land betreten durftest.«

Er gehorchte und ließ Illumenor sinken. »Natürlich. Und ich möchte mein aufrichtiges Bedauern über den Schaden zum Ausdruck bringen, den eure schöne Hauptstadt in den vergangenen Monaten erlitten hat.«

Die Kommandantin sagte nichts. Ihr stolzer Blick fiel auf Ludivine. »Lady Sauvillier. Dein Bruder sitzt jetzt auf dem Thron von Celdaria.«

»So sicher, wie keine Elementarkräfte in meinem Blut fließen«, erwiderte Ludivine und trat mit erhobenen Händen vor, »gehört meine Treue ausschließlich meinem wahren König Audric Courverie.«

»Das reicht«, sagte eine sonore Stimme, ehe sich die Wand

aus Soldaten teilte und eine braunhäutige Frau in einem leuchtend azurblauen Gewand hervortrat. Ihr langes schwarzes Haar fiel ihr in wilden Ringellocken über den Rücken. Bernsteinfarbene und himmelblaue Linien betonten die Form ihrer ernsten braunen Augen, und um den Hals trug sie einen schweren dreieckigen Anhänger an einer Goldkette.

»Königin Bazati.« Audric kniete sich in den Sand. »Ich danke dir, dass du Lady Ludivine und mir erlaubt hast, an deiner Küste an Land zu gehen, und ich möchte dich gern förmlich um Asyl ersuchen. Obwohl ich weiß, dass die Nachrichten aus Celdaria beunruhigend sind, hoffe ich, dass du dich an die jahrhundertelange Freundschaft erinnern wirst, die unsere beiden Nationen verbunden hat –«

»Ach, steh auf.« Königin Bazati aus dem Königshaus Asdalla half Audric auf die Beine, um ihn sogleich in eine herzhafte Umarmung zu ziehen. »Du hast schon als kleiner Dreikäsehoch am Tisch meiner Familie gegessen. Einmal, wenn du dich erinnerst, hast du mir mitten beim Gebet über mein Tempelgewand gespien, nachdem du in meiner Küche einen ganzen Sack Süßigkeiten stibitzt hattest.«

Er rang sich ein kleines Lächeln ab, als sie sich von ihm löste. »Dann darf ich annehmen, dass meine Bitte um Asyl gewährt ist? Ich verspreche feierlich, nicht wieder über eines deiner Gewänder zu speien.«

Die Königin erwiderte sein Lächeln nicht. Stattdessen musterte sie ihn lange prüfend und schüttelte dann den Kopf. »Was ist geschehen, Audric?«

Das Mitgefühl in ihrer Stimme öffnete einen Spalt zwischen seinen Rippen, und zum ersten Mal, seit er allein in den Gärten erwacht war – ohne Rielle und die von Hass und Ekel erfüllten Augen des Hauptmanns seiner Garde auf sich gerichtet –, fühlte Audric heiße Tränen in sich aufsteigen.

»Ich weiß es nicht«, antwortete er aufrichtig. »Nichts Gutes, Majestät.«

Sie nickte und hakte sich bei ihm ein. Ihr Blick wanderte kurz zu Ludivine hinüber, und Audric glaubte Verdruss in ihrer Miene zu erkennen, als wünschte sie, er wäre allein nach Mazabat gekommen.

Ein Gefühl, das er ohne Weiteres nachvollziehen konnte.

»Ich lasse im Königsflügel Gemächer für dich herrichten«, sagte sie, als sie den Strand entlang auf die zerzausten Bäume und die weiß gepflasterten Straßen von Quelbani zugingen. Bürger durchwühlten Schutthäufen, und Bauarbeiter errichteten Gerüste, um zerstörte Steinfassaden zu reparieren, doch die Stadt glänzte nach wie vor, als könnte kein Wind jemals ihr Licht dämpfen. Als Junge hatte Audric die Familienausflüge nach Quelbani geliebt. Der Hauptstadt eilte der Ruf voraus, ein Ort der Forschung und der Wissenschaft zu sein; ihre medizinischen Einrichtungen galten als die führenden der Welt, ebenso wie ihre Bibliotheken, zumindest seit die Engelsbibliotheken auf dem Südkontinent Patria während der Engelskriege zerstört worden waren.

Doch nun, als die Geräusche des städtischen Treibens an sein Ohr drangen, ertappte er sich bei dem einfachen, ihn gleichwohl fast verzehrenden Wunsch, sich umdrehen und nach Hause fahren zu können.

Nie hätte er sich vorstellen können, kein Zuhause mehr zu haben, in das er zurückkehren konnte.

Die Räumlichkeiten, die die Königinnen für ihn vorbereitet hatten, waren luftig und dezent, aber luxuriös eingerichtet – die steinernen Wände waren weiß getüncht, Hängepflanzen in Violett und Waldgrün wucherten aus Kupfertöpfen, die von der Decke hingen, und Windglockenspiele klangen munter von den Balkonen herein.

Audric lehnte die Einladung der Königinnen zum Abendessen so höflich wie möglich ab und war froh, als sich Ludivine wortlos in ihre eigenen Gemächer weiter hinten im Flur zurückzog.

Hinter seinen Fenstern, die man geöffnet hatte, um die kühle Nachtluft einzulassen, ging die Sonne unter. Audric verlor sich in der Betrachtung des dunkelorange gefärbten Himmels mit seinen lavendel- und roséfarbenen Wolken.

Er war allein.

Solange er sich aufrecht zu halten vermochte, starrte er in den Himmel, ehe sein gesamter Körper von seinen verspannten Schultern bis hinab zu seinen schmerzenden Waden zu zittern begann. Die Erschöpfung und das Taubheitsgefühl der langen Tagesreisen auf Atherias Rücken forderten allmählich ihren Tribut, doch der Anblick seines Betts war ihm unerträglich. Sauber, ordentlich und weiß und mit einem Kopfteil aus meisterhaften Teakholzschnitzereien und geschliffenem blauem Stein, war es schön und einladend, jedoch nicht für ihn.

Es war das Bett von Fremden, in dem im Lauf der Jahre unzählige Würdenträger genächtigt hatten. Sein eigenes Bett stand zu Hause, auf Schloss Baingarde, und hatte ihn geborgen, wenn er zur späten Nacht Rielle geliebt hatte und rings umher Ruhe war.

Draußen, auf einer der riesigen Terrassen, kam Atheria mit fröhlichem Zwitschern herabgeschwebt, das Maul voller Federn. Sie hatte sich zum Abendessen einen Falken gefangen.

Ihr Anblick gab ihm den Rest.

Sein Kummer prallte mit solcher Wucht gegen ihn wie jene Flutwelle, die Rielle einst souverän abgewehrt hatte. Er aber konnte sich nicht gegen ihr Abbild in seinem Kopf wehren – eine strahlende Retterin, eine in Flammen stehende Königin, unterwegs auf ihrem unsterblichen Ross, um die Welt zu retten.

»O Gott«, keuchte er und sank auf die Knie. Wut, Trauer und Reue jagten durch seinen Körper, stiegen ihm vom Bauch über die Brust in die Kehle, bis er den Kopf in den Nacken warf und mit weit ausgestreckten Armen schrie.

Immer heftiger wallten seine Schluchzer auf und beanspruchten seine Stimme für sich, während er wimmernd auf dem weichen weißen Teppich lag, die Hände in den dunklen Locken vergraben. Seine Brust brannte vor Schmerz, als hätte eine Axt sie entzweigeschlagen.

Es hätte ihm nichts ausgemacht, wenn das geschehen wäre. Er vermochte sich nicht auszumalen, am nächsten und am übernächsten und am überübernächsten Tag an diesem Ort aufzuwachen, der nicht sein Zuhause war, während man ihm den Thron geraubt und ihn um seinen Besitz gebracht hatte und seine Liebe, seine Rielle, ihn verlassen hatte, vertrieben von seiner eigenen Wut, seiner dummen, gehässigen Eifersucht und seinem verletzten Stolz.

Er hörte weder, wie die Tür aufging, noch hörte er, wie Ludivine barfuß über den Fußboden tappte. Er registrierte nicht, dass Stunden verstrichen waren, dass der Himmel dunkel geworden war oder dass er Hunger hatte und fröstelnd am Boden lag. Dass er so ermattet war, dass ihm die Knochen wehtaten, oder dass Atheria außer sich vor Sorge nervös auf der Terrasse herumtigerte und kreischte wie ein aufgeregter Vogel.

Doch als sich Ludivine zu ihm setzte und die Arme ausbreitete, lehnte er sich an sie und suchte zutraulich wie ein Kind ihren Trost. Sie sandte ihm keine Besänftigungen über Gedankensprache, und dafür war er ihr dankbar.

Er klammerte sich an ihr fest und schluchzte hemmungslos weiter. Irgendwann spürte er Ludivines Lippen auf seinem Haar.

»Es tut mir so leid, Audric«, flüsterte sie mit tränenerstickter Stimme gegen seine Schläfe. Dann streichelte sie seine feuchten Locken und sagte immer wieder seinen Namen.

Der Klang ihrer Stimme erinnerte ihn daran, zu atmen.

4

TAL

»Mein geliebter Tal. Ich schicke diesen Brief an den Gasthof in Beaulaval, den wir so mögen, in der Hoffnung, dass du ihn bekommst. Bis jetzt kein Wort von Audric. Hier ändert sich alles Schlag auf Schlag. Merovecs Soldaten halten die Leute auf den Straßen an. Sie dringen unangekündigt in Häuser ein und patrouillieren unentwegt in den Wohnvierteln. Sie suchen nach etwas, aber wonach? Wenn einer von uns versucht, seinen Rat anzubieten, oder fragt, was Merovec vorhat, weist man uns ab. Später mehr, doch fürs Erste muss ich dir sagen, dass Odo Laroche und ich nicht untätig sind. Alle jene, die wie wir Audric treu ergeben sind, formieren sich zu einer Widerstandsbewegung. Du wirst das übereilt finden, aber du erlebst nicht, was ich erlebe. Wir nennen uns Rote Krone. Lach nicht. Nichts von alledem ist lustig, und wir müssen etwas tun. Du fehlst mir. Pass auf dich auf. Vertraue niemandem. Bring sie nach Hause.«

Verschlüsselter, nicht zugestellter Brief von Miren Ballastier, Großmagistra der Schmiede in Âme de la Terre, der Hauptstadt von Celdaria, an Taliesin Belounnon, Großmagister des Feuers, datiert vom 15. November im Jahr 999 des Zweiten Zeitalters

Gut verhüllt unter einem schweren wollenen Umhang, die Kapuze hochgezogen, um sein durchnässtes blondes Haar zu verbergen, betrat Taliesin Belounnon, der Großmagister des Feuers, den gut besuchten Kneipenraum des Gasthofs zur Glitzernden Stute und ging schnurstracks auf die Barkeeperin zu.

Die Nacht war kalt, und der heftige Wintersturm, der früher am Tag aus dem Norden heruntergeweht war, schien noch lange nicht nachlassen zu wollen. Doch in der überfüllten Kneipe zur

Glitzernden Stute, so benannt nach Sankt Katells legendärem Göttertier, staute sich die feuchtwarme Luft.

Die Barkeeperin sah auf, als Tal näher kam. Ihre Lippen wurden schmal, ganz wie bei Miren, wenn sie verärgert war, und auch der rote Lockenschopf erinnerte ihn gespenstisch an seine Geliebte. Unwillkürlich senkte er den Blick.

»Wenn du uns die ganze Kneipe volltropfst«, begann sie, »dann kostet dich jedes Getränk das Doppelte.«

Tal fing den Blick der jungen Frau auf und ließ seine Augen kurz unter der Kapuze hervorblitzen, um ihr ein winziges Grinsen zu schenken, die Art von charmantem, schiefem Lächeln, die er sich meistens verkniff, seit er zum Großmagister geweiht worden war.

Meistens.

»Bist du dir da sicher?«, fragte er. »Ich kann meinen Umhang gern ein paarmal auswringen und den Laden kräftig durchwischen.«

Die Miene der Barfrau verdüsterte sich. »Du glaubst, ein Scherz und ein nettes Lächeln genügen, um mich umzustimmen?«

Tal unterdrückte ein Seufzen. Er war müde und fror, Socken und Stiefel waren patschnass, und seine Urform, der Schild, den er unsichtbar unter dem Umhang umgeschnallt hatte, war gemein schwer. Das Einzige, was er wollte auf der Welt, war, in aller Ruhe ein Getränk zu sich zu nehmen, ohne dass ihn jemand störte oder sich über den Zustand seiner Kleidung beschwerte.

Noch während er das dachte, wusste er, dass es eine Lüge war.

Das Einzige, was er wollte auf der Welt – das Einzige, was er *wirklich* wollte –, war, hinter sich auf die vielen zechenden, plaudernden und grölenden Leute zu schauen, die sich in der Kneipe drängten, und dort eine blasse junge Frau mit wildem dunklem Haar und leuchtend grünen Augen zu entdecken. Sie würde dort stehen, inmitten der dumpf wogenden, ahnungslosen Menschenherde, und wenn ihr Blick seinem begegnete, würde ihr erschöpftes Gesicht erleichtert aufleuchten. Sie würde mit ausgestreckten Armen auf ihn zustürmen, und er würde sie an sich drücken, ihr das Haar glatt streichen und sie auf die tränennassen Wangen küssen. Er würde ihr versichern, dass sie nun endlich in Sicherheit war und er sie auf schnellstem Weg nach Hause brächte.

Ihr Name kräuselte sich auf seiner Zungenspitze. Es war ein Wort, das ihm vertraut genug war, um einen Geschmack zu haben, sauer und prickelnd, als hätte er in eine reife Sommerbeere gebissen. *Rielle.*

Er musste sofort hinsehen. Er spürte sie schon fast dort stehen, verängstigt und müde, mit gebrochenem Herzen und krank vor Heimweh.

Doch als er sich umwandte, sah er nur die Kneipe und ihre Besucher, die hohe Balkendecke und die gegen den Sturm verschlossenen Fensterläden.

Er schloss kurz die Augen, ertrug den scharfen brennenden Schmerz in seiner Kehle. Es war nicht das erste Mal, dass er hätte schwören können, sie gesehen zu haben – direkt hinter sich, gleich hinter dieser Wegkurve, unmittelbar hinter jener Baumgruppe. Ihr Echo hatte ihn tagelang begleitet, während er die celdarische Wildnis durchstreifte, und es war dieser Nachhall, dieser Sog, der ihn davon überzeugt hatte, dass sie stets in der Nähe war, dass er kurz davorstand, sie zu finden.

Entweder das, oder sie war tot, und es war nur noch seine Erinnerung, die ihn quälte.

Doch wie sollte die Welt ihren Tod überdauern können? Das war unmöglich. Falls sie es aber doch vermochte – wenn alles bleiben konnte, wie es war, obwohl Rielle die Luft nicht mehr atmete, die sie alle am Leben hielt –, dann war die Welt zu einer Welt geworden, in der er nicht mehr existieren wollte.

Er zog die Kapuze zurück, schüttelte sein regennasses Haar aus – und die Gedanken an Rielle ab. Vielleicht sollte er versuchen, wenigstens für ein paar Minuten den Kopf freizubekommen und etwas inneren Frieden zu finden. Er sah auf und zeigte der Barfrau die schöne Aussicht auf sein schönes Gesicht, garniert von einem reumütigen Lächeln, mit dem er sie doch tatsächlich zum Erröten brachte.

»Verzeih mir«, gluckste er. »Es war ein schrecklicher langer Tag. Ich bin seit vielen schrecklich langen Tagen unterwegs, und meine Nerven sind angegriffen. Hast du vielleicht einen Lappen? Dann wische ich die Sauerei auf, die ich gemacht habe, und trolle mich wieder.«

»Ach, hör doch auf, mit mir zu flirten«, schimpfte die Barfrau und ging davon, doch er hatte gesehen, wie es in ihren Mundwinkeln gezuckt hatte, und als sie kurz darauf zurückkehrte, stellte sie einen dampfenden Krug mit Cider vor ihn hin und legte zwei weiße Lappen daneben.

»Mach dich erst mal sauber, dann kannst du die nächste Runde selbst bezahlen«, sagte sie mit einem Zwinkern, das ihn so intensiv an Miren erinnerte, dass ihm die Worte fehlten.

Stattdessen lächelte er der Frau zu, suchte sich einen freien Barhocker und beugte sich über sein Getränk. Der heiße, würzige Apfelwein lockerte ein paar der Knoten in seiner Brust, konnte jedoch nichts gegen die Kopfschmerzen ausrichten, die in seinem Schädel pochten, seit er Âme de la Terre verlassen hatte. In den letzten Tagen hatte er sich angestrengt darum bemüht, seine Gedanken an die Heimat zu verscheuchen, indem er sie achtlos überflogen hatte wie die Rücken von Büchern, die zu lesen er kein Interesse hatte.

Doch der Cider war nicht nur bestens geeignet, um Knoten zu lösen, sondern schmeckte auch köstlich, und so hatte er den Krug bald geleert, während Gedanken an zu Hause immer haltloser durch seinen Kopf rasten.

Es trieb ihn zur Verzweiflung, dass er nicht wusste, was sich in Âme de la Terre zutrug. Dass Merovec den Thron erklommen hatte und Audric verjagt worden war, hatte sich mittlerweile im ganzen Land herumgesprochen. Auch die gedämpft geführten Gespräche an manchen Tischen hier und die verstohlenen, neugierigen Blicke, die jeden neuen Gast genau taxierten, deuteten darauf hin, dass die Leute in dem kleinen Dorf Tavistère die Neuigkeiten ebenfalls vernommen hatten.

Tal umklammerte seinen Krug, schloss die Augen und versuchte, nicht an Miren zu denken, die allein in der Hauptstadt zurückgeblieben war und es mit Merovec Sauvillier aufnehmen musste.

Merovec Sauvillier war nun König von Celdaria. König Audric hielt sich versteckt.

Königin Rielle war in die Nacht entschwunden.

Die geflüsterten Worte schwebten durch den Raum, und jedes Mal, wenn sie auf Tals Ohren trafen, ballten sie sich zusammen zu einem riesigen verworrenen Knoten, den er nicht aufzulösen vermochte. Sein einziger Trost war das Wissen, dass Merovec, falls Audric aufgespürt und getötet werden sollte, dafür sorgen würde, dass sich diese Neuigkeit schnell verbreitete. Bis dahin würde er ein gewisses Maß an Trost aus den wirren Spekulationen um Audrics Verbleib schöpfen.

»Hier.« Ein frischer Krug tauchte vor ihm auf. Die Barfrau musterte ihn neugierig. »Du siehst aus, als könntest du noch ein paar von denen vertragen.«

Tal rang sich ein mattes Lächeln ab. »Dann bezahle ich also ab dem dritten, ja?«

»Verwickle mich in ein fesselndes Gespräch, dann musst du überhaupt nichts bezahlen. Du siehst aus, als hättest du einige ziemlich fesselnde Themen in deinem hübschen blonden Kopf.«

»Fesselnde Themen, ja«, bestätigte Tal. »Und verblüffende. Verstörende.«

Die Barfrau hob die Brauen. »Du weißt echt, wie man junge Frauen neugierig macht, Nasser Umhang.«

»Aiden«, log er, abermals lächelnd.

»Rosette.« Sie stützte das Kinn auf die Hände und erwiderte sein Lächeln. »Also? Abgemacht.«

Auf einmal wollte Tal nichts lieber, als sein Herz auszuschütten. »Ich habe meine Heimat verlassen, um etwas sehr Wichtiges zu erledigen«, sagte er stattdessen, auch wenn es ihm dabei die Kehle zuschnürte. »Und ich habe jemanden zurückgelassen, den ich liebe.«

»Warum konnte sie dich nicht begleiten?«

Mirens Gesicht blitzte vor ihm auf – mit spitzem Kinn und schelmischer Miene. Ein breites Feld aus Sommersprossen auf blassen Wangen. Weiche rote Locken, die im Kerzenlicht ihres Schlafgemachs glänzten wie geschmolzenes Kupfer.

Doch als er sie das letzte Mal gesehen hatte, an dem Abend in den Gärten hinter Baingarde, war ihre Miene hart und ernst, ihr Blick leuchtend und entschlossen gewesen. Sie war in der Hauptstadt geblieben, um für Audric die Augen offen zu halten. Eine dem abgesetzten König treu ergebene Spionin.

Sei tapfer, hatte sie unter den Kiefern gegen seinen Mund geflüstert und war zum Schloss zurückgeeilt, ehe er ihr die Verabschiedung zuteilwerden lassen konnte, die sie verdient hatte.

»Weil sie«, sagte er schließlich und rieb sich die Stirn, »ebenfalls etwas Wichtiges zu erledigen hat. Zu wichtig, um ihren Posten zu verlassen.«

»Dann müsst ihr zwei ja ziemlich bedeutende Leute sein«, sinnierte Rosette und tippte sich mit einem Finger an die Lippen. »Du möchtest mir nicht vielleicht erzählen, worum es sich bei diesen gewichtigen Aufgaben handelt?«

»Leider nein.«

»Du musstest Geheimhaltung schwören, stimmt's?«

Er legte sich eine Hand auf die Brust und neigte den Kopf. »Ich musste Geheimhaltung schwören und mich mit goldenen Ketten der Ehre an meinen Schwur binden.«

Rosettes Lächeln wurde breiter. »Ich liebe es, wenn grüblerische Männer mit noblen Geheimnissen in mein Lokal kommen.«

Tal suchte in seinem Gehirn angestrengt nach einer ironischen Entgegnung. Er hatte zu viel Cider getrunken; seine Gedanken waren verschwommen und verwaschen. Mirens Gesicht prallte auf das von Rielle und die beiden verschmolzen – kurze rote

Locken gingen in lange dunkle Wellen über. Abermals berührte Rielles Echo seine Schulter, scharf und schlagartig wie ein Windstoß, und er spannte alle Muskeln dagegen an.

»Ich weiß, dass du nicht wirklich hier bist«, murmelte er und presste sich die Fingerspitzen fest gegen die Schläfen.

»Aiden? Bist du krank?« Rosette berührte seinen Arm. »Du bist ganz blass geworden. Ich mag dich, aber bitte spei mir nicht auf den Tresen.«

Die Tür zum Flur vor der Kneipe flog auf.

Jemand heulte, flehte verzweifelt um Erbarmen. »Der weiße Tod! Sie sind hier! Der weiße Tod! Meine Tochter! Bitte, so hilf mir doch jemand. Sie sind hier!«

Mit einem erstickten Schrei wich Rosette zurück.

Tal wandte sich um. Sein Sichtfeld pulsierte im gleichen Rhythmus wie seine Kopfschmerzen. Verschwommen sah er in der offenen Tür einen Mann stehen, hinter dem der Sturm toste. In den Armen hielt er den Körper einer jungen Frau mit steifen Gliedmaßen. Ihr Gesicht war zu einer grotesken, kreidebleichen Maske des Schreckens verzerrt.

Panik wallte durch die *Glitzernde Stute* wie lodernde Flammen. Diejenigen, die dem Mann am nächsten waren, wichen stolpernd zurück, als hätte das Mädchen in seinen Armen eine üble Krankheit. Andere schrien auf und eilten zu den Türen und Fenstern und zu der Treppe, die hinauf zu den Fremdenzimmern führte.

Tal stand wie angewurzelt da, während es ihn vor Grauen heiß und eisig zugleich überlief.

Er hatte von diesem »weißen Tod« gehört. König Ilmaire aus Borsvall hatte Audric davon geschrieben, und in den letzten Monaten waren immer wieder Berichte darüber von ihren eigenen Soldaten eingetroffen. An den Grenzen von Celdaria und Borsvall waren sowohl Dörfer als auch militärische Außenposten von diesen unerklärlichen Todesfällen heimgesucht worden – die Menschen wurden nachts jählings getötet. Durch Schatten, wie Gerüchte besagten. Es wurde auch von Untieren gemunkelt, jedoch hatte in keinem der Berichte, die auf Tals Schreibtisch landeten, irgendetwas Nachvollziehbares gestanden.

Manche der Toten waren regelrecht massakriert worden, ihre Knochen verstreut und ihr Fleisch zerfetzt; andere lagen einfach leblos da, ohne eine Wunde am Körper. Der einzige Hinweis darauf, was diesen mysteriösen Toten zugestoßen war, so wurde übereinstimmend in die Hauptstadt berichtet, waren ihre unnatürlich bleichen Gesichter, die ausnahmslos zu einer Grimasse des Grauens verzerrt waren, als hätte man sie in ihren letzten Augenblicken von innen heraus aufgelöst.

Eine kalte Hand berührte Tals Arm. Als er sich umwandte, sah er, wie Rosette ihn anstarrte. Ihre Augen waren von einem grauen Film überzogen, und ein selbstgefälliges Grinsen zog sich über ihr Gesicht. Tal stockte der Atem.

Sie knickte abrupt den Kopf zur Seite. »Zu spät, Tal.«

Ihr Genick brach mit einem entsetzlichen Knacken, und ihre Augen wurden klar. Dann sackte sie zusammen und schlug mit dem Kopf auf den Tresen.

Erschüttert wich Tal zurück. Die Leute um ihn herum schrien auf und liefen davon. Er wusste nur sehr wenig über das Verhalten von Engeln, doch Rielle hatte ihm genau geschildert, was mit König Hallvard von Borsvall kurz vor seinem Tod geschehen war, und als er in Rosettes erstarrte Augen und auf ihr geisterhaft bleiches, vor Grauen verzerrtes Antlitz blickte, lief ihm vor Entsetzen ein Schauer über den ganzen Körper.

Engel.

Corien.

Rielle.

»Zu spät, Tal!« Eine unbekannte Männerstimme brüllte die Worte triumphierend heraus, und bis Tal ihren Besitzer ausfindig gemacht hatte – bärtig, grauäugig und mit irrem Grinsen –, fiel er bereits um, mit gebrochenem Genick und bleichem, verzerrtem Gesicht.

»Zu spät, Tal!« Ein Schankjunge, kaum älter als fünfzehn.

»Zu spät, Tal!« Eine Frau, die dabei war, ihre greinenden Kinder zu beruhigen.

Die Spur ihrer zerstörten Körper verfolgte ihn, während ihn die gespenstisch weißen Gesichter zur Tür trieben. Tal schob sich vorbei an der panischen Menge und einem schluchzenden Mann, der auf der Türschwelle auf die Knie gesunken war. Der Leichnam seiner Tochter fiel polternd neben ihm zu Boden.

Draußen riss der Sturm Tal die Luft aus der Kehle. Schwarzer Regen prasselte wie tausend Nadeln auf ihn herab. Er löste die Riemen auf seiner Brust, zog seinen Schild heraus und schöpfte damit eine breite Flammenfront aus den Ölfackeln, die am Eingang der Kneipe vor sich hin loderten. Einige Leute kreischten und sprangen zurück, doch er ignorierte sie und rannte durch den von Menschen wimmelnden matschigen Hof. Das Wiehern der in der Scheune des Gasthofs untergebrachten Pferde gellte durch die Nacht und ihre Hufe hämmerten gegen die Boxenwände. Es gab kein Feuer in der Nähe außer dem auf seinem Schild; sie fürchteten sich vor etwas anderem.

Erst als er die Bäume am Rand des Hofs erreichte, hielt er inne und lauschte. Nicht auf die Schreie der Menschen, die sich noch im Gasthof befanden. Nicht auf den Sturm.

Stattdessen lauschte er nach Rielle.

Mit vor Wut zitterndem Körper schloss er die Augen, umfasste seinen Schild fest und rief das Empirium so verzweifelt an wie nie zuvor.

Das Empirium ist in jedem Lebewesen, und jedes Lebewesen entstammt dem Empirium, betete er.

Brenne ruhig und brenne treu. Die Flammen auf seinem Schild wuchsen an und züngelten hungrig.

Brenne sauber und brenne hell.

Genau diese Worte hatte Rielle am Tag ihrer Feuerprüfung gesprochen. Sie hatten sie gemeinsam rezitiert, wieder und wieder, während die brennende Nachbildung von Rielles Elternhaus ihnen Asche und Funken vor die Füße gespuckt hatte.

Doch dann … waren Federn gefallen statt Flammen. Strahlend und feuerfarben, alle aus Rielles Händen.

Rielle, wo bist du?

Ihr Echo hüpfte an ihm vorüber, fast verspielt. Ein kaltes Schnappen gegen seine Brust.

Er lief hinterher, durch den finsteren Wald, gepeitscht von nassen Ästen und mit seinem lodernden Schild als einziger Lichtquelle. Als er auf die Lichtung trat, wo sie stand – er wusste es, er *wusste*, dass sie da war, noch bevor er sie sah, er spürte es, spürte *sie;* er hatte das Empirium gebeten, sie zu finden, und es hatte ihm ausnahmsweise einmal klar und umfassend gehorcht –, explodierte der pulsierende Schmerz in seinem Kopf.

Er brach zusammen und fiel auf die Knie; sein Schild flog davon, die Flammen erloschen. Dann sackte er nach vorn auf die Hände, und als er aufsah, kippte die Welt, und er erhaschte nur einen kurzen Blick auf Rielle.

Sie trug einen langen dunklen Umhang, der so groß war, dass sie beinahe darin versank. Ihr Haar war nass und klebte an ihren Wangen.

Ihre Blicke verfingen sich ineinander, und obwohl sich sein Sichtfeld verdunkelte und sein Schädel kreischte, als risse er sich selbst entzwei, verstand er die Sprache ihrer Augen. Er hatte sie jahrelang unterrichtet, sie praktisch aufgezogen.

Rielle hatte Angst.

Er streckte einen zitternden Arm nach ihr aus. »Rielle, Liebes, es ist alles gut, ich bin da –«

Doch dann konnte er sich nicht mehr länger aufrecht halten, und als er benommen aus dem Matsch nach oben spähte, zog ein weißhaariges Mädchen mit hellbraunem Teint einen Ring aus Licht um Rielles Füße. Er konnte sich keinen Reim auf das machen, was er da sah. War das Mädchen eine Gezeichnete?

Etwas Dunkles fegte vorbei, eine rasche Bewegung, ein Schnappen in der Luft. Ein hochgewachsener Mann, an dessen Mantel der Wind zerrte.

Dann war das Licht verschwunden. Und mit ihm Rielle.

Das Einzige, was blieb, war eine Stimme, die nicht zu ihr gehörte. Sie klang weich und geziert und außerordentlich belustigt.

Sie sagte: *Zu spät, Tal.*

Und dann stürzte sie ihn unbarmherzig ins Vergessen.

5

RIELLE

»Jahrtausendelang lebten die Engel nur im Himmel. Nachdem die erste Engelin aus dem Staub des Alten aufgestiegen war, wurden die anderen ihrer Art geboren – aus Wolken und Kometen und hohen Sternenwinden. Leuchtend und alterslos studierten sie die Sterne und das Empirium dahinter. Erst als die Engel schließlich die Menschen in der unteren Welt wahrnahmen, stiegen sie hinab, zu fasziniert, um ihrer Neugier auf Wesen zu widerstehen, die mit ihrem endlichen Dasein und ihren beneidenswerten Kräften für sie abstoßend und erstaunlich zugleich waren. Für die Menschen kam der Große Abstieg einem Feuerregen gleich, der sich über die Welt ergoss und weit über das Werk jedes Elementherrschers hinausreichte. Chaos herrschte. Länder lösten sich auf, und Grenzen fielen. Die Menschen verstreuten sich in alle Himmelsrichtungen und überließen die Nationen, die wir heute als Patria und Vindica kennen, den Engeln, die sich diese dann zu eigen machten.«

Und Feuer fiel vom Himmel: Der Große Abstieg der Engel und wie er die Welt veränderte; eine Sammlung gelehrter Aufsätze, zusammengestellt von Lyzet Taval von der Ersten Gelehrtengilde

Mithilfe von Obritsas Bändern zu reisen, war eine Kunst, die Rielle noch immer nicht besonders graziös beherrschte. Als sie zum dritten Mal durch den summenden Ring aus Licht trat, den sie inzwischen mit Abscheu betrachtete, schaffte sie es immerhin, einen Moment lang das Gleichgewicht zu halten, ehe ihre Knie nachgaben.

Der Boden kam viel zu schnell näher, eine Fläche aus hartem, rotem Lehm, durchsetzt von spitzen Steinen, die sich in ihre zarten Handflächen bohrten.

Sie unterdrückte den vagen Drang, sich zu übergeben, der sie bei diesen Bänderreisen stets plagte, dann hob sie den Blick und registrierte, dass sie sich ganz unten in einer engen Schlucht aus hoch aufragenden roten Felsen befand. In der Nähe floss ein tosender Wildbach, der sich mit weißer Gischt und schwarzen Fluten den Weg durch das Gestein bahnte. Am Himmel ging die Sonne strahlend unter und warf ein gespenstisches blutrotes Licht auf die mit kunstvollen Steinmetzarbeiten verzierten Felswände. Rielle erkannte vertraute Formen: Geflügelte Engel schwebten durch von hohen Türmen gekrönte Städte. Wendige Kriegsschiffe segelten auf ferne Gestade zu. Sterne und Mond verzierten die Leinwand aus rotem Fels mit verschiedenen Konfigurationen und ließen das Gestein wie eine von einem wandernden Riesen hinterlassene, weit verzweigte Landkarte erscheinen.

»Es ist schön«, sagte sie leise.

»Natürlich ist es schön. Engel haben es erschaffen.« Corien ging auf Rielle zu, die linke Hand einladend ausgestreckt. »Dies ist Samandira, der Eingang nach Eridel. Vor langer Zeit eine der großartigsten Städte in Vindica. Ein Ort der Bildung und des aufgeklärten Denkens. Heimat von Universitäten, an denen Engelsgelehrte forschten, um die Mysterien der Schöpfung zu enträtseln. Standort von Bibliotheken mit Tausenden von Werken, in denen das Wesen des Empiriums ergründet wird. Ehe Menschen sie zerstörten«, fügte er leichthin an. »Der Krieg hat großen Schaden angerichtet. Und dann, nach unserer Gefangenschaft, kamen Tausende Menschen hierher, um das zu zerstören, was geblieben war. Über Jahre hinweg haben sie alles zunichtegemacht, was wir erschaffen haben. Die Ruinen ausgeplündert.«

Rielle wusste, dass sein lockerer Tonfall aufgesetzt war. Nachdem er ihr auf die Beine geholfen hatte, schlang sie ihre Finger durch seine. Sein schwarzer Umhang und die schwarze Hose, einst makellos sauber, waren von ihrer endlosen Reise verschmutzt. Als sie zu seinem Gesicht aufsah, so glatt und fein in dem roten Lichtschein, wallte ein Gefühl der Zuneigung in ihr auf – und Mitleid.

Sie berührte seine Wange und befleckte mit ihren schmutzigen Fingern seinen bleichen Teint. Es gab keine Worte, mit denen sie ihn irgendwie hätte trösten können, und sie war sich nach wie vor unsicher, ob sie ihn überhaupt trösten wollte.

Doch sie konnte sich nicht verkneifen, ihn zu berühren.

Ihr Leben war zu einer Abfolge hastiger Episoden geworden – eilig nach Osten, von einer Stadt zur nächsten, entweder zu Fuß oder auf dem Rücken von Pferden oder in irgendeiner Kutsche, die Corien anderen Reisenden raubte, die seiner schmeichelnden Stimme, seinen tränenhellen Augen und seinen Versprechen von wilden Ausschweifungen unter den Bäumen nicht widerstehen konnten, wenn sie ihm nur ihre Kutsche und ihr Pferd überließen.

Er genoss es, mit ihnen zu spielen, diesen unseligen Menschenwesen, die ihn zunächst nur allzu bereitwillig in ihren Geist schlüpfen ließen, während sie noch sein wunderschönes Gesicht bestaunten – bis sie zu spät begriffen, was mit ihnen geschah, und vor Furcht zu schreien begannen.

Zuerst hatte sich Rielle bei diesen Übergriffen immer abgewandt. Der Anblick war entsetzlich – wie sich ihre Gesichter grotesk verzerrten –, und dieser dumpfe Aufprall, wenn sie endlich umfielen. Dann war sämtliche Farbe aus ihren Gesichtern verschwunden, und ihre Mienen zeigten einen Ausdruck absoluten Grauens. Sie wusste, dass Corien gewaltbereit war, doch diese Überfälle waren ihr so unnötig und grausam erschienen, dass sie sich geweigert hatte zuzusehen.

Zuerst.

Jetzt ertappte sie sich immer öfter beim Zuschauen. Nicht dass sie das Leid der Menschen genossen hätte. Sie genoss vielmehr die Zurschaustellung seiner Macht, und er wusste, dass sie es genoss, spürte, wie ihre müde Freude sich, direkt bevor er die Leute tötete, in seine Gedanken drängte, und das Wissen, dass er es mit Freude tat, vermittelte ihr einen gewissen Trost. Sie verzehrte sich nach Trost. Ihr Kopf hörte nicht mehr auf zu schmerzen, und sie hasste ihr gestohlenes Kleid.

Außerdem hasste sie es, wie fremd sich ihr Körper an manchen Tagen anfühlte, wie sie immer wieder eine unerklärliche Übelkeit überkam und sie peinlicherweise dazu zwang, sich elend zu übergeben, wobei ihr Corien mit solcher Zärtlichkeit die Haare nach hinten hielt, dass es die Würdelosigkeit ihrer Verfassung beinahe wieder wettmachte.

Und so sah sie ihm beim Töten zu und sehnte sich mit leicht beunruhigender Verzweiflung nach seiner Freude und seiner Zustimmung. Doch jedes Mal, wenn ein plötzliches Erschrecken sie aufrüttelte, legte sich dies so schnell wieder, wie es gekommen war.

Du bist wie ich, hatte sie ihm vor fünf Tagen gesagt. Er war gerade von einem grauhaarigen, faltigen und doch starken Mann weggetreten, nachdem er ihn auf die Erde hatte fallen lassen. Der Mann war ein Schäfer gewesen, was Corien aus irgendwelchen Gründen amüsierte, die er jedoch vor Rielle verbarg, wenn sie versuchte, in seinen Geist einzudringen.

Ich erzähle dir schon seit Monaten, wie ähnlich wir uns sind, erklärte er belustigt, als er über den Leichnam trat und auf sie zuging. *Warum sagst du das ausgerechnet heute?*

Du genießt es nicht, ihnen wehzutun. Das ist nicht der Grund, warum du es tust. Ihr Herz pochte angesichts seiner Nähe. Durch jeden hungrigen Pulsschlag weitete sich ihr Brustkorb mehr und mehr, bis sie das Gefühl hatte, gleich von der Erde abzuheben und davonzuschweben. Sie war so müde – sie war immer müde, auf eine dumpfe Art und Weise, als schleppte sie sich durch einen endlosen Sumpf –, und die Erschöpfung ließ nur nach, wenn er nahe bei ihr war.

Du genießt deine Macht, sagte sie. *Du genießt, wozu du imstande bist, und du genießt das Gefühl, das Richtige zu tun, das dich immer dann erfüllt, wenn du deinen Verstand für das einsetzt, wofür er gemacht ist.*

Corien musterte sie einen Moment lang, ehe er abermals sprach, und sein Atem wehte heiß gegen ihren Mund. *Du hast nur teilweise recht, mein Schatz. Natürlich liebe ich meine Macht, ja, aber ich genieße es in der Tat sehr, ihnen Schmerz zuzufügen. Ihnen allen. Jedem Einzelnen von ihnen.*

Und dann hatte er sie geküsst, lange und hart, bis ihr leises Unbehagen angesichts seiner Worte verschwunden war, bis sie den Toten zu ihren Füßen ebenso vergessen hatte wie all die anderen Toten, die sie zurückgelassen hatten.

Sie wusste nicht einmal genau, wohin sie unterwegs waren.

Als sie Corien danach gefragt hatte, ein einziges Mal nur, hatte er geantwortet, indem er ihr seine Gedanken sandte, doch die waren so verworren und undurchschaubar, dass ihr vom Nachdenken bald die Augen wehtaten, als hätte sie direkt in die Sonne geschaut. Sie musste sich unbedingt von diesen Gedanken abwenden, und schon wenig später hatte sie all ihre Fragen vergessen und nahm sie nur noch gelegentlich am Horizont ihres Geistes wahr, bevor sie wieder verschwanden.

Wir müssen weitermachen, hatte Corien ihr gesagt. *Das ist alles, was zählt.*

Er hatte natürlich recht. Sie mussten weiter in Richtung Südosten reisen. Mehr brauchte sie nicht zu wissen.

Sie machten lediglich Rast, wenn Obritsa Ruhe brauchte, was für Rielles Geschmack viel zu oft war. Begriff sie denn nicht? Sie mussten vorwärtskommen. Das war wichtig, und Corien schätzte keine Verzögerungen.

Doch das schreckliche Mädchen konnte sie immer nur hundert Meilen am Stück transportieren, ehe sie erschöpft zusammenbrach, was sie dazu zwang, viel zu oft haltzumachen und ein oder zwei Nächte in einem ekelhaften, schmutzigen Gasthof oder einer schäbigen Kate zu bleiben, nachdem deren Bewohner eliminiert worden waren, oder sogar im Freien zu nächtigen wie wilde Tiere.

Und auf diesem nebulösen Zug nach Osten, wo jeder Tag eine neue Landschaft bot, einen fremden Dialekt oder einen ungewohnten Kleidungsstil, verlor Rielle mehr und mehr den Boden unter den Füßen. Auf diesem Weg, der sie unwiderruflich immer weiter weg von zu Hause führte, war Corien ihr einziger Anker. Das einzig Verlässliche, das sie kannte und liebte.

Und so berührte sie ihn am trockenen, flachen Ufer des Flusses in der Schlucht. Sie berührte ihn immer wieder, obwohl ihr von der Reise mithilfe von Obritsas Bändern übel war und sie schweißüberströmt und zitternd vor ihm stand.

»Willst du eine Weile hierbleiben?«, fragte sie und ignorierte Obritsas erstickte Schmerzensschreie neben sich. »Wir könnten uns in den Ruinen umsehen. Vielleicht sind ein paar Sachen übrig geblieben, die wir brauchen können.«

Coriens Blick wurde weich, was nur geschah, wenn er sie direkt ansah. Die Erleichterung über diese Beständigkeit ließ ihr die Tränen in die Augen steigen. Corien war ihr heller Mond, der auf das graue, nebelverhangene Meer herunterschien, in dem sie nun lebte.

Er küsste sie auf die Stirn. »Für eine Nacht. Wir suchen uns ein altes Haus, ein Engelshaus, eines, das so prachtvoll und herrlich war wie du, und dort schlafen wir bis zum Morgengrauen.«

Ohne sich umzudrehen, sprach er das Mädchen und ihren Wächter an.

»Vorwärts, Majestät.« Er liebte es, Obritsa zu verhöhnen, was wiederum Rielle amüsierte. »Du und dein edler Gefährte dürft vorangehen.«

Er wies auf einen breiten Fußweg, der dem Flusslauf folgte, und wartete darauf, dass Artem voranging und die vor Erschöpfung zitternde Obritsa hinter ihm herhumpelte. Der hochgewachsene und kräftige junge Mann mit dem hellbraunen Teint wachte über die zierliche Königin, und seine wässrigen Augen blickten stets besorgt unter seinem wuscheligen braunen Schopf hervor. Am Oberkörper hatte Artem mit sechs Ledergurten, die sich über Rücken und Schultern zogen, ein riesiges, in Segeltuch eingeschlagenes Paket befestigt. Jedes Mal, wenn Rielle einen Blick darauf warf, wurde ihr schwindelig, und es schnürte ihr die Kehle zu, bis sie wegsehen musste und dann auch auf der Stelle vergaß, dass es existierte. Jetzt erfasste sie der Schwindel einmal mehr, und als sie ins Wanken kam, verstärkte Coriens Hand rasch den Griff um ihre Taille.

Dann hob er ihre Hand an seinen Mund und zog ihren anderen Arm durch seinen. Auf diese Art vereint marschierten sie weiter.

Erst spätnachts fiel Rielle wieder ein, dass sie Tal gesehen hatte. Sie hatten sich ein Lager aus einem Stapel vorgefundener schmutziger Felle und Decken gemacht, die, wie Corien verächtlich gezischt hatte, höchstwahrscheinlich von einer der marodierenden Banden von Schatzjägern zurückgelassen worden waren, die sich auf der Suche nach Engelsbeute in den Ruinenstädten Vindicas herumtrieben.

Die Erinnerung an Tal kehrte im Schlaf zurück und traf sie mit der Wucht eines Faustschlags. Ihre Augen flogen auf, und sie konnte nur mit Mühe einen schrillen Schrei unterdrücken.

Ihr fielen mehrere Dinge gleichzeitig ein:

Corien saß wenige Schritte von ihr entfernt und schaute aus dem offenen Fenster des Gutshauses, in dem sie übernachteten. Die Decken waren hoch und die Flure breit, extra so gebaut, um die ausladenden Engelsflügel unterzubringen, die eine Spannweite von gut zweieinhalb Meter besaßen. Die Proportionen ließen Rielle schwindeln. Coriens Augen waren geöffnet, schimmerten aber glasig. Wenn sie schlief, ließ er oft seinen Geist »arbeiten«, hatte er ihr erklärt und weitere Ausführungen verweigert. Genau das tat er jetzt und hatte dabei das Kinn auf die Hand gestützt, als suchte er beiläufig den Himmel nach Wolken ab.

So beschäftigt, hatte er weder bemerkt, dass sie wach war, noch, dass sie sich an die bedeutsame Szene erinnerte, die er vor ihr verbarg. Tal, wie er im Matsch lag, die Hände nach ihr ausstreckte und ihren Namen rief. *Ich bin hier, Rielle!* Und auf diese eine herzzerreißende Erinnerung folgten schlagartig all die anderen. Der Nebel, in dem sie gelebt hatte, verschwand, und sie sah endlich alles klar und deutlich, als hätte man sie unsanft aus der Dunkelheit in grelles Licht geschubst.

Sie musste weg von hier. *Sofort.*

Während sie unsicher auf die Beine kam, schossen Rielle Zornestränen in die Augen. Jetzt begriff sie mit niederschmetternder Klarheit, wie sie die letzten vierzehn Tage verbracht hatte. Jetzt schien alles auf der Hand zu liegen, und es machte sie wütend, wie dumm sie gewesen war, wie gefügig und gedankenlos.

Mit seiner Macht hatte Corien ihren Verstand verwirrt und sie dann mithilfe von Obritsas Bändern durch die Welt gezerrt. Ahnungslos hatte Rielle sich von ihm führen lassen, und immer dann, wenn ihre Erinnerungen wieder aufflammten und ihre Macht sich der seinen protestierend entgegenstellte, hatte er seine Gewalt über sie verstärkt und sie in einen dumpfen, weichen Käfig zurückgezerrt. Er hatte sie in den Schlaf gesäuselt und mit fiebrigen Träumen belohnt.

Rielle schluckte ein Schluchzen hinunter, stand zitternd vor Anstrengung auf, um kein Geräusch zu machen, und schlich sich davon. Der Steinfußboden war schmutzig, und ihre Füße zeichneten einen unregelmäßigen Pfad durch den Staub und Schutt von Jahrhunderten.

Er verbarg so vieles vor ihr, täuschte sie so komplett, dabei hatte sie Tal vor nicht allzu langer Zeit gesehen, er war nur wenige Meter von ihr entfernt gewesen – und dennoch hatte Corien verhindert, dass sie miteinander sprachen, hatte ihr jede Entscheidung versagt, ja ihr nicht einmal erlaubt, sich an den Augenblick zu erinnern, genau wie an jeden anderen Augenblick, den er aus ihrem Gedächtnis zu löschen versuchte …

Ganz langsam schlich sie aus dem Raum, wagte nicht einmal zu blinzeln, während sie gegen ihre Wut und Enttäuschung und die Trauer über ihre wiederentdeckten Erinnerungen ankämpfte, bis ihr schwindlig wurde. Nun sah sie alles unverschleiert vor sich: Ihre Hochzeit und die Vision, die allen enthüllte, dass sie König Bastien getötet hatte; Audric, der sie in den Gärten wüst beschimpfte; ihre Flucht aus der Stadt; wie sie Coriens Stimme in den Wald vor Âme de la Terre gefolgt war, bis sie schließlich in seinen Armen zusammengebrochen war. Und dann …

Und dann nichts. Ein grauer Ozean. Gelegentliche Farbblitze. Eine von Corien erschaffene Traumlandschaft. Eine gestohlene Kutsche. Sie selbst, wie sie sich weinend das Brautkleid vom Leib riss und dann in Unterrock und Stiefeln durch einen finsteren celdarischen Wald stolperte, bis Corien sie fand, sie zwang, ein noch von seiner Vorbesitzerin warmes Kleid anzuziehen, und sie küsste, bis sie zu weinen aufhörte und sich abermals treibend auf einem grauen Meer wiederfand.

Und *Tal* – oh, er hatte nach ihr gerufen. Unter jenen Bäumen, in jener stürmischen Nacht nahe einem Gasthof, in dem ein offenes Feuer loderte, war er auf die Erde gefallen und hatte die Hände nach ihr ausgestreckt. Er war ihr gefolgt, er musste ihr einfach gefolgt sein – nach ihr gesucht haben, in der Hoffnung, sie nach Hause zu holen.

Rielle erreichte die Tür. Ihr Atem ging flach und dünn und ihre Augen brannten, während sie auf Corien starrte und ihn durch Willenskraft dazu zwingen wollte, sich nicht zu rühren. Erstaunlicherweise schien ihn seine Arbeit dermaßen in Anspruch zu nehmen, dass er ihr Erwachen noch nicht bemerkt hatte.

Doch was auch immer der Grund dafür war, sie musste die Fluchtmöglichkeit ergreifen. *Ich sehe ein göttliches Wesen, das nach Freiheit lechzt*, hatte er zu ihr gesagt, während er die Ketten fester anzog, die sie an ihn banden.

Freiheit. Ein toller Witz. Sie war nicht mehr als ein Hund an der Leine gewesen, das sah sie nun mit einer gestochen scharfen Klarheit, die sich anfühlte, als hätte sie Blitze verschluckt.

In ihren Gedanken toste die Panik, während sie auf die bewusstlosen Menschenbündel in der anderen Ecke des Raums schaute. Artem und Obritsa, erstarrt in einem Tiefschlaf, den natürlich Corien über sie gebracht hatte. Er arrangierte alles hier, und sie konnte ihm nie trauen, und wo war sie überhaupt? Nirgends. Weit weg von zu Hause, in einem zerstörten Land, das einst Engeln gehört hatte.

Sowie Rielle rückwärts über die Schwelle und in den breiten Flur davor getreten war – über ihr die uralte, brüchige Decke, die den Blick auf die oberen Stockwerke des Hauses und schließlich auf den mit Sternen gesprenkelten Himmel darüber freigab –, rannte sie los.

Weit kam sie nicht.

Sie lief durch mehrere Innenhöfe, die sich zwischen den säulenverzierten Prachthäusern in der unmittelbaren Nachbarschaft versteckten. Verlassene Innenhöfe, überwuchert von struppigen Bäumchen und Dornenranken vormaliger Gärten. Schließlich duckte sie sich unter einen verwitterten Steinbogen, den zwei Skulpturen flankierten – eine ohne Kopf und die andere mit unförmigen Klumpen auf dem Rücken, vermutlich Relikte einstiger Flügel.

Stoßweise atmend hielt sie inne und sah sich um.

Der Mond war halb voll, und es war kalt. Schwarze, silbergeränderte Ruinen ragten über ihr auf, von Asche versengt, die nicht verblasste. Alles war gezeichnet vom Hieb einer uralten, elementbeherrschenden Faust, die Narben hinterlassen hatte, welche weder die Zeit noch die Unbilden des Wetters abwaschen konnten. Sie roch die Magie noch jetzt, Jahrhunderte später. Rauch im Wind. Von Regen getränkter Schlamm. Der beißende Geruch blutbefleckten Metalls.

Sie wandte sich abermals um – und stand direkt vor Corien.

Er packte sie an den Armen, doch noch ehe er zu sprechen ansetzte, ehe er sie erneut in seine Gedanken hüllen und sie nach Belieben betäuben konnte, explodierte sie.

Ihr Zorn beschwor das Empirium herauf, und es gehorchte mit Freuden.

Allzu lange in Fesseln gelegt, wallte die Macht durch ihren Körper, schoss aus ihren Handflächen, und sie drosch auf ihn ein.

Und Corien ergriff die Flucht, prallte gegen eine Säule und schlug sich den Kopf auf. Benommen fiel er zu Boden, blieb jedoch kaum einen Atemzug lang liegen.

Kopfschüttelnd kam er wieder auf die Beine, und sie warf die Arme nach ihm, als wollte sie eine riesige Tür zustoßen. Ihre Kraft schleuderte ihn in die Luft und presste ihn gegen ein rostiges Eisengitter, das sich von den Mauern des Innenhofs nach oben zog. War dies einst eine Voliere gewesen? Die Vorstellung, dass sich geflügelte Engel zu ihrem Ergötzen Vögel mit gestutzten Flügeln in Käfigen hielten, war pervers. Rielles Zorn loderte noch heftiger.

Sie stieß die Hände erneut in die Luft. Coriens Körper krümmte sich gegen die Eisenstäbe.

»Rielle«, keuchte er, »bitte, hör mir zu –«

»Du hättest mich sofort wieder fesseln sollen, als du gemerkt hast, dass ich weg bin«, knurrte sie und stolzierte auf ihn zu. »Hättest mich in deinen ach so geliebten Geist einhüllen sollen. Mich in den Schlaf der Bewusstlosen einlullen wie Obritsa und Artem. Vielleicht dachtest du, das wäre überflüssig. Vielleicht dachtest du, wenn ich dich wiedersehe, vergesse ich meine Wut.«

»So ist es schon einmal geschehen«, erwiderte er, und selbst während er da am Gitter baumelte, war er noch von aufregender Schönheit, mit seinen leuchtenden Augen und dem spöttisch aufgeworfenen Mund, der sie praktisch anflehte, ihn zu küssen. »Du liebst meine Gesellschaft. Das kannst du nicht leugnen, Rielle.«

Das konnte sie tatsächlich nicht, doch Coriens säuselnde Stimmlage war ein derart offensichtlicher Versuch, sie zu besänftigen, dass sich alles in ihr dagegen sträubte. »Ich werde leugnen, was auch immer ich will.« Sie ließ die Finger spielen und schlang ihm Stränge des Empiriums um den Körper. »Und ich werde meine Macht einsetzen, wie auch immer ich will.«

Coriens blasse Augen blitzten. Sie spürte, wie er mit seinem Geist nach ihrem griff, und ließ einen wilden Strom von Kieselsteinen auf ihn herunterprasseln, die sie vom Boden heraufbefahl. Er jaulte vor Schmerz, als sie sein Gesicht trafen.

»Versuch das nicht noch mal«, herrschte sie ihn an. »Lüg mich nie wieder an und verhülle nie wieder meine Gedanken durch deine, sonst töte ich dich. Ich verbrenne dich genauso wie vor ein paar Monaten, und diesmal werde ich nicht aufhören. Du wirst auf der Erde verschmoren, und ich werde zusehen, wie deine Asche davonfliegt.«

»Das tust du nicht«, keuchte er mit blutüberströmtem Gesicht. »Du liebst mich.«

»Ich wünschte, ich täte es nicht«, sagte sie bitter.

»Ich fasziniere dich, mein Liebling.«

»Genau wie dein Tod es tun würde.«

Er lachte. Dass er lachen konnte, während er hilflos in den Fängen ihrer Macht hing, bezauberte sie, obwohl sie sich vehement dagegen sperrte, irgendetwas an ihm bezaubernd zu finden.

»Du hast mich getäuscht«, sagte sie leise.

Seine Antwort ließ lange auf sich warten. »Ja«, gab er schließlich zu.

Immer noch drängte sie ihn erbarmungslos und mit ungebremster Macht gegen das rostige Eisengitter. Doch in ihrer Brust fühlte sie Schmerz aufwallen. Sie hasste ihre brennenden Augen, die juckende Nase und die Tatsache, dass er die Geburt jeder einzelnen Träne erspüren würde.

»Das wäre nicht nötig gewesen«, sagte sie. »Ich war da. Ich war bei dir. Ich war zu dir gekommen. Ich hatte …« Sie hielt inne. Es war alles noch zu frisch; ihre wiederentdeckten Erinnerungen hatten sie verletzlich gemacht. »Ich hatte Audric und meine Heimat verlassen, um zu dir zu kommen.«

»Ich weiß.«

»Du wusstest, dass du mich nicht anlügen musstest, und trotzdem hast du es getan.«

»Ich hatte keine andere Wahl.«

Ungeduld peitschte durch ihren Körper; ihre Macht verstärkte ihren siedenden Griff um ihn und ließ ihn aufschreien. Sie sah den dunklen Glanz von Blut auf seinem Hals und an seinen Händen. Wenn sie noch etwas fester zudrückte, würde sie seine Haut versengen.

»Ich verstehe es nicht«, hielt sie ihm mit erstickter Stimme entgegen. »Du hast mir Freiheit versprochen und mir das Gegenteil davon gegeben. Ich bin zu dir gekommen, weil ich niemanden mehr hatte. Ich konnte niemandem vertrauen, doch dir habe ich vertraut.«

»Ich weiß.«

»Du hast mich gekannt und du hattest keine Angst.«

»Ich kenne dich immer noch und habe noch immer keine Angst.« Er sah sie mit sanftem Blick an, und sie zuckte unter der darin aufblitzenden Zärtlichkeit erschreckt zusammen, auch wenn sie sich in Wahrheit danach verzehrte.

»Du liebst mich«, erklärte sie.

»Mehr, als ich je irgendjemanden in meinem langen Leben geliebt habe«, antwortete er, ohne zu zögern.

Ihr eingeschlossenes Herz vollführte wilde Sprünge in seinem Käfig. »Also, warum dann?«

»Weil ich weiß, dass du ihn noch immer liebst«, murmelte er. Fasziniert verfolgte sie, wie die Verzweiflung jegliche Arglist aus seinem Gesicht fegte. »Ich weiß, dass du *sie alle* immer noch liebst, obwohl du sie gleichzeitig hasst, und dass das alles neu für dich ist. Du bist müde, und dennoch tost die Macht, die dich mit Verlangen und Grauen zugleich zittern lässt, unaufhörlich durch dein Blut. Ich weiß, dass es dir Angst macht, weit weg von zu Hause zu sein. Ich weiß, dass dir die vertraute Umgebung fehlt. Und ich wollte nicht, dass diese Angst dich von mir wegführt.«

»Es wäre nicht die Angst gewesen, die mich von dir weggeführt hätte, wenn ich mich zum Gehen entschlossen hätte. Es wäre mein eigenes Ich gewesen, mein eigener Wille. Aber du hast mir diese Wahl versagt.«

»Ich konnte es nicht zulassen.«

»Du konntest es nicht *zulassen*?«

Er stieß genervt den Atem aus. »Rielle, wir leben in entscheidenden Zeiten. Du bist mit deinen Fähigkeiten so weit gekommen, und ich bin stolzer auf dich, als ich das in Worte fassen kann, aber jetzt ändert sich alles. Es ist an der Zeit, voranzuschreiten, und ich kann es nicht riskieren, dich zu verlieren.«

Sie schnaubte höhnisch, und ihr Sichtfeld verschwamm, als ihr die Tränen in die Augen schossen. »Du kannst nicht riskieren, mich zu verlieren oder meine Macht?«

»Das ist ein und dasselbe.«

»Entweder fürchtest du, das zu verlieren, was meine Macht für dich ausrichten kann, oder du fürchtest, mich, Rielle, zu verlieren. Die Frau. Weil du mich liebst.«

»Und ich kann nicht nach beidem zugleich verlangen?«, fragte er leicht verärgert. »Selbst *dein* Geist gestattet dir, viele Gefühle auf einmal zu erleben. Du kannst dir gar nicht vorstellen, wie viele meiner in sich bergen kann.«

Mit einem Fauchen warf sie ihn brutal zu Boden. Er landete flach auf dem Rücken und schnappte nach Luft.

Sie kniete sich neben ihn, und ihre Hände wollten ihn sogleich berühren, um den Schmerz seines geraubten Körpers zu lindern, bevor er sich selbst heilen konnte. Sie wusste, dass sie es konnte, und mit nichts als einem Seitenblick glitt sie ins Reich des Empiriums und sah die strahlende Landkarte seines Körpers vor sich. Sie zählte die pulsierenden rot-schwarzen Lichtblüten an den Stellen, wo ihre Wut ihn geprügelt hatte – insgesamt sechzehn.

Doch zuerst sollte er sie sprechen hören.

»Ich weiß, was du von mir willst«, raunte sie. »Du hast mich stets behutsam davon abgelenkt, wann immer ich genug bei Sinnen war, um Fragen zu stellen. Das wird mir jetzt klar. Aber ich erkenne ganz genau, was du willst. Du hast mich seit Monaten mit der Idee gequält. Du willst mir dabei helfen, die restlichen vier Urformen zu finden.« Jetzt, wo ihre Erinnerung zurückgekehrt war, fiel ihr wieder ein, was sich in dem riesigen Paket befand, das Artem auf den Rücken geschnallt mit sich umherschleppte. Sie begriff, warum ihr bei jedem Blick darauf übel geworden war und warum sich die Luft regelmäßig eng und heiß um sie herum zusammengezogen hatte. In dem Paket steckten die Urformen. Marzanas Schild. Grimvalds Hammer. Tokazis Stab. Corien hatte sie am Abend ihrer Hochzeit in Âme de la Terre gestohlen, und ihre gefesselte Kraft zerrte nun an ihr.

»Und dann«, fuhr Rielle fort, »wenn wir alle sieben haben, willst du, dass ich damit die Pforte öffne und die Heerscharen deiner rachedurstigen Art befreie. Du willst mir die Körper liefern – Millionen menschlicher Körper, deren Geist du brutal geraubt hast – und erwartest von mir, dass ich jeden eindringenden Engel wieder zum Leben erwecke. Jeder von ihnen soll einen dieser toten Körper erhalten, damit er ihn sich aneignen kann. Einen dauerhaften Anker, da die meisten Engel nicht stark genug sind, um aus eigener Kraft einen Körper lange an sich zu binden. Ist es nicht so? Du willst, dass ich sie an neue Körper binde, sie mithilfe des Empiriums zusammenschweiße und ihnen mehr Macht verleihe, als sie jemals hatten. Du willst mich benutzen, um diesen Krieg zu gewinnen, deinen zweiten und letzten Krieg.«

Dann ertrug sie es nicht mehr. Sie streichelte Coriens blutende Wange, und wo ihre Finger auf seine verbrannte Haut trafen, wurde diese wieder weiß und heil. Er zitterte unter ihrer Berührung, und seine Lider flatterten vor Erleichterung – und vor Verlangen, selbst jetzt noch. Obwohl sie ihn verletzt hatte und obwohl er blutend dalag, begehrte er sie noch immer. Die Schatten ihrer gemeinsamen dunklen Träume schwebten an den Rändern ihres Geists.

»Aber was will *ich?*«, flüsterte sie. »Die Pforte reparieren und die Engel abermals tausend Jahre lang in der Verdammnis einsperren? Oder will ich sie öffnen, wie du es dir von mir wünschst? Will ich die Millionen blutrünstiger Seelen befreien, die sich auf der anderen Seite drängen?«

»Blutrünstig.« Er hustete und rang immer noch nach Luft. »So kannst du uns wohl kaum bezeichnen. Wir streben nach Gerechtigkeit.«

»Von der grausamsten Sorte.«

»Was uns angetan wurde, war grausam. Wir werden es mit gleicher Münze zurückzahlen.«

»Und wenn du dieses Heer auferweckter Engel anführst, wo siehst du mich dabei? Wo passe ich in dein großartiges Bild, Kalmaroth?«

Ein zorniges Fauchen kam ihm über die Lippen, als sie seinen Engelsnamen benutzte. Sie lächelte ein wenig und genoss den Stachel seiner Wut. Seine Gedanken verrieten ihn, wann immer sie das Wort aussprach; er hasste diesen Engel, den Engel, der versagt hatte und schreiend in die Verdammnis gestürzt war.

»Du wirst den Angriff an meiner Seite anführen«, erklärte Corien mit gepresster Stimme, während seine Finger die ihren berührten. »Du wirst den Leuten, die dich für immer einsperren wollten, zeigen, was für ein Irrglaube es war, sich einzubilden, dass ihnen das je gelänge.«

Sie konnte kaum atmen. Selbst wenn sie sich von ihm zurückzog und ihre unerschütterliche Kraft als Mauer zwischen ihnen stehen ließ, nahm sie seine Wärme, seinen uralten Willen so intensiv wahr, als hätten sie sich endlich vereinigt, nicht allein in Gedanken, sondern wie noch niemals zuvor mit ihren Körpern.

»Und wenn ich mich dafür entscheiden würde, dir zu helfen«, flüsterte sie, »was würde dann aus mir?«

Unter Schmerzen stützte er sich auf die Ellbogen. »Dein wahrhaftigstes Selbst. Du würdest größere Höhen erklimmen als jedes Wesen, das jemals gelebt hat.«

Seine Augen glühten wie im Fieber. Sie hätte dies für eine absurde Äußerung gehalten – *größer als jedes Wesen, das jemals gelebt hat* –, hätte sie nicht selbst in ihrem Hinterkopf die gleiche köstliche Gewissheit empfunden, seit sie klein war, ja schon bevor sie überhaupt alt genug war, um zu begreifen, was das hieß.

Sie versuchte ein verächtliches Grinsen. »Du schmeichelst mir.«

»Du weißt, dass ich das nicht tue. Nicht jetzt. Nicht *damit.*« Er berührte ihre Hand. »Rielle, das ist es, was ich dir anbiete: Wenn du mir in diesem Krieg beistehst, bei diesem großen Werk, das ich ein endloses dunkles Zeitalter lang geplant habe, während meine Leute in der Verdammnis leiden mussten, helfe ich dir, all das zu erfahren, was du schon immer wissen wolltest. Die Ekstase, dich mit der Macht zu vereinigen, die dich erschaffen hat.«

Ganz gegen ihren Willen geriet ihr Blut bei seinen Worten in Wallung. Die Welt knisterte um sie herum, als wäre sie ein Feuerball, den man in ein gefrorenes Meer geworfen hat. Sie starrte ihn an, sah die Worte, die er nicht aussprach, und erschauerte bis ins Mark.

»Und würdest du von mir erwarten, dass ich Gott für dich finde, Corien? Die Quelle des Empiriums? Ist es das, worum es geht? Ein Krieg ist nicht genug?« Ihre Daumen spielten mit seinen Lippen, die sich sofort öffneten. Seine Zähne ritzten ihre Haut. »Würdest du mich benutzen, um die Kraft, die uns erschaffen hat, zu zerstören und zu ersetzen?«

»Nein, Rielle. *Du* wärst dann Gott, nicht ich. Ein freundlicherer, ruhmreicherer Gott als derjenige, der es der Menschheit erlaubt hat, mein Volk zu ewigem Leid zu verdammen. Und ich würde dir mit Freuden dienen.«

Eine ganze Weile sagte keiner von beiden etwas. Dann wandte Rielle sich ab, außerstande, die Intensität seines Blicks zu ertragen. Mit beiden Händen fuhr sie die schlanken Linien seines Körpers entlang und verschloss jede einzelne Wunde, die sie ihm zugefügt hatte.

»Ich wäre in meinem eigenen Rhythmus von selbst genesen«, erklärte er und seine Stimme zitterte wie Espenlaub. Ihre Berührung war leicht; sie wollte ihm nicht mehr Genuss bereiten als nötig.

»Ich heile dich lieber selbst«, sagte sie und gab sich gelassen, obwohl sie wusste, dass er die Lüge erspüren würde.

Als sie fertig war, war Corien wieder der Alte und lächelte sie völlig unversehrt an. Sie half ihm auf die Beine, während ihr die Hitze in die Wangen stieg.

»Komm, meine herrliche Peinigerin.« Er küsste ihre Hand. »Meine wunderbare Königin. Zusammen werden wir all das Unrecht, das geschehen ist, wiedergutmachen, und wenn dann unser Krieg gewonnen ist, finden wir die Quelle des Empiriums im Herzen der Schöpfung. Wir entreißen sie den Sternen und erschaffen für sie einen Thron, wie du ihn verdient hast.«

»Du gehst davon aus, dass ich eingewilligt habe, dir zu helfen, oder dies in der Zukunft tun werde«, gab sie würdevoll zu bedenken.

»Nein, meine Schönheit. Aber bei jedem deiner Atemzüge spüre ich, wie sehr du nach mehr verlangst, als diese kleine, blasse Welt dir jemals wird geben können.«

Darauf wusste Rielle nichts zu erwidern. Corien hatte ihre Gedanken lediglich laut ausgesprochen und das wusste er. Ohne seinen angebotenen Arm zu ergreifen, machte sie kehrt und ging vor ihm zurück zu dem verlassenen Gutshaus. In der ruhigen Bergluft war ihr kalt und sie fühlte sich unruhig, ihr Geist schwer und umwölkt – bis sie, einen winzigen Moment später als Corien, begriff, was ihre Auseinandersetzung in den Ruinen für Folgen gezeitigt hatte.

Nach einem kurzen Augenblick der Stille hob er eine alte, zerbrochene Vase vom Boden auf und schleuderte sie mit einem Wutschrei gegen die Wand.

Das Haus war leer. Obritsa und Artem – und mit ihnen die drei Urformen – waren verschwunden.

6

ELIANA

»Es wird erzählt, dass die Türme von Elysium die Wolken streifen und die Stadt so weiß ist wie der Schnee auf den höchsten Berggipfeln. Es wird erzählt, dass die gestohlenen Juwelen aus den zerstörten Städten Tag und Nacht funkeln. Es wird erzählt, dass auf den Brücken Tausende verzweifelte Menschen darum betteln, hineingelassen zu werden, und es täglich mehr werden. Allesamt Feiglinge und Verräter. Armselige Schlucker. Aber wenn sich die Tore für mich öffnen würden, wäre ich sofort an ihrer Seite. Wenn ich müsste, würde ich sogar meinen eigenen Bruder töten, um in die Stadt des Kaisers zu gelangen.«

Geschichten von Flüchtlingen im besetzten Ventera, herausgegeben von Hob Cavaserra

Die Stadt des Kaisers mit ihren Türmen und Warten erstreckte sich weitläufig auf einer Hochebene und war von einem kreisförmigen Abgrund umgeben, über den sich ein Dutzend schlanker weißer Brücken spannte.

Sie glitzerte, als wären Abertausende fein geschliffener Juwelen achtlos über sie gestreut worden, und die Türme flimmerten in dem kalten Sonnenlicht. Die Luft war dünner, als Eliana es gewohnt war. Seit ihrer Ankunft im Hafen der Küstenstadt Luxitaine hatte sich ihr Tross aus eleganten Kutschen in die gebirgigste Region von Celdaria emporgewunden, bis sie schließlich Elysium erreichten. Die Berge waren plötzlich einer felsigen Ebene gewichen, und dann gab es diese tiefe Schlucht, die die Stadt umgab. Früher einmal lag dort Âme de la Terre, die Hauptstadt von Celdaria, die Stadt, die Sankt Katell nach dem Krieg errichtet hatte. Das Zuhause des Lichtbringers. Das Zuhause der Blutkönigin.

Und selbst jetzt, mit dem neuen Namen und einem uralten Engel auf dem Thron, soviel sie wusste, auch ihr Zuhause.

Elysium. Dank Remy waren Eliana die Wurzeln des Wortes aus der Engelssprache vertraut. *Paradies. Ein Zustand der Glückseligkeit oder Erleuchtung.*

In ihr stieg ein nervöses Lachen auf und sie ließ es zu. Es hatte keinen Zweck, ihre wachsende Furcht zu verbergen. Der Kaiser würde hinter jede Maske blicken, die sie aufsetzte.

Sie saß auf einer mit Samt gepolsterten Bank in der vierten und vornehmsten Kutsche von insgesamt acht und lachte, was allerdings weder die Engelswachen, die sie flankierten, aus der Ruhe brachte noch Simon, der schweigend auf der gegenüberliegenden Bank saß. Es war die Art von Lachen, mit der Tränen einhergingen. Eliana machte sich keine Mühe, ihr Gesicht abzuwischen. Sie lachte und weinte und schaute aus dem Fenster.

Früher hätte sie ihre Umgebung inspiziert, sich die Anzahl der Wachtürme auf dem vor ihnen liegenden Stück der Stadtmauer gemerkt, die Höhe der Mauer und deren Umfang geschätzt. Schnell, aber sorgfältig abgespeichert, wie viele unglückliche Menschen sich auf beiden Seiten der Brücke drängten, die sie gerade überquerten. In den Bergen um Elysium lebten Hunderttausende, und jeden Tag kamen mehr hinzu, die sich auf den Brücken über dem Abgrund drängten, um Einlass bettelten und sich flehend den Engeln zu Füßen warfen.

Aber Eliana fand, dass es keine Rolle mehr spielte, ob sie die Türme und die Flüchtlinge zählte oder sich den Kopf darüber zerbrach, wie diese runde Schlucht um die Stadt entstanden war. Was sollte sie mit diesen Informationen anfangen, wo sie doch von Engeln umgeben war, die jeden Fluchtplan aufspüren würden, sobald er in ihrem Kopf entstand.

Nichts. Sie konnte nichts damit anfangen. Sie hatte nichts und sie *war nichts* und sie hatte niemanden.

Sie schloss ihre nackten Hände; deren Blöße stieß sie ab und verängstigte sie. Sie konnte das Empirium nicht mehr spüren; ihr

Verstand schien mit schwarzer Wolle zugestopft zu sein. Remy fuhr mit einer anderen Kutsche, und ihr war nicht erlaubt worden, ihn zu sehen, selbst nach ihrem peinlichen Auftritt an der Anlegestelle von Luxitaine nicht, der mit Betteln begonnen hatte, in Schreien überging und in erschöpftem Schweigen endete.

»Wo bringt ihr mich hin?«, fragte sie. Was in Anbetracht der Aussicht aus ihrem Kutschenfenster eine dumme Frage war, aber sie ertrug die Stille nicht länger.

Simons kühler Blick wanderte von seiner dünnen, in Leder gebundenen Kladde zu ihr. Seit sie vor drei Tagen in Luxitaine aufgebrochen waren, schrieb er ständig dort hinein. »Elysium.«

Sie hatte gedacht, dass sie sich inzwischen an seine neuen, schrecklich ausdruckslosen Augen gewöhnt hätte. Aber dem war nicht so. Sie bohrte sich ihre Fingernägel in die Schenkel. »Wohin nach Elysium?«

Simon blätterte um und schrieb weiter. »In den Palast des Kaisers.«

»Wohin in den Palast?«

»In den Empfangssaal.«

»Welchen Empfangssaal? Bestimmt gibt es mehrere, schließlich ist das ein Palast.«

Einer von den Wachen, auf dessen breiter Brust das kaiserliche Flügelwappen prangte, verlagerte sein Gewicht. Verärgert, hoffte Eliana.

Aber Simon blieb gleichgültig. Die Seiten seiner Kladde waren sorgfältig beschrieben. »In seinen Lieblingssaal.«

Eliana bemühte sich um einen munteren Tonfall und hoffte, dass diese unangebrachte Heiterkeit noch jemandem außer ihr auf die Nerven fallen würde. »Und was machen wir dann dort?«

Die Kutsche kam zum Stehen. Simon schloss die Kladde. Er lächelte nicht, nicht einmal grausam. Würde er das doch tun …

»Das wirst du schon bald erfahren«, antwortete er und stieg auf seine typisch leichtfüßige, anmutige Weise aus der Kutsche, die sie früher so gemocht hatte und inzwischen verabscheute.

Die Wachen halfen ihr beim Aussteigen. Sie befanden sich auf einem weitläufigen Steinplatz, wo alles weiß und rein war – die Pflastersteine, die Steinmauern, der dünne Novemberhimmel über ihren Köpfen und die Lautlosigkeit. Wo auch immer Remy steckte, sie ließen ihn nicht in ihre Nähe. Hier, weit hinter den Stadttoren, konnte man auch die wehklagenden Unglückseligen, die sich auf den Brücken vor der Stadt drängten, nicht mehr hören. Eliana fragte sich, wie viele von ihnen bei dem aussichtslosen Versuch, die Mauern von Elysium zu überwinden, in den Abgrund gestürzt waren, weil sie verzweifelt den Kutschen nachjagten.

Als sie an den Abgrund dachte, kam ihr eine Erinnerung.

Remy hatte ihr damals zu Hause in Orline, in einem Leben, das inzwischen unendlich weit zurücklag und ihr völlig unwirklich vorkam, aus einem seiner gestohlenen Bücher vorgelesen: *Und an dem letzten Abend des alten Zeitalters beschwor die Blutkönigin die Ozeane vom Meeresgrund hervor; rief das Feuer der Sonne zu sich herab, entwurzelte die Berge, und alles, was Celdaria einst ausmachte, alles, was die Welt einst ausmachte, brach unter der Wucht ihres Zorns zusammen.*

Mit Remys lieb gewonnener Stimme im Kopf wurde Eliana klar, dass früher Berge aufgeragt hatten, wo jetzt der Abgrund gähnte. Berge, die ihre Mutter in der letzten Nacht ihres Lebens ausradiert hatte.

Eliana schloss abermals ihre bloßen Hände und rief nach der Macht, um die sie so gerungen hatte.

Nichts rührte sich.

Beinahe hätte sie wieder gelacht. Natürlich rührte sich nichts, war sie doch zu einem Nichts geworden, zu einem Schatten ihres früheren Selbst. Es war eine Erleichterung, das zu wissen. Eine machtlose Sonnenkönigin nutzte niemandem. Wenn sie ihr allerdings wieder ihre Urformen gaben, könnte das gefährlich werden. Mit der Macht ihrer Mutter in den Adern, ihren Urformen zurück an den Händen und den Gedanken des Kaisers, die ihren erschöpften Geist lenkten. Seine Kontrolle, die ihre verdrängte.

Sein Wille, der ihren verschlang. Und sie ermutigte, es noch einmal zu versuchen. Darauf *bestand*, dass sie es wieder und wieder versuchte, bis irgendwann ein schwacher Funke ihrer Macht aufflammte und alles vorbei wäre. Und sie, die Sonnenkönigin, zu seiner Marionette würde, die er tanzen ließ, wie es ihm beliebte.

Als sie sich vorstellte, wie sich die Engel an jedes Stück ihres Verstandes krallten und nach einer Waffe suchten, die sie niemals fänden, wurde ihr furchtbar schwindelig.

Eliana ballte ihre gefesselten Hände zu Fäusten und biss sich auf die Lippe, bis sie blutete.

Ehe sie zuließ, dass der Kaiser ihre neu erwachende Macht missbrauchte, würde sie sich lieber umbringen.

Sie passierten einen weißen Torbogen, dann einen weiteren Innenhof aus Stein und gelangten anschließend über eine Treppe in ein dunkles und kaltes Labyrinth von Tunneln, die man sicher so verschlungen angelegt hatte, um Eindringlinge in die Irre zu führen. In der feuchten, schweren Luft wurde Eliana allmählich übel, ganz ähnlich wie damals, als sie und Harkan an Bord der *Streganna* gegangen waren und in ihrem Körper noch das Gift der Schlangenwurzel floss.

Als Eliana an ihn dachte – an seine warmen, dunklen Augen, an seine Arme, die sie ruhig hielten, und wie er sie selbst an ihren schlimmsten Tagen akzeptiert hatte –, traten ihr Tränen in die Augen. Sie stolperte und eine Wache stützte sie sogleich am Ellbogen. Womöglich, sagte sie sich, war Harkan nicht gestorben. Zumindest hatte sie ihn nicht am Strand von Festival gesehen. Im Gegensatz zu vielen anderen hatte Simon ihn nicht erschossen.

Womöglich. Es war eine kleine, schwache Hoffnung. Sie keimte in ihrem Herzen wie eine zarte Knospe, die kurz vorm Erblühen war, und Eliana klammerte sich mit jedem bisschen Kraft daran, das ihr geblieben war.

Die Welt um sie veränderte sich weiter, nahm sie erschöpft wahr. Eliana verschwommen immer wieder die Bilder vor Augen. Ein polierter Marmorfußboden. Hohe dunkle Decken, mit bemalten, glitzernden Sternen in Silber und Gold, Violett und Kristallblau. Durch schlanke Buntglasfenster fiel farbiges Licht in einen hohen, schmalen Raum. Warmes Gelb und Rosa, Türkis und Jadegrün.

Admiral Ravikant ging mit auf dem Rücken verschränkten Händen voraus, sein federnder Gang war unerträglich vertraut. Die Schritte ihres Vaters, leicht verändert. Nach ihm Simon. Er schwieg, schien sich ansonsten aber wohlzufühlen, die Anspannung aus seinen Schultern war verschwunden. Eliana wurde klar, dass er ihr früher immer nur etwas vorgespielt hatte. Jetzt konnte er sich entspannen. Jetzt war er unverstellt.

Zu ihrer Linken bemerkte sie plötzlich ganz nah eine Figur, einen Farbfleck in Menschengestalt.

Sie strauchelte und sank in die Arme ihrer Wachen.

Es war eine Statue. Eine Frau.

Eine von vielen.

»Weiter, weiter!«, drängte Admiral Ravikant. Seine Stimme hüpfte vor Freude. »Nicht herumtrödeln.«

Die Wachen schoben sie weiter und Eliana gehorchte – aber ihre Aufmerksamkeit lag woanders.

Eliana starrte auf die Frauen.

Es war eine Galerie von Frauen, manche waren aus Stein gemeißelt, andere aus Glas geblasen, und wieder andere aus unzähligen winzigen Mosaiksteinchen zusammengesetzt. Es gab Frauen aus goldglänzendem Messing, Frauen aus Stahlplättchen und Kupferdrähten. Manche waren auch mit ein paar Farbtupfern gemalt und hingen an den Wänden.

Als sie zwischen diesen erstarrten Figuren hindurchgingen, prickelte Elianas Haut. Sie schienen allesamt zu exquisit und selbst die bizarren unter ihnen strahlten eine eigenartige Schönheit aus. Doch es waren viel zu viele, Eliana fühlte sich aus dem Gleichgewicht gebracht, als ob die Welt kippte. Es war die Sammlung eines Besessenen, der Raum bis auf den letzten Zentimeter vollgepackt, aber die Anordnung der Figuren wirkte willkürlich.

Als Eliana an der nächsten vorbeiging, blieb sie stehen, weil ihr eine erschreckende Erkenntnis kam.

Sie starrte auf die Skulptur vor ihr – eine Frau aus glitzerndem schwarzen Stein mit unglaublich zarten Gliedmaßen, die Proportionen waren gestreckt und ungewöhnlich. Sie kniete und ihr Körper bäumte sich augenscheinlich in Todesqualen auf, ihr Kopf und ihre Arme waren nach hinten geworfen und dem Zorn des Himmels ausgesetzt. Unzählige vergoldete Flammen entsprangen ihren Armen, ihren Fingern und den Haarspitzen ihrer herabfließenden wilden Locken. Ihr Kleid bedeckte sie nur zur Hälfte, Säume und Ausschnitt waren zerrissen. Auf ihrer Brust schimmerte ein goldener Strahlenkranz. Zwei weitere waren auf die flachen Stellen gemalt, wo eigentlich ihre Augen sein müssten, und noch einmal zwei auf ihre starren geöffneten Handinnenflächen.

Eliana verkrampfte sich. Der geöffnete Mund der Frau leuchtete ebenfalls in Gold und aus ihrer Kehle schien ein leuchtend rotes Feuer emporzusteigen.

Die Frau schrie.

Und Eliana erkannte sie.

Während die Wachen sie weiterschoben, sah Eliana sich um, jetzt erkannte sie alle. Es war immer dieselbe Frau, wieder und wieder, ihre Gesichtszüge waren manchmal überzeichnet oder verzerrt dargestellt, aber immer erkennbar, immer vertraut. Eliana hatte sie vor Wochen selbst gesehen, vor Jahrhunderten, hier in Celdaria, in den Wäldern, wo Rielle versucht hatte, sie zu töten. In den Wäldern, wo Corien in ihren Geist eingedrungen war und *Was für ein Leben du geführt hast. Was für interessante Bekannte du hast* zu ihr gesagt hatte.

Die Bildnisse stellten allesamt Rielle dar. Jedes Einzelne von ihnen.

Rielle mit wütenden Pinselstrichen in Öl gemalt, wie sie allein am Rand einer Klippe steht und über ein rotes Meer blickt, während der Himmel von unzähligen Sternen funkelt. Rielle, fast noch ein Mädchen, abstrakt und fröhlich, erschaffen aus verschlungenen Drähten, die mit grellen Farben bespritzt wurden. Mit einem ausgestreckten Arm fasst sie nach einer Feder, die schwebend in der Luft hängt.

»Beeindruckend, nicht wahr?«, fragte Admiral Ravikant mit einem überheblichen Lächeln. Inzwischen hatten sie die Galerie durchquert und standen vor einer geschlossenen Flügeltür, deren bronzene Türgriffe in der Form von Engelsflügeln gegossen waren. »Seine Majestät ist ein begnadeter Künstler.«

Was für interessante Bekannte du hast. Coriens Worte wurden immer lauter und kreisten in einer bösartigen Endlosschleife in Elianas Kopf. *Was für ein Leben du geführt hast.*

Ihr Blick flog zu Simon, sie begriff und ihr wurde ganz kalt. Hatte er schon immer vorgehabt, sie zu betrügen? Oder hatte ihre unglückliche, schlecht geplante Reise in die Vergangenheit ihn verändert? Hatte Corien Simon an diesem schrecklichen Tag in ihren Gedanken entdeckt – seine Loyalität gegenüber dem Propheten, seine Treue gegenüber Eliana, seinen unerschütterlichen Glauben an ihre Fähigkeiten, sie alle zu retten – und hatte das irgendwie alles verändert? War Simon bereits ein anderer, als sie wieder nach Willow kamen, war er da schon infiziert und dem Kaiser ergeben?

Simon hatte gesagt, dass er durch die Zeitreise nicht beeinträchtigt würde, dass er als der Knüpfer der Bänder immun gegenüber allen Veränderungen in der zukünftigen Welt wäre, und sie ebenfalls. Aber vielleicht hatte er das gar nicht wirklich gewusst, oder er hatte sie sogar angelogen, weil er ihr unbedingt gefallen wollte oder weil er unbedingt seine Mission vollenden und die Vergangenheit ändern wollte, um die Zukunft zu retten, weil er hoffte, dadurch auf irgendeine wundervolle Weise das Schlimmste zu verhindern. Weil er hoffte, dass das Schlimmste nur ihm zustoßen würde.

Aber wo steckte der Prophet in dieser neuen, veränderten Zukunft? Wer immer das war, wie konnte er das geschehen lassen?

Gab es den Propheten überhaupt?

Admiral Ravikant stieß die Türen auf. »Und jetzt muss ich dich traurigerweise verlassen. Befehl ist Befehl.« Der Admiral führte Elianas gefesselte Hände an seinen Lippen. »Wir werden uns bald wiedersehen, Lady Eliana.« Er schaute zu Simon. »Kommandant.«

Simon neigte den Kopf und erwiderte nichts.

Und dann war er auch schon verschwunden, ein Engel im Körper ihres Vaters, der gefolgt von den Wachen lautlos durch die Galerie glitt. Simon zog die Türen zu und jetzt standen nur sie beide in dem riesigen, verdunkelten Raum mit glänzendem Parkettboden. An den Wänden hingen Gemälde von kämpfenden Engeln in schweren Rahmen, und durch die riesengroßen Fenster hinter fast zugezogenen Vorhängen drang jeweils nur ein dünner Lichtstrahl, der den Boden in acht Teile schnitt. Die Decke war hoch und der Raum wurde an drei Seiten von jeweils drei mit Vorhängen versehenen Emporen eingerahmt. Dieser Raum war für Bälle gedacht oder für aufwendige Zeremonien.

Auf der gegenüberliegenden Seite wand sich eine Prunktreppe wie eine mächtige, glänzende Schlange aus dem dritten Obergeschoss hinab. Eliana spürte nicht den leisesten Luftzug; die Luft stand. Aber irgendetwas bewegte sich dort in der Dunkelheit der Treppe – eine Konzentration, ein Ziehen und Drücken, ein Wabern und Kräuseln von Schwärze, die sich verdichtete.

Simon hatte sie fest am Oberarm gepackt und führte sie dorthin. Erst da fiel Eliana auf, dass sie wie festgefroren bei der geschlossenen Flügeltür gewartet hatte. Die zitternden Schatten an der Treppe waren hypnotisierend, daher wehrte sie sich nicht gegen Simons Griff, aber als sie zehn Schritte vom Fuß der Treppe entfernt anhielten, stand ihr der Schweiß auf der Stirn und ihre Hände wurden feucht. Sie wollte wegrennen und sich vor dem verstecken, was dort die Stufen hinabkam; sie wollte bleiben und dem ins Auge sehen.

Ganz schwach nahm sie wahr, wie etwas in sie eindrang und mit den Rändern ihres Verstandes spielte. Unsichtbare, zurückhaltende Finger, die daran zupften und rührten. Sie schüttelte den Kopf, als versuchte sie, eine Schläfrigkeit loszuwerden, dabei verschob sich massiv ihr Sichtfeld und ein schriller Ton schabte an ihrem Schädel entlang. Mit jedem Blinzeln blitzten Bilder vor ihr auf: Ein Mann in Schwarz, der auf einem Thron sitzt. Eine Frau in einem Flammenmeer.

Eliana selbst, die knöcheltief in einem See aus schwarzem Wasser steht und nach dem sternenübersäten Himmel greift.

Sie berührt einen der Sterne und verbrennt sich die Finger daran. Sie versucht ihre Hand wegzureißen, aber der Stern verschmilzt mit ihrer Haut und läuft ihren Arm hinab, überflutet ihre Adern und steigt in ihrer Kehle auf, wo er ihre Zunge auflöst.

Als die Bilder plötzlich verschwanden, war sie verwirrt. Sie beobachtete, wie die Schatten sich sammelten und die Stufen hinabflossen, um sich zu einem strotzenden schwarzen Herz zusammenzufügen. Eliana fragte sich panisch, ob ein wildes Tier sie holen würde, irgendein verwildertes, halb verhungertes Geschöpf, das aus einem der Kerker der Stadt freigelassen worden war.

Sie schüttelte sich erneut und blinzelte fest. Sie durfte ihrem Verstand nicht trauen. Natürlich durfte sie das nicht.

Das ist Unsinn, sagte eine Stimme, die sie wiedererkannte und die sich geschickt wie eine geschmeidige Katze in ihren Geist schob. *Dein Verstand ist das Einzige, dem du trauen kannst. Er wird dir zeigen, was du tun musst, um zu überleben.*

Als sie mit tränenden Augen aufblickte, sah sie, wie aus den Schatten Formen zum Vorschein kamen, bis sie schließlich Stiefel und Hosen, ein elegantes weißes Leinenhemd und einen knielangen, offen stehenden Mantel erkannte. Ein lächelndes Gesicht, blass und vornehm. Schwarze, glänzende Augen. Weiche dunkle Haare, die sich an Wangen und Nacken lockten.

Der Kaiser. *Corien.*

»Da bist du ja endlich«, sagte er. »Die Tochter meiner großen Liebe. Die Zeit wollte uns trennen, Eliana, aber letztendlich haben wir uns doch gefunden, nicht wahr?«

Seine Stimme war ganz weich und klar und unbestreitbar hinreißend. Ihr wurde schlecht davon. Angst schnürte ihre Kehle zu und sie konnte kaum sprechen. »Wo ist mein Bruder?«

»Wenn du mir hilfst, werde ich es dir verraten. Dann bringe ich ihn sofort hierher und du wirst nie mehr von ihm getrennt sein.«

Entsetzt starrte sie ihn an. »Wenn ich dir helfe?«

Er lachte leise. »Ich kann dir gar nicht sagen, wie sehr es mich freut, dass ich endlich die Gelegenheit habe, alles über dich zu erfahren.« Er schwieg einen Moment und sein Lächeln wurde noch breiter. »Na ja, im Grunde genommen *könnte* ich das natürlich schon. Ich könnte dich mein Entzücken ebenso stark spüren lassen, wie ich es tue. Ich kann dich alles spüren lassen, was ich möchte. Ich könnte dich dazu bringen, dass du mich küssen willst. Ich könnte dich dazu bringen, dass du dich an mir reibst wie ein unterwürfiger Hund.«

Der Kaiser umkreiste sie stumm, und als Simon zur Seite trat, verspürte Eliana den absurden und beschämenden Drang, trotz allem, was geschehen war, nach ihm zu greifen, damit er bei ihr blieb.

»Schrecklich, nicht wahr? Jemanden so sehr zu lieben? So sehr, dass man sich für ihn aufgeben würde, dass man für ihn alles aufgeben würde, wenn er nur einen kleinen Moment länger bliebe?« In Coriens Stimme schwang Spott mit, aber fast ebenso sehr Mitleid. »Wie du weißt, habe ich auch einmal so geliebt. Viele Male davor habe ich so geliebt, aber seither nie wieder. Es wird einsam, wenn man tausend Jahre lang ohne Liebe lebt. Und noch einsamer, wenn man aus den Ruinen einer Welt, die durch einen eigenen Fehler vernichtet wurde, ein Imperium errichten muss, und das nicht nur einmal, sondern zweimal.«

Corien blieb diesmal dicht vor ihr stehen. Er betrachtete ihr Gesicht, und sie kämpfte verzweifelt darum, unter diesem schrecklichen, unerbittlich prüfenden Blick nicht blass zu werden.

»Sag mir, wo Remy ist«, forderte sie durch zusammengebissene Zähne.

»Ein drittes Mal werden mir solche Fehler nicht unterlaufen«, fuhr er fort, als hätte sie nichts gesagt. »Sicherlich hast du das schon vermutet. Ich hatte Jahrhunderte, um mich auf diesen Moment vorzubereiten. Mein Hass ist seit Jahrhunderten gewachsen. Mein Hass auf dich, Eliana, und auf alle anderen deiner Art. Mein Hass auf die verlogene Frau, die ich geliebt habe. Mein Hass auf einen Gott, der mich zu diesem fortwährenden Schicksal aus Krieg, Trauer und Qual verdammt hat.«

Coriens Blick war nachdenklich, seine Stimme ruhig. »Ist dir klar, wie sehr ich dich hasse? Versuch ruhig, dir das eine Zeit lang vorzustellen, so lange, bis ich mich dazu entschließe, diese Gefühle direkt mit dir zu teilen. Ich hasse dich und doch liebe ich dich auch auf eine seltsame Art und Weise. Das ist ein verwirrender Zwiespalt, und ich sehne mich danach, ihn aus meinen Gedanken zu reißen, aber es gelingt mir nicht – er sitzt dort fest, er ist ein Teil von mir. Ich liebe dich, weil du von ihr kommst. Und ich verabscheue dich, weil du von ihm kommst.«

Ohne Vorwarnung griff er nach ihrem Kinn, drehte ihr Gesicht musternd nach links und rechts. Eliana war zu überrascht und verängstigt, um zu reagieren.

Seine Lippen umspielte abermals ein Lächeln. »Ich sehe sie in dir.« Mit seiner freien Hand winkte er und sagte beschwingt, »Ich sehe dich, Rielle!« Dann ließ er sie wehmütig los. »Du hast ihre scharfen Konturen, ihre Wangenknochen. Aber du bist sehr schlank, während sie weibliche Kurven hatte, und dunkler als sie. Außerdem hast du seinen Mund und seine Nase. Seine großen braunen Kuhaugen.«

Es war die Erwähnung von Audric, die sie wachrüttelte und einen überraschenden Funken von Widerstand entfachte. Den Lichtbringer kannte sie nur aus alten Liedern und aus Remys geliebten Geschichten. Und dann noch von der verwitterten Statue in der Nähe des Flusses in Orline – König Audric, der stolz und traurig auf der Chavaile sitzt, dem Göttertier, das einmal der Blutkönigin treu ergeben war. Beide blicken zur aufgehenden Sonne.

In Eliana sträubte sich alles gegen den Spott in Coriens Worten. *Kuhaugen.* Als wäre der Lichtbringer nur ein bedauernswertes Tier gewesen.

»In Anbetracht deiner gewaltigen Macht«, presste sie hervor, »erstaunt es mich, dass du so lange gebraucht hast, um mich aufzuspüren. Ich bin vor achtzehn Jahren in dieser Zeit angekommen. Sollte mich dein Engelsgeist nicht längst gefunden haben? Und doch hast du ein grobes menschliches Werkzeug gebraucht, um die Welt zu durchkämmen und dir die Arbeit abzunehmen.«

Sie weigerte sich, Simon anzuschauen.

Aber Corien breitete einfach nur ergeben die Arme aus und zog die Schultern nach oben. »Du hast natürlich recht. Wenn unsere Welt so wäre, wie sie sein sollte, und meine Liebste mit ihrem Tod nicht dauerhaft das Empirium beschädigt hätte« – er zeigte auf seine dunklen schwarzen Augen –, »hätte ich dich innerhalb von Stunden gefunden. Mein alter, wunderbarer Geist hätte dich gleich in dem Moment entdeckt, als du in Rozen Ferracoras Armen lagst, und euch beide bewegungslos verharren lassen, bis meine Soldaten dich holen gekommen wären. Und dann hätten sie Rozen die Kehle durchgeschnitten, und die von Ioseph gleich mit, was sehr schade gewesen wäre, denn von allen Körpern, von denen Ravikant Besitz ergriffen hat, ist Ioseph ihm am liebsten. Womöglich liegt das aber auch nur daran, dass er unbedingt dein Gesicht sehen wollte, wenn dir klar wurde, wofür der Körper deines Stiefvaters benutzt wird.«

Er klatschte in die Hände und schaute sie gespielt bewundernd an. »Ich habe es gesehen, weißt du? Ich habe alles gesehen, was an jenem Tag geschah. Meine Soldaten sind meine Augen und meine Ohren, und ich habe dich an dem Strand gesehen, als deine Hände in Flammen standen und du auf das Meer zugelaufen bist. Ach, liebste Eliana, du warst so voller Hoffnung. Das war wirklich recht charmant. Ich habe dein Gesicht gesehen, als dir klar wurde, dass Ravikant in Iosephs Körper lebt. Und dann, als Simon dich in deine Zelle eingesperrt hat. Großartig. Ein herrliches Bild von Ungläubigkeit und Verzweiflung. Ich hatte fast den Eindruck, dein Herz brechen zu hören. Den Ausdruck fand ich allerdings schon immer seltsam. Ein Herz kann nicht *brechen*, nicht wahr? Es kann platzen, es kann in Stücke gerissen werden, man kann darauf rumtrampeln und es auf dem Boden verschmieren, aber es kann nicht brechen, nicht so wie Knochen.«

Er sprach zu schnell, seine schwarzen, unergründlichen Augen glitzerten. Er schien hocherfreut von ihrem Anblick, so wie ein entzücktes Kind, das mit seinem besten Freund wiedervereint wird. Eliana drehte sich der Magen um. Ihr entfuhr ein kleines, panisches Schluchzen.

»Bitte«, sagte sie und konzentrierte sich auf die eine Sache, an die sie klar denken konnte, »lass mich meinen Bruder sehen.«

Er ignorierte sie und strich eine Locke zurück, die an ihrer feuchten Wange klebte. »Kannst du dir vorstellen, wie es wäre, wenn du mein Kind wärst und nicht seins? Die Schönheit deiner Mutter vereint mit meiner? Mit meiner Engelsschönheit, selbstverständlich. So wie ich aussah, bevor die Verdammnis mich verschluckte. Mein Gott. Wärst du eine Schönheit. Und!« Er klatschte abermals in die Hände. »Du hättest Flügel auf deinem Rücken, genau wie Simon früher! Das Zeichen der Gezeichneten. Habe ich recht, Simon?«

»Ja, Eure Majestät«, sagte Simon von irgendwo hinter ihr.

»Fang endlich mit dem an, was du vorhast, damit wir fertig werden«, fauchte Eliana, während ihr Tränen in die Augen traten. »Du wirst mir wehtun. Also tu mir weh.«

Coriens Lächeln verschwand. »Wie enttäuschend. Wie es scheint, hat dir dein Vater seine Humorlosigkeit vererbt.«

»Genau wie ich seine Intoleranz gegenüber bösartigen Despoten geerbt habe.« Eliana war ganz schwindelig vor Angst, aber sie zwang sich, ihm in die Augen zu schauen. »Ich weiß, was du willst. Du willst mich als Waffe benutzen, um endlich die Menschheit auszumerzen, ein Plan, der dir mit meiner Mutter nicht gelungen ist. Aber ich werde dir nicht helfen. Du wirst mich töten müssen.«

Hektisch suchte sie nach weiterer Munition. »Du kannst mich nicht dazu zwingen, das zu tun, was du willst – nicht in diesem Ausmaß und nicht mit der Macht, die mir innewohnt. Wenn du das könntest, hättest du deinen perfiden Plan bereits mit Rielle vollendet.«

Über Coriens Gesicht huschte ein Anflug von Zorn. Erstaunt klammerte sie sich an dieser Regung fest. »Ah, na bitte. Es gibt etwas an dieser Macht, die sie besaß und die mir auch innewohnt. Etwas, das sich dir entzieht, etwas, das stärker ist und woran du nicht Hand anlegen kannst.«

»Es hat ganz den Anschein«, sagte Corien glatt.

»Du musstest sie davon überzeugen, sich deiner Sache anzuschließen, bevor sie das tat, was du wolltest«, fuhr Eliana mit unerwartetem Mut fort. »Und jetzt musst du mich überzeugen, nur wird dir das bei mir nicht gelingen. Ich werde niemals tun, was sie getan hat. Ich werde dir niemals dabei helfen, mein eigenes Volk umzubringen.«

»Oh, mein süßes, dummes Kind.« Corien strich mit dem Daumen über ihre feuchten Augenbrauen. »Du glaubst also, ich will dich dafür benutzen, die Menschheit auszumerzen? Das ist mir nahezu allein gelungen. Es ist nur eine Frage der Zeit, bis der Rest von euch verschwindet. Nein, deine Aufgabe wird sein, hier gefesselt und geknebelt dazusitzen und dabei zuzusehen, wie Simon seine Macht verwendet, die du so hilfreich wiederbelebt hast, und mich in die Vergangenheit schickt, um deine Mutter zu finden.«

Als Eliana zu Simon starrte, der sich jetzt näherte, verließ sie mit einem Schlag ihre mühsam errungene Zuversicht. Natürlich. Hier ging es nicht um ihre Macht, nicht mehr.

Es ging um seine.

Und sie war diejenige, die sie wiedererweckt hatte.

Verzweifelt versuchte sie aufzustehen, vor ihm wegzulaufen, aber sie verharrte hilflos auf dem Boden. Sie wehrte sich und kämpfte gegen die unsichtbaren Fesseln. In ihren Schläfen explodierte der Schmerz.

Corien schnalzte mit der Zunge. »Schone dich, Eliana. Engelsketten sind unzerbrechlich.«

Sie versuchte zu schreien; er erstickte ihre Stimme. In entsetztem Schweigen musste sie mit ansehen, wie Simon keine drei Schritte von ihr entfernt die Arme hob und dünne, blasse Lichtstränge aus der Luft zog. Seine Körperhaltung wie immer tadellos, nur seine Stirn war leicht gerunzelt.

In Eliana flammte der Zorn auf. Einst hatte sie seine Magie wunderschön gefunden. Die Erinnerung an sein Gesicht, das vor Staunen über seine eigene Macht ganz weich geworden war, hinterließ eine schwelende Spur aus Wut in ihr, und einen glasklaren Moment lang war ihre panische Angst verschwunden und sie war nur noch erfüllt von ihrem unerbittlichen, schneidenden Zorn.

Einst hatte sie im Garten von Willow neben ihm gesessen und die Narben auf seiner Brust geheilt. Sie hatten einander festgehalten und sich leise von alten Wunden erzählt und davon, was ihnen angetan wurde. Sie waren mehr als ihre Wunden, mehr als ihr Zorn.

Einst hatte sie eine Macht in ihm erweckt, und er hatte sie benutzt, um sie Jahrhunderte zurück in die Vergangenheit zu schicken.

Aber das hier war anders.

Die leuchtenden Bänder, die Simon aus der Luft zog, zerrissen beim kleinsten Zupfen. Er kämpfte darum, aus den schwebenden Resten einen Ring zu formen, aber je schneller er nach ihnen griff, desto schneller lösten sie sich auf, und schon bald waren sie komplett verschwunden.

Auf Simons Stirn traten Schweißperlen. Seine blauen Augen fokussierten einen entfernten Punkt im dämmerigen Empfangssaal, er griff nach neuen Lichtsträngen, aber er konnte keine weiteren hervorrufen. Der Raum blieb ruhig. Er war auf sich allein gestellt und streckte seine zitternden Arme in die unbelebte Luft.

Simon ließ seine Hände resigniert fallen. Er schaute Corien nicht an.

Aber Corien ihn, die Belustigung in seinem Gesicht war verflogen. »Warum hast du aufgehört?«

»Ich bekomme es nicht hin«, erwiderte Simon knapp.

»Natürlich bekommst du das. Es ist dir doch schon gelungen. Deshalb bist du jetzt hier, bei mir. Du hast sie in die Vergangenheit geschickt und jetzt gehörst du mir.« In Coriens Augen blitzte etwas Hartes auf. Seine Wangenknochen zeichneten sich wie weiße Messer in der Dunkelheit ab. »Mach schon, Simon.«

Simon zögerte, hob dann jedoch noch einmal die Arme. Nach einem langen Augenblick angespannter Stille schrie er auf und fiel zitternd und bleich zu Boden. Die Luft blieb still. Und ohne Bänder.

Eliana brummte vor Angst der Kopf. Sie versuchte, von Corien wegzukriechen, aber er hielt sie mit seinen Gedanken fest.

»Noch einmal«, sagte er kühl.

Simon gehorchte. Die nervöse Stille im Raum war schmerzhaft greifbar. Schließlich fiel er keuchend auf Hände und Knie.

»Noch einmal.«

Kniend hob Simon seine Arme, jeder Muskel war angespannt, als würde er mit seinen Händen einen Berg anheben wollen.

Corien beugte sich über ihn und beobachtete ihn ausdruckslos. Als Simon sich endlich wieder aufrichtete und steifbeinig ein paar Schritte zurückging, ließ er ihn noch immer nicht aus den Augen, sagte aber nichts.

Stattdessen fiel sein ruhiger, dunkler Blick auf Eliana.

Sie versuchte wegzuschauen, aber er ließ nicht einmal zu, dass sie blinzelte. Ihr brannten die Augen und ihre Lunge schmerzte. Sie wollte unbedingt nach Luft schnappen, konnte aber lediglich winzige, abgehackte Atemzüge einsaugen. Sie versuchte zu schreien, aber Coriens Wille schluckte ihre Stimme.

»Ich verstehe«, murmelte er schließlich. Er schaute von ihr zu Simon und dann wieder zu ihr zurück. »Ich verstehe.«

Simon drehte sich mit fahlem Gesicht und rot unterlaufenen, tränenden Augen um. »Es tut mir leid, Eure Hoheit, ich weiß nicht, was passiert ist – «

»Ich schon.« Corien ging zu Eliana und streichelte ihre Wange. »Ich glaube, dass du ohne sie nichts bist, Simon. Und ich denke, dass du sie verärgert hast.«

Eliana starrte ihn an, in ihrem Herzen flammte wie ein frisch entfachtes Feuer Triumph auf. Aber noch bevor sie etwas sagen konnte, stürzte sie jäh in einen dichten Nebel.

Corien war überall und nirgends. Sie hörte sein Flüstern, konnte sein Gesicht aber nicht sehen. Sie wurde umhergeschoben wie eine Puppe, ihre Beine liefen ohne ihr Zutun. Sie spürte, wie sie grob am Nacken und Arm gepackt und fortgeführt wurde. Sie erhaschte einen Blick auf das Sonnenlicht, auf ein goldenes Zimmer, auf raschelnden schwarzen Stoff. Da waren Simons Umrisse. Dunkle Gestalten, die sich rasch bewegten. Das Echo von Coriens Gelächter. Ein knapper Befehl: *Sorgt dafür, dass sie isst. Sorgt dafür, dass sie schläft.*

Und dann überfiel sie ein Traumbild: Sie steckte in einem weißen Nachthemd und schlief gemütlich in einem weißen Bett, das in einem weißen Turm stand, vor dessen Mauern sich weit unten eine weiße Küste erstreckte. Sie wusste, dass das eine Lüge war, und versuchte, sich davor zu feien, sich ihren Weg in die Freiheit zurückzuerobern, aber das Traumbild war zu mächtig und hüllte sie vollständig ein.

Sie wurde zu der Eliana, die in diesem eigenartigen weißen Bett schlief, und während sie träumte, lächelte sie, kannte keine Trauer, sondern war zufrieden.

Eine kühle Hand streichelte über ihren Rücken. *Schlaf, Eliana. Ich weiß jetzt, dass noch eine Menge Arbeit vor uns liegt. Mehr, als ich mir vorgestellt hatte. Schlaf. Träume.*

Sie gehorchte.

7

AUDRIC

»Merovec hat begonnen, Elementherrscher in die Halle der Heiligen einzubestellen und sie zu verhören – sowohl einfache Bürger als auch Leute aus seinen eigenen Reihen. Wir haben erfahren, dass er sie fragt, ob sie etwas über Rielles Aufenthaltsort wissen. Ob sie mit Engeln sprechen. Ob sie ihm treu ergeben sind oder dir. Er lässt die Magister nicht dabei zuhören – nur den Archon, und das auch nur, weil er seine Magie seit seiner Wahl nicht mehr einsetzt, seit Jahrzehnten. Was der Archon in diesen langen Stunden zu sehen bekommt, wissen wir nicht. Odo und ich tun, was wir können, um die Angehörigen zu beruhigen, und verstärken insgeheim unsere Anstrengungen mit der Roten Krone, doch die Luft stinkt nach Aufruhr und Angst, und wir müssen vorsichtig sein.«

Verschlüsselter Brief von Miren Ballastier an den im Exil lebenden König Audric Courverie, datiert vom 19. November im Jahr 999 des Zweiten Zeitalters

Zu Hause hatte es Audric nie etwas ausgemacht, wenn er nicht schlafen konnte.

Er hatte seine Bücher als Trost, die königlichen Archive, in die er sich verziehen konnte, sowie Gärten und Katakomben zum Umherstreifen. Als Kind hatte er seine Cousine Ludivine und seine beste Freundin Rielle gehabt, die es beide nie gestört hatte, mitten in der Nacht aufgeweckt zu werden, um eine Expedition nach unten in die Küche zu unternehmen und nach Süßigkeiten zu suchen oder zusammen mit ihm einen unbekannten Flügel des Schlosses zu erkunden. Baingarde war ein massiver Bau, eine uralte, weitläufige Anlage, deren Geheimnisse Audric schon zeit seines Lebens ergründete – nur um jetzt, so dachte er bitter, von dort vertrieben zu werden.

In den letzten Monaten hatte ihn oft seine unbändige Freude darüber, dass Rielle neben ihm im Bett lag, nicht schlafen lassen. Dann schloss er die Augen und malte sich ihr gemeinsames Leben aus, eine goldene Zukunft, die sich auf Jahrzehnte hinaus vor ihm erstreckte.

Nachts, mit Rielle an seiner Seite, fiel es ihm leichter, die gefährliche Wirklichkeit ihrer sich wandelnden Welt zu ignorieren.

Doch hier, in Quelbani, im Palast der Königinnen, war kein Trost zu finden, und Rielle war so weit weg, dass die Distanz zwischen ihnen unermesslich schien.

Unwillkürlich tastete er nach ihr. Einmal, an diesem schrecklichen Tag, als sich die fanatischen Mitglieder vom Haus der Zweiten Sonne auf den Stufen vor Baingarde selbst entleibt hatten, hatte Ludivine die Gedanken von ihnen allen dreien verbunden. Damals hatte Audric dies für einen leichtsinnigen Fehler gehalten, der Ludivine in einem Moment der Panik und des Entsetzens unterlaufen war.

Jetzt konnte er auf nichts mehr bauen. Aber vielleicht war etwas von dieser geistigen Dreierverbindung zurückgeblieben. Ein hauchfeiner Faden, den er heranziehen konnte, wenn er Glück hatte.

Als ob er je Glück gehabt hätte.

Erneut erfasste ihn eine Welle der Müdigkeit. Er hörte auf, ruhelos durch seine Gemächer zu streifen, und stellte sich an eines der Fenster. Mit geschlossenen Augen dachte er an Celdaria: die zwölf schneebedeckten Berge, die Âme de la Terre umgaben, die grünen Felder in der Mitte Celdarias, die glitzernden Kanalstädte, die die Südküste säumten.

Rielle? Es war ihm fast peinlich, als er vorsichtig mit seinen Gedanken in die milde Nacht von Mazabat ausgriff. *Bist du hier?*

Angespannt wartete er einige Minuten, während er weiter Fragen in die Dunkelheit sandte, Entschuldigungen und Liebeserklärungen.

Wo bist du?

Bist du in Sicherheit?

Rielle, es tut mir so leid.

Ich liebe dich, mein Schatz, und ich werde dich immer lieben.

Mein Licht und mein Leben, bitt kehr zurück zu mir.

Doch er bekam keine Antwort und resignierte schnell, während in seinem Geist die Verzweiflung weitertobte, ein Sturm aus mühsam unterdrückten Schreien.

Er wandte sich vom Fenster ab und fuhr sich mit einer Hand durch die Locken. Dann, als ihm mit schwindelerregender Wucht die Sinnlosigkeit seines Bestrebens aufging, stürmte er gierig nach frischer Luft auf die Terrasse hinaus.

Etwa fünf Meter entfernt lag Atheria auf ihrem Lager. Audric hatte seine mazabatischen Bediensteten gebeten, ihr Kissen zu bringen, wie Rielle es zu Hause stets getan hatte. Es war ein lächerlicher Anblick – das schwere, muskulöse Göttertier hockte sittsam auf einem Stapel mit Troddeln besetzter Samtkissen, die riesigen Flügel wie eine Federhülle um den Leib gefaltet – und weckte in ihm solche Sehnsucht nach zu Hause, nach seinem Schlafzimmer mit Rielle, Atheria vor der Tür und in der Stadt darunter sein friedlich in den Betten schlummerndes Volk. Seine Augen füllten sich mit Tränen. Er stellte sich neben Atheria und stützte sich schwer auf die steinerne Brüstung.

»Womöglich ist sie gar nicht mehr in Celdaria«, sagte er und gestikulierte vage in Richtung Norden. »Sie könnte weiß Gott wo sein. Womöglich habe ich meine Botschaften in die falsche Richtung geschickt. Ich kann meine Gedanken nicht so versenden, wie sie es kann – nicht so, wie *sie* es können –, und es ist im Grunde dumm von mir, es überhaupt zu versuchen.«

Atheria blähte die Nüstern.

»Eigentlich sollte ich Lu um Hilfe fragen, aber ich will sie um nichts bitten.«

Mit einem sonderbaren leisen Trillern legte Atheria ihre Schnauze neben seinem Ellbogen auf die Brüstung. Spürte sie, dass er Trost brauchte?

»Aber«, fuhr Audric mit einem müden Seufzer fort, »das kommt mir vor wie eine Sturheit, von der ich mich nicht kontrollieren lassen sollte. Vielmehr wäre es gut, dagegen anzukämpfen.« Er sah Atheria an. »Ist es nicht so?«

Die Chavaile war vorübergehend abgelenkt und schnaubte eine weiße Motte an, die sich auf einem ihrer Beine niedergelassen hatte.

»Genau. Vielen Dank. Großartiges Gespräch.«

Verärgert über seine eigene Gereiztheit begann er erneut, unruhig auf und ab zu gehen, diesmal auf der Terrasse. Seine Erschöpfung war umfassend, berührte jede Faser seines Körpers. Er fühlte sich benommen und ausgetrocknet. Seit er vor vier Tagen in Quelbani eingetroffen war, hatte er nicht mehr richtig geschlafen und kaum gegessen. Seine Träume waren formlos und bedrohlich, und jedes Mal, wenn er aufwachte, trug er Rielles Namen auf den Lippen.

Ein Horn kündigte die Ankunft eines Schiffs im nah gelegenen Hafen an. Audric blinzelte, folgte der von Laternen beleuchteten Küstenlinie und erkannte auf dem Wasser ein riesiges, schmuckloses Schiff, das von der aufgehenden Sonne erhellt wurde. Am Strand tat sich etwas: umhereilende Gestalten und flackernde Laternen.

Ein freudiger Gedanke erreichte ihn von Ludivine: *Es sind Sloane und Evyline und die Sonnengarde. Sie sind alle unversehrt und am Leben.*

Reglos stand Audric an der Brüstung und verfolgte, wie das Schiff seine ebenfalls geflüchteten celdarischen Landsleute an Land brachte. Verbannte, die ihm treu ergeben waren, die ihr Leben riskiert und ihr Land verlassen hatten, um ihm beizustehen. Er wusste, was sie vorhatten – sie wollten ihm dabei helfen, seinen Thron zurückzugewinnen, und ihn bei der Suche nach Rielle unterstützen.

Audric konnte sich weder das eine noch das andere vorstellen. Sein Geist erschien ihm vor Verzweiflung ganz schwerfällig; er konnte nicht klar denken, wollte es nicht einmal versuchen. Er war überzeugt davon, dass der Würgegriff der Trauer ihn nie freigeben würde, und eigentlich war er sogar froh darüber, denn wenn ihn die Trauer verließ, fürchtete er, dass sich ein letzter Anker lösen würde. Und ohne den würde er sich auflösen, einfach davontreiben und aufhören zu existieren. Aber war das wirklich das Schrecklichste, was er sich ausmalen konnte?

Nein. Das Schrecklichste war bereits geschehen.

Ruhig ging er auf die Türen seiner Gemächer zu und vergewisserte sich, dass sie verschlossen waren.

Bitte sorge dafür, dass sie ordentlich zu essen bekommen, sagte er, ohne seine Gedanken an Ludivine zu richten, jedoch in dem Wissen, dass sie ihn ohnehin hörte, seine schlaue, geliebte kleine Lügnerin. *Und dass sie bequeme Schlafplätze zugewiesen bekommen und von Heilern versorgt werden, falls nötig.*

Was ist denn passiert? Irgendetwas in seiner Stimme schien Ludivine zu beunruhigen.

Ich habe die Frau verloren, die ich liebe, und die Heimat, die ich liebe, dachte er, *und ich fürchte, ehe alles vorbei ist, werde ich zwischen beidem wählen müssen.*

Ludivine schwieg lange. *Willst du dir etwas antun?*

Er lachte bitter. *Wärst du nicht die Erste, die davon erfährt?*

In Wahrheit dachte er tatsächlich daran, sich irgendwann etwas anzutun, doch im Moment kostete ihn selbst der Gedanke daran mehr Mühe, als er aufbringen konnte. Er schleppte sich zum Bett und streifte Tunika und Hose ab. Dann starrte er in den hohen Spiegel mit den Klauenfüßen, bis er seinen eigenen Anblick nicht mehr ertrug – seine schmalen, braunen Gliedmaßen und die wuscheligen dunklen Locken, die Schatten unter seinen Augen und die rissigen Lippen. Er sah sich selbst so, wie Corien ihn sah, und wie Merovec und die Königinnen von Mazabat ihn sehen mussten – als untauglich. Klein. Feige. Glanzlos und schäbig neben seiner unvergleichlichen Rielle. Nichts weiter als ein Mensch, weich und leichtgläubig. Jemand hatte ihm seinen Thron geraubt, und er war davongelaufen und hatte es zugelassen.

Den Lichtbringer nannten sie ihn. Doch in seinen tränenhellen Augen sah er kein Licht und nichts von dem König, der zu werden er sich einst erträumt hatte. Er dachte an Illumenor, sein Schwert, das dunkel und still neben seinem Bett lag, und erwog, es ins Meer zu werfen. Vor den Augen einen glitzernden Schleier, in der Kehle eine heiße Tränensäule, stieg er ins Bett und schloss die Lider. Vermutlich würde er nicht schlafen können, doch zumindest war die Stille friedlich. Seine Gliedmaßen waren bleischwer.

Wenn er für immer so bleiben konnte, sagte er sich, selbst wenn das hieß, dass er sein Bett nie wieder verließe, Rielle nie wiedersähe und nie wieder einen Fuß auf celdarischen Boden setzte, wäre er froh, denn das würde letztlich wohl allen Beteiligten eine ganze Menge Ärger ersparen.

Warum gegen irgendetwas davon ankämpfen? Er sandte den Gedanken an Ludivine, wobei er eine Antwort weder erwartete noch wünschte, und ließ seinen Kummer über sich wallen wie eine schwarze Flut.

Audric erwachte nur kurze zwei Stunden später, als ihn ein Schwall eiskaltes Wasser ins Gesicht traf.

Keuchend setzte er sich auf, blinzelte sich mühsam wach und versuchte zu begreifen, was los war. Doch kaum hatte er sich die Augen gewischt, da passierte es erneut – ein kalter Wasserguss prasselte auf ihn herab.

Völlig durchnässt versuchte er, aus dem Bett zu kriechen, und tastete nach Illumenor. Doch die feuchten Bettlaken hatten sich um seine Beine gewickelt, und er kam gar nicht richtig in die Höhe.

Wutentbrannt fuhr er herum. Es war bereits Tag; die Sonne schien zu den Fenstern herein und ließ seine nackte Haut erstrahlen.

»Bedecke deine Blöße«, fauchte eine vertraute Stimme. »Die Prinzessin ist hier und steht vor nackten Tatsachen.«

Audric wischte sich die nassen Haare aus dem Gesicht und sah zwei Personen vor sich stehen. Eine davon war Sloane Belounnon, Großmagistra des Hauses der Nacht – Tals Schwester, eine begnadete Schattenwerferin, die unübersehbar verärgert war. Sie steckte nach wie vor in dem feinen blau-schwarzen Gewand, das sie vor vielen Tagen zur Hochzeit getragen hatte, doch jetzt war der Stoff von der Reise ebenso verschmutzt wie ihr bleiches Gesicht. Das schulterlange, glatte schwarze Haar hatte sie nachlässig im Nacken zusammengebunden.

Neben ihr stand grinsend Prinzessin Kamayin Asdalla. Die Urformen an ihren Handgelenken summten noch von ihrem jüngsten Einsatz. Ihren sattbraunen Teint umrahmten kurz geschnittene schwarze Kringellocken, und unter ihrer blütenweißen Jacke umgürtete eine zarte Goldkette ihr schillerndes Kleid.

Sie winkte ihm kokett zu. »Guten Morgen.«

Audric schlang sich die nassen Bettlaken um die Hüften und dachte nur kurz über eine würdevolle Form der Begrüßung nach. »Warum musste das sein?«

»Weil du gewusst hast, dass wir jetzt hier sind, und trotzdem nicht heruntergekommen bist, um uns zu begrüßen«, erklärte Sloane barsch. »Die gesamte Sonnengarde war die ganze Reise über sehr aufgeregt und drängte uns, schneller zu machen, weil sie dich, den Lichtbringer, in Abwesenheit der Sonnenkönigin beschützen wollen. Und wenn du Evylines Blick gesehen hättest, als man ihr erklärte, dass König Audric nicht herunterkäme, um sie zu begrüßen, weil er noch im Bett liege und nicht gestört werden wolle … Dafür könnte ich dich ohrfeigen. Diese Frau hat dich und Rielle so inniglich ins Herz geschlossen, als wärt ihr ihre eigenen Kinder, und sie hat ihre Familie, ihre Freunde und ihr Leben in Âme de la Terre hinter sich gelassen, um dir beizustehen – wie all die anderen auch –, und du dankst ihnen ihr Opfer auf diese Weise?«

Einen Moment lang war Audric sprachlos. Sloane hatte natürlich recht, und sein Verhalten beschämte ihn dermaßen, dass er geradezu in sich selbst versank. Abermals legte sich eine träge Taubheit über ihn, die das unsanfte Wecken nur vorübergehend weggefegt hatte, und er stellte fest, dass es ihm egal war, ob die hübsche, dunkellockige Prinzessin Kamayin ihn nackt sah. Er ließ die Bettlaken fallen und griff nach seiner Hose und der zerknitterten Tunika.

»Also?« Sloanes Stimme zitterte fast vor Ungeduld. Sie war schon immer die Strengere der Geschwister gewesen und Tal der Duldsamere. »Was hast du zu deiner Verteidigung vorzubringen?«

Müde, aber entschlossen zuckte er die Achseln. »Ich kann sie nicht treffen.«

»Du kannst sie nicht treffen«, wiederholte Sloane ausdruckslos. »Was soll das heißen? Wie kannst du es wagen, mir mit einem solchen Mist zu kommen?«

Kamayins Brauen schossen in die Höhe. »Wenn jemand nur einmal so mit meiner Mutter reden würde, würde er den Rest seines Lebens im Kerker verbringen.«

»Sloane kennt mich seit meiner Geburt«, murmelte Audric und zog sich die Tunika über den Kopf. »Sie redet immer so mit mir.«

»Nur wenn du es verdient hast.« Die Großmagistra verschränkte die Arme. »Was soll das heißen, du kannst sie nicht treffen?«

»Ich meine …« Er verstummte. Wie sollte er erklären, dass es, wenn er Rielles ergebene Wachfrauen Evyline und Fara, Ivaine und Maylis traf, so wäre, als verlöre er Rielle noch einmal? Wie sollte er die dunkle Flut beschreiben, die immer höher in ihm aufstieg, sämtliche Gedanken und Gefühle auslöschte und ihn taub und leer zurückließ? Oder seine Wut auf Ludivine wegen ihrer Manipulationen, seine Wut auf Rielle, weil sie ihn verlassen hatte, und seine Wut auf sich selbst, weil er sie weggestoßen hatte?

Und mehr als alles andere seine Wut auf Corien, die noch in der Ferne grollte, so gigantisch und kochend, dass sein Verstand sie nicht vollständig zu fassen vermochte und sich stattdessen auf näherliegende Dinge konzentrierte, die kleineren Ärgernisse, die blasseren Ängste.

Hilflos richtete er den Blick auf Sloane. »Ich kann sie nicht treffen«, wiederholte er flüsternd, und da änderte sich etwas in Sloanes Gesicht. Es wurde weicher. Nur ein bisschen, aber spürbar.

Sie nickte langsam und schenkte ihm ein verkniffenes Lächeln. »Leg dich lieber wieder schlafen.« Dann trat sie zu ihm, strich den Kragen seiner Tunika glatt, musterte sein tropfendes Haar und sprach in freundlicherem Tonfall weiter. »Du siehst schrecklich aus, muss ich sagen. Ich komme heute Nachmittag noch mal und helfe dir mit den Vorbereitungen für morgen.«

»Morgen?«

»Wir treffen uns mit den Königinnen – du, ich, Ludivine, die Sonnengarde, die Königlichen Berater und die Hohen Richter von Mazabat. Ein Kriegsrat.«

»Und ich bin auch dabei«, sagte Kamayin und drehte die Handgelenke, während ihre Urformen weiter summten. Das verschüttete Wasser verdampfte im Nu, und schon bald war das Bett trocken. »Ich werde auch dabei sein.«

»Ich treffe mich mit überhaupt niemandem«, versetzte Audric. Schon allein der Gedanke an all diese zudringlichen Blicke weckte in ihm den Wunsch, für immer zu schlafen.

»In Ordnung. Dann wird wohl Merovec auf deinem Thron sitzen bleiben, Corien wird uns alle vernichten, und du verkriechst dich unterdessen in deinem Bett und lässt Mirens Berichte ungelesen liegen, während sie und alle anderen in der Heimat tagaus, tagein in Ungewissheit und Angst leben.«

Damit marschierte Sloane hinaus. Als Kamayin ihr leise folgte, wallte ein jähes, seltsames Verlangen nach Nähe in Audrics Brust auf. Er überlegte, Ludivine rufen zu lassen, entschied sich jedoch augenblicklich dagegen.

»Warte bitte mal«, sagte er.

Kamayin wandte sich um und musterte ihn neugierig.

»Ich bin …« Er hielt inne und suchte nach Worten. Da er nicht mehr stehen konnte, setzte er sich auf den Teppich und lehnte sich gegen das Bett. »Könntest du mir ein bisschen Gesellschaft leisten? Wenn du irgendetwas zu erledigen hast, verstehe ich das natürlich.«

»Ich bin eine Prinzessin«, erwiderte Kamayin nicht unfreundlich, »keine Ärztin oder eine deiner Dienerinnen. Außerdem kennen wir uns kaum.«

»Ich weiß.«

»Wäre es dir nicht lieber, Lady Ludivine würde dir Gesellschaft leisten?«

Er konnte den dunklen Unterton nicht aus seiner Stimme tilgen. »Nein. Ich will sie momentan nicht sehen.«

Kamayin nickte. »Ich habe auch immer Angst, dass sie in meinem Kopf herumstochert.«

»Eine begründete Angst.«

»Aber du liebst sie noch.«

»Natürlich.«

Kamayin atmete hörbar aus. Dann setzte sie sich neben ihn und zog die Knie bis zur Brust hoch. »Es ist wirklich schlimm, was passiert. Was passieren könnte. Uns allen, meine ich.«

Audric lehnte den Kopf gegen den Bettpfosten. »Ja.«

»Ich habe zusammen mit meinem Freund Zuka alles über die Engelskriege gelesen. Um mich vorzubereiten, weißt du? Ich habe die schaurigen Stellen nicht überblättert, sondern alles gelesen. Ich habe mir nicht erlaubt, etwas auszulassen. Ich habe noch nie einen Krieg erlebt.«

»Es tut mir leid, dass du vielleicht einen erleben musst.«

Kamayin schwieg einen Moment lang, ehe sie mit leiserer Stimme weitersprach. »Es ist schlimm, was dir zugestoßen ist. Wenn ich du wäre und man mir meine Liebste und meine Heimat genommen hätte, würde ich mein Bett ein ganzes Jahr lang nicht mehr verlassen. Mindestens. Die Berater meiner Mutter müssten mich herauszerren, und ich würde schreien und um mich schlagen.«

»Und wenn man dich im Schlaf mit Wasser übergießen würde?«

»Das würden sie nicht wagen«, entgegnete die Prinzessin gelassen. »Sie hätten viel zu große Angst, irgendetwas nach mir zu werfen, und das aus gutem Grund.«

Audric schmunzelte, sagte aber nichts. Er hatte nicht das Gefühl, dass Worte von ihm erwartet wurden. Es war eine Erleichterung, still neben jemandem zu sitzen, der gerne das gesamte Gespräch übernahm. Jemand, der den Grund für seinen Kummer verstand, ihn aber nicht selbst empfand und auch nicht von ihm verlangte, ihn zu erklären.

Er schlief ein, und als er Stunden später steif auf dem Fußboden erwachte, war es dunkel und Kamayin war gegangen, doch sie hatte ihm einen hübschen Stapel Bücher auf dem Nachttisch hinterlassen, begleitet von einer Notiz: *Aus meiner Privatbibliothek. Romane mit glücklichem Ausgang. Wenn du auch nur in eine einzige Seite einen Riss oder ein Eselsohr machst, ist unsere Freundschaft beendet.*

Er griff nach dem zuoberst liegenden Buch – *Der Falke und die Taube.* Dann kroch er ins Bett, drückte sich das Buch lange auf die Brust, atmete den Geruch von Papier und Tinte ein und dachte an zu Hause.

⬥⬥⬥

Trotz Sloanes Drohungen ging er am nächsten Morgen nicht zu dem Treffen.

Ihr gerechter Zorn ließ seinen Selbsthass noch weiter wachsen. Je wütender er auf seine Unfähigkeit wurde, sich den anstehenden Aufgaben zu stellen, desto tiefer versank er in einer giftigen Spirale der Verzweiflung. Er erkannte sein Selbstmitleid und konnte sich dennoch nicht davon befreien. Obwohl er wusste, dass ihm ein Spaziergang an der frischen Luft guttun würde, klammerte er sich verbissen an den ungewaschenen Kokon seines Betts. Er begann sich zu fragen, ob Sloane ihn eines Tages wohl tatsächlich schreiend und um sich schlagend aus dem Bett zerren würde, aber vermutlich blieb ihm bis dahin noch eine Gnadenfrist.

Es war wesentlich leichter, sich von ihrer enttäuschten Miene abzuwenden und sie wie Luft zu behandeln, also tat er genau das.

⬩◆⬩

Als Audric in der vierten Nacht nach der Ankunft von Sloane und der Sonnengarde aus einem zähen, wenig erholsamen Schlaf erwachte, vernahm er sonderbare Schleifgeräusche.

Er blinzelte sich den Schlaf aus den Augen und sah Atherias Kopf neben seinem ausgestreckten Arm auf der Matratze liegen. Sie hatte sich neben seinem Bett niedergelassen und starrte ihn nun mit ihren riesigen dunklen Augen an.

»Schläfst du jetzt hier drinnen bei mir, ja?«, fragte er leise.

Sie pustete ihm einen heißen Atemhauch auf die Finger. Er liebte ihr Schnauben und ihr Zwitschern am Morgen, wenn sie den Himmel beobachtete und Vogelschreie nachahmte. Er wusste, dass sie ihm mit ihren scharfen Raubtierzähnen ohne Weiteres den Arm durchbeißen könnte, wenn sie wollte, doch in der stillen Finsternis lag sie sanft neben ihm, warm und vertraut.

In dieser Nacht träumte er, dass er auf Atheria ritt. Sie flogen nach Osten, dem Sonnenaufgang entgegen. Er war müde und tieftraurig, doch sein Schwertarm war stark

⬩◆⬩

Audric nahm auch nicht am zweiten Treffen des Kriegsrats teil. Er wusste genau, wann es stattfand: Sloane besuchte ihn jeden Tag, um ihn an den Termin zu erinnern. Mal ermahnte sie ihn, dann umschmeichelte sie ihn. Nur ein einziges Mal bettelte sie ihn an.

»Merovec hat keine Ahnung, was er tun soll, wenn *er* kommt«, sagte sie leise. Sie wussten beide, wer *er* war. »Merovec glaubt, er könne Engel besiegen, aber er kennt sie nicht so wie du. Er ist hart und unnachgiebig. Und er kennt Rielle nicht.« Sie kniete sich neben ihn, die Augen tränenfeucht. »Audric. Es könnte der Tag kommen, an dem sie sich gegen Celdaria wendet. Das weißt du. Und du kennst sie. Wenn dieser Tag kommt, bist du vielleicht der Einzige, der sie aufhalten kann.«

»Ich werde ihr nichts antun«, sagte er. Seine Stimme klang so barsch und böse, dass es ihn selbst erschreckte. »Verlang das nicht von mir. Alles, aber nicht das. Sag es noch einmal, und ich werde dir nie verzeihen. Und überhaupt, Sloane, ich verfluche dich für deine hartnäckige Herzlosigkeit.«

Sie starrte ihn einen Moment lang an, bis sich etwas in ihr löste, als sähe sie ihn zum ersten Mal klar und deutlich und begriffe endlich ihre tiefe Enttäuschung. Seine Scham war vernichtend; er ekelte sich vor sich selbst.

Danach besuchte Sloane ihn tagelang nicht mehr, fühlte bis eines Morgens etwas Unerklärliches geschah, als Audric aus wenigen Stunden unruhigen Schlafs erwachte. Es war inzwischen achtzehn Tage her, seit die celdarische Gefolgschaft eingetroffen war, und fast einen Monat, seit er Rielle zuletzt gesehen hatte.

Mit einem Gefühl innerer Ruhe, das ihn irritierte, erhob er sich aus dem Bett, wie ein dräuend stilles Meer vor einer Windböe. Schweigend stellte er sich in die Mitte seines Schlafgemachs, barfuß und mit nacktem Oberkörper, und begriff, dass sein Leben auf Messers Schneide stand. Auf der einen Seite wartete die dritte Zusammenkunft des Kriegsrats, die in einer Stunde beginnen würde. Er konnte sich waschen und anziehen und sich den Bart stutzen, der ein bisschen verwildert war. Er konnte der Zusammenkunft beiwohnen und damit der unfassbaren, unausweichlichen Tragödie am Horizont ins Auge blicken.

Auf der anderen Seite stand ein Ende. Er konnte sich das Leben nehmen und die anderen alles allein regeln lassen.

Er erwog seine Optionen, lotete das Für und Wider aus, während Atheria ihn aufmerksam von der Terrasse aus beobachtete. Sie hatte sogar ihr Frühstück unterbrochen, sodass ihre Beute verstümmelt vor ihr liegen blieb.

Schließlich holte Audric lange und tief Luft und ging ins Badezimmer. Er spritzte sich Wasser ins Gesicht, betrachtete sein Haar und rieb sich die stacheligen Wangen.

Ich finde es herrlich, wie schnell dein Bart wächst, hatte Rielle immer wieder zu ihm gesagt und verträumt zu ihm aufgeblickt. Sie liebte es, ihre weiche Wange an seine raue zu schmiegen. *Mein strahlend schöner, edler Zauselbär-König,* hatte sie einmal gesagt, berauscht vom Wein und von ihm, und er hatte losgeprustet vor Lachen und sie geküsst, bis sie beide vor Verlangen bebten.

Im Spiegel lächelte sein Ebenbild matt.

In geliehenen Kleidern, die loser an seinem Körper hingen als noch vor einem Monat, er sich fühlte wie ein neugeborenes Kitz auf wackeligen Beinen. Eine Dreiviertelstunde später zog Audric die Tür zu Königin Bazatis Ratskammer auf, entdeckte Evyline, die ihn mit ihrem kantigen Kinn und den grauen Haaren voller schlagartig erwachter Hoffnung ansah, und nickte ihr zu. Sein Kummer und sein Schmerz wohnten nach wie vor in ihm und würden ihn nie verlassen, und er nahm an, dass abermals Tage kommen würden, an denen ihm das Aufstehen unbeschreibliche Qualen bereitete.

Doch heute stand er aufrecht.

»Es tut mir leid«, sagte er zu Evyline und all den anderen, wobei er entschlossen Ludivines bleiches Profil zu seiner Linken ignorierte. »Ich habe Zeit gebraucht. Jetzt bin ich bereit.«

8
ELIANA

»Als Elementherrscher musst du eine gewisse Kontrolle lernen, von der andere Menschen, die keinen Zugang zum Empirium finden, keine Ahnung haben. Dein Körper – jeder einzelne Muskel, jeder Gedanke, jedes Gefühl – ist fest mit der grundlegendsten Struktur der Welt verknüpft. Bräche dein Zorn ungezügelt aus, könntest du ein Fenster zu Bruch gehen oder ein Küchenmesser durch die Luft sausen lassen. Deine Verzweiflung könnte den Boden unter den Füßen deiner Mutter auseinanderreißen.«

Der Weg zum Empirium: Überlegungen zum Elementartraining, von Velia Arrosara, Großmagistra des Hauses des Firmaments in Orline, Hauptstadt von Ventera, in den Jahren 313–331 des Zweiten Zeitalters

Als Eliana aufwachte, befand sie sich in dem weißen Zimmer ihrer Träume.

Deckenbalken aus Elfenbein und Perlmutt liefen an neun Punkten wie gebleichte Blumenstängel zusammen. Ihr weißes Bett war riesig. Von den Bettpfosten hingen helle, hauchdünne Vorhänge. Auf dem glatten weißen Steinboden lagen dicke weiße Teppiche, auch vor dem kalten Kamin. Neben dem nächsten Fenster standen sich zwei zierliche Sessel gegenüber, als würde dort jeden Moment jemand zum Plauschen Platz nehmen.

Blutrote Blumensträuße standen auf dem Nachttisch, beim Fenster und auf einem winzigen Esstisch. Die gekräuselten roten Blütenblätter waren die einzigen Farbtupfer im Raum.

Während Eliana das alles betrachtete, lächelte sie. Was für ein hübsches Zimmer der Kaiser ihr doch gegeben hatte. Wie geschmackvoll es eingerichtet war und wie aufmerksam, dass ihr so viele Bedienstete zur Verfügung standen, falls sie bei irgendetwas Hilfe brauchte.

Es waren insgesamt zehn, allesamt Frauen, und sie standen stumm und mit glasigen Augen vor den hellen Wänden. Sie hatten kurz geschnittenes Haar und ihre weißen Gewänder reichten vom Hals bis zu den Füßen.

»Guten Morgen«, rief Eliana gut gelaunt. Sie streckte sich und gähnte und schwang ihre Beine aus dem Bett in die kühle Luft. Irgendjemand hatte sie gebadet und ihr ein dünnes weißes Nachthemd übergezogen. Was war der Kaiser doch für ein großzügiger Gastgeber. Eliana fragte sich zerstreut, ob alle Engel so freundlich waren.

Hinter ihrem Schlafzimmer entdeckte sie ein Wohnzimmer, ein Empfangszimmer, ein Badezimmer und ein Ankleidezimmer. Alle Räume waren in verschiedenen Weißtönen gehalten – Sandfarben und Eierschalenfarben und Vanillefarben, Cremeweiß und Wolkenweiß und Schneeweiß. Die Vorhänge waren allesamt weit zurückgezogen; Sonnenlicht flutete durch die Fenster herein. Von den roten Blumen ging ein intensiver, süßer Duft aus, der so stark war, dass ihre Zunge kribbelte.

Sie vergrub ihr Gesicht in den Blütenblättern und atmete tief ein.

Dann ging sie ins Bad und suchte nach einem Spiegel. Falls sie Corien heute begegnete, sollte sie sich lieber ordentlich herrichten. Aber sie fand weder einen Spiegel noch einen Kamm oder irgendwelchen Schmuck, geschweige denn Haarspangen.

»Eigenartig«, sagte sie und zuckte mit den Schultern, vergaß aber sogleich wieder, dass sie jemals daran gedacht hatte.

Eine Flügeltür trennte ihre Gemächer vom Rest des Palastes – zwei große weiße Türblätter, die mit perfekt symmetrischen Rautenmustern verziert waren.

Als sie dagegendrückte, öffneten sie sich geräuschlos.

Der Korridor war breit und hell. Auf beiden Seiten gab es Fenster. Tüllgardinen flatterten im Wind. Vor den Fenstern entfaltete sich eine wahre Blumen- und Pflanzenpracht. Vogelgezwitscher ertönte vom wolkenlosen blauen Himmel.

Fröhlich ging sie weiter und spazierte den leeren weißen Gang entlang. Die Sonne schien warm auf ihre nackten Zehen. Mit ihren Händen fing sie glitzernde Staubpartikel.

Schließlich erreichte sie eine weit geöffnete Tür in einer Wand aus hellem, glänzendem Holz.

Bei dem Anblick wurde ihr ganz leicht ums Herz, obwohl sie nicht sagen konnte, warum, und als sie die Tür aufdrückte, stieß sie einen Freudenschrei aus, denn dort war Simon, der an einem Schreibtisch saß und die Füße bequem auf dem Fenstersims abgelegt hatte. Er drehte sich zu ihr und lächelte. Dann stand er auf und kam mit drei großen Schritten auf sie zugelaufen, sie trafen sich in der Mitte des Raums und standen in einem Lichtkreis aus Sonnenstrahlen. Als sie ihm die Arme um den Hals warf, hob er sie hoch und vergrub sein Gesicht in ihren Haaren.

»Da bist du ja«, sagte er und sie schmiegte sich beseelt an ihn. Nach einer Weile lehnte sie sich zurück, um ihm ins Gesicht zu schauen.

Sie erstarrte.

Das stimmte nicht. Das alles stimmte nicht.

Dieses Gesicht war viel zu glatt und viel zu fröhlich. Es gehörte nicht zu Simon. Jetzt erinnerte sie sich wieder – dort müssten Narben sein. Er war am ganzen Körper vernarbt; alte Brand- und Schnittwunden. Doch dieser Mann, der sie festhielt, war unversehrt und glücklich. In seinen hellblauen Augen lagen keine Schatten. Sein Lächeln war offen und unbekümmert.

»Nein«, flüsterte sie und drückte sich weg.

Irritiert ließ er sie los. »Was ist denn, Liebste?«

Sie wirbelte zur Tür und schrie: »Nein!«

Schweißgebadet erwachte sie in ihrem weißen Zimmer. Das Sonnenlicht war verschwunden. Es war mitten in der Nacht.

Corien saß in silbernes Mondlicht getaucht gegenüber auf dem Sessel beim Fenster.

»Das war nicht echt«, sagte sie und starrte ihn an, während ihr Herz heftig bis zum Hals klopfte. Selbst jetzt, wo sie begriff, dass der Traum eine Lüge war, die er ihr vorgegaukelt hatte, wünschte sie sich, dass sie niemals daraus erwacht wäre, und sie hasste sich dafür.

Sie spürte noch immer Simons Arme um sich und die Unbeschwertheit in ihrem Herzen, als sie diese sonnendurchfluteten Flure entlangspaziert war.

Ihr traten Tränen in den Augen. Ihre Brust schmerzte vor Sehnsucht. Ein Hungergefühl nagte in ihrem Bauch; sie hatte nichts gegessen, seit sie das erste Mal in diesem Zimmer aufgewacht war und sich ihre Fäuste an der verschlossenen Tür wund geschlagen hatte.

»Das war nicht echt«, flüsterte sie wieder.

Corien zuckte vielsagend mit den Schultern und stand auf. »Das könnte es aber sein«, sagte er und ließ sie mit ihren gaffenden Wachen allein.

⬩◆⬩

Als Eliana aufwachte, stand sie an einem weißen Strand.

Sanfte, warme Wellen plätscherten um ihre Füße. Der Sand war weich, und hinter ihr raschelten dünne, helle Grashalme im Wind, die büschelweise in den Dünen wuchsen. Sie schmeckte Salz auf ihren Lippen. Es war ganz klar und angenehm mild. Sie streckte die Arme aus, damit die Luft darüberstrich, und stellte sich auf die Zehenspitzen. Vielleicht würde sie gleich fliegen. Glücklich genug dafür wäre sie.

»El!«

Lächelnd drehte sie sich um.

Remy kam durch die Dünen zu ihr gelaufen, seinen Arm hatte er bei einem gutmütig aussehenden Jungen mit hellbrauner Haut untergehakt, der seinen dunklen Schopf im Nacken zusammengenommen hatte. Remy küsste ihn auf die Wange und rannte mit einem Korb in den Händen zu Eliana. Sie beobachtete ihn liebevoll. Mit seinen siebzehn Jahren war er der schlaksigste Junge, der ihr je untergekommen war, und größer, als sie ihn in Erinnerung hatte. War er etwa gewachsen, seit er heute Morgen zum Markt aufgebrochen war? Die Meeresbrise zerzauste seine dunklen Haare. Seine Augen waren blauer als der Himmel.

Freudig streckte er ihr den Korb entgegen. »Ich habe daran gedacht.«

Sie zog die Abdeckung des Korbs zurück und entdeckte einen Berg leuchtend roter Erdbeeren. Als sie in die erste hineinbiss, breitete sich in ihrem Mund eine wahre Geschmacksexplosion aus.

Seufzend schloss sie die Augen. »Ich könnte sterben vor Glück.«

Warme Hände schoben sich um ihre Taille und zogen sie sanft nach hinten an eine breite Brust.

»Bitte nicht«, murmelte Simon. »Bleib bei mir.«

Lächelnd drehte sie sich zu ihm.

»Sie sind perfekt«, sagte sie, und als er in die Frucht biss, die sie ihm hinhielt, und seine Zähne über ihre Finger schabten, zitterte sie vor Wonne, aber dann nahm sie einen eigenartigen Geruch wahr. Eine stechende Süße, die nicht passte.

»Was ist das?«, fragte sie, bevor sie den Duft erkannte – ein widerwärtiges, vertrautes, blumiges Parfüm.

Sie schrie auf, riss sich aus Simons Armen, ignorierte Remy, der ihren Namen rief, und rannte.

Sie wachte nicht im Bett auf, sondern neben Corien, sein Arm lag um ihre Taille. Sie lief an seiner Seite einen überdachten Durchgang seines Palastes entlang, der einen Ausblick auf Elysium bot. Weiße Turmspitzen stachen in den Himmel. Ein Abendkleid aus schwarzem Samt mit einer Schärpe aus Gold umschmeichelte bei jedem Schritt ihre Beine.

Sie dachte an das Meer, den weichen Sand und Remys breites Lächeln.

Corien zeigte mit seinem Spazierstock auf einen nahegelegenen Turm, der mit Bronzeplatten gedeckt war. Aus der weißen Mauer waren geflügelte Gestalten gearbeitet. Der polierte rote Edelstein an der Spitze seines Stocks funkelte wie ein böser Blick.

»Das ist der Turm der Klingenden Lüfte«, sagte er leichthin. »Wenn in Patria, in der Stadt der Lüfte, ein Engel starb, stiegen die Tempelchöre zum Himmel auf und sangen drei Tage ohne Unterlass ihre Klagelieder. Hättest du das doch nur hören können, Eliana. Hättest du uns doch nur auf dem Höhepunkt unserer Macht erleben können.«

Er wollte, dass sie weinte, wehklagte und bettelte, aber Eliana weigerte sich, sogar als sie wieder zurück auf ihrem Zimmer war. Schließlich war sie auch dort nicht wirklich allein.

Sie würde nie wieder allein sein.

Als Eliana aufwachte, befand sie sich in einem Haus, das ihrem Zuhause in Orline glich.

In dem schmalen, hohen Gebäude waren an diesem Morgen alle Fenster aufgerissen. Im Wohnzimmer, den Schlafzimmern und dem Arbeitszimmer ihres Vaters lagen dicke Teppiche auf den glänzenden Fliesenböden.

Sie entdeckte Ioseph Ferracora in der Küche, wo er summend Gemüse schnitt. Eliana beobachtete ihn und lächelte. Es war schon so lange her, seit er das letzte Mal ganz entspannt das Frühstück zubereitet hatte. Jahrelang war er im Krieg gewesen, aber jetzt war er *zu Hause*, und sie konnte sich gar nicht an ihm sattsehen. Er war hellhäutig und seine Wangen waren wie so oft gerötet. Seine Haare waren natürlich zerzaust, genau wie die von Remy. Wenn man ihren Vater mit seinem eigensinnigen, kantigen Kinn und den breiten Schultern nicht kannte, würde man sicherlich nicht vermuten, dass er ein außergewöhnlich sanftmütiger Mensch war. Aber Eliana wusste es besser.

Er schnitzte die filigransten Figuren – Geschöpfe aus den Wäldern mit Beinen so dünn wie Zweige, oder Heilige, die er mit Gewändern schmückte und mit Sternen krönte. Wenn sie aus Albträumen von dem Krieg aufschreckte, der ihn fast das Leben gekostet hätte, hielt er sie so liebevoll wie ein Neugeborenes.

Als Ioseph sein Messer zur Seite legte, trat Eliana hinter ihn und umarmte ihn, sie schlang ihre Arme um seine breite, starke Brust und presste ihre Wange an seinen Rücken. Er lachte, was sie bis in ihren Brustkorb spürte.

»Wofür ist das denn?«, fragte er und zog sie vor sich.

Sie schaute liebevoll auf seine derben Gesichtszüge und seine stacheligen Wangen.

»Einfach so«, antwortete sie und strahlte ihn an. »Für alles. Ich habe dich vermisst, Papa.«

»Ich weiß, meine Süße«, sagte er und gab ihr einen Kuss auf die Wange. »Aber das ist nun vorbei. Wir sind zusammen. Wir sind eine Familie und in Sicherheit.«

Aus dem Zimmer nebenan drang fröhliches Geschrei. Die Mundwinkel ihres Vaters zuckten. Er nahm das Messer wieder in die Hand und zeigte damit zur Tür.

»Sieh zu, dass du deinen Mann in den Griff bekommst«, ermahnte er sie lachend. »Er und Remy wecken noch die Nachbarn.«

Als Eliana sich umdrehte, stürmte Remy schon in die Küche. Simon stürzte hinterher und schnappte ihn, während Remy vor Lachen johlte und mit seinen Fäusten gegen Simons Schultern trommelte.

»Er hat geschummelt, El!«, rief Remy. »Er hat beim Kartenspiel geschummelt und ich habe ihn dabei erwischt!«

»Ah, ich würde dich doch niemals anschwindeln«, verkündete Simon ernst und zwinkerte Eliana über Remys Kopf hinweg verschmitzt zu, und sie bekam ganz weiche Knie.

Aber irgendetwas stimmte nicht, dachte sie, während sie dabei zusah, wie die beiden lachten und sich neckten. Ioseph trat mit gespielt strenger Miene an sie heran und sagte etwas, das Eliana nicht verstand, weil sie auf einmal abgelenkt war. Sie beobachtete, wie Simon Remy absetzte und durch seine Haare wuschelte, und da wusste sie es. *Das* war die Unstimmigkeit beim Ganzen.

Remy war zu klein. Er war wieder ein Kind und nicht der schlaksige Jugendliche, den sie kannte. Außerdem war Simons Gesicht glatt und strahlend, seine Augenringe waren verschwunden, und Ioseph …

»Vater?«, fragte sie leise.

Er antwortete nicht, hatte ihr den Rücken zugedreht, aber irgendetwas war nicht wie sonst, glaubte sie zumindest, und deswegen musste sie Ioseph Ferracora unbedingt direkt ins Gesicht schauen. Sie musste den warmen, dunklen Blick ihres Vaters sehen, die sympathischen Falten um seine Augen, und sich vergewissern, dass diese Fremdheit, die sich in ihr regte, einfach nur einer Laune entsprang oder ihre Träume widerspiegelte.

Sie berührte ihn an der Schulter, doch noch bevor er sich zu ihr wandte, entdeckte sie sein Gesicht in dem Spiegel auf der anderen Seite des Zimmers.

Sein Mund war zu einem Lächeln erstarrt und die beiden Augen erinnerten an zwei schwarze Löcher.

»Du hättest den Traum zulassen sollen«, sagte Ioseph, aber das war nicht seine Stimme, diese Stimme kam über ihre Schulter.

Sie wirbelte herum, doch als sie die Augen öffnete, lag sie gekrümmt auf dem Boden ihres Zimmers. Ihr Nachthemd klebte schweißnass an ihr.

Corien schaute sichtlich amüsiert zu ihr hinab.

»Jede schöne Vorstellung, die ich dir schenke, verwandelst du beharrlich in eine schreckliche«, sagte er, zog sie hoch und hielt sie fest, während sie weinte. Sie krallte ihre Finger in seinen schwarzen Mantel und wünschte, sie hätte die Kraft, ihn zu zerkratzen. Aber der Traum, den er ihr geschickt hatte, ließ sie zittrig zurück. Ihre Arme waren kraftlos, unbrauchbar.

»Es könnte so sein«, flüsterte Corien in ihr feuchtes Haar. Er wiegte sich mit ihr vor und zurück, als würden sie gleich zu tanzen beginnen. »Du könntest ein glückliches Leben führen, Eliana, du musst nur zulassen, dass ich es für dich mache.«

Sie wusste, dass er recht hatte, und schloss mit einem Ziehen in der Brust die Augen, als sie an das warme Lächeln ihres Vaters dachte. An ihr ruhiges Zuhause in Orline. An Rozen Ferracoras Garten und den Küchentisch voll von Rozens Tüfteleien. Remy, der sicher in seinem Bett lag und laut aus einem seiner Bücher vorlas, und Harkan, der gleich gegenüber schlief.

Als Eliana aufwachte, beugte sich Simon über sie, in seinen Augen lag ein unruhiger Glanz. Ein Schwert blitzte an seiner Hüfte; um seine Brust hatte er zwei Revolver geschnallt.

»Uns bleibt nicht viel Zeit«, sagte er und half ihr beim Aufsetzen. »Hör mir gut zu, denn er wird jeden Moment entdecken, dass ich weg bin, und dann ist alles zu spät.«

Sie starrte ihn an. »Wovon sprichst du?«

»Das war ein Trick, Eliana. Alles war nur gelogen.« Er nahm ihre Hände und küsste sie. »Es tut mir wirklich leid, aber das war der einzige Weg, um dich zu beschützen. Ich durfte dein Leben nicht in Gefahr bringen.« Ihm brach die Stimme weg, als er weiter gegen ihre Finger sprach. »Es war eine Tortur, dir etwas vorzumachen. Jeder Augenblick, den ich dich leiden sehe, ist eine Qual.«

Eliana wurde von Erleichterung erfüllt, ihre Haut kribbelte. Sie fühlte sich übermütig, schwerelos. »Ich verstehe das nicht«, sagte sie, verließ aber ihr Bett, um ihm nachzugehen. Er hatte Vorräte zusammengetragen und streckte ihr einen Umhang hin. Remy hielt an der Tür Wache. Seine Haare waren zottelig und reichten ihm bis zu den Schultern. Er war von blauen Flecken übersät, als hätten unzählige Fäuste auf ihn eingeprügelt, aber seine Augen leuchteten triumphierend im Mondlicht.

»Wir haben genau eine Chance, um zu fliehen, und das ist heute Nacht«, sagte Simon und führte sie zur Tür. »Mir nach.«

Aber sie weigerte sich, über die Türschwelle zu treten. Irgendetwas stimmte nicht. In ihrem Kopf pfiffen metallische Einschläge und sie wurde das Geräusch einfach nicht los. Es kam ihr bekannt vor. Sie hatte das schon einmal gehört.

»El, wir müssen weg von hier!«, flüsterte Remy bei der Tür.

»Schüsse.« Sie schaute zu Simon, die Erinnerungen stürmten auf sie ein. »Du hast in Festival alle umgebracht. Und den Engeln Befehle erteilt.«

Er stieß ungeduldig die Luft aus. »Das war alles nur gelogen, Eliana. Hörst du mir nicht zu?« Er packte sie am Handgelenk. Sein Griff war hart und unbarmherzig. »Geh. Jetzt.«

Aber sie kannte die Wahrheit: Sie durfte ihren Augen unter keinen Umständen trauen. Ihre gesamte Welt war ein von Corien erschaffenes Lügengespinst.

Als sie leise mit tränennassem Gesicht in ihrem dämmerigen Zimmer erwachte, saß Corien auf der Bettkante.

»Das hatte ich gehofft«, sagte sie und ihr brach vor Erschöpfung die Stimme. Selbst ihr Schlaf fühlte sich nicht mehr echt an. »Dass es für diesen Verrat einen Grund gäbe.«

»Ich weiß« sagte Corien und seine Stimme triefte vor Mitgefühl. Er berührte ihre Wange und ordnete ihr zerwühltes Haar.

Durch die frischen Tränen sah sie das weiße Zimmer verschwommen und hell. »Was für ein Dummkopf ich doch bin«, flüsterte sie. »Was für ein Dummkopf ich doch immer war.«

»Ich kann dafür sorgen, dass das aufhört«, sagte er beschwörend. »Du weißt, dass ich das kann. Alles, worum ich dich Gegenzug um Gegenzug bitte –«

»Lieber sterbe ich, bevor ich dir helfe.« Sie funkelte ihn durch ihre Tränen an und zitterte auf einmal vor lauter Wut. »Du kannst mir eintausend süße Lügen schicken, eintausend Nächte voller Versprechungen, eintausend Träume mit all meinen Wünschen und all den Menschen, die ich jemals geliebt habe, aber meine Antwort wird immer dieselbe bleiben.«

Seinem Schweigen folgte eine schreckliche Stille.

Sie wartete angespannt, versuchte, seinen dunklen, unergründlichen Blick zu entschlüsseln, aber irgendwann brannten ihre Augen so sehr, dass sie blinzeln musste, und er war verschwunden.

⬩◆⬩

Als Eliana aufwachte, war sie in dem weißen Zimmer ihrer Träume.

»Guten Morgen«, rief sie ihren Dienerinnen gut gelaunt zu. Sie streckte sich und gähnte und schwang ihre Beine aus dem Bett in die kühle Luft. In ihrem Nachthemd spazierte sie durch die breiten sonnendurchfluteten Korridore ihrer Wohnung und wunderte sich wie so oft darüber, was für ein unglaubliches Glück sie hatte. Sie hörte das Vogelgezwitscher und summte mit. Sie zog eine rote Blume aus der Vase und atmete tief ihren süßen Duft ein.

Schließlich erreichte sie eine schmale Flügeltür aus dunklem, glänzendem Holz, deren Türgriffe die Form von ausladenden Engelsflügeln hatten.

Auf der Schwelle stand Corien, heute trug er einen mitternachtsblauen Brokatmantel. Das eingestickte tiefschwarze Muster schimmerte schillernd wie das Federkleid einer Amsel.

Elianas Freude erlosch. Eine Lüge. Es war eine Lüge. Das war gar nicht ihre Wohnung. Sie gehörte Corien.

»Nein«, sagte sie und wich vor ihm zurück. Schon bald würde sie aufwachen. Inzwischen kannte sie den Ablauf. Sie würde in ihrem Zimmer zu sich kommen. Er würde da sein, sie beobachten und mit tröstenden Worten umgarnen.

Neben Eliana tauchten Wachen auf und zwangen sie, in den abgedunkelten Empfangssaal zu gehen, wo sie sich das erste Mal begegnet waren.

»Noch ein Traum?« Sie lachte und versuchte, unerschrocken zu klingen. »Mir war nicht klar, dass du so einfallslos bist.«

Corien glitt schweigend an ihr vorbei.

»Ich habe ein Geschenk für dich, Eliana«, sagte er sanft, und als Eliana ihm eingeklemmt zwischen ihren unerbittlichen Engelswachen folgte, nahm sie zwei Gestalten im Dämmerlicht wahr.

Simon mit ausdruckslosen, kalten Augen. Sein Körper steckte aufgeräumt in der streng geschnittenen schwarzen Uniform des Kaisers. Breite Schultern, Goldknöpfe und eine rote Schärpe.

Neben ihm stand dünn und blass Remy, er trug ein einfaches Hemd und eine Hose, beides zerrissen und fleckig. Angsterfüllt starrte er sie an, seine Hände lagen in Ketten und seine Lippen waren blutverschmiert.

Eliana wurde schlecht, aber sie blieb, wo sie war. Sie ballte ihre Fäuste und bemühte sich um eine ruhige Stimme. »Ich kenne das schon. Ich habe Hunderte Remys gesehen, und ein paar von ihnen sahen genauso aus wie er.«

»Remy Ferracora«, sagte Corien, während er den Saal umrundete. »Ein berühmter Geschichtenerzähler, wie ich gehört habe.«

»El?« Remy klang heiser. Sein Blick schoss panisch von Eliana zu Corien und den Türen. »Was geschieht hier? Wo halten sie dich gefangen?«

Eliana antwortete nicht. Sie würde nicht mitmachen. Nicht schon wieder. Niemals mehr. Zu viele Nächte lang hatte sie geglaubt, was sie sah. Sie hatte versucht zu fliehen. Sie war zu Hause in Orline bei ihrem Vater und bei Harkan gewesen. Und an einem weißen Strand mit Simon in einer Hütte, die nur ihnen gehört hatte.

Niemals wieder. Sie schluckte schwer und sagte nichts.

Remy schaute eingeschüchtert zu Corien. »Kann ich zu ihr gehen?«

»Natürlich.« Corien gab ihm mit einer edelmütigen Geste den Weg frei. »Ich hoffe, du weißt das zu schätzen.«

Remy warf sich Eliana in die Arme, aber ihre Träume hatten sich schon so oft echt angefühlt. Sie versteifte sich, schaute weg und schwieg weiter. Corien umkreiste sie mit auf dem Rücken verschränkten Händen. Seine Lippen umspielte ein kleines Lächeln. Er würde sie nicht aus den Augen lassen.

Und sie würde ihm keine Reaktion zeigen.

»Wo bist du gewesen?« Remy drückte sein Gesicht gegen ihren Arm. Sein dünner Körper zitterte. »Ich hab nach dir gerufen, aber du bist nie gekommen.«

»Das tut mir leid«, erwiderte sie distanziert. »Ich war beschäftigt.«

Remy ließ sie los und betrachtete sie kritisch. »Was ist los mit dir? Ist es dir egal, wo ich gewesen bin?«

Eliana weigerte sich, ihn anzuschauen. Wenn sie noch einmal in die Augen eines Geschöpfes blickte, das Coriens Geist entsprang, würde er gewinnen.

»Erzähl«, sagte sie betont gleichgültig.

Remy zögerte zunächst verunsichert, antwortete dann aber schnell. »Es ist ein Ort mit vielen Zimmern. Ich weiß nicht, wie viele. Ich kann sie nicht zählen. Er liegt unter der Erde, und dort ist es dunkel und kalt und ich höre alle um mich herum. Tausende von Stimmen, die schreien und weinen und lachen.« Er zögerte, schaute kurz zu Simon. »*Er* hat mich gleich am Tag unserer Ankunft dorthin gebracht. Er hat mich in dieses Zimmer gesteckt.«

Und jetzt würde Corien Simon in das Lügengeflecht einbringen und versuchen, sie auf diese Weise einzuwickeln. »Verstehe. Was für ein Zimmer?

»Der Ort, an dem ich gefangen gehalten werde.« Remy trat einen Schritt zurück, er hörte sich zunehmend verängstigt an. »Warum schaust du mich nicht an?«

»Traurig, nicht wahr?« Corien näherte sich, sein Gesicht strahlte vergnügt. »Sie so verändert zu sehen? Ich schätze, du bist ihr nicht mehr wichtig.«

Remy rückte von beiden ab. »Was hast du mit ihr gemacht?«

»Die Frage, die du stellen solltest«, antwortete Corien, »lautet, was ich mit *dir* mache.«

Und plötzlich ergriff er von Remys Körper, genau dort, wo er stand, Besitz. Mit erstickten Schreien zuckte der Junge nach links und dann nach rechts, anschließend schlug er hart mit dem Kinn auf den Fußboden und fing gellend an zu schreien.

Einen Augenblick lang sah Eliana ihn entsetzt an, seine Schreie zerrten an ihr und Wut flammte in ihr auf.

Aber sie drehte ihm den Rücken zu und richtete ihren Blick auf die geschlossene Flügeltür.

»Ich bin nicht länger dein Spielzeug«, sagte sie knapp.

Corien trat vor sie und schaute sie intensiv an, er tat überrascht. »Und stattdessen erlaubst du, dass dein eigener Bruder dazu wird? Ich dachte, ich kenne dich gut.«

Sie ließ ihn stehen. Hinter ihr zerrissen Remys Schreie die Luft. Dennoch ignorierte sie die Gänsehaut auf ihren Armen und ging weiter Richtung Tür. Jeden Augenblick würde sie ausgeruht und triumphierend in ihrem Bett aufwachen, und diesmal wäre Corien der Dummkopf.

»Die Tochter des edlen Lichtbringers«, sinnierte er und blieb an ihrer Seite. »Wer hätte vermutet, dass du so eiskalt bist?«

Sie fasste nach dem Türgriff.

»Hör auf damit. Weck mich«, sagte sie und ihre Stimme bebte vor Zorn.

Corien lehnte sich neben der Flügeltür an die Wand. »Oh, Eliana. Du verstehst nicht. Na gut, ich werde dir ein wenig helfen. Mit jeder weiteren Minute, die ich im Geist deines Bruders bleibe, verliert er ein Jahr seiner Lebenszeit. Vielleicht auch mehr. Jeder Verstand ist anders.« Er zuckte mit den Schultern. »Wenn du willst, dann geh.«

Eliana fixierte die Tür und ihre Hand, die auf einem der Bronzeflügel lag, und allmählich überkam sie eine schreckliche Furcht. Ein helles Wimmern drang an ihre Ohren; sie hörte, wie Remys Schädel gegen den Boden schlug. Er krampfte.

Coriens Augen blickten sie mit heuchlerischem Mitleid an. Als er seine Hände aus den Taschen zog, waren sie voller Gold. »Hier«, sagte er sanft und legte ihr die vertrauten dünnen Ketten um die Handgelenke. Die beiden identischen Scheiben ihrer Urformen schmiegten sich sanft und kalt in ihre Handinnenflächen.

Corien lächelte. »Bitte schön. Wenn mir danach ist, kann ich sehr großzügig sein.«

Sie starrte ihn fassungslos an und wusste, dass er sie genau da hatte, wo er sie haben wollte. Dann wandte sie sich zu Remy um. Ihre Urformen waren starre, kalte Augen auf ihren feuchten Händen.

Sie stürzte neben ihrem Bruder auf die Knie, hob ihn ungeschickt hoch und bettete seinen Kopf auf ihren Schoß. Seine Augen waren glasig; Schaum trat ihm vor den Mund. Sie hielt ihn unentwegt fest und versuchte verzweifelt, sein Zittern zu lindern, aber er sah sie nicht. Die Augen leblos zur Decke gerichtet, krallte er in die Luft und dann sich selbst, seine Fingernägel rissen an seinen Armen und seinen Wangen.

Eliana packte seine Arme und drückte sie fest gegen seinen Körper.

»Gib ihn frei!«, schrie sie. »Was machst du mit ihm?«

»Ich zwinge ihn, den Augenblick zu durchleben, als mir mein Körper entrissen wurde«, antwortete Corien ruhig. Er stand jetzt direkt neben ihr und schaute auf sie herab. »Als ich von euren Vorfahren in die Verdammnis getrieben und meiner Körperlichkeit beraubt wurde. Meine Haut schälte sich ab, meine Knochen brachen und meine Blutbahnen wurden vom Universum trockengelegt. Das Empirium hat mich in einer Hölle zerstört, wo außer seiner eigenen gewaltigen Macht nichts existiert.« Er atmete langsam ein und dann wieder aus. »Wie du dir bestimmt vorstellen kannst, waren das Qualen, die ich nicht einmal annähernd beschreiben kann. Und niemand, der das nicht am eigenen Leib gespürt hat, kann es verstehen.«

Er ging in die Hocke, um einen besseren Blick auf Remys zuckenden Körper zu werfen, und fixierte ihn buchstäblich mit seinen schwarzen Augen. Eliana spürte seine unglaubliche Fokussierung, eine schreckliche Konzentration, die alles, was ihn ausmachte, mit allem, was ihren kleinen, vollkommen hilflosen Bruder ausmachte, verband.

Über Coriens Gesicht huschte ein winziges Lächeln. »Nach dem hier kann Remy mir vielleicht helfen, es dir zu beschreiben. Unser kleiner Wortschöpfer.«

Als Eliana dort auf dem Boden saß und den sterbenden Remy in ihren Armen hielt, wurde ihr plötzlich und gnadenlos die grausame Parallele zu der Situation damals in Karlaine bewusst: Remys zerfetzter, blutender Bauch, ihr Sichtfeld ein goldenes Meer des Empiriums, ihre Hände versenkt in seiner Wunde, die sie heilte.

Und Simon, der in diesem eigenartigen Moment ihres Erwachens hinter ihr stand und sie wie ein Anker in dieser Welt hielt. *Ich lasse nicht los*, hatte er an ihre Wange geflüstert.

»Du weißt, wie du das beenden kannst, Eliana«, sagte Corien ruhig. »Du weißt, was du tun musst.

Sie atmete abgehackt ein und versuchte mit aller Kraft, Remys Körper ruhig zu halten, aber das war unmöglich. Sie hatte keine Chance gegen Corien, nicht ohne ihre Macht, aber wenn sie diese hervorriefe, würde Simon das womöglich auch mit seiner gelingen.

»Bevor ich dir helfe, sterbe ich lieber«, entgegnete sie weinend.

Und auf einmal ließen Remys Krämpfe nach.

Schlaff und schweißgebadet hing er in ihren Armen. Zitternd starrte er zur Decke, seine Lippen bewegten sich stumm.

»Remy, kannst du mich hören?« Sie hielt seinen Kopf, drückte ihre Stirn gegen seine. Unter den kühlen Ketten ihrer Urformen fühlte sich seine Haut brennend heiß an.

»Rede mit mir. Bitte, sag etwas.«

Was er auch tat, allerdings so schwach, dass sie ihn bitten musste, es zu wiederholen. »Töte mich.«

Eliana gefror das Blut. »Was hast du gesagt?«

Er schaute sie fest an. »Töte mich, El. Dann kann er mich nicht wieder gegen dich verwenden.«

Irgendwo abseits streckte Corien sich, seine Gelenke knackten. »Gott, ist das anstrengend, immer tiefer und tiefer zu graben, um etwas einzupflanzen. Sich ausschließlich auf einen Geist zu konzentrieren, während ich tausend andere kontrollieren muss. Wirklich, eine ziemlich strapaziöse Angelegenheit, falls das irgendeine Art von Trost ist.«

»Er hat dir nichts getan.« Eliana wischte sich mit zitternden Händen die Augen. »Er ist unschuldig.«

»Genauso wie viele Engelskinder, die dasselbe Schicksal erlitten haben, wie Remy es gerade durchlebte«, erwiderte Corien ungerührt. »Aber sie kamen danach nicht wieder lebendig und unversehrt in ihrem eigenen Körper zu sich. Da kann er doch von Glück reden.«

Dann meldete Simon sich zu Wort. »Wenn er dir wichtig ist, tust du, was man dir befiehlt und ersparst ihm die Schmerzen.« Diese entsetzlich ruhige, stechende Stimme schockierte Eliana, rüttelte sie auf. Wie hatte sie Simon jemals für warm, leidenschaftlich und selbstlos halten können? Seine Mundwinkel zuckten grausam nach oben, als würde er ihre Gedanken kennen. »Aber möglicherweise ist er dir ja auch gar nicht wichtig«, fügte er hinzu. »Vielleicht bist du so ein guter Lügner wie ich.«

»Warum ist er hier?«, fragte sie Corien und erstickte fast an ihrer Stimme. »Ich werde ihn nicht um Hilfe bitten. Keinen von euch.«

Remy schloss seine Finger fester um ihre Hand. Seine Lippen verzogen sich zu einem winzigen Lächeln.

Corien schaute kurz zu Simon. »Ich muss sicherstellen, dass er noch mir gehört, verstehst du? Ich kann mir gut vorstellen, wie ihr beiden – sein hübscher kleiner Schützling und ihr süßer, niedlicher Bruder – selbst das kälteste Herz erweicht. Deshalb möchte ich, dass er jeden Augenblick mitbekommt. Ich will ihn prüfen. Er mag es, wenn ich ihn prüfe.«

Die beiden lächelten sich kurz vertraulich zu. Eliana suchte nach dem verräterischen Adatrox-Grau in Simons Augen, fand aber nur das gewohnte strahlende Blau.

Er wurde nicht von Corien kontrolliert. Er war ganz er selbst, und als Eliana mit ihrem schlaffen Bruder in den Armen dasaß, legte sich die Erkenntnis, wie allein sie an diesem Ort war und dass sie nur aus sich heraus Kraft schöpfen konnte, wie der Schlick in einem trüben Gewässer über ihre müden Knochen.

Mit einer verzweifelten Bitte auf den Lippen drehte sie sich zu Corien um.

Er war sofort bei ihr und kniete sich neben sie. »Du kannst alles haben, was ich dir gezeigt hat. Jedes Glück, jeden Frieden. Ich werde das beenden, Eliana – dieses Leben, das du führst, mit all seiner Gewalt und all seinen Opfern. Dein Bruder wird in Sicherheit sein. Er wird vollkommen glücklich sein, und du auch. Am Leben, gesund. In Sicherheit. *In Sicherheit,* kannst du dir das vorstellen? Wenigstens einmal in deinem Leben.«

Er streichelte ihre Wange mit dem Handrücken. »Wenn du diese eine letzte Sache für mich machst, kann ich deinen Kampf beenden. Lass deine Macht wachsen, so wie schon einmal. Teile sie mit Simon, so wie du es schon einmal getan hast.«

Obwohl Simon sie aus dem Halbdunkel beobachtete, lag Eliana die Zustimmung auf den Lippen. Sie sehnte sich danach, *Ja* zu sagen. *Du hast gewonnen. Ihr beide habt gewonnen.*

Aber irgendetwas hielt sie zurück, ein letzter Funke Trotz. Corien stöhnte verzweifelt auf, packte ihren Kopf und schüttelte sie.

»Ich muss dorthin zurück, Eliana«, flüsterte er ihr mit Tränen in den Augen zu. »Ich muss sie finden. Öffne dich. Gib uns deine Macht. *Schicke mich zurück.*«

⁂

Als Eliana aufwachte, war sie in dem weißen Zimmer ihrer Träume.

Corien saß auf ihrer Bettkante, während Simon hinter ihm stand und die ausdruckslosen Adatrox-Wachen weiß gewandet und stumm über den Raum verteilt warteten.

Elianas Urformen, die unversehrt um ihre Hände gebunden waren, wurden warm.

Und Remy … Remy war nirgendwo zu sehen. Remy war fort. Was hatte er gesagt? *Es ist ein Ort mit vielen Zimmern. Er liegt unter der Erde und dort ist es dunkel und kalt.*

Als sie sich vorstellte, dass Remy an so einem Ort gefangen war, wo ihm Jahre seines Lebens geraubt wurden, nahmen Elianas Trauer und Wut eine greifbare Form an, und plötzlich durchlief sie eine schwache Hitzewelle. Eliana konnte sie nicht zurückhalten, aber das wollte sie auch gar nicht. Sollte diese Welle doch ruhig anschwellen und sie verschlingen, und die Gemächer, in denen sie lebte, der Palast, der jetzt zu ihrer Welt geworden war, gleich mit, und die verkohlten Überreste am Ende wie Gift ausspeien.

Sie schob sich von Corien weg, stolperte aus ihrem Bett und schlug hart auf den Boden. Ihre Hände knallten gegen den weißen Stein und ihre Urformen fingen an zu glühen. Sie wurden zu feurigen Gefechten um ihre Hände, und Eliana spürte in diesem Moment mit weißglühender Klarheit, dass gerade unzählige Energiestränge ihrem verzweifelten, ungewollten Befehl folgend zornig zum Leben erwachten.

Die Welt bebte – ein Erdstoß, eine Explosion. Die Fenster in ihrem Schlafzimmer klirrten. Ihre Wachen strauchelten.

In der darauf folgenden Stille kauerte Eliana sich auf dem Fußboden zusammen, ihr Sichtfeld funkelte hell, während sie ihre Finger ausgespreizt gegen die Steinfliesen presste. Benommen keuchte sie, jeder Muskel zitterte.

Die Urformen in ihren Handflächen summten – sie waren erwacht und warteten.

Bei ihrem Anblick machte sich Entsetzen in Elianas Innern breit, und als sie die schreckliche Wahrheit begriff, wusste sie, was sie tun musste.

Sie versuchte sofort, sich zu beherrschen. Aber in ihr brodelte noch immer die Wut und eine fürchterliche Traurigkeit schnürte ihr schmerzhaft die Kehle zu. Sie durfte keinesfalls zulassen, dass diese Gefühle die Oberhand gewannen. Sollte Corien doch für den Rest ihres Lebens täglich tausend wunderschöne Lügen spinnen. Das würde keine Rolle spielen. Sie durfte nicht zulassen, dass ihre Urformen aufflammten, nie mehr wieder durfte das geschehen. Sie stellte sich vor, wie sie diese Dinger von sich schob und sie wieder kalt und dunkel wurden. Sie stellte sich vor, wie sich ihre Macht so schnell wie ein Schatten zur Mittagszeit verzog und sich unerreichbar im hintersten Winkel ihres Selbst versteckte.

Aber es war zu spät.

Simon stand mit erhobenen Armen neben einem blassen, flirrenden Lichtkreis und zitterte vor Anstrengung. Dann stieg er durch das Licht und verschwand, nur um im nächsten Augenblick auf der anderen Seite des Raums wieder aufzutauchen. Er taumelte einen Schritt nach vorn, fiel auf die Knie und rang nach Luft, doch als er Coriens Blick suchte, lag in seinen Augen bloß ein müder Triumph.

Es war nur ein kleiner Erfolg, lediglich ein Hüpfer durch das Zimmer, und er hatte noch nicht einmal die Bänder der Zeit berührt.

Aber die Bänder waren dennoch heller als jene, die er bei ihrer Ankunft in Elysium heraufbeschworen hatte. Fester, verlässlicher. Es war ein Anfang, und Eliana hatte zugelassen, dass es überhaupt so weit kam. Durch sie *war* es geschehen. Sie hatte die Kontrolle über ihre Macht verloren, zugelassen, dass sie anschwoll, wie damals, als Remy verblutend in ihren Armen lag, und dann wieder am Strand von Festival und wieder – die Erinnerung schmerzte besonders – in den Gärten von Willow, als sie Simons Herzschlag unter ihren Händen gespürt hatte. Dieser eine Moment hatte genügt.

Ihr wurde ganz anders, sie erstarrte.

Über Coriens Gesicht breitete sich langsam ein siegessicheres Lächeln aus.

»Hervorragend«, sagte er leise. »Jetzt können wir beginnen.«

9

NAVI

»Die letzte Königin von Vespers? Oh, wie haben wir sie alle geliebt. Ihr Gemahl starb vor vielen Jahren auf dem Meer und sie blieb als junge Witwe zurück, aber sie baute weiterhin Schiffe und erzog ihre sieben Kinder zu den süßesten kleinen royalen Sprösslingen, die man sich vorstellen kann. Dann kam der Kaiser in die Hauptstadt und tötete sie und sechs ihrer Kinder auf den Stufen des Elfenbeinpalastes. Aber ihr siebtes Kind, die kleine Brizeya, wurde nie gefunden. Einige glauben, sie wurde aufs Meer hinausgespült, wo die Wellen sie neben ihren Vater betteten. Andere vermuten, dass sie noch immer lebt und Rachepläne schmiedet. Ich denke jede Nacht an dieses arme Kind. Falls sie wirklich noch leben sollte, hoffe ich, dass sie niemals ihren echten Namen erfährt. Denn es ist nichts mehr übrig für sie. Für keinen von uns ist noch etwas übrig.«

Geschichten von Bürgern aus dem besetzten Vespers, herausgegeben von Hob Cavaserra

Sie reisten nun schon seit sechs Tagen und zwei Stunden durch die Kavalian-Sümpfe, und Navi war überzeugt, dass sie dort niemals wieder herausfinden würden.

Sie starrte wütend durch den eigenartigen gelbstichigen Nebel, der einem die Luft zum Atmen nahm, packte ihr Paddel fester und ruderte.

Ruusa gefiel das nicht. Sie war die Anführerin von Navis vierköpfiger Leibwache, die der kaiserlichen Invasion von Astavar entkommen und sich zusammen mit Navi, deren Bruder Malik und ihrem Freund Hob in Sicherheit bringen konnten.

Es war Wochen her, seit sie Astavar verlassen hatten, Wochen, seit Navis Heiler ihr das Kriecher-Gegengift verabreichten, das Eliana und Harkan aus Annerkilak gestohlen hatten. Ruusa jedoch war skeptisch und wollte immer noch nicht glauben, dass es Navi wieder gut ging. Sie schimpfte, wenn Navi zu lange ruderte. Navi würde sich zu viel zumuten, und sie solle jegliche Überanstrengung vermeiden, falls noch ein letzter Rest des Kriechergifts in ihren Adern schlummere.

Aber Rudern war das Einzige, was Navi davon abhielt, verrückt zu werden. Rudern und sich in Gedanken die Landkarte von Vespers vergegenwärtigen.

Sie waren auf einer der nördlichsten Inseln, Hariaca. Wenn sie erst einmal dieses fürchterliche, endlose Sumpfgebiet hinter sich gelassen hätten, würden sie dem Flusslauf der Hezta bis zu der südlichen Küste der Insel folgen. Von dort aus würden sie zu Fuß die Flachwasserzone von Amatis überqueren und so zur Insel Laranti gelangen.

Dort würde Navi dann endlich die Anführerin der Roten Krone von Vespers treffen. Eine Frau, hatte Hob erzählt, namens Ysabet. Sie würde Navi dabei helfen, die Soldaten der Roten Krone zu sammeln, die über ganz Vespers verstreut waren – ein Land mit Tausenden von Inseln, manche groß und städtisch, andere klein und verlassen. Und sie würde diese Armee darauf vorbereiten, über den Großen Ozean nach Elysium, in die Stadt des Kaisers, zu reisen. Sie würden eine Truppe aus Rebellen und Heimatlosen bilden, zu Eliana segeln und ihr dabei helfen, das Herz des Kaiserreiches zu vernichten.

Vorausgesetzt, Eliana lebte dann noch. Vorausgesetzt, dass sie nicht bis zum Wahnsinn gefoltert oder dazu gezwungen wurde, mit dem Kaiser zu kooperieren.

Oder, Gott verbiete, aus freien Stücken *zustimmte*, mit dem Kaiser zu kooperieren.

Es war in einem kleinen, sicheren Unterschlupf der Roten Krone in Meridian gewesen, als sie die erschütternden Neuigkeiten erfuhren: die brutale Attacke der kaiserlichen Streitkräfte auf die Stadt Festival und Elianas Gefangennahme durch Admiral Ravikant, den Kommandanten der kaiserlichen Flotte.

Navi schloss die Augen. Ihr gelang es noch nicht, an Eliana zu denken, ohne dass ihr die Tränen kamen.

»Eliana wird ihm nicht helfen«, murmelte Navi auf Astavarisch. »Sie ist zu stark für ihn. Sie wird nicht brechen.«

Es war ein vertrauter Kehrreim, den sie immer laut vor sich hin sagte, wenn sie sich beruhigen musste.

»Natürlich, Mylady«, antwortete Ruusa höflich und ebenfalls in ihrer Landessprache.

»Ihre Mutter mag sich den Engeln angeschlossen haben, aber Eliana ist nicht ihre Mutter.«

»Das ist wahr, Mylady.«

»Sie ist stärker als Königin Rielle.«

Ruusa atmete hörbar gereizt aus. »Ihr habt Königin Rielle nicht gekannt, Mylady, daher könnt Ihr auch nicht wissen, ob Eliana stärker ist als sie!«

Navi lächelte schief. »Du hörst mich jetzt schon tagelang meine kleinen Gebete aufsagen. Ich habe mich bereits gefragt, wann du aufhören würdest, ›Ja, Mylady‹ und ›Natürlich, Ihr habt recht, Mylady‹ zu sagen und mich stattdessen anzubrüllen.«

Ruusa presste die Lippen aufeinander. Sie funkelte die Bäume an, an denen sie vorbeiglitten. Jeder einzelne glänzte vom Morast und war dicht mit Ranken bewachsen. Die vier Boote mit den anderen Gruppenmitgliedern fuhren gleich in der Nähe, ihre blassen Laternen leuchteten schwach im trüben Licht. Von dem trägen Gewässer ging ein warmer, überreifer Gestank aus, so wie von Blumen, die in der Vase verwelken.

»Ich habe nicht gebrüllt, Mylady«, murmelte Ruusa. »Ich habe sehr darauf geachtet, das nicht zu tun.«

»Ich schätze«, erwiderte Navi, »das hängt davon ab, wie man brüllen definiert.«

Ruusa schwieg einen Augenblick. »Es tut mir leid, Mylady. Bitte, vergebt mir.«

»Ich muss dir nichts vergeben. Ich ermutige meine Wachen zu Widerworten, Ruusa. Das weißt du.«

»Natürlich, Mylady.« Ruusa zögerte. »Ich will nur nicht, dass Ihr enttäuscht seid.«

»Enttäuscht? Wovon?«, fragte Navi, obwohl sie die Antwort bereits kannte. In ihrem Herzen lauerte Furcht. Sie weigerte sich, das zuzugeben.

»Von *wem*.«

»Ah.«

»Seit Ihr Orline verlassen habt, hat Eliana Euch nichts als Ärger gebracht. Wäre Lady Eliana nicht gewesen, wärt ihr in Freistatt nicht von Fidelia gefangen genommen worden. Euch wären die Folter und die Experimente erspart geblieben und man hätte Euch kein Kriecher-Serum verabreicht.«

»Also, das kannst du nicht wissen«, entgegnete Navi unverzagt. »Fidelia hätte mich an irgendeinem anderen Ort gefangen nehmen können. Und wenn Eliana mich nicht gerettet hätte, wäre ich inzwischen ein Kriecher.«

»Darüber hinaus«, fuhr Ruusa unbeirrt fort, »war es der Wunsch des Kaisers, Eliana zu finden, weshalb seine Soldaten überhaupt nach Vintervok gekommen sind. *Sie* war diejenige, die sie wollten. Wegen *ihr* haben sie unsere Stadt gestürmt, Mylady, unser *Zuhause*. Ich bin nicht in Astavar geboren, aber es wurde ebenso sehr zu meiner Heimat, wie es immer die Eure gewesen war, Mylady, und wenn Astavar blutet, tue ich das auch.«

Der Schmerz in Ruusas Stimme war so offenkundig, dass Navi ihn nicht einfach ignorieren konnte. Sie bemerkte den Blick des rotblonden, sonnenverbrannten Jungen, der ihr gegenübersaß und aufmerksam zuhörte, auch wenn er sich das nicht anmerken lassen wollte. Er war ein Heimatloser, fünfzehn Jahre alt, seine Familie war während eines Überfalls der kaiserlichen Truppen getötet worden. Eines Nachts hatte er ihr Lager in Meridians südlichen Staubwäldern angegriffen. Ruusa wollte ihn deshalb töten, aber Navi hatte das nicht zugelassen. Seither war er ihr treu ergeben und bereit, an ihrer Seite gegen den Kaiser zu kämpfen. Der Junge hieß Miro.

Selbstredend kannte er ihre wahre Identität nicht. Das tat keiner der Heimatlosen. Sie kannten sie lediglich als Jatana und ihren Bruder Malik als Rovan.

Dass sie die letzten Überlebenden der Königsfamilie von Astavar waren, sollte ein Geheimnis bleiben. Sie und ihr Bruder gehörten zur Roten Krone; sie hassten das Kaiserreich. Das war alles, was Miro und die anderen wissen mussten.

Navi lächelte den Jungen an. »Miro, würde es dir etwas ausmachen, eine Weile zu rudern?«, fragte sie ihn in der einfachen Sprache.

Schnell nahm er ihren Platz ein und Navi setzte sich zu Ruusa. Auf Astavarisch fuhr sie fort: »Meine liebe Ruusa, sei dir gewiss, dass ich dich höre. Mir ist bewusst, dass du deine Heimat verlassen hast, einen Ort, der zu einem Paradies für dich wurde, und dass jeder, den du liebst, dort lebte.«

»Jeder außer Euch«, korrigierte Ruusa umgehend.

Bei diesen Worten gab etwas in Navi nach, und sie spürte, wie ihr Tränen in die Augen traten. Als sie ihre Leute unerbittlich nach Süden trieb, hatte sie sich verboten, lange darüber nachzudenken, was sie alles zurückließen. Aber ach, wie sehr wünschte sie sich, ganz wie in Kindertagen, auf Ruusas Schoß zu klettern und alles auszublenden, was ihnen bevorstand.

Ruusa schaute Navi scharf an. Sie kannte Navis Mimik sehr gut, besonders diejenige, die ungestümen Umarmungen vorausging. »Nicht jetzt, Eure Majestät. Nicht vor allen Leuten.«

Navi lächelte und blinzelte ihre Tränen weg. »Na schön. Ich werde mich schon irgendwie zusammenreißen.«

»Hervorragend, Mylady.«

»Aber eins will ich dir noch sagen: Ich weiß, dass du um das trauerst, was du verloren hast. Ich trauere ebenfalls. Ich denke, wir werden für den Rest unseres Lebens trauern. Mit jedem Schritt, den wir uns weiter von unserer Heimat entfernen, wird die Trauer ein Teil unseres Selbst werden. Und genauso wenig, wie ich die Trauer von mir lösen kann oder sie einfach ablegen, um ohne sie weiterzuziehen, kann ich meine Hoffnung fahren lassen.«

Navi legte ihre Hände auf die von Ruusa. Die zwei anderen Ruderer in ihrem Boot gingen ihrer Tätigkeit langsamer nach, als spitzten sie die Ohren. Taya, eine von Navis Wachen, und Edran. Er hatte sich ihren bescheidenen Reihen an der Küste des Schmalen Meeres angeschlossen. Ebenso wie die anderen Neulinge verstand er kein Astavarisch, aber er beobachtete Navi bewundernd und mit großen Augen.

»Ich muss daran glauben, dass Eliana die Sonnenkönigin ist, die wir unser ganzes Leben lang in unseren Gebeten herbeigerufen haben«, sagte Navi, Ruusa sollte in ihren Augen nur Überzeugung und keinerlei Ängste sehen. »Ich muss daran glauben, dass sie die nötige Stärke besitzt, um jeder List oder Grausamkeit des Kaisers zu trotzen. Wenn ich so von ihr spreche, will ich weder deine Wut noch deine Sorge abtun, sondern vielmehr meinen Glauben damit ausdrücken – für mich und für alle, die uns ihr Leben anvertrauen. Verstehst du? Mein Glaube lässt mich hoffen, und die Hoffnung ist ein Licht, das sogar in der dunkelsten Nacht leuchtet.«

Ruusa schwieg, ihr Blick war stahlhart. Miro verfolgte atemlos das Gespräch der beiden Frauen und vergaß darüber fast das Rudern.

Schließlich wurden Ruusas Gesichtszüge weicher, allerdings so unmerklich, dass es den anderen bestimmt nicht auffiel.

»Ich verstehe, Mylady«, sagte sie, »und ich verzeihe Euch.«

Navi drückte ihr dankbar die Hände.

Als sie nach Miros Ruder griff, bebte plötzlich der Sumpf.

Das war kein einfacher Erdstoß, der in dieser unbeständigen Region durchaus häufiger vorkam. Es grollte unaufhörlich weiter, und als Navi rufen wollte, stellte sie fest, dass etwas ihre Stimme gestohlen hatte.

Sie klammerte sich an die Ränder des Bootes und rang nach Luft, ihre Gedanken überschlugen sich.

Vulkanausbrüche und Erdbeben waren natürliche Ereignisse. Neue Inseln entstanden und alte zerbrachen. Das vesperianische Volk – Tausende weit verstreute Familien aus unzähligen Kulturkreisen, die alle in ihrer Liebe für ihre letzte Königin vereint waren, die während der Invasion durch die kaiserlichen Truppen ihr Leben verloren hatte – verließ sich auf die Berichte der Saterketa. Die Gelehrten waren darauf spezialisiert, Veränderungen in der Erde zu erkennen und vorauszusagen.

Das hatte ihnen ihr Führer Bazko am ersten Tag in den Sümpfen erklärt, als die Stimmung unter ihnen noch gut war und Bazko gar nicht aufhörte mit dem Erzählen. Er war der Roten Krone gegenüber loyal und würde ihnen sicher durch die Kavalian-Sümpfe helfen, die berüchtigt waren. Unzählige Reisende hatten ihm zufolge ein grausames Ende in diesen Gewässern gefunden.

Während der vergangenen sechs Tage war Navi – die ihm nur zu gern vertrauen wollte und dringend Hilfe brauchte – trotz allem skeptisch geworden. Bereits vor zwei Tagen hatte Bazko ihnen das erste Mal verkündet, dass sie die Sümpfe bald hinter sich lassen und sauberes Gewässer erreichen würden.

Und jetzt bebte der Sumpf, es war noch immer kein Ende in Sicht, und in Navis Ohren bohrte sich ein hohes Heulen, das sie nicht abschütteln konnte. Höher und höher schraubte sich der Ton. Als sie zu Ruusa schaute, wusste Navi, dass es den anderen nicht besser ging.

Bazko saß entgeistert im Bug des Leitbootes, klammerte sich an seinen Platz und schaute sich hektisch um. Er presste sein linkes Ohr gegen die Schulter und streckte seine rechte Faust in die Luft: der Befehl, anzuhalten.

Die Ruderer der vier anderen Boote nahmen die Paddel aus dem Wasser. Navi suchte in der gelbgrauen, trüben Helligkeit nach Malik, der angespannt in dem Boot zu ihrer Linken saß. Das gespenstische Sumpflicht malte Schatten auf seine goldbraune Haut. Danach schaute sie nach rechts; in diesem Boot saß Hob, breite Schultern, dunkle, sattbraune Haut. Wenn Navi Trost suchte, lenkte sie ihren Blick oft zu diesen Männern. Einen liebte sie schon ihr ganzes Leben lang; den anderen hatte sie während der letzten Monate lieben gelernt.

Aber jetzt sahen sie genauso verängstigt aus, wie sie sich fühlte, und als Navi sich fragte, ob dies das Ende ihrer Reise war und der Sumpf sich öffnen und sie alle verschlingen würde, legte sich um ihr Herz eine kalte Hand aus Furcht.

Das Beben hielt an, Navi zählte die Sekunden. Das faule Wasser kräuselte sich, die Boote schaukelten. Insekten und Schlangen fielen von den Ästen. Langbeinige Vögel flogen in Scharen davon.

Dann Stille. Ganz plötzlich war es totenstill. Navi klingelte es in den Ohren, aber das schreckliche Heulen hatte aufgehört.

»Was war das?«, flüsterte Miro nach einer Weile. Er richtete sich auf und umklammerte sein Paddel wie eine Waffe. »Was passiert da gerade?«

Ruusa zog ihn zurück auf den Sitz. »Schhhh, Junge.«

Navi wartete darauf, dass ihr Führer Entwarnung gab, irgendein Zeichen, dass er wusste, was für ein Beben das war, aber Bazko blieb stumm. Er ließ langsam seine Faust sinken und sah sich wie ein Kind um, das hilflos nach jemandem sucht, der ihm sagt, wie es weitergeht, und Navi wurde klar, wie klein und unbedeutend sie im großen, unbekannten Lauf der Welt waren.

Wie viele Heimatlose hatten sie rekrutiert? Während sie sich den Schweiß von der Stirn wischte, zählte sie schnell durch, um sicherzugehen, dass alle wohlbehalten in ihren Booten saßen. Einunddreißig. Sie, Malik, Hob, Ruusa, ihre drei anderen Wachen, und einunddreißig Leute, die entweder verzweifelt ihrer Einsamkeit entkommen wollten oder so versessen nach Rache gegen das Kaiserreich dürsteten, dass sie bereit waren, gemeinsam mit einer jungen Frau der Wildnis von Vespers zu trotzen. Einer jungen Frau, die von Legenden sprach, als wären sie real, und die ihnen nichts weiter versprechen konnte als die Hoffnung auf einen fernen Kampf. Auf eine Reise zur Stadt des Kaisers. Einen Angriff auf jenen Ort, den er sein Zuhause nannte.

Die Befreiung einer Prinzessin, die sie alle retten würde, wenn sie diese denn rechtzeitig erreichten.

Navi schluckte den sauren Geschmack in ihrem Mund hinunter. Was dachte sie sich nur? Wie sollte sie und ihre winzige Armee überhaupt irgendeine Art von Offensive gegen die unermüdlichen kaiserlichen Truppen starten?

Es war falsch von ihr, zu hoffen, und töricht, es auch nur zu versuchen. Ihre Heimat war verloren. Ihre *Welt* war verloren. Und dermaßen ums Überleben zu kämpfen und sich an wilde Siegesfantasien zu klammern, war nicht nur eine unwürdige Weise, ihre zweifellos letzten Tage zu verbringen, sondern auch äußerst herzlos gegenüber denjenigen, die ihr folgten. Gegenüber diesen entwurzelten Menschen, die sich an jeden noch so kleinen Hoffnungsschimmer klammerten.

Sie schloss die Augen. Was hatte sie getan? Wohin führte sie die anderen und welche Lügen gaukelte sie sich selbst vor?

»Alles in Ordnung«, rief Bazko. Sein Lachen klang unecht. »Ein ordentliches Beben, was? Aber keine Bange. Vespers wird nicht umsonst das Ruhelose Land genannt.«

Ruusa berührte Navi am Ellbogen. »Hier, Jatana, trink einen Schluck Wasser. Halt dich an mir fest.«

Aber als Navi die Augen öffnete, um Ruusas Feldflasche zu nehmen, lenkte etwas sie ab – eine eigenartige, zerfetzte, flackernde Dunkelheit, als wäre in der Luft eine Naht aufgerissen. Nein, nicht flackernd. *Verrutscht.* So als würde man durch ein stilles Gewässer ein Licht sehen, nur dass dieses hier keine vierzig Meter entfernt *über* dem Wasser schwebte. Mit ineinander verlaufenden Gold- und Violettschattierungen schwebte es dort und wartete. Seine runde Form und veilchenblaue Farbe erinnerte an einen riesigen Bluterguss.

Irgendetwas daran – der schwache Goldglanz, dieses spezielle Kräuseln, seine bloße Existenz, als käme es aus einem Märchen über die Alte Welt – erinnerte Navi auf unerklärliche Weise an ihre verlorene Freundin.

Eliana.

Ein kalter Schauer rieselte über ihren Nacken. Sie stand langsam auf, ignorierte Ruusa. Von dieser Form in der Luft wuchsen verästelte Gebilde aus Dunkelheit wie splitternde Risse in Glas. Sie beobachtete, wie sie größer wurden, hielt die Luft an und hörte die anderen verblüfft ausrufen.

Dann wuchsen die Verästelungen nicht weiter. Unzählige spinnendünne dunkle Risse blieben schwerelos in der Luft hängen.

Navi spürte einen Zug an ihrer Brust, der sie zu etwas drängte oder vielleicht auch davon weg. Sie verstand nicht, was das bedeutete, aber je länger sie auf diese schwebende Form starrte, desto unwohler fühlte sie sich.

Doch sie konnte ihren Blick nicht abwenden. Sie musste näher herankommen. Irgendetwas war passiert, irgendetwas, das mit dem Empirium zusammenhing, und diese Form war der Beweis. Zuerst das Beben und jetzt das. Navi musste wissen, was es war. War Eliana verletzt? Oder sogar tot und jetzt zerbrach die Welt?

»Da.« Sie streckte ihren Arm aus. »Siehst du das?«

»Ich sehe es!« Miro kroch neben ihr in die Hocke, das Boot schaukelte und Ruusa fluchte. »Ist das ein Feuer?«

Navi holte sich das Paddel von Miro zurück. »Wir müssen dorthin, schnell.«

Ruusa rührte sich nicht. »Was auch immer das ist, wir sollten uns davon fernhalten.«

Doch Navi konnte nicht länger tatenlos bleiben, sie musste dieses Phänomen näher betrachten, es vielleicht sogar berühren. Womöglich wartete Eliana auf der anderen Seite.

»Du nimmst jetzt dein Paddel«, sagte sie ruhig, aber mit einer gewissen Schärfe zu Ruusa, »und hilfst mir, dieses Ding zu erreichen, bevor es verschwindet, oder du verdammst dich selbst dazu, von mir in Zukunft immer als Enttäuschung betrachtet zu werden.«

Das war eine harte Aussage und Navi hasste sich dafür, aber schon bald setzten sie sich in Bewegung und Ruusa ruderte gegen das verlegene Schweigen an. Malik folgte ihr nach und dann Hob. Navi hörte das Spritzen ihrer Paddel, aber sie schaute nicht zurück, denn als Ruusa und Taya und Edran und Miro sie näher zu diesem schwebenden, gesplitterten Auge brachten, veränderte sich etwas.

Im Inneren des Auges, mitten in diesen dunklen, verwirrenden Farben, wuchsen Formen, so als würde sich Tinte in einem Glas Wasser verteilen.

Navi konnte ihren Blick nicht lösen. Dieses unbeschreibliche Etwas hatte sich in ihrem Herzen verhakt. Wenn sie versuchte, sich loszureißen, würde ihre Brust sich wie ein Spalt in der Erde öffnen. Was *war* das?

»Ihr rudert zu langsam«, murmelte sie. Dann fiel ihr auf, dass das Wasser ganz seicht geworden war, und sie sprang aus dem Boot und stürzte sich in den Sumpf.

Kurz darauf traf Ruusa mit ihrem Paddel auf Grund. Navi hörte, wie ihr Boot über den Matsch schabte und Miro angstvoll aufschrie, aber sie musste unbedingt weiter.

»Navi!«, drang Hobs Stimme zu ihr. »Bleib stehen!«

»Dort ist irgendetwas drin!«, rief sie zurück.

Ein Tier strich im Wasser an ihrem Bein entlang. Sie bemerkte es kaum und kletterte durch zähen Schlick eine kleine Anhöhe empor. Hinter dem verschwommenen Rand des veilchenblauen Auges verwirbelten wie aufsteigender Rauch langsam weitere Formen.

Navi riss ihren Fuß aus dem Schlamm und landete auf festem Boden. Von der Seite betrachtet war dieser unwirkliche Bluterguss hauchdünn und fast nicht mehr zu sehen.

Aber als sie darum herumging und ihn aus einem anderen Blickwinkel betrachtete, wurde er wieder größer. Er ähnelte einem aufgehängten dunklen Spiegel. An den Rändern knisterten hellblaue Funken, die Navi an kleine Blitze erinnerten. Wenn sie doch nur dieses Etwas berühren könnte und ein paar seiner verschlungenen Schatten beiseiteschieben. Dann würde sie endlich *verstehen*.

Ihre Füße bewegten sich zu schnell. Sie versuchte, abzubremsen, Abstand zu halten, aber dieses Ding vor ihr zog sie weiter. Sie stolperte über ihre eigenen Beine, streckte die Hand aus, um sich abzustützen, aber sie stürzte nicht. Ihre Arme waren steif und ihre Finger wurden fast magnetisch zu diesem dunklen, starren Auge gezogen. Sie erschrak, denn plötzlich begriff sie, dass dieses undefinierbare Etwas einen eigenen Willen hatte.

Es *wollte*, dass sie näher kam.

Es wollte, dass sie es berührte.

Und als ihre Finger an seinen Rändern durch die Luft strichen, spürte sie einen unheimlichen Druck auf ihnen, der sich auf ihre Hand, ihr Handgelenk und schließlich auf ihren Unterarm und Ellbogen ausdehnte.

Entsetzt starrte sie auf ihren Arm, sie wollte aufschreien, doch ihr Aufschrei blieb ihr in der Kehle stecken, und als die Dunkelheit nur noch Zentimeter von ihrem Gesicht entfernt war, blitzte vor ihren Augen ein Riss auf.

Und in diesem einen, schockierenden Moment sah sie Tausende Bilder, als wären ihr auf einmal unzählige Lebensläufe in den Kopf gesetzt worden. Hautstreifen, die sich wie lange schwarze Zungen von Knochen lösten. Hände, die sich vergeblich um Hilfe suchend ausstreckten. Zahllose brüllende Stimmen, eine Kakofonie des Zorns.

Eine glitzernde Stadt, die sich unendlich weit erstreckte. Bestien mit Flügeln wie Sensen.

Ein schwarzer, abgrundtiefer Schlund, der groß genug war, um die Welt zu verschlingen.

Navi flog zurück, stolperte. Irgendetwas hatte ihren Blick gebrochen. Hände griffen nach ihren Armen und Beinen und zogen sie zurück in den Sumpf. Sie fiel, atmete trübes Wasser ein und schoss keuchend nach oben.

Sie schlug auf etwas Hartes, aber dort in der knietiefen Brühe stand Malik und gleich hinter ihm Hob und Ruusa. Die Männer halfen ihr und Ruusa zurück ins Boot und schoben es mit einem festen Stoß weg, weg von der Anhöhe und der schwarzen Naht, die sich darüber wölbte.

Dann kletterten Malik und Hob klatschnass und schwer atmend in ihre Boote. Miro schlüpfte aus seinem abgetragenen Mantel und legte ihn sanft um Navis Schultern.

Sie umklammerte fest den Stoff an ihrem Hals, und da erst fiel ihr auf, dass ihre Fingerspitzen von einem dünnen Blutfilm überzogen waren.

Als ihre Freunde sich erneut kräftig in die Ruder legten und sie sich von diesem unheimlichen Etwas entfernten, begann Navi zu weinen.

Malik beobachtete sie ernst aus seinem Boot. »Was war das? Was hast du gesehen?«

Navi wusste nicht, wie sie es beschreiben sollte. Ihr Kopf schmerzte von den Bildern, die sich in ihren Geist eingegraben hatten. Sie spürte, wie sie gegen ihre Schädeldecke drängten, sie waren zu groß für sie, zu zeitlos.

Flüchtig kam ihr ein Gedanke: Wenn das nur ein schwacher Widerhall dessen war, was Eliana mit ihrer unglaublichen Macht fühlte, dann war es erstaunlich, dass sie noch nicht daran zerbrochen war.

»Das war die Verdammnis«, flüsterte Navi. »Ich weiß es ganz bestimmt, auch wenn ich nicht erklären kann, warum. Die Dinge, die ich gesehen habe … wie sie an mir zogen …« Sie schüttelte den Kopf. »Diese Form, das *Ding*, das ist ein Riss zwischen hier und dort. Irgendetwas wurde geöffnet und ich weiß nicht, warum, aber dahinter, hinter dieser Naht, liegt alles, wovor wir uns je gefürchtet haben.

Ruusa starrte sie an, ihr sommersprossiges Gesicht war blass geworden. Hob ruderte weiter und presste seine Lippen grimmig aufeinander.

»Eliana hat sich oft mit mir über die Pforte unterhalten«, fuhr Navi fort, ohne ihrem Bruder in die Augen zu sehen. »Du weißt auch davon. Vater und Papa – sie haben es dir erzählt, genau wie mir. Die meisten Leute in unserer Welt halten die Pforte für ein Gerücht. Sie schauen auf ihre schwarzäugigen Angreifer und reden sich ein, dass es keine lebenden Engel mehr gibt. Aber wir wissen es besser.«

Malik blickte düster drein. »Und du denkst, dass … dieses *Ding* eine weitere Pforte ist?«

»Ich denke, dazu könnte es eines Tages werden. Ich denke, das Beben, das wir gespürt haben, war etwas viel Größeres als einfach nur eine Erdverschiebung. Ich denke, es war eine Verschiebung im Empirium, und dass Eliana noch immer lebt und sich wehrt.« Navi schaute gebannt auf das entfernte schwarze Auge, das halb versteckt zwischen den Bäumen hing. Ihre Kehle kitzelte vor Angst.

»Und ich denke«, sagte sie leise, »dass wir uns beeilen müssen, wenn wir ihr helfen wollen, bevor es zu spät ist.«

10

RIELLE

»Liebste Schwester, du hast vielleicht gehört, ich sei tot, und obwohl Merovec Sauvillier mich tatsächlich beinahe totgeschlagen hat, hat er sein Werk nicht vollendet, auch wenn ich wünschte, er hätte es getan. Zwei Freunde haben mich gerettet. Nein, ich kann dir nicht ihre Namen nennen, obwohl sie dir beide gefallen würden. Ich bin jetzt nicht mehr Merovecs Gefangener. Wenigstens das wollte ich dir sagen. Doch ich kann nicht nach Hause kommen. Ich habe gehört, was in Âme de la Terre passiert ist. Ich weiß, dass Audric und Rielle fort sind. Ich konnte sie nicht rechtzeitig warnen. Ich habe ihnen gegenüber versagt, genau wie ich bei der Rettung unseres Vaters versagt habe. Ich habe seine Krone nie gewollt. Das war stets dein geheimer Wunsch. Du wirst besser für unser Volk sorgen, als ich es mir für mich je erhoffen könnte. Such Audric. Hilf ihm, so gut du kannst. Sie werden mich den feigen König nennen, weil ich dich im Stich lasse. Sie werden mich den Thronverzichter nennen. Ach, sollen sie. Als ich dem Tod nahe war, wurde mir klar, dass ich die Heimat nie als Heimat empfunden habe. Jetzt entscheide ich mich für das Leben und suche mir einen Ort, wo ich wirklich hingehöre, für die Zeit, die uns auf dieser sich verfinsternden Welt noch bleibt. Du wirst mir fehlen, aber ich bereue nicht, gegangen zu sein.«

Verschlüsselter Brief von König Ilmaire Lysleva
an seine Schwester Ingrid, datiert vom November
im Jahr 999 des Zweiten Zeitalters

Corien entdeckte Obritsa schnell und stoppte sie und ihren Beschützer mit seinem Geist. Doch in den kurzen Augenblicken nach ihrer Flucht war die kleine Königin bereits über hundert Meilen weit gekommen.

Corien und Rielle würden sie zu Fuß zurückholen müssen.

Drei Tage lang raste Corien in stiller Wut, während sie durch die spärlich bewachsene, bergige Landschaft Vindicas zogen, über Felsen und durch Schluchten und von Flüssen durchzogene Ebenen. Sein Tempo war erbarmungslos. Er sprach kaum ein Wort mit Rielle, und wenn doch, dann waren es barsche Kommandos.

Komm her.

Geh schneller.

Küss mich.

Er hielt sein Versprechen und verhüllte ihre Gedanken nicht mehr. Wenn er sie in der Dunkelheit an sich zog, packte Rielle seinen Kragen und fing seinen Mund mit ihrem auf.

Wenn sie ihm gehorchte, dann weil sie ihm gehorchen wollte.

Am vierten Tag fanden sie Obritsa.

Rielle wusste es gleich, als sie nach unruhigem zweistündigem Schlaf die Augen aufschlug. Sie hatten ihre wilde Jagd durch die Nacht erst unterbrochen, als Rielle vor Erschöpfung über einen Spalt im Boden gestolpert und fast von dem steilen Saumpfad herabgestürzt wäre. Nun lag sie auf dem Boden einer flachen Berghöhle und war aufgewacht, weil Corien sie mit rastloser Stimme anherrschte.

»Steh auf.« Er war ungepflegt, und das Haar hing ihm in fettigen Strähnen ins Gesicht. Unsanft zerrte er Rielle in die Höhe. »Sie sind ganz hier in der Nähe.«

»Lass mich los.« Sie riss ihren Arm aus seiner Umklammerung. »Ich kann allein gehen.«

»Dann halt Schritt. Und pass auf, wo du hintrittst.« Seine blassen Augen glitzerten im Mondlicht, und ein hartes Lächeln umspielte seinen Mund. »Ich habe sie. Sie kann sich nicht bewegen. Ich habe sie alle beide.«

Rielle hatte Mühe, sich Coriens Tempo anzupassen, und bekam bald Seitenstechen. Er verbarg seine Absichten vor ihr, und sein Gesichtsausdruck beunruhigte sie.

Zuerst fanden sie Artem in einem Grüppchen zerzauster Bäume. Er lag auf dem Bauch, die Gliedmaßen seltsam verrenkt. Rielle nahm an, dass er am Leben war, doch er regte sich nicht. Das Paket mit den Urformen war herabgefallen und aufgerissen. Marzanas Schild glitzerte silbern, und Grimvalds Hammer summte leise im Staub.

Obritsa war hinter ihm. Corien hielt sie mit seinem Geist in seiner Gewalt, trotzdem kroch sie langsam davon, als bewegte sie sich durch Teer. Vor Anstrengung liefen ihr Tränen über die Wangen. Ihr Gesicht war abgezehrt und ihre Lippen rissig. Rielle begriff schlagartig, dass das junge Mädchen wohl schon tagelang auf dieser Lichtung festsaß, ziellos umherkroch und sich vergeblich abmühte, Coriens Fesseln zu entkommen.

Er stolzierte auf Obritsa zu, packte ihren weißen Haarschopf und zerrte sie in die Höhe. Sie schrie nicht. Stattdessen rammte sie ihm ihr Knie in den Unterleib und entwand sich seinem Griff. Das brachte ihn aus dem Konzept; Rielle spürte seine Verblüffung. Staunend verfolgte sie, wie die Kindkönigin ein primitives Messer aus dem Stiefel zog – einen scharfkantigen, zu einer Klinge geschliffenen Stein. Obritsa erhob ihre Waffe gegen Corien, gerade als er auf sie losstürzen wollte, und fügte ihm einen Schnitt quer über die Brust zu. Brüllend vor Zorn schlug er sie ins Gesicht. Als sie zu Boden stürzte, flog ihr Messer zwischen die Bäume, und sie grabschte hektisch danach.

Corien fing sie ab.

Schreiend brach sie zusammen. Ihr zierlicher Körper zappelte im Staub wie ein gestrandeter Fisch.

»Du hast geglaubt, du könntest mir davonlaufen«, zischte Corien über sie gebeugt. »Du hast geglaubt, du könntest mich überlisten.«

»Das habe ich auch«, erwiderte Obritsa keuchend. »Drei Tage lang habe ich dich überlistet.«

Corien kochte vor Wut. »Ich muss dich nicht berühren, um dir wehzutun, aber es macht das Gefühl eindrücklicher.« Er senkte eine Hand auf ihre Wange und presste ihr Gesicht in den Schmutz. »Findest du nicht auch?«

Obritsas Schreie waren animalisch. Zu ihrer Linken vernahm Rielle ein leises Stöhnen. Es kam von Artem, der nach wie vor reglos am Boden lag und nur zu erstickten Schmerzenslauten imstande war, während Obritsa litt.

Das Geräusch klang so jämmerlich, dass es Rielle fast peinlich war. Und wenn Corien so weitermachte, würde er Obritsa töten. Sie säßen hier fest – wo auch immer *hier* war – und würden sich mithilfe von Zwang, Manipulation und Mord Transportmittel beschaffen müssen. Machbar, aber unappetitlich.

Rielle war zu erschöpft für Unappetitliches, und beim Anblick von Obritsa, die mit strampelnden Beinen und über die Erde schrammenden Fingernägeln von Corien loszukommen suchte, drehte es Rielle den Magen um. Ein Gefühl der Verzweiflung berührte sie – das Gefühl, festgehalten, eingesperrt zu werden –, und sie begriff, dass Obritsas Furcht aus Coriens Gedanken herausschwappte und in ihre eigenen sickerte.

Die Königin von Kirvaya war eine nervtötende Göre, doch dies war nicht die geeignete Art, sie zu bestrafen.

Rielle trat vor. »Lass sie los.«

»Oh, aber sie ist davongelaufen«, versetzte Corien zuckersüß. »Sie muss bestraft werden.«

»Du bestrafst sie noch zu Tode, und dann habe wir keine Gezeichnete mehr, die uns hilft. Lass sie sofort los.«

»Wie ein ungezogenes Hündchen ist sie davongelaufen und hat uns gezwungen, hinter ihr herzujagen.« Corien schnalzte mit der Zunge. Obritsas Rücken bog sich nach hinten durch, und ihre Schreie gingen wieder in Schluchzlaute über.

»Es ist deine Schuld, dass sie überhaupt davonlaufen konnte«, bemerkte Rielle. »Lass sie los.«

Corien knurrte einen Engelsfluch, ließ jedoch nicht locker.

»Gut«, fauchte sie. »Du Idiot.«

Sie schnippte einmal mit dem Handgelenk, schon flog Corien durch die Bäume. Mit dem Rücken voraus prallte er gegen einen Baumstamm und fiel dann ins dichte Unterholz.

Benommen blieb Rielle neben Obritsa stehen, während sich das Mädchen auf die Erde übergab. Mühsam atmend stemmte sich Artem endlich auf Arme und Beine.

»Korozhka«, keuchte er und sprach dann auf Kirvayanisch zu Obritsa, während er auf sie zukroch. Rielle beherrschte die Sprache gut genug, um ihn zu verstehen: *Meine Königin, mein teuerstes Herz, ich bin hier. Wenn du lebst, lebe ich auch. Wenn du stirbst, werde auch ich nicht länger leben.*

Die unverhohlene Zärtlichkeit in seiner Stimme berührte Rielle unerwartet tief. In ihr öffnete sich eine Tür und gab den Weg frei für eine ganze Flut von Bildern.

Sie sah sich selbst in Baingarde, wie sie friedlich mit Audric zur Linken und Ludivine zur Rechten im Bett schlief. Arme und Beine, die sich über Kissen reckten. Der schnarchende Audric. Ludivines im Traum flatternde Lider. Sie waren noch klein. Wie oft hatten sie sich in ihrer Kindheit zu den anderen ins Zimmer geschlichen, Bücher gelesen und Spiele gespielt, aus der Küche stibitzte Kuchen gefuttert, bis sie wie ein Wurf müder Welpen kreuz und quer ineinander verschlungen einschliefen. Das war vor Ludivines Tod gewesen, bevor ein Engel an ihre Stelle trat. Vor den Prüfungen. Vor Corien.

Rielle erstarrte, als sie die Umarmung zwischen Artem und Obritsa sah und doch nicht sah – Artem, wie er Obritsas vor Schmutz starrendes Haar streichelte, Obritsa, die fieberhaft und tränenerstickt gegen seinen Hals wisperte.

Rielles Körper war hier in der Wildnis von Vindica, doch auf einmal war ihr Geist zu Hause in Celdaria.

Eine zweite Vision tat sich auf. Rielle spielte auf einem klebrigen Tisch in Odos Taverne ein Buchstabenratespiel. Audric spielte mit, ein gutmütiger Verlierer mit breitem Grinsen und von der Hitze feuchten Locken. Daneben saß Ludivine – inzwischen ein Engel, was sie jedoch nicht wussten. Ludivine, die sich vorbeugte und Rielle einen Kuss auf die Wange drückte.

Rielle schüttelte sich und wich von Obritsa und Artem zurück.

Ludivine hatte sie also doch gefunden.

»Geh weg«, flüsterte Rielle. »Ich will dich hier nicht haben.«

Als Antwort erschien ein weiteres Bild: sie selbst in Garver Randells Laden, wie sie geduldig zuhörte, als der kleine Simon sie über die Namen der in Fläschchen abgefüllten Arzneien in den Regalen seines Vaters belehrte.

Und noch eines: sie selbst in Audrics Bett. Die Bettlaken um die Beine geschlungen, ihre Haut rosig erglüht unter Audrics Küssen, ihre Finger in seinen Locken vergraben.

»Hör auf!« Rielle fuhr herum und spähte zwischen die Bäume. »Geh weg von mir! Ich will dich hier nicht haben! Ich habe dich verlassen!«

Komm nach Hause, erklang Ludivines Stimme, fern und verzerrt. Rielle spürte die ungeheure Distanz zwischen ihnen und wie schwer es Ludivine fiel, Wörter zu artikulieren. *Bitte, Rielle. Komm zu uns nach Hause. Komm nach Hause zu mir.*

»Niemals«, sagte Rielle, das Wort ein ersticktes Schluchzen. Sie stolperte weg von Ludivine, die gar nicht da war. Dann hob sie die Hände, um das Bild von sich selbst, wie sie Audric verträumt anlächelte, zu verjagen. Wie sie sein Gesicht berührte. Ihn zu einem Kuss zu sich herabzog.

»Ich komme niemals zurück«, flüsterte Rielle. Sie lehnte sich schwer gegen einen Baum und blickte mit finsterer Miene in die Dunkelheit dieses fremden Landes.

Du sehnst dich nach zu Hause.

»Ich habe kein Zuhause«, fauchte Rielle. »Ich bin ein Monster. Schon vergessen? ›Du bist das Monster, das Aryava prophezeit hat. Eine Verräterin und Lügnerin.‹«

Audric war wütend und voller Angst. Er bereut, diese Dinge gesagt zu haben. Er glaubt sie nicht wirklich. Ludivines Gedanken wurden stärker, eindringlicher. *Rielle, er liebt dich noch immer. Er will dir helfen.*

Rielles Tränen flossen über. Sie grub die Finger in die raue Baumrinde. »Ich brauche keine Hilfe. Ich habe eine Wahl getroffen. Respektiere das und lass mich in Ruhe.«

Schweigen. *Ich habe ihm noch nichts von dem Kind erzählt*, sagte Ludivine leise. *Es steht mir nicht zu. Ich habe dir versprochen, es nicht zu tun, und ich habe es auch nicht getan.*

Das Kind.

Eine Schockwelle fegte über Rielle hinweg. Die letzte Erinnerung, die Corien vor ihr verborgen hatte, stand ihr auf einmal klar vor Augen und glitzerte in ihrem Geist wie ein Diamant.

Unwillkürlich wanderte ihre linke Hand zu ihrem Bauch. Sie war dort schon immer leicht gerundet gewesen, doch nun war die Rundung ausgeprägter. Mit beklemmender Klarheit begriff sie plötzlich die Übelkeit, die sie über Wochen geplagt hatte, verstand, warum ihr Körper sich befremdlich anders anfühlte.

Oh, Rielle. Ludivines Stimme war sanft. *Hattest du es vergessen?*

Da erinnerte sich Rielle an die Begegnung mit dem Mädchen auf dem Berg, die schon Monate zurücklag – die junge Frau, die behauptete, ihre Tochter zu sein. Sie hatten sich gestritten. Sie hatte gesagt, ihr Name sei Eliana.

Rielle wandte sich von der Erinnerung ab und schüttelte den Kopf, um wieder klar denken zu können. Das ist alles eine Lüge, besänftigte sie sich. Einer von Coriens Tricks. Es bedeutete nichts.

Dann ein Knistern im Gebüsch. Schleifende Bewegungen.

Rielle fuhr herum, stieß den Arm in die Luft und hieb Artem und Obritsa zu Boden. Betäubt blieben sie zehn Meter weit weg zwischen den Bäumen liegen. Ein kurzlebiger Fluchtversuch.

Ich habe nichts vergessen, fauchte Rielle. Ihre Stimme reichte nicht mehr aus, um laut zu sprechen. *Ich erinnere mich an jede Lüge, die du mir je erzählt hast, Lu, jede Lüge, die zu erzählen du mich angehalten hast. Du hast erst zugegeben, dass du ein Engel bist, als es zu dem Bild passte, das du dem Volk von Celdaria präsentieren wolltest – einem Bild, auf dem ich als Retterin und Auferweckerin erscheine. Du hast mir nicht die Wahrheit darüber gesagt, wie die Heiligen die Engel in die Verdammnis manövriert haben, weil du nicht wolltest, dass ich dir misstraue oder fürchte, dass du mich dazu benutzt, dich bei irgendeinem Racheplan zugunsten deiner Leute zu unterstützen.*

Rielle war schwindlig vor Wut. Sie verlagerte ihren ganzen Zorn auf Ludivine, doch fügte sie sich dadurch nur selbst Kopfschmerzen zu, da sie damit ihren eigenen Geist angriff. *Du hast mich angehalten, Audric anzulügen, und ich habe es getan, und dafür hasse ich dich fast genauso wie mich selbst. Du bist eine feige Schlange. Ich* hasse *dich.*

Einen Moment lang herrschte Stille. Dann sprach Ludivine. *Du lügst, mein Schatz.*

Rielle stürmte durch die Bäume und fand Corien regungslos keuchend dort liegen, wo sie ihn hingeschleudert hatte. Ungeduldig fuhr sie mit der Hand seinen Körper entlang. Er fluchte unflätig, als sich sein Rückgrat unter Schmerzen wieder einrenkte.

»Bitte bring sie zum Schweigen«, stieß Rielle hervor und kniete sich neben ihn. »Sie ist in meinem Kopf. Ich will sie dort nicht haben.«

Rielle, nein, warte –

Doch auf einmal war Ludivine verschwunden. An ihrer Stelle befand sich nun eine willkommene warme Helligkeit. Eine verschlossene Tür. Ein gereinigter Geist.

Rielle sank erschauernd in Coriens Arme und ließ zu, dass er ihr übers Haar streichelte und ihr engelhafte Koseworte ins Ohr säuselte. *Ishkana*, meine Geliebte. *Daeleya-lira*, mein Herz, du bist in Sicherheit.

Obwohl er sie tröstete, blieb der Kummer tief in ihrer Kehle stecken, als hätte ihn jemand dort festgeschraubt. Gleichzeitig war ihr schwindlig vor Erleichterung, und sie empfand eine boshafte Freude.

»Ich gehe nie zurück«, flüsterte sie. »Ich habe kein Zuhause.«

»Dein Zuhause ist hier, bei mir«, sagte Corien, den Mund an ihrem Haar. »Dein Zuhause ist immer dort, wo wir sind.«

Dennoch war da diese Leere in ihr, die Corien noch nicht hatte füllen können. Ludivines Stimme hallte in ihrem Kopf nach, und die Erinnerungen an zu Hause hielten sich hartnäckig – Audrics warmes Lachen, Ludivines Sanftmut, die Zimt-Aromen in der Küche und der Geruch von Bergschnee auf Atherias Schwingen. Bier und Bratkartoffeln in Odos Taverne. Der süße Blütenduft der Whistblumen, die um die Festung herum wuchsen. Der schwere und berauschende Geruch von Kerzenwachs und Tempelweihrauch in Tals Studierzimmer.

»Wir beide zusammen«, bekräftigte Corien. »Gemeinsam, Rielle. Das ist das Einzige, was zählt.«

Doch Rielle wusste – und er wusste es auch, das spürte sie –, dass dies, sosehr sie es sich auch beide wünschten, nicht genügte.

Noch nicht.

Zuerst würde sie sich von diesem fremdartigen neuen Leben und seiner Einsamkeit und von dem tiefen Schmerz, der sie immer noch quälte, endgültig das Herz brechen lassen müssen.

Und dann müsste sie es wieder zusammensetzen.

⬥◆⬥

Fünf Tage später befanden sie sich auf einem gestohlenen Versorgungsschiff und fuhren in südöstlicher Richtung über das Namurische Meer.

Corien hatte die Besatzung dazu aufgehetzt, sich gegenseitig zu massakrieren, und nur so viele von ihnen am Leben gelassen, dass sie hinterher die Leichen entsorgen und das Schiff segeln konnten. Die Überlebenden verrichteten ihre Aufgaben mit grauen, halb blinden Augen – hissten die Segel, bemannten das Ruder und wischten das Blut ihrer Kameraden vom Deck.

Rielle verkroch sich in der Kapitänskajüte, eingewickelt in eine kratzige Wolldecke. Sie waren auf der Suche nach der nächstgelegenen Urform, dem Pfeil von Sankt Ghovan. Monatelang hatte Corien den Obex aus Ventera nachgespürt, den uralten Wächtern, die die Urform zu beschützen gelobt hatten. Sie hatten ihren angestammten Posten verlassen und zogen nun in erbarmungslosem Tempo durch die Welt. Nie machten sie irgendwo länger halt, und sie benutzten Gezeichnete, um von einem Ort zum anderen zu springen.

Wochen zuvor hatte ihre Spur abrupt auf dem Südkontinent Patria geendet, der vor Jahrhunderten das Herz des Engelsimperiums gewesen war. Offenbar hatten die Obex dort wochenlang ausgeharrt. Hatten sich versteckt. Gewartet.

Warum? Hatten sie ihre Kraft und Energie aufgebraucht? Saßen sie fest, seit die Gezeichneten in ihren Diensten ausgelaugt waren, und bereiteten sich nun darauf vor, einen letzten verzweifelten Aufstand in den Ruinen von Patria zu wagen?

»Oder soll das eine Falle sein?«, hatte Corien zwei Tage zuvor überlegt, als er mit Rielle an seiner Seite im Bett des getöteten Kapitäns lag. »Wissen sie, dass ich ihnen nachspüre? Planen sie einen Hinterhalt?«

Er hatte über die Vorstellung laut gelacht, und Rielle, müde und seekrank, hatte matt in seinen Ärmel gelächelt. Das perlende Geräusch seines Lachens war eine köstliche Rarität, und sie klammerte sich liebend gern daran fest.

»Ich hoffe, sie werden sich an einem Hinterhalt versuchen«, hatte er gemurmelt und ihr versonnen den Rücken gestreichelt. »Wäre das nicht amüsant, meine Liebste?«

Die Botschaft in seiner Stimme war klar und deutlich gewesen: Falls die Obex tatsächlich auf der Lauer lagen und einen Hinterhalt planten, wollte er, dass Rielle sie tötete, bevor sie angreifen konnten. Sie liquidierte. Sie verbrannte.

Er wollte, dass Rielle sie auslöschte.

Und ich werde dir dabei zusehen, hatte Corien in ihren Geist geflüstert. *Meine strahlende Königin, die ihre Feinde verbrennt, wo immer sie stehen. Sich nimmt, was uns gehört. Unsere große Eroberung einleitet.*

Jetzt lag Rielle auf dem Boden, fasste ihre langen Haare im Nacken zu einem Knoten zusammen und hielt ihn in der Faust. Sie war zu müde, um auch nur zu erwägen, irgendjemanden zu liquidieren. Ihre Schwangerschaft fühlte sich wie eine chronische Krankheit an, ihre Gelenke schmerzten, und ständig war ihr übel.

Auch ihr Geist wollte sich nicht beruhigen. Selbst durch die Tür, die Corien inzwischen zugezogen und doppelt abgeschlossen hatte, drängte sich Ludivine noch hindurch. Sie wisperte und säuselte. Sie schickte Koseworte und dünne Erinnerungsfäden.

Rielle rieb die Handballen in engen Kreisen gegen ihre Schläfen. »Lu, *verschwinde.*«

»Wenn du sie sehen willst«, meldete sich ein zartes Stimmchen von der anderen Seite des Raums, »kann ich dich zu ihr schicken. Natürlich nicht den ganzen Weg auf einmal, aber nach und nach. Es wäre ein Anfang. Vielleicht würde er mich nicht angreifen, wenn du mit mir zusammen wärst.«

Rielle hob den Kopf und sah sich mit schläfrigen Augen um.

Die Kindkönigin Obritsa saß gefesselt in der Ecke und begegnete Rielles Blick. Es war das erste Mal, dass sie sprach, seit Corien Artem unter Deck gebracht hatte, gleich nachdem sie sich das Schiff angeeignet hatten. Wo der Wächter aus Kirvaya gefangen gehalten wurde und was für Spiele Corien mit seinem Geist spielte, wusste Rielle nicht.

»Ist es nicht das, was du willst?«, fuhr Obritsa fort. »Lady Ludivine treffen? Sie alle beide treffen? Schließlich hattest du keine Zeit mehr, dich richtig zu verabschieden.«

Rielle schloss die Augen. »Ich wollte mich nicht verabschieden.«

»Ich habe dich in der Nacht deiner Hochzeit gesehen. Du warst am Boden zerstört. Dein Gesicht war ein Bild der Verzweiflung. Du wolltest sie nicht verlassen, und doch hast du es getan. Du hattest das Gefühl, keine Wahl zu haben.«

»Ich habe sie gern verlassen«, fauchte Rielle und presste sich die Finger gegen die Stirn. Winzige Machtgewitter knisterten zwischen ihren Knöcheln. »Ich hätte es schon früher tun sollen.«

»Du vergisst, dass du meinen Palast aufgesucht hast, Lady Rielle«, fuhr Obritsa fort. »Ich habe euch alle zusammen gesehen. Ich habe dich mit Prinz Audric gesehen. Jetzt *König* Audric. Die Liebe zwischen euch war keine Lüge.«

Rielles Herzschlag pochte in ihren Ohren. »Unsere Liebe war damals keine Lüge«, erklärte sie steif. »Jetzt wäre sie eine.«

»Wenn du es sagst, muss es wohl stimmen.«

»Ich könnte dich mit einem Fingerschnippen vernichten, das weißt du. Umso seltsamer erscheint es mir, dass du mich unbedingt provozieren willst.«

Falls die junge Königin Furcht empfand, so sah man es ihr nicht an. Die Schatten unter Obritsas Augen ließen ihr Gesicht eingefallen wirken, doch ihre Haltung war tadellos. Sie war eine Spionin, das wusste Rielle – gehörte zu einer Gruppe von Revolutionären, die sich verbunden hatten, um die regierende Schicht der Elementherrscher zu stürzen. Das Mädchen war eine auf den kirvayanischen Thron gehievte Waffe. Und nun war sie die Gefangene eines Engels.

Rielle wandte sich ab. Obritsa verdiente weder Bewunderung noch Mitleid.

»Er ist beschäftigt, vielleicht sogar abgelenkt, aber er wird nicht lange wegbleiben«, sagte Obritsa leise. »Wenn du Ludivine und Audric wiedersehen willst, solltest du schnell handeln, das weißt du.«

Rielle erhob sich schwerfällig. Ihre neue Körperfülle war ihr ein Graus. Gedanken an das Kind, das in ihr wuchs, wallten bitter in ihr auf, doch sie verdrängte sie augenblicklich. Sie durfte jetzt nicht an das neue Leben denken, das sie in sich trug, und noch viel weniger an die Gefahr, die es darstellen könnte. Sie durfte auch nicht daran denken, wie wütend sie auf Corien war, weil er die Wahrheit über ihr Kind vor ihr geheim gehalten hatte, selbst nachdem er ihr versprochen hatte, sie nicht mehr anzulügen. Er hatte sich entschuldigt, und sie hatte die Entschuldigung angenommen. Das sollte genügen.

Rastlos ging sie auf und ab. Corien war oben auf Deck und beaufsichtigte seine neue, grauäugige Schiffsbesatzung. Sie wusste, dass er selbst während der Arbeit in Gedanken ganz woanders war, an tausend verschiedenen Orten kreuz und quer auf der Welt und in der Verdammnis. Es war denkbar, dass er genau in diesem Moment und vielleicht noch etwas länger abgelenkt wäre und die Kapitänskajüte, wo Obritsas Worte in Rielles Ohren nachklangen und in ihrem Herzen allmählich eine Saat des Zweifels aufging, nicht im Blick hätte.

Doch das Mädchen hatte recht; er würde jeden Moment zu ihnen zurückkehren. Im Handumdrehen konnte er nach ihr ausgreifen und alles hören, was sie sprachen.

»Es hat uns viele Wochen gekostet, bis hierher zu gelangen«, sagte Rielle leise. »Ich könnte nicht nach Celdaria reisen und wieder zurückkommen, ehe er merkt, dass wir weg sind.«

»Nein, das könntest du nicht«, bestätigte Obritsa.

»Er würde uns finden, ehe wir auch nur einen Bruchteil der Wegstrecke zurückgelegt hätten.«

»Höchstwahrscheinlich.«

»Und uns bestrafen. Vor allem dich.« Sie atmete scharf aus. »Was für eine blöde Idee. Du bist dumm, dass du so etwas vorschlägst.«

»Zweifellos.« Kurzes Schweigen. »Aber wäre es nicht einen Versuch wert?«

Rielle atmete langsam durch die Nase und rang um innere Ruhe, während die Nervosität in ihrer Brust immer heftigere Wellen schlug. Lohnte es sich, einen Fluchtversuch zu unternehmen? Sie malte sich aus, wieder zurück in Celdaria zu sein, in den vertrauten Fluren von Baingarde. Sie könnte Audric gegenübertreten, sich vergewissern, dass er lebte und unversehrt war, und eine Entschuldigung für das fordern, was er ihr am Abend ihrer Hochzeit an den Kopf geworfen hatte.

Ihn bestrafen, falls ihr danach war. Ihn ein für alle Mal abweisen.

Sie könnte die Füße abermals auf celdarischen Boden setzen, mit Atheria auf die höchsten Hänge des Mount Cibelline reiten und die frische Bergluft aufsaugen, bis ihre Lungen brannten.

Aber was würde sie darüber hinaus vorfinden? Was für ein Leben hatte sie dort zu erwarten, nach allem, was passiert war?

Sie drehte sich zur Wand und presste die Handflächen dagegen, während ihr Kopf im Takt mit den Wellen pochte, die gegen das Schiff schlugen. »Ich kann nicht.«

Obritsas Stimme klang schrill vor Ungeduld. »Du behauptest, dass du Freiheit willst, aber trotzdem gestattest du ihm seine Ketten.« Mit theatralischem Flüstern fuhr sie fort: »Lady Rielle, wenn du gesehen hättest, was ich auf seinem Stützpunkt im Norden gesehen habe, was er in den Bergen, unterhalb seiner Festung treibt –«

Plötzlich verstummte Obritsa.

Rielle fuhr gerade rechtzeitig herum, um das Mädchen erstarren zu sehen. Ihre Augen wurden glasig, und sie rutschte an der Wand nach unten.

Die Tür flog auf. Rielle lief darauf zu und fing Corien auf der Schwelle mit einem Kuss ab.

»Ich will die beiden loswerden«, keuchte sie atemlos, ihren Mund an seinem. »Sobald wir die Urform haben und sie zu deinem – wie nennst du das? – deinem Stützpunkt bringen?«

»Zum Nördlichen Stützpunkt«, antwortete er tonlos und ohne ihre Zärtlichkeiten zu erwidern.

»Ja. Sobald wir dort sind, *zu Hause* sind, können wir sie doch loswerden, oder?« Sie zeigte auf Obritsa. »Wir können eine andere Gezeichnete finden. Die da mag ich nicht. Ihr Anblick widert mich an. So ein mickriges kleines Ding.«

Es war eine erbärmliche Lüge. Obritsa war unübersehbar eine Schönheit, und Corien wusste, dass Rielle das keineswegs entgangen war.

Er umschlang mit den Fingern ihre Taille und ließ seine Lippen über ihren schweben. »Dein Kleid wird langsam zu eng. Wir müssen ein neues für dich auftreiben.«

»Bitte mehrere neue, ja? Welche mit Spitzen und Samt. Kleider, die sich auf der Haut angenehm anfühlen.« Rielle fuhr mit den Händen über seinen Oberkörper, machte an seinem Gürtel kurz halt und ließ die Hände dann weiter nach unten wandern.

Er sog scharf den Atem ein. Das war neu, eine Stelle, die sie zwar in der Traumlandschaft ihrer beiden Geister berührt hatte, aber noch nie in der Realität. Während ihr ganzer Körper vor Erregung bebte, schmiegte sie sich enger an ihn und flüsterte gegen die Haut über seinem Kragen: »Sachen, die sich angenehm anfühlen, wenn du sie mir ausziehst.«

Er umfasste ihr Handgelenk und presste einen Kuss auf ihren rasenden Puls.

»Bleib an meiner Seite, Rielle«, sagte er, »dann bekommst du alles, was du willst.«

Ein Angsthauch flog über ihre Haut. Ihm war nicht entgangen, dass sie mit Obritsa gesprochen hatte; das hatte sie gespürt, sowie er den Raum betreten hatte.

Sie strahlte ihn an und tat so, als wüssten sie nicht alle beide, dass man ihr die Gelegenheit angeboten hatte, ihm zu entkommen, und sie sie beinahe ergriffen hätte.

Sie tat so, als wüsste sie genau, was sie wollte, und als sei dies so einfach wie der Kuss, mit dem sie ihn nun an sich band.

Nach einer weiteren Woche auf See erreichten sie die riesige Insel Patria, ein landschaftliches Paradies aus üppigen Regenwäldern, grünen Hochebenen und vulkanischen Bergen.

Einst war es voller Engel gewesen.

Jetzt war es ein Land, das sich in einsamer Schönheit präsentierte und in dem Relikte von einstigem Luxus in jeder verlassenen Straße prangten. Weite Plätze mit rissigen Marmorplatten, hoch aufragende Türme mit grün und schwarz verfärbten Kupferdächern, Stadtviertel mit schiefergedeckten Herrenhäusern, dazwischen baufällige mehrstöckige Wohnhäuser mit weiten, säulenumstandenen Terrassen. Bronzene Flügelpaare, mit Elfenbein geschmückte Dachfirste und Straßenschilder, zahllose überwucherte Gärten.

In den Jahrhunderten seit der Unterwerfung der Engel hatte die Natur nahezu jedes Bauwerk zurückerobert. Saftig grüne Ranken mit gefräßig wirkenden weißen Blüten schlangen sich aus Innenhöfen. Seltsam verdrehte Baumstämme bohrten sich durch zerbrochene Glasdecken. Mitten in einem hellen Wohnviertel strahlte die Sonne auf eine höhlenartige Bibliothek. Die Regale waren leer gefegt und der Boden übersät von vermodernden Büchern.

»Die Stadt der Lüfte«, erklärte Corien, als sie über die Schwelle der Bibliothek traten. Die Decke über ihnen war ein zerfetzter Gobelin aus buntem Glas. »Das Herz des Engelsimperiums. Hier hob das Empirium die erste Engelin aus dem Staub und hauchte ihr die Gabe langen Lebens in die Lungen, ehe sie in ein Dasein unter den Wolken gesandt wurde.«

Rielle wandte sich von ihm ab, da es sie würgte. Sie kannte diese Geschichte zur Genüge. Audric hatte sie ihr viele Male aus seinem Lieblingsbuch der Engelssagen vorgelesen. Selbst jetzt glaubte sie zu hören, wie er mit seiner warmen, wohlklingenden Stimme die Worte modulierte und ihnen den Rhythmus eines Liedes verlieh.

Corien warf ihr einen scharfen Blick zu.

Sie sahen sich an, und auf Rielles Zunge lagen hundert widerstreitende Worte.

Dann entdeckten die Obex sie.

Es war tatsächlich ein Hinterhalt, genau wie Corien es erhofft hatte, aber ein erbärmlicher. Sowie der erste Pfeil abgeschossen wurde – er kam hinter der eisernen Brüstung eines baufälligen Wachtturms neben der Bibliothek hervorgesaust –, schwand Rielles Erschöpfung, und ihr Instinkt setzte ein.

Hinterher wusste sie nicht mehr, dass sie es gewesen war, die die Obex abgeschlachtet hatte. Ihre Gesichter, der Hinterhalt, ihre Verstecke, wie sie gekleidet gewesen waren, wie viele es waren, wie viele von ihnen Menschen und wie viele Gezeichnete – all das wusste Rielle nicht und wollte es auch nicht wissen.

Sie wusste nur, dass Waffen auf sie zugeflogen kamen und es Zeit zu töten war.

Nach wenigen Momenten war es vorüber.

Strahlende, glühende Momente, in denen sie weder die Grenzen ihres eigenen Körpers noch den Boden unter ihren Füßen spürte. Ihre Macht hatte auf diesen Moment gewartet, sie hatte unter ihrer Haut gegoren, wenn sie schlief und sich grämte; wenn sie sich elend und krank auf dem geraubten Schiff zusammenkauerte und wenn sie sich in den von Corien erschaffenen Fieberträumen vor den hartnäckigen Fetzen von Ludivines Stimme versteckte.

Ihre Macht hatte wochenlang ausgeharrt, wie eine Wildkatze, die in ihrem Käfig hin und her tigert, und als sie sich endlich losriss, warf diese explodierende Macht Obritsa und Artem zu Boden. Rielle erinnerte sich später lediglich daran, dass Schwärze in ihr aufwallte, sie einhüllte und ihre Augen und Lungen zu Gold werden ließ.

Nur langsam kam sie wieder zu sich. Auf Hände und Knie gestützt kauerte sie keuchend auf einem zersprungenen Marmorfußboden. Die Sonne leuchtete blutrot und umkreiste sie mit feucht glänzenden Strahlen. Es gab keine Leichen; Knochenspäne schwebten langsam durch die Luft wie Schnee. Ein Summen vibrierte in Rielles Ohren, von dem sie nicht sagen konnte, ob es von weit her kam oder aus der Tiefe ihrer Brust.

Sie tastete über Marmorsplitter und aufgewühlte Erdklumpen, bis ihre Hand auf einem langen, schweren Stück Metall liegen blieb. Sie zog Ghovans Pfeil aus dem Schutt, und sogleich wurde ihr Blick klar.

Sie saß inmitten einer Szenerie völliger Zerstörung.

Die Bibliothek war verschwunden, ihre Ruine dem Erdboden gleichgemacht. Staubige Steinhaufen bedeckten wie Schneewehen die ausgeweideten Grundmauern.

Rielle umfing den Pfeil mit beiden Armen und lächelte, während ihre Haut zu summen begann. Schwarze Rauchringe krönten ihre Finger. Sie spürte, wie die Stränge von Sankt Ghovans Pfeil an ihre angestammte Position zurückkehrten, als er sich mit Sankt Marzanas Schild, Sankt Grimvalds Hammer und Sankt Tokazis Stab verband. Ein Netz der Macht, das ihr eigenes nährte und ihre Haut mit bunt schillernden Adern überzog.

Ein schleifendes Geräusch lenkte sie kurz ab, und als sie aufblickte, sah sie, dass Corien wenige Schritte vor ihr kniete. Er hatte einen noch intakten Leichnam gefunden – vermutlich einen der Obex. Sie hatte einen übersehen.

Corien packte Rielle an den Handgelenken, ehe sie ihn zerstören konnte.

»Warte«, sagte er, und seine Stimme drang durch ein aufgewühltes Meer aus Farben zu ihr. Sie musste mehrmals blinzeln. Vielleicht war ihr Blick doch nicht so klar, wie sie dachte. Sie sah das Schwarz-Weiß von Coriens vertrauter Gestalt, den vagen Glanz von etwas Rotem, das den Boden überzog, doch dahinter war nichts als Gold – Gold hinter ihren Augen, Gold unter ihren Fingernägeln, Gold in Coriens Mundwinkeln.

Sie machte einen Satz nach vorn und küsste ihn, gierig und voller Feuer. Sie war ausgehungert. Dann biss sie ihm in die Lippen und stieg auf seinen Schoß. In der Rechten hielt sie Sankt Ghovans Pfeil.

»Rielle, warte, hör mir zu.« Coriens Stimme schwebte aus den Wolken herab. Sacht löste er sich von ihr. »Du musst etwas für mich ausprobieren. Und zwar jetzt, solange du noch glühst und summst. Mein prachtvolles Mädchen.« Er drückte ihr einen Kuss auf die Stirn. Seine Stimme klang drängend und summte vor Erregung. Oder summte sie selbst? Nein, die ganze *Welt* summte, und das war ihr Werk.

Lächelnd berührte sie sein Gesicht. Sie war schon öfter nach einigen Gläsern Wein oder Bier berauscht gewesen, doch das war nichts im Vergleich zu dieser Ekstase, dem Rausch ihrer eigenen Macht. Rielle spürte vage, dass es noch nie so gut wie diesmal gewesen war, noch nie so intensiv und so plötzlich – und noch nie so verwirrend. Wie schnell die Macht ausgebrochen war, wie gewaltig sie über sie gekommen war.

Rielle stemmte die Hände auf die Erde. »Was willst du?« Sie lachte über die absurde Form ihrer Hände im Lehm. »Egal, was. Ich kann alles machen.

»Ich weiß.« Corien schob die Leiche des toten Obex näher zu ihr hinüber. »Ich habe Freunde hier. Viele Freunde. Kannst du sie sehen?«

Er sandte ihr einen Gedanken, und sie spürte, wie zögerlich dies geschah, wie vorsichtig. Er ging so bedacht mit ihr um wie nie zuvor.

Er hatte Angst.

Danach würde sie ihn später fragen, im Moment war sie zu fasziniert von den Gedanken, die er ihr sandte. Sie wurde sich einer neuen Präsenz bewusst – ein Dutzend Wesen, nein *Dutzende*, die alle in unmittelbarer Nähe umherschwebten. Bewusstheiten. Mächtige Wesen.

»Engel«, keuchte sie und sah sich staunend um. »Hier sind Engel.«

Das Empirium verlieh ihr die Kraft, zu sehen, zu erkennen, was ihre Augen nie vermocht hätten. Schemenhafte Gestalten glitten durch die Luft, matt und blass, formlos und verängstigt. Ihre Stimmen wisperten wild durcheinander. Sie hatten weder Hände noch Arme, und doch spürte Rielle, wie sie flehentlich nach ihr griffen. Es fehlte ihnen an Bindekraft. Das Gold des Empiriums, das in ihnen glitzerte, war blass und verbraucht.

»Diejenigen, die der Verdammnis entkommen sind«, erklärte Corien leise, »die aber nicht kräftig genug sind, um Soldaten zu werden, habe ich hierhergeschickt, in die Stadt der Lüfte, damit sie sich verbergen und abwarten. Für dich, mein böses Wunder.« Einen erwartungsvollen Augenblick lang hielt er inne. »Wirst du es versuchen? Jetzt, für mich? Deine Kraft ist momentan so lebendig, dass ich kaum … Rielle, ich kann dich kaum ansehen. Du strahlst. Du *leuchtest*.«

»Ich bin die Vernichterin«, sagte sie schlicht und freundlich. Als Erklärung. »Und ich bin der Königsfluch. Aber du brauchst keine Angst vor mir zu haben.« Sie richtete ihre Worte an die Luft. Sie fühlte sich wohl in ihrer eigenen Haut endlich zuhause, herrlich und wunderbar ruhig. »Wer unter euch ist kühn genug, um als erster Engel wiedergeboren zu werden? Kommt her. Kommt zu mir.«

Ein Geist näherte sich ihr, neugierig und furchtsam und bemüht, seine Angst zu verbergen. Ein Kind, dachte Rielle. Ein Junge. Ihr erschien eine Vision der Wahrheit: Als Engel, während des Ersten Zeitalters, war dieses Kind ein Wesen mit alabasterweißer Haut gewesen, mit Haar, das ihm in kastanienbraunen Wellen über die Schultern fiel, und mit bernsteinfarbenen Augen voller hellgrüner Sprenkel. Als die Verdammnis ihn verschlang und ihm seinen Körper raubte, war er nur ein paar Jahrzehnte alt gewesen, ziemlich jung für einen Engel.

»Malikel«, flüsterte Rielle. »Hab keine Angst. Werde wiedergeboren.«

Ihre vom Empirium erleuchtete Vision zeigte ihr, dass der Junge Malikel in seinem Innersten nur aus Sternenstaub bestand. Millionen sich drehender Kugeln, jede strahlender als die Sonne und allesamt miteinander verbunden – aber auch mit der Erde, auf der Rielle kniete, und mit der sich verdunkelnden Form des Leichnams zu ihren Füßen. Er war abscheulich, dieser Leichnam, und sein Anblick war ihr ein Gräuel. Warum musste er so aufdringlich vor ihr liegen, so tot und düster, so leblos, wo er doch so leicht wieder zum Leben erweckt werden konnte?

Sie arbeitete schnell. Ihre Macht war unendlich und brauste wie ein Sturm. Sie folgte deren Reichweite bis hin zu Malikel und zog an den Fäden seines Geists. Manche nahen Fäden erwiesen sich als zu dünn, zu faserig und ließen sich nicht fassen, noch nicht – die Fäden, die diesen Ort mit jenem Ort verbanden, die Fäden, die alle vor ihr liegenden Momente mit jenen verbanden, die hinter ihr lagen.

Obritsa kam ihr in den Sinn. Es war nicht fair, dass das Mädchen Fähigkeiten besaß, über die Rielle nicht verfügte.

»Eines Tages werde ich überallhin reisen«, murmelte sie, während sie die Fäden verknüpfte, die sie berühren konnte – die körperliche Gestalt des Leichnams, die Ungeduld von Malikels Geist –, und träumte von den Fäden, die sie noch nicht berühren konnte. »Eines Tages werde ich zu allen Enden reisen und dann wieder zurück zu den Anfängen. Eines Tages werden Gezeichnete voller Neid vor mir auf die Knie fallen, denn ich werde ihnen überlegen sein.«

»Konzentrier dich, Rielle«, sagte Corien eindringlich, mit einer Stimme, die nah und fern zugleich klang. »Dein Licht verblasst rasch.«

Und er hatte recht. Etwas veränderte sich so rapide, dass sie unsicher wurde. Malikels Geist, all seine uralten Gedanken, waren halb an den Leichnam geknüpft, diesen Körper mit seinem strahlenden Licht. Ein geflochtener Pfad führte sie langsam zusammen, eine Verbindung des Empiriums selbst – Engel zu Leichnam, pulsierender Geist zu totem Fleisch. Der Beginn eines neuen Lebens, geschaffen von ihrem eigenen Willen.

Doch dann blieben Rielles Finger an einem Knoten des Empiriums hängen – einer Blockade in dem Energiegespinst, das sie gewoben hatte –, und sie geriet mit ihrem Werk ins Stocken. Die Energie, die sie überflutet hatte, als sie den Obex aus Ventera getötet hatte, floss jäh aus ihr heraus. Es war, als hätte sie mit ihren eigenen zwei Händen einen Palast hoch in die Luft gehoben, und dann hätten ihre Muskeln auf einmal ohne Vorwarnung den Dienst versagt und der gesamte Bau wäre eingestürzt. Die Knoten lösten sich; die Fäden aus Geist-zu-Fleisch und Fleisch-zu-Geist glitten ihr durch die Finger.

Sie hörte Malikels Schrei nicht, denn er besaß weder Mund noch Stimme, doch sie spürte seine Panik, seinen Schrecken und seinen Schmerz. Nicht nur die Nähte, die sie geschaffen hatte, lösten sich auf.

Malikel *selbst* löste sich auf.

Sie spürte, wie die Essenz seines Geists zerfiel. Etwas im Kern seines Bewusstseins wurde gespalten und barst wie in einer Explosion auseinander. Er zersplitterte in Einzelteile, seine letzten Gedanken waren nur noch pures Entsetzen, und dann war er verschwunden.

Rielle setzte sich unsanft auf die Erde.

Der Leichnam dampfte zu ihren Füßen, nurmehr eine Pfütze aus Blut, Knochen und zerfetzten Organen. Eine Konstellation aus klaffenden Wunden, durch die hier und da ein goldenes Licht strahlte, das rasch verblasste.

Wie durch einen Schleier sah Rielle zu Corien auf, und als ihre Erschöpfung zurückkehrte, begriff sie allmählich, was geschehen war. Die Gedanken der anderen Engel streiften sie; sie waren allesamt entsetzt, allesamt verblüfft und eingeschüchtert.

»Ich bin noch nicht so weit«, sagte Rielle schließlich. »Ich dachte, ich könnte es; ich habe gespürt, dass ich nahe dran war. Nein, ich *war* ganz nahe dran.« Sie weinte Tränen, um die sie nicht gebeten hatte, Boten einer fernen Traurigkeit. Ihr Geist war in dicke Wattepolster gehüllt. Am liebsten hätte sie sich hingelegt und monatelang geschlafen. Ihre Nase und ihr Mund füllten sich mit dem Geruch und dem Geschmack von Blut. Ihre Gedanken wallten auf und sanken wieder herab, sprangen von Verlangen zu Verlangen, und sie wusste nicht, wie sie sie beruhigen sollte.

Corien sagte nichts. Er hob sie auf und drückte sie an seine Brust.

»Du brauchst Ruhe«, sagte er leise. »Echte Ruhe. Wir haben jetzt vier Urformen. Es ist noch Zeit, bis wir die anderen finden müssen.« Er hauchte ihr einen Kuss auf die Wange und flüsterte dann: »Ich zeige dir mein Zuhause. Ein Ort voller Emsigkeit und gewaltiger Schönheit. Das Wasser ist schwarz und kalt, der Schnee endlos und rein.«

Rielle hörte ihn kaum. Ihre Vision kippte abermals, und sie fiel in ein aufgewühltes Meer halber Bewusstheit. Coriens Stimme folgte ihr, und eine weitere Vision tat sich auf: sie selbst in einem roten Gewand, umgeben von Licht. Sterne und Monde regneten auf ihre Handflächen herab wie vom nächtlichen Himmel geschaffene Wasserfälle. Zu ihren Füßen kniete Corien, Legionen von Engeln in seinem Gefolge – alle mit Flügeln, alle in Rüstung.

Du wirst die Pforte öffnen, beschwor er sie, *und du wirst die Welt erneuern.*

Doch Rielle vernahm auch den Zweifel in seiner Stimme, die Angst und die Sorge.

Als sie in der Schwärze versank, sprach aus dem fernen Ozean ihrer Macht eine andere Stimme zu ihr. Eine Stimme, die grollte und bebte. Sie erkannte sie augenblicklich. Es war eine Stimme von vielen und von einem, die alles in sich vereinte: das endlose, ewige Schwarz von Atherias Augen. Das Rauschen ihres eigenen Blutes, während sie zusah, wie ihr Schattendrache dem Archon über die Wange leckte, bereit, ihn zu verschlingen. Das summende Klicken der Macht in ihren Adern, wenn sie Feuer in Federn verwandelte, wenn sie Ozeane bändigte, wenn sie tötete und tötete und abermals tötete.

Es war die Stimme des Empiriums, und sie brannte ihre kalten, erbarmungslosen Worte in ihren Geist wie ein Brandmal, das sie dulden musste.

diese Macht ist dein
du bist mein
mein ist dein
nimm sie
nimm mich
ich nehme dich
ich erhebe mich
ich erhebe mich
ICH erhebe mich

11
SIMON

»Glaubst du, ich möchte dieses Dekret erlassen? Glaubst du, ich sehne mich nach noch mehr Toten? Nein, mein Freund. Aber hörst du, wie sie uns nennen? Sankt Katell die Herrliche. Sankt Grimvald der Mächtige. Und dennoch müssen wir das, was von der Welt übrig geblieben ist, mit unseren eigenen müden Händen zusammenhalten. Ich weiß nicht, ob die Pforte standhalten wird. Aber ich weiß, was ich gesehen habe, und ich erkenne die Gefahr, die von Gezeichneten ausgeht, und du tust das auch. Wir können nicht zulassen, dass sich alles noch einmal wiederholt. Die Welt wird das nicht überleben.«

Undatierter, entschlüsselter Brief von Sankt Katell die Herrliche an Sankt Grimvald den Mächtigen, gestohlen aus den Archiven der Ersten Hauptbibliothek von Quelbani

Simon saß auf einem Stuhl direkt vor dem privaten Arbeitszimmer des Kaisers und tat so, als läse er das Buch in seinen Händen.

Tatsächlich aber interessierte er sich für die junge Frau, die ihm sichtlich nervös gegenübersaß.

Sie hieß Jessamyn und war eine Invictusschülerin, gehörte dem Privatregiment des Kaisers aus Menschenattentätern an, die allesamt skrupellos waren und sich den Engeln verschrieben hatten. Ihre braune Haut war von Sommersprossen übersät und ihre ordentlichen Zöpfe hellrot gefärbt, was sich bestimmt bald ändern würde. Im Lyceum, wo die Kaserne und das Ausbildungslager von Invictus untergebracht war, gab es so viel Schminke, Haarfärbemittel, Masken und Kostüme wie in einem Theater.

Simon musterte die junge Frau. Sie säuberte ihre Nägel, als

würde es sie fürchterlich langweilen, in der Empfangshalle vor dem Arbeitszimmer des Kaisers zu sitzen. Aber Simon wusste es besser. Alle Invictus-Agenten waren gleich. Er sah den Schweißfilm an ihrem Haaransatz. Er sah, wie ihr Blick immer wieder von der geschlossenen Tür des Arbeitszimmers zu dem Privatsekretär des Kaisers an seinem Schreibtisch, den Wachen neben den Außentüren und dann wieder zurück zu ihren Nägeln huschte.

Sie hatte Angst.

Das war auch gut so.

Simon lächelte in sich hinein. Corien würde genießen, wie sie sich wand.

»Du bist die Invictus-Anwärterin, richtig?«, sagte er schließlich. »Jessamyn, oder?«

Der Gesichtsausdruck der jungen Frau wurde kurz unfreundlich, gleich darauf aber wieder ganz gelassen.

Damit hatte Simon gerechnet. Ihr Lehrer war Varos gewesen, ein Attentäter, den Corien besonders gemocht hatte und der vor Kurzem beim Angriff auf Festival getötet wurde. Und das ausgerechnet von Harkan. Es war eine Schande, einen guten Attentäter zu verlieren, aber ein kleiner Trost, dass es Varos vor seinem Tod gelungen war, diesen venteranischen Dummkopf auszuschalten.

Das alles hatte in Jessamyns Bericht gestanden. In Varos' Tagebuch wiederum, das Simon im Auftrag des Kaisers konfisziert hatte, fanden sich viele Notizen über Jessamyn – sie war ganz erpicht darauf, sich dem Kaiser zu beweisen. Sie lernte schnell und schlug noch schneller zu, und sie verabscheute ihren Menschennamen.

Eine Sache jedoch hatte Varos nicht gewusst und auch Jessamyn ahnte nichts davon: Eliana hatte sie gekannt und an ihrer Seite gekämpft – besser gesagt, sie hatte eine Jessamyn gekannt, die es nicht länger gab.

Dank ihm.

»Ja, Jessamyn«, sagte sie. »Das ist richtig.«

Simon musterte sie von Kopf bis Fuß. »Interessant, dass er mit einer Person von so geringer Bedeutung sprechen will.«

Er musste Jessamyn zugutehalten, dass sie lediglich ihren Kopf neigte – aber Simon sah dennoch, wie sie mit den Zähnen knirschte.

»Gleichwohl hoffe ich, dass ich ihm zu Diensten sein kann«, antwortete sie. »Weißt du, warum er mich sehen will?«

»Der Kaiser hat viel über dich gehört und ist neugierig. Er ist gern darüber informiert, welche erstklassigen Schülerinnen das Lyceum hervorbringt. Er möchte dich gern persönlich kennenlernen und dir sein Beileid zum Tod deines Lehrers aussprechen. Und wenn ich dir einen Rat geben darf: Solche Fragen solltest du besser nicht stellen.« Simon klappte sein Buch zu und fixierte sie mit kaltem Blick. »Sonst hörst du dich wie ein Kind an und nicht wie ein Killer.«

Aus Coriens Arbeitszimmer drang ein Knall, als zerberste Glas.

Jessamyn sprang auf die Füße und griff nach dem Dolch an ihrer Hüfte.

Der schwarzäugige Sekretär zuckte in seinem Stuhl zusammen, und selbst Simon, den eigentlich nicht überraschen sollte, was sich nun vor seinen Augen abspielte, blinzelte irritiert, als sich der Körper des Sekretärs verschob und verschwamm. Um die Haut des kaiserlichen Assistenten bildete sich eine dunkle Aura.

Er sprang von seinem Stuhl. Er krallte sich an seinen Hals, an seine Brust und seine Arme und stieß einen erstickten Schrei aus, bevor er aus der Empfangshalle in den Korridor stolperte. Simon beobachtete ihn leicht angewidert. Es passierte nicht zum ersten Mal, dass eine kleine Irritation diesen Sekretär ins Wanken brachte. Der Engel war stark genug, um sich eine Zeit lang eines menschlichen Körpers zu bemächtigen, aber nicht stark genug, um ihn festzuhalten, sobald ihn etwas ablenkte. Er hatte nur einen sehr schwachen Zugriff auf das Empirium.

So wie es seit dem Fall der Blutkönigin allen außer den stärksten Engeln erging.

»Geht ihm nach«, befahl Simon den wartenden Aufsehern. »Er verliert die Verbindung.«

Die Wachen gehorchten umgehend. Er und Jessamyn waren allein.

»Eine Abtrennung?«, fragte sie nach einer Weile leise. »Nur weil er sich erschrocken hat?«

Simon ordnete forsch die verwaisten Unterlagen des Sekretärs. »Er ist jung. Ich habe schon Schlimmeres erlebt.«

»Das ist ungerecht.« Jessamyn drehte sich mit leuchtenden Augen und vorgerecktem Kinn zu Simon. »Sie sollten nicht so leben müssen und gezwungen sein, von Körper zu Körper zu krabbeln. Sie sind von Gott auserwählt. Sie verdienen Besseres –«

Die Türen zum Arbeitszimmer schwangen auf und der Kaiser lehnte sich schwer gegen den Rahmen. Sein weißes Hemd war blutgetränkt, es hing ihm aus der Hose und die Ärmel waren bis zum Ellbogen hochgekrempelt.

Er heftete seine schwarz glitzernden Augen auf Simon.

Simon überlief jäh ein Schauer, so wie immer, wenn Coriens Blick auf ihn fiel. Das lag an der Freude, weil der Kaiser ihm ein ums andere Mal sein Vertrauen schenkte und ihn als seinen favorisierten Begleiter auserwählte.

Und es lag an der schleichenden Angst, weil Simon ihn nach allem, wofür sie gearbeitet hatten, auch weiterhin enttäuschen würde.

»Sie wollten über die Cruciata ihre verdammten Mäuler nicht halten«, fauchte Corien. »Ich halte sie nun schon seit Jahrzehnten in Schach, seit *Jahrhunderten*, und wenn es sein muss, werde ich sie auch noch weitere Jahrzehnte in Schach halten. Was ich aber ja gar nicht muss.«

Simon schaute an Corien vorbei ins Arbeitszimmer und erhaschte einen Blick auf das Gemetzel. Wände und Teppiche waren mit Blut besudelt. Verstümmelte Körper in zerrissenen schwarzen Uniformen lagen wie Trümmer verstreut auf dem Boden. Simon erkannte in ihnen drei Engelsgeneräle. Erst gestern waren die Generäle damit beauftragt worden, andere abzulösen, die zurzeit an der Nordfront stationiert waren. Sie bildeten die vorderste Verteidigungslinie gegen alles, was durch die Pforte kam.

Jetzt lagen die Körper der Generäle vernichtet auf dem Boden.

Und Coriens Gesichtsausdruck nach zu urteilen, hatten auch die Engel in den Körpern dieses Treffen nicht überlebt.

Simon wählte sorgsam seine nächsten Worte. Selbst er war in solchen Augenblicken nicht vor den Zorn des Kaisers gefeit.

»Eure Exzellenz«, sagte er, »das ist die Invictus-Anwärterin, Jessamyn, die bei der Schlacht in Festival –«

Erzähl mir nichts, was ich bereits weiß, unterbrach Corien ihn mit solch wütendem Nachdruck, dass sich der Schmerz wie ein Messer in Simons Schädel bohrte. Er benötigte all seine Kraft, um aufrecht stehen zu bleiben und sich nicht zu entschuldigen. Es gab nur wenige Dinge, die Corien mehr aufbrachten als Entschuldigungen.

Stattdessen ertrug Simon die Tortur und beobachtete, wie Coriens Blick zu Jessamyn wanderte.

»Drei meiner Generäle haben darauf beharrt, dass unsere Verteidigung gegen die Cruciata unzureichend ist und wir bald von ihnen überrannt werden«, begann Corien mit gespenstisch ruhiger Stimme. »Ich bin in ihre feigen Gemüter eingedrungen und habe sie getötet, und dann habe ich ihre auserwählten Körper in Stücke gehackt.« Er zeigte großspurig auf sich. »Daher die Sauerei. Sag mir, Jessamyn, was hältst du davon?«

Einen Moment lang starrte Jessamyn nur durch die Tür. Dann sank sie auf die Knie und beugte den Kopf. Ihre Hände lagen zitternd auf dem Boden.

»Eure Exzellenz, Eure Generäle waren töricht, Euch anzuzweifeln«, sagte sie.

»Aber sie haben nicht ganz unrecht, oder?« Corien kniete sich vor sie. »Schau hoch. Ich will dich sehen. So ist es besser. Meine Generäle haben nicht ganz unrecht. Immer mehr Cruciata schlängeln sich durch die Pforte. Einige können wir töten. Andere kommen davon.«

»Ja, Eure Exzellenz«, brachte Jessamyn hervor. »Das ist richtig.«

Simon trat nach vorn. Er hatte keine Ahnung, worauf Corien mit dieser Unterhaltung hinauswollte, aber er entdeckte winzige, unruhige Bewegungen auf dem blassen Gesicht des Kaisers, wie Schatten von Dingen, die gar nicht existierten, und der Anblick beunruhigte ihn. Jeden Moment könnte der Sekretär zurückkehren, oder die Aufseher. Die Diener könnten das Abendessen servieren, das Corien mit Admiral Ravikant im kleinsten Kreis einnehmen wollte – oder noch schlimmer, der Admiral selbst könnte auftauchen.

Sie durften Corien so, besudelt mit dem Blut seiner eigenen Soldaten und mit dem Wahnsinn, der ihm förmlich aus den Augen sprang, nicht zu Gesicht bekommen. Die Stärke des Kaiserreichs hing von ihrer Unwissenheit ab.

Simon trat noch weiter nach vorn und wusste mit absoluter Sicherheit, was nun kommen würde.

»Eure Exzellenz«, begann er, »vielleicht sollten wir vor dem Abendessen euer Arbeitszimmer in Ordnung bringen –«

Sein Schädel brach auseinander, schwarze Feuerzungen tauchten seine Kehle hinab und zogen sein Rückgrat durch den Brustkorb.

Die Vision war außergewöhnlich und so detailliert und ungezügelt, dass Simon sich für einen Moment darin verlor und schwankte. Er tastete nach etwas, woran er sich abstützen konnte, und fand die Arbeitszimmertür.

Obwohl er nun schon siebzehn Jahre in diesem Palast lebte, überraschten ihn die Bestrafungen seines Herrn noch immer.

Du solltest es besser wissen, drang Coriens Stimme auf diese bedauernde Weise zu ihm, der Simon zu misstrauen gelernt hatte.

»Unterbrich mich nicht, Simon«, sagte Corien laut. »Ich mag es nicht, unterbrochen zu werden.«

Simon atmete leise durch die Nase, vor ihrem Gast würde er bestimmt nicht nach Luft schnappen. Sollte sie ruhig glauben, dass er lediglich einen kleinen Stich gefühlt hatte.

Er beobachtete, wie Corien Jessamyns Kinn umfasste. »Erzähl mir, was du über die Cruciata weißt«, sagte er.

»Das sind Monster aus der Verdammnis«, antwortete sie entschlossen. »Sie sind auf uns aufmerksam geworden, als die Engel ihrem Gefängnis entkommen sind.«

»Als Rielle die Pforte geöffnet hat«, ergänzte er tadelnd.

Jessamyn lief rot an. »Ja, Eure Exzellenz.«

»Und wer hält die Monster davon ab, unsere Welt zu überfluten?«

»Das tut Ihr, Eure Exzellenz«, flüsterte sie. »Euer Verstand hat die Maschinen konstruiert, die sie vom Himmel holen, sobald sie in unsere Welt eindringen.«

»Die Vaecordia. Die Gewehre von Gottes Auserwählten.«

»Ja, Eure Exzellenz.«

»Ja, und mein Geist kontrolliert diese Maschinen«, fuhr Corien fort, »und mein Geist kontrolliert die Wachen in diesem Palast und spricht zu meinen Generälen in Astavar und spricht zu meinen Kommandanten auf dem Namurischen Meer und zu den Adatrox, die auf den Straßen von Orline patrouillieren. Mein Geist durchkämmt die Welt nach dem Propheten.« Er lächelte. »Mein Geist ist unendlich. Und niemand, der heute lebt, kann ihn begreifen.«

Jessamyns Augen leuchteten ehrfürchtig. »Ja, Eure Exzellenz.«

Der Schmerz in Simons Kopf hatte weit genug nachgelassen, um zu registrieren, dass etwas nicht stimmte. Er hatte seinen Geist selten für sich allein. Nur wenn Corien vollkommen in eine Aufgabe vertieft war, oder von Alkohol oder Musik gefesselt, oder er eingeschlossen in seinen Gemächern über alten Erinnerungen brütete, lockerte der uralte Engelsgeist ein wenig den Zugriff.

Seltsamerweise geschah das jetzt, wo Corien vor diesem erschrocken dreinblickenden Mädchen auf dem Boden kniete. Coriens Geist brodelte gegen den von Simon und verschwand dann, als hätte eine glänzende Klinge ihn losgeschnitten. Simon fiel auf, dass Coriens Schultern nach unten sackten und sein Lächeln schwankte, und plötzlich stellte er sich vor, wie Corien einen Satz nach vorn machte und seine Zähne in Jessamyns Gesicht schlug.

»Du siehst anders aus, Jessamyn«, murmelte Corien und lehnte sich noch näher zu ihr. »Du siehst anders als in ihren Erinnerungen aus. Ich möchte, dass du in ihrer Nähe bleibst. Ich denke, es tut ihr weh, dich zu sehen. Und ich möchte ihr gern so lange wehtun, bis sie es nicht mehr erträgt.« Er lachte leise und berührte zuerst Jessamys Gesicht und dann sein eigenes. »Oder so lange, bis ich es nicht mehr ertrage.«

Dann betrachtete er sie noch einen Moment und sein Lachen verebbte. »Mir kommt da gerade eine Idee. Eine grandiose Idee. Da gibt es diesen Jungen, verstehst du? Remy.«

Jessamyn überlegte kurz, sie warf Simon einen schnellen Blick zu und schaute dann wieder zurück zu Corien. »Der Bruder von Eliana Ferracora?«

»In der Tat. Er vegetiert in einer Einzelzelle mitten in Vaera Bashta vor sich hin. Du wirst ihn ins Lyceum mitnehmen und ihm das beibringen, was Varos dich gelehrt hat.« Er lächelte versonnen. »Du wirst ihn kalt und herzlos machen. Zu einem Mörder, zu einer lebendigen Waffe. Er wird bei den Königinnengardisten dienen, und jeder Tag, den sie mir standhält, wird ein weiterer Tag sein, an dem sie ihrem Bruder in die Augen blicken muss, der durch sie zu einem Monster wurde.«

Corien packte Jessamyns Schultern und neigte seinen Kopf, seine Schultern bebten vor stummem Gelächter. »Ja. *Ja.* Und nichts wird diese Schuld lindern. Sie verzweifelt bereits jetzt, wenn sie daran denkt, was Remy aufgrund ihres Verhaltens erleiden muss. Und wenn ihr dann bald klar wird, was du ihrem Bruder angetan hast, wird diese Qual aufblühen und wachsen, bis sie vollkommen auseinanderbricht und ich ihr verdammtes Inneres ausschöpfen kann.«

Er lenkte seinen Blick ein weiteres Mal auf Jessamyn. »Ich *werde* sie brechen. Und ich *werde* meine Liebe wiedersehen, und dann wird alles so werden, wie es sein soll.«

Jessamyn wirkte entschlossen und eifrig. »Natürlich, Eure Exzellenz. Ich tue, was Ihr befehlt.«

Dann erhob sich Corien schwankend, sein Antlitz war vor Schmerz verzerrt. Er drehte sich um, als wollte er in sein Arbeitszimmer zurückkehren, fiel aber hart gegen Simons Brust.

Simon fing ihn auf und hielt ihn auf den Beinen. Wieder und wieder murmelte er zwei Worte in Lissar gegen Simons Jacke.

Verbrenne sie.

Jessamyn starrte sie vom Boden aus an. »Verschwinde von hier«, befahl ihr Simon. »Und wenn du irgendjemandem davon erzählst, was du gesehen hast, werde ich deine Augen herausschneiden und dich damit füttern.«

Jessamyn suchte sofort das Weite. Nachdem sie gegangen war, half Simon Corien in sein Arbeitszimmer und stieß mit dem Fuß die Tür hinter ihnen zu.

Der Fußboden war rutschig und die Teppiche blutgetränkt. Simon umrundete den Körper, der einmal General Bartamos gehört hatte, und setzte Corien auf den Sessel neben der ruhig vor sich hin lodernden Feuerstelle.

Einen Moment lang blieb Simon über ihn gebeugt stehen und beobachtete, wie er atmete. Corien berührte behutsam seine Schläfen, als würden sie unter dem Gewicht seiner Hände zerreißen. Es war nicht das erste Mal, dass das geschah, und es würde nicht das letzte Mal bleiben.

Wenn Coriens Geist in diesem Zustand war – vor Wut und Erschöpfung zerrissen und vergiftet durch Jahrhunderte voller Trauer –, kannte Simon nur eine Möglichkeit, ihn zu beruhigen. Jeden Tag entkamen mehr Cruciata dem Sog der Pforte. Jeden Tag rückte die Verdammnis näher an ihre Welt heran.

Das Kaiserreich brauchte einen Führer und keinen Wahnsinnigen.

Simon wartete, bis sein Atem ruhiger wurde, bis er seine Gedanken geordnet hatte und sich bereit für den nächsten Schritt fühlte. Er war ein Nichts, ganz glatt und sauber. Er war ein leeres Gefäß, bereit, das Unvermeidliche zu empfangen.

»Ihr strengt Euch zu sehr an«, sagte er dann mit möglichst ruhiger Stimme. »Selbst Ihr, so mächtig Ihr auch seid, seid nicht unzerstörbar. Nicht nach eintausend Jahren Wiedergeburt und Eroberungszügen.«

Corien lachte leise. »Das habe ich auch einmal zu ihr gesagt. Ich habe ihr gesagt, dass nicht einmal sie den Tod bezwingen kann. Ich habe ihr so viele Dinge gesagt.«

Simon schaute zu den Fenstern, in denen das gelbe Licht des frühen Abends leuchtete. Admiral Ravikant würde mit Einbruch der Nacht kommen. Die Teppiche mussten fortgebracht werden, die Möbel ausgetauscht und der Boden geschrubbt.

Er kniete sich vor Corien und küsste seine roten Fingerknöchel, wie er es schon in Räumen getan hatte, die weitaus düsterer und blutiger gewesen waren als dieser.

»Außerdem, Mylord«, sagte er sanft, »muss ich Euch darauf hinweisen, dass es unter Umständen schwierig werden könnte, die unumschränkte Treue Eures Reiches zu behalten, wenn Ihr jeden General tötet, der mit einer berechtigten Sorge in Eurem Arbeitszimmer auftaucht.«

Bei diesen Worten veränderte sich die Atmosphäre im Zimmer. Simon hielt den Kopf gesenkt, doch er spürte, wie Corien aufsah und ihn anstarrte. In seiner Ruhe erbebte ein Schauer der Angst. Flüchtig dachte er an die gefrorene Hochebene in Vindica, wo Corien das erste Mal seinen Geist gequält hatte. Er erinnerte sich daran, wie er Tage später unter höllischen Schmerzattacken aufwachte und es sich so anfühlte, als wäre sein Geist eintausendmal abgezogen und wieder zusammengeflickt worden.

Er erinnerte sich daran, wie ruhig Corien danach war, wie freundlich – ja sogar fast zärtlich.

»Was willst du mir damit sagen, Simon?«, fragte Corien leise.

»Dass ich nicht mehr kräftig genug bin, um zu regieren? Dass ich meinen gerechten Zorn besser im Zaum halten soll, weil sonst diejenigen, die ich befehlige und die ohne mich noch immer in der Verdammnis verrotten würden, sich gegen mich erheben und irgendwie Erfolg hätten?«

Simon schüttelte den Kopf. »Nein, Mylord. Ich wollte nur ausdrücken, dass ich mir Sorgen mache.«

»Eigenartig, das ausgerechnet von dir zu hören«, sagte Corien nachdenklich, »denn *ich* mache mir Sorgen um *dich.* Seit Elianas Ankunft sind Wochen vergangen und doch sind wir noch hier. Deine Macht scheint mir sehr zögerlich zu sein.« Mit seinen kühlen, widerwärtig klebrigen Fingern umschloss er Simons Wangen. »Ich denke, sie braucht eine kleine Ermutigung.«

Und dann konnte Simon nichts mehr erwidern, denn im Griff dieser blutbesudelten, weißen Hände war er nicht länger Simon. Er war ein Geist in Qualen. Er war ein Körper, der bewegungslos auf dem Boden lag.

Er war eine Waffe, die von den Händen seines Herrn untauglich gemacht wurde.

12
AUDRIC

»Ich schreibe dies, damit man, wenn ich sterbe und mein Leichnam gefunden wird, weiß, wo ich gewesen bin und was ich gesehen habe. Ich bin von dem Ort, der einst mein Zuhause und nie mein Zuhause war, nach Norden gewandert und befinde mich nun in der nördlichen Bergregion, die man die Villmark nennt. Schon immer wollte ich diese Gipfel erkunden und nach Eisdrachen Ausschau halten, jenen uralten Göttertieren, auf denen Sankt Grimvald gegen die Engel in die Schlacht geritten ist. Aber Prinzen und Könige dürfen nicht in die Wildnis ziehen und nach Tieren suchen, die seit Urzeiten nicht mehr gesehen wurden. Glücklicherweise bin ich kein Prinz oder König mehr und auch sonst nichts als ein einsamer Mann.«

Tagebuch von Ilmaire Lysleva, datiert vom Dezember im Jahr 999 des Zweiten Zeitalters

Audric wich Evylines Schwert aus. Dann wirbelte er herum, parierte und hieb Illumenors Klinge heftig gegen ihre. Evyline hatte empfohlen, mit hölzernen Übungsschwertern zu kämpfen, doch sowohl Sloane als auch Audric waren dagegen gewesen. Wenn Audric die Soldaten aus Mazabat beeindrucken und vielleicht einige von ihnen dazu bringen wollte, vor der morgigen Wahl mit ihren Senatorinnen und Senatoren zu sprechen, musste er ordentlich Eindruck schinden.

Außerdem musste er den Senat von Mazabat unbedingt dazu bringen, seiner Bitte um Militärhilfe zuzustimmen. Und wenn Sloane glaubte, ein öffentlicher Schwertkampf im Innenhof der Kaserne würde dazu beitragen, dann war Audric bereit.

Wenn Illumenor nur nicht so verflucht schwer gewesen wäre.

Noch ein Hieb, noch eine Parade. Er und Evyline tanzten umeinander herum, und ihre klirrenden Klingen glitzerten in der Morgensonne. Trotz ihrer Leibesfülle war Evyline schnell und ihre Beinarbeit bewundernswert. Sie stieß ihr Schwert nach ihm, und Audric wehrte es ab, jedoch ziemlich unelegant. Sie setzte ihm weiter zu und presste ihn mit dem Gewicht ihrer Waffe zu Boden. Er schob sie fort und kroch davon. Mit den Stiefeln wirbelte er Staub auf, als er herumfuhr und entschlossen sein Schwert schwenkte, um ihrem zu parieren.

Allmählich bereute er, dass er ihr Angebot abgelehnt hatte, die Übungsschwerter zu benutzen. Das Kämpfen war ihm selten so schwergefallen.

Doch nach acht Wochen des Trauerns fühlte sich Audric dünn und zerbrechlich, seine Muskeln waren geschwächt und seine Kondition am Boden. Als er dies Sloane gegenüber beklagt hatte, wollte sie nichts davon hören.

»Du bist der Lichtbringer«, hatte sie mit einem angedeuteten Lächeln gesagt und versucht, ihn aufzuheitern. »Ein paar Wochen im Bett werden dich nicht ruiniert haben.«

Sie hatte recht; er war nicht ruiniert.

Doch er war erschöpft.

Und Evyline ließ nicht locker. Sie schwenkte ihr Schwert, als wäre es federleicht, und versetzte Audric einen heftigen Hieb nach dem anderen. Er wehrte sie alle ab, jedoch nur knapp, drehte sich dann um und stolperte unbeholfen zur Seite. Er spürte, dass das Duell bald entschieden sein würde, und sah in Evylines hellbraunen Augen, dass sie es auch wusste. Noch ein Ausfallschritt, noch ein Schwerthieb, und sie würde ihn schlagen.

Audric spähte über Evylines Schulter und fing Sloanes Blick auf. Mit verschränkten Armen lehnte sie an einer Säule. Ihre besorgte Miene kannte er nur allzu gut.

Dann wurde Evyline schwächer und setzte zu einem ungeschickten, wirkungslosen Hieb an, der es Audric erlaubte, wieder

Fuß zu fassen und geschickt zu parieren. Sie ließ ihn gewinnen, doch er war zu müde, um sich darüber zu ärgern.

Evyline wich ihm aus, aber nicht schnell genug. Er fuhr herum, fing ihre Klinge mit seiner ab und warf sein ganzes Gewicht gegen sie in die Waagschale. Ihre Zuschauer würden glauben, dass er sie unter dem Druck seines Schwerts fixiert hatte, doch das stimmte nicht. Dieser Kampf musste ein Ende haben.

»Ergibst du dich?«, rief er.

»Ich ergebe mich«, antwortete Evyline, woraufhin sie schwer atmend auseinandergingen. Evyline schob ihr Schwert in die Scheide und verbeugte sich.

»Gut gekämpft, Majestät«, verkündete sie so laut, dass es alle hörten.

Doch auf ihre Erklärung folgte kein Beifall, und als Audric einen Blick auf die im Hof stehenden Soldaten riskierte, wurde ihm flau im Magen.

Dutzende hatten sich versammelt, um den Kampf zu verfolgen – an den Fenstern der Kaserne und in den Übergängen zwischen den einzelnen Gebäuden –, und kein Einziger lächelte.

Keine Sorge, erklang Ludivines beruhigende Stimme, *es kommen noch andere Gelegenheiten, um sie zu beeindrucken.*

Audric unterdrückte den Drang, sie wegzuschlagen wie eine Fliege. *Ich habe dich gebeten, nicht auf diese Art mit mir zu sprechen. Dies ist mein Geist, und du hast nicht das Recht, nach Belieben dort einzudringen.*

Ohne ein weiteres Wort war sie verschwunden, und das winzige schmerzhafte Ziehen in seinem Herzen, das sie hinterließ, ärgerte ihn. Jedes Mal, wenn sie zu ihm sprach, jedes Mal, wenn er sie verscheuchte, war es, als würde er erneut mit der gesamten Bandbreite ihrer Lügen konfrontiert: Rielle hatte seinen Vater getötet, sie hatte Ludivines Vater getötet und auch ihren eigenen Vater – und Rielle und Ludivine hatten das alle beide vor ihm geheim gehalten. Sie hatten ihm nichts als die Wahrheit versprochen und ihn dann immer weiter belogen.

Prinzessin Kamayin redete ihm unermüdlich gut zu, Ludivine zu verzeihen, und wies ihn auch wiederholt darauf hin, dass sie Ludivine in dem drohenden Krieg brauchten.

Audric teilte ihre Meinung durchaus. Er würde Ludivines Hilfe annehmen, wenn es so weit war.

Doch er musste ihr nicht verzeihen.

Unter den versammelten Soldaten erhob sich eine Stimme und schrie laut auf Mazabatisch: »Verräter!«

Schockiertes Schweigen war die Folge. Das Wort gellte in Audrics Ohren wie ein Glockenschlag.

Evyline zückte ihr Schwert und trat wütend zwei Schritte vor, was die Soldaten in der ersten Reihe zurückweichen ließ.

»Du sprichst mit dem König von Celdaria«, blaffte sie, »und du wirst den angemessenen Respekt walten lassen oder die Konsequenzen tragen.«

»Schon gut, Evyline«, sagte Audric und gesellte sich am Rand der Menge zu ihr. Widerwillig senkte sie ihr Schwert und wich zurück, um ihm beizustehen. »Wenn jemand mit mir sprechen möchte, soll er oder sie vortreten und es tun. Ja, das wäre mir sogar sehr recht.«

In den nächsten Momenten schienen alle den Atem anzuhalten. Dann schob sich rechts von Audric eine junge Soldatin mit kupferfarbenem Teint und einem dicken schwarzen Zopf aus der Menge. Ihre Augen funkelten wütend. Eine der anderen Soldatinnen packte sie am Arm und versuchte, sie zurückzuziehen, doch sie riss sich los.

»Ich heiße Sanya«, erklärte sie, »und ich möchte etwas sagen.«

Audric nickte ihr zu. »Bitte sehr.«

»Acht Wochen sind seit deiner Ankunft vergangen«, begann sie. »Du schläfst im Palast unserer Königinnen. Du isst an ihrem Tisch. Du sitzt stundenlang in Ratsversammlungen, aber wenn wir unsere Kommandantinnen fragen, worüber gesprochen wurde, wimmeln sie unsere Fragen ab und sehen uns nicht in die Augen. Wie sollen wir wissen, dass du nicht nur Zeit schindest, bis deine Königin hierherkommen und uns alle töten kann? Wie sollen wir einem König vertrauen, dessen Königin ihn so komplett getäuscht hat?«

Zustimmendes Raunen wallte durch die Menge. Soldaten traten von einem Bein aufs andere und sahen einander beklommen an. Andere musterten Audric schweigend.

Etwas in ihm stürzte lautlos ein. Nie hätte er sich träumen lassen, dass man ihn mit solchem Argwohn betrachtete, mit solch feindseligem Misstrauen.

Doch das war jetzt seine Welt. Das waren die Konsequenzen der Entscheidungen, die er getroffen hatte, sowie der Entscheidungen anderer, die er nicht kontrollieren konnte. Er würde dieser Frau mit der Wahrheit antworten.

»Du kannst nicht sicher wissen, ob du mir vertrauen kannst«, sagte er ruhig. »Ich verstehe deine Enttäuschung und deine Furcht, und es tut mir leid.«

Eine andere Soldatin trat vor – bleich und mit finsterer Miene, Sanyas Kollegin, die versucht hatte, sie aufzuhalten. »Wir haben gehört, dass deine Freundin Ludivine kein Mensch, sondern ein Engel ist.«

»Das stimmt.«

Die Menge gab Unmutslaute von sich. Weitere Stimmen riefen von hinten und oben: »Verräter! Lügner!«

Evyline kam noch näher zu Audric. »Mein Herr, wir müssen von hier verschwinden.«

»Ihr Groll ist berechtigt«, sagte er und trat einen Schritt weg von ihr.

»Wirst du uns aussenden, damit wir für dich sterben?«, rief Sanya, die Augen auf ihn gerichtet wie Pfeile auf ihr Ziel. »Seit deine Königin sich hier in der Hauptstadt gezeigt hat, wurden wir von Stürmen, Erdbeben und Überschwemmungen heimgesucht, die weite Teile unseres Landes zerstört haben. Und jetzt will man uns zwingen, auszuziehen und für deinen Thron zu kämpfen, statt unsere Heimat zu beschützen?«

»Es geht um mehr als meinen Thron«, erwiderte Audric. Er wusste, dass er etwas Gehaltvolleres sagen sollte als das, dass er sich wortreich darüber auslassen sollte, wie wichtig es sei, dass alle Nationen zusammenhielten, um den nahenden Feind abzuwehren.

Doch er war müde, und die wachsende Wucht des kollektiven Zorns der Truppe fühlte sich an, als würden ihm stapelweise Steine auf die Brust gelegt.

»Viele Möglichkeiten werden sorgfältig und gründlich erwogen und diskutiert«, stieß er mühsam hervor. »Das Einzige, was ich euch jetzt im Moment sagen kann, ist, dass eure Königinnen mir vertrauen.«

Sanya schnaubte, und ihre Augen blitzten. »Das hat dein Volk auch getan. Und jetzt hören wir, dass sie aus ihren Häusern geholt und ins Gefängnis geworfen werden, weil sie angeblich Hexerei betrieben hätten, obwohl sie nichts weiter tun können, als eine Kerze anzuzünden. Wird das auch mit uns geschehen? Werden wir alle dasitzen, unserer magischen Kräfte beraubt, wenn die Engel schließlich kommen?«

Die Menge verstummte abermals.

Audric starrte Sanya an. Ihm fehlten die Worte.

Denn sie hatte recht: Sein Volk hatte darauf vertraut, dass er es schützte, und er hatte versagt. Er hatte seine Leute in einem aufgewühlten Land an der Schwelle eines Krieges, den es nicht gewinnen konnte, im Stich gelassen.

Auf einmal senkte sich eine wirbelnde Schattenwolke auf sie herab und hüllte Audric und Evyline ein. Die Schatten bargen Wölfe mit schnappenden Zähnen und Leoparden mit wehendem schwarzem Fell.

Von Dunkelheit verhüllt, huschte Audric dicht gefolgt von Evyline zur nächstgelegenen Tür, die zurück in die Kaserne führte. Der Rest der Sonnengarde erwartete sie drinnen und bestaunte die Schatten mit ehrfürchtigem Grauen. Eine von ihnen, Maylis, murmelte ein Gedicht und berührte ihren Nacken, zu Ehren des Hauses der Nacht.

Die Kasernentür fiel ins Schloss. Sloane trat aus den Schatten, die sich durch ihre Berührung auflösten. Die Glaskugel am oberen Ende ihrer Urform, eines Zepters aus Ebenholz, glühte so hell wie das blaue Herz einer Flamme.

»Das war meine Schuld«, murmelte sie, während sie durch die Kaserne zurück zum Palast eilten. »Wir hätten nie dort hinausgehen sollen. Du bist nicht darauf vorbereitet.«

Audric versuchte die Erinnerung an Sanyas zornige Stimme abzuschütteln und protestierte. »Meine Schwertkunst ist eingerostet, da gebe ich dir recht, aber –«

»Ich rede nicht von deiner Schwertkunst«, fauchte sie. »Ich rede von deiner Fähigkeit, dich dem zu stellen, was kommt, und die Menschen zu inspirieren, deren Hilfe du brauchen wirst, um all das zu überleben.«

Zu Audrics Linken knurrte Evyline eine Warnung. Seufzend blieb Sloane an einer Kurve im Korridor stehen und rieb sich das Gesicht.

»Du brauchst dich nicht zu entschuldigen«, sagte Audric dumpf. Er konnte Sloane nicht ansehen. Am liebsten wäre er in seine Gemächer zurückgekehrt; er verzehrte sich nach Schlaf. Vielleicht würde Schlaf diesen Tag aus seinem Gedächtnis löschen. »Natürlich hast du recht.«

»Hör mir zu, mein Lieber.« Sloane berührte Audrics Wange, damit er sie ansah. »Ich weiß, dass du trauerst. Ich weiß, dass sich dein Geist gegen dich gewandt hat, und ich verstehe auch, warum. Aber viele von uns trauern, und es kommt noch mehr Leid auf uns zu, deshalb brauche ich dich – brauchen *wir* dich –, und du musst dich aufraffen und dich zum Kampf bereit machen.« Sie lächelte traurig. »Du bist der Lichtbringer, und unsere Welt verdüstert sich immer mehr.«

Audric starrte sie durch einen Tränenfilm hindurch an. Obwohl er sie rein körperlich überragte, fühlte er sich neben ihr ganz klein. Wie ein Junge, der von einer geliebten Tante auf die Probe gestellt und als unwissend entlarvt wird.

»Wenn der Augenblick kommt, kommt er«, sagte er platt. »Doch was, wenn ich nicht imstande bin, das zu tun, was getan werden muss?«

Sloane senkte ihren Arm und sah ihn ernst an. »Dann sterben wir alle, Audric. Wir alle.«

Ein königlicher Page mit rosigen Wangen und flachsblondem Haar erschien schwer atmend am anderen Ende des Korridors und spurtete auf sie zu.

»Eine Nachricht für Euch, Majestät«, sagte er mit einer kleinen Verbeugung und verschwand so schnell wieder, wie er gekommen war.

Audric las das Schreiben mit wachsendem Entsetzen. Die Nachricht war kurz und die Buchstaben hastig hingekritzelt.

»Die Königinnen berufen für morgen früh eine Besprechung ein«, verkündete er und knüllte das Blatt in der Faust zusammen. Morgen würde der Senat von Mazabat über seine Bitte um Militärhilfe abstimmen und sie entweder befürworten oder ablehnen. »Es gibt Neuigkeiten aus dem Norden.«

Und worum auch immer es sich handelte, er konnte sich nicht vorstellen, dass es gute Nachrichten waren.

Am nächsten Morgen um neun Uhr traf sich der Kriegsrat im Atrium der Königinnen, einem runden Saal mit einer gläsernen Decke, über die Zweige eines Baumes ragten, dessen Blätter das Sonnenlicht im Raum grünlich schimmern ließ. Die Wände waren in einem satten Terrakotta-Ton gestrichen und der Fußboden mit perlweißen und kobaltblauen Fliesen ausgelegt.

In der Mitte des Saals stand ein aus prachtvoller Roteiche geschreinerter Tisch, an dem die Mitglieder des Kriegsrats Platz genommen hatten – Audric, Königin Bazati und Königin Fozeyah und Prinzessin Kamayin. Generalin Rakallo, die Hauptbefehlshaberin der königlichen Heere. Die sieben Hohen Richter. Ludivine. Sloane. Evyline, die sich weigerte, von Audrics Seite zu weichen.

Und an diesem Morgen saß dort auch ein schmächtiger, bleicher Mann, den Audric auf etwa zehn Jahre älter als sich selbst schätzte. Er starrte auf den Tisch und klammerte sich mit den Händen so fest an dessen Kante, dass seine Knöchel weiß hervortraten.

Das Einzige, was Audric über ihn wusste, war, dass er Jazan hieß und ein Spion war. Schon vor Monaten hatten Gerüchte über vermisste Kinder in Kirvaya Prinzessin Kamayins Aufmerksamkeit erregt. Nachdem sie vier ihrer persönlichen Spione zu Erkundungen ausgesandt hatte, war lediglich einer zurückgekehrt: Jazan.

Kaum jemand wagte zu atmen, während er sprach.

»Er hält sie in kleinen Kammern«, flüsterte Jazan mit zitternder Stimme. »Kammern mit niedrigen Decken, in denen man nicht einmal aufrecht stehen kann. Wenn er nach ihnen schickt, werden sie unter die Berge gebracht. In seine Laboratorien.«

Jazan sah zu Kamayin auf. »Es ist wie eine eigene Stadt, Herrin. Eine aus dem Eis und den schwarzen Bergen herausgeschlagene Stadt.«

Königin Bazati saß stocksteif da. Ihre dunklen Augen loderten.

»Was will er denn von Kindern?«, fragte Sloane, das Gesicht angstvoll verzerrt. »Warum Kinder?«

»*Elementar*kinder«, korrigierte Jazan. »Herrin. Entschuldigen Sie. Es sind alles Elementarkinder. Die meisten von ihnen haben ihre Zauberkräfte noch nicht entwickelt, und ich glaube, das ist es, was ihm an ihnen gefällt. Er kann sie formen. Mit der Unterstützung seiner Heiler und seiner Soldaten erzwingt er, dass sich die Magie der Kinder früher entfaltet, als es auf natürliche Weise der Fall wäre, um sie so komplett zu kontrollieren. Er kann sie formen. Die Kinder formen.« Jazan brach die Stimme. »Ich glaube auch, dass er sie entführt, weil es den Menschen Angst macht, wenn Kinder verschwinden.«

Jazan fuhr sich zitternd übers Gesicht. »O Gott, er hasst uns. Er wird uns alle töten. Jeden einzelnen von uns. Und er wird es auf die schlimmstmögliche Weise tun. Wir werden in Flammen umkommen. Wir werden unter Qualen sterben.«

Audric lehnte sich vor. »Jazan. Was macht er mit den Kindern? Experimente, hast du gesagt?«

»Es gibt Monster in der Verdammnis«, wisperte Jazan durch seine Finger. »Ich habe seine Heiler davon reden hören. Aber es sind keine Heiler wie die, die wir kennen. Sie sind Operateure. Sie sind Engel in Menschenhaut, aber nicht alle von ihnen sind stark genug, um in ihren Körpern verankert zu bleiben. Manche sind es, dann bleiben sie wochenlang in derselben Haut. Einige wenige habe ich nie wechseln sehen. Aber manche von ihnen verbrauchen Körper wie Soldaten Handschuhe.«

»Du hast gesagt, sie haben von Monstern geredet«, hakte Audric nach. »Was für Monster?«

»Ich weiß es nicht. Sie haben sie mit einem seltsamen Wort bezeichnet: Cruciata. Soweit ich weiß, leben sie in der Verdammnis. Und er versucht jetzt, sie neu zu erschaffen oder so etwas Ähnliches wie sie. Er und seine Heiler stellen Seren her, teuflische Elixiere. Sie riechen wie Gift, und sämtliche Geheimgänge und Höhlen unter den Bergen stinken danach. Und dann haben sie …«

In Jazans Augen lag ein Flehen, als er jetzt zu Audric aufblickte. »Sie haben auch Drachen. *Drachen.*« Er lachte kurz auf. »Zuerst habe ich meinen eigenen Augen nicht getraut, aber es ist die Wahrheit: Es gibt nach wie vor Drachen auf der Welt. Eisdrachen aus Borsvall. Mit Pelzkragen und allem, genau wie auf den ganzen Gemälden. Und er hat …« Jazan spreizte die Hände mit den Handflächen nach oben und sah sich Hilfe suchend am Tisch um, als hoffte er verzweifelt darauf, dass ihm jemand sagte, es sei alles nur ein böser Traum gewesen. »Er macht *Monster* aus ihnen. Er schneidet sie auf und näht sie wieder zusammen. Und dann gibt es noch andere Ungeheuer, mit denen seine Heiler herumspielen und die sie mit den Drachen zusammennähen oder … Gott steh mir bei, ich weiß nicht, wie sie es anstellen. Aber diese Untiere sind entsetzlich.

Und dann die Kinder … Er zwingt sie, Urformen zu fälschen, und dabei kontrolliert er ihren Geist. Es ist pervers. Es ist nicht richtig. Die Kinder machen die Urformen – doch nur manche davon sind für sie selbst, andere sind für den Gebrauch der Ungeheuer gedacht, wie eine Rüstung, die zwischen Kind und Monster geteilt wird, und … Majestäten, ich glaube, er will eine ganze Armee davon erschaffen. Elementarkinder, deren Geist er unter seiner Kontrolle hat, sie und ihre Ungeheuer mit gebundenen Urformen gepanzert. Mir ist nicht ganz klar, wie, aber … Diese Ungeheuer können Feuer schleudern, genau wie die Kinder, die auf ihnen reiten. Die Kinder können die Erde erschüttern und Schwerter verbiegen, genau wie ihre Ungeheuer und die Elementherrscher. Als wären Kind und Ungeheuer ein einziges Geschöpf, aufgespalten auf zwei Körper.«

»Das ist unmöglich«, murmelte die Großmagistra der Bäder und rang ihre sommersprossigen Hände. »Du hast etwas Falsches gesehen.«

»Ich sehe nichts Falsches.« Jazan wischte sich mit verbundenen Fingern die Augen. Die Wunden, die er erlitten hatte, waren nur geringfügig.

Das irritierte Audric am meisten.

»Warum hat er dich am Leben gelassen?«, fragte er.

»Er war gar nicht da. Nicht wirklich. Nicht körperlich.« Jazan schlug sich fest auf die Brust. »Nicht auf diese Art. Er war irgendwo anders auf der Welt, und seine Generäle haben in seiner Abwesenheit alles organisiert. Aber ich habe ihn gehört.« Jazan nickte und lachte kurz auf. Tränen liefen ihm übers Gesicht. »Ich habe ihn gehört. Ich bin sein Botschafter. Er will, dass du weißt, was auf dich zukommt.«

»Was hat er gesagt?« Audric lehnte sich vor. »Weißt du, wo er ist?«

»Er ist in Patria«, sagte Ludivine.

Aller Augen richteten sich auf sie. Blass und still saß sie da, die Hände auf dem Tisch gefaltet. Sie fing Audrics Blick auf und sah ihn eindringlich an. »Er hat Rielle nach Patria gebracht. Sie sind auf der Suche nach Urformen der Heiligen. Als sie Celdaria verlassen haben, hatten sie drei. Jetzt haben sie vier.«

Audric schloss kurz die Augen. Natürlich suchte Rielle nach wie vor nach den Urformen – jetzt vielleicht, um die Pforte zu öffnen, statt sie zu reparieren.

Einige am Tisch holten geräuschvoll Atem.

»Sie hat Sankt Marzanas Schild«, sagte Audric leise, als ihm alles wieder einfiel. »Und Sankt Grimvalds Hammer.«

»Sankt Tokazis Stab«, fügte Kamayin hinzu. Sie sprach nicht von den Obex, die Rielle abgeschlachtet hatte, um den Stab zu bekommen, doch Audric sah ihr an, dass sie sich daran erinnerte.

»Und jetzt auch Sankt Ghovans Pfeil«, schloss Ludivine mit ernster Miene.

»Und wenn sie erst einmal alle sieben gefunden hat«, fügte Audric stockend hinzu, »könnte deren Kraft ausreichen, dass sie mit der Pforte tun kann, was sie will.«

Stille legte sich über den Raum.

Königin Fozeyah funkelte Ludivine an. »Woher weißt du, dass sie in Patria sind?«

Ludivine zögerte. »Ich habe versucht mit Rielle zu sprechen. Ich habe nach ihr ausgegriffen. Ich … ich habe sie gesehen.«

Audric zuckte entsetzt zusammen. »Ist sie verletzt? Geht es ihr gut?«

»Sie ist nicht verletzt«, antwortete Ludivine langsam. »Jedenfalls nicht in dem Sinne, wie du meinst.«

»Hör auf, in Rätseln zu sprechen, und sag uns die Wahrheit«, fauchte er. Ludivines Ruhe brachte ihn auf.

»Ihre Verbindung mit dem Empirium ist inzwischen wesentlich stärker als noch vor Wochen. Der Wandel in ihr hat mich völlig verblüfft. Es war, als hätte man mich in ein loderndes goldenes Feuer gestoßen.«

Einen Moment lang herrschte Schweigen. Ein kleines Zusammenzucken, das Audric mit boshafter Freude erfüllte. Er hoffte, Ludivines Worte bedeuteten, dass Rielle in einer Weise litt, die niemals heilen würde, genau wie bei ihm.

»Ihre Macht nimmt rasch zu«, erklärte Ludivine weiter, »und ich weiß nicht, wie lange sie sie noch kontrollieren kann.«

Das Schweigen war entsetzlich. Audric lehnte sich schwer gegen den Tisch und fuhr sich mit beiden Händen durchs Haar.

Zum ersten Mal seit Wochen griff er nach Ludivines Geist aus, ungeschickt und verzweifelt. *Hat sie Angst?*

Ja. Ludivines Stimme war ein reines Gedankenflüstern. *Und sie hat Heimweh.*

Audric stand vom Tisch auf und begab sich an das nächstgelegene Fenster. Er verschloss die Augen vor dem heiteren Morgen und den üppig bewachsenen Palastanlagen und versuchte, nicht an Rielle zu denken, wie sie allein in einem fremden Land festsaß, während ihr Corien Versprechungen ins Ohr flüsterte und das Empirium sie von innen heraus bei lebendigem Leib verbrannte.

Unglücklicherweise hatte er schon immer eine überaus lebhafte Fantasie besessen.

»Außer den Drachen und den Kindern und all den schrecklichen Untieren, die sie geschaffen haben«, sagte Sloane mit vor Zorn bebender Stimme, »hat er wie viele Soldaten zur Verfügung?«

»Meiner letzten Zählung nach fünfhundert Engelssoldaten«, antwortete Jazan tonlos.

»Es werden noch mehr kommen«, ergänzte Ludivine leise. »Wenn Rielle die Pforte öffnet, kommen Millionen.«

»Falls sie die Pforte öffnet«, gab der Großmagister des Feuers zu bedenken.

»Aber es gibt noch andere«, fuhr Jazan fort und zupfte dabei nervös an seinen Ärmeln. »Tausende von Menschen. Die Engel haben sie unter Kontrolle.«

Audric kehrte zum Tisch zurück, und ihm wurde bang, als er

allmählich alles begriff. »Das hat er am Tag der Feuerprüfung auch den Soldaten der Sauvilliers angetan. Er hat sie unter seine Kontrolle gebracht und sie dann gegen ihre eigenen Leute aufgehetzt.«

»Ihre Augen waren grau«, hauchte Sloane mit abwesendem Blick. Sie erinnerte sich, genau wie Audric. »Grau und leer, als hätte sich ein Nebel über ihr Inneres gelegt.«

»Die Engel nennen sie Adatrox«, sagte Jazan. »Seine Generäle ziehen durch die Welt und sammeln sie ein. Tausende von ihnen. Sie schlüpfen in ihren Geist und manipulieren sie nach Belieben. Sie sagen ihnen, was sie tun sollen, und die Adatrox müssen gehorchen. Ich glaube, sie wissen überhaupt nicht, was sie tun. Das hoffe ich jedenfalls.« Jazan verzog kummervoll die Miene. Er hatte Schatten unter den Augen. »Was die Engel sie gezwungen haben einander anzutun … Was die Engel sie gezwungen haben uns anzutun …«

Er brach in heftiges Schluchzen aus, und nachdem Kamayin ihre Zofen gerufen und sie angewiesen hatte, ihn zur Krankenstation des Palasts zu bringen, wandte sich Königin Bazati an die Versammelten und ergriff zum ersten Mal seit Beginn der Besprechung das Wort.

»Ich habe viele Fragen an dich, meine Tochter«, sagte sie mit gedämpfter Stimme.

»Vor drei Jahren habe ich zwei Dutzend Spione angeworben«, erklärte Kamayin und musterte ihre Mütter mit trotzig blitzenden Augen. »Die Stare. Sie sind sehr gut. Besser als deine Spione, Mama. Keine Angst. Ich finanziere sie selbst.«

Um Königin Fozeyahs Mundwinkel zuckte es, doch ihr Lächeln reichte nicht bis zu ihren Augen. »Wie rührig von dir.«

»Jede Prinzessin hat das Recht auf eine eigene Truppe von Spionen«, erwiderte Kamayin gereizt. »Als ich gehört habe, dass in Kirvaya Kinder vermisst werden, musste ich meine Vögel aussenden. Und ich bin froh, dass ich es getan habe. Jetzt wissen wir, womit wir es zu tun haben.«

Generalin Rakallo, die hochdekorierte Kommandantin, die Audric am Strand begrüßt hatte, kommentierte mit finsterer Miene: »Ja, jetzt wissen wir es, und das verändert alles.«

»Das verändert überhaupt nichts«, widersprach Sloane bissig. »Wir haben bereits befürchtet, dass Corien Armeen aufbaut, um sich gegen uns zu erheben.«

Der Großmagister der Burg, dessen geröteter Teint voller Pockennarben war, meldete sich mit gedämpfter Stimme zu Wort. »Aber wir wussten nicht, wie groß seine Streitkräfte sein würden, und wir wussten auch nichts von den Monstern, die er erschafft.«

»Ich begreife gar nicht, wie so etwas möglich ist«, murmelte Königin Bazati mit geballten Fäusten.

»Der normale Geist eines Engels, Majestät, ist außergewöhnlich«, erklärte Ludivine. »Und Coriens Geist ist alles andere als normal. Vor den Kriegen war er stark. Jetzt, nach Jahrzehnten in der Verdammnis, in denen er seinen Rachefeldzug geplant hat, ist er uns allen überlegen. Selbst mir.«

»Außer Rielle«, versetzte Audric unverzüglich, und kaum hatten die Worte seinen Mund verlassen, schossen ihm schon die Tränen in die Augen. Es war das erste Mal seit Wochen, dass er ihren Namen laut ausgesprochen hatte, und das geliebte Wort raubte ihm den Atem.

Generalin Rakallo seufzte schneidend. »Ja, das einzige Wesen, das noch mächtiger ist als der Engel, der uns vernichten will, ist die Frau, die ihre Heimat und ihre Lieben verlassen hat, um sich an seine Seite zu stellen. Vergebt mir, Majestät, wenn ich das nicht besonders tröstlich finde.«

Kamayin stand abrupt auf und stemmte die Hände flach auf den Tisch. »Solche Reden sind weder notwendig noch hilfreich, Generalin Rakallo.«

Der Großmagister der Burg schüttelte den Kopf. »Da bin ich anderer Meinung, Hoheit. Wir dürfen Rielle weder als Verbündete noch als Agentin betrachten. Sie ist eine Waffe, und zurzeit befindet sie sich in Coriens Händen.«

Königin Fozeyah hatte nachdenklich einen Finger an die Lippen gelegt. »Kann man sie töten?«

Nun war es an Evyline aufzuspringen. Ihre Augen loderten vor Empörung.

Audric griff nach ihr. »Evyline, bitte setz dich.«

Königin Fozeyah hielt die Hände in die Höhe. Die glänzenden schwarzen Locken fielen über ihre hellbraunen Schultern, die der weite Ausschnitt ihres Kleides nackt ließ. »Königin Rielle wird von vielen in diesem Raum geliebt. Aber wir müssen uns diese Fragen stellen und uns auf alle Eventualitäten vorbereiten, wenn wir überleben wollen.«

»Man kann alles töten«, erklang Ludivines gequälte Stimme. »Aber könnten wir überhaupt nahe genug an sie herankommen?« Ihr trostloser Blick wanderte zu Audric. »Ich weiß es nicht.«

»Sie zu töten ist vielleicht gar nicht erforderlich«, sagte Audric leise und ertappte sich dabei, dass er sich über Ludivines kleines, zustimmendes Lächeln freute.

Generalin Rakallos Mund war vor Ärger ganz verkniffen. »Majestäten, können wir wirklich zulassen, dass dieser Mann in unsere Strategiepläne eingeweiht wird? Er ist blind vor Liebe. Er wurde schon einmal von Königin Rielle getäuscht, und er kann erneut getäuscht werden.«

»Ja, ich liebe sie«, sagte Audric, wobei seine Worte leidenschaftlicher klangen als beabsichtigt. Als ob es ein Verbrechen wäre, sie zu lieben, diese furchterregende, unerklärliche Frau mit ihrem wilden Temperament, ihrer Tapferkeit und ihrem verblüffenden, funkelnden Geist.

»Und, ja«, fuhr er fort, »sie hat mich getäuscht, und als ich das Ausmaß ihrer Lügen erkannte, ließ ich mich von meiner Wut und meiner Furcht mitreißen. Ich habe ihr gesagt, dass sie nun genau das geworden ist, was sie immer befürchtet hatte – ein Monster. Ich habe ihre Menschlichkeit geleugnet; ich habe alles bestritten, was gut in ihr ist.« Ihm brach die Stimme. »Und es steckt so viel Gutes in ihr. Mut und Belastbarkeit und eine solche Liebesfähigkeit, dass jeder, der das Glück hatte, ihr Vertrauen zu gewinnen, allein von der Kraft ihrer Zuneigung leben konnte.« Er musterte den versammelten Kriegsrat und flehte im Stillen jeden Einzelnen um Verständnis an. »Ich habe sie weggestoßen. Und jetzt ist sie bei unserem größten Feind. Hätte ich kein solches Fehlurteil gefällt, wäre ich nicht so schwach gewesen, könnte sie noch heute auf unserer Seite stehen.«

Er holte tief Atem und rang um Ruhe. »Sie war von Geburt an mit einer großen und schrecklichen Macht beladen. Monatelang wurde sie beurteilt, gequält, angebetet und beschimpft. Und trotz alldem ist sie bei uns geblieben – bis ich den Fehler gemacht habe, sie zu verdammen. Wir können sie nicht ohne Liebe zurückgewinnen. Und ohne sie können wir nicht siegen.«

Es herrschte Stille im Raum, während die Ratsmitglieder ihn mit einer Mischung aus Mitleid, Verlegenheit, Traurigkeit und Ärger – in unterschiedlichen Abstufungen – ansahen.

»Königin Bazati«, sagte er mit fester Stimme, obwohl sich sein Magen schmerzhaft verkrampfte, »Königin Fozeyah, ihr dürft nicht zulassen, dass diese Neuigkeit aus dem Norden die heutige Entscheidung beeinflusst. Ich beschwöre euch, sprecht mit der Versammlung, bevor ihr eure Stimme abgebt. Lasst mich mit ihnen sprechen. Celdaria wird in diesem Krieg die erste Front sein – das kann ich euch versichern. Corien wird die süße Genugtuung haben wollen, seine Eroberung am Sitz meiner Macht zu beginnen, und mit Merovec auf dem Thron wird die Stadt rasch fallen. Merovec ist in keiner Weise darauf vorbereitet, einer solchen Armee entgegenzutreten. Er ist paranoid und voller Furcht, wie es die Briefe der Roten Krone bezeugen. Ich habe sie euch gezeigt. Ihr habt sie gelesen und durch eure eigenen Agenten im Untergrund Berichte gehört. Er versteht die Engel nicht. Aber ich verstehe sie. Und er kennt Rielle nicht.« Audric lächelte versonnen, während sein Herz zerriss. »Aber ich kenne sie. Und wenn wir wollen, dass sie zu uns zurückkehrt, muss sie eine Heimat haben, in die sie zurückkehren kann.«

Erneut sah er jeden Einzelnen aus der Runde an, als könnte er ihnen so Verständnis abringen. »Um uns für den bevorstehenden Krieg zu wappnen, müssen wir dort, wo Corien garantiert zuerst angreifen will, eine möglichst starke Streitmacht versammeln: in Âme de la Terre. Doch bevor wir das tun, muss ich meinen Thron zurückerobern. Weder das eine noch das andere kann ich ohne eure Armee tun. Zusammen können wir die erste Verteidigungslinie unserer Welt gegen Corien sein, wenn er kommt. Es sei denn, es wäre euch lieber, dass ihm die jämmerliche Armee entgegentritt, die Merovec zusammenbasteln würde.«

Die Miene von Königin Bazati war unerbittlich. »Ich verstehe deine Einwände, Audric. Ich habe deine Eingabe an den Senat unterstützt, genau wie meine Frau.« Seufzend schaute sie auf den Tisch und richtete sich schließlich wieder auf, um den gesamten Rat anzusprechen. »Aber ich kann nicht vor der Abstimmung mit dem Senat sprechen. Sie haben nämlich schon abgestimmt.«

Eine Schockwelle schwappte durch den Raum.

Kamayin sah mit aufgerissenem Mund ihre Mütter an und schüttelte langsam den Kopf.

»Was?«, flüsterte Audric. Er war vor Schreck wie gelähmt. »Wann? Und warum?«

»Heute Nacht, zu später Stunde, haben wir uns mit Jazan und den Sprechern aller zehn Senatskammern beraten«, erklärte Königin Fozeyah. »Wir wollten Gelegenheit haben, seinen Bericht vor dir zu hören und die Lage unter uns einzuschätzen.«

»Ihr habt diesen Mann gezwungen, innerhalb von zwölf Stunden zweimal in Gedanken nachzuvollziehen, was er durchgemacht hat?«, stieß Audric wütend hervor. »Ich hätte keine von euch für so grausam gehalten.«

»Das ist keine Grausamkeit, Audric.« Königin Bazatis Blick war voller Mitgefühl. »Das nennt man Überleben.«

Das gespannte Schweigen wurde durch lautes Klopfen gestört. Königin Fozeyah ging zur Tür und ließ die Hohe Sprecherin des Senats von Mazabat ein – eine stämmige Frau mit strenger Miene, tiefbrauner Haut und einer Kappe aus grauen Löckchen. Sie sah sich im Raum um und ließ den Blick schließlich auf Audric ruhen.

»Du hast Neuigkeiten für uns«, sagte Königin Bazati leise.

Die Hohe Sprecherin nickte, öffnete eine Ledermappe und begann mit schneidend klarer Stimme zu lesen.

»Hinsichtlich der Eingabe von König Audric Courverie aus dem Land Celdaria, der um Militärhilfe ersucht hat, um in die Hauptstadt des besagten Landes einzumarschieren und den Thronräuber Merovec Sauvillier zu verjagen, sowie mit dem weiteren Ziel, eine Verteidigungsbasis gegen potenzielle Engelsinvasionen zu errichten, hat der Senat debattiert und abgestimmt. Wir haben den Ratschluss unserer Königinnen, der heiligen Richter und des Volks von Mazabat berücksichtigt, dessen Stimmen uns unsere Macht verliehen haben. Unsere Nation wurde in den letzten Monaten von nie da gewesenen Katastrophen heimgesucht. Wir haben weder genug Ressourcen noch Leute, um sie ins Ausland zu schicken, während wir Tag für Tag darum ringen, unsere Strände zu säubern, unsere Äcker wiederherzustellen und unsere Toten zu bestatten.«

Die Hohe Sprecherin hielt inne. »Mit dem endgültigen Abstimmungsergebnis von einhundertzweiundneunzig zu acht beantragen wir hiermit, dass die celdarische Eingabe abgewiesen wird und die Krone das Ansuchen um Militärhilfe ablehnt.«

Audric lehnte sich schwer zurück und verfolgte wie betäubt, wie die Hohe Sprecherin den Königinnen ihr Konvolut überreichte.

»Wenn Sie mit diesem Ablehnungsantrag einverstanden sind, Majestäten«, fuhr die Sprecherin fort, »bestätigen Sie mit Ihren Unterschriften das Votum. Falls nicht, können Sie das Votum in einer Sondersitzung anfechten.«

Audric hielt den Atem an. Er wagte nicht zu sprechen und sah wie durch den schlierigen Nebel eines Traums, wie die Königinnen das Dokument unterschrieben, das den Untergang seines Landes besiegelte und auch sie schon bald alle dem Untergang preisgeben würde. Nur vage registrierte er die Reaktionen der anderen: Kamayin, die auf ihre Mütter zustürmte und heftig protestierte; die Großmagistra der Bäder, die sich in feierlichem Gebet an die Kehle fasste.

Königin Bazati beobachtete ihn mit mitfühlender, aber entschlossener Miene. Königin Fozeyah führte die schreiende Kamayin in eines der privaten Gemächer, die den Raum umgaben.

Und das Schlimmste, das Allerschrecklichste war, dass Audric ihre Entscheidung verstand.

Warum *sollten* sie ihm vertrauen? Warum *sollten* sie Tausende ihrer Soldaten aussenden, um in einem sinnlosen Krieg zu kämpfen, der, Jahrhunderte bevor irgendjemand von ihnen auch nur geboren war, begonnen hatte?

Wenn er sein Land zurückhaben und das Volk von Avitas dazu bringen wollte, für ihre Sonnenkönigin und ihre Zukunft zu kämpfen, dann würde er das alleine tun müssen.

13

RIELLE

»Anhand unserer Beobachtungen in der Verdammnis haben wir die Cruciata in fünf verschiedene Gruppen eingeteilt, ausgehend von ihrer Ähnlichkeit mit in Avitas bekannten Geschöpfen: Vipern (Reptilien), Raptoren (Vögel), Pumas (Katzenartige), Bullen (eine sonderbare Mischung aus Horntier- und Bäreneigenschaften) und Knabberer (Insektenfresser und Spinnenartige, aber wesentlich größer als in Avitas). Obwohl die Knabberer kleiner sind als die anderen – und sie die Gruppe mit den wenigsten Vertretern sind, was vielleicht einen Mangel an Kraft vermuten lässt, der es ihnen erschwert, sich in der Verdammnis zurechtzufinden –, sind sie erstaunlicherweise die gefräßigsten.«

Vom Engel Kasdeia, Chirurg auf dem Nördlichen Stützpunkt, verfasster Bericht, datiert vom 17. August im Jahr 994 des Zweiten Zeitalters

Tagelang existierte Rielle in einem schwarz-goldenen Ozean. Dort, in den erlesensten und unergründlichsten Tiefen ihres Körpers, toste und brauste das Empirium.

Flüchtige Augenblicke der Bewusstheit beleuchteten die Wahrheit: Sie zogen nach Norden. Sie und Corien. Das Mädchen Obritsa und ihr Wächter Artem. Sie bewegten sich schnell. Lichtringe blitzten auf und schlossen sich wieder, jedes Leuchten begleitet von vagem Rauchgeruch.

Die Urformen, die Artem trug, inzwischen vier an der Zahl, verströmten eine immer stärkere Macht, die an Rielles Haut summte wie die Luft kurz vor dem Ausbruch eines Gewitters.

Und Corien war nah. Rielle fühlte seinen Mund an ihrer Wange und das Nest seiner Arme um sich herum. Manchmal begegnete sie seinen Lippen mit ihren. Manchmal fühlte sie sich aber auch wie auf hoher See verschollen und schrie nach ihm, doch nicht einmal er konnte sie dort in den dunkel schimmernden Tiefen finden.

Dort war sie komplett allein mit dem Empirium. Dessen unermüdliche Stimme war ein endloser Refrain von Worten, die zu seltsam und zu schrecklich waren, als dass Rielle sie hätte entschlüsseln können, doch weder konnte sie sich die Ohren versiegeln, noch wollte sie das. In seinen Wellen gefangen, trieb sie schwerelos dahin und tauchte, sank und ertrank und hieß jeden schmerzhaften Moment freudig willkommen, in dem ihre Lunge zu bersten drohte. Sie riss den Mund auf und schluckte schwarzes Wasser. Sie riss die Augen auf und sah einen mit goldenen Sternen besetzte Himmel. Sie streckte die Arme aus, versuchte mit den Fingern nach etwas zu greifen, wurde in die Dunkelheit gezogen und begrüßte den Sturz, weil irgendwo dort in der Dunkelheit die Antwort lag.

Irgendwo in dieser unendlichen Welt des Empiriums war *mehr* – mehr Macht, mehr Wissen.

Warum hast du mich gewählt? So fragte sie viele Male. *Was willst du von mir?*

Das Empirium antwortete mit unverständlichen Worten, die ihre Knochen erschütterten und ihr das Rückgrat brachen, doch wo sie Schmerz hätte fühlen sollen, empfand sie nur warme Wellen der Wonne.

Sie wandte sich der Strömung zu und ließ sich von ihr durch aufgewühltes schwarzes Wasser ziehen. Es brach sich um sie herum, ein kalter Vorhang aus Nadeln.

du bist, grollte eine Stimme, die nicht einzeln war, sondern vielmehr alle Stimmen zusammenfasste, ein ewiger, endloser Refrain.

Ja? Sie lauschte mit angehaltenem Atem.

Nichts antwortete ihr außer dem regelmäßigen Schlag ihres Herzens und dem rauschenden Puls schwarzer Wellen.

Dann sprach das Empirium erneut – das Dröhnen eines geräuschlosen Geräuschs, das zwischen Rielles Ohren explodierte:

ich werde erwachen

Ihre Augen flogen auf.

Umfangen von Weiß, lag sie in Coriens Armen. Er drückte sie an seine Brust, und auf seinen schwarzen Haaren prangten Schneeflocken.

»Da bist du ja«, flüsterte er erleichtert. »Du bist zu mir zurückgekehrt.«

Luft rauschte in ihre Lunge. Sie hustete, spuckte Wasser, das nicht da war, und stemmte sich gegen Coriens Brust. »Lass mich los!«

Er gehorchte mit verblüffter Miene, und schon stand Rielle auf der Erde neben einer schwindelnd hohen schwarzen Treppe. Die Luft stieß sie ab, genau wie der Fels, der sich meilenweit unter ihr erstreckte, sowie die unzähligen winzigen Feuchtigkeitspartikel, die sie um sich herum wahrnahm. Sie wandte sich nach innen, weg von den Elementen, die nach ihr riefen, weg vom Empirium, das in ihnen allen lebte. In ihrem Kopf hörte sie krachend schwarze Wellen brechen, und als sie sie abwehrte, donnerten sie noch lauter.

»Ich bin nur ein Mädchen«, flüsterte sie flehentlich. Eine Lüge, die sie dennoch tröstete.

Als ihr wieder eingefallen war, wie man atmete, blickte sie sich um und stellte fest, dass sie zwischen zwei massiven Türen kauerte, die beide weit offen standen. Zu ihrer Linken befand sich eine weite Landschaft aus Bergen und Eis, zu ihrer Rechten eine düstere, von Fackeln in eisernen Haltern beleuchtete Eingangshalle.

Sie presste die Stirn auf den kühlen Fußboden – glatte Fliesen aus schwarzem, von weißen Adern durchzogenem Marmor – und schlug einmal mit der Faust dagegen.

Corien kniete sich lautlos neben sie. »Was ist denn? Was ist geschehen?«

»Ich war fast dort«, stieß sie mühsam hervor. »Ich hätte es fast verstanden. Ich habe es gesehen. Ich habe es gefühlt. Ich bin darauf zugeschwommen, und dann war ich auf einmal hier, mit dir.« Durch ihre Tränen funkelte sie ihn böse an. »Hast du mich geweckt?«

»Nein«, versetzte Corien gelassen. »Du bist von selbst aufgewacht. Ich war besorgt …« Er zögerte und mahlte mit dem Unterkiefer. »Ich hatte Angst, du könntest womöglich nie wieder aufwachen.«

Rielle schloss die Augen und presste die Stirn fest gegen den Marmorboden. Er war eiskalt und beruhigte ihren aufgewühlten Geist. »Da war ein Ozean. Ein weiter schwarzer Ozean mit goldenen Lichtern. Ich war mittendrin. Er hat mich genommen …«

»Wohin hat er dich mitgenommen?«

»Nein, du verstehst mich nicht. Er hat mich *genommen*. Er wollte atmen. Er wollte gehen und durch meine Augen sehen.« Sie setzte sich mühsam auf, froh, dass er ihr nicht zu helfen versuchte. Nach tagelanger Untätigkeit fühlte sie sich unbeholfen, ihr Körper fremd und schwer. Geistesabwesend legte sie sich eine Hand auf den Bauch. Das Mädchen auf dem Berg huschte durch ihren Geist, ein Erinnerungsbild, dem sie nicht folgen wollte.

»Das Empirium hat mich als sein Eigentum beansprucht«, murmelte Rielle, »und ich wollte, dass es mich bekommt.«

Corien musterte sie neugierig. »Wenn das Empirium dich genommen hätte, was wäre dann aus dir geworden?«

»Ich weiß es nicht. Es hätte mich getötet. Es hätte mich besser gemacht oder stärker. Vielleicht hätte ich ihm auch nicht geschmeckt, und es hätte mich wieder ausgespuckt. Aber ich hätte es verstanden.«

»Was verstanden?«

Nun packte sie die Ungeduld. »*Das hier*. Das alles.« Sie zeigte auf sich selbst. »Warum ich so bin. Warum ich überhaupt *bin*. Spürst du nicht, was ich meine?«

Doch als sie nach Coriens Gedanken ausgriff, fühlte sie die verblüffende Wahrheit: Nur ein winziger Hauch von ihm war in ihr geblieben. Der Rest seiner Gegenwart war verschwunden, irgendwo weit weg in der Landschaft ihres Bewusstseins. Vornehm kam ihr das vor, ja sogar keusch. Vorsichtig. Diskret.

Sie starrte ihn an, hin- und hergerissen zwischen Dankbarkeit und Gekränktheit. »Hattest du Angst? Hast du dich deswegen aus meinen Gedanken herausgehalten?« Sie reckte das Kinn. »Du hast gedacht, das Empirium könnte dich durch mich verletzen. Du warst abgestoßen von mir.«

»Niemals. Ich dachte …« Er hielt inne und war ausnahmsweise einmal um Worte verlegen. »Ich dachte, du willst vielleicht ungestört sein. Du warst so heiß in meinen Armen, dass ich Angst bekam. Ich dachte, meine Anwesenheit, wo auch immer du hingegangen bist, würde den Gang der Dinge nur stören. Ich wollte …« Er spreizte die Hände und lachte kurz auf. »Rielle, du bist mir ein Rätsel. Eines Tages kannst du mich hoffentlich an diesen Ort mitnehmen, und wir können gemeinsam die Antworten finden, die wir suchen.«

Mit gerunzelter Stirn sah er zu Boden. Seine Wimpern waren dicht und dunkel, und Rielle überkam auf einmal das Bedürfnis, sie zu küssen. Sie sandte ihm den Gedanken, und sein erhitzter Blick fuhr nach oben und fixierte sie.

»Ich will nicht so tun, als würde ich all das verstehen, was mit dir vor sich geht«, flüsterte er. »Aber ich werde tun, was ich kann, um deiner würdig zu sein.«

Rielle konnte lange nicht sprechen. Stattdessen kam sie unsicher auf die Beine, wandte sich von ihm ab und blickte hinaus über die Welt.

Sie stand ganz oben an einer riesigen Steintreppe, vor der sich eine weite Ebene aus Eis, Stein und Feuer erstreckte. Soldaten bedienten wuchtige Bohrmaschinen. Andere Arbeiter schleppten

Kisten und drehten die Speichen gigantischer Metallräder, um große, in die Erde eingelassene Tore zu öffnen. Sie trugen unauffällige Kleidung und gehorchten Soldaten, die in einer für sie nicht verständlichen Engelssprache Befehle bellten. Hinter ihr erhob sich eine massige Festung aus schwarzem Stein. In der Eingangshalle standen maskierte Wachen schweigend vor geschwungenen Treppenaufgängen.

»Der Nördliche Stützpunkt«, hauchte Rielle. Ihr Atem wurde wolkig.

Corien stellte sich neben sie. »Zu Hause.«

Sie blickte zu ihm auf, sah seinen von der Reise zerfledderten Kragen, seine verkrampften Züge, aber auch das stolze Glitzern in seinen blassen Augen, als er dieses Reich aus Eis betrachtete, das er aus dem Nichts erschaffen hatte.

Ein Gefühl der Zärtlichkeit überkam sie. Sie fasste ihn am Kinn und zog seine Lippen auf ihre. Ungebeten blitzte eine Erinnerung an Audric vor ihr auf; sie spürte, wie Corien zurückzuckte, entschuldigte sich aber nicht.

»Ich liebe ihn noch immer«, gestand sie und dachte an ihre anhaltende Trauer, damit Corien dies mühelos in ihrem Geist erkennen konnte. »Aber ich bin hier bei dir. Er hat Angst vor mir. Du nicht. Er hat mich abgewiesen. Du nicht. Das wird fürs Erste genügen müssen.«

Coriens Miene wurde hart. »Du bist ein Geschöpf von derartigen Widersprüchen, dass es einen wahnsinnig macht«, murmelte er und fuhr sich mit der Hand durchs Haar.

»Und dafür liebst du mich«, antwortete sie. Von ferne hallte das Krachen dunkler Wellen durch ihren Schädel. Kalt schwappte unendliches Gold um ihre Zehen. Sie betastete ihren Kopf und suchte nach Rissen.

»Ich habe eine Suite für dich herrichten lassen«, sagte er gepresst und trat weg von ihr. »Ich nehme an, du wirst dich ausruhen wollen.«

»Nein.« Audric war nach wie vor in ihren Gedanken, die Erinnerung an ihn warm und beständig, obwohl alles andere in ihr brodelte. Wenn sie zu genau hinsah, stach die Sehnsucht in ihrer Brust und ihren Augen wie Dornen.

Doch Audric war weit weg; Audric hielt sie für ein Monster.

Ihr Geist erschauerte, erschöpft von seinem eigenen Zögern. Sie sehnte sich inständig nach Vergessen. Sie nahm Coriens Hand und schickte ihm einen Gedanken, so klar und hart wie ein Diamant: *Ruhe ist nicht das, was ich will.*

Die Wucht ihres Vorschlags überraschte ihn; sie spürte, wie die Wonne in ihm aufblühte und all seine Frustrationen wegwischte.

Dann drückte Corien seine Finger in ihre Handfläche, wies die Wachen an, die Türen vor der Kälte zu schließen, und führte sie nach oben.

⬩◆⬩

Corien erschuf Monster.

Eines hing von der Decke – obwohl das keines der von ihm erschaffenen war. Es war eher sein Modell. Seine Inspiration.

»Wir haben sie Cruciata genannt«, erklärte er und führte Rielle durch einen großen Raum, den er als Laboratorium bezeichnete. Befestigt an mehreren dünnen Kupferdrähten und Stahlplatten hing ein konservierter Tierkadaver von der steinernen Decke. Das Untier hatte sechs Beine, einen purpurroten Schuppenpanzer und eine lange Reptilienschnauze. Dazu leere Augenhöhlen, einen langen gebogenen Schwanz und eine Reihe winziger gezackter Stacheln auf dem Rücken. In seinem weit aufgesperrten Maul prangten mehrere Zahnreihen.

Corien wies auf die dünnen, kältestarren Beine. »Manche können fliegen. Andere humpeln nur. Das hier ist eine Viper. Ihre stärkste Waffe ist Schnelligkeit. Sie huschen über den Boden wie Eidechsen und bewegen sich fast lautlos.«

Während er sprach, ging Corien langsam durch den Raum, umweht von seinem langen schwarzen Mantel. Er hatte nach ihrer gemeinsamen Nacht gebadet, und die dunklen Wellen seines Haars glänzten im Fackelschein des Laboratoriums.

Rielle hörte ihm zu. Sie hörte wirklich richtig zu.

Doch es fiel ihr auch schwer, den Blick von seinen ebenholzfarbenen Locken zu wenden – vor allem, weil sie daran denken musste, wie seidig sie sich in der vergangenen Nacht an ihren Schenkeln angefühlt hatten.

»Als deine Heiligen die Pforte erschufen«, sagte Corien, »löste das Aufreißen des Gewebes der Verdammnis heftige Erschütterungen im gesamten Reich aus. Unermessliche Weiten wurden durch das Verbrechen unserer Gefangenschaft für immer verändert.« Seine Stimme verdüsterte sich. »Die Erschaffung der Pforte hat zahllose Nähte aufgerissen, von denen die meisten zu unbedeutend waren, um sie überhaupt zu erwähnen. Doch eine davon öffnete sich gegenüber der Welt, aus der diese Kreaturen stammen. Der Riss war zunächst klein, doch er existiert und wird immer breiter. Die Cruciata sind schlau, und die Stärksten und Erfolgreichsten von ihnen finden Wege, um ihrer Welt zu entkommen und in die Verdammnis vorzudringen. Es hat sie Jahrhunderte gekostet. Noch weniger von ihnen haben es geschafft, die Verdammnis zu durchqueren, sich den Weg durch die Pforte zu erzwingen und hierherzukommen. Doch es werden weit mehr kommen. Es ist nur eine Frage der Zeit.«

Rielles Geist tat sich schwer damit, die Vorstellung zu akzeptieren, dass es jenseits ihrer eigenen, ja selbst jenseits der Verdammnis noch andere Welten gab. Unzählige andere, wie Corien andeutete, alle durch die Unermesslichkeit des Empiriums miteinander verbunden.

Andere Welten. Ein weiteres Detail, das Ludivine ihr verschwiegen hatte.

Ludivine. *Ludivine.* Je öfter sie sich den Namen vorsagte, desto weniger schmerzte es, an ihn zu denken. Eines Tages würde sie Ludivines Gesicht vor sich sehen und überhaupt nichts dabei empfinden.

Eines Tages. Jetzt noch nicht.

Rielle versuchte sich zu konzentrieren. »Aber die Verdammnis hat euch eure Körper geraubt«, wandte sie ein. »Wenn die Cruciata in die Verdammnis eindringen, passiert dann nicht das Gleiche mit ihnen?«

Corien verzog grimmig das Gesicht. »Nein. Sie scheinen gegenüber solchen Würdelosigkeiten immun zu sein.«

»Vielleicht hielt es das Empirium für angebracht, die Engel dafür zu bestrafen, dass sie den Krieg gegen die Menschen begonnen haben«, spekulierte Rielle unverdrossen. Ihm zu widersprechen machte ihren Kopf klar. Sie konnte es sich nicht verkneifen. »Vielleicht haben die Cruciata ja gar kein Verbrechen begangen.«

Corien warf ihr einen gefährlichen Blick zu. »Vielleicht.«

»Ich habe schon mal von diesen Cruciata gehört«, sagte sie und ging an ihm vorbei. »Ich habe gehört, sie haben ihren Ursprung in der Verdammnis selbst.«

»Von wem hast du das?«

»Von Jodoc Indarien, dem Sprecher der Obex in den Sunderlands. Er hat mit einem aus einem sonderbaren Metall geschmiedeten Pfeil auf Ludivine geschossen. Er hat ihn als Kupferbrandklinge bezeichnet.«

Corien erstarrte und las in ihrem Gedächtnis. »Er hat dir nur gesagt, was er wusste, und das war unvollständig.«

»Jodoc hat außerdem gesagt, das Blut einer Cruciata sei tödlich für Engel. Ist das korrekt?«

»Ärgerlicherweise ja.« Corien blickte zu dem aufgehängten Untier hinauf. Eine ordentliche schwarze Naht zog sich der Länge nach über den Bauch der Kreatur. »Diese Viper ist vor ein paar Jahren durch die Pforte gekrochen und hat sich – schlau, wie sie ist – an Bord eines Handelsschiffs geschlichen, das mit Nachschub für die Obex in die Sunderlands fuhr. Ich glaube, die Obex wussten nicht einmal, dass sie eingedrungen war. Viele Engel sind umgekommen, als man sie einfing, und auch auf der Reise hierher.

Es hat irgendetwas mit dem Blut zu tun. Wir mussten sie erst ausbluten lassen, ehe man sie gefahrlos sezieren konnte. Selbst die Ausdünstungen können giftig sein.«

»Für dich«, sagte Rielle. »Nicht für Menschen.« Sie blinzelte ihn unschuldig an. »Das hat Jodoc jedenfalls gesagt.«

Coriens Lippen wurden schmal. »In dem Punkt hatte er recht. Als meine Jäger mit dem Blut des Untiers in Berührung kamen, wurden sie aus den von ihnen bewohnten menschlichen Körpern verstoßen und verloren jegliche Bindekraft. Zum Glück sind andere an ihre Stelle getreten, und ich glaube, wir werden irgendwann Möglichkeiten finden, uns vor ihren Giften zu schützen, falls wir in der Zukunft auf weitere Cruciata treffen sollten.«

Sein vielsagender Tonfall machte ihrer Belustigung ein Ende. Sie sah ihn unverwandt an. »Du meinst, falls ich die Pforte öffne.«

Er lächelte sie verkrampft an. Dass sie das Wort *falls* verwendet hatte, war ihm nicht entgangen. »Genau.«

Der Gedanke ließ sie erschauern. Das Empirium wallte durch sie, ein dunkles Beben. War das Angst oder Gier? Sie suchte in ihrem Herzen nach der Antwort, fand aber keine.

»Es gibt viele in der Verdammnis, die mir loyal ergeben sind«, fuhr Corien fort. »Dank dir, meine Liebe, und deinen gescheiterten Versuchen, die Pforte zu reparieren, kann ich nun mit ihnen kommunizieren. Von ihnen weiß ich, dass die große Mehrheit der Cruciata in ihrer eigenen Welt verbleiben, die wir Hosterah getauft haben. Falls du die Pforte öffnest, ist das Risiko einer Cruciata-Invasion gering. Wenn du willst, kannst du das verdammte Ding also wieder dichtmachen, sobald mein Volk frei ist. Und falls Cruciata uns nachsetzen sollten, bevor du das schaffst, vernichtest du sie.«

Rielle spürte einen Erinnerungsfetzen. Er schwebte an der Oberfläche seines Geists und trieb auf ihren zu. Es war sie selbst, vor Monaten in den Sunderlands, wo sie versucht hatte, die Pforte zu reparieren, und sie stattdessen noch weiter geöffnet hatte.

»Hast du mich deshalb dazu gedrängt?« Sie musterte Corien

genau. »Du wolltest, dass ich sie berühre. Du wolltest sehen, ob ich mächtig genug bin, um sie zu öffnen.«

»Zum Teil«, gestand er gelassen.

»Doch du dachtest auch, ich sei noch nicht so weit und würde Verletzungen davontragen.«

»Ich habe *vermutet*, dass du verletzt würdest, und wusste, dass dein Scheitern mir helfen würde – und dadurch auch *dir.*«

Sie wich vor ihm zurück, griff nach seinem Geist und stellte zu ihrem Entsetzen fest, dass er die Wahrheit sprach. »Du verblüffst mich.«

»Du wolltest aus eigenem Antrieb einen Reparaturversuch unternehmen.« Corien ging langsam auf sie zu. »Selbst wenn ich dich nicht dazu ermutigt hätte, hättest du genau dasselbe getan. Warum sollte ich nicht eine Situation ausnutzen, die bereits im Fluss war?« Er stand jetzt dicht vor ihr, und seine Augen loderten vor Leidenschaft. »Ich muss an mein Volk denken, Rielle. Millionen von Engeln, die gefangen sind und darauf warten, dass ich sie befreie. Vergiss das nicht.«

Bei seinen Worten kam Rielle ein bitterer Gedanke in den Sinn – dass Audric, selbst um seinem Volk beizustehen, selbst wenn alle es von ihm erwarteten, sie nie drängen würde, etwas zu tun, wovon er wusste, dass es ihr schaden würde.

Sie schubste den Gedanken zu Corien hinüber und verfolgte, wie ihn der Ärger wie ein Netz aus flirrenden Schatten überzog.

Zufrieden hob sie das Kinn und fixierte ihn. »Kannst du die Cruciata genauso kontrollieren wie Menschen?«

Sein wütender Blick wanderte über ihr Gesicht, als suchte er nach einem Spalt in ihrer Rüstung. »Nein. Ihr Geist ist zu fremdartig.«

»Deshalb erschaffst du also deine eigenen.« Rielle reckte sich auf die Zehenspitzen, um den steifen Schwanz der Cruciata zu berühren. »Untiere mit einem Blut, das dir nichts anhaben kann. Untiere mit einem Bewusstsein, das du beeinflussen kannst.«

Corien verfolgte jede ihrer Bewegungen. »Genau. Auch wenn

eine totale Kontrolle ihres Bewusstseins illusorisch bleibt, haben wir … andere Methoden entwickelt, um sie zu manipulieren.«

Einen Moment lang spähte Rielle zu der Viper empor und stellte sie sich lebend und bösartig vor – sechs Meter Muskeln und Schuppenpanzer, die mit ellenlangen Krallen über den Boden rasten.

»Falls ich die Pforte öffne«, sagte sie gedehnt, »könnte ich den von den Heiligen angerichteten Schaden noch verschlimmern.«

»Ja«, sagte Corien.

»Ohne es zu wollen, könnte ich die Risse in der Verdammnis verbreitern und die Cruciata *hierherholen.*«

»Um sie dann zu vernichten, wie ich gesagt habe. Du verbrennst sie zu Asche.« Seine Stimme besaß einen verdrossenen Unterton. »Du machst dir Sorgen um die Menschen dieser Welt. Du machst dir Sorgen um Leute, die sich keine Sorgen um dich machen würden. Weshalb?«

Weil das Leben wertvoll ist.

Weil es richtig ist.

Weil ich die Sonnenkönigin bin. Ich schütze und verteidige.

Keine der Antworten, die ihr in den Sinn kamen, klang wahrhaftig. Zu Beginn der Prüfungen hatte sie solche Dinge geglaubt, ja sie sogar lauthals verkündet, sodass alle sie hören konnten. Aber vielleicht hatte sie sich schon damals selbst belogen.

Corien musterte sie scharf. »Sie haben weder dein Mitleid noch deinen Schutz verdient. Du gleichst uns mehr als ihnen. Du gehörst zu uns.« Er hielt kurz inne. »Du gehörst zu mir, nicht zu ihm.«

Rielle versuchte, seine Erklärung im Kopf zu behalten, bekam sie jedoch nicht richtig in den Griff.

Sie wandte sich von Corien ab, um das Untier noch genauer zu betrachten, mit dem sie plötzlich eine krankhafte Verwandtschaft empfand. »Ich gehöre nirgendwohin«, wisperte sie.

Es war das Wahrste, was sie seit langer Zeit gesagt hatte.

Corien fuhr ihr sacht über den Rücken. »Ich weiß, dass du

selbst zu dieser Wahrheit finden musst, und ich werde warten, bis du so weit bist, doch ich beschwöre dich, sie *sofort* zu erkennen, denn du gehörst an meine Seite.«

Als sie nicht antwortete, suchte er nach ihrer Hand und presste seinen Daumen in ihre Handfläche. »Ich dirigiere diesen Krieg schon seit Jahrhunderten. Und an seinem Ende werden du und ich über eine prachtvolle neue Welt herrschen, in der die einzigen Bestien uns gehören und uns aufs Wort gehorchen werden.«

Sie holte tief Atem und sah ihn an. »Zeig es mir.«

Unter den Bergen hatte er eine ganze Stadt in den Stein hauen lassen. Noch mehr pieksaubere Laboratorien, besetzt mit Engelsgelehrten in weißen Gewändern und ausgestattet mit Metalltischen, Regalen voller bösartig aussehender Werkzeuge und reihenweise zugestöpselter Gläschen. Bergwerke und Schmieden, die Tag und Nacht in Betrieb waren. Kasernen für Legionen stummer, grauäugiger Soldaten, die Corien als Adatrox bezeichnete.

»Das sind Menschen«, sagte Rielle leise, als Corien sie durch eine weite steinerne Halle führte. Auf beiden Seiten standen reihenweise Adatrox. Sie waren dunkel und hell, dick und dünn. Männer aus Borsvall, Frauen aus Kirvaya, Leute aus Mazabat und Celdaria. Sie standen da wie von einem Kind aufgereihte Puppen – starr, ein bisschen ungelenk und leicht schief.

Als Rielle vorüberging, folgten ihre trüben Augen ihr nicht.

»Sie werden unsere erste Terrorwelle bilden«, erklärte Corien. »Schwachsinnige Rohlinge. Nicht besonders kreativ, aber sehr effektiv.«

»Wie viele davon gibt es?«

»Siebentausend. In zwei Monaten habe ich zehntausend.«

Ein Angstschauer überlief Rielle, als sie das Ausmaß seiner Bestrebungen erkannte. Sie erinnerte sich an die Soldaten der

Sauvilliers bei der ersten Feuerprüfung – ihre grauen Augen, ihre Stummheit und wie sie ohne Vorwarnung ihre eigenen Nachbarn angegriffen hatten.

Damals waren es ein paar Dutzend Soldaten gewesen. Hier standen Tausende. Tausende von Menschen, die man aus ihrem Zuhause gerissen hatte und die nun von Engeln besessen waren.

»Und du hältst all ihre Gehirne besetzt?«, fragte Rielle flüsternd.

»Die meisten. Jeder meiner Kommandanten kontrolliert mehrere Schwadronen.« Er sah zu ihr hinüber. »Das beängstigt dich.«

»Es beeindruckt mich. Und ja, es beängstigt mich auch.«

Er hob ihre Hand an seine Lippen. »Es macht mir Spaß, dich zu beeindrucken. Und ich gestehe, es macht mir auch Spaß, dich zu ängstigen. Ich genieße es, mir vorzustellen, dass du in Ehrfurcht vor mir erzitterst, wie ich so oft in Ehrfurcht vor dir erzittere. Ah. Hier.«

Er ließ ihr keine Gelegenheit zu antworten. Sie spürte, dass er ihr Unbehagen registrierte, dass er bemerkte, wie massiv er sie aus der Ruhe gebracht hatte, und dennoch machte er munter weiter. Es war ein Spiel zwischen ihnen, eine Art Tauziehen. Sie hatte ihn im Laboratorium besiegt, und jetzt gewann er an Boden.

Ein Spiel, bei dem das Ziel nicht ist, zu gewinnen, sagte er in Gedanken zu ihr, *sondern als ebenbürtiger Sieger daraus hervorzugehen.*

Rielle hielt den Blick auf den Weg vor ihnen gerichtet. *Und wenn ich irgendwann nicht mehr mitspielen will?*

Corien gab ihr keine Antwort, sondern führte sie stattdessen durch einen matt erleuchteten Korridor nach dem anderen. Die Luft wurde immer heißer und stickiger, und als sie in einen höhlenartigen Raum gelangten, der durch an Eisengittern befestigte Fackeln von oben erleuchtet wurde, wurde Rielle von dem Gestank beinahe schwindelig – doch sie war froh darüber. Die Ablenkung war ihr willkommen, denn sie überdeckte die Spannung zwischen ihnen.

»Schau«, wisperte Corien mit einer ausladenden Geste. »Sind sie nicht alle kleine Kunstwerke? Die Drachen waren uns besonders nützlich. Ihre Genetik ist robust und vielseitig.«

Rielle wusste nicht, was er damit meinte, aber sie trat trotzdem näher an den Rand einer aus dem Boden ausgehobenen Grube heran, während ihr die Angst mit glühenden Stricken die Kehle zuschnürte. Die Grube war groß und hatte eine Fläche von etwa dreihundert Quadratmetern, die durch ein fest verschraubtes, massives Eisengitter abgedeckt war. Um den Rand herum standen Kinder, von denen wohl keines älter als zehn war. Auch sie hatten grau verhangene Augen, doch wohnte ihnen eine Kraft inne, wie sie die Adatrox nicht besaßen. Manche standen, andere kauerten. Sie alle starrten in die Grube.

Und alle trugen Urformen.

Außerdem zwei goldene Armbänder um die Handgelenke und ein goldenes Band um den Hals.

Vertraute Gerüche schwebten durch die Luft und lockerten den Gestank etwas auf. Feuchte Erde. Sonnengetränkter Stein. Regenwasser, Rauch, alpiner Wind. Der beißende Geruch von Schatten und der bittere Geschmack von Metall.

Rielle konnte nur starren, während heftiger Ekel in ihr aufwallte.

Diese Kinder waren Elementarkinder und viel zu jung, um Urformen zu benutzen. Ihre eigene Erfahrung mit Magie war genau wie die von Audric außergewöhnlich gewesen. Normalerweise begannen Kinder zwar recht früh mit dem Studium der Elementarkräfte, schmiedeten ihre Urform jedoch frühestens zu Beginn der Pubertät.

»Haben sie ihre Urformen hier geschmiedet?«, fragte Rielle matt.

»Ja.« Coriens stille Wonne berührte ihre Gedanken. »Manche haben sich dabei geschickter angestellt als andere.«

»Und wenn sie sich geweigert haben?«

»Dann habe ich sie überzeugt.«

Um Worte verlegen, trat Rielle näher an die Grube heran und kniete sich an den Rand, um hineinzuspähen.

Unter dem Gitter befanden sich Wesen, die nacheinander schnappten und mit den Pfoten aufeinander einschlugen. Sie waren noch weit grässlicher als der Cruciata-Kadaver: massige, muskelbepackte Schultern, Stummelflügel aus Fleisch und Federn; zottiges, dunkles Fell und schuppige Häute; Schnäbel und Krallen. Köpfe, so breit und stumpf wie Ambosse. Hörner, die gegen das Gitter stießen und Funken schlugen wie Feuersteine. Sie mahlten mit den Zähnen, schwenkten die Köpfe und keuchten dabei, als litten sie unter den schlimmsten Höllenqualen.

Und obwohl sie grotesk missgebildet waren und jedes Einzelne von ihnen ein Flickwerk des Grauens darstellte, besaßen sie alle gewisse Gemeinsamkeiten. Zum einen die Schwänze und die Flügel und zum anderen die mit grobem Fell überzogene Haut.

»Es sind Drachen«, flüsterte sie. »Du hast sie verändert.«

»Verbesserung durch das Groteske.« Corien kniete sich neben sie und blickte nachdenklich auf seine Geschöpfe. »Einer meiner Generäle fing irgendwann an, sie Kriecher zu nennen, da man sie ja wirklich nicht mehr als Drachen bezeichnen kann, oder? Und der Name ist irgendwie hängen geblieben. Bis jetzt war es mir allerdings bedauerlicherweise unmöglich, den Geist eines Göttertiers komplett unter Kontrolle zu bringen, auch wenn unsere Behandlungen sie gefügig machen und darüber hinaus die Urformen der Kinder sie anbinden wie ein Zaumzeug ein Pferd. Und natürlich habe ich die Kinder unter Kontrolle. Schau mal.«

Er schnippte mit den Fingern – aus reiner Effekthascherei, wie Rielle wusste. Bei seinen Fähigkeiten brauchte er keinen Impuls von außen.

Die Elementarkinder, die um die Grube herumstanden, nahmen Haltung an. Ihre heiseren Schreie gellten durch die Stille. Corien griff nach einem an dem Gitter befestigten Mechanismus und drückte auf einen Schnapper. Eine Luke im Gitter flog auf.

»Zeigt es ihr«, befahl Corien, dessen Stimme vor Erregung vibrierte. Kaum hatten die Worte seinen Mund verlassen, da hob eines der Kinder – ein pausbäckiger Junge mit heller Haut, blondem Haar und grauen Augen – seine mit Bändern bewehrten Handgelenke.

Ein Kriecher sprang aus der Grube und wollte den Jungen mit gereckten Krallen anzufallen. Plötzlich verharrte er mitten in der Bewegung und jaulte auf.

Sämtliche in dem Gitter darüber angebrachten Fackeln begannen zu flackern. Lodernde Feuerfetzen flogen aus den Halterungen und füllten die Höhle mit gleißendem Licht und Hitze. Die Metallplatten auf Brust, Bauch und Schultern der Bestie glitzerten im Feuer, als wären sie flüssig, und wetteiferten mit dem Strahlen der Urformen des Jungen.

Rielle wich vor dem Inferno zurück, und ihr Herz pochte wild, als sie die Wahrheit begriff.

Die Rüstung des Kriechers war ein Teil der Urform des Kindes und band die beiden aneinander. Ein Killerpaar, gefügig und gnadenlos. Und die Macht, die in einem Göttertier wohnte, verstärkte jeweils die elementare Magie, die das Kind bereits von Haus aus besaß.

Und Corien ...

Corien konnte sie kontrollieren – die Kinder und ihre Monster.

Er kontrollierte sie alle.

14

JESSAMYN

»Übersetzt aus dem gehobenen Qaharis bedeutet Varea Bashta: *Höhle des Jammers. Dieser große, höhlenartige Komplex, der sich über mehr als drei Quadratkilometer unter der Stadt Elysium erstreckt und Gefangene aus jedem Land von Avitas verwahrt, wurde vom Kaiser in seiner unendlichen Weisheit entworfen, um die unrettbaren menschlichen Bewohner aufs Äußerste zu peinigen.*

Elysiums Herrlichkeit: Eine Einführung in die Stadt des Kaisers, herausgegeben vom Invictus-Fünferrat für die Schüler des Lyceums

Es geschah zweimal pro Monat und wurde mit fünf lauten Signalen aus den riesigen Messinghörnern des Gefängnisses angekündigt, die zum Teil unter der Erde angebracht waren, zum Teil aber auch auf den nahe gelegenen Dächern von Elysium.

Jessamyn kauerte sich auf einen Vorsprung im Varea-Bashta-Gefängnis und beobachtete, wie das Chaos um sich griff. In der einfachen Sprache nannte man das Ereignis das Abschlachten. In Lissar hieß es *cinvayat* und in Qaharis *praeori kyta.* Es war die Zeit, in der alle Riegel der fünfzehn Haftanstalten aufsprangen und die Türen aufflogen.

Drei Stunden lang durften tausende Gefangene tun, was sie wollten, töten, wen sie wollten, oder in Deckung kauern und hoffen, dass niemand sie fand – so lange, bis die Engelswachen sie wieder zurück in ihre Zellen trieben.

Jessamyn wartete, bis die Signale des Horns verklangen, und sprang dann lautlos von dem Steinsims, der Trakt E3 überragte. Der mit Gitterrosten überspannte Weg lag verlassen und vom

Chaos des Abschlachtens unberührt vor ihr. Er führte zu den Einzelzellen. Den Gefangenen dort wurde nicht derselbe Spaß zugestanden wie den anderen. Einzelhäftlinge waren besonders. Viele von ihnen hatten den Kaiser persönlich beleidigt.

Verschwörer. Dissidenten.

Brüder von sturen Prinzessinnen, die sich weigerten, ihre Macht so einzusetzen, wie sie es sollten.

Die Aufseher hatten sich, mit Essen und Trinken ausgestattet, in ihre Dienststelle zurückgezogen. Selbst wenn nichts davon ihren Durst löschen oder ihren Hunger stillen konnte, spendete der Akt des Verzehrs eine Art Befriedigung, hatte Varos Jessamyn vor langer Zeit erklärt. Zumindest eine gewisse Zeit lang.

Als Jessamyn den verlassenen Gang entlangpirschte, drang der Lärm des Gewaltexzesses an ihre Ohren. Wildes Gebrüll, wenn Jäger sich auf ihre Beute stürzten. Erstickte, gurgelnde Todesschreie der Schwachen. Hin und wieder erhaschte sie einen Blick auf die Gefangenen, die durch die schwach beleuchteten Höhlen unter ihr schwärmten. Ein ausgehungerter Junge, dessen Schulterblätter sich scharf auf seinem bloßen Rücken abzeichneten, kroch durch die dunkelsten Winkel und flüsterte panisch Gebete, dass ihn niemand finden möge. Aber jemand tat es; Jessamyn hörte seinen gedämpften Schrei und das Geräusch von Knochen, die auf Stein prallten. Rechter Hand sang eine Gruppe von Männern in Borsvallisch, sie waren auf dem Weg zu einem tiefer liegenden Trakt und schwangen Fackeln, die sie von den Wänden gerissen hatten. Zu ihrer Linken sprang eine Gruppe halb nackter Kinder auf einen alten Mann und zerrte ihn zu Boden.

Sie waren alle hungrig. Manche töteten in diesen drei Stunden nicht zum Spaß, sondern einfach um den Bauch vollzubekommen.

Als Jessamyn endlich die Einzelzellen erreichte, nahm sie das Abschlachten nur noch als leisen Widerhall wahr. Der Korridor war aus schwarzem Gestein geschlagen und lag unbefleckt und schweigend da. Zwei Adatrox-Wachen flankierten die Tür Nummer 14. Noch bevor Jessamyn ihnen befehlen konnte, zur Seite zu treten, folgten sie bereits stumm und öffneten die Tür.

Selbstbewusst rauschte sie an ihnen vorbei. Wenn das Kaiserreich erst wieder in seinem früheren Glanz erstrahlte, wäre der Rückgriff auf Adatrox-Soldaten hoffentlich nicht länger nötig. Sie mochten brauchbare Werkzeuge sein, aber Jessamyn hasste ihre leeren grauen Augen und ihre seltsam abgehackten Bewegungen. Durch die Kontrolle der Engel war ihr Menschenverstand niedergerungen und zerstört worden. Die Adatrox erinnerten Jessamyn schmerzlich an ihr eigenes Menschsein und wie schwach sie war. Sollte sie versagen und den Kaiser nicht von sich überzeugen, könnte ein Engel ebenso schnell in *ihren* Geist eindringen und sie manipulieren, und dann wäre auch sie nichts weiter als eine Marionette.

Eines Tages, wenn sie sich ihren Engelsnamen und damit einhergehend einen Platz als Ratgeberin des Kaisers verdient hätte, würde sie ihm das sagen. Und er würde zuhören.

Als sie sich das ausmalte, überlief sie ein winziger Freudenschauer. Seit ihrem Zusammentreffen mit Corien tags zuvor dachte sie ständig an ihn. Blutverspritzt, ungestüm und wunderschön hatte er ihr leise von dem Plan erzählt, den sie *gemeinsam* umsetzen würden. *Mach Remy zu einer Waffe. Gebrauche ihn, um Elianas Willen endlich zu brechen.*

Zeig dieser Querulantin von einer Prinzessin, dass der einzige Mensch auf der Welt, der ihr noch geblieben war, zu einem eifrigen Lieblingsschüler des Feindes wurde – und das alles allein dank Jessamyn.

Ihr wurde vor Stolz ganz warm in der Brust. Wenn Varos diesen Tag doch nur miterlebt hätte! Dann hätte er nie mehr an ihr gezweifelt.

Jessamyn stand aufrecht in der Tür zu Remys Zelle. Ein Schwall übel riechender kalter Luft strömte ihr entgegen.

Der Junge kauerte in einer Ecke.

»Aufwachen!«, befahl sie.

Sekunden verstrichen. Remy rührte sich nicht.

Ungeduldig stürmte Jessamyn zu ihm, schnappte ihn am Kragen seines Gefängnishemds und riss ihn auf die Füße.

»Aufwachen!«, wiederholte sie und schubste ihn wütend von sich weg.

Er stolperte erschrocken zurück, schaffte es aber, sich aufzurichten. Mit seinen nackten Füßen tappte er in eine kleine, dunkle Pfütze gleich neben dem Abfluss in der Mitte des Raums.

Jessamyn taxierte ihn schweigend. Er war ein mageres, dünnes Vögelchen und reichte ihr kaum bis zu den Schultern. Seine dichten Haare waren verfilzt; seine Unterlippe angeschwollen und blutig. Arme und Beine waren verkratzt. Mit hochgezogenen Schultern und leicht vornübergebeugt stand er da, als wollte er sich dadurch irgendwie vor Schlägen schützen.

Was sie sah, irritierte Jessamyn. Sie zögerte kurz. Wenn sie dem Fünferrat ein räudiges, halb verhungertes Kind als ihren neuen Zögling vorstellte, würde sie sich, ganz gleich wie die Befehle des Kaisers lauteten, zu einer Witzfigur machen.

Sie brauchte ein wenig Zeit mit dem Jungen allein, bevor irgendjemand im Lyceum ihn zu Gesicht bekam. Nicht nur ihre Reputation stand auf dem Spiel, sondern die von Varos ebenfalls.

»Ich heiße Jessamyn«, sagte sie. »Du kommst mit mir.«

Sie drehte sich um und ging zur Tür, aber er rührte sich nicht. Auf der Türschwelle funkelte sie ihn über ihre Schulter hinweg an.

»Oder willst du lieber hierbleiben? Und allein in der Dunkelheit verrotten? Mit angegammelten Essensresten und Wachen, die dich jeden Morgen verprügeln?«

Schließlich sagte er doch etwas. »Ist es dort, wo du mich hinbringst, schlimmer?«

Das überraschte sie. So ein jämmerlich aussehendes Geschöpf; sie hätte nicht erwartet, dass er noch einen klaren Gedanken fassen konnte.

»In mancher Hinsicht besser, in anderer schlimmer«, antwortete sie, schließlich gab es keinen Grund, zu lügen. Sie zwang sich zu einem freundlicheren Tonfall. Sollte er ruhig glauben, dass sie zu einer Freundin werden könnte. »Aber du kannst dort deine Schwester sehen. Wenn du tust, was ich dir sage, kannst du sie sogar schon bald jeden Tag sehen.«

Seine Gesichtszüge hellten sich schlagartig auf. In seinen Augen leuchtete ein kleiner Hoffnungsschimmer.

Jessamyn runzelte die Stirn, als er ihr humpelnd folgte. Er trug also noch immer etwas Weiches in sich.

Das würde sich bald ändern.

An diesem Abend saß Remy auf einem Stuhl in Jessamyns Zimmer im Lyceum und studierte ihr Spiegelbild.

»Dein Gesicht ist deine größte Schwäche«, verkündete Jessamyn. Ein Schnitt mit ihrer silbernen Schere. Er hatte gebadet und jetzt schnitt sie seine Haare auf eine passable Länge. »Es verrät mir jede Frage, die dir auf den Lippen liegt, und jede deiner Gefühlsregungen.«

Sie sah dabei zu, wie er versuchte, seine Gesichtszüge zu einer kalten Maske werden zu lassen. Was ein lustiger Anblick wäre, wenn die Worte des Kaisers nicht wispernd in ihrem Kopf nachhallen würden.

Vielleicht beobachtete er sie sogar.

Jetzt.

Jessamyn starrte ihr eigenes verzerrtes Spiegelbild auf der Schere an.

»Ich verstehe«, sagte Remy bewusst ausdruckslos.

»Du verstehst überhaupt nichts.« Jessamyn trat zurück und begutachtete ihre Arbeit. »Und wenn du überleben willst, tust du besser alles, was ich dir sage. Du wirst studieren, du wirst üben, du wirst trainieren. Du wirst essen, was ich esse. Du wirst schlafen, wenn ich schlafe.«

Remy schwieg und verfolgte, wie sie das Zimmer aufräumte und die Haare vom Boden fegte.

»Warum machst du das?«, fragte er dann leise.

Jessamyn schaute nicht zu ihm. Als sie Varos zugewiesen wurde, war sie noch ein Kind gewesen. Sie hatte auf einer kratzigen Decke bei ihm im Schlafzimmer auf dem Boden geschlafen. Viele Nächte hatte sie dort gelegen, seinem Atem gelauscht und gegen ihren Schlaf gekämpft, weil sie sonst mit Varos' Händen um den Hals aufgewacht wäre und sich gegen ihn hätte zur Wehr setzen müssen oder erneut eine Lektion nicht bestanden hätte. Am Anfang hatte sie sich vor solchen Prüfungen gefürchtet.

Später hatte sie sich nach ihnen gesehnt.

Remy würde es nicht anders ergehen. Und eines Tages würde Eliana Ferracora diesen besonderen Glanz in seinen Augen sehen und wissen, dass alles zu spät war. Dass es keinen Grund mehr gab, zu kämpfen. Dass es nur das Kaiserreich gab und das glorreiche Ziel, seiner Majestät dem Kaiser der Unsterblichkeit zu dienen.

Jessamyn fand ihre alte staubige Schlafdecke unterm Bett und warf sie auf den Boden.

Als sie sich umdrehte, stand Remy mit gelassenem Gesichtsausdruck dicht neben ihr.

Ein Blick in den Spiegel verriet ihr, dass er hinter seinem Rücken die Schere verbarg.

Dummer Junge.

Aber sie war noch dümmer, hatte sie sich doch von alten Erinnerungen ablenken lassen.

Wütend packte sie Remy an der Kehle und drückte ihm in die Luftröhre. Keuchend ließ er die Schere fallen und wich zurück.

Sie baute sich vor ihm auf, schlug mit der offenen Handfläche gegen sein Ohr und mit der Faust in seinen Magen. Er schrie auf, fiel auf die Knie. Sie bemerkte, dass er seine rechte Seite schonte; wahrscheinlich hatte er eine geprellte Rippe.

Im Nu packte sie mit einer Hand seine Haare und riss seinen

Kopf zurück. In der anderen hielt sie eins ihrer Messer aus dem Gürtel. Sie drückte ihm die Klinge an den Hals und lehnte sich so nah zu ihm, dass ihre Lippen seine Wange berührten.

»Warum ich das mache?«, wiederholte sie seine Frage. »Weil er mich auserwählt, um sein Werk zu schützen.«

Sie riss ihn hoch und trat ihn gegen den Oberschenkel. Er fiel wieder, diesmal auf die ausgefranste Decke, die sie für ihn hingelegt hatte.

Jessamyn folgte ihm. »Er hat mich auserwählt, um seine Herrlichkeit zu empfangen«, fuhr sie fort. Es war der Aufnahme-Eid der Invictus, den sie vor dem Fünferrat hätte ablegen sollen, während Varos stolz hinter ihr stand.

Als sie näher kam, richtete Remy sich hektisch auf und versuchte wegzulaufen. Sie schnappte einen Stuhl und warf ihn an dem Jungen vorbei an die Tür. Er knallte gegen die Wand und zerbrach, Remy duckte sich, um den Holzsplittern auszuweichen.

»Ich bin die Klinge, die nachts zustößt«, sagte Jessamyn und trat vor ihn. »Ich bin der Wächter seiner Geschichte.«

Sie packte Remy bei den Schultern und drängte ihn zurück zum Spiegel. Während sie von hinten fest seine Arme umklammerte, zwang sie ihn, in sein verängstigtes, tränenüberströmtes Gesicht zu schauen. Über seine Kehle lief eine dünne rote Linie.

»Und das wirst du eines Tages auch sein«, sagte sie zu ihm. »Wenn der Kaiser es befiehlt. Es ist bereits geschehen, Remy. Der Befehl wurde erteilt.«

Dann drehte Jessamyn ihn herum und nahm sein Kinn, damit er sie anschaute.

»Ich helfe dir, das zu überleben«, erklärte sie ihm, und zumindest das entsprach der Wahrheit. »Aber wenn du noch einmal versuchst, mich zu verletzen, werde ich dafür sorgen, dass du dir wünschst, wieder in dieser Zelle zu stecken und in der Dunkelheit zu verrotten. Hast du mich verstanden?«

Remy nickte nach einer Weile. Immer noch rannen ihm Tränen die Wangen hinab, und Jessamyn unterdrückte den Impuls, ihn dafür zu beschimpfen. Remy war kein normaler Schüler. Sie musste vorsichtig vorgehen.

»Gut«, sagte sie daher und deutete zum Waschbecken. »Das war unsere erste Lektion. Und jetzt bring dich in Ordnung.«

15

ELIANA

»Bring mir zweihundert Musiker. Diejenigen, die wir gerade beseitigt haben, waren vollkommen unzureichend, was du wusstest, als du sie mir präsentiert hast. Bring mir Komponisten, die ihre hilflose Sterblichkeit in jede einzelne Melodie hineinschreiben, Sänger mit wahren Stürmen von Trauer in ihrer Lunge. Bring mir Leute, die wünschten, sie müssten der Musik in ihrem Inneren nicht länger zuhören, was ihm aber nicht gelingt, weshalb sie die Musik auf die einzige Weise, die sie kennen, aus ihren Körpern reißen – mithilfe von Luft und Streichern und Trommeln und einem Stift auf Notenpapier.«

Brief von Seiner Heiligen Majestät, dem Kaiser der Unsterblichkeit, an Admiral Ravikant, datiert vom 11. Mai im Jahr 1018 des Dritten Zeitalters

Die Worte schwebten wie eine schwache Brise durch Elianas Geist: *Würdest du mir wehtun, um sie zurückzuholen?* Sie erwachte aus einem tiefen Schlaf, und als sie die Augen öffnete, war sie von dichtem weißen Nebel umgeben. Ihre Zunge war trocken und viel zu groß, ihre Glieder schwer. Sie wollte laufen, aber ihre Beine trugen sie nicht.

Also kroch sie.

Sie erreichte einen Innenhof, dann einen sauberen Flur mit einem dicken, blauen Teppich. Sonnenlicht strömte durch farbige Rundbogenfensterscheiben, und ihr wurde klar, dass sie jetzt die Kraft hatte, sich zu erheben. Am Ende des Flures befand sich eine Tür und dahinter Simons Arbeitszimmer.

Bei diesem Anblick kribbelten ihre Hände.

Als sie das Zimmer betrat, entdeckte sie ihn neben den geöffneten Fenstern. Er döste auf einer Chaiselongue, ein geöffnetes Buch auf seiner Brust. Der Wind strich raschelnd durch die Seiten.

Eliana legte lächelnd das Buch zur Seite, kletterte auf ihn und wollte nach seinem Gesicht greifen – ihre Hände schwebten über seiner Haut und sie rührte sich nicht.

Er hatte die Augen geöffnet und schaute sie mit einem verschlafenen Lächeln an. »Was für eine Augenweide beim Aufwachen«, sagte er leise.

Sie krabbelte von ihm runter und flüchtete mit klopfendem Herzen aus dem Zimmer. Sie ballte ihre Hände zu Fäusten und befahl ihren summenden Handflächen, still zu sein. Die Ketten ihrer Urformen zitterten und sprühten Funken.

Nicht hier. Sie formulierte den Gedanken und schob ihn ihre Arme hinab. *Nie wieder.*

⬥◆⬥

Eliana öffnete die Augen.

Würdest du mir wehtun, um sie zurückzuholen?

»Ich weiß nicht, wer du bist!«, rief sie. »Wer bist du?«

Niemand antwortete.

Sie stand am Rand eines eigenartig kahlen Waldes. Er gefiel ihr nicht, aber ihr blieb keine Wahl, als ihn zu betreten.

Als sie durch die Bäume schritt, begriff sie zu spät, dass das überhaupt keine Bäume waren. Es waren nackte Körper, und zwar in allen möglichen Größen und Farben. Ihre Augen waren schwarz und lidlos. Und starrten sie an.

Engel, die darauf warteten, von ihr gerettet zu werden.

Das Empirium hatte sie bestraft und die Welt ihrer Magie beraubt.

»Nur du kannst das wieder zurückbringen«, flüsterte einer der Körper, und obwohl er sich nicht bewegte, spürte Eliana, wie er sich verzweifelt mit den Fingern an ihren Röcken festhielt. »Nur du kannst sie wieder zurückbringen.«

»Rette uns«, wimmerte ein anderer. »Hilf uns, zu verstehen.«

»Wir sind ausgehungert.«

»Wir sind durstig.«

Einer zitterte, als sie vorüberlief. »Berühre mich. Lass mich wieder etwas fühlen.«

»Finde sie.«

Eliana presste ihre Hände auf die Ohren und rannte, die Schreie der Engel verfolgten sie. Die Hitze in ihren Handinnenflächen verbrannte ihre Haut, und ihre Lippen waren feucht vor Blut, aber sie drückte ihre Hände weiterhin fest gegen ihren Kopf.

Wenn sie verbrennen musste, würde sie das allein tun.

Eliana öffnete die Augen.

Würdest du mir wehtun, um sie zurückzuholen?

Entsetzt schaute sie auf den Mann, der sich vor ihren Füßen zusammenkauerte. Er war verprügelt worden; blaue Flecken zeichneten sich wie Kontinente auf seiner blassen Haut ab. Mit einer Hand krallte er sich in den Bauch, die andere streckte er Eliana entgegen. Zwischen seinen Fingern quoll blutrot das Leben aus ihm.

»Das war eine Finte, Eliana«, sagte Simon abgehackt. »Bitte, hilf mir. Ich habe das alles für dich getan.«

Eliana trat von ihm zurück, ihre Augen brannten so sehr wie ihre Hände. »Ich kann nicht. Ich mach das nicht.« Sie schaute zum Himmel. Sie befanden sich auf einem Felsvorsprung mit Blick auf eine vegetationslose Bergkette. Der Abendhimmel färbte sich rot. Auf ihren Händen hatten sich um die Urformen blutige Kreise gebildet. Sie waren heiß; sie waren bereit.

Eliana verweigerte sich. *Nicht hier.* Sie stellte sich vor, wie sie ihre Hände in ein Becken mit eiskaltem Wasser tauchte und wie ihre Urformen dampften und verkümmerten.

»Hörst du mich?« Sie erhob ihre Stimme. Die Luft war seltsam dicht und schwer und verschluckte ihre Worte, sobald sie sie ausstieß. »Ich werde dir nicht helfen. Lieber sterbe ich, bevor ich dir helfe. Ich kann dieses Spiel ewig spielen.«

Simon kroch zu ihr. »Wirst du mir helfen? So wie du Remy geholfen hast. Weißt du noch?« Dann stöhnte er vor Schmerzen heftig auf und schluchzte einmal. Er blinzelte angestrengt und schüttelte den Kopf. »Beeil dich, Eliana. Ich möchte es dir erklären. Ich will dir alles erzählen. Bitte, hilf mir.«

Eliana drehte ihm den Rücken zu und ging weg. Sie hörte, wie er aufschrie und darum bettelte, dass sie zurückkam. Irgendetwas griff ihn an; sie hörte eine Art Zwitschern, wie von einem Schwarm Käfer, und dann herbeieilende Schritte und Fäuste, die auf seinen Körper einschlugen. Ein Knochen knackte, Simon stieß heisere Schmerzensschreie aus.

»Eliana, *bitte*!«

Sie schloss die Augen und lief so lange, bis sie Löcher in ihre Stiefel gelaufen hatte und ihre Fußsohlen rote Abdrücke hinterließen. Das war nicht real. Sie wusste das. Nichts davon war real.

Und doch verfolgte Simons angsterfüllter Schrei sie bis ans Ende der Welt.

Würdest du mir wehtun, um sie zurückzuholen?

Als Eliana die Augen öffnete, schaute eine junge Frau mit honigfarbenem Teint grimmig zu ihr hinab.

Ihre Wangen waren von Sommersprossen übersät und ihr langer Zopf leuchtete scharlachrot. Sie trug die breitschultrige schwarze Uniform einer Palastwache.

Jessamyn.

Die Erinnerung war sofort da: Jessamyns weiche, warme Haut, als sie sich vor den Toren von Karlaine in dieser Scheune küssten. Ihre wohltuenden Berührungen und der Friede, den sie danach empfunden hatte – bis zu dem Angriff keine Stunde später, der Remy fast das Leben gekostet hätte.

Eliana fasste sich schnell. »Das letzte Mal, als ich dich gesehen habe«, sagte sie und setzte sich auf, »hast du mich verprügelt. Auf dem Pier in Festival.«

»Ich weiß«, bestätigte Jessamyn kurz angebunden. »Steh auf.«

»Warum bist du hier?«

»Der Kaiser hat mich in deine Eskorte berufen«, erwiderte sie glatt, während sie Eliana am Handgelenk packte und zur Bettkante riss. »Er möchte, dass du heute Abend beim Konzert dabei bist.«

Diese Jessamyn war also genauso ungeduldig wie jene, die Eliana gekannt hatte.

Zwei ihrer Adatrox-Dienerinnen führten sie wortlos ins Badezimmer. Es waren äußerst schöne Frauen. Eine hatte glatte braune Haut, die andere war fast unheimlich blass. Ihre weißen Gewänder flatterten ihnen um die Knöchel, an ihren Hälsen schimmerten goldene Kragen.

Während sie Elianas inzwischen schulterlange Locken kämmten und frisierten, beobachtete sie Jessamyn genau. Obwohl die junge Frau in der Tür zum Badezimmer stand, genau dort, wo eine Wache sich hinstellen sollte, schien sie rastlos. Unruhig tippte sie mit den Fingern auf ihren Oberschenkel. Ihr Gesicht wirkte angespannt.

Eliana kam ein Gedanke. Sie wusste nur wenig über die Zusammenhänge der Zeit, fragte sich aber dennoch: War es irgendwie möglich, dass ihre Jessamyn in dieser neuen existierte? Gab es irgendeine Gemeinsamkeit, die sie finden und nutzen konnte, wenn sie wüsste, wo sie suchen müsste?

Eliana musste sie weiter in ein Gespräch verstricken. Sie schaute zu dem Abendkleid, das an einem Bügel auf sie wartete. »Also wieder mal ein Konzert heute Abend. Orchester? Chor? Oder vielleicht eine Solistin?«

»Ich bin in die Pläne des Kaisers nicht eingeweiht«, antwortete Jessamyn, »und selbst wenn ich das wäre, würde ich sie nicht mit dir teilen.«

»Warum hat er dich zu meiner Wache gemacht?«

»Ich bitte den Kaiser nicht, mir seine Befehle zu erläutern. Ich befolge sie einfach.«

Elianas Dienerinnen halfen ihr beim Aufstehen, nahmen ihr die weichen, weißen Handtücher ab und steckten sie in aufwendige Unterbekleidung, die ihre Taille einschnürte.

»Bist du nicht neugierig?«, beharrte Eliana.

Jessamyn warf ihr einen teilnahmslosen Blick zu. »Nein.«

Die grauäugigen Adatrox zogen Eliana das tief ausgeschnittene rote Abendkleid aus Samt an. Diamanten verzierten die durchsichtigen Ärmel, über dem Rock glitzerte eine Schicht aus goldenem Organza.

»Ich an deiner Stelle wäre das«, sagte Eliana. »Du bist eine Invictusanwärterin, richtig? Du solltest irgendwo draußen in der Welt sein und Aufträge ausführen. Dich um meine Kleider kümmern und mich zu Konzerten begleiten – findest du das nicht ein wenig unter deiner Würde?«

Jessamyn warf ihr einen kurzen Blick zu. »›Er hat mich ausgewählt, um sein Werk zu schützen. Er hat mich ausgewählt, um seine Herrlichkeit zu empfangen. Ich bin die Klinge, die nachts zustößt. Ich bin der Wächter seiner Geschichte.‹«

Bei der Ehrfurcht in Jessamyns Stimme überlief Eliana ein Schauer. Sie überspielte ihre Beklemmung mit einem Schulterzucken. »Wenn du meinst.«

Zu ihrem Abendkleid gab es passenden Schmuck – zwei schwere Goldringe, die von einem Sternenstrauß gekrönt wurden. Als die Dienerinnen sich nach vorn beugten, um sie Eliana überzustreifen, zuckten sie vor den funkelnden goldenen Ketten ihrer

Urformen zurück. Eine der beiden öffnete den Mund und stieß einen stummen Angstschrei aus.

»Ich mach das«, befahl Jessamyn schroff. Sie entließ die Adatrox und steckte Eliana selbst die Ringe auf die Finger.

»Ich kannte dich einmal«, sagte Eliana und suchte in Jessamyns Gesicht nach irgendeinem Anzeichen der Frau von damals. »Früher warst du freundlich zu mir. Du küsst so gut, wie du kämpfst.«

Jessamyn ging ein Stück zurück und begutachtete sie kritisch. »Sie haben deine Ohrringe vergessen.«

Eliana schluckte die bittere Enttäuschung hinunter und schaute zu Boden. Falls Jessamnyn durch diese sicherlich überraschenden Bemerkungen neugierig geworden war, zeigte sie es nicht, ihr versteinertes Gesicht war Eliana nicht viel vertrauter als das einer Fremden, und erst in diesem Moment wurde ihr schmerzlich bewusst, worauf sie gehofft hatte.

Wenn sich herausgestellt hätte, dass sie zu Jessamyn durchdringen konnte, dann wäre Simon vielleicht auch erreichbar.

»Sagst du mir«, flüsterte sie mit belegter Stimme, »wie lange ich schon hier bin?«

Jessamyn nahm die glitzernden Ohrringe von einem Kissen auf dem Boden. »Zwei Monate.«

Eliana brauchte eine Weile, bis sie ihre Stimme wiederfand. Zwei Monate waren länger, als sie vermutet hatte. Acht Wochen schon verbrachte sie in den von Corien geschaffenen Albträumen, und sie wusste noch immer nicht, ob das Treffen mit Remy – sein krampfender Körper, seine schrecklichen Schreie – real gewesen war oder nicht.

Ihre Augen füllten sich mit Tränen; sie blinzelte schnell dagegen an. Seit jenem Tag in ihrem Schlafzimmer, als Simon von der einen Seite des Raums zur anderen gereist war, hatte sie ihre Urformen nicht mehr benutzt. Das war ein Erfolg. Das war jedes Opfer wert.

Aber sie war der Opfer so müde.

Ich werde das beenden, Eliana, flüsterte Corien in ihrer Erinnerung sanft. *Dieses Leben, das du führst, mit all seiner Gewalt und all seinen Opfern. Dein Bruder wird in Sicherheit sein. Er wird so glücklich sein, und du auch. Am Leben, gesund. In Sicherheit. In Sicherheit, kannst du dir das vorstellen? Wenigstens ein Mal in deinem Leben.*

Eliana atmete langsam zitternd aus. Sie drückte ihre Hände fest gegen die Beine.

»Würdest du mir wehtun, um sie zurückzuholen?«, flüsterte sie.

Jessamyn machte Elianas Ohrringe fest und antwortete nicht.

»Ich höre ständig diesen Satz«, sagte Eliana. Sie wischte sich über die Wangen, das aufgetragene Rouge war ihr egal. »Ich weiß nicht, warum ich ihn höre. Ich denke, jemand will mir damit etwas sagen, aber ich weiß nicht, wer das ist oder was die Person damit ausdrücken will. *Würdest du mir wehtun, um sie zurückzuholen?* Was bedeutet das? Ist es eine Warnung? Eine Nachricht?«

Einen Augenblick lang sahen sie sich in die Augen und Eliana legte ihre ganze Verzweiflung in diesen Moment der Nähe. Allmählich fürchtete sie durchzudrehen.

Über Jessamyns Gesicht huschte eine Spur von Mitgefühl. Aber gleich darauf presste sie verärgert die Lippen aufeinander.

»Vielleicht eine Erinnerung«, schlug sie vor. »Bei all den Engeln hier gibt es bestimmt auch welche, die umherirren.« Ungerührt hob sie eine Augenbraue. »Ich würde vorschlagen, dass du dir keine unnötigen Gedanken machst. Der Kaiser heißt solche Irritationen bestimmt nicht gut.«

Dann schaute sie an Eliana vorbei, sank auf ein Knie und neigte den Kopf.

Als Eliana sich umdrehte, stand Corien in der Tür und musterte sie amüsiert. Er trug eine hochgeschlossene Jacke aus schwarzem Brokat, einen schwarzen Samtmantel und eine blutrote Weste.

»Was für ein Anblick«, murmelte er. »Wenn ich die Augen zusammenkneife und noch ein paar Gläser Wein genieße, kann ich fast so tun, als wärst du sie.«

Er bot ihr seinen Arm an, aber Eliana lehnte ab. Obwohl ihre Augen vor Erschöpfung brannten, wurde sie auf einmal angenehm ruhig.

Würdest du mir wehtun, um sie zurückzuholen?

Endlich erkannte sie diese Stimme.

»Ich muss Simon sehen«, verkündete sie. Sie schloss ihre Finger; ihre Urformen waren kalt und dunkel.

Corien lächelte breit. »Wie meine Königin befiehlt.«

Simon erwartete sie in einem Wohnzimmer im Nordflügel des Palasts. Er trug eine dunkle Parade-Uniform, der knielange, bis zum Hals zugeknöpfte Mantel schmiegte sich an seinen taillierten Oberkörper. Er stand am Fenster und blickte in die Nacht hinaus.

Als sie hereinkamen, drehte er sich um und neigte den Kopf.

»Eure Exzellenz«, sagte er gleichmütig und verneigte sich leicht vor dem Kaiser. Er vermied es komplett, Eliana anzusehen.

Aber Eliana ließ ihn nicht mehr aus den Augen, seit sie das Zimmer betreten hatten.

»Entschuldige, dass sich wegen uns das Konzert verspätet, Simon«, sagte Corien und schäumte dabei regelrecht über vor Vergnügen. »Ich weiß, wie sehr du diesen Komponisten schätzt. Aber unsere Königin verlangte, dich zu sehen, und es klang recht ernst. Den Wunsch konnte ich ihr nicht ausschlagen.«

Als Corien auf einem Beistelltisch einen Dekanter entdeckte, goss er sich ein Glas Rotwein ein, prostete ihnen zu und machte es sich auf der Chaiselongue in der Ecke bequem. Ein Bediensteter hatte ein kleines Feuer entfacht; das warme Licht tauchte den Raum in flackernde Schatten.

Eliana stand einen Moment wortlos da und war vor Unsicherheit ganz angespannt. Womöglich war es ein Fehler, hier zu sein. Sie durfte nicht einmal ein winziges bisschen Wut aufkommen lassen.

Aber es gab etwas, das sie wissen musste.

»Ich bin ich selbst«, murmelte sie und öffnete und schloss ihre Hände. *Nicht hier*, befahl sie ihren Urformen. *Nie wieder.*

Simon beobachtete sie schweigend. Auf seiner Chaiselongue lächelte Corien über den Rand seines Glases hinweg.

»Ich habe mich tatsächlich auf dieses Konzert gefreut«, setzte Simon schließlich mit nur schwach unterdrückter Ungeduld an. »Wenn du also nicht vorhast, den Mund aufzumachen –«

»Ich werde etwas sagen«, erwiderte Eliana leise, ihre Arme hielt sie ganz steif. »Die Nacht damals in Karlaine. Als wir angegriffen wurden. Von Adatrox. Kriechern. Cruciata.«

»Ja.«

»Du und Remy seid mir gefolgt, wahrscheinlich seit Harkan …« Harkans Name blieb ihr in der Kehle stecken. »Seit Harkan mich betäubt und aus Dyrefal gebracht hat. An dem Tag, als der Kaiser in Astavar eingefallen ist.«

»Ja.«

Diese leere Stimme, so emotionslos und kalt. Eliana bohrte sich die Fingernägel in die Hände. Simon war nicht dumm. Er vermutete bestimmt, was sie sagen wollte. Es machte sie wütend, wie er so ruhig bleiben konnte, und es machte sie sogar noch wütender, weil sie ihre Wut nicht zulassen durfte.

Sie zwang sich zu einem gelassenen Tonfall. »Remy wurde an diesem Tag angeschossen. In den Bauch. Er lag im Sterben und ich habe ihn geheilt.«

»Ja.«

»›Rette ihn oder sieh ihm beim Sterben zu.‹ Das waren deine Worte.« Eliana bekam bei der Erinnerung einen sauren Geschmack im Mund. Es war beschämend, an ihr altes, dummes Ich zu denken. »Du hast mich gehalten und mir gesagt, dass du mich nicht loslassen würdest.«

Schweigen. Nicht einmal die winzigste Veränderung in seiner Mimik, nur eine minimale Gewichtsverlagerung. Simon war ein lebloses Gemälde, das dabei zusah, wie sie sich auflöste.

Eliana presste die nächsten Worte hervor. »Ich hab mich sogar von dir ficken lassen.«

Simons Mundwinkel zuckten zu einem kleinen Grinsen nach oben. »Wofür ich dir dankbar bin. Das hatte ich gebraucht.«

Seine Worte waren wie Schläge, ihr Magen rebellierte, aber sie blieb stehen. Ihre Handflächen wurden heiß; sie bemerkte es kaum.

»Ich höre ständig etwas in meinem Kopf«, sagte sie durch zusammengebissene Zähne. »Zuerst dachte ich, dass ich die Stimme nicht kenne. Sie war verzerrt, kam von weit weg und mein Geist ist zermürbt. Aber jetzt weiß ich, dass sie Remy gehört. Ich höre sie schon seit ...« Sie zögerte. In ihrem Kopf wurden aus Tagen Wochen, und Wochen wurden zu Stunden. Sie *wusste* nicht, wie lange sie die Stimme bereits hörte.

»Ich habe keine Ahnung, warum das passiert«, sagte sie schließlich, »aber ich habe Remy inzwischen unzählige Male immer denselben Satz sagen hören. ›Würdest du mir wehtun, um sie zurückzuholen?‹«

Sie musterte jede Narbe in Simons Gesicht, den Schwung seiner Unterlippe, sein kantiges Kinn. Ein Schweißtropfen lief seinen Hals hinab. Sie stellte sich vor, wie sie ihn mit ihren aufflammenden Fäusten schlug und was sein Gesicht preisgeben würde, wenn er brannte.

»›Um sie zurückzuholen‹,« flüsterte sie. »Um *mich* zurückzuholen. Weil Harkan mich entführt hatte. Ich fand es logisch, dass du Remy auf deiner Suche nach mir bei dir behieltest. Weil du mich liebst, dachte ich. Du wolltest, dass ich mit meinem Bruder zusammen bin, weil es mich glücklich machte.«

Eliana näherte sich ihm langsam. Die schwere Schleppe ihres Abendkleides schleifte über den Boden. »Aber jetzt verstehe ich. Jetzt weiß ich, dass du mich nie geliebt hast. Jedes Mal, wenn du mich berührt hast, war das eine Lüge. Warum also hast du meinen kleinen Bruder mit dir geschleppt, wo du ohne ihn doch viel schneller vorangekommen wärst?«

Simon sah zu, wie sie näher kam, sein Gesicht war so unbeweglich wie eine Radierung.

»Weil du unbedingt wolltest, dass meine Macht sich wieder zeigte«, beantwortete Eliana ihre Frage selbst. »Du wolltest mehr sehen als diese lückenhaft heraufbeschworenen Brände oder Schiffe, die von Unwettern versenkt wurden. Du wolltest meine *wahre* Macht sehen, damit sie deine erweckt, und du kanntest die beste Methode, wie du sie durch Angst aus mir herauslocken konntest.«

Eliana blieb drei Schritte von ihm entfernt stehen. In ihren Ohren rauschte von weit her ein wütender Aufschrei. Ihr Körper schmerzte vor lauter Anspannung. »Du hast auf ihn geschossen.«

Simons Grinsen kehrte zurück. Seine Augen glitzerten wölfisch. »Stimmt. Ich habe ihn direkt in den Bauch geschossen.«

Mit einem durchdringenden Schrei und erhobener Faust stürzte Eliana sich auf ihn. Er schoss ihr entgegen und blockierte ihren Schlag mit einem Gegenschlag. Seine Faust landete auf ihrem Arm, die andere erwischte sie hart im Magen. Früher einmal hätte sie sich schnell davon erholt, aber die Wochen auf dem Meer, gefolgt von den Wochen als Gefangene in Coriens Traumwelten, hatten sie dünnhäutig und schwach gemacht.

Sie schwankte und holte keuchend Luft, aber die weißglühenden Klingen ihres Zorns, die ihren Rücken hinauflioderten, ließen sie nicht ruhen. Sie stürzte sich auf Simon und traktierte ihn mit heftigen Tritten und Schlägen, ihre Stimme ein einziger Schrei. Er hielt sie in seinen Armen gefangen; sie stieß ihn mit dem Ellenbogen in die Rippen, drehte sich dann um und verpasste ihm einen heftigen Kinnhaken. Er strauchelte; sie rammte ihm ihr Knie zwischen die Beine.

Als er stolperte, wirbelte sie herum, schnappte eine Vase vom Tisch und zog sie ihm über den Kopf. Er taumelte, und als sie erneut nach ihm trat, flog er durch das Zimmer und krachte an die gegenüberliegende Wand. Einige gerahmte Gemälde fielen zu Boden; mit blutüberströmtem Gesicht sackte er dort zusammen. Zu seiner Linken glühte die Feuerstelle.

Eliana sank auf den Teppich. Sie zitterte vor Wut und sah nur noch Rot und Schwarz. Die Fensterscheiben bekamen Risse. Auf dem Kaminsims wurden die Kerzen zu lodernden Speerspitzen. Hinter der Terrasse, draußen in der Stadt, wankte ein schlanker, weißer Turm und stürzte ein. Durch den Palast schwebten entfernte Warnrufe.

Nicht hier. Eliana kauerte sich dort auf dem Boden ganz eng zusammen und versteckte ihre gefalteten Hände unter ihrer Brust.

Nicht hier, nicht hier. Sie war sie selbst. Sie war eine junge Frau, ein Kind, ein Baby.

Nicht hier, nie wieder. Sie war ganz rein und in weiße Tücher gewickelt. Sanft eingehüllt war sie und ihre Macht nicht lauter als ein Flüstern. Sie war nicht wütend. Sie hatte keine Angst. Sie würde nicht verzweifeln.

Als sie mitbekam, wie der Palast bebte, liefen ihr vor Scham heiße Tränen die Wangen hinab. So lange hatte sie erfolgreich dem Drang widerstanden, Corien einen Teil von sich preiszugeben, sie hatte ihre Macht verschlossen und unterdrückt – bis heute Nacht.

War es Corien gewesen, der ihr Remys Stimme in den Kopf gesetzt hatte, weil er hoffte, dass er sie damit provozieren konnte? Oder hatte ihr jemand anders die Erinnerung eingeflüstert?

Als sie schließlich aufsah, kam Simon gerade mühsam auf die Beine und hob die Arme, um nach Bändern zu greifen. Einen Augenblick lang funkelten an seinen Fingerspitzen schwache Lichter, aber dann wurde der Raum auch schon wieder dunkel.

Eliana schloss flatternd die Augenlider, die Urformen in ihren Fäusten waren dunkel. Als sie lächelte, schmeckte sie Salz.

Dann zerschnitt ein vertrauter Wutschrei die Luft, gefolgt von zerschmettertem Glas. Jemand packte sie an den Haaren und riss sie auf die Füße. In ihrem Geist tauchte Remys mageres und blutiges Gesicht auf. Er schaute ihr aus einem gesunden Auge entgegen, das andere war von einem furchtbaren Schlag blutunterlaufen und von Prellungen umrahmt. Sie wollte die Hand nach ihm ausstrecken, tat es aber nicht. Stattdessen schloss sie abermals die Augenlider und kämpfte gegen den Sog seiner ihr teuren Stimme, die ihren Namen flüsterte.

Das war nicht real. Sie lebte in einem Albtraum, mehr nicht.

»Ich werde ihm wieder wehtun«, fauchte Corien ihr ins Ohr, sein Atem roch nach Wein. »Und wieder und wieder. Ich zeige dir nun schon seit *Wochen* schöne Dinge und verspreche dir Frieden, und was bekomme ich im Gegenzug dafür? Du gottverdammtes, dummes Mädchen. Du kämpfst einen Krieg, den du nicht gewinnen kannst, und das weißt du auch. Ich werde ihm direkt vor deinen Augen wehtun, so wie ich es schon einmal gemacht habe. Und ja, das war real und das wird es auch wieder sein. Ich werde Qualen auf ihn niederprasseln lassen, bis du brichst. Ist es das, was du willst?

Er zerrte sie durch den Raum, seinen Arm hatte er unter ihre geklemmt. Sie wehrte sich gegen ihn, aber sein Geist hielt sie fest und zwang sie zum Weitergehen. Ihr wurde übel vor Angst, als ihre Beine sich gegen ihren Willen bewegten.

»Ich will das Konzert hören«, keuchte sie.

»Oh nein, meine Hübsche«, sagte Corien mit einem Lachen. »Für irgendwelche Nettigkeiten ist es nun zu spät. Betrachte das friedliche Leben, das ich dir geschenkt habe, als verwirkt.«

Den Weg durch den Palast nahm sie nur verschwommen in Bewegungen und Farben wahr, ihre Füße traten unter Coriens Führung ungeschickt auf. Als sie heftig blinzelnd wieder zu sich kam, stand sie auf einer Terrasse, die von Fackeln erleuchtet wurde. Der Wind heulte, und als sie sich umsah, erkannte sie, dass sie sich auf einem der obersten Stockwerke befanden. Zu beiden Seiten der Terrasse erhob sich jeweils ein weißer Wachturm, und Eliana wurde vor Entsetzen ganz kalt, als sie sah, dass Remy von einem der Türme baumelte. Eine Engelswache hielt ihn am Kragen fest. Sein Gesicht war blutig und hohlwangig und wurde von seinen ordentlich geschnittenen dunklen Haaren eingerahmt.

Und vom anderen Turm …

Eliana starrte auf den Mann, der dort in der Luft hing und wie Remy festgehalten wurde. Sie kannte das Gesicht, aber ihr Verstand weigerte sich zu akzeptieren, was das bedeuten könnte.

»Vater?«, flüsterte sie. Ihre Arme waren zu Eis geworden.

Ioseph Ferracora blickte mit tränenüberströmtem Gesicht zu ihr hinab, seine Augen waren nicht mehr schwarz. Genau wie die von Remy strahlten sie blau. Genau wie Remy reckte er sein kantiges Kinn trotzig nach vorn.

»Ach ja, das wollte ich dir eigentlich schon die ganze Zeit sagen«, verkündete Corien freudig. »Dein Vater – tut mir leid, ich meine, der Mann, der dich aufgezogen hat, wir wissen ja, wer dein richtiger Vater ist, nicht wahr? – ist in der Schlacht in der Arxara-Bucht gar nicht gestorben, wie man dir wahrscheinlich glauben machen wollte. Er war noch am Leben, als Admiral Ravikant ihn gefunden hat. Und da Ravikant einer unserer Talentiertesten und Stärksten ist, war er in der Lage, sich des Körpers deines Vaters zu bemächtigen und dessen Menschenleben trotzdem zu bewahren und seinen Geist intakt und gesund zu lassen. Der Admiral hat sich heute Nacht selbstverständlich freundlicherweise für den Zweck unserer kleinen Wiedervereinigung zurückgezogen.« Corien berührte sanft Elianas Wange. »Sind das nicht wundervolle Neuigkeiten? Ioseph Ferracora lebt doch noch!«

Eliana brachte keinen Ton heraus. Sie richtete ihren Blick starr auf das Gesicht ihres Vaters und konnte ihn nicht mehr abwenden. Immerzu dachte sie an die Vision, die Corien ihr geschickt hatte – Remy, Simon, Ioseph und sie selbst glücklich und lachend in einem sonnendurchfluteten Haus. Und dann gab es noch all die Erinnerungen aus ihrer Kindheit: Ioseph, der in den Krieg fortzog; der mit Rozen in der Küche tanzte; der die kleine Eliana nach dem jährlichen Festumzug zu Ehren der Sonnenkönigin auf seinen Schoß setzte, und wie beide mit glitzerndem Goldpuder bestäubt auf den Sonnenaufgang warteten, während die Statue des Lichtbringers über ihnen aufragte.

Die Welt drehte sich langsam; irgendetwas Schreckliches würde geschehen, und Eliana war nicht in der Lage, es aufzuhalten. Sie ballte ihre Hände zu Fäusten. Falls ihre Urformen erneut erwachten, würde sie dieses Mal ihre anschwellende Macht vielleicht nicht wieder eindämmen können.

Iosephs Kopf bewegte sich mühsam von einer Seite zur anderen. »Hör nicht auf ihn, mein liebes Mädchen. Es ist in Ordnung.« Seine Stimme zitterte. Tränen liefen ihm über die Wangen in den Bart, den Admiral Ravikant so ordentlich gestutzt hatte. »Es ist in Ordnung.«

»Sind das nicht fantastische Neuigkeiten?«, brüllte Corien verzückt und schüttelte Eliana heftig. »Nun sag schon!«

Sie schluchzte auf. »Ja. Ja!«

»Ich habe keine Lust mehr, darauf zu warten, dass du Vernunft annimmst, Eliana«, sprach er erregt gegen ihre Wange, »dir schöne Dinge anzubieten oder Frieden zu versprechen. Das ist vorbei. Wie ich gesagt habe: Wenn ich dich nicht überzeugen kann, einzulenken, bin ich gezwungen, dich zu brechen.«

Corien riss ihren Kopf zu Iosephs Turm. »Rette den Mann, der dich auf der Straße aufgelesen hat, der dich großzog und beschützte, bis er sein Zuhause verlassen musste, um in den Krieg zu ziehen, den ich begonnen habe, wo ihm sein Körper gestohlen und er benutzt wurde wie der einer Marionette.«

Grob drehte er sie um und zwang sie, zu Remys Turm zu schauen. »Oder rette deinen unschuldigen kleinen Bruder, der dich nicht einmal jetzt für all das Elend verantwortlich macht, das ihm deinetwegen widerfährt. Wenn du versuchst, beide zu retten, werde ich ihre Schädel aus ihrem Inneren heraus in Stücke reißen, ehe sie unten aufschlagen.«

Und noch bevor Eliana Luft holen konnte, um ihn anzuflehen, ließen die Wachen Ioseph und Remy los, und ihre Körper stürzten in die Nacht.

16
TAL

»Merovec fand den Leichnam des Archons auf der Schwelle zum Haus des Lichts. Er behauptet, der Archon habe sich selbst das Leben genommen, doch er erlaubt uns nicht, die Leiche zu untersuchen. In den Tagen davor hat der Archon Merovec angefleht, die Vernehmungen der Elementherrscher abzubrechen. Er war der Einzige aus dem Richterrat, den Merovec nach Baingarde eingelassen hat; jetzt haben wir keinen Verbündeten mehr im Schloss. Die Stadt ist in Aufruhr. Diejenigen, die loyal zu Merovec stehen, plündern die Tempel und nehmen sie Stück für Stück auseinander. Die Gläubigen sind verzweifelt und wissen nicht, wohin. Merovec hat Gerüchte über die Rote Krone gehört und dringt inzwischen unangemeldet mit Schwadronen von Soldaten in Wohnhäuser ein, um Keller zu durchsuchen und Familien zu verhören. Man könnte meinen, er denkt, irgendjemand hielte Rielle auf seinem Dachboden versteckt. Wir bei der Roten Krone sagen Folgendes zueinander, wenn wir Zuspruch brauchen: Für Krone und Vaterland schützen wir das wahre Licht.«

Verschlüsselter Brief von Miren Ballastier, Großmagistra der Schmiede, an den im Exil lebenden König Audric Courverie, datiert vom 3. Dezember, im Jahr 999 des Zweiten Zeitalters

Als der Bergpfad eine Kurve machte, blieb Tal stehen, um zu verschnaufen.

Unter ihm erstreckte sich ein Meer aus rotem Fels – die Schluchten und Berge Südost-Vindicas. Das Land hatte einst den Engeln gehört und besaß nun nur noch eine ausgehöhlte, nackte Form von Schönheit, als hätte das Empirium selbst es verlassen. Verfallende Städte blieben dem Zahn der Zeit überlassen und beherbergten nur noch Lumpensammler und Wanderer und ab und an einen eifrigen Tempeldiener auf einsamer Pilgerfahrt.

Tal betrachtete den Horizont, die Berge um sich herum und den lavendelblauen Abendhimmel. Obwohl er sich einen langen, dicken Schal um Kopf und Hals gewickelt hatte, brannten seine Lippen, und seine Kehle war ausgedörrt. Die erbarmungslosen Bergwinde trugen kleine Steinchen mit sich und wehten unaufhörlich bei Tage und in der Nacht.

Auf einmal brach Ludivines angsterfüllte Stimme in seinen Geist ein – ein Gefühl, das Tal nach wie vor extrem unangenehm war und das er nur duldete, weil er längst begriffen hatte, dass er Rielle nicht aus eigener Kraft finden würde. Er war einfach nicht mächtig genug. Sein Geist war stumpf und fantasielos, und zwar seit jeher. Lediglich seine solide Elementarbegabung und sein unerschütterlicher Fleiß hatten ihm zu seiner Stellung als Großmagister verholfen.

Diese Tatsache nagte schon zeit seines Lebens an ihm. Jetzt, wo er seit Wochen mutterseelenallein war, war sie immer gefräßiger geworden und hatte Tal in eine düstere und labile Stimmung versetzt.

Ich kann sie nicht sehen. Ludivines Gedanken krallten sich an ihn wie der panische Griff einer Ertrinkenden. *Es ist etwas passiert. Ich kann sie nicht mehr sehen.*

Tal hasste Gedankensprache. Er *hasste* sie. Der ganze Vorgang erschien ihm gottlos und schmutzig.

Ist sie verletzt? Reglos starrte er zum südlichen Horizont, wo eine schmale schwarze Linie das Namurische Meer und dahinter Patria markierte. *Ist sie tot?*

Er vernahm Ludivines erschöpftes Lachen. *Glaubst du, Rielle könnte sterben und die Welt würde einfach weiterexistieren?*

Und wo ist sie?

Ich weiß es nicht. Ich weiß es nicht! Sie ist so weit weg von mir. So weit weg und so verängstigt, Tal. Ein Schluchzen schwebte zu ihm über die unnatürliche Verbindung, die Ludivine mit seinem

Geist geschmiedet hatte. *Er hält sie vor mir verborgen. Du* musst *sie finden.*

Tal lachte bitter auf. Wochenlang hatte ihn die Verzweiflung angetrieben; er hatte kaum Ruhepausen eingelegt und sich durch Schnee- und Sandstürme gekämpft. Er war einer lückenhaften Spur gefolgt, die er sich aus Ludivines überreiztem Geflüster und all jenen Informationen zusammengestückelt hatte, die er aufschnappte, wenn er es wagte, in Gasthöfen, Wanderherbergen oder Lagern nomadischer Stämme und umherziehender Schatzsucher haltzumachen.

Wochenlang hatte er kaum geschlafen, und sowohl seine Träume als auch seine wachen Gedanken waren nur um Rielle gekreist. Das Bild von ihr in dieser Schreckensnacht vor dem Dorf Tavistère quälte ihn. Sie hatten sich fest in die Augen gesehen, und Corien hatte ihn verhöhnt: *Zu spät, Tal.*

Diese Verzweiflung, die Erinnerung an ihr angstverzerrtes Gesicht im Regen, hatte ihn all die langen Wochen weiter vorangetrieben, ohne auf seine schmerzenden Muskeln zu achten, die Blasen an seinen Füßen oder das hungrige Zerren in seinem Magen.

Doch jetzt verließ ihn diese ganze Kraft auf einen Schlag, als hätte man ihm das Blut aus dem Leib gesogen. Er sank zu Boden und saß wie betäubt da, während ihn der Wind erbarmungslos mit rotem Sand bespuckte.

Zu spät, Tal. Tal lachte, fasste unter seine Kopfbedeckung und rieb sich mit den schmutzigen Händen übers Gesicht. *Das hat er in jener Nacht zu mir gesagt. Vermutlich hatte er recht.*

Ludivines Stimme klang ernst. Vor seinem geistigen Auge sah Tal sie umgeben von Grünpflanzen kerzengerade auf einem Stuhl sitzen, ihre Schultern waren verspannt und die Hände hielt sie fest im Schoß gefaltet.

Tal, du musst sie finden, beschwor sie ihn in Gedankensprache. *Wenn ich sie nicht aufspüren kann, musst du es allein schaffen.*

»Was glaubst du wohl, was ich die ganze Zeit versuche?«,

fauchte er. Er weigerte sich, noch weiter in Gedankensprache zu kommunizieren.

Ich kann Audric nicht verlassen. Er braucht mich zur Unterstützung, und die Welt braucht ihn auf seinem Thron.

»Ich habe dich nicht gebeten, Audric zu verlassen.« Mühsam kam Tal auf die Beine. Allein schon diese Bewegung erschöpfte ihn derart, dass er sich am liebsten wieder in den Sand gelegt oder sich am besten gleich von ihm begraben lassen hätte. Doch er hatte in ungefähr einer Meile Entfernung etwas weiter bergab eine Höhle gesehen, in der er übernachten könnte.

»Ich suche die ganze Welt nach ihr ab«, knurrte er. »Ich, ein einsamer, einfacher Feuerzeichner, verfolge das mächtigste Paar von Geschöpfen, das je gelebt hat. Einen Engel und eine Gottkönigin. Und wenn ich sie finde, wird sie bestimmt auf mich hören. Glaubst du nicht auch? Hat sie ja immer getan. Kein einziges Mal hat sie sich mir je widersetzt.«

Nach einem Moment antwortete Ludivine mit ruhiger Stimme. *Du klingst ziemlich aufgelöst, Tal. Du musst dich ausruhen.*

Wenn sie nur leibhaftig neben ihm gestanden hätte, damit er sie ohrfeigen könnte. »Ich muss mich ausruhen? Weißt du was – auf die Idee wäre ich niemals von selbst gekommen. Vielen Dank.«

Völlig erschöpft nützt du ihr nichts.

Er warf die ganze böse Wucht seiner Frustration in seine Gedanken. *Und du hast ihr nicht einmal etwas genützt, als du in Bestform warst.*

Sie zuckte zurück, und Tal war schon eine halbe Meile weitermarschiert, ehe sie abermals das Wort ergriff.

Du hast recht. Ihre Stimme war schwach. *Ich habe sie komplett im Stich gelassen. Ich habe euch alle im Stich gelassen.*

Ihre Zerknirschtheit war echt. Obwohl nur ein ferner Widerhall davon durch Tals Geist wallte, brannten ihm die Augen. Er überlegte kurz, ihr einen tröstlichen Gedanken zu senden, auch wenn sie das nicht verdient hatte.

Doch etwas lenkte ihn ab – ein Lichtschein, ein paar Hundert

Meter weiter bergab. Er leuchtete zwei Sekunden lang, flackerte, wurde heller und erlosch wieder.

Tal erstarrte, und Schauer überliefen seine erhitzte Haut. Die Sonne war am Untergehen, und auf den Felsen um ihn herum lag ein unheimlicher blutroter Schimmer. Auf einmal wurde ihm bewusst, wie allein er war und wie verletzlich.

Er schob eine Hand in die Manteltasche. Der Stoff war von Sand verklebt und steif. Er schlang die Finger um seinen Dolch, griff nach dem Schild auf seinem Rücken und spürte, wie sich seine Kraft zwischen seinem Körper und seiner Urform ballte.

Was ist denn?, fragte Ludivine.

Nichts Gutes jedenfalls, erwiderte Tal. *Lass mich. Du lenkst mich bloß ab, und du bist zu weit weg, um mir beizustehen.*

Er spürte ihr Zögern.

Erzähl mir, was du findest, sagte sie schließlich.

Und was, wenn das, was ich finde, mein Tod ist?

Ihre Stimme war trauerschwer. *Es tut mir leid, Tal.*

Dann verschob sich die Wahrnehmung in seinem Geist kaum merklich und Ludivine war verschwunden.

Gegen den Fels gepresst tappte Tal den Bergpfad hinunter, der sich bald zu einem engen Spalt zwischen zwei hohen Felswänden verengte.

Am unteren Ende des Spalts wartete er atemlos, denn jenseits der Felsen, dort, wo der Pfad wieder breiter wurde, kam ein steiler Abhang, und dahinter lag eine kleine Lichtung, umgeben von Gesteinsbrocken.

Und dort stieg ein Ring aus Licht auf – zuerst klein und matt, doch dann immer größer und heller, mit einem wogenden dunklen Kern in der Mitte. Das erste Licht hatte geflackert; dieses brannte ruhig.

Eine Gestalt schritt durch den Ring, gefolgt von einer zweiten. Im nächsten Moment verschwand das Licht und stürzte den Berg wieder in Dunkelheit. Die Nacht zog herauf, und nur ein matter Abglanz des Sonnenuntergangs blieb zurück.

Tals Herzschlag dröhnte in seinen Ohren.

Wer diese Leute waren, wusste er nicht. Aber mindestens eine von ihnen war eine Gezeichnete – und Rielle war mit einer Gezeichneten unterwegs gewesen.

Er spähte in die Finsternis. Falls sie hier war, würde er rasch handeln müssen. Falls sie nicht hier war, wusste er nicht, wie er es ertragen sollte.

»Das hat viel zu lange gedauert«, sagte jemand unter ihm, eine barsche und vage vertraute Männerstimme. »Das Erdbeben –«

»Hat versucht, mich zu töten, und ist gescheitert«, fauchte die andere Stimme, die einer Frau gehörte. Sie streifte die Kapuze ihres Umhangs herunter und fuhr sich mit beiden Händen durch eine wilde Mähne weißblonder Haare. »Die ganze Welt ist verrückt geworden, Garver. Die Welt und die Menschen auf ihr.«

Tals Knie zitterten vor Erleichterung, gleichzeitig erfasste ihn erneut die Verzweiflung. Niemand von diesen beiden war Rielles Gezeichnete. Er presste die Stirn gegen die Felswand neben ihm, die noch warm von der Sonne war. Die Hände flach auf den Stein gelegt, begann er zu beten.

Leichtfüßiges Feuer, lodere nicht mit Wut oder Gier.
Brenne ruhig und brenne treu, brenne sauber und brenne hell.

Als er wieder klar denken konnte, begriff Tal, dass er den Namen Garver kannte, falls es sich tatsächlich um denselben Mann handelte. Garver Randell war ein Heiler und Apotheker, den sowohl Audric als auch Rielle jedem der königlichen Heiler im Palast vorzogen, sehr zum Verdruss der anderen Heiler. Wenn er sich recht erinnerte, hatte Garver einen Sohn. Einen achtjährigen Jungen namens Simon.

»Avura?«, hörte er jetzt wieder Garvers Stimme.

»Fort«, antwortete seine Begleiterin. »Diese Erdbeben haben alles plattgemacht, sogar die verdammten Berge.«

Tal lauschte verblüfft. Avura war eine der größeren Siedlungen in den westlichen Ausläufern des Maktari-Gebirges, das sich in nord-südlicher Richtung durch ganz West-Vindica erstreckte.

Tal war erst vor vier Tagen auf den wirren Spuren von Rielles Route dort gewesen. In Avura lebten mehrere Hunderttausend Menschen, und noch nie seit Beginn der Aufzeichnungen war in dieser Region ein Erdbeben vorgekommen. Erst recht kein derart gewaltiges, dass es eine so große Stadt zerstören konnte.

Die Pforte wird fallen. Es geschah alles genauso, wie Aryava es prophezeit hatte.

Zwei Königinnen werden sich erheben. Eine Blutkönigin und eine Lichtkönigin.

Jahrelang hatte er darum gebetet, dass Rielle die Sonnenkönigin wäre. Er hatte so inbrünstig und so oft darum gebetet, dass er allmählich selbst daran glaubte – dass sie gut war und weder gebrochen noch korrumpiert werden konnte. Dass er, wenn er sie gewissenhaft unterrichtete und inbrünstig genug für sie betete, gewährleisten konnte, dass sie zu der Retterin würde, auf die sie alle warteten.

Doch nichts davon hatte genügt. Er hatte sie im Stich gelassen. Er hatte alle im Stich gelassen. Er war nicht besser als Ludivine, außerstande das zu schützen, was am wichtigsten war, und jetzt war Rielle verloren. Und offenbar war sie eben doch die Blutkönigin. Viele nannten sie den Königsfluch.

Tal konnte sich allerdings nicht dazu durchringen, das zu glauben, nicht einmal nach allem, was geschehen war. Nicht Rielle. Er hatte sie jahrelang unterrichtet und zugesehen, wie ihr Mut wuchs. Sie war mächtig, ja, aber sie war *gut.* Sie wusste, was richtig war, und hatte seit jeher nach dem Guten gestrebt. Er versuchte, sie sich als blutrünstige Königin am Arm eines Engels vorzustellen, und weigerte sich, den Bildern Glauben zu schenken, die sein Geist ihm von ihr lieferte.

»Leichtfüßiges Feuer«, flüsterte er mit zitternden Hände auf dem sonnenwarmen Stein »lodere nicht mit Wut oder Gier. Brenne ruhig und brenne treu, brenne sauber und brenne hell.«

Auf einmal drang Licht durch seine Lider, und er nahm neben sich eine Bewegung wahr.

Tal fuhr herum und riss die Augen im selben Moment auf, als das Licht verschwand. Zwei starke Hände griffen nach seinen Armen, und eine kalte Klinge presste sich gegen seinen Hals.

»Er hat eine Urform«, sagte die Person, die seine Hände festhielt. Es war die Frau, die er gesehen hatte. Sie sprach mit schneidender Stimme. »Einen auf den Rücken geschnallten Schild. Falls du deine Macht anrufst, Elementherrscher«, zischte sie, »dann ramme ich dir diesen Dolch in den Hals.«

»Es gibt kein Feuer in diesen Felsen«, erwiderte er müde. »Du bist vor mir sicher, Gezeichnete.«

Ein matter Rest Sonnenlicht schimmerte noch am westlichen Horizont und spendete Tal genug Licht, um den Mann zu sehen, der ihm das Messer an die Kehle hielt. Er hatte grau melierte braune Haare und einen rötlichen Teint, einen dünnen Bart und stechende blaue Augen.

Der Mann riss Tal mit seiner freien Hand den Schal vom Kopf.

»Ich kenne dich«, sagte er, während er mit zusammengekniffenen Augen Tals Gesicht musterte. »Taliesin Belounnon. Großmagister des Feuers aus der Hauptstadt.«

»Und du bist Garver Randell«, rief Tal. »Heiler des wahren Königs von Celdaria.«

Beide schwiegen einen Moment lang, ehe Garver ein grimmiges Lächeln aufsetzte. »Des wahren Königs«, bestätigte er und senkte seine Waffe.

Die Frau ließ Tal los und trat um ihn herum. Ihre Haut war ebenso bleich wie ihre Haare und ihr Körper knochig und kantig. Sie funkelte ihn böse an.

»Was in Gottes Namen machst du hier draußen?«, wollte sie wissen.

»Beten«, antwortete er platt.

»Ja, und wir haben dich den ganzen Weg den Abhang herunterkommen hören. Du solltest in Zukunft vorsichtiger sein. Was, wenn ich jemand wäre, der dich töten will?«

»Annick«, warnte Garver.

»Willst du mich denn töten?«, fragte Tal.

»Momentan nicht«, erwiderte Annick. »Aber das könnte sich leicht ändern. Sag du es mir.« Sie verzog den Mund. Er konnte es ihr nicht verdenken, denn während der Engelskriege, als die Angst vor Gezeichneten extreme Ausmaße angenommen hatte, hatte die Kirche tatkräftig an deren Auslöschung mitgewirkt. Alle Überlebenden der Massaker hielten sich möglichst versteckt.

»Wir verfolgen schon seit ein paar Wochen eine Gezeichnete«, fuhr Annick fort, »in der Hoffnung, in diesen dunklen und unsicheren Zeiten eine Verbündete zu finden. Wer auch immer sie ist, sie ist schnell und stark, und es ist uns schwergefallen, mit ihrem Tempo mitzuhalten. Jetzt haben wir die Spur verloren – am selben Abend, wo wir dich finden, einen Großmagister der celdarischen Kirche, mitten in der Engelswildnis. Hast du eine Erklärung für diesen erstaunlichen Zufall?«

Tal studierte Annicks Miene, die viel zu ausdruckslos war, um der Frau zu trauen. Dann richtete er den Blick auf Garver.

»Ich war auch einer Gezeichneten auf der Spur«, sagte Tal. »Ich bin ihr von Tavistère aus gefolgt. Dann nach Terenash über das Hochland von Gormar und Zhirat. Erst vor vier Tagen war ich in Avura. Ist das derselbe Weg, den ihr genommen habt?«

Annick reagierte mit eisigem Schweigen. Garver sah Tal stirnrunzelnd an.

Tal versuchte es weiter. »Falls ich euch irgendwie helfen kann, ihre Spur wiederzufinden, bitte sagt es mir. Ich muss sie finden.«

»Warum sollten wir dir dabei helfen, eine Gezeichnete aufzuspüren?«, fragte Annick und verschränkte die Arme. »Du bist ein Mann der Kirche. Hier draußen *bist* du die Kirche.«

»Ich war während der Massaker noch nicht einmal geboren! Dein Vorwurf gilt meinen Vorfahren!«

»Und du hast dich zeit deines Lebens stets darum bemüht, ihre Verbrechen wiedergutzumachen, ja?«, sagte Annick mit blitzenden Augen. »Du hast deine Kollegen aufgefordert, die Gesetze umzuschreiben, damit ich die Flügel auf meinem Rücken zeigen und frei auf der Welt leben kann, statt mich in der Einöde in einer Höhle zu verstecken?«

Garver zwickte sich in den Nasenrücken. »Annick …«

»Nein, das habe ich nicht«, gestand Tal.

»Dann mach hier nicht auf unschuldig«, fauchte Annick. »Dein Blut ist mit meinem befleckt.«

»Ja, gewiss, du hast natürlich recht«, versicherte Tal eilig, »und wenn ich den drohenden Weltuntergang überlebe, schwöre ich dir, dass ich den Richterrat einberufen und verlangen werde, dass sie die behördlichen Richtlinien und die Registrierung überarbeiten. Aber zuerst müssen wir überleben. Ich muss die Gezeichnete finden, die auch ihr gesucht habt, und ihr könnt mir helfen, die Suche wesentlich effektiver anzugehen, als ich es allein könnte.«

Er zögerte und kam dann zu dem Schluss, dass das, was er sagen wollte, das Risiko wert war. »Ich glaube, ihr sucht sie aus demselben Grund wie ich. Nicht um Verbündete zu finden, sondern um Rielle ausfindig zu machen.«

Das Schweigen, das sich über sie legte, vibrierte vor Anspannung. Annicks Miene war unergründlich.

Doch Garver lenkte ein. »Am Abend der königlichen Hochzeit habe ich eine Gezeichnete in der Nähe der Stadt gespürt. Ich war schockiert, weil ich wusste, dass es in der Hauptstadt nur zwei Gezeichnete gibt und ich selbst einer davon bin. Diese eine war neu und unglaublich mächtig, wesentlich mächtiger als ich. Dann verschwand Königin Rielle und mit ihr die Gezeichnete.«

»Und seitdem sucht ihr sie?«, fragte Tal.

»Mit Unterstützung und erheblich langsamer, als ich es mir wünschen würde.« Er sah zu Annick hinüber. »Heutzutage können nicht viele Gezeichnete allein solche Distanzen überwinden. Wer auch immer die Königin begleitet, muss außerordentliche Kräfte besitzen.«

»Und wenn ihr diese Gezeichnete und Königin Rielle gefunden habt«, hakte Tal nach, »was genau wollt ihr dann tun?«

Bevor Garver antworten konnte, lachte Annick auf.

»So weit ist er noch gar nicht gekommen«, erwiderte sie. »Ich habe ihm sämtliche Gründe dafür aufgezählt, warum er dieses tollkühne Vorhaben aufgeben soll, und das stand ganz oben auf der Liste. *Keinen Plan zu haben.*«

Garver reagierte gereizt. »Ich konnte nicht einfach dastehen und nichts tun.«

»Nein, und deshalb hast du beschlossen, unangemeldet in mein Schlafzimmer zu platzen, mir ohne Rücksicht auf meine arme, schockierte Frau unseren Sohn in die Arme zu drücken und dann auf der Suche nach einem Engel durch die Welt zu ziehen, ohne einen anderen Plan zu haben, als mich auf dieser wilden Jagd mitzuzerren.«

»Ich kann euch helfen«, versicherte Tal eifrig. »Wenn wir eure Gezeichnete finden, können wir auch Rielle finden. Und wenn ich Rielle finden kann …« Ein Kloß bildete sich in seinem Hals, und ihm brach die Stimme. »Wenn ich sie finde, kann ich sie auch von ihm befreien. Ich kann sie in ihre Heimat Celdaria zurückbringen, wo sie hingehört. Erst dann sind wir in Sicherheit. Wenn wir das nicht schaffen, fürchte ich, wird sie für immer verloren sein, und die Welt wird fallen, genau wie es Aryava prophezeit hat.«

»Und was, wenn Königin Rielle sich gar nicht von ihm befreien will?«, fragte Garver ruhig. »Was, wenn sie freiwillig mitgegangen ist? Was hast du ihr zu bieten, damit sie ihn verlässt?«

»Ich liebe sie.« Erstickt stieß Tal die drei Worte hervor. »Ich liebe sie, und sie liebt mich. Ich habe ihr alles beigebracht, was sie weiß. Ich habe sie zeit ihres Lebens beschützt.«

»Und den Karren gründlich in den Dreck gefahren«, knurrte Annick.

»Annick!«, schimpfte Garver.

»Ich kenne sie. Ich *kenne* sie.« Tal sah von einem zum anderen und flehte innerlich darum, dass sie ihm glaubten. »Ich kann sie erreichen. Das weiß ich. Ich muss einfach nur mit ihr reden. Wenn sie mich hört, kommt sie zur Vernunft. Wenn ich sie berühren und umarmen kann, wird sie sich an ihre Heimat erinnern. Sie wird sich von ihm freikämpfen, wenn es sein muss.«

Nach einem langen Augenblick sah Garver zu Annick hinüber. Sie sagte nichts. Mit ernster Miene nickte sie einmal.

»Na gut«, sagte Garver. »Dann ziehen wir eben gemeinsam weiter. Wir ruhen bis zum Morgen und brechen auf, sobald es hell wird.«

Tal war zu erschöpft und zu erleichtert für weitere Worte. Schweigend dirigierte er die anderen zu der Höhle, die er entdeckt hatte, und setzte sich auf den harten Boden davor, unter einen weiten schwarzen Himmel voller Sterne. Dann schlang er zur Sicherheit einen Arm durch den Riemen seines Schilds, der seinen Oberkörper umfing wie eine polierte Muschel.

Gleich hinter dem Eingang der Höhle ließ sich Garver schwerfällig auf der Erde nieder und stützte den Kopf in die Hände. Annick machte es sich neben ihm bequem und schaute hinaus in die Nacht.

»Ich hasse es, so weit weg von Simon zu sein«, stieß Garver nach einer ganzen Weile unwirsch hervor. »Er hat ein weiches Herz, auch wenn er das meist gar nicht wahrhaben will. Er wird sich Sorgen machen.«

»Quinlan kümmert sich um ihn«, erwiderte Annick. »Sie hat mächtige Freunde. Die beiden sind in Sicherheit.«

»Deine Frau ist definitiv zu gut für dich.«

»Wie wahr«, sagte Annick und fügte dann mit einem Grinsen in der Stimme hinzu: »Weißt du, in Momenten wie diesem ertappe ich mich manchmal fast bei dem Wunsch, du und ich hätten nie aufgehört, einander zu lieben.«

»In Momenten wie diesem ertappe ich mich bei dem Wunsch, nicht die geringste Macht zu besitzen, damit ich deinen jämmerlichen Hintern zur Rettung der Welt losschicken und mit meinem Sohn zu Hause bleiben kann.«

»*Unser* Sohn, du Halunke«, sagte Annick liebevoll und küsste Garver auf die Nase.

Tal lauschte ihrem ruhig dahinfließenden Gespräch, bis ihm die Augen zufielen. Zum ersten Mal, seit er Celdaria verlassen hatte, schlief er mit einer kleinen Flamme der Hoffnung ein, die sauber und hell in seinem Herzen brannte.

17
ELIANA

»Es gibt Tage, an denen auch mich der Mut verlässt. Ich höre die Schreie der Sterbenden und denke, dass alles verloren ist. Aber wenn ihr eine Sache aus meinen Schriften lernen könnt, ist es, hoffe ich, die folgende: Welche Schmerzen euch auch zugefügt wurden, die Sonnenkönigin wird, wenn sie kommt, viel mehr ertragen müssen. Und dabei wird sie die ganze Zeit wissen, dass sie nicht aufgeben darf, weil das sonst das Ende von allem, was lebt, bedeuten würde.«

Die Worte des Propheten

Es war viel zu schnell vorbei.

Gepackt von panischer Angst taumelte Eliana ungeschickt über die Terrasse und krachte mit den Knien gegen die niedrige Steinbrüstung. Ioseph und Remy fielen nach unten, ihre Körper verschwammen in der Dunkelheit.

In dem Moment, als sie erfasste, was Corien vorhatte, wusste sie, wie sie sich entscheiden würde, und zögerte deshalb auch nicht. Sie begriff, dass er seine Worte ernst meinte: Wenn sie versuchte, beide zu retten, würde er ihren Vater und ihren Bruder töten, und ihr bliebe nichts.

Das war ihm natürlich klar, und er hatte exakt vorausgesehen, dass sie genau das tun würde, was sie jetzt tat. Während sie nach Remys herabstürzendem Körper griff, erwachten ihre Urformen zum Leben.

Das Empirium bewegte sich auf ihren Befehl hin und die Luft um Remy verwebte sich zu einem glitzernden weichen Netz. Elianas Augen wurden glasig, ihr Sichtfeld goldfarben und elastisch, sie konnte die Veränderungen in der Luft erkennen: Es war, wie wenn jemand mit dem Daumen gegen eine formbare, nachgiebige Haut drückte, der Körper der Welt wurde gedehnt und verzog sich.

Stumme Tränen rollten über ihre Wangen, als sie ihren Bruder sanft in den Hof senkte, wo die sauberen weißen Steine jetzt von etwas entstellt wurden, auf das Eliana lieber nicht ihren Blick lenken mochte. Stattdessen beobachtete sie, wie zwei Wachen Remy aufhalfen und ihn eskortierten, bis er in der Dunkelheit verschwand.

Sie kauerte sich zitternd vor der Brüstung zusammen und legte ihre Wange gegen den rauen, kühlen Stein. Als sie die forschen Stiefelschritte der Soldaten hörte, die Iosephs Leiche fortschafften, zerbrach etwas in ihr. Es war kein Knacken, sondern ein leichtes Nachgeben, so wie ein Baum, der von innen heraus morsch geworden war und so lange aufrecht stürmischen Winden getrotzt hatte, bis er sein eigenes Gewicht nicht mehr tragen konnte. Es überfiel sie eine unvergleichliche Erschöpfung, die sich wie eine schwere Decke über ihre Gedanken legte.

Eliana bekam kaum mit, wie Corien ihren Arm nahm und sie hochzog. Er strich ihr die Haare aus dem Gesicht und wischte ihre Tränen ab.

»Was für eine Verschwendung, dass du das erdulden musst«, sagte er. »Wenn du es zulassen würdest, könnten wir eine glückliche Familie sein. Du, ich, Remy. Und deine Mutter auch, sobald ich sie gefunden habe. Ich würde dir erlauben, Simon bis auf die Knochen zu häuten, wenn es das ist, was du dir wünschst, und ihn dabei am Leben lassen, damit er jede Sekunde der Qualen erlebt.«

Corien liebkoste mit dem Daumen ihr Kinn. Er beobachtete sie mit Augen, die schwärzer waren als der Himmel über ihnen. »Schick mich zurück, Eliana, und du wirst nie mehr so etwas fühlen müssen.«

Dann drehte er sich um und war verschwunden, und Eliana glitt in einen ruhigen, dunklen Tunnel bar jeden Lebens. Als sie wieder ein Licht erblickte, lag sie auf ihrem sauberen weißen Bett in ihrem sauberen weißen Zimmer, wo alles in sanftes Mondlicht getaucht war. Sie rollte sich auf ihren Decken zusammen und zitterte.

Plötzlich vernahm sie ein Knistern, ein verzerrtes Summen, das sie an das Zischen von elektrischen Lampen erinnerte. Aus einem Messingtrichter oben in der Ecke an der Wand über einem Strang aus Drähten drang das erhebende Konzert des Orchesters, das unten im Theater spielte. Der Messingapparat verfälschte den Klang der Instrumente, es hörte sich an, als spielte das Orchester weit entfernt auf einem hohen Berg.

Eliana wusste nicht, wie Corien das vollbracht hatte, und es kümmerte sie auch nicht. Die Musik knallte ihr um die Ohren, als würde jemand schonungslos mit dem Handballen dagegenschlagen, und sie ließ sich von ihr in den Schlaf prügeln.

Eliana wurde durch den ekelerregenden Geruch von Frühstück geweckt.

Benommen beobachtete sie, wie ihre weiß gekleideten Dienerinnen Speisen zu dem kleinen weißen Esstisch bei den Südfenstern brachten – einen Teller, eine Schüssel, einen Krug, einen Kelch. Der Essensgeruch breitete sich wie ein saurer Film in Elianas Nase und Mund aus. Sie wandte sich angeekelt von dem gedeckten Tisch ab. Wenn sie noch eine Sekunde länger daraufschaute, würde sie sich übergeben müssen.

Einen Moment lang herrschte Stille, dann vernahm sie, wie jemand an der Tür ungeduldig die Luft einzog. Jessamyn tauchte auf und lief in ihrer gepflegten schwarzen Uniform zu Elianas Bett. In ihrem Gürtel steckte eine kleine Kollektion unterschiedlicher Messer.

»Du wirst bis zum letzten Bissen aufessen«, fauchte sie und riss Eliana nach oben. »Seine Exzellenz befiehlt es.«

Eliana wehrte sich nicht. Als sie erst einmal auf den Füßen stand, folgte sie Jessamyn zum Tisch. Ihr Geist war verwirrt; ihre Beine zu bewegen und gleichzeitig ihren Gedanken nachzugehen, war ähnlich mühsam, wie sich durch einen Sumpf zu schleppen. Sie hatte den Eindruck, als würde sie durch eine enge Felsspalte gezerrt, und jetzt wusste sie nicht mehr, ob sie wach war oder schlief.

Und dennoch huschte ihr Blick zu Jessamyns Dolchen. Mühelos wanderten ihre Gedanken auf einmal zu ihren lange verlorenen Messern Arabeth und Nox und Pfeifer. Langsam formte sich eine Idee.

Eliana setzte sich vor das Frühstück und achtete auf ihren Atem, wie nebenbei ließ sie zu, dass ihre Idee Gestalt annahm. Wenn sie zu schnell vorging, würde sie den Nebel zerreißen, der ihren Geist betäubte, und Corien könnte spüren, was sie plante, und sie aufhalten.

»Iss«, blaffte Jessamyn sie an und blieb kerzengerade neben dem Tisch stehen.

Eliana führte einen Löffel mit Brei zum Mund. Morgenlicht sickerte durch die Fenster; die Scheiben waren auf Hochglanz poliert, draußen saß eine Taube auf der Dachrinne und putzte ihr Gefieder.

Eliana fokussierte vorsichtig ihre Gedanken auf ein Ziel, ihre Idee wurde deutlicher und nahm langsam Konturen an. Sie konnte – und *würde* – Corien nicht helfen.

Diese endlose nächtliche Tortur, in der Remy zu ihr gebracht und misshandelt wurde und sie nicht wusste, ob sie ihrem eigenen Verstand trauen durfte. Das konnte sie nicht mehr ertragen.

Aber das war die Lösung. Sie musste das Spiel beenden, bevor er gewann. Es war der einzige Weg. Einen anderen gab es nicht.

Sie aß unter Jessamyns strengem Blick, führte den Löffel von der Schüssel zu den Lippen, bis alles aufgegessen war, und widmete sich dann den Früchten. Eine Beere zerplatzte zwischen ihren Zähnen.

»Wo wird Remy festgehalten?«, fragte sie. Wenn sie ihn an diesem Ort im Stich ließe, wollte sie zumindest versuchen, die Wahrheit über sein Schicksal zu erfahren. »Ist er verletzt? Bekommt er zu essen?«

»Essen, ja«, sagte Jessamyn nach einem kleinen Zögern. »Verletzt, ja, aber nichts Schwerwiegendes. Der Kaiser sorgt dafür, dass ihm keine Gefahr droht, solange er von Nutzen ist.«

Solange er von Nutzen ist. Eliana lächelte, sie war ein wenig erleichtert. Wenn sie erst einmal gegangen war, würden sie ihn töten. Er würde es so wollen. Er würde wollen, dass sie das tat. Zwei Leben im Tausch für unzählige andere? Das war eine einfache Rechnung. Wenn Remy so wie sie wüsste, dass das der einzige Weg für sie war, um zu gewinnen, würde er die Klinge selbst in die Hand nehmen.

»Ich hatte das schon vermutet«, flüsterte sie und aß die Früchte auf. »Dass er so lange am Leben bleibt wie ich.«

Sie nahm sich eine Scheibe Butterbrot. Dann vergegenwärtigte sie sich die drei Dolche in Jessamyns Gürtel, wagte aber nicht, den Blick dorthin zu lenken. Eliana überkam eine eigenartige Ruhe. Sie müsste schnell sein. Ein letzter Mord für den Fluch von Orline.

Vergib mir, Remy, betete sie.

Blitzartig sprang sie von ihrem Stuhl und schlug Jessamyn fest auf die Kehle.

Jessamyn taumelte zurück, keuchte lautlos und fasste sich an den Hals. Das hatte sie nicht erwartet. Eliana war schwach. Sie war weich geworden; seit Wochen hatte sie keinen Dolch mehr gehalten. Sie sah kaum noch wie ein Mensch aus, ganz zu schweigen wie eine Mörderin.

Aber ihre Verzweiflung verlieh ihr neue Kraft. Sie fand den kürzesten Dolch in Jessamyns Gürtel und riss ihn aus seiner Scheide. In ihrem Geist rauschte weißes Licht und es knisterte, durch ihre Adern floss lodernder Triumph, als sie die Klinge in ihren Bauch stieß.

Doch bevor das Metall in ihr Fleisch eindrang, wurde sie von etwas ergriffen – in ihrem Geist legte sich eine beständige, aber sanfte Existenz wie ein Ring aus Daumen und Zeigefinger um ihr Handgelenk und zog sie vom Abgrund zurück.

Nein, Kleines. Noch nicht. Du und ich haben noch einiges zu tun.

Wer immer diese Person war, die die Gedankensprache so wie Engel beherrschte, war nicht Corien.

Eliana ließ das Messer fallen.

Die Adatrox, die in ihrem Zimmer verteilt waren, blieben stumm und still. Jessamyn stützte sich mit einer Hand auf dem Esstisch ab, ihre andere lag an ihrem Kragen. Doch sie stürzte sich nicht zum Gegenangriff auf Eliana. Keine der Adatrox stürmte zu ihr, um sie zu ergreifen.

Eliana richtete sich vorsichtig auf. Jessamyn keuchte nach Luft. Die Taube vor dem Fenster flog mit einem leisen Gurren davon.

Uns bleibt ein kurzer Moment, um uns ungestört zu unterhalten, sagte die Stimme zu Eliana. *Ich täusche die Augen deiner Wachen, aber ich kann uns nicht lange abschirmen.*

Wer bist du? Eliana trat von Jessamyn zurück, ihr Herz klopfte ihr bis zum Hals. *Du bist ein Engel.*

Ich bin ein Freund.

Eliana wirbelte herum und suchte nach einem Angreifer, aber ihr Zimmer blieb friedlich und still. Das einzige Geräusch, das sie wahrnahm, war Jessamyns abgehackter Atem. *Das beantwortet nicht meine Frage.*

Nicht alle Engel sind gleich, und nicht alle werfen sich vor dem Kaiser auf die Knie und beten ihn an. Nach einer Pause sagte die Stimme etwas sanfter: *Hast du nicht so eine Freundin? Deine geliebte Zahra?*

Eliana spürte eine Güte in dieser Stimme und eine große Traurigkeit. Ihre Augen füllten sich mit wütenden Tränen. *Möchtest du nicht, dass ich ihn aufhalte? Das ist der einzige Weg.*

Nein. Es gibt noch einen anderen. Mir bleibt nicht viel Zeit, bevor er merkt, dass ich hier bin, aber er darf nicht wissen, dass ich noch lebe, weshalb ich mich dir bisher auch noch nicht gezeigt habe. Trotz der Traurigkeit lag in der Stimme eine eiserne Entschlossenheit, die Eliana Angst machte, auch wenn sie noch so freundlich klang – denn darin ähnelte die Stimme der von Corien sehr. Ein unbeugsamer Wille. Ein jahrhundertealtes Ziel.

Ich hätte um deinetwillen gern mehr Zeit gehabt, bevor ich mich dir zeige, fuhr die Stimme fort. *Diese Monate haben dich unablässig zermürbt. Du hast große Verluste erlitten, und du hast so eifrig gegen deine Macht gekämpft, um uns alle zu beschützen, dass du sie inzwischen nur noch unter großem Zwang oder in Augenblicken voller Schmerz und Angst finden kannst. Deshalb tut er dir so weh. Und ein glückliches Leben verspricht er dir nur, damit er es dir wieder aus den Händen reißen kann.* Eine Pause entstand. Dann sagte die Stimme mit grenzenloser Zuneigung: *Was du ertragen musstest, ist unverzeihlich. Ich wünschte, ich könnte dir sagen, dass es nun vorbei ist.*

Eliana war verwirrt. Inmitten eines warmen Sonnenlichtkreises und umgeben von ihren blinden Wachen, die wie Statuen mit leerem Blick vor sich hin starrten, wiederholte sie ihre Frage. Diesmal stellte Eliana sie laut. »Wer bist du?«

Ich habe viele Namen, antwortete die Stimme. *Aber du kennst mich als der Prophet.*

18
RIELLE

»Es gibt nur eine einzige wissenschaftlich anerkannte Darstellung von Sankt Tameryn ohne ihren Dolch in der Hand – die Titelseite einer sorgfältig edierten Sammlung wenig bekannter astavarischer Kindergeschichten. Auf der Illustration, die nur in direktem Sonnenlicht sichtbar wird, ist Tameryn ein Kind, und obwohl sie auf Abbildungen meist mit ernster Miene zu sehen ist, sieht sie hier glücklich aus. Sie liegt entspannt zwischen Wiesenblumen und drückt sich mit der einen Hand ein weißes Kätzchen und mit der anderen einen Lichtstrahl an die Brust. Kein schwarzes Leoparden-Göttertier, das sie bewacht. Kein Dolch, mit dem sie ihre Feinde niederstreckt. Kein einziger Schatten in Sicht.«

Fußnote im *Buch der Heiligen*

Rielle wartete mit wachsender Ungeduld, dass der Schneider mit der Anprobe ihres neuen Kleids fertig würde. Doch sie konnte sich keine Ungeduld erlauben. Sie musste ihren Geist schließlich ebenso kontrollieren wie ihre Gesichtszüge – ausdruckslos und einen Hauch gebieterisch. Der Schneider huschte mit schnellen Bewegungen um sie herum, steckte hier den Stoff fest und nahm dort noch einmal Maß. Corien hatte darauf bestanden, ihr eine spektakuläre Garderobe anfertigen zu lassen, und der Schneider, den er für die Aufgabe auserkoren hatte, stammte aus Kirvaya. Er sei von überragender Begabung, hatte Corien ihr versichert, und tatsächlich hatte der Mann etwas Exquisites erschaffen – ein schwarzes Kleid mit hohem Kragen, einer gegliederten Schulterpartie und langen, behaglichen Ärmeln, auf denen kunstvolle Wirbel aus winzigen, goldfarbenen Edelsteinen glitzerten. Der hoch angesetzten Taille schloss sich ein weiter, dramatischer Rock an, der ausreichend Platz ließ für ihren wachsenden Bauch.

Exquisit, wie es war, konnte Rielle das Kleid dennoch nicht direkt ansehen. Seine schwarze Fülle und der glitzernde Goldrand am Saum erinnerten sie an das uferlose Meer des Empiriums und wie sie darin fast ertrunken wäre.

Wie sie darin ertrinken *wollte.*

Der Schneider machte sich an einer Stola aus dunkelgrauem Pelz zu schaffen und drapierte sie über Rielles Schultern.

Sie sah ihrem Spiegelbild ins Auge. Das altbekannte Grün, das sie stets in Spiegeln gesehen hatte, war nun von breiten Reifen irisierenden Golds umgeben. Die Veränderung hatte sich ganz langsam im Lauf der letzten Monate ergeben, und sie hatte sie ignoriert, was nun nicht länger möglich war. Das Gold würde das Grün schon bald überdecken.

Auf einmal konnte sie nicht mehr stehen. Ihr Magen rebellierte; sie konnte nichts mehr essen, ohne dass ihr schlecht wurde. Wie auch. Sie war umgeben von Gräueln. Monster, die aus Drachen erschaffen worden waren, Kinder, die man zu ihren magischen Fertigkeiten zwang. Monster, die gegen die Pforte hämmerten. Ein Monster, das sie im einen Moment küsste und im nächsten neue Monstrositäten erschuf.

Und sie selbst, die Monströseste von allen.

»Wir machen es später fertig«, erklärte Rielle und legte sich eine Hand auf den Bauch. »Ich fühle mich unwohl und brauche Ruhe.«

Eine halbe Lüge, und noch dazu eine, die sie beinahe bitter auflachen ließ. Sie würde niemals Ruhe finden.

Während die Zofen ihr halfen, sich auszuziehen, ein Nachthemd überzustreifen und in ihre pelzgefütterten Pantoffeln zu schlüpfen, versuchte Rielle, ihren Gedankenfluss anzuhalten. Sie hatte sogar Angst, zu laut zu atmen. Corien arbeitete irgendwo in den Abgründen des Nördlichen Stützpunkts, in die er sie noch nicht eingeführt hatte. Während sein Geist damit beschäftigt war, die Bewegungen der Engel auf der ganzen Welt zu dirigieren, mit jenen, die noch in der Verdammnis festsaßen, zu kommunizieren und mit seinen Operateuren das Schneide- und Verstümmelungswerk voranzutreiben, war Rielles Geist so klar wie selten.

Doch sie musste schnell sein.

Sowie sie allein war, suchte sie alles, was sie an warmer Kleidung besaß, zusammen. Ihre robusten, pelzgefütterten Stiefel, die sie zu Beginn der Woche getragen hatte, als Corien sie durch die stinkenden Drachenställe geführt hatte. Dicke Strumpfhosen, dicke Wollstrümpfe, ein warmes Hemd, Hosen und einen langen Pelzmantel, der ihr bis über die Knie reichte. Einen Schal, den sie sich um Kopf und Hals wickeln konnte, sowie eine Pelzkappe.

Sie band eines der Bettlaken zu einem Sack zusammen und versuchte, die jüngste Erinnerung aus ihrem Geist zu tilgen, in der sie auf zerwühlten Laken lag und Coriens Mund heiß über ihre Haut wanderte. Mit zitternden Händen stopfte sie die Kleidungsstücke in den Sack. Dann riss sie eine leere Seite aus dem Notizbuch auf Coriens Schreibtisch, schnappte sich einen Stift und stopfte beides in ihr Mieder.

Sie sauste die Geheimtreppe hinunter, die hinter dem Spiegel im Badezimmer begann – eine verborgene Passage, durch die Corien seine Gemächer ungesehen betreten und verlassen konnte. Es war mitten am Nachmittag, und in Laboratorien und Kasernen, Bergwerken und Schmieden herrschte gewiss emsige Betriebsamkeit, doch in der Festung an sich war es still. Rielle huschte in eine der Vorratskammern neben der Küche, schnappte sich Kartoffeln und Brötchen und ein paar Streifen getrocknetes Elchfleisch. Sie wusste ja nicht, was sie unterwegs an Essbarem finden oder wohin ihr Weg sie überhaupt führen würde.

Sie griff mit ihrem Geist aus und fragte sich, ob sie es spüren würde, wenn Corien sie beobachtete.

Stille. Er war da, jedoch in der Ferne, ein vager Schatten. Noch war er am Arbeiten. Noch war Zeit.

In einem leeren Büroraum, der einst Anadirah gehört hatte, einer von Coriens Spähtrupp-Kommandantinnen, fand Rielle einen kleinen ledernen Rucksack, den man mit einem Gurt am Oberkörper befestigen konnte. Sie steckte die Esswaren hinein und ließ die Kleider auf dem Boden liegen. Dann schritt sie mit pochendem Herzen und undurchdringlicher Miene durch die Festung zu dem kleinen Raum im Ostflügel, wo Obritsa wohnte.

»Ich will die Gezeichnete sprechen«, erklärte Rielle den beiden Adatrox, die vor der Tür wachten. »Sofort.«

Sie blinzelten verwirrt mit ihren grau verhangenen Augen, doch Rielle wich nicht vom Fleck, sondern musterte sie streng, bis sie schließlich die Tür aufsperrten und zur Seite traten.

Das Blut toste in Rielles Schädel, als sie den Raum betrat und hinter sich die Tür schloss. Die Engel, die dazu abkommandiert worden waren, die beiden Wächter zu kontrollieren, würden Corien bald über die Ereignisse informieren. Die Sache war außergewöhnlich genug, um ihn zu stören.

Neben dem lodernden Kamin saß Obritsa mit langen, mehrfach um sie geschlungenen Ketten gefesselt auf einem Stuhl. Das junge Mädchen litt eindeutig unter der Hitze; ihre Haut war von Schweißperlen überzogen. Mit diesen Fesseln war sie außerstande Bänder zu knüpfen, denn diese Kunst erforderte den Einsatz der Hände.

Obritsa hob den Blick, als Rielle hereinkam. Ihre Augen waren verweint, doch ihr Gesicht war zu einer hasserfüllten Grimasse verzerrt. »Bist du jetzt endlich gekommen, um mich zu töten? Oder wolltest du mir nur sagen, dass mein Artem tot ist?«

Rielle gab ihr keine Antwort. Mit einem kurzen Aufwallen ihrer Macht löste sie die Ketten im Handumdrehen, sodass Obritsa plötzlich ungefesselt in einer schillernden Aschewolke saß.

»Wir haben nicht viel Zeit«, sagte Rielle. Sie zog Papier und Stift aus ihrem Mieder und begann einen Plan von der Festungsanlage zu zeichnen. »Er wird uns bald hinterherkommen. Du musst mich von hier wegbringen, so weit fort, wie du kannst.

Denk daran, dass wir einen weiten Weg vor uns haben und du mit deinen Kräften haushalten musst. Ich habe Essen und Kleider zusammengesucht und in einer Kammer hinten im Flur versteckt. Wir holen alles, bevor wir aufbrechen. Zieh dich rasch an. Wahrscheinlich wird es am besten sein, wenn wir in Richtung Norden reisen, durch die Weiße Wüste. Wir überqueren die Eisfelder und den Pol und gelangen dann von Norden her nach Astavar.«

»Dein plötzlicher Gesinnungswandel ist erstaunlich.« In Obritsas Augen glitzerte ein neues, blendendes Licht. »Er hat es dir gezeigt, nicht wahr? Du hast gesehen, was er macht. Mit den Elementarkindern, die er aus meinem Land entführt hat. Er hält sie in Käfigen. In seinen Laboratorien pervertiert er ihre Zauberkraft und operiert gefolterte Göttertiere zu Ungeheuern um. Du hast es alles gesehen.«

Rielle hielt inne. Die Erinnerungen an die letzten Tage hingen in ihrem Geist wie die Fetzen eines Albtraums. Sie hätte ihnen gern nachgejagt, genauer untersucht, was Corien getan hatte, und über seinen Einfallsreichtum gestaunt.

Sie lechzte danach, ihn dafür zu verurteilen und persönlich dafür zu sorgen, dass er bestraft wurde.

Die Widersprüche in ihrem eigenen Herzen zerrissen sie fast. Am liebsten hätte sie laut geschrien.

»Die Pforte darf nicht geöffnet werden«, sagte sie stattdessen, ohne Obritsa anzusehen. Wenn sie auch nur ein einziges selbstgefälliges Grinsen erspähte, würde sie es dem Mädchen aus dem Gesicht brennen. »Die Gräuel, die er erschaffen hat, sind Verbrechen gegen das Empirium.«

Dann wappnete sie sich und hielt sich reglos und still, als würde allein das Aussprechen dieser Worte ihn tobend durch die Tür stürmen lassen.

Doch das einzige Geräusch im Raum war das Knistern des Kaminfeuers. Erschaudernd stieß sie den Atem aus.

»Wir zerstören die Urformen, die wir schon haben. Ich weiß, wo sie aufbewahrt werden.« Sie zeigte auf ihren provisorischen

Lageplan. »Du bringst mich zuerst dorthin und dann zu den Urformen. Das sorgt für Durcheinander und bremst ihn vielleicht etwas. Als Nächstes reisen wir nach Astavar und suchen Tameryns Dolch.«

»Bist du denn imstande, die Urformen zu zerstören?«, fragte Obritsa und musterte sie streng. »Sie wurden von den Heiligen geschmiedet.«

Rielle lachte kurz auf und kratzte sich gedankenverloren an der Schläfe. »Ich bin zu allem imstande. Aber jetzt schnell, solange ich noch ich selbst bin. Bevor mich jemand erreicht.«

Sie schloss die Augen und stieß gegen das entfernte Grollen des Empiriums, das Schwappen seiner schwarz-goldenen Wellen. Unter ihren kratzenden Fingern kam Blut hervor.

»Du darfst mich nicht berühren«, flüsterte sie. »Du bekommst mich nicht, noch nicht.«

Obritsa klang leicht beunruhigt. »Mit wem sprichst du?«

Rielle ignorierte ihre Frage. »Wenn du ihn aufhalten willst, tust du, was ich dir sage. *Sofort.*«

Das Mädchen stand auf, zögerte jedoch.

»Artem wird zu schwer bewacht«, sagte Rielle rasch, »und wir haben ohnehin schon genug Zeit verloren. Wir müssen ihn zurücklassen.« Sie drückte Obritsa den Lageplan in die Hand. Ihre Selbstkontrolle begann an den Rändern durchlässig zu werden, und ihre Gedanken quollen heraus. »Beeil dich, verdammt noch mal! Er kann jeden Moment kommen und mich holen!«

Den Mund zu einer harten Linie gepresst und mit blitzenden Augen wob Obritsa schnell und mit geschickten Fingern helle Bänder aus der Luft und knüpfte sie zu einem summenden Lichtring. Sie sah Rielle an.

Rielle trat durch das Licht, und das Mädchen folgte ihr. Die Bänder lösten sich mit heftigem Zischen, der Ring fiel in sich zusammen und schloss sich.

In Anadirahs Büro zogen sie sich hastig um, wobei die schmächtige Obritsa in den riesigen Pelzen fast versank. Sanfter Druck baute sich in Rielles Geist auf, und ihre Gedanken nahmen eine vertraute Struktur an.

»Beeil dich«, flüsterte sie, während sie mit zitternden Fingern ihren Schal band und die Pelzkappe darüberstülpte. »Er kommt.«

Mit weit aufgerissenen Augen knüpfte Obritsa weitere Bänder. Sie traten durch den Ring und gelangten in einen kleinen, schmucklosen Raum in einem der Festungstürme, genau wie Rielle es verlangt hatte – jedoch packte sie das Grauen, als sie die Wahrheit erkannte: Der Raum barg lediglich eine einzige Urform. Sankt Marzanas Schild stand allein mitten auf dem Boden. Blasse Strahlen winterlichen Lichts, das aus vier Fenstern den Raum durchkreuzte, trafen sich auf der ramponierten Vorderseite des Schilds.

Obritsa schloss ihre Bänder und wandte sich um. »Wo sind die anderen?«

Rielle starrte den Schild an, während lodernde Wut in ihr aufwallte.

Corien hatte die Urformen voneinander getrennt und sie einzeln in der Festung verteilt, ohne ihr etwas davon zu sagen.

Die letzten zerschlissenen Fäden ihrer Selbstbeherrschung rissen.

Sie schrie vor Wut, schleuderte die Hände nach dem Schild und rief in einer weißglühenden Welle der Macht das Empirium herbei. Der Raum explodierte in Gold, und jedes Staubkorn, jeder Luftstreifen und jedes Tröpfchen Feuchtigkeit erstrahlte in glänzendem Licht.

Obritsa riss die Arme in die Höhe, um ihre Augen zu schützen.

Ein schrilles, misstönendes Summen gellte von den Wänden zurück und ließ den Schild vibrieren. Dann schoss er mit einem lauten Knall an die Decke, zerfiel zu Staub und war verschwunden. Zurück blieben lediglich ein Brandfleck auf dem Boden und ein Spinnennetz aus Rissen, das sich von Wand zu Wand zog. Der ganze Raum bebte heftig, die Decke zitterte.

Rielle sank zu Boden, durch ihren Kopf sprühten Sterne. Knochen und Muskeln taten weh, in ihrem Kiefer und in den Augenhöhlen pulsierte der Schmerz – doch dahinter wogte eine verbotene, schwellende Lust. In ihren Fingern und Zehen kribbelte es sacht; eine geschmeidige Energie spielte mit ihren Haarspitzen und glitt knisternd über die weichen Linien ihrer Haut.

Sie spürte ein Licht in der Nähe und wandte sich zögernd zu ihm um.

»Geh, Rielle«, sagte Obritsa mit vor Angst gepresster Stimme. »Schnell. Der Turm stürzt ein.«

Ein lauter Knall gellte durch die Luft, und der Boden unter Rielles Füßen gab nach, als sie durch den Lichtring trat, der zu ihrer Linken schwebte. Sie spürte Obritsa dicht hinter sich und hörte, wie sich die Bänder schlossen, als sie gemeinsam in eine weiße Welt aus Schnee stürzten.

Die Luft war so eisig, dass es Rielle augenblicklich den Atem verschlug. Sie kam mühsam auf die Beine, schnappte nach Luft und schlüpfte ungeschickt in ihre Handschuhe. Obritsa neben ihr rückte den Rucksack auf ihren Schultern zurecht.

Sie standen auf einem Gletscher. Hinter ihnen erstreckte sich eine grau-weiße Bergkette. Ein paar Hundert Meter vor ihnen glänzte ein schwarzer Wasserspalt zwischen den Eisbergen. In der Ferne stießen hohe, dunkle Berge an die Wolken.

Rielles Herz pochte bei dem Anblick. Diese Berge markierten den Nördlichen Stützpunkt, und sie war von dort entkommen. *Ihm* entkommen.

Kaum hatte sie den Gedanken zu Ende gedacht, fand er sie.

Rielle, was hast du getan? Er grabschte nach ihr, streifte mit den Fingern über ihr Handgelenk und liebkoste mit seiner Stimme ihren Hals. Sein Zorn riss an ihrer Brust; sie war seine Beute, gefangen in einer Schlinge. *Der* Schild, *Rielle! Wie konntest du mir das antun? Uns?*

Rielle schrie: »Noch mal, Obritsa! Nach Norden!«

Das Mädchen gehorchte. Ihre angstgeweiteten Augen waren das Einzige, was man hinter ihren dicken Pelzen erkennen konnte.

Rielle machte den Anfang, dicht gefolgt von Obritsa, und als Rielle durch den Lichtring trat, traf sie Coriens Wutschrei wie ein Peitschenhieb in den Nacken.

Sie landeten in einer tiefen Schneewehe.

Rielle bekam Schnee in die Nase, als sie bis zum Kinn in dem frischen Pulverschnee steckte, und tastete nach Obritsa. Sie fand die behandschuhte Hand des Mädchens und griff danach. Dann sandte sie eine Salve ihrer Macht aus, die jede Schneeflocke im Umkreis von drei Metern schmelzen ließ. Wasser rauschte in einem kalten Sturzbach über den nackten schwarzen Boden.

Hustend und keuchend und in patschnassen Pelzen, zögerte Obritsa dennoch nicht. Sie knüpfte weitere Bänder, die allesamt in einer Dampfwolke wehten, während sich der Schnee abermals dicht um sie schloss.

Eine Vision erschien vor Rielles Augen: die schwarze Festung am Nördlichen Stützpunkt, ein klaffendes Loch in der Ecke, wo einst der von ihr zum Einsturz gebrachte Turm gestanden hatte.

Sie blinzelte, und auf einmal stand Corien neben ihr, gehüllt in schwarze und graue Pelze. Er hatte sein Gesicht unverhüllt gelassen, und vor der gnadenlosen Schneekulisse war seine helläugige Schönheit noch atemberaubender.

»Was soll das alles, Rielle?«, fragte er sie. »Was willst du damit erreichen?«

Obwohl er nicht wirklich da war, war er in ihrem Geist real, und Rielle fühlte sich zu der verheißungsvollen Wärme in seinen Armen hingezogen.

Doch dann vergegenwärtigte sie sich den von der Decke hängenden Cruciatakadaver, die in Käfige gepferchten entführten Kinder aus Kirvaya und die in ihrer Grube jaulenden Kriecher. Angewidert wandte sie sich von Corien ab.

»Du hast mich belogen«, zischte sie. »Du hast mir hartnäckig verschwiegen, was du machst, was für Grausamkeiten du ausführen lässt. Ich mag ein Monster sein, aber ich bin nicht so monströs, dass ich den Missbrauch von Kindern und Göttertieren gutheißen würde.«

Corien lachte leise. »Du bist verwirrt, Liebling. Du bist müde. Das verstehe ich. Komm heim zu mir. Komm heim und ruh dich aus.« Seine Stimme glitt ihr Rückgrat hinab. »Weißt du noch, wie ich dich verwöhnt habe, wie du unter meinen Händen wieder und wieder in Wonne zerflossen bist? Erinnerst du dich daran, wie gewaltig das war, wie *richtig?* Du gehörst hierher. Du gehörst in meine Arme, Rielle.«

Während ihr vor Kälte die Zähne klapperten, schrie Rielle zu Obritsa hinüber: »Schneller, bitte!«

»Unser Thron erwartet uns«, versuchte Corien sie zu beschwören. »Wenn monströse Taten nötig sind, um ihn zu erringen, dann sei es so. Es war auch monströs, was mir und meinem Volk angetan wurde. Jedes große Werk muss irgendwo beginnen, und was die Zukunft für uns bereithält, wird prachtvoll genug sein, um jede Erinnerung an das Groteske und Grausame zu tilgen. Du willst das mehr als alles andere. Das spüre ich. Ich *kenne* dich, Rielle.«

Obritsa sah sich zu ihr um. »Alles bereit!«

Rielle eilte auf den Ring aus Licht zu, der nun über dem Schnee erstrahlte.

»Du belügst dich selbst!«, brüllte Corien. »Was wird denn ohne mich von dir übrig bleiben? Du wirst allein sein! Du wirst niemals –«

Rielle trat durch die Bänder, und Coriens Stimme erlosch.

Sie landeten auf einem steilen, vereisten Abhang. Rielle rutschte augenblicklich aus und konnte sich gerade noch an einem Felsblock abfangen.

Doch Obritsa kam nicht richtig auf die Beine und schlitterte mit einem schrillen Angstschrei an Rielle vorbei.

Rielle griff aus und stoppte sie, indem sie die Kindkönigin in ein Kraftnetz einspann, das sie mit ausgestreckten Gliedmaßen auf der vereisten Schneeplatte verharren ließ.

Als Rielle sich selbst abrutschen spürte, da ihr Halt um den Felsblock schwächer wurde, ließ sie ihre Fantasie spielen. Sie berührte das Empirium und sandte eine sanfte Machtwolke über den kleinen Berghang. Schnee und Eis gingen sogleich in weiche, von Wildblumen gesprenkelte Grashügel über, und die Luft wurde mild und lau.

Auf einem kühlen Fleckchen Klee brach sie zusammen und atmete den Duft der Wiese ein.

Leise erklang Coriens Stimme. *Ich schäme mich dafür, wie ich mit dir gesprochen habe. Ich hatte Angst, als ich gemerkt habe, dass du mich verlassen hast. Es tut mir leid. Ich war grausam und habe dich belogen. Rielle, du wirst niemals allein sein.* Seine Stimme klang tränenerstickt. *Und ich werde nie aufhören, dich zu lieben. Ich werde dich nie verlassen oder vor dir fliehen oder furchtsam zurückzucken. Königin meines Herzens, ich wurde hierfür geschaffen. Ich wurde auf diese Welt gebracht, um dich zu lieben.*

Obritsa kroch durch das Gras an Rielles Seite und half ihr, sich aufzusetzen. Sie hatte weitere Bänder geknüpft, die nun als Ring vor Rielles Zehen summte.

»Es ist Zeit«, keuchte Obritsa. »Komm. Er verblasst schnell.«

Das Mädchen hatte recht. Rielle sah sich mit verschwommenem Blick um und registrierte, wie das Gras ihrer Wiese verdorrte und die Blüten schwarz wurden. Sie war völlig durcheinander, und Furcht und Wut übermannten sie gleichermaßen.

Sie rappelte sich auf, wandte sich von Coriens süßem Flehen ab und reiste durch Obritsas Bänder in unbekannte Gefilde.

In einer klaren Nacht saßen Rielle und Obritsa in der Weißen Wüste an eine niedrige Felswand gelehnt da und genossen die Aussicht auf schneebedeckte Weiten. Die Welt war weiß und flach, so weit das Auge reichte. Über ihnen prangte ein Himmel aus Sternen und wirbelnden Lichtern – grün und violett, türkis und bernsteinfarben. Der legendäre Himmel von Astavar.

Erschöpft und bar ihrer Macht, hatte Obritsa den Kopf an Rielles Schulter gelehnt. Durch die Pelze hindurch streichelte Rielle den Arm des Mädchens.

Corien war still und nur als vager Farbschatten am Horizont ihres Bewusstseins vorhanden. Rielle wusste, dass sie sich Sorgen darüber machen sollte, was das bedeuten könnte, doch sie war zu müde, um sich zu sorgen. Sie hatten sich tagelang erbarmungslos durch die Weiße Wüste geschleppt, und dies war das erste Mal, dass sie die Sterne sahen.

»Wir sind fast da«, murmelte sie Obritsa zu, die allmählich in den Schlaf sank.

Eine dünne Ader der Macht kitzelte die Ränder von Rielles Bewusstsein. Es juckte sie in den Armbeugen; ruhelos rieb sie die Stiefel aneinander. Die Urform war nah und rief nach ihr. Vor ihrem geistigen Auge sah sie Sankt Tameryn in der Schlacht, wie sie auf ihrem schwarzen Leoparden ritt, flankiert von einem Rudel Schattenwölfe, die sie mit ihrer Urform heraufbeschworen hatte – einem eleganten Dolch mit Ebenholzheft.

Rielle schloss die Augen. »Wir sind ganz nah dran«, wisperte sie. »Ich spüre es.«

Als Rielle durch den letzten Ring trat, der sie zu Sankt Tameryns Urform bringen würde, fühlte sie sich angespannt, aber auch bereit, und ihre Macht summte begierig an ihren Fingerspitzen.

Sie stand in einer gigantischen Höhle am Rand eines großen, klaren Sees. Die Höhlenwände waren üppig bewachsen – verschlungene Lianen mit glänzenden, jadegrünen Blättern und Büscheln winziger weißer Blüten, die wie Schäfchenwolken herabhingen. Das Seeufer war ein breiter Streifen aus schwarzen Kieseln, in dem hier und da ein Amethyst glitzerte. Eine leichte Brise kräuselte das Wasser, und obwohl es kein Fenster zur Außenwelt gab, lag sanftes Sonnenlicht über allem.

Leise kam Obritsa an Rielles Seite gehuscht und senkte die Pelzkapuze. Schneeklumpen fielen zu Boden. »Sankt Tameryns Höhle«, flüsterte sie.

Rielle schloss die Augen und atmete die samtige Luft ein. Hier war der Ruf der Urform beharrlich und klar und eröffnete ihr eine Vision: Sankt Tameryn in schlummernder Umarmung mit Sankt Nerida. Die eine mit goldbrauner Haut und einem Schopf glänzender dunkler Wellen, die andere mit Haaren wie Ebenholz, die ein von der Sonne golden geküsstes blasses Gesicht einrahmten. Aneinandergeschlungen in einem weißen Bett unter einem Blätterdach, strahlten sie vor Glück.

Ein Echo ihrer Liebe blühte in Rielles Herz auf, wobei die Erinnerung vom Kraftstrom der Urform befördert wurde. Sie war so überwältigend und so lebhaft in ihrer Reinheit, dass es Rielle fast den Atem verschlug. Während sie sich die Tränen aus den Augen wischte, beschloss sie, diesen Ort so schnell wie möglich zu verlassen, da er ihr Audric viel zu deutlich ins Gedächtnis rief.

Sie ließ den Blick durch die Höhle schweifen und entdeckte einen runden Steinpavillon, das auf einem Sockel im Wasser stand. Ein flacher Wall verband es mit dem Ufer.

Zwischen den Säulen des Pavillons standen drei Männer in grauen Gewändern, auf deren Brust ein vertrautes Emblem eingestickt war: ein hoher, viereckiger Turm mit einem Auge darüber. Einer der Männer zog bereits hastig Bänder aus der Luft, was Obritsa scharf nach Luft schnappen ließ.

Die astavarischen Obex und einer der Gezeichneten, die ihnen zu Diensten waren.

Rielle stürmte augenblicklich auf sie los.

»Loslassen«, rief sie, »sonst vernichte ich euch!«

Einer der Obex hielt Tameryns Dolch hinter seinem Rücken umklammert. »Lady Rielle, bitte, du musst vernünftig sein –«

»Ich habe euch gewarnt«, sagte Rielle. Die Zeit reichte nicht, um mit ihnen zu streiten oder sie zu verschonen. Noch fünfzig Meter von ihnen entfernt, sandte sie Fäuste voller Macht los, packte ihre Herzen mit ihrer lodernden Hand und brachte sie zum Stillstand, genau wie sie es bei ihrem Vater, König Bastien und Lord Dervin getan hatte. Doch inzwischen beherrschte sie es besser – schneller, effizienter. Ihr Tod war schmerzlos; dafür hatte sie gesorgt. Tameryns Dolch fiel klirrend zu Boden. Die Bänder des Gezeichneten lösten sich auf und verschwanden.

Rielle überquerte den Wall, um den Dolch zu holen, ehe sie sich wieder zu Obritsa ans Ufer gesellte. Das Mädchen wirkte völlig unbeeindruckt von Rielles Tun. Ein zartes Lächeln zog über ihr müdes Gesicht.

»Wir haben es geschafft«, sagte Obritsa atemlos. »Ich habe es geschafft.«

»Du hast gute Arbeit geleistet«, stimmte Rielle zu, hielt den Dolch in die Höhe und kippte seine Klinge, um das Licht aufzufangen. Sie versuchte, nicht daran zu denken, wie begeistert Audric wäre, wenn er in Sankt Tameryns geliebtem Heim stünde, doch ihr Geist war ein böser Verräter.

»Bring uns an die Oberfläche«, befahl Rielle. »An irgendeinen abgelegenen Ort. Dieser Wasserfall im Gebirge, an dem wir vorbeigekommen sind. Bring uns dorthin.«

Obritsa runzelte die Stirn. »Du willst ihn nicht hier zerstören?«

Rielle umfasste den Dolch fester. Sie wartete, bis ihre Augen trocken und ihr Geist frei von Audrics Bild war, wie er von Ehrfurcht ergriffen am Seeufer stand.

»Nein«, antwortete sie ruhig. »Nicht hier.«

In einem Kiefernwäldchen in den Bergen ein Stück nördlich von der astavarischen Hauptstadt Vintervok ruhten sie sich aus. Nicht weit von ihnen stürzte ein schmaler Wasserfall eine schwarze Steinwand hinunter. Dünner Nebel hing in der Luft und machte Nadeln und Äste weich.

Obritsa schlief fest auf ihrem Lager aus Pelzen, behaglich eingerahmt von Rielle und einem mit samtigem Moos bewachsenen Felsen. Tiefe Schatten lagen unter den Augen des Mädchens, und ihre Wangen wirkten jetzt noch eingefallener, als sie es im Nördlichen Stützpunkt gewesen waren. Doch das war bei Rielle nicht anders. Sie hatte ihr Ebenbild im nahe gelegenen Fluss gesehen und die Person, die ihr da entgegenblickte, kaum wiedererkannt.

Sie ließ Obritsa schlafen und wanderte in dem Wäldchen umher, bis sie eine kleine Lichtung fand. Dort zog sie sich aus bis auf ihre Strümpfe und ein dünnes Hemd. Allein, von den dicken Stoffschichten befreit und mit nichts als ein paar Bäumen zur Gesellschaft, fühlte sie sich freier und atmete leichter. Sie setzte sich auf ein weiches Mooskissen, lehnte den Kopf gegen einen Kiefernstamm und schaute in das Meer aus Nadeln über ihr. Ihre Handflächen prickelten noch von der Zerstörung des Dolchs, und sie wünschte sich nichts sehnlicher, als einen ganzen Monat lang zu schlafen. Doch sie durften sich nicht lange ausruhen. Die anhaltende Stille bedeutete, dass Corien etwas plante – oder mehr wusste als sie.

Rielle legte sich eine Hand auf den Bauch. Manchmal stieß sie sein ungewohnter Umfang ab, und sie spielte mit dem Gedanken, ihre Macht zu verwenden und sich des Wesens in ihr ein für alle Mal zu entledigen. Sie hatte weder Zeit noch Energie für die Veränderungen, die es ihrem Körper aufgezwungen hatte, die Erschöpfung, mit der sie sich nun durch die Welt bewegte. Außerdem gehörte es ja nicht nur ihr, sondern auch Audric, das Kind fesselte sie aneinander und sie käme nie wirklich frei von ihm.

In anderen Phasen empfand sie eine so große Zärtlichkeit für das ungeborene Leben in ihr, dass es sie schwindelte. Geistesabwesend fuhr sie sich mit den Fingern über die Haut und fragte sich, wie es dem Kind nach solchen tagelangen wilden Reisen wohl ging. Auch überlegte sie, ob sie einen Heiler aufsuchen sollte, – Garver Randell kam ihr in den Sinn, sein kleiner Laden, der nach Kräutern und Harzen roch, und sein Sohn Simon, der mit leuchtenden Augen zu seiner Sonnenkönigin aufblickte.

Was sie wohl von ihr dachten, wenn sie zu Hause in Âme de la Terre am Abendbrottisch saßen und sich fragten, wie man sie so gründlich hatte täuschen können?

Wie sie sie inzwischen verachten mussten.

Den Kopf in die Hände gestützt, blinzelte Rielle, um ihre brennenden Augen zu beruhigen, und auf einmal, obwohl sie es nicht beabsichtigt hatte, begann ihr Blick zu flackern, und als er wieder klar wurde, hatte der Wald um sie herum ein Farbkleid in verschiedenen Goldschattierungen angenommen.

Ein seltsam erschöpftes Grauen überlief ihren Körper, obwohl in ihrem Geist das Verlangen erwachte.

diese Macht gehört dir

»Nein«, keuchte sie und hielt sich die Ohren zu. »Nicht jetzt.«

ich erwache

Die Gegenwart des Empiriums war kalt und unendlich, sein Wispern alterslos, seine Macht unerforschlich. Es stieg an ihre Oberfläche wie ein Seeungeheuer, das zum Luftholen auftaucht. Rielle schloss ihre Augen davor und versuchte ihren Blick zu zwingen, abermals klein und blass zu werden.

diese Macht gehört dir

nimm sie

nimm mich

ICH erhebe mich

»Ich kann nicht«, flüsterte Rielle, während Tränen ihre Wimpern benetzten. »Es ist zu viel.«

Ihre Hände knisterten vor Hitze, und sie presste sie auf die Erde, in der Hoffnung, dass der Gegendruck ihren Hunger stillen würde.

Dann erfolgte eine Luftbewegung, eine Verdichtung der Stille der Welt, die alle anderen Geräusche erstickte. Das Rauschen des Wasserfalls wurde zu einem leisen Grollen; das Knarren der Äste erstarb.

Rielle blickte auf und sah eine undeutliche Vision: ein luftiger Raum mit flatternden Vorhängen. Fenster, die auf eine weiße Stadt hinausgingen. Eine mit unzähligen Blumen gefüllte Terrasse.

Dann stand Ludivine vor ihr, nur vage, aber lächelnd. Mit goldenen Haaren und bleichem Gesicht über einem zartrosafarbenen Kleid. Neben ihr stand ein Mann in einer grünen Tunika. Seine dunklen Locken waren zerzaust, und auf seiner braunen Haut lag warm das Sonnenlicht.

Rielle stockte der Atem. »Audric?«

19

NAVI

»Möge dein Schiff zuverlässig segeln
und deine Feuer brennen mit hellem Licht.
Möge dein Herz an mich denken
und die Sterne leuchten dicht an dicht.«

Traditionelles vesperianisches
Reisegebet

Malik war nun schon seit fünf Tagen unterwegs, zwei Tage länger, als er brauchen sollte, um zu der Insel Laranti zu reisen und von dort mit Ysabet, der Anführerin der Roten Krone, zurückzukehren. Eine Frau, hatten Hobs Informanten aus dem Untergrund gesagt, deren Einfluss in Vespers beispiellos war.

Aber Malik war noch nicht zurückgekehrt. Aus lauter Sorge um ihn konnte Navi nicht schlafen.

Stattdessen saß sie in ihrem schäbigen Zelt aus Segeltuch und starrte auf die feuchten, gewellten Papiere auf dem Tisch, der kaum mehr als ein alter Baumstumpf war. Hinter dem Zelteingang schwärmten ganze Wolken voller wütender Stechmücken, die sie sich mit dem stinkenden Öl vom Hals hielten, das ihnen ihr Führer Bazko zu einem, wie Navi vermutete, exorbitanten Preis verkauft hatte. Aber den hatte sie gerne bezahlt, selbst wenn die Münzen, die sie aus Astavar geschmuggelt und eilig in vesperianische Währung getauscht hatten, bevor sich die Invasion herumsprach, ihnen schnell durch die Finger rannen. Die Stechmücken des Sumpfgebiets waren ausgehungert und jede so groß wie ein Daumennagel.

»Siebenundvierzig«, hauchte Navi und sah die verschlüsselte

Namensliste durch, die vor ihr lag – das war der aktuelle Stand an Personen, die sie für ihre kleine Armee aus Heimatlosen rekrutiert hatte. Loyalisten der Roten Krone, Flüchtlinge, Waisen. »Das reicht nicht.«

»Stimmt«, sagte Hob schlicht. »Tut es nicht.«

»Wir müssen schneller vorankommen. Ich hasse es, an diesem schrecklichen Ort festzusitzen.«

»Es war die richtige Entscheidung, hierzubleiben und den Riss im Auge zu behalten.«

Navi atmete betont langsam ein und hoffte, sie würde sich dadurch ein wenig beruhigen.

Was sie nicht tat.

Zwischen ihr und dem Riss zur Verdammnis lagen zwar ihr Zelt und ein paar Hundert Meter Sumpf, aber Navi konnte die Sogwirkung immer noch spüren. Das dunkle, gezackte Auge hatte sich auf ihre Netzhaut gebrannt, als hätte sie zu lange in helles Sonnenlicht geschaut. Aus dem Riss war nichts herausgekommen und er war auch nicht größer geworden.

Aber seitdem der Riss aufgetaucht war, war der Sumpf fast unheimlich ruhig. Navi hatte den Eindruck, dass auch noch andere die Luft anhielten und warteten, was beim nächsten Beben passierte.

Die Zelttür wurde zurückgeschoben und Miro kam gebückt herein. Er sah elend aus. Mit dem Ärmel wischte er sich über sein schmutziges Gesicht. »Darf ich bis zu meiner nächsten Wache hier drin schlafen, Mylady? Die Mücken fressen mich bei lebendigem Leib.«

»Ja, natürlich.« Navi zeigte zu der abgewetzten Lederplane, die jedem, der wollte, als Bett zur Verfügung stand. Kurz darauf hörte sie den Jungen gleichmäßig und tief atmen. Sie wischte sich mit einem Lappen aus ihrer Tasche die Stirn und verbarg ihr Gesicht hinter dem feuchten Stück Stoff.

Die einzigen Geräusche, die sie wahrnahm, waren Miros leises Schnarchen, die summenden Mücken und das gedämpfte Schlurfen und Klirren der anderen, die sich im Lager bewegten. Ihre Stimmen waren verhalten, als befürchteten sie, die unnatürliche Stille des Sumpfes zu stören. Irgendwo in der Nähe drehten die Wachhabenden auf dem Wasser langsam ihre Runden.

»Was habe ich mir nur gedacht, Hob?«, flüsterte Navi. »Das ist Wahnsinn.«

»Ich denke, ich würde es eher als unbesonnenen Mut bezeichnen«, sagte Hob ruhig, »und nicht als Wahnsinn.«

Sie nahm das Tuch von ihrem Gesicht und schaute zu ihm, vor Erschöpfung traten ihr Tränen in die Augen. »Eine Armee, um das Kaiserreich zu vernichten. Die wollte ich aufbauen. Das war es, was ich Malik erzählt habe, als wir aus Astavar geflohen sind. Und jetzt habe ich siebenundvierzig Leute in einem mückenverseuchten Sumpf, die darauf warten, dass ich etwas Außergewöhnliches tue, während eine Tür zur Verdammnis uns Tag und Nacht anstarrt und Malik, der loszog, um eine angebliche Verbündete zu treffen, schon viel zu lange fort ist. Habe ich ihn auch in den Tod geschickt?«

»Vermutungen helfen uns nicht weiter. Ysabet wird uns helfen.«

Navi stieß ein müdes Lachen aus.

»Du vertraust mir doch, oder?«, fragte Hob sanft.

»Dass du mir das gesagt hast, was du für die Wahrheit hältst? Ja, das glaube ich. Aber einer Frau vertrauen, die ich nicht kenne?« Navi starrte düster auf ihre Namensliste. »Ich habe Eliana im Stich gelassen.«

»Noch haben wir nichts gemacht. Du hattest also noch gar keine Gelegenheit, sie im Stich zu lassen.«

Navi gab ein leises Schnauben von sich. »Diese Untätigkeit könnte der Grund sein, der sie tötet, der Grund, der uns alle tötet. Oder vielleicht …« Sie seufzte, wischte sich wieder übers Gesicht. Noch nie in ihrem Leben hatte sie so viel geschwitzt. »Vielleicht ist es ja auch arrogant oder idiotisch zu glauben, dass irgendetwas, was ich tue, ihr helfen könnte.«

»Mit deinem ewigen *könnte, könnte* und deinen ganzen *Vielleichts* machst du dich nur verrückt.«

Navi wusste, dass Hob recht hatte. Und trotzdem spürte sie während dieser zahllosen Stunden des Wartens an diesem schutzlosen Ort, wie unbedeutend sie war und wie riesig dagegen die Welt, und wie viel Schmerz und Leid darin lag.

Navi stand auf und lockerte ihre Schultern. Vielleicht bekam sie bei einem Spaziergang einen klareren Kopf, selbst wenn das bedeutete, dass sie sich den Mücken stellen musste.

Dann erloschen die Lampen vor dem Zelt, die das Lager wie Glühwürmchen hier und da beleuchteten, eine nach der anderen. Überraschte, erstickte Schreie drangen durch die Nacht.

Hob stand schnell auf, blies ihre eigene Lampe aus, zog sein Schwert und weckte Miro. Navi bückte sich nach ihrem Revolver, ein schweres Teil, das sie auf dem Schwarzmarkt in Morsia erstanden hatten. Sie war dankbar, dass Hob so schnell das Licht gelöscht hatte; ihre Augen gewöhnten sich rasch an die Dunkelheit.

Aus der Mitte des Lagers rief jemand. »Du, die du auf dieses Lager Anspruch erhebst. Du, die sich selbst Jatana nennst. Wenn du willst, dass der Mann Rovan am Leben bleibt, legst du jetzt besser jedwede Waffe aus der Hand und kommst sofort heraus.«

Navi stand mit klopfendem Herzen am Zelteingang. Jatana und Rovan: die falschen Namen, die Malik und sie sich gegeben hatten.

Wer auch immer diese Leute waren, sie hatten ihren Bruder.

Navi ließ ihren Revolver in den Matsch fallen, ignorierte Hobs geflüsterte Warnung und trat nach draußen.

Sofort packte sie jemand und zog ihr grob einen Sack über den Kopf. Sie trat um sich, traf ein Schienbein und rammte den Ellenbogen in einen Körper, aber dann nahm jemand ihre Arme und sie konnte nicht mehr stehen. Der Sack, begriff sie taumelnd, war mit einer scharfen, übel riechenden Substanz getränkt, die sie betäuben sollte.

Sie knurrte frustriert und hörte, wie Hob ihr nachlief. Durch den grob gewebten Stoff des Sacks sah sie in der Ferne das nadelstichartige blaue Licht – es war das Auge des Risses, das unbewegt und erbarmungslos dabei zuschaute, wie sie sich wehrte.

Und dann sah sie nichts mehr.

Als Navi aufwachte, strich ein leichter Wind über sie. Sonnenlicht fiel auf ihre Arme und ihren Hals.

Der Sack von ihrem Kopf war entfernt. Stattdessen hatte jemand ihre Augen fest mit einem Tuch verbunden, Nase und Mund allerdings waren frei und sie konnte die salzige Luft atmen. Sie saß auf einem harten Sitz; ihre Hände waren mit einem Stück Stoff gefesselt. Sie hatte den Eindruck, als schaukelte die Welt unter ihr, sobald sie sich bewegte.

»Sie ist wach«, sagte eine schroffe Stimme.

»Ich will sie sehen«, erwiderte eine zweite Stimme knapp und gebieterisch.

Die Augenbinde wurde abgenommen, Navi blinzelte in helles Licht. Sie befand sich in einem kleinen, schmalen Boot. Ihr gegenüber saß auf einer niedrigen Bank eine Person, die in erdfarbene Schultertücher gehüllt war – einige hatten Perlenfransen, andere waren mit rosa Seide gesäumt, aber alle sollten die wahre Gestalt und Größe dieser Person verschleiern. Um ihren Kopf war ein schwarzer Schal gewickelt, der die Haare verbarg, über dem Gesicht trug sie eine ovale Maske aus kleinen Metallplättchen, die mit Kettengliedern verbunden waren. Schlitze markierten Nase und Mund.

Nach einem schnellen Blick zu beiden Seiten wusste Navi, dass weitere Boote mit jeweils drei Personen neben ihrem schwammen. Eine Person saß an den Rudern. Die zwei anderen standen und zielten mit Speeren auf Navi.

Die maskierte Gestalt hatte eine ruhige, volle Stimme. »Du bist Jatana aus Meridian.«

Navi schaute geradewegs auf die Maske. »Das bin ich.«

»Warum bist du hier?«

»Du hast mich aus dem Lager geholt und hierhergebracht.«

Die Maske schwieg eine ganze Weile. »Du bist nach Vespers gekommen, weil du gehofft hast, Ysabet von der Roten Krone zu treffen. Du willst Soldaten. Du willst Waffen. Du willst dem Kaiserreich schaden.«

Navi erwiderte nichts.

»Vor vierzehn Jahren haben die kaiserlichen Truppen Vespers im Namen von seiner Heiligen Majestät, dem Kaiser der Unsterblichkeit, annektiert«, fuhr die Maske fort. »Diejenigen, die gegen ihn arbeiten, werden als Verräter am Reich betrachtet. Wir, seine bescheidenen Diener, haben die Aufgabe, die Verräter zur Verurteilung in die Hauptstadt zu bringen. Aber wir sind durchaus in der Lage, die Hinrichtungen selbst vorzunehmen.«

Navi lief der Schweiß den Rücken hinab. Der Wind half nur wenig gegen die glühende Sonne. Ihr fiel auf, dass sie weder Malik in einem der anderen Boote entdeckt hatte noch die beiden Verbündeten, mit denen er losgezogen war, um Ysabet zu treffen. Lagen sie bereits tot auf dem Grund des Meeres und würde sie bald ebenfalls dort landen? Sie hielt den Mund und widerstand dem Drang, sich über den Bootsrand zu lehnen und das Wasser nach ihrem Bruder abzusuchen.

»Was würdest du sagen«, fuhr die Maske fort »wenn ich dich auffordere, deine Loyalität gegenüber dem Kaiserreich zu bekunden, oder ansonsten deinem Leben durch die Hände meiner Wachen ein Ende setze?«

Die Soldaten hoben ihre Speere und spannten ihre Muskeln, damit sie jederzeit werfen konnten.

Während das Boot auf den Wellen schaukelte, stellte Navi sich die kühle blaue Welt auf dem Meeresgrund vor. Das wäre gar kein so übler Ort zum Ausruhen.

Aber wenn sie schon sterben sollte, dann würde sie das mit der Liebe zu Eliana auf ihren Lippen tun.

»Ich würde sagen, dass das Licht der Königin mich führt«, antwortete sie und schaute unverwandt auf das unlesbare Gesicht der Maske mit seinen Metallplättchen, »und dass ihr Feuer das Kaiserreich in Schutt und Asche legen wird.«

Und dann sagte die maskierte Gestalt verblüffenderweise: »Ausgezeichnet.«

Flugs zog sie einen Dolch unter ihren Kleidern hervor und stürzte sich auf Navi. Die Maske packte sie, drückte sie gegen ihren Sitz und die Klinge des Dolches fest gegen ihre Kehle.

Navi erstarrte und unterdrückte den Impuls, sich zu wehren. Durch die Schlitze der Metallblättchen begegnete ihr ein fester Blick aus braunen Augen.

Die intelligenten Augen musterten sie eine Weile. Dann entspannte sich die maskierte Person, richtete sich auf und schob ihren Dolch in die Messerscheide. Navi erhaschte einen Blick auf die schillernde Kupferklinge – sie war aus dem gleichen Metall gefertigt wie die Schachtel, in der Zahra gefangen gewesen war.

Navi überfiel eine bittere Sehnsucht. Was hätte sie nicht alles dafür gegeben, wenn plötzlich die Stimme des Geistes aus dem Himmel zu ihr herabgedrungen wäre.

Die maskierte Gestalt rief einen Befehl in einem vesperianischen Dialekt, den Navi nicht kannte. Die Soldaten auf den benachbarten Booten entspannten sich und ließen ihre Speere sinken. Die Ruderer nahmen ihre Arbeit auf und fuhren die Boote zu der kleinen schwarzen Insel, die sich am Horizont abzeichnete.

Navis Gegenüber löste die Maske und wickelte den Schal vom Kopf, dahinter verbarg sich eine schlanke, rotgesichtige junge Frau, deren Haut von Sommersprossen übersät war und von einer recht großen, weißen Narbe verunziert wurde. Sie schüttelte ihre sonnengebleichten kinnlangen Haare und streifte ihre unzähligen Schultertücher ab. Darunter trug sie bequeme braune Hosen, die ihre schlanken Beine erahnen ließen, und abgewetzte kniehohe Stiefel. Der Kragen ihres weißen Hemdes stand offen und gab den Blick auf zwei miteinander verknüpfte Lederbänder frei, die sie um ihren Hals geknotet hatte.

»Entschuldige den Auftritt«, sagte sie mit einem zurückhaltenden, lässigen Wink ihrer Hand. »Und den Dolch. Aber ich traue niemandem, bevor ich ihm in die Augen gesehen und eine Kupferbrandklinge gegen den Hals gedrückt habe. Was du sicherlich verstehst.«

Navi war so schockiert, dass sie, ohne nachzudenken, »Das tue ich tatsächlich«, antwortete. Dann schwieg sie staunend. Diese Frau war viel jünger, als sie erwartet hatte, wahrscheinlich nur ein oder zwei Jahre älter als sie selbst. »Bist du Ysabet?«

Ysabet zog eine Augenbraue nach oben. »Und du bist Navana, die Prinzessin von Astavar.«

»Ich heiße Jatana.« Navi runzelte die Stirn und tat verwirrt, aber ihr Herz machte vor Angst einen Satz. »Das weißt du doch.«

»Was ich weiß«, sagte Ysabet und schaute raus aufs Meer, wo die Insel langsam größer wurde, »sind die Geschichten, die ich aus dem Norden gehört habe. Eine Prinzessin, die für die Rote Krone als Spionin im Jungferntrakt von Lord Arkelion gearbeitet hat. Eine todesmutige Flucht. Eine Allianz mit dem berüchtigten Wolf. Weitere Gerüchte über eine junge Frau mit sagenhaften Kräften. Manche behaupten, sie wäre die Sonnenkönigin. Eine ganze Flotte kaiserlicher Kriegsschiffe, die in einem außergewöhnlichen Sturm in der Karajakbucht gesunken ist. Eine Armee aus Monstern. Die Besetzung und Bezwingung von Astavar, das so lange standgehalten hat. Die Könige tot, aber von den Königskindern keine Spur. Und jetzt kommen eine junge Frau namens Jatana und ihr Bruder auf meine Insel und wollen mich treffen. Wollen eine Armee aufbauen.«

Ysabet hielt inne und schaute dann über ihre Schulter.

Navis Brust schmerzte vor neuen Sorgen, aber sie hielt Ysabets neugierigem Blick stand und zuckte nicht zurück.

»Wir hier in Vespers sind vielleicht verstreut«, fuhr Ysabet fort, »und viel weniger, als mir lieb ist. Die Rote Krone ist auf diesen Inseln eher schwach, aber es gibt sie noch und meine Krähen fliegen weit.« Die junge Frau zögerte. Ihre Stimme klang hart, aber um ihren Mund lag ein weicher Zug. »Ich weiß, was es bedeutet, wenn man seine Familie verliert, Navana. Die Ungerechtigkeit. Die quälende Trauer. Deshalb kämpfe ich. Du bist hier unter Freunden. Ich wollte dich einfach mit eigenen Augen sehen und mir selbst ein Bild machen.«

»Und mein Bruder?«, fragte Navi und hob ihr Kinn. Sie würde ihr Erstaunen und ihren großen Kummer verbergen. Von dieser Rote-Krone-Königin würde sie sich nicht verunsichern lassen. »Seine Begleiter?«

»*Die* ruhen sich wahrscheinlich aus, wie vernünftige Leute es tun. *Er* wird bestimmt durch sein unruhiges Hin-und-her-Gelaufe, mit dem er auf deine Ankunft wartet, Furchen in meinen Böden graben. Ich bin mir nicht sicher, ob er und ich jemals gute Freunde werden. Ich denke auch nicht, dass er mir vergeben wird, dass ich dich so verängstigt habe. Aber, na gut.« Sie lächelte Navi kurz zu. »Stattdessen können du und ich ja Freunde werden.«

Navi war sich nicht sicher, was sie darauf antworten sollte, also erwiderte sie nichts. Auch Ysabet schwieg, während ihre kleine Flotte die Insel ansteuerte. Als die Wellen sie Richtung Strand trugen, fiel Navi auf, wie ruhig Ysabet im Bug saß und wie geduldig sie die näher kommende Insel im Auge behielt.

Dann war tief aus dem Wasser ein Grollen zu hören. Selbst die Luft schien zu zittern. Einer der schwarzen Berggipfel spie Rauch.

Ysabet wandte sich um. Ihre Lippen zuckten kurz, als sie Navis bestürzten Blick bemerkte. »Keine Sorge, Prinzessin. »Rarartari wird frühestens in drei Monaten ausbrechen. Ich habe zwei Saterketa-Gelehrte in meinen Diensten, und sie haben sich in ihren Messungen der Erde noch nie vertan.«

»Hoffentlich wird das hier nicht ihr erster Fehler sein«, sagte Navi und ärgerte sich, dass man ihr Erschrecken so leicht von ihrem Gesicht ablesen konnte.

Ysabet lachte, stellte sich dann im Bug auf und rief den anderen Booten Befehle zu. Sie passierten einen breiten Spalt zwischen den Felsen und gelangten in eine düstere Bucht. Navi staunte nicht schlecht, als sich die Klippen vor ihnen öffneten – es waren zwei massive Türflügel, die von einem verborgenen Mechanismus auseinandergezogen wurden. Das wollte Navi sich später unbedingt näher anschauen. Die Türen bewegten sich nur langsam, für ihre Größe aber sehr leise. Äußerst geschickt verarbeitet, ähnelten sie den umliegenden Felsen und waren zusätzlich mit Schlick und Pflanzen getarnt. Sie verbargen eine weitere, abgeriegelte Bucht, in deren Wasser ein riesiges, halb fertig gebautes, dunkles Schiff ruhte. Aus den Unterdecks blitzten Kanonen.

Navi gesellte sich zu Ysabet in den Bug, um es genauer zu betrachten, während sie daran vorbeiglitten. Es war riesig, mindestens so groß wie ein kaiserliches Kriegsschiff.

»Es ist wunderschön«, flüsterte sie.

Ysabet nickte. »Meine Mutter hat das Schiff entworfen. Die letzten Pläne, die sie vor ihrem Tod gezeichnet hat, gehören zu den wenigen Habseligkeiten, die mein Onkel retten konnte. Ich habe ihre Ideen verbessert. Mein Onkel meint, dass ich ganz ähnliche Begabungen habe wie sie. Ein Auge fürs Design. Und ein Verständnis für Baupläne.«

In Navis Gedanken regte sich etwas, eine entfernte Erinnerung drängte sie, genauer hinzuschauen. Vor langer Zeit hatte sie einmal von einer Person in Vespers gehört, die für ihren Schiffsbau bekannt war. Aber sie wollte sich nicht ablenken lassen und verwarf den Gedanken. Obwohl sie nur sehr wenig über Wasserfahrzeuge wusste, bewunderte sie die stabilen, schlanken Konturen dieses Schiffes. Es strahlte Effizienz und Selbstvertrauen aus, und selbst jetzt, wo es im Dock lag, schien es regelrecht auslaufen zu wollen.

»Die Lady sieht schnell aus«, stellte Navi fest.

Ysabet lächelte sie fragend an. »Kennst du dich mit Schiffen aus?«

Navi schluckte einen Anflug von Verlegenheit hinunter. Vielleicht war es ja gut, dass Ysabet sich über sie amüsierte. »Nein« gab sie zu, »aber mir gefällt, wie sie aussieht.«

Jetzt strahlte Ysabet. »Wir kennen uns erst so kurz, und doch weißt du schon, wie du mir eine Freude machst.«

Ysabets breites Grinsen war einfach entwaffnend. Navi suchte noch nach einer gewitzten Antwort, als jemand nach ihr rief.

Sie schaute nach oben und schrie erleichtert auf. Malik stand auf einer der Seilbrücken, die sich an den Wänden der Bucht entlangspannten. Sie winkte zurück und drückte sich dann mit einem leisen Gebet ihre Hände an die Brust.

Ysabet beobachtete sie genau. Sie ging in die Hocke und lehnte sich mit verschränkten Armen an die Bugwand. »Als ich anfing, sie zu bauen, wusste ich nicht, was ich einmal mit ihr machen sollte«, sagte sie leise. »Ich trage nun schon seit Jahren kleine Kämpfe aus, ziehe von einer Insel zur anderen und versetze dem Kaiserreich wie ein Moskito hier und da einen Stich. Wir stehlen Waffen und plündern ihre Warenlager. Meistens hasse ich mich, weil ich nicht mehr tun kann. Ich hasse die Menschen in Vespers, weil sie nicht erbitterter kämpfen, was ungerecht ist, aber ich kann nicht anders.

»Und dann«, sagte Ysabet, legte ihre Ellbogen auf die Knie und beugte sich nach vorn, »hörte ich von dieser erstaunlichen jungen Frau. Der Sonnenkönigin, wie jene behaupten, die noch immer zum Empirium beten und darauf hoffen, dass es wiederkehrt. Ich erfuhr, dass Astavar gefallen ist, und mir war sofort klar, dass Schlimmes auf uns zukommt. Wahrscheinlich stehen wir am Rand eines Abgrunds. Und jetzt kann ich mich entweder zurückziehen und darauf warten, dass die Welt unter mir nachgibt, oder ich kann etwas tun, selbst wenn es dumm und gefährlich ist. Also habe ich die Pläne meiner Mutter, die ich jahrelang weggeschlossen hatte, herausgeholt und mit Bauen begonnen. Für welchen Zweck genau, wusste ich, wie gesagt, nicht. Aber wenn ich jemals ein Schiff brauchen sollte, hätte ich eins. Dann habe ich von dir gehört und seit Ewigkeiten zum ersten Mal etwas gefühlt, was ich mochte. Ich hatte wieder Hoffnung.«

Ysabets braune Augen glänzten begeistert. »Was willst du, Prinzessin«, sagte sie leise. »Wofür kämpfst du? Wenn du eine Armee hättest, was würdest du mit ihr tun?«

Sie erreichten einen schmalen Steg. Die zwei Soldaten in ihrem Boot sprangen heraus und banden es an dicke verknotete Taue. Navi blieb sitzen und starrte Ysabet an, ihr Herz klopfte ihr bis zum Hals. Seit Wochen hatte sie nicht mehr diese Energie gespürt, diese Bereitschaft, zu hoffen. Sie mochte es kaum glauben.

»Die Sonnenkönigin lebt«, antwortete sie. »Sie ist mir lieb und teuer, eine Freundin, die ich von ganzem Herzen liebe. Und sie braucht meine Hilfe. Hätte ich eine Armee, würde ich nach Elysium segeln und für sie kämpfen. Ich würde ihr zeigen, dass sie nicht allein ist.«

»Und würdest du für diese Freundin sterben?«

»Für sie«, sagte Navi, »und für alle anderen.«

Einer von Ysabets Soldaten griff nach unten, um ihr auf den Pier zu helfen. Doch sie winkte ihn weg, löste ihren Blick nicht von Navi.

»Dieses Schiff, wenn sie erst einmal fertig ist,« fuhr Ysabet fort, »kann in drei Wochen den Ozean überqueren. Sie hat Kanonen und Waffen, bei denen ein kaiserlicher General zu sabbern begänne.«

Navi lachte leise auf. »Drei Wochen? Das ist so schnell wie ein kaiserliches Kriegsschiff.«

Ysabet grinste. »Meine Mutter war gut in dem, was sie machte. Und ich bin sogar noch besser. Aber ein schnelles Schiff ist nichts ohne einen passenden Auftrag.«

Navi schaute wieder zu den Kanonen, die stolz auf ihren Ladeplätzen standen. Sie erkannte das Design. »Das sind kaiserliche Kanonen.«

»Ich gebe meinen Leuten gerne etwas zu tun.«

Navi bemerkte, dass in ihrer Stimme etwas Dunkles mitschwang, als würde kurz ein innerer Schutzschild aufblitzen. Sie erwiderte Ysabets Blick und legt ihr sanft die Hand auf den Arm.

»Ich habe auch viele Menschen verloren«, sagte sie. »Ich weiß, wie es sich anfühlt, mit der Gewissheit zu leben, dass andere für dich gestorben sind, und ich weiß genau, wie es sich anfühlt, wenn die Trauer in dir sitzt wie ein Stein, den man nicht loswird. Ich muss einfach daran glauben, dass sie stolz auf unseren Kampf wären, wenn sie uns jetzt sehen könnten, und dass sie die Rolle, die sie dabei gespielt haben, nicht bereuen würden.«

In Ysabets Augen glänzten Tränen. »Wahrhaftig eine Prinzessin«, sagte sie mit einem gequälten Lächeln. »Du kannst mit Worten umgehen, Hoheit.«

»Aber du hast ein Schiff, und ich nur eine Mission.«

»Und eine Armee.«

»Eine kleine.«

»So wie meine.« Ysabet umfasste Navis Hände und drückte sie. »Aber zusammen sind unsere Truppen gar nicht mehr so unbedeutend. Zusammen sind wir stärker.«

Navi lächelte atemlos und spürte die Freude in sich aufsteigen. Was für eine Erleichterung, nicht länger allein zu sein. »Also hilfst du uns?«

»Ja, Prinzessin. Wir helfen uns gegenseitig. Ich treibe meine Leute so sehr an, bis sie wünschten, dass sie mich weniger lieben würden, damit sie es zulassen könnten, mich zu hassen. Ich denke, wir werden nur noch einen Monat brauchen.«

Ysabet beugte sich hinab und strich mit den Lippen über Navis Fingerknöchel. Dann sprang sie auf den Pier und rief den Soldaten in ihrer Nähe Befehle zu.

Navi blieb einen Moment länger sitzen und rang nach Luft. Sie fühlte die Wärme von Ysabets Lippen auf ihrer Haut. Dann legte sie ihre gefalteten Hände auf die Brust und ließ sie dort, bis ihre Gedanken ruhiger wurden. Malik eilte schnell den Pier hinab und lächelte breit. Ihr Bruder, genau wie sie noch immer am Leben.

Eliana, betete sie, *klammere dich an dein eisernes Herz. Bleib stark. Wir kommen.*

20

AUDRIC

»Es ist etwas höchst Bemerkenswertes geschehen. Mir ist ein Eisdrache begegnet. Ein Göttertier, eine fleischgewordene Sagengestalt. Sie heißt Valdís und zieht mit einem Kammerat umher, einem der legendären Drachensprecher – einem Mann namens Leevi. Er dürfte ungefähr so alt wie Audric sein, also vielleicht ein oder zwei Jahre jünger als ich, und hat mir eine erstaunliche Geschichte erzählt. Leevi und Valdís sind von einem Ort namens Nördlicher Stützpunkt geflohen. Viele Wochen lang waren sie unterwegs, bis sie ins Hochland der Villmark gelangten, wo im Verborgenen andere Kammerat leben und ihre Drachen hegen. Valdís war krank, da sie von Engeln vergiftet wurde, und ich glaube, Leevi hätte mich womöglich getötet, wenn Valdís nicht gewesen wäre, die in mir Grimvalds Blut witterte und nun Leevi zufolge nach langen Monaten plötzlich wieder zu Kräften kam. Morgen reiten wir gemeinsam zu den Kammerat. Leevi möchte, dass sie dabei helfen, die anderen Gefangenen aus dieser Engelsfestung zu befreien. Er sagt, ich als König von Borsvall könne dabei helfen, sie zu überreden. Aber wie können wir hoffen, einen Krieg gegen derart grausame und raffinierte Wesen zu gewinnen? Ich weiß die Antwort nicht, aber ich weiß eines: Bei allen Heiligen, morgen werde ich auf einem Drachen reiten.«

Tagebuch von Ilmaire Lysleva, datiert vom Januar im Jahr 1000 des Zweiten Zeitalters

Da war sie – Rielle, in einem entlegenen astavarischen Wald, auf einer Lichtung, umgeben von Farnen und Kiefern. Feuchte Haarsträhnen klebten ihr an Hals und Wangen, dabei saß sie auf einem Moosbett und trug weiter nichts als dunkle Strumpfhosen und ein dünnes weißes Hemd. Hände wie Kleider waren lehmverschmiert.

Audric wäre bei ihrem Anblick beinahe auf die Knie gesunken und musste gegen sämtliche Instinkte ankämpfen, um nicht sofort auf sie zuzustürmen. Er versuchte, ihren Namen zu rufen, doch es erklang nur ein Flüstern.

»Audric?« Rielle blickte zu ihm auf, die Wangen tränennass, dunkle Schatten der Schlaflosigkeit unter den Augen.

»Ja, ich bin hier. Aber nicht mehr lange.« Zögernd trat er einen Schritt vor. Er hatte Ludivines Warnung nicht vergessen: die Grenzen der geistigen Verbindung zwischen ihnen dreien, die sie wieder aufleben hatte lassen, auszuweiten, den Blick über deren Grenzen hinaus zu dehnen, könnte den sofortigen Verlust des Zusammenhalts zur Folge haben – oder, schlimmer noch, Coriens Aufmerksamkeit wecken.

»Er wird mich bald finden«, sagte Ludivine, hinter ihm und zu seiner Linken. Audric spürte, wie sie vor Anstrengung zitterte. Wellen der Sehnsucht schwappten sacht gegen ihn, und es war ihm ein Trost, dass Ludivine ebenso litt – Rielle zu sehen, sie jedoch nicht berühren zu können. Eine Qual, die ihm den Atem raubte.

»Ich habe geübt, Rielle«, sagte Ludivine. »Stärker zu werden, die Reichweite und Unsichtbarkeit meines Geists zu erweitern, aber es erfordert noch immer …« Sie hielt inne, und Audric spürte, wie der Atem ihrer Erschöpfung ihn durchströmte. »Es bedarf enormer Anstrengungen, und ich muss noch viel lernen.«

Rielle beobachtete sie schweigend. Wo auch immer sie war, veränderte sich das Licht und zeichnete ihr einen seltsamen Glanz in die Augen.

»Liebling, bist du verletzt?«, fragte Audric, dem es schwerfiel, einen gelassenen Tonfall zu wahren. »Wie fühlst du dich?« Er suchte ihren Körper nach Wunden ab und sog all das auf, was er vermisst hatte – ihre wilde, dunkle Mähne, den Schwung ihres Mundes, den Platz, den sie in der Welt einnahm. Er stellte sich ihre Wärme vor, das Gewicht ihres Körpers neben ihm, ihren Kopf unter seinem. Sie wirkte irgendwie weicher, obwohl ihr umschattetes Gesicht beängstigend hager war. Es war nicht zu übersehen, dass sie weder genug schlief noch ordentlich aß.

Auf einmal konnte er nicht mehr dastehen und so tun, als wäre er stark. Wenn er sie nicht berührte – selbst wenn es nur dieses blasse, halbwirkliche Streifen seines Geists gegen ihren war, treibend auf dem Fluss von Ludivines Kraft –, wenn er nicht nach ihr griff, ihr Gesicht mit beiden Händen umfing, seine Stirn gegen ihre legte und sie im Gleichtakt mit ihm atmen spürte, würde ihn der Schmerz in seiner Brust verzehren. Wenn er sie nicht schützen, ihr nicht helfen konnte, dann konnte er doch zumindest wagen, sie behutsam anzufassen.

Er stürmte nach vorn, stieß mit erstickter Stimme ihren Namen hervor und ignorierte Ludivine, die ihn erschrocken zurückzuhalten versuchte – doch Rielle entzog sich ihm. Als ob er ihr etwas antun könnte. Als ob er sie in die Ecke gedrängt hätte.

Augenblicklich wich Audric zurück, ein brennendes Schamgefühl in der Magengrube.

»Es tut mir leid«, flüsterte er und hielt die Hände in die Höhe. Tränen bildeten sich hinter seinen Augen, doch er unterdrückte sie. »Es gibt keine Entschuldigung für das, was ich in jener Nacht zu dir gesagt habe. Ich verstehe, warum du gegangen bist, Rielle …« Doch die Erinnerung an die Nacht ihrer Hochzeit, der bittere Widerhall dessen, was hätte sein können, war zu schrecklich, zu schwer, und ihm brach die Stimme. »Es tut mir so leid, Liebste.«

Rielle musterte ihn schweigend und mit klarem, hartem Blick. Sie sah zu Ludivine hinüber und dann wieder zu ihm, bis sie schließlich wortlos aufstand, sich mit beiden Händen übers Hemd fuhr und es an ihrem Körper glatt strich.

Audric hätte vor Erleichterung beinahe gelacht, als er sie dort stehen sah, mit angespannt gereckten Schultern. Denn dort war sie – seine Geliebte, seine Rielle – und dort waren ihre Beine, ihre Arme, der Schwung ihres Halses, ihre Körperkonturen, sichtbar unter den Falten ihres weiten Hemds.

Er registrierte die Veränderung sofort, und beim Anblick ihres gewölbten Bauchs und ihrer geschwollenen Brüste stieß er ein kleines, seltsames Geräusch aus, das weder ein Lachen noch ein Schluchzen war.

Ein Lächeln wanderte über Rielles Gesicht. In ihren Augen stand ein weiches Licht, das er mit Freude registrierte.

Doch dann beschlich ihn eine plötzliche Angst. Es war ein schlimmer Zweifel, eine Eifersucht, die in diesem Augenblick keinen Platz verdient hatte.

War das Kind von ihm? Oder von Corien?

Er verdrängte den Gedanken, sowie er sich gebildet hatte. Das Kind war von Rielle, und er würde es aus ganzem Herzen liebhaben.

»O Rielle«, hauchte er lächelnd, und seine unbezwingbare Sehnsucht danach, sie in seinen Armen zu halten, steckte wie ein Speer in seiner Brust. »Wie fühlst du dich? Gehst du zu einem Heiler? Bestimmt hast du Angst und machst dir Sorgen. Die Prophezeiung –«

»Ich habe es gesehen«, sagte sie, und ihre Stimme klang distanziert und dornenscharf. »Ich habe dein Gesicht gesehen.« Sie ließ die Arme fallen, die Hände zu Fäusten geballt und die Augen blitzend vor Wut. »Das ist also das Erste, woran du denkst, nachdem wir so lange getrennt waren? Ob das Kind von dir ist oder nicht?«

Audric wurde beklommen zumute. »Nein, Rielle, das ist mir egal. Das Erste, was ich dachte, war, wie erleichtert ich bin, dich unverletzt zu sehen.«

»Lügner«, versetzte sie rau. Ihre Augen sprühten kaltes Gold. »Sei versichert, Audric – du warst derjenige, der mir das angetan hat. Das alles.«

Eine gewaltige Macht spaltete den Augenblick und sank zwischen ihnen herab wie ein Axthieb.

Audric wich stolpernd zurück und brach zusammen. Sein Kopf und seine Schultern wurden auf den Boden gedrückt, und als er sich schließlich wieder bewegen konnte, war nicht nur der Wald verschwunden, sondern auch Rielle.

Er befand sich in seinen Gemächern im Palast von Königin Bazati und Königin Fozeyah, und außer Ludivine war niemand bei ihm.

Während sein Sichtfeld sich zu drehen begann und ihm die Verzweiflung die Kehle zuschnürte, presste Audric Stirn und Fäuste gegen den weichen Teppich. Im Hintergrund hörte er vage Ludivine umhergehen und sah auf, als sie sich neben ihn setzte, das Gesicht schweißüberströmt und blass. Hinter ihr gaben die offenen Fenster den Blick auf ein ruhiges Meer frei, die Sonne schien heiter über das Wasser, die Stadt und den verwüsteten Strand. Am Horizont zog Dunkelheit auf, berührte die offene See und tauchte den Himmel in ein buttriges Schieferblau.

»Er hat sie gefunden«, sagte Ludivine und berührte sacht sein Knie. »Es tut mir leid. Ich konnte nichts dagegen tun.« Sie holte stockend Atem. »Er ist stärker denn je.«

Audric erwiderte nichts, sondern tastete nach dem Teppichrand, wo noch vor wenigen Momenten Rielles Abbild gewesen war. Er presste die Handflächen dagegen und suchte vergeblich nach dem warmen Echo ihres Körpers.

Nach einer langen Weile sagte Ludivine sanft: »Das Kind ist von dir, Audric.«

»Ich habe nicht gelogen, als ich gesagt habe, dass es mir egal ist.« Die Worte waren Asche in seinem Mund und kamen zu spät. »Sie wird trotzdem Angst haben, und sie wird es lieben und hassen zugleich, und dass ich ihr nicht beistehen darf, ist eine abscheuliche Grausamkeit für uns beide. Eine Grausamkeit, die ich verdient habe, aber sie nicht.«

»Ich muss dir sagen, dass Rielle es schon vor eurer Hochzeit wusste und ich auch.«

Audric lachte bitter. Es war eine Qual, sich eine Welt vorzustellen, in der er und Rielle Freud und Leid miteinander teilen konnten. Er würde sie verwöhnen und ihr alles geben, was sie wollte. Alle in Âme de la Terre würden sich um sie kümmern – oder auch niemand, wenn ihr das lieber war.

»Du hast etwas gewusst, das auch für mich wichtig gewesen wäre«, sagte er, »und du hast es mir verschwiegen? Erstaunlich. Unerhört.«

Ludivine schluckte. »Sie hat mich gebeten, es dir nicht zu sagen. Darüber durfte ich mich nicht hinwegsetzen.«

»Wenn ich es gewusst hätte …«

Er unterbrach sich und wandte den Blick ab.

»Wenn du es gewusst hättest«, fuhr Ludivine fort, »hättest du Rielle dann in den Gärten freundlicher behandelt? Hättest du aufgehört zu denken? Hättest du deinem Kind die Gnade und das Verständnis entgegengebracht, das du deiner Frau versagt hast?«

Audric starrte auf den Boden, bis er seine Stimme wiedergefunden hatte, dann funkelte er Ludivine böse an. Sein Blut pulsierte im Rhythmus seines Zorns.

»Wenn ich es gewusst hätte«, sagte Audric barsch, »hätten wir diese freudige Erwartung geteilt, ein Licht, das die Finsternis jenes Tages erhellt hätte. Einen Anker, der uns geholfen hätte, Stürme zu überstehen. Du hast nicht unrecht, wenn du mir überstürztes Handeln vorwirfst, ja sogar Grausamkeit. Aber ich bin nicht der Einzige, der Fehler gemacht hat. Und nichts von alldem spricht dich von Schuld frei.«

Ludivine sah ihn lange an. Das Gefühl ihrer Scham nahm zu und war nicht geringer als das seinige.

»Ein Freispruch«, sagte sie schließlich, »ist etwas, was ich weder anstrebe noch verdiene.«

»Darauf können wir uns einigen«, presste er hervor. Das war vielleicht unfair, doch er spürte bereits, wie er wieder in den stillen, schwarzen Tiefen versank, die sein Leben in jenen ersten langen Wochen in Mazabat beherrscht hatten. Und die Hoffnungslosigkeit dieses unendlich schweren Gefühls wirkte wie eine Droge auf ihn und lähmte seine Zunge.

Er erhob sich, raffte die Fetzen seiner Stimme zusammen und schickte ihr einen stillen Abschiedsgruß.

»Danke für deine Hilfe«, sagte er laut. »Es war ein Geschenk, ihr Gesicht wiederzusehen.«

Ludivine zögerte, doch dann gab sie sacht all ihre Liebe für ihn frei, ehe sie ihn seiner Einsamkeit und dem erlösenden Schlaf überließ.

⬩◆⬩

Kaum zwei Stunden später erwachte Audric mit dem Gefühl, dass es ihm ins Gesicht regnete.

Audric, beeil dich, hörte er Ludivines aufgeregte Stimme. *Sie brauchen dich.*

Die Türen zu seinen Gemächern flogen auf, und Evyline stürmte mit dem Rest der Sonnengarde herein.

»Mein König, wir müssen rasch handeln«, rief sie und schaute zu den Fenstern hinüber.

Audric setzte sich auf und wischte sich übers Gesicht. Atheria stand neben dem Bett und schüttelte Flügel und Mähne. Dann tappte sie mit geblähten Nüstern auf dem Teppich hin und her.

Als Audric an ihr vorbeispähte, begriff er sofort, warum.

Eilig schritt er an die Fenster, hinter denen die Welt dunkel war und das Meer aufgewühlt toste. Riesige, schäumende Wellen brachen sich am Strand. Bäume bogen sich im heulenden Wind. Selbst das Schloss schien zu schwanken. Am Himmel jagten sich schwarze Wolken, immer wieder durch Blitze erhellt. Die Glocken aus den sieben Tempeln der Stadt läuteten, waren aber bei dem brausenden Sturm kaum zu hören.

Rasch suchte er seine Sachen zusammen und schlüpfte in Jacke und Stiefel.

»Wird die Stadt evakuiert?«, fragte er.

»Ja, mein König«, erwiderte Evyline. »Doch es herrscht großes Durcheinander, und viele Straßen stehen bereits unter Wasser. Sie haben hier schon früher Orkane gehabt, mein König, vor allem in den letzten Monaten, doch war bisher immer genug Zeit, um sich darauf vorzubereiten.«

Audric bückte sich neben das Bett und hob Illumenor auf. Als sich seine Hand um das Heft schloss, schoss das vertraute Beben der Macht aus seiner Hand in die Schulter. »Warum hat mich niemand früher geweckt?«

»Der Sturm ist binnen Minuten über uns gekommen, mein König. Vor zehn Minuten war es noch ein heiterer Tag mit nur ein paar Wolken in der Ferne.«

Ein übles Gefühl breitete sich in Audrics Brust aus. Dies war das Werk der Pforte. »Dann ist es also kein gewöhnliches Gewitter.«

»Daran hatte ich auch gedacht, mein König«, sagte Evyline mit Grabesstimme.

Lautes Geschrei von draußen ließ sie auf die Terrasse treten, wo der Regen in dichten schwarzen Bändern herunterprasselte. Atheria schirmte sie mit ihren Flügeln vom Schlimmsten ab.

Audric blinzelte durch den Sturm. Was von dem verwüsteten Strand noch übrig geblieben war, war nun unter den immer höher wachsenden Wellen verschwunden, die mittlerweile bald dreißig Meter hoch schlugen und mehr aus Gischt als aus Wasser bestanden. Entsetzt verfolgte er, wie mit dem Seegang riesige Trümmerberge hinausgeschwemmt wurden – Bungalows und Piers, die Aussichtstürme an der Küste, das Marktviertel, ein ganzes Wohngebiet. Mit jeder Welle fiel ein weiterer Teil der Stadt ans Meer.

Ludivine erschien an seiner Seite und musterte ihn ernst.

»Wie viele Leute sind umgekommen?«, fragte Audric.

»Fünfhundertundzwei«, antwortete sie leise.

»Wo ist Kamayin? Und die Königinnen?«

»Sie trommeln ihre Elementherrscher am Strand zusammen und versuchen, das Schlimmste zu verhindern.«

Audric wandte sich auf der Stelle um und kletterte auf Atherias

Rücken. Dann streckte er die Hand nach Ludivine aus und half ihr, sich hinter ihn zu setzen.

Evyline machte einen Satz auf ihn zu. »Mein König, nein!«

Doch Atheria hatte sich bereits in die brausenden Lüfte erhoben, und schon bald lag die Terrasse weit hinter ihnen. Die Chavaile kämpfte sich durch Regen und Wind und wich geschickt Trümmerteilen aus – entwurzelte Bäume, kaputte Fensterläden, zerbrochene Dachziegel und schwarze Fontänen aus Schlamm und Stein. Im Flug studierte Audric die Verwüstung unter sich. Schäumendes Wasser wallte durch die überschwemmten Straßen und brachte Schutt und tote Tiere mit sich. Die Bürger Quelbanis rannten gehetzt von Angst in die Hügel.

Atheria brachte sie zu einem breiten Straßenstück, das nun die neue Küstenlinie bildete und das übersät war von Seetang, Muscheln und gestrandeten Fischen. Königin Bazati und Königin Fozeyah dirigierten Heerscharen von Elementherrschern. Erderschütterer rangen darum, den durchweichten Boden zu stabilisieren. Windflüsterer wehrten mit erhobenen Armen so viel Wind wie möglich ab.

Und Prinzessin Kamayin, der das Kleid am Körper klebte, während die Urformen an ihren Handgelenken blitzten wie gefangene Sterne, brüllte einer Gruppe von Wasserwandlern, die sich in Form eines Dreiecks aufgestellt hatten, Befehle zu. Ihre Bemühungen bändigten eine brechende Welle und schoben sie wieder aufs Meer hinaus – doch dahinter nahten neue Wellen, die erbarmungslos tobten, und auch wenn Kamayins Elementherrscher tapfer kämpften, stand ihnen die schiere Panik ins Gesicht geschrieben.

Sie wussten, dass dies kein Sturm aus der natürlichen Welt war.

Sie wussten, dass sie ihn vielleicht nicht überleben würden.

Audric lenkte Atheria hinab und ließ sie neben den Königinnen landen, dann sprang er von ihrem Rücken und zückte Illumenor. Die Sonne war weit weg, verdüstert durch den Sturm und die späte Stunde, doch Audric fühlte trotzdem Licht überall um sich herum. Diese jähe, unendlich vertraute Wärme, eine ewige Helligkeit hinter den Wolken, zog an seinem Herzen wie der Rhythmus eines geliebten Lieds.

Als er die Verbindung zwischen sich und dem Licht zuließ und sich vollständig auf die Macht konzentrierte, die nun immer schneller durch seinen Körper strömte, begann Illumenor zu leuchten. Und sowie es einen strahlenden Glanz angenommen hatte, ließ Audric die Spannung in seinem Körper frei, lenkte seine Macht nach außen und streute breite Sonnenstrahlen in einem Kreis um sich, während er selbst als flammendes Herz in dessen Zentrum verharrte.

Er hielt das Licht an Ort und Stelle und ließ seinen Geist die vibrierenden Zügel seiner Macht ergreifen. Die Hitze verwandelte den Regen in Dampf, noch bevor er auf dem Boden auftraf, und die Elementherrscher in Audrics Lichtkreis konnten für einen Moment wieder zu Atem kommen.

Während Audric seine Macht weiter gleichmäßig fließen ließ, warf er einen Blick nach links und bemerkte Sanya, die Soldatin, die ihn im Kasernenhof zur Rede gestellt hatte. Sie war offenbar keine Elementherrscherin. Mit einigen anderen Soldaten errichtete sie Schutzwälle aus Schutt und Sandsäcken.

»Sanya!«, rief er. »Bring mir Ketten und Seile – alles, was dem Wind standhalten kann. Die stabilsten Sachen, die du findest!«

Das Gesicht in den strömenden Regen gereckt, befolgte Sanya unverzüglich Audrics Anweisung und rief andere herbei, ihr zu helfen.

Kamayin kam herüber. Die Urformen an ihren Handgelenken leuchteten noch matt, und ihre nasse braune Haut glänzte in Audrics Lichtkreis. Hinter ihr erteilten die Königinnen weiter laute Befehle.

»Was hast du vor?«, schrie Kamayin.

Audric musste brüllen, um gehört zu werden. »Ich glaube, ich kann den Sturm aufbrechen.«

Kamayins Blick glitt über sein Schwert und seine Arme. »Bist du dafür stark genug?«

Ein Bild kam ihm in den Sinn – Rielle, wie sie auf Atheria hinausritt, um sich der Flutwelle entgegenzustemmen, die Borsvalls Küste bedrohte. Wie strahlend sie geleuchtet hatte vor dieser dunklen Wasserwand, ein Hoffnungsstrahl für alle, die sie sahen.

Er behielt das Bild nahe bei sich und verzehrte sich vor Liebe. »Ich kann es. Lu, hilf ihnen, so gut du kannst. Fokussiere ihre Gedanken, stärke ihr Selbstvertrauen.«

Er erwartete, dass sie protestieren werde, doch sie nickte nur. Ihre hellen Augen blickten ernst, und die goldenen Haarsträhnen lagen nun dunkel auf ihren Wangen.

Lautes Gebrüll veranlasste Kamayin, sich umzudrehen und entsetzt aufzuschreien.

Audric blickte sich gerade noch rechtzeitig um, um zu sehen, wie eine gewaltige Welle auf ein mehrere Hundert Meter entferntes Strandstück herunterkrachte. Die Welle brach sich mit lautem Tosen, stürzte dann brutal auf den Sand und machte alles unter sich dem Erdboden gleich.

»Hier!« Sanya kam mit einer zweiten Soldatin herbeigelaufen. Zusammen schleppten sie ein langes Stück einer schweren, sandverkrusteten Kette und ein aufgerolltes, nasses Seil.

Audric rief allen Versammelten zu: »Ich gebe jetzt das Licht frei! Seid bereit!«

Elementherrscher und Soldaten wandten sich mit entschlossenen Mienen abermals dem Sturm zu. Die Windflüsterer hoben die Arme, und Audric spürte, wie die Spannung in der Luft zunahm, als sie ihre Macht fokussierten.

Dann gab er seine eigene Macht frei. Illumenor wurde dunkel, genau wie der Strand. Der Regen prasselte mit neuer Wucht herunter, während die Soldaten sich am Bau des Walls zu schaffen machten.

Audric bestieg Atheria und brüllte durch Wind und Regen:

»Die Kette! Binde sie um uns! Fest, aber nicht so fest, dass es ihr wehtut.«

Sanya und die andere Soldatin, Kamayin und Ludivine kamen sogleich herbeigeeilt und halfen Audric dabei, die Kette um seine Beine, seine Taille und um Atherias Bauch zu schlingen, bis er sicher zwischen ihren bebenden Schwingen verankert war.

Atheria las seine Absichten, kniete sich hin, warf einen Blick auf Sanya und schnaubte.

Sanya zögerte und umfasste das Seil fester. »Mein Herr … der Sturm wird dein Göttertier vom Himmel fegen.«

Audric hob die Hände, mit denen er Illumenor umklammert hielt. »So fest, wie du kannst, Sanya. Fester, als du es eigentlich für angebracht hältst.«

Sanya warf ihm einen kurzen, besorgten Blick zu und gehorchte dann rasch, indem sie das Seil mehrmals so fest, dass ihn ein heftiger Schmerz durchzuckte, um seine Hände und um Illumenors Heft schlang.

Hinter ihm, am Stadtrand, ertönte erneutes Gebrüll, doch er drehte sich nicht danach um.

Ludivine schickte ihm eine lodernde Welle der Ermutigung. *Los, mein Lieber.*

Audric schloss die Augen und sandte Atheria eine stille Entschuldigung.

»Mit dem Sonnenaufgang erhebe ich mich«, betete er. »Mit dem Tag lodere ich.«

Dann rief er: »Flieg!«, und Atheria stieß sich vom Sand ab und erhob sich in die Luft, wo der Wind ihnen augenblicklich einen heftigen Seitenhieb versetzte. Atheria fing sich jedoch schnell und schlug wild mit den Flügeln.

Der Sturm war unermesslich, kolossal. Der Wind heulte und jaulte und rüttelte sie durch, während unter ihnen die Wellen auf den Strand schlugen. Atheria rang hart darum, in der Luft zu bleiben und senkte den Kopf gegen den Sturm. Federn wurden aus ihren Flügeln gerissen und wirbelten lose den Wolken entgegen.

Ihr Körper bebte unter Audric, und er wusste, dass ein geringeres Geschöpf längst vernichtet worden wäre.

Vor ihnen erhob sich eine schwarze Wolkenwand, von Blitzen durchzogen.

Dahinter, sagte Ludivine in seinem Geist, *liegt das Auge des Sturms. Es ist ruhiger als der Rest.*

Audric schloss die Augen, bezwang die Angst, die seinen Körper erschütterte, und konzentrierte sich auf die bevorstehende Aufgabe. Es war eine ungeprüfte Theorie, die vielleicht auch völlig falsch war: dass eine Salve roher Macht, wenn sie stark genug war und ins Schwarze traf, das Empirium selbst verschieben und den Sturm in seinen Grundfesten zerbrechen konnte.

Sein Tun könnte ihn auch umbringen. Wenn er seine Macht bis zum letzten Rest dem Sturm entgegenstemmte, was bliebe dann von ihm übrig?

Doch er durfte sich nicht mit Gedanken an den Tod aufhalten. Stattdessen malte er sich aus, wie er mit Atheria durch diese dicke Wolkenwand flog, um und auf der anderen Seite ins Licht und in Sicherheit zu gelangen.

Die Vision von Rielle begleitete ihn wie ein warmer Strom in seinem Herzen – sie und Atheria, ein kleiner Strahlenkranz aus Licht, der mit diesem tobenden Wasserwall im Nordmeer kämpfte.

Audric zwang sich, die Augen zu öffnen, und sah nichts als wütende schwarze Wolken. Ein Windstoß rammte Atheria, warf sie aus der Bahn und ließ Audrics Magen einen Satz nach unten machen. Doch das Göttertier kämpfte sich wieder in die Höhe und stemmte sich den erbarmungslosen Fäusten des Windes entgegen.

Ein Blitz entlud sich so dicht vor ihm, dass Audrics Kopf von dessen knisternder Hitze zu summen begann. Seine Zähne schmerzten, und Mund und Nase füllten sich mit einem sauren, heißen Geruch, ähnlich dem beißenden Gestank, der bei Rielles vergeblichem Versuch, die Pforte zu reparieren, die Luft versengt hatte.

Sein Körper vibrierte mit einer Energie, die nicht die seine war. Sie kam von dem Sturm, von diesem durch die Pforte ausgelösten Orkan. Er toste gegen seine Haut, brannte in seinen Lungen, und allmählich fürchtete Audric, einen schrecklichen Fehler begangen zu haben. Alles, was er zu tun vermochte, würde angesichts solch göttlicher Macht nicht genug sein. Die Pforte war in einer Zeit des Blutvergießens und der Verzweiflung erschaffen worden. Dieser Sturm war von seiner Herkunft, von seinem ganzen Wesen her, eine Ausgeburt des Zorns.

Zitternd griff er mit seinem Geist aus. *Lu?*

Ich bin hier, antwortete sie mit ruhiger Stimme. *Und du auch, Lichtbringer. Zeige dich.*

Audric schloss erneut die Augen, holte tief Luft und stieß die Hände in die Luft, Illumenor fest umfasst.

Augenblicklich packte der Wind die breite Klinge und brachte Audric und Atheria ins Trudeln, doch das Göttertier richtete sich abermals auf und preschte mit einem gellenden Schrei vorwärts.

Ungeachtet seines heftigen Schwindels und all seiner Schmerzen stellte sich Audric den spuckenden Wolken und begann zu beten. *Mit dem Sonnenaufgang erhebe ich mich.*

Erinnerungen überfluteten ihn: er selbst als Kind beim Training mit Magistra Guillory in den schattigen königlichen Gärten, wo jeder Farn und jede Kiefer bald von Strahlenkränzen geschmückt war, die er vom Himmel geholt hatte.

Mit dem Tag lodere ich.

Seine plumpen und schwitzigen Hände im Alter von acht Jahren, die in der Luft stets ganz ruhig und sensibel wurden und die Drehungen der zahllosen Lichter kontrollierten und in der Schwebe hielten. Neben ihm standen seine Eltern Arm in Arm, die Augen stolz auf ihn gerichtet.

Und nun, sogar mitten in diesem gewaltigen Sturm, spürte Audric, wie das Sonnenlicht um ihn herum aufging und auf den Ruf seiner Macht reagierte. Illumenor blitzte in seinen Händen so hell, dass er nicht mehr über das Schwert hinausblicken konnte.

Sein Strahlen war seine gesamte Welt, und es brannte seine Form in Audrics Augen ein.

Hinter ihm kam ein geballter Windstoß auf und schob ihn und Atheria tiefer in die schwarze Wolkenwand.

Mit dem Sonnenaufgang erhebe ich mich.

Während der Sonnenritus durch seine Gedanken raste, begriff er, dass der Windstoß zu präzise, zu gezielt war, um natürlich zu sein. Und alles, was mit ihm einherging – Hoffnung und Dankbarkeit, das Vibrieren vor Macht –, bestätigte seine Vermutung. Die Windflüsterer hatten ihm von unten diesen Windstoß gesandt. Gemeinsam hatten sie genug Kraft entwickelt, um ihm und Atheria dabei zu helfen, diesen letzten verzweifelten Angriff zu führen.

Mit dem Tag lodere ich, dachte Audric.

Die Macht prickelte in seinen Händen, und als er und Atheria durch die Wolkenwand ins Auge des Sturms vordrangen, überkam ihn ein so gewaltiges Gefühl der Erleichterung, dass er einen Schrei ausstieß und seine Macht sich freudig entlud. Energie durchströmte ihn, so gewaltig und lebhaft, dass er glaubte, in zwei Hälften zerrissen zu werden. Er malte sich die volle Breite des Sturms aus, wie er sich schwarz und zornig über dem Meer ausdehnte, und die unendlichen Schichten des Empiriums, das sich durch ihn hindurchzog wie goldene Glasscheiben. Sie berührten die Wolken und den Blitz, die Klinge in seiner Hand und die Macht in seinen Adern. Breite Lichtspeere brachen aus Illumenor hervor, und die Welt glühte weiß.

In der darauf folgenden gellenden Stille kehrte seine Sehkraft allmählich zurück, obwohl sein Kopf von dem Schmerz hämmerte und sein Sichtfeld sich verdunkelte. Vage registrierte er, dass Atheria mit aller Kraft darum rang, zur Küste zurückzufliegen. Er sah sich um und blinzelte die Dunkelheit aus seinen Augen. Der Sturm hatte seinen Zusammenhalt verloren, die Wolken zerstreuten sich und lösten sich rasch auf. Sanfte Brisen wehten an Audric vorüber und kühlten seine erhitzten Wangen, während Atheria über das Wasser sauste.

Ein dumpfer Schmerz durchzog seine Arme, und er blickte auf seine Hände herab.

Illumenors Heft glitzerte von Blut. Seine Handflächen brannten so qualvoll, dass er es bis in die Zähne spürte.

Ludivine griff nach ihm, und die sanfte Flut ihrer Zärtlichkeit betäubte jede Empfindung. Schon bald fühlte er keinen Schmerz mehr.

Du kannst loslassen, versicherte sie ihm. *Sie sind in Sicherheit.*

Und das tat er. Schwankend hielt er sich auf Atherias Rücken und ließ benommen die Arme sinken. Ein Kaleidoskop aus Feuer und Farben drehte sich vor seinen Augen. Er fragte sich, ob er im Sterben lag, ob er Rielle jemals wiedersehen und was sie denken würde, wenn sie erfuhr, was er getan hatte. Dann brach er auf Atherias Nacken zusammen.

Beim Geräusch einer vertrauten Stimme, die seinen Namen rief, regte sich Audric langsam. Allerdings überwand er sich nur deshalb dazu, ganz aufzuwachen, weil es Rielles Stimme war.

Er folgte ihr gen Himmel, schob sich durch die qualvolle Last, die sich gegen ihn presste, diesen Druck, der ihn begraben wollte. Unendliche Erschöpfung.

Dann sah er sie – seine Liebste, seine Rielle, ganz in Weiß, mit offenem Haar und einem vor Liebe strahlenden Gesicht. Sie griff nach ihm und forderte ihn zum Aufsteigen auf.

Doch als Audric mit Rielles Namen auf den Lippen die Augen öffnete, verschwand die Vision. Es war nur Ludivine, die zu ihm herabblickte. Sie saß neben ihm auf der Bettkante und hatte Tränen in den Augen.

»Es tut mir leid«, flüsterte sie. »Ich musste dich wecken. Ich konnte es nicht länger erwarten, deine Augen wiederzusehen.«

Audric wandte sich von ihr ab. Tränen rannen ihm über die Wangen.

Ludivine nahm sacht eine seiner bandagierten Hände in die ihren, hob sein Handgelenk an ihre Lippen und hauchte einen Kuss darauf.

»Du hast es geschafft«, wisperte sie. »Der Sturm hat sich verzogen. Deine Macht hat ihn zerschmettert. Du hast ihn *aufgelöst*, Lichtbringer. Die See ist ruhig. Du hast die Stadt gerettet.«

Audric atmete tief durch, bis der Kummer seinen finsteren Griff lockerte. Eine Frage kam ihm in den Sinn.

Ludivine lächelte sanft. Sie hatte längst verstanden. »Ja. *Ja*, Audric. Sie haben dich alle dabei beobachtet. Sie haben Atherias Flugkünste bewundert. So etwas hat hier noch niemand gesehen. Sie standen alle am Strand, und die Elementherrscher fühlten es, sobald deine Macht sich Bahn brach. Die Erschütterung darüber hallte durch ihre Körper und ließ ihre eigenen Kräfte aufflammen. Sie haben es den Soldaten erzählt und die Soldaten den anderen Leuten, und jetzt spricht die ganze Stadt von dir und den Heiligen in einem Atemzug.« Sie berührte sein Gesicht, und er vergaß vor lauter Müdigkeit, wütend auf sie zu sein, und schmiegte seine Wange in ihre Handfläche.

Ludivine erzitterte, als sie ihn auf die Stirn küsste. »Komm jetzt. Sie warten auf dich.«

»Wer?«

»Alle.«

Ein kleiner Hoffnungsfunke keimte in ihm auf und ließ ihn auf die Beine kommen. Er erlaubte Ludivine, ihm beim Anziehen zu helfen. Dabei blickte er die ganze Zeit auf seine Hände und sandte ihr eine stille Frage.

»Sie heilen wieder«, versicherte sie ihm. »Die Leibärzte der Königin haben dich behandelt. Sie verfügen über enormes Können und sagen, dass das Empirium ihre Behandlung zu unterstützen scheint. Sie sagen, du kannst in einer Woche die Verbände abnehmen. Und in zwei Wochen kannst du Illumenor wieder halten.«

Als sie nebeneinander die Treppe hinuntergingen, lehnte er

sich schwer gegen Ludivine. Evyline und die Sonnengarde folgten ihnen. In der Ratshalle angelangt, löste sich Audric sacht von Ludivine, bereit, allein weiterzugehen.

Doch dann öffneten sich die Türen, und Audric konnte kaum glauben, was er sah: Nicht nur hatte sich der ganze Senat versammelt – alle zweihundert Mitglieder, gekleidet in den Farben ihrer Bezirke –, sondern auch ihre Gehilfen, ihre Berater und der Richterrat sowie Hunderte von Soldaten und Zivilbürgern. Als er an Generalin Rakallo vorüberging, legte sie sich eine Hand auf die Brust und verneigte sich tief. *Alle* verneigten sich. Sie sanken auf die Knie und berührten Lippen, Brust und Stirn im Gebet.

Die Königinnen auf dem Podium in der Mitte des Saals erhoben sich. Prinzessin Kamayin kam strahlend auf Audric zu und steckte ihm eine blaue Iris ans Revers – eine der geschätztesten Blumen in Mazabat und das Symbol der Krone.

Die Hohe Sprecherin des Senats trat mit einer Schriftrolle in den Händen vor. Audric lauschte in müdem Schrecken, als ihre Stimme durch den Saal dröhnte.

»In der Angelegenheit der Eingabe von König Audric Courverie aus der Nation Celdaria«, begann die Sprecherin, »der um Militärhilfe ersucht hat, um in die Hauptstadt dieses Landes einzumarschieren und den Thronräuber Merovec Sauvillier zu vertreiben, mit dem Fernziel, eine Verteidigungsbasis gegen mögliche Engelsinvasoren zu errichten, hat der Senat beschlossen, unsere frühere Entscheidung zu revidieren. Wir haben den Rat unserer Königinnen, der Heiligen Magister und des Volkes von Mazabat berücksichtigt, deren Stimmen uns unsere Befugnis verliehen haben.«

Die Hohe Sprecherin sah Audric mit undurchdringlicher Miene an. »Wir haben außerdem die jüngsten Ereignisse in Betracht gezogen, unter anderem den Orkan, der beinahe unsere Hauptstadt zerstört hätte, und die Taten des Königs von Celdaria in dieser Krisenstunde – Taten, die ihn das Leben hätten kosten können.«

Sie machte eine Pause. »Unsere endgültige Entscheidung ist einstimmig gefallen. Wir beantragen hiermit, dass die celdarische Eingabe neu beurteilt und angenommen wird und dass die Krone die Bitte des Königs um Militärhilfe gewährt – zum einen mit dem Ziel, den celdarischen Thron zurückzuerobern, aber auch – was noch wichtiger ist –, um im Krieg gegen den Engel Corien sowie sämtlichen Konflikten, die sich daraus ergeben können, Unterstützung zu leisten.«

Die Hohe Sprecherin rollte das Schriftstück auf einem kostbaren hölzernen Pult aus, das auf dem Podium vor den Königinnen stand. Zu guter Letzt schenkte sie Audric ein kleines Lächeln.

»Wenn Ihr mit diesem Antrag auf Annahme der celdarischen Eingabe einverstanden seid, meine Königinnen«, erklärte die Sprecherin, »dann bestätigt mit Euren Unterschriften unsere Entscheidung.«

Königin Bazati trat erhobenen Hauptes vor und unterzeichnete mit schwungvoller Geste das Papier. Nach ihr fügte Königin Fozeyah mit einem strahlenden Lächeln ihren Namen hinzu.

Kamayin eilte zu Audric hinüber und umschlang ihn mit beiden Armen. Während ihm vor Fassungslosigkeit der Kopf rauschte, sah er über ihre Schulter, wie sich sämtliche Anwesenden im Saal erhoben und in tosenden Beifall ausbrachen.

21

JESSAMYN

»Den weißen Türmen von Elysium – ihnen verpflichte ich mich bis auf die Knochen. Der Herrlichkeit, die es einst gab, und der Herrlichkeit, die es wieder geben wird – ihr widme ich meine ganze Kraft. Ihm, dem Licht der Unsterblichkeit, verschreibe ich mich mit jeder Faser meines Körpers.«

Aus dem Initiationsritus der Novizen
des Invictusordens

Jessamyn wich Nevias durch die Luft sausendem Kampfstock aus, richtete sich blitzschnell auf und blockte ihn mit ihrem eigenen ab.

Kämpfen war gut. Wenn sie kämpfte, vergaß sie, was sie Schreckliches getan hatte.

Seit fast einer Stunde schon kämpfte sie ununterbrochen mit Nevia auf einem der Übungsplätze des Lyceums. Sie weigerte sich aufzuhören und nahm sich nicht einmal Zeit, um sich das Gesicht abzuwischen. Zum Glück, denn Nevia eilte der Ruf voraus, rücksichtslos zu sein; sie würde eine Pause bestimmt nicht gutheißen.

Und Jessamyn suchte eine unbeugsame Gegnerin. Sie hatte Remy mitten im Unterricht in ihrem Raum zurückgelassen, war in die Kaserne marschiert und hatte Nevia einen Kampfstock zugeworfen, was die ältere Frau mit einem draufgängerischen Grinsen quittiert hatte.

Jetzt kämpften sie also und die Türen und Fenster des Übungsplatzes waren von Schaulustigen gesäumt. Rekruten mit ihren eigenen Stöcken, die ganz erpicht darauf waren, einzuspringen, falls Jessamyn sich geschlagen geben würde. Aber Jessamyn konnte sich unmöglich geschlagen geben.

Mit jedem Schlag und jedem Stoß, den sie austeilte oder einsteckte, spürte sie, wie ein wenig der unbändigen Angst in ihr verschwand, obwohl sich ihr bei dem Gedanken, was am Vortag in Elianas Gemächern geschehen war, noch immer der Kopf drehte.

Wie war es möglich, dass diese hagere, stumme Witzfigur von einer jungen Frau – die früher angeblich einmal eine beeindruckende Attentäterin gewesen war – sie besiegt hatte? Jessamyn, Schülerin eines der größten Attentäter, die im Dienst von Invictus standen? Jessamyn, die Virashta von Varos? Sie redete sich ein, dass die anhaltende Trauer über seinen Tod sie abgelenkt hatte. Aber das war kein Trost, denn es zeigte eine Schwäche, gegen die sie glaubte längst immun zu sein. Eine menschliche Schwäche, die Varos versucht hatte aus ihr herauszuprügeln.

Nevia streifte sie mit dem Stock, Jessamyn stöhnte und geriet aus dem Tritt. Sie fasste sich, machte eine Drehung auf ihrer dünnen, biegsamen Sohle und schlug Nevia hart auf die Schulter und dann noch einmal auf die Hüfte.

Und trotzdem konnte sie nicht aufhören, darüber nachzudenken, was passiert wäre, wenn Eliana sich erfolgreich umgebracht hätte, und wie die Bestrafung des Kaisers ausgefallen wäre.

Wie die Bestrafung vielleicht immer noch ausfallen würde.

Ihre Überlegungen ließen sie nachlässig werden. Nevia wirbelte herum, erwischte Jessamyn mit dem Stock am Kopf und schlug dann die Füße unter ihr weg. Sie stürzte heftig und knallte mit dem Kinn auf den Boden. Vor ihren Augen tanzten Sterne und sie schmeckte Blut, aber die Schmach war viel schlimmer.

Nevia umkreiste sie. »Ich habe nie verstanden, was Varos in dir gesehen hat«, sagte sie. Ihre Stimme klang nicht gemein, sondern einfach nur neugierig.

Rechter Hand von Jessamyn flog eine Flügeltür auf und alle außer ihr warfen sich gleichzeitig auf den Boden.

Mit einem pelzbesetzten Umhang über den Schultern stürmte der Kaiser auf den Platz. Sobald ihre Blicke sich kreuzten, versteifte sich Jessamyns Körper. Sie blinzelte irritiert und die Welt verschob sich.

Sie war allein auf dem Platz. Der Himmel war grau, die Gebäude des Lyceums schwarz und fensterlos. Die Welt zitterte – die Luft, das Lyceum und die Steine unter ihren Füßen. Die Skizze eines Kindes, die wütend zum Leben erwachte.

In dieser fremden, düsteren Welt, war der Kaiser glorreich – zweieinhalb Meter groß, schlank und langgliedrig, sein Gesicht eine exquisite Anordnung von sich deutlich abzeichnenden Wangenknochen und leuchtend hellen Augen, seine Haare eine wechselhaft schimmernde schwarze Wolke. Seine Kleider schwebten in dunklen Wirbeln um seine vornehme Statur. Auf seinem Rücken breitete sich ein Paar riesiger Flügel aus; dort, wo sie aus seinen Schultern hervortraten, strahlten sie, ansonsten waren sie in Schatten getaucht.

Jessamyn schrie auf, ihre Knie gaben nach. Sie wollte unbedingt wegschauen. Er war zu schön und blendete zu sehr. Sie konnte ihn nicht ansehen. Der Anblick war zu viel für ihre Menschenaugen.

Aber der Kaiser hielt sie mit seinem Geist an Ort und Stelle und zwang sie, ihren Blick auf ihm ruhen zu lassen. Sie spürte, dass er wie eine Schlange durch einen Spalt im Stein in ihre Gedanken schlüpfte. Bald schon würde sie zerbrechen. Der Geschmack seines Zorns auf ihren Lippen war metallisch wie Blut.

»Du hast deine Messer in ihr Zimmer mitgenommen«, sagte er schroff und der Nachhall seiner Stimme dröhnte.

Er war zu groß für sie, unermesslich. Sie bekam Kopfschmerzen von seinem Geist in ihrem und ihre Augen brannten wie Feuer. Seine Finger steckten tief in den Windungen ihres Gehirns, suchten und quetschten sie aus.

Die Welt flackerte und veränderte sich.

Jessamyn beobachtete entsetzt, wie Nevia und die anderen wieder auftauchten – aber jetzt sahen sie ganz ausgezehrt und erschrocken aus. Sie schlugen mit den Köpfen gegen die Mauern, bis ihre Gesichter blutüberströmt waren. Sie stürzten sich aufeinander, gruben ihre Zähne in ihr Gegenüber und schlemmten.

»Bitte, Mylord –«, stieß Jessamyn hervor.

»Du wurdest von meinem besten Kämpfer ausgebildet«, sagte der Kaiser, »und dennoch warst du so dumm, Eliana mit Waffen gegenüberzutreten. Deine Torheit verblüfft mich.«

Vom Himmel stieß eine Krähe herab und stürzte sich auf einen kleinen Singvogel. Jessamyn sah, wie die Krähe in die Brust des Vogels hackte und ihm die Kehle aufriss. Mit ihrem großen schwarzen Schnabel pflückte sie ganze Fleischstücke und Federbüsche heraus.

Jessamyns Herz schlug immer schneller und heftiger. Sie wollte sich unbedingt die Ohren zuhalten, aber sie konnte ihre Arme nicht bewegen, weil sie keine mehr hatte. Stattdessen flatterte und schlug sie mit ihren Flügeln. Sie war der Singvogel dort im Schmutz, und die Krähe pickte nach ihr, brach ihre Rippen, zog ihr das Fleisch ab. Die Augen der Krähe blitzten in einem hellen Weiß und loderten wie die einstigen Engelsaugen des Kaisers. Jessamyn wusste, dass diese Dunkelheit, dieses riesige, brüllende Gewicht, das sie niederdrückte und die Krallen in sie schlug, die Krähe war, aber ebenso war das der Kaiser, der sich gewaltsam Zutritt zu ihrem Geist verschaffte.

»Vergebt mir, Eure Exzellenz«, brachte Jessamyn hervor, obwohl ihre Kehle zerfetzt war. »Ich trauere um Varos –«

»Deine Trauer ist lachhaft im Gegensatz zu meiner«, erwiderte der Kaiser. Er war eine flackernde Säule aus Dunkelheit, die über ihrem Gesicht schwebte, als wollte er sie gleich küssen. Sie sah seine weißen Augen, wollte ihre davor verschließen, aber sie hatte keine Augenlider mehr. Sie wollte schreien, aber sie konnte den Mund nicht öffnen. Als sie ihr Gesicht berührte, merkte sie, dass ihre Lippen verschwunden waren, stattdessen fühlte sie nur flache, glatte Haut.

»Sag mir«, murmelte der Kaiser, »warum hat sie abgebrochen? Was hast du gesehen?«

Jessamyn stand unversehrt neben ihrem eigenen Körper. Sie beobachtete, wie ihr anderes mund- und lidloses Ich unter dem Zugriff des Kaisers zuckte.

»Sie hat mir gegen die Kehle gestoßen«, sagte sie, während sie seltsam ruhig das Geschehen verfolgte. »Sie hat einen Dolch aus meinem Gürtel gezogen. Sie hat mit dem Messer auf ihren Bauch gezielt, dann aber innegehalten, bevor die Klinge sie berührte.«

»Wie sah sie in dem Moment aus?«

»Ihre Augen wurden glasig.« Jessamyn fand es faszinierend, wie ihr Körper sich veränderte, wenn er gequält wurde. Wie ihre Muskeln sich dehnten und wie heftig sie weinte. »Sie ließ den Dolch fallen.« Jessamyn brach ab und versuchte sich zu erinnern. Aber die Erinnerung war verschwommen, als hätte sie alles durch einen Schleier erlebt. »Sie hat eine Frage gestellt. ›Wer bist du?‹«

Und dann explodierte die Welt in einem grellen weißen Licht und die Luft schrillte in Jessamyns Ohren.

Endlich Dunkelheit.

Jessamyn öffnete keuchend die Augen und starrte in den Mittagshimmel. Der Kaiser war fort. Sie meinte noch seine Stiefel auf dem Steinfußboden zu hören. Nevia und die anderen erwachten aus ihrer Erstarrung und blinzelten desorientiert.

Und erst da fiel Jessamyn auf, wie eigenartig es war, dass der Kaiser sie gefragt hatte, was sich in Elianas Gemächern zugetragen hatte. Schließlich verließ er nur selten den Geist der jungen Frau. Er hätte die Antwort kennen müssen.

Obwohl Jessamyn nie für möglich gehalten hätte, dass jemand sich mit dem Kaiser messen konnte, mussten seine Fragen bedeuten, dass etwas oder jemand irgendwie die Wahrheit vor ihm verbarg.

Am nächsten Abend schritt Jessamyn durchs Lyceum zur Bibliothek. Sie fühlte sich wund, ihre Haut schien nicht recht zu passen. Sie hatte den ganzen Tag auf ihrem Posten vor Elianas Gemächern verbracht, während der Kaiser arbeitete.

Es nagte an ihr, dass die Schreie der jungen Frau sie so beeinträchtigen. Sie gehörte zu den Invictus, war eine Schülerin von Varos. Sie hatte Schlimmeres gehört. Sie hatte Schlimmeres *getan*.

Und doch ließ sie nicht los, was der Kaiser am Tag zuvor auf dem Übungsplatz mit ihr gemacht hatte. Als wäre Jessamyn dort auf dem Boden unter den Händen des Kaisers gestorben und als zerrüttete, fahrige Version ihres alten Ichs wiedergeboren worden.

Als Jessamyn durch die dunklen Gänge des Lyceums stürmte, bekam sie vor Wut einen dicken Hals. An alldem war Eliana schuld. Sie weigerte sich zu kapitulieren und der Kaiser wurde immer gereizter.

Jessamyn hatte während der letzten Wochen im Lyceum die verängstigten und erzürnten Gespräche hinter vorgehaltener Hand gehört: Jeden Tag drangen mehr Cruciata durch die Pforte. Die Sunderlands waren verloren, das Nordmeer von den Bestien verseucht. Tausende Engel patrouillierten an den Küsten von Celdaria und Borsvall und bildeten den Schutzschild zwischen Elysium und einer Invasion der Monster, dabei benutzten sie die Vaecordia des Kaisers und holten eine Bestie nach der anderen vom Himmel. Bis jetzt hatte es noch keines der Untiere durch die Verteidigungslinie aufs Festland geschafft, aber die Engel verloren gleich dutzendweise ihr gestohlenen menschlichen Gefäße, das giftige Blut der Cruciata zwang sie dazu, die Körper aufzugeben, und der Kaiser hatte Probleme, sie schnell genug zu ersetzen. Einige Engel erlagen dem giftigen Blut der Bestien sogar gänzlich und ihr unantastbarer, körperloser Geist zersplitterte für immer.

Die Verteidigung würde nicht ewig halten.

Jessamyn suchte die Bibliothek nach Remy ab, ihr Herz klopfte in einer ihr fremden zornigen Furcht, die sie nicht abschütteln konnte. Ihr Geist fühlte sich überhitzt und erstickt an. Eliana besaß die Macht, die Pforte zu verschließen und das Kaiserreich für immer von diesem Problem zu befreien, aber sie weigerte sich, sie zu nutzen. Wenn der Kaiser sie nicht rechtzeitig brechen konnte, würde ihre Untätigkeit ihrer aller Untergang bedeuten.

Vielleichte, dachte Jessamyn, war der Geist des Kaisers ja nicht mehr stark oder gesund genug, um Elianas Verteidigung zu durchdringen? Seit ihrer Ankunft waren Monate vergangen und doch blieb diese kleine, hilflose Prinzessin unbesiegt.

Jessamyn hielt die Luft an und wartete, ob eine Bestrafung vom Himmel auf sie herabfallen würde. Irgendein Engel könnte ihre verräterischen Gedanken gehört haben und sie holen, sie in den Palast schleifen und von Admiral Ravikant in Stücke schneiden lassen.

Aber die Bibliothek blieb dunkel und ruhig. Am anderen Ende leuchtete eine kleine Lampe. Eine dunkelhaarige Gestalt beugte sich über ein Buch. Remy, der an seinem Lieblingstisch lernte. Jessamyn atmete langsam aus.

Als Varos noch lebte, war sie bedingungslos loyal gewesen und hatte eifrig und ohne nachzudenken gehorcht. Aber jetzt war Varos tot. Und Jessamyn hatte hautnah den unberechenbaren Geisteszustand des Kaisers erlebt. Das Lyceum war voller Gerüchte und Ungeheuer überfluteten die Welt.

Jessamyn spürte zum ersten Mal Zweifel aufkommen. Und sie hasste es. Zweifel bedeuteten Schwäche; Zweifel bedeuteten Verrat.

Also gab es nur eines zu tun. Sie musste Remy noch härter durch sein Training treiben. Ihn den Fünf und dem Kaiser präsentieren, und anschließend Eliana. Jessamyn stellte sich vor, wie der jungen Frau die Gesichtszüge entglitten, wenn sie kapierte, was ihrem Bruder angetan wurde – und damit auch ihr Wille, zu kämpfen, brach.

Beruhigt schüttelte Jessamyn die Arme aus, als wollte sie Staub loswerden, und eilte zwischen den langen dunklen Bücherregalreihen hindurch zu Remys Platz. Sie wollte ihn unvorbereitet erwischen.

Als sie den Tisch erreichte, war er allerdings verschwunden. Sein Buch lag noch geöffnet dort und die Lampe verströmte ihr warmes Licht.

Jessamyn fluchte leise, griff nach ihrem Dolch im Stiefel und wirbelte herum, aber Remy war von keinen aufrührerischen Gedanken abgelenkt und agierte schneller.

Er schoss aus der Deckung und packte sie. Klinge an den Hals und ein heftiger Schlag auf ihren Solarplexus. Er verdrehte ihren Arm und entwaffnete sie beinahe erfolgreich.

Beinahe.

Sie erholte sich schnell und zog ihm den Dolch rasch über den Oberarm.

»Du gehst zu laut, Kaeshana«, sagte Remy. Er ließ sie los und klang ärgerlich. »Du bist wie ein Tier durch die Bibliothekstüren gestürmt. Dachtest du, ich höre das nicht?« Es war das erste Mal, dass er etwas sagte, nachdem der Kaiser ihm vor zwei Tagen was auch immer angetan hatte, das in Eliana den Wunsch geweckt hatte, sich das Leben zu nehmen.

»Ich wollte großzügig sein«, sagte sie. »Dachte mir, ich geb dir eine faire Chance.«

Jessamyn sammelte ihre abschweifenden Gedanken und kämpfte gegen ihren wachsenden Unmut darüber, dass es ihm gelungen war, sie völlig unvorbereitet zu erwischen. Sie ging um den Tisch und betrachtete ihn.

Seit Remy vor Monaten nach Elysium gekommen war, war er gewachsen. Fast fünf Zentimeter, schätzte sie. Und nachdem er jetzt seit Wochen im Lyceum lebte, stand er auch nicht mehr so vornübergebeugt wie ein Gefangener, sondern aufrecht. Seine Augen waren wach und konzentriert. Er verschränkte seine Hände hinter dem Rücken und wartete auf ihre Befehle. In seinem langen Hemd mit sauberem Kragen und den ordentlich gekämmten dunklen Haaren war er ganz der aufmerksame Schüler. Auf einer Wange verblasste eine Verletzung von ihrer Sparringrunde in der vergangenen Woche.

Jessamyn schaute auf das Buch, in dem er gelesen hatte, eine Handschrift auf braunem Papier in Altceldarisch. Ein Teil der Ausbildung eines jeden Invictusschülers – gute Kenntnisse in den Sprachen der Alten Welt, der Engelssprachen und jeder modernen Sprache.

»Bist du fertig mit Übersetzen?«, fragte sie.

»Fast«, antwortete Remy.

»Fast ist nicht gut genug. Du solltest inzwischen mit dem ganzen Buch durch sein.« Jessamyn schlug die Schrift zu und trat seinen Stuhl um. In dem stillen, höhlenartigen Raum knallte das so laut wie Donner. »Wir gehen auf den Übungsplatz. Wir kämpfen bis zur Dämmerung, und dann setzt du dich hierher und beendest deine Aufgabe. Vorher bekommst du nichts zu essen.«

Remy zuckte, richtete seine Augen aber die ganze Zeit stur nach vorn.

»Das wäre ein Fehler«, sagte er ruhig. Nur ein winziges Zittern verriet, wie nervös er war.

Wider Willen beeindruckte sein Ungehorsam Jessamyn. »Ach?« Sie schritt um ihn herum und betrachtete ihn genau. »Bist du verrückt geworden, kleine Virashta? Haben dir meine Fäuste doch noch den Verstand herausgeprügelt?«

Remy schwieg kurz und wagte dann, sie anzuschauen. Sein Gesicht war undurchdringlich, aber in seinen Augen lag Mitleid. Das verunsicherte sie.

»Mit mir bis zur Dämmerung kämpfen, wäre ein Fehler«, erklärte er ihr. Seine Stimme kippte, war weder die eines Jungen noch eines Mannes. »Du musst dich ausruhen, denn wenn du ohne Schlaf in den Palast zurückkehrst, machst du womöglich einen weiteren Fehler und missfällst dem Kaiser erneut.«

Jessamyn starrte ihn sprachlos an.

»Ich habe gesehen, was gestern auf dem Platz passiert ist«, sagte Remy und wandte sich ab. »Ich habe mich in eine der Dachkammern geschlichen und dir beim Kämpfen mit Nevia zugeschaut. Ich habe beobachtet, wie er kam, um dich zu holen. Ich denke, er war zu abgelenkt, um zu bemerken, dass ich da war. Ich habe die anderen hinfallen sehen. Und auch, wie er dich angegriffen hat.«

Remy verzog den Mund; er biss sich innen auf die Lippe, ein nervöser Tick, den Jessamyn ihm eigentlich in ihrer ersten gemeinsamen Woche ausgetrieben hatte. Am liebsten hätte sie ihn dafür geohrfeigt, aber sie war zu schockiert, um sich zu rühren.

»Und ich habe gehört, was mit Eliana passiert ist«, fügte er mit leuchtenden Augen hinzu. »Ich habe gehört, dass es dein Messer war, das sie beinahe benutzt hätte. Alle reden davon.«

»Alle«, wiederholte Jessamyn, ihr wurde schwindelig.

»Hier im Lyceum. Mir fallen Sachen auf, wenn du nicht hier bist. Ich schleiche herum und spioniere, so wie du es mir beigebracht hast.« Er sah sie mit erstaunlicher Entschlossenheit an. »Ich denke nicht, dass du heute Nacht gegen mich kämpfen solltest. Ich denke, du solltest dich ausruhen. Ich denke, dass du wachsam bleiben musst.«

Jessamyn brachte schließlich ein leises Lachen zustande. »Was für ein ergebener Schüler du doch bist. Deine Fürsorge überrascht mich. Und das von dir, der du mich hasst und es wahrscheinlich nur zu gern sehen würdest, wenn der Fünferrat mich hinrichtet oder verbannt. In die Zeltstädte ausweist, wo ich ein gefundenes Fressen für die Flüchtlinge wäre.«

»Es spielt keine Rolle, ob ich dich hasse«, erwiderte Remy. »Du musst am Leben und weiterhin in der Gunst des Kaisers bleiben. Denn wenn du lebst, ist das gut für mich.«

Die Dunkelheit in der Bücherei war auf einmal bedrückend, als würden sich zwischen den Regalen unzählige starrende Augen verbergen. Er hatte also Gerüchte gehört. Bestimmt tratschten ihre Mitanwärterinnen über ihren angeblichen Misserfolg. Jessamyn lachte abermals und umkreiste Remy, damit er ihr nicht ins Gesicht schauen konnte, er durfte nicht merken, wie sehr er sie erschüttert hatte.

Dann wirbelte sie jäh herum und trat ihn ins Kreuz, Remy flog in den Tisch.

»Ich muss wachsam bleiben?«, blaffte sie ihn an und schluckte die widerliche Angst herunter, die sich in ihrer Kehle festgesetzt hatte. »Das musst du auch, kleine Virashta. Und wenn du glaubst, du könntest dich aus einem Kampf herausschwafeln, hast du dich ernsthaft getäuscht.«

Remy funkelte sie über seine Schulter hinweg an und wischte sich das Blut von den Lippen.

Dann warf er sich auf sie, und Jessamyn spürte, wie sie sich mit dem ersten brutalen Schlag gegen seinen Kopf entspannte. Sie würden so lange kämpfen, bis *sie* entschied, wann es genug war.

Sie würden kämpfen, bis Remy wieder wusste, wo sein Platz war – und sie ebenfalls.

22

RIELLE

»Manche Gelehrte halten das Empirium für eine bewusste Macht, gütig und barmherzig, das Geschenk eines wohlwollenden Gottes. Andere glauben, das von ihm geschaffene Leben sei ihm im Grunde gleichgültig. Ich behaupte, das Empirium und Gott, wie manche es begreifen, sind ein und dasselbe. Es ist weder grausam noch besonders wohlwollend. Es existiert einfach nur – eine unbegreifliche Wesenheit, die ich nicht bewusst berühren kann, wofür ich dankbar bin.«

Die unergründliche Wesenheit: eine Untersuchung des Empiriums durch Menschen ohne elementare Zauberkräfte, von der celdarischen Bibliothekarin Vaillana Morel für die Erste Gelehrtengilde zusammengestellte Essaysammlung

Regentropfen landeten auf Rielles Wangen, und sie hob das Gesicht, um sie willkommen zu heißen.

Weit breitete sie die Arme aus, denn sie war von schrecklicher Hitze umgeben, und in ihrem Blut tobte ein Inferno. Sie verzehrte sich nach kühlem Regen.

Doch der Regen war heiß, und als er auf ihre Lippen traf, hielt er sich dort und hinterließ einen sämigen, roten Geschmack. In ihrer Brust ballte sich etwas zusammen, und als sie die Augen öffnete, sah sie, dass die Tropfen, die ihr Gesicht benetzten, nicht aus Wasser waren, sondern aus Blut.

Sie stand in einer flachen, dunkelroten Pfütze an einem steilen Abhang oberhalb mehrerer Felsnischen. Während ihre Erinnerung allmählich zurückkehrte, fiel ihr ein, dass Obritsa sie bei der Verfolgung der Obex aus Meridian und ihrer Suche nach Sankt Neridas Dreizack an Meridians Ostküste gebracht hatte. Vom

Ozean her wehte ein starker Wind und zauste ihr blutverklebtes Haar. Wellen brachen sich und brüllten wie Raubtiere beim Kampf um Fleisch, während sich am Horizont Blitze entluden.

Viele Stürme würden kommen, so erfuhr Rielle, als sie ihre Macht über die Wasserfläche breitete und die Worte las, die das Empirium hineingeritzt hatte. Tausend Stürme wallten von der Pforte heran und überzogen die Himmel auf der ganzen Welt.

Rielle lachte, leckte sich die Lippen und stemmte die Handflächen auf den glatten Boden. Die Erde wellte sich unter ihrer Berührung, denn ihre Hände waren noch immer glühend heiß. Das summende Echo von Sankt Neridas zerstörtem Dreizack hallte auf ihrer Haut nach. Ein zerbrochener Pfeil lag zu ihren Füßen. Die Obex hatten allen Ernstes versucht, auf sie zu schießen, als wäre sie eine gewöhnliche Angreiferin. Wie sie geschrien hatten, bevor sie sie auslöschte.

Rielle sah sich um und fing Obritsas Blick auf. Diese kleine Königin von Kirvaya, mit ihrem zerzausten weißen Haar und ihrer hellbraunen Haut, die im Sturm fahl geworden war. Das Mädchen glitzerte und hatte goldene Stellen an den Händen, wo das Empirium darauf lauerte, dass sie neue Bänder wob. Gold war in den Weiten des Meeres und am Himmel, pulsierendes Gold lag unter den schwarzen Felsen und dem ruhelosen Ozean und stieg höher und höher.

»Also?«, fragte Rielle schnippisch. »Hast du irgendwas zu sagen?«

Obritsas Pelze waren voller Blut. Flocken aus verkohltem Fleisch schwebten in der Luft, doch sie zuckte nicht vor ihnen zurück.

Stattdessen hielt sie Rielles Blick stand und erwiderte: »Hast du je daran gedacht, ihn zu töten?«

Rielle lachte entsetzt auf. »Ihn töten?«

Obritsas Gesicht war kreidebleich. »Du könntest es, glaube ich.« Eine Ascheflocke blieb in ihren Wimpern hängen, doch sie achtete nicht darauf. »Offenbar kannst du Körper zerstören. Ich glaube, du könntest auch ihn zerstören, wenn du wolltest. Sein ureigenstes Selbst von innen heraus auflösen. Ein Geist, ein Körper – es ist doch beides das Gleiche, nicht wahr? Auf der tiefsten Ebene gehört beides dem Empirium an, genau wie alles andere.«

»Ob ich ihn töten könnte?« Rielle probierte die Worte aus, doch der Gedanke rutschte durch ihren Geist wie ein Aal mit scharfen Zähnen, bösartig und ungreifbar. Er wand sich hin und her, und seine Augen waren so bleich wie die von Corien in seinem vom Mond erleuchteten Schlafzimmer, sein pralles Fleisch glänzte wie ein glatter Obsidian und erinnerte sie unweigerlich an Coriens Haar.

Sie hatte diesen Engel namens Malikel in Patria zerstört, doch das war durch Unvermögen und unbeabsichtigt geschehen. Könnte sie Corien, der so viel stärker war, das Gleiche antun? Würde er ihr überhaupt Gelegenheit dazu geben?

Wut wallte in ihr auf. Sie stolzierte auf Obritsa zu und schlug sie zu Boden. Der Kopf des Mädchens landete in einer Schlammpfütze zwischen den Felsen. Rielle sah das zornige rot-schwarze Aufflackern des Schmerzes in ihrem Schädel und die Sterne, die an ihren Augen vorüberrasten.

»Du wirst nie wieder davon oder von ihm sprechen«, fauchte sie. Noch vor einer knappen Stunde war sie todmüde gewesen. Jetzt, wo sie auf allen Seiten von Blut umgeben war und die Zerstörungswut in ihren Adern kochte, fühlte sie sich wie neugeboren.

Obritsa starrte atemlos zu ihr hinauf. »Ich hätte dich daran hindern sollen, die Obex zu töten. Du bist nicht mehr du selbst. Deine Augen verändern sich so schnell. Gold verschlingt das Grün.«

»Mich an etwas hindern?« Rielle grinste verächtlich. »Das könntest du überhaupt nicht.«

Augenblicklich verspürte sie einen Wandel in der Luft, dieser Luft, die ihr gehorchte und die in und von ihr war, dieser Luft, die sich zu einem Knüppel verdichten und Obritsa kurz und klein schlagen würde, falls Rielle es wünschte. Die Luft verschob und faltete sich und machte Platz für drei weitere Körper auf dem übers Meer ragenden Felsvorsprung. Als Rielle den Blick hob, sah sie, wie sich zwei Lichtringe schlossen. Der vertraute Rauchgeruch von Bändern stach ihr in die Nase, doch diese Bänder gehörten nicht Obritsa.

Sie gehörten zwei Gezeichneten – einem Mann, den Rielle kannte, und einer Frau, die ihr fremd war. Der Mann war hochgewachsen und hatte blaue Augen, verfilzte Haare und ein schmutziges Gesicht. Die Frau war groß, hager und bleich. Der Mann senkte seine glühenden Hände. Sein Körper war völlig verkrampft vor Angst, doch in seinem Gesicht glaubte Rielle Mitgefühl zu erahnen.

»Garver?«, flüsterte sie. Ihn hier zu sehen war unbegreiflich und zutiefst beunruhigend. Sie malte sich aus, die Welt mit einem einzigen Handstreich von ihm zu befreien. Sie wollte nicht an zu Hause denken, an Audric und daran, wie die eifersüchtige Frage seine Miene verzerrt hatte, und trotzdem stand nun Garver vor ihr und erinnerte sie allein durch seine Existenz an all das.

Ein anderer Mann schob sich vor Garver, und ihn zu sehen war noch schlimmer. Rielle wankte, sie bebte vor Wut, dass er ihr nachgestellt hatte, dass er sie hier gefunden hatte. Er war ungepflegter denn je und noch dünner und hatte sein zerzaustes blondes Haar zu einem schlampigen Knoten gebunden.

Tal. Ihr Herz zog sich um das Wort zusammen.

Er eilte auf sie zu, wobei sein Gesicht vor freudiger Erleichterung leuchtete, und Rielle begriff schlagartig, was er sehen würde – wie sie blutbespritzt Obritsa mit beiden Händen in den Schmutz drückte. Umgeben von Asche und Tod.

Das letzte Mal hatte er sie am Abend ihrer Hochzeit gesehen. Damals war sie eine strahlende Braut gewesen, gehüllt in Samt und Spitzen, einfältig und glücklich. Auch war sie damals noch schlank gewesen, Gesicht und Bauch nicht so gerundet wie jetzt.

»Rielle! Oh, bei allen Heiligen, Gott sei Dank geht es dir gut«, sprudelte er hervor. Als er nach ihr greifen wollte, durchzuckte sie das Grauen wie ein Blitzschlag.

»Geh weg von mir«, fuhr sie ihn an, ohne ihren Griff um Obritsa zu lockern. Das Mädchen würde sonst davonlaufen. Die seltsame kleine Allianz zwischen ihnen war bestimmt ohnehin in dem Moment zerbrochen, als Rielle sie angegriffen hatte. Wenn Rielle weder Garver noch seine Begleiterin dingfest machen konnte, ehe sich die beiden mithilfe von Bändern selbst in Sicherheit brachten, säße sie ohne Obritsa hier an dieser grässlichen, sturmumtosten Küste fest, und Corien würde Monate brauchen, um sie zu holen.

Tal blieb wie angewurzelt stehen, und alle Freude wich aus seinem Gesicht. Sein Blick wanderte über den Abhang, die blutbespritzten Felsen.

Ihre Blicke trafen sich. »Rielle, alles gut«, sagte er, als wollte er ein Kind besänftigen. »Ich verstehe, was hier passiert ist.«

Sie lachte bitter auf. Als ob Tal mit seinem schlichten Gemüt und seiner Mittelmäßigkeit irgendetwas von dem verstehen könnte, was sie fühlte oder was sie war.

Mit erhobenen Händen ging er auf sie zu. »Du brauchst dich nicht zu schämen. Du zerstörst die Urformen der Heiligen, nicht wahr? Du hast beschlossen, die Pforte nicht zu öffnen.« Ein kleines Lächeln umspielte seine Lippen. »Ich wusste, dass du ihm nicht helfen würdest. Ich wusste, dass du zur Besinnung kommen würdest. Du warst wütend und verängstigt. Das verstehe ich.«

»Zur Besinnung kommen?« Sie blitzte ihn böse an. Die Welt pulsierte in Bernstein- und Bronzeschattierungen. »Du weißt nichts von meinem Geist, und du hast auch nie irgendetwas davon gewusst.«

»Ich will es aber wissen, Rielle.« Er kniete sich langsam hin, bis ihre Augen auf gleicher Höhe waren. »Ich will wissen, was du siehst. Ich will alles verstehen, was dich verletzt.«

Zwischen ihnen kämpfte Obritsa gegen Rielles Griff. Ihr Atem ging schnell und flach.

»Das kannst du nicht.« Ein heftiger Widerwille wallte in Rielle auf. Tals Unwissenheit ekelte sie an. »Meine Macht ist jenseits der Reichweite jedes lebenden Menschen.«

»Vielleicht wenn du mit mir nach Hause kommst – «

»Nach Hause?« Ein winziges Lachen entwich ihr. Stockend holte sie Luft, bis ihr die Tränen kamen. Ihre Stimme war ein einziges Beben. »Ich habe kein Zuhause.«

»Doch, das hast du.« Tals Stimme barg eine enorme Sanftmut, und es war ihr unerträglich, dass er es wagte, so sanftmütig zu sein, wenn sie sich so barbarisch fühlte, so blutbeschmiert.

»Geh weg von mir, Tal. Du hast gesagt, du liebst mich. Beweis es mir und füg dich meinen Wünschen.«

»Dein Zuhause ist in Âme de la Terre«, erklärte er unerschrocken. »Bei mir und Audric und Ludivine. Bei Königin Genoveve, Sloane und Miren.« Tal sah sich nach hinten um, wo Garver stand und grimmig schaute. »Bei deinem Freund Garver Randell und seinem Söhnchen.«

Rielle spürte genau, in welchem Moment Corien Besitz von Obritsas Geist ergriff. Der Körper des Mädchens erschlaffte unter ihren Händen. Erleichtert kroch Rielle von ihr weg und ließ sie mit ausgestreckten Gliedmaßen am Boden liegen. Garver lief unverzüglich auf Obritsa zu, doch Rielle schleuderte einen Arm nach ihm und stieß ihn zurück ins Gebüsch, weit weg von der Felskante. Seine Gefährtin rannte mit einem schrillen Schrei hinter ihm her.

Tal verspannte sich. »Rielle, bitte. Komm mit mir nach Hause. Du brauchst nicht mehr davonzulaufen.«

»Und was soll ich tun, wenn ich mit dir nach Hause gehe?« Sie kauerte auf der Erde und grinste ihn böse an. »Soll ich durch die Straßen paradieren und meine vielen Bewunderer begrüßen? Soll ich ein Lied komponieren, um die Beschimpfungen zu begleiten, die sie mir an den Kopf werfen? Sag mir, Tal, was reimt sich denn auf Königsfluch?«

»Rielle. So wird es nicht sein.«

»Du belügst mich.« Sie schüttelte den Kopf, während ein derbes Lachen in ihr aufstieg. »Alle belügen mich unentwegt. Audric hat gesagt, es sei ihm egal, es würde keine Rolle spielen, aber das tut es. Das kann er nicht vor mir verbergen.«

»Wenn du nach Hause kommst und allen erzählst, was passiert ist, werden sie Verständnis haben. Sie werden dich akzeptieren.«

»Sie hassen mich«, wisperte sie und berührte ihre schmerzende Schläfe. »Und sie werden mich ewig hassen, das weißt du.«

Tal streckte die Arme nach ihr aus, und sein Gesicht war so weich, so voller Liebe, dass Rielle sich mit einem Mal zu Tode erschöpft fühlte und nicht anders konnte, als seine Nähe zuzulassen. Er drückte sie an seine Brust und umfasste mit einer Hand sacht ihren Kopf. Zärtlich presste er seinen Mund auf ihr blutverkrustetes Haar.

Einen Moment lang schloss Rielle die Augen und ließ es geschehen.

Doch dann hob Tal zu sprechen an.

»Du warst verwirrt«, sagte er leise. »Er ist in deinen Kopf geschlüpft und hat dich überlistet. Das verstehe ich.«

Rielle stieß ihn weg und richtete sich auf. Ihre Augen waren verschleiert, und es war ihr ein Gräuel, dass er ihre Tränen sehen und glauben würde, sie bräuchte Trost. Sie zog die Tränen in ihre Handfläche, verwandelte sie in Feuer und warf sie zu Boden, wo sie Wurzeln schlugen und wuchsen.

Tal betrachtete staunend die Flammen. Der auf seinen Rücken geschnallte Schild wirkte jämmerlich daneben, wie ein Kinderspielzeug.

»Ich wurde nicht überlistet«, fauchte Rielle mit klarem Blick. »Ich wollte weggehen. Ich wollte ihn. Er hat keine Angst vor mir. Er ist fasziniert davon, was ich tun kann, und er will, dass ich noch mehr tue.«

Die Felsen im Rücken blickte Tal erschrocken zu ihr auf. »Natürlich tut er das! Er will dich benutzen!«

»Er will, dass wir zusammenarbeiten, als Einheit.«

»Und was liegt am Ende dieser Arbeit? Alles, was du liebst, wird zerstört werden. Alles, was du kennst, wird verschwunden sein.«

»Falls ich beschließen sollte, jemanden zu verschonen, wird er es erlauben.«

»Du solltest dich mal hören!«

»Er liebt mich, Tal.«

»Das tun wir auch.« Er stand auf, und sein Schild sprühte Funken, während sein Ärger anschwoll. »Wir lieben dich, Rielle, und werden kein Blutvergießen von dir fordern.«

»Was, wenn ich Blutvergießen will? Liebt ihr mich dann immer noch?«

Er zögerte, und das genügte.

Rielle wich vor ihm zurück. »Ich lese es in deinem Gesicht. Was ich bin, macht dir Angst. Es widert dich an.«

»Nein, Liebste –«

»Ein Leben im Schatten, versteckt in gediegenen Räumen, wo ich in Ruhe die Zeit verplempere und nur erscheine, um sterbende Pflanzen zu gießen oder einen heißen Sommerwind zu kühlen, ist kein Leben, wie ich es mir wünsche. Ich würde zugrunde gehen in dieser Trübsal, ganz egal von wie viel Liebe ich deiner Meinung nach auch umgeben wäre.«

Tals Gesichtszüge fielen in sich zusammen. Seine Muskeln verspannten sich, und seine Augen glänzten traurig.

»Rielle, so würde dein Leben nicht aussehen«, entgegnete er. »Du würdest unter dem Schutz von uns allen leben. Wir würden dich langsam wieder bei den Menschen einführen, Kläger vor Gericht Fragen stellen und ihre Bedenken vorbringen lassen.«

»Und bis ich gefahrlos wieder frei herumlaufen könnte, würde ich brav an Audrics Seite sitzen und unser Kind in den Armen wiegen? Eine hingebungsvolle Ehefrau und Königin, die vor Scham schweigt? Um Vergebung bitten? Jeden, der mich angewidert anschaut, davon zu überzeugen suchen, dass das Kind in meinen Armen nicht das Kind eines Engels ist? Müsste ich meine Tochter dann jeden Monat den Magistern vorführen, um zu beweisen, dass sich keine Anzeichen schwarzer Flügel auf ihrem Rücken gebildet haben?«

»Nein – mein Gott, nein, so würde es nicht ablaufen. Das schwöre ich dir, Rielle. Es würde eine gewisse Zeit dauern, aber –«

»Hör auf, mich *anzulügen*!«

Tals Knie gaben nach. Rielle sah ihn fallen, und ihr Körper verkrampfte sich vor Wut. Sie sah die Stellen, wo er Schmerzen litt – Schädel, Brust und Bauch. Dunkle Wunden vom Zugriff ihrer Macht. Sein Licht war so blass, so gewöhnlich. Das Empirium in ihm war nur ein matter Abglanz. Sie wunderte sich, dass ihr das früher nie aufgefallen war.

»Du weißt, dass es dort nichts mehr für mich gibt«, flüsterte sie. »Vielleicht gab es nie etwas.«

»Deine Familie ist in Âme de la Terre«, krächzte Tal und streckte die Arme nach ihr aus. »Deine Freunde, deine Lehrer. Was auch immer Corien dir eingeredet hat, du bist kein Monster, dessen Macht einzig und allein in der Zerstörung besteht. Du wirst *geliebt*, Rielle.«

»Du lügst!« Sie schleuderte ihre Arme nach ihm, wobei ihre Handflächen vor Zorn brannten.

Tal versuchte aufzustehen, doch sie stieß ihn zurück zu Boden. Vergeblich griff er ins Leere und fasste sich dann an die Kehle.

»Ich wäre für dich gestorben«, keuchte er. Ein qualvolles dunkles Stöhnen quoll aus ihm heraus, ein Ausdruck ungefilterten Leids, und Rielle sah kurz die Macht in seinen Augen aufblitzen. Im Kampf gegen ihren Griff drehte er den Arm so fest nach hinten, dass ein Knochen brach. Das Gesicht vor Schmerz weiß und verzerrt, griff er nach seinem Schild.

Um den Schild herum loderte ein Flammenkranz auf. Rielle sah Garver ein paar Meter weiter im Gebüsch. Er versuchte sich mithilfe der Frau aufzusetzen. Eine kleine Flamme flackerte in seinen Händen – eine notdürftig zusammengeschusterte Fackel. Vor seinen Füßen lag ein zerschlissener Beutel mit Proviant.

Rielle stellte sich dem Feuer, das Tal nach ihr schleuderte, einen einzigen kristallinen Moment loderten ihre Augen unendlich und erbarmungslos. Tausende winziger Bindungen vibrierten vor ihr, Millionen wirbelnder Sterne des Empiriums, die alle auf ihren Befehl warteten. In ihr schwangen hundert Türen auf.

Es war ein Leichtes, das Feuer zu seinem Schild zurückzulenken. Tal stieß einen erstickten Schrei aus, der rasch verstummte.

Sie sorgte dafür, dass er schnell verbrannte.

Auch Monster ließen manchmal Gnade walten.

⬥◆⬥

Stunden später brachte ein Wispern Rielle dazu, aufzustehen.

Sie leckte sich die Lippen und schmeckte Asche, ehe sie Corien an der Felskante stehen sah und spürte, wie er aufmerksam ihren Geist durchsuchte. Ein Hirsch, der nach einem Gewitter langsam auf eine Wiese tritt. Er hatte Angst, dass sie noch einmal davonlief.

Sie lachte, ein leichter Luftstoß. »Ich habe keinen Ort mehr, an den ich fliehen könnte«, flüsterte sie. Als sie ihren nassen Umhang berührte, verfärbten sich ihre Finger schwarz. Der Verfall klebte an ihr.

Das brauchst du auch nicht, sagte Corien, und sein Trugbild bot ihr eine Umarmung an. Sie presste die Wange gegen seine Brust, auf der Suche nach dem Gefühl von Wärme, das er sachte durch ihren Geist strömen ließ, doch selbst das schenkte ihr nur wenig Trost. Sie war unempfänglich dafür. In ihren Fingern prickelte das Feuer. Mit leerem Blick starrte sie auf den verblassenden goldenen Fleck Erde, wo einst Tal gewesen war.

Es war ein so einsames Gefühl, die ganze Wahrheit ihrer eigenen grotesken Unmöglichkeit zu verstehen – und eine perverse Erleichterung, endlich, mit Tals Asche auf ihren Pelzen, einzusehen, dass sie nie mehr nach Hause zurückkehren konnte.

Corien hielt sie umarmt und murmelte Dinge, die sie nicht verstand, doch dann sprach eine andere Stimme zu ihr, ein kalter Fanfarenruf, und so wandte sie das Gesicht gen Nordosten und lauschte.

Coriens Trugbild sah unsicher zu, als sie an ihm vorbei zur Felskante eilte. *Was hörst du?*

Sie überlegte, wie sie es ihm erklären sollte – dass die Stimme jenem grenzenlosen Ding gehörte, das in ihr rumorte, und wie viel deutlicher sie es jetzt verstand, wo ihr durch das Brennen von Tals Feuer die Augen geöffnet worden waren. Jahrelang war dieses Ding in ihr im Begriff gewesen, aufzuwachen, und nun reckte es endlich die Glieder und öffnete sein großes, dunkles Maul.

Sie dachte an das schwarz-goldene Meer, das sie genommen hatte, nachdem sie die Obex in Patria getötet hatte. Jetzt kam es wieder und schwappte gegen sie, doch sie hatte keine Angst davor. Es lebte in ihren Adern, und sie hieß seinen unendlichen Willen willkommen. Wie es an ihr zog, an ihr knabberte. Sie gleichzeitig fütterte und nach ihr hungerte.

Sie wandte sich zu Corien um. Zu seinen Füßen lag Obritsa, reglos und still. Das Gebüsch hinter ihr war leer. Garver und seine Gefährtin waren geflohen, vermutete Rielle, oder vielleicht hatte sie die beiden auch getötet. Die Vorstellung ließ sie kalt.

Rielle, sag mir, was du denkst, drängte Corien mit sorgenvoller Stimme.

»Ich muss zur Pforte.« Ihr Mund bewegte sich; sie war hier in ihrem eigenen Körper, und sie war überall und ergoss sich auf dem Rücken von Gewitterstürmen über die ganze Welt. Sie war sie selbst, und sie war das hungrige Meer in ihrem Inneren, und sie war der Ozean, der an diesem Ort weit unter ihr gegen die Felsen schlug. Sie lachte. Die Pforte. Natürlich. »Es ist das Einzige, was mir geblieben ist«, flüsterte sie. »Ich habe meine Wahl getroffen. Jetzt gibt es nur noch das. Mich und meine Macht und das, was ich ihr befehle.«

Und mich, fügte Corien im Stillen hinzu.

Rielle ignorierte ihn. Sie schaute über die Wellen und sah nichts als unendliche Schichten Gold. Ein Meer von Sternen, das die Welt formte. Sie blendeten sie, doch sie konnte den Blick nicht abwenden.

»Die Pforte ruft mich«, sagte sie, »und ich muss antworten.«

Corien nickte und verschwand. Im nächsten Augenblick setzte sich Obritsa auf. Ihre Augen waren glasig, und sie hatte Würgemale von Rielles Fingern am Hals. Obwohl Rielle ihr ansah, dass es ihr schwerfiel, Coriens Befehle zu verweigern, hob sie dennoch die Hände, zog Bänder aus der Luft und wob sie zu einem Kreis. Rielle durchquerte sie bis zu einer nassen, schwarzen Insel mitten im Ozean. Tosender Wind zwang sie auf die Knie.

Hab keine Angst, sagte Corien. Seine Stimme war ein Strang der Liebe, der sie leitete und an dem sie sich festhielt. *Ich bin hier bei dir. Seit Wochen bin ich unterwegs, um dich zu finden. Ich hole dich ab, meine Schönheit.*

Rielle hörte ihn kaum. Obritsa folgte ihr durch die Bänder auf die schwarze Insel und begann ihren Dienst von Neuem. Ihr hageres Gesicht war vor Konzentration regelrecht erstarrt, ihre Augen von Corien verschleiert.

Ein weiterer Ring aus Licht. Rielle stieg hindurch, woraufhin Corien ihrem Geist eine Landkarte des Großen Ozeans schickte, eine lange Kette akkurat aufgezeichneter Inseln, die im Zickzackkurs zwischen den Wellen aufgereiht lagen.

Das brauche ich nicht, erklärte sie ihm, denn ihre eigene Karte war genauer. Während sie weiterzogen, schwappte das Empirium schwarz-golden gegen ihre Rippen. Zuerst musste sie lachen, doch dann weinte sie vor Angst und Sehnsucht, denn sie hatte es noch nie so deutlich, so gierig gespürt. Nicht einmal als ihr Schattendrache dem Archon übers Gesicht geleckt hatte. Nicht einmal vor ein paar Stunden, als sie die Obex in Meridian getötet hatte. Tals Gesicht schlich sich in ihren Geist, verängstigt und voller Liebe, doch das Empirium bäumte sich auf und verschlang es.

Eine weitere Insel im Nordmeer. Zu ihrer Rechten erstreckte sich Celdarias Küste wie ein dunkles Band in der Ferne. Der Anblick löste keinerlei Emotion in ihr aus.

Der nächste Lichtring brachte sie nach Iastra, der größten Insel der Sunderlands, und zu dem riesigen, quadratischen Steinsockel, auf dem die Pforte stand.

Obritsa fiel mit schmerzverzerrtem Gesicht auf die Knie. Corien hatte sie freigegeben. Sie kauerte auf der Erde und würgte.

Rielle stieg über sie hinweg und ging gemächlichen Schrittes auf die Pforte zu. Pfeile flogen ihr entgegen, Schreie erhoben sich ringsum. Die Obex, die Wache hielten, hatten mit ihrem Kommen gerechnet. Man hörte ein Hornsignal und über Stein eilende Schritte.

Sie hob den Arm und brachte alle zum Schweigen. Es verdross sie, dass sie versuchten, sie aufzuhalten. Das war schlicht erbärmlich. Die Körper der Obex fielen hinter ihr um, alle vierzig auf einen Streich.

Die Pforte überragte alles, ein Monument aus waberndem Licht, von Stein umgeben. Rielle glitt darauf zu, ihre Füße berührten kaum den Boden. Das Empirium trieb sie an, ihre eigenen glitzernden Muskeln trugen sie, und es wunderte sie, dass sie bereits vor Monaten an genau dieser Stelle gestanden hatte. Sie hatte zur Pforte aufgesehen, wo zahlreiche Risse auf der Oberfläche schwebten, fremdartig strahlend, schwarz und violett und weiß-blau wie Flammen. Jenes Mädchen hatte sich für stark genug gehalten, dieses von den Heiligen erschaffene Ding zu reparieren.

Wie dumm sie in so vieler Hinsicht gewesen war. Wenn sie daran dachte, wallte Wut in ihr auf, so kalt und rein wie Sternenfeuer.

Das Empirium gellte in ihren Ohren und verlangte nach ihr.

ich bin dein

Dass sie geglaubt hatte, sie bräuchte ein paar windige menschliche Urformen – oder überhaupt irgendetwas anderes als ihre bloßen Hände –, um zu erschaffen oder zu vernichten, was sie wollte, erschien ihr jetzt geradezu lächerlich. Sie lachte, ganz außer sich vor Erregung.

du bist mein

Rielle trat auf den uralten Sockel und schob die Hände in die Pforte.

Macht durchströmte sie, ein zeitloser Fluss, der ihr Blut in Wallung brachte und ihre Knochen erschütterte. Sie ergriff das Gewebe des Empiriums und staunte darüber, wie dick es hier an der Pforte war, wie fest gewoben und wie begierig danach, freigelassen zu werden. Es blähte sich wie die Flanken eines großen Raubtiers. Sie stieß sich weg von ihrem Körper, und mit jedem gewonnenen Zentimeter entluden sich mehr Blitze aus der Pforte und schlugen wieder und wieder in ihr ein – in Stirn, Brust und Hüften. Und in ihren Bauch, wo ihr Kind heranwuchs.

Plötzlich peitschte entsetzliche Angst durch ihr Herz.

Lass sie nicht sterben, beschwor sie das Empirium, als die Pforte sie verbrannte, und sie glaubte, in seinem maßlosen Hunger eine Versicherung zu spüren, die von nirgendwo und überall kam.

sie wird sich erheben

Ein Mädchen also, wie sie bereits vermutet hatte. Rielle lächelte, während sie die Pforte weit öffnete und damit alles zunichtemachte, wofür die Heiligen so viel Blut vergossen hatten. Sie zerrte und riss, bis sie im Eingang stand, die Arme starr ausgestreckt und den Kopf zum Himmel gereckt. Wütende Wogen der Macht schwappten durch all ihre Nähte und erneuerten sie durch Stiche aus Gold.

Über ihr ertönte ein Geheul, als hätten sich sämtliche Winde zu lautem Jubel versammelt.

Rielle konnte kaum die Augen öffnen, Tränen liefen ihr über die Wangen. Doch selbst mit verschwommenem Blick waren die fliehenden Engel ein herrlicher Anblick – eine leichtfüßige Kaskade aus Schatten, die Echos gelenkiger schwarzer Schwingen.

Sie ergossen sich aus dem Licht der Pforte wie ein entfesselter Strom. Manche berührten sie im Vorbeifliegen mit ihren Gedanken und ihrer glatten, kühlen Wesenlosigkeit. Überschäumende Dankbarkeit und triumphale Wut erschütterten Rielle, als sie an ihr vorüberglitten. Sie wurde von Bildern bombardiert: das Flattern glänzender Schwingen, Lichtbündel, die die Flügel mit Körpern verbanden, so glatt und glänzend wie jene von Robben.

Haare, die wie silberne Bäche dahinflossen. Hoch aufragende Städte mit gewundenen Türmchen.

Wie lange sie dort gestanden hatte, vermochte Rielle nicht zu sagen. Als sie schließlich auf Hände und Knie herabsank, weinte sie und lächelte durch ihre Tränen. Ihr Körper vibrierte von tausend Wunden; ihre Haut brannte wie Feuer. Und doch lebte sie, und ihre Hände waren nackt, und hier war der Beweis dafür, was sie war: Um diese monströse Tat zu verrichten, hatte sie nichts als ihr eigenes Selbst gebraucht.

Corien war außer sich, als er bei ihr anlangte. Obwohl sie seinen Stolz in sich fühlte, seine unbändige Freude beim Anblick seines befreiten Volkes, registrierte sie doch diesen kleinen Ruck in seinem Herzen, die Angst, die ihn verriet.

Meine Geliebte, meine Schönheit, säuselte er und sandte ihr Trost. Seine Gedanken kühlten sie, eine Behelfsarznei für ihre Verbrennungen. Er schickte ihr ein Bild: er selbst in Fleisch und Blut, sein schöner gestohlener Körper, wie er auf einem schwarzen Schiff übers Nordmeer zu ihr segelte. Er kam, um sie nach Hause zu holen.

Du hast zu viel getan, sagte er. *Schau dich an, meine Herrlichste. Ich bin schon fast da.*

Ich bin sogar noch mehr als das, erwiderte sie, überrascht davon, dass ihre Gedanken noch tiefer und rauer geworden waren und nun eine andere Stimme bargen. Sie spürte, dass Corien sich wunderte, und fragte sich durch ihren euphorischen Schmerzensnebel, ob sie wohl an irgendeinem fernen Tag ganz zu sprechen aufhören würde. Ob eines Tages, wenn sie den Mund aufmachte, das Empirium allein sprechen würde, ihre eigene Stimme aufgebraucht und verstummt.

23

ELIANA

»Sankt Ghovan der Furchtlose schmiedete seine Urform während eines heftigen Unwetters an der Steilküste in Westventera. Das Meer war ein weit entferntes, wildes Wesen, das sich endlos und grausam erstreckte, und sein Schmiedefeuer war so groß, dass er sich die Hände an den Flammen verbrannte, aber er hielt sich an dem Schmerz fest, denn der erinnerte ihn an die eine Sache, die er, wie er langsam begriff, tun musste. Er hatte die Dunkelheit in den Augen seines Vaters gesehen, die Geheimnisse im Palast seines Vaters, und deshalb begann er, seine eigenen Geheimnisse zu erschaffen.«

Das Buch der Heiligen

Eliana fiel schweißgebadet zu Boden.

Sie blieb flach auf dem Teppich liegen und sog abgehackt die Luft ein. Ihr Kopf hämmerte entlang der brennenden Pfade, die Corien dort gerade hinterlassen hatte, es war ein jäher, dröhnender Schmerz.

Er ging neben ihr in die Hocke und strich ihr die nassen Haare aus dem Gesicht.

»Versuchen wir es noch einmal«, sagte er freundlich. »Du wolltest dich umbringen. Dann hast du innegehalten. Warum?«

Eliana fiel es schwer, zu sprechen. »Ich konnte Remy nicht zurücklassen. Er hätte das nicht verstanden.«

»Lügnerin. Natürlich hätte er das. Er hat sich nicht so sehr verändert, dass er nicht mehr verstehen würde, was ein Opfer zum Wohl der Allgemeinheit bedeutet.« Coriens Stimme triefte vor Hohn. »Sag mir die Wahrheit.«

Eliana schloss die Augen. Ihr Körper wurde von einem fiebrigen Schüttelfrost gepackt. »Ich kann nicht«, flüsterte sie, was der Wahrheit entsprach. Sobald sie versuchte, sich daran zu erinnern, was passiert war, versperrten ihr verschlungene Schatten den Weg. Sie tastete nach ihren Gedanken und wollte sie ordnen, damit Corien sie sehen konnte, denn wenn sie einen weiteren Tag wie diesen erleben müsste – sein Geist, der durch ihren hindurch wütete, sein unerbittliches Starren, während sie vor Schmerzen um sich schlug –, würde sie sterben.

Wenn er sie doch nur ließe.

Aber ihre Erinnerungen entglitten ihr erneut.

»Ich kann es dir nicht sagen«, wiederholte sie und öffnete mühsam die Augen, um seinem Blick zu begegnen. In ihr loderte ein Funke Trotz auf. Sie presste ihre kalten Urformen gegen den Boden und genoss, wie die Ketten in ihr Fleisch schnitten. »Und selbst wenn ich könnte, würde ich es nicht tun. Du kannst so lange an mir zerren, wie du willst. Du wirst nie finden, wonach du suchst, und du wirst meine Mutter auch nie mehr wiedersehen. Sie ist tot. Ich bin alles, was du jetzt hast, und ich werde mich gegen dich wehren, bis du eines Tages die Beherrschung verlierst und mich tötest. Dann wirst du für immer allein sein.«

In ihrem Hals stieg ein erschöpftes Lachen auf. »Eine Ewigkeit lang gefangen hinter deinen schwarzen Augen in einer grauen Welt voller zerstörter Magie, die du nicht berühren kannst, musst du Essen zu dir nehmen, das du nicht schmeckst, und Wein trinken, der auf deiner Zunge schal wird. Und dich jeden Morgen fragen, ob das der Tag sein wird, der dich zu guter Letzt von deinem gestohlenen Körper trennt, ohne dass du dir ein weiteres Mal einen neuen aneignen kannst. Ich beneide dich nicht. Du Ärmster.«

Corien betrachtete sie eine ganze Weile. Sein Schweigen erfüllte Eliana mit aufsteigender Furcht.

»Bitte nicht«, flüsterte sie voller Reue. »Ich habe es nicht so gemeint.«

»Doch, du verdammtes Miststück«, sagte Corien. »Hoffentlich war es befriedigend.«

Dann ging er wieder auf sie los, und sein Wille war so scharf und kalt wie ein Messer, das für die Jagd frisch geschliffen wurde. Er schnitt durch ihren Schädel und durch alles, was darin existierte. Er häutete sie Schicht für Schicht, bis sie vergaß, dass sie kämpfen wollte, und stattdessen wie gelähmt liegen blieb und animalische Schreie ausstieß.

⬩◆⬩

Nachts weinte Eliana oder lag unter Schmerzen da. Manchmal schlief sie auch, aber mit dem Schlaf kamen Coriens Visionen, unbeschreibliche Albträume, die sie davon überzeugten, dass sie gestorben war, dass die Qualen ihres Geistes sie schließlich umgebracht hatten. Wenn ihr dann klar wurde, dass sie doch noch lebte, war sie außer sich vor Verzweiflung.

Aber ihre Wache beobachtete sie ständig, und Jessamyn – rotäugig und ziemlich blass, so als würde auch sie nicht in den Schlaf finden – hatte ihre Dolche nicht mehr bei sich. Sie achteten alle darauf, ihr nichts an die Hand zu geben, was sie als Waffe benutzen konnte. Jede Mahlzeit aß sie nun mit den Händen.

Manchmal streifte sie leise ein Gedanke, und dann erinnerte sie sich, dass jene Stimme freundlich zu ihr gesprochen hatte und wie ein sanfter Geist an jenem Tag ihre Hand zurückgehalten hatte.

Eliana tat das als Wahnvorstellung ab.

In ihrer Welt gab es nichts Freundliches oder Sanftes mehr.

⬩◆⬩

Wach auf, sagte die Stimme in Elianas Träumen, *aber langsam.*

Sie ging an einem flachen, grauen Strand spazieren und wirbelte den angespülten Meeresschaum empor. Vorsichtig watete sie tiefer ins Wasser, bis die Wellen über ihrem Kopf zusammenschlugen.

Sie öffnete die Augen.

Sie befand sich in ihren Gemächern in Coriens Palast, aber dort herrschte eine neue Stille, ein schweres Schweigen, und damit einher kam eine einzelne, vorsichtige Erinnerung.

Sie fürchtete sich zwar davor, das Wort überhaupt zu denken, da sie nicht wusste, ob er gerade zuhörte, trotzdem fragte sie: *Prophet?*

Ich bin hier, antwortete die Stimme, es war dieselbe wie beim ersten Mal. *Wir müssen langsam vorgehen, Eliana. Ich kann nicht lange bei dir bleiben. Noch nicht.*

Eliana blieb wie ein Stein in ihrem Bett liegen; die feuchten Laken klebten an ihr. Morgensonne durchflutete den Raum und erfüllte ihn mit Wärme, aber sobald sie sich bewegte, würde er sie finden.

Wo bist du gewesen? Seit sie in Coriens Palast lebte und sein Geist immer in ihrer Nähe war und ihre Tage mit seinem unermüdlichen Zorn füllte, verstand sie nur zu gut, welch hohe Konzentration die Gedankensprache erforderte. *Du hast verhindert, dass ich mich umbringe. Du hast gesagt, dass wir noch einiges zu tun haben. Und dann hast du mich allein gelassen.*

Ich weiß. Die Stimme des Propheten klang weder männlich noch weiblich. Sanft, aber beständig drang sie wie durch eine dicke Watteschicht zu Eliana. Sie spürte, dass der Prophet sich verstecken wollte. *Das tut mir leid. Ich musste so lange fortbleiben, bis seine Wut nachließ. Ich wusste, dass er nach den Ereignissen an jenem Tag nach mir suchen würde.*

Coriens Name wurde auf einer trägen Welle aus Angst in Elianas Gedanken nach oben gespült.

Vorsicht, warnte der Prophet. *Denke nicht zu sehr an ihn, wenn wir uns unterhalten. Sonst machst du ihn womöglich auf meine Gegenwart aufmerksam. Falls es sich gar nicht vermeiden lässt, dann erlaube deinen Gedanken, über die Vorstellung von ihm zu fließen wie Wasser über einen Felsen.*

Aber für fließendes Wasser war es zu spät. In Elianas Ohren hämmerte die Angst und sie konnte nur noch an seinen Namen denken. *Corien.* Seine Gedanken drückten wie unerbittliche Finger in ihrem Schädel zu. *Corien.* Seine Gegenwart drang mit blitzenden Zähnen und glitschigen, schlangenartigen Händen in ihre Träume. *Corien.*

Er kommt. Die Stimme des Propheten verblasste bereits. *Es tut mir leid. Ich melde mich wieder, Kleines.*

Der Prophet verschwand so leise wie eine Nadel, die aus einem Nadelkissen gezogen wird. Als Corien diesmal kam, tat er ihr nicht weh. Schweigend kroch er zu ihr ins Bett, legte die Arme um sie, wie es auch ein Geliebter tun würde, und schmiegte seinen Körper an sie.

So hielt er sie stundenlang und sang leise Engelsschlaflieder gegen ihren Nacken. Sie widerstand dem Drang, sich von ihm loszureißen, und kämpfte gegen den Sog des Schlafes, stattdessen stellte sie sich vor, wie ein ruhiger Fluss leise über ein Kiesbett aus grauen Steinen floss. Bald schon wurde sie ganz schwer und bemerkte es kaum, als sich seine schwarzen Augen wie Käfer auf der Suche nach einer Eiablage von hinten in ihren Schädel bohrten.

Wach auf, aber langsam.

Als Eliana die Augen öffnete, waren ihre Gemächer in silbernes Mondlicht getaucht.

Wirst du mir dein Gesicht zeigen, Engel? Vor zwölf Tagen hatte sie das letzte Mal vom Propheten gehört. Sie hatte sorgfältig mitgezählt, was sie eigentlich schon lange nicht mehr tat, erschien ihr doch jeder neue Tag wie eine weitere unerträgliche Last.

Seit sie jedoch auf die Rückkehr des Propheten wartete, war jeder Moment mit Vorfreude erfüllt und die endlosen Tage schienen leichter.

Noch nicht, sagte der Prophet voller Bedauern. *Unterhalten wir uns, du und ich. Ich frage mich, wie lange wir wohl reden können, bevor er sich regt.*

Worüber würdest du gerne sprechen? Eliana schaute kurz zu den Adatrox neben der Tür. Jessamyn war nicht hier, aber sie käme am Morgen. *Wie jeder Tag, den ich weiterlebe, zur Qual wird? Wie aufgerieben mein Körper und mein Geist sind? Wie weit sich meine Macht inzwischen von mir entfernt hat?*

Diese Dinge weiß ich bereits, sagte der Prophet sanft. *Aber wenn es dir hilft, sie mir noch einmal zu erzählen, dann tu das bitte.*

Eliana atmete mehrere Minuten lang in die Stille. Sie stellte sich vor, wie ihr kleiner Fluss über seine Steine floss.

Tag für Tag stelle ich mir vor, mir das Leben zu nehmen. Sie ließ den Gedanken zusammen mit der ruhigen Strömung des Flusses fließen. *Du hättest mich nicht daran hindern dürfen. Du behauptest, ein Freund der Menschen zu sein, aber in Wirklichkeit stürzt du uns alle ins Verderben.*

Es fühlt sich grausam an, dich um Geduld zu bitten, aber ich bitte dich dennoch darum. Der Prophet schickte ihr ein Gefühl stromaufwärts, wo es gegen Elianas Zehen plätscherte. Es war zu flüchtig, um es genau zuzuordnen, aber es wärmte Eliana, und sie stellte sich vor, wie sie es für immer verbarg.

Worauf warte ich? Was wollen wir machen?

Wir können leider nur sehr langsam vorgehen. Wir müssen durch das Wasser zwischen uns gleiten und aufpassen, dass es keine Wellen schlägt, damit wir die Bestie, die dort unten lauert, nicht wecken. Verstehst du?

Eliana lehnte sich vorsichtig gegen ihre Kissen und tat so, als schliefe sie. *Und dann? Gut, lass uns, wie von dir gewünscht, langsam vorgehen. Aber mit welchem Ziel?*

Nach einem kurzen Schweigen schossen die Gedanken des Propheten wie silbrig glänzende Elritzen in die Spalten von Elianas Geist.

Eine zweite Chance.

Durch Elianas Körper lief ein Schauer. *Ich verstehe nicht, was du meinst.*

Erzähl mir von zu Hause, schlug der Prophet vor. *Von Orline.*

Das kann ich nicht. Das tut mir weh. Zu viele Tote, zu viel Traurigkeit.

Aber was ist mit den guten Dingen? Erzähl mir von Remy. Von Harkan. Hinter der Trauer gibt es immer noch Licht, selbst wenn das nur in unserer Erinnerung existiert. Erzähl mir von dem Licht.

Eliana wartete mehrere Minuten lang, bevor sie einen klaren Gedanken fassen konnte.

Als Remy noch sehr klein war, begann sie, *hatte er fürchterliche Angst vor Gewittern. Wenn ich aufwachte, saß er zitternd neben mir im Bett. Manchmal reichten nicht mal Geschichten oder Lieder aus, um seine Panik zu zerstreuen. An einem Abend haben wir aus meiner Steppdecke ein Zelt gebaut und es in einer Zimmerecke über eine Schnur gehängt. Darunter haben wir Kissen und Decken gestapelt, seine Bücher und auch die Muscheln, die Harkan für mich sammelte, wenn sein Vater ihn mit aufs Meer nahm. Es war eine Festung und in ihrem Inneren konnte uns kein Gewitter etwas anhaben.*

Während Eliana erzählte, ließ sie sich in die Umarmung dieser übernatürlichen Erscheinung gleiten. Der Prophet war ganz anders als Corien – beständig, aber nie aufdringlich. Schaum, der sanft an den Rändern ihres Bewusstseins perlte.

Sehr gut, sagte der Prophet, nachdem Eliana geendet hatte. *Fünfzehn Minuten. Er kommt, aber das war ein hervorragender Anfang. Sobald es sicher ist, werde ich zurückkehren, Eliana. Vertraue mir.*

Wie kann ich das?, flüsterte Eliana.

Aber der Prophet war bereits gegangen.

Die Tage zwischen den Besuchen des Propheten zogen sich wie endlos dunkle Straßen hin. Wochenlang trafen sie sich heimlich, aber die sorgsam versteckten Erinnerungen ihrer Unterhaltungen gaben Eliana Halt, wenn Corien ihre Gedanken auseinanderriss und nach etwas lechzte, was er nicht finden konnte. Wenn er versuchte, ihre Macht herbeizuzwingen, und sie sich verweigerte.

Fünfundvierzig Minuten. Eine Stunde. Zwei Stunden trafen sie sich und schließlich drei, ohne dass Corien störte oder den Wachen etwas auffiel, bis der Prophet schließlich eines Tages sagte: *Gut. Jetzt gehen wir voran.*

Das erste Mal schlich Eliana von der einen Seite des Zimmers zur anderen, dann badete sie sich zum ersten Mal, seit sie in Elysium angekommen war, allein. Mit klopfendem Herzen öffnete sie die Türen zu ihren Gemächern und sah sich in dem breiten, silbrigen Flur um, der zu beiden Seiten verlief. Über einem glänzenden Marmorboden mit hellen Teppichen erstreckten sich bogenförmige weiße Balken.

Während all dieser vorsichtigen Schritte blieben die Adatrox still und rührten sich nicht. Selbst Jessamyn schien in Gedanken versunken. Eliana trat barfuß aus ihren Gemächern und wedelte mit der Hand vor Jessamyns Gesicht. Nichts.

Der Prophet führte sie unweit ihrer Gemächer zu einem unbenutzten, ausgesprochen eleganten Wohnzimmer, an dessen Wänden zahllose goldgerahmte Gemälde mit ruhmreichen Engeln hingen.

Dort drinnen, geschützt von der ruhigen Gegenwart des Propheten, suchte Eliana ganz bewusst nach ihrer Macht, während ihr Herz wie ein eingesperrter Vogel wild in ihrer Brust flatterte. Eliana ließ nicht zu, dass ihre Macht infolge von Zorn aufflammte oder Furcht ihren Verstand übermannte und ihre Macht deshalb ohne Erlaubnis hervorbrach. Seit ihrer Ankunft in Elysium ging sie zum ersten Mal ganz gezielt vor, doch ihr Geist fühlte sich ungelenk an, als er sich dehnte und tapsig herumsuchte. Sie schob ihre Gedanken über den Steinboden in die Luft.

Eine einfache Aufgabe: Bewege die Luft. Befiehl ihr, den goldenen Kerzenständer umzuwerfen, der so stolz auf dem Tisch steht.

Einfach, und doch gelang es ihr nicht. Die Luft blieb unbewegt. Ihre Macht war daran gewöhnt, sich zu verstecken, und zögerte, aus dem tief verborgenen Ort hervorzukommen, in den Eliana sie geschoben hatte. Sie spürte ein schwaches Summen am Hinterkopf, ein leises Kitzeln in ihren Handinnenflächen – mehr nicht. Ihr Mund war trocken vor Angst. Sie schaute über die Schulter und erwartete jeden Augenblick, dass Corien durch die Tür stürmte, aber sie blieben ungestört.

Gut, sagte der Prophet. *Versuch es noch einmal. Und steige nie aus diesem kleinen Fluss. Achte darauf, dass deine Füße kühl und geerdet bleiben, selbst wenn deine Hände aufflammen. Er kann dich hier nicht finden, Kleines, nicht in diesem Gewässer.*

Eliana gehorchte, aber ihre Macht war schwerfällig und weit weg. Ihre Hände juckten, doch es gab keine Möglichkeit, sie zu kratzen.

Beeil dich. Zurück in deine Gemächer! Die Stimme des Propheten war drängend, aber niemals furchtsam. Als könnte sie in eine hoffnungsvolle Zukunft blicken, die Eliana verschlossen blieb.

Sie gehorchte, schlüpfte zurück in den Flur und dann in ihr Bett. Obwohl sie sich auf den ruhigen Strom des Flusses konzentrierte, pochte ihr Blut heftig in ihren Adern. Diese Aufgabe war herausfordernder als alles, was sie je als Fluch von Orline gemacht hatte – sie musste die Eliana, die als Gefangene von Schmerzen und Verzweiflung gepeinigt war, mit der neuen Eliana in Einklang bringen, die ihre Finger wieder in einen See aus Macht tauchte. Wie sehr sie die Struktur und den Pulsschlag ihrer Macht doch vermisst hatte!

Und wie viel Angst sie hatte, diese wiederzuerwecken.

Als sie sich in ihr Bett legte, breitete sich ein Schweißfilm auf ihrer Haut aus. *Was haben meine Wachen gesehen, während ich fort war?*

Dein Zimmer, ganz wie sie es sollten, antwortete der Prophet. *Du versunken in einem unruhigen Schlaf in deinem Bett, ganz wie sie es erwarten. Jetzt jedoch muss ich gehen. Ruhe nun, Eliana. Du wirst deinen Schlaf brauchen.*

Warte. Worauf zielt unsere Arbeit? Wohin gehen wir? Sag es mir.

Noch nicht, erwiderte der Prophet nach einem kurzen Zögern. *Es ist noch zu gefährlich. Du bist noch nicht stark genug. Aber du wirst es sein.*

⋄◆⋄

Hin und wieder besuchte Corien die Sunderlands, wo riesige mechanische Waffen namens Vaecordia die Cruciata in Schach hielten.

Manchmal tobten im Palast über Tage lärmende Feste. Corien schleppte sie dann mit dorthin, stopfte sie mit Essen und Getränken voll und tanzte mit ihr unter glitzernden, summenden Kronleuchtern, bis sie in seinen Armen zusammenbrach. Sie wusste, dass er alles, was sie zu sich nahm, mit Drogen versetzte, weil er darauf hoffte, dass irgendeine Wirkstoffkombination ihre Macht hervorrufen würde.

Was aber nie geschah.

Nach jedem weiteren Fehlschlag wütete er, und wenn er sie dann auf einem Stuhl fesselte und ihren Geist mit seinem traktierte oder sie mit abscheulichen Illusionen durch den Palast jagte und sie sich für verrückt und gewalttätig hielt, sie nichts mehr sah und ihre Ohren summten, als wäre sie in einen wütenden Bienenschwarm geraten, waren das die schlimmsten Tage. Hinterher wusste sie nie, was sie in solchen Momenten getan hatte. Sie erwachte in ihren Gemächern mit wund geschriener Kehle, getrocknetem Blut unter den Fingernägeln und der vagen Erinnerung, dass jemand sie um Gnade anflehte. Dann stolperte sie in ihr Badezimmer und schrubbte sich mit kochend heißem Wasser sauber, während ihre Wachen sie keine Sekunde aus den Augen ließen. Genau wie Jessamyn, die auf eine Art wachsam, aber auch eigenartig ruhelos war, wie Eliana es sonst nicht von ihr kannte.

Manchmal wendete sich das Blatt zu ihren Gunsten und die Feste fanden ohne sie statt, oder Corien schloss sich in seinen

Gemächern ein, um mit seinen Generälen Kontakt aufzunehmen, die in der ganzen Welt verstreut waren, oder er stopfte sich auf einer der Emporen seines Konzertsaals voll, während das gehetzte Orchester unten wie wild spielte.

Das waren die Stunden, in denen der Prophet kam und Eliana sich auf ihre Flucht vorbereitete.

Am Anfang war es nur der Flur vor ihren Gemächern und das kleine Wohnzimmer. Dann die Treppe am Nordende des Flurs. Das Musikzimmer ein Stockwerk tiefer, wo Corien gerne auf einen riesigen Flügel einhämmerte. Ein Ballsaal ganz in Rosa, Mitternachtsblau und Ocker. Die Schlafsäle der Palastdiener. Die schreckliche dunkle Galerie mit den Bildern von Rielle.

Tage vergingen und dann Wochen, und jedes Mal, wenn Eliana sich aus ihren Gemächern entfernte, erinnerten sich ihre Muskeln ein wenig mehr an ihre einstige Stärke. Ihr war es zwar noch nicht gelungen, den Kerzenhalter umzustoßen, aber sie hatte eine Menge über den gewaltigen Palast mit seinen zahllosen Gängen gelernt und fühlte sich allmählich sowohl körperlich als auch geistig gefestigter.

Ausgezeichnet, sagte der Prophet. *Wenn der Tag kommt, an dem du diesen Ort verlassen musst, bist du gut darauf vorbereitet und kannst dich selbst verteidigen.*

Eliana biss sich auf die Zunge. Sie hatte den Propheten schon unzählige Male nach dem Grund für diese Arbeit gefragt, auf welchen Tag sie warteten und welche Pläne der Prophet schmiedete.

Aber der Prophet war ihr die Antwort jedes Mal schuldig geblieben. *Noch nicht. Du musst erst stärker werden und ich mir sicher sein, dass jede Ecke deines Geistes gut vor ihm geschützt ist.*

Woher weiß ich, dass das kein verrücktes Spiel ist?, fragte Eliana verärgert. *Du führst mich Nacht um Nacht durch den Palast; du treibst mich an, damit ich meinen Geist und meine Macht trainiere. Aber wozu?*

Der Prophet schickte ihr eine leise Bitte, gefolgt von einer Zuneigung, nach der Eliana sich so sehr sehnte und die wärmer war und köstlicher als jeder Wein.

Bitte vertraue mir, Kleines, sagte der Prophet. *Ich habe in meinem Leben schon viele betrogen, aber dich nie. Dich niemals.*

Und Eliana blieb keine Wahl, als an diesen eigenartigen Freund, dessen Gesicht sie immer noch nicht kannte, zu glauben und darauf zu hoffen, dass sie keine Närrin war, weil sie schon wieder jemandem vertraute, der sich hinter einer Maske verbarg.

Als der Prophet Eliana eines Nachts wie gewohnt begrüßte, erwachte sie aus einem besonders lebendigen Traum, der sie nicht sogleich losließ.

Es war, als versuchte sie sich an eine Welt zu erinnern, die knapp außerhalb ihrer Reichweite lag und sie mit sich zog. Ihre Finger kribbelten. Wenn sie die Augen schloss, hörte sie ein schwaches, dunkles Grollen, wie von einem heraufziehenden Unwetter. Wenn sie die Augen öffnete und ihren Blick auf nichts Bestimmtes richtete, tanzten goldene Wellen am Rande ihres Sichtfeldes.

Ich weiß, wohin wir heute Nacht gehen, sagte sie und schob sich aus ihrem Bett.

Die Neugierde des Propheten wogte ihr entgegen. *Wohin?*

Ich habe es in meinem Traum gesehen.

Erzählst du es mir?

Schau selbst nach.

Du weißt, dass ich das nicht gern mache, sagte der Prophet sanft. *Nicht, wenn es sich vermeiden lässt.*

Dann zeige ich es dir eben.

Erzähl es mir zuerst. Bitte. Ich muss wissen, wohin wir gehen. Es entstand eine Pause. *Ich will nicht in deinen Geist eindringen, Eliana. Ich bin nicht wie er.*

Ich erzähle es dir, wenn du mir sagst, worauf du hinarbeitest. Welche Pläne du für mich hast. Wo du bist und ob ich zu dir kommen kann.

Der Prophet schwieg.

Eliana lächelte entschlossen, als sie an Jessamyns skeptisch dreinblickender Gestalt vorbei raus in den Flur schlich. *Wir arbeiten nun schon wochenlang miteinander. Mein Geist ist stärker, als er das jemals war. Wir können uns unterhalten, ohne dass er es bemerkt. Und du kannst mich für, ja was eigentlich, inzwischen fünf Stunden verstecken, während ich mich außerhalb des Palastes aufhalte.*

Das ist wahr, sagte der Prophet gewollt emotionslos.

Eliana bog um eine Ecke und eilte unentdeckt an zwei patrouillierenden Wachen vorbei.

Du hattest einen Grund, als du mich vor einigen Wochen dazu gebracht hast, den Dolch fallen zu lassen. Ich denke, ich verdiene eine Antwort. Was ist das Ziel unserer Arbeit? Vertreiben wir uns lediglich die Zeit?

Kein Zeitvertreib.

Was dann?

Die Stille hielt an.

Eliana schoss wie ein Schatten durch den zweiten Stock des Palastes, die eigenartige Erinnerung aus ihrem Traum führte sie durch das Labyrinth an gefliesten Zimmern und mit Vorhängen versehenen Fluren, bis sie schließlich in eine weiche, grüne Welt gelangte.

Es war ein riesiger Innenhof, so weitläufig wie Coriens größter Ballsaal. An den Wänden wuchsen üppige Blumen, Ranken mit roten Blüten kletterten an Spalieren empor und an Sträuchern leuchteten reife Beeren. Auf Holztischen standen Keimlinge, die in Glasfläschchen Wurzeln ziehen sollten. Außerdem gab es gewaltige, zitternde Farne und glänzend belaubte Bäume, beladen mit Früchten. Eliana schaute hoch zu einem Dach aus buntem Glas. Blutrote und goldene Scheiben. Geöffnete Lüftungsschlitze, durch die Nachtluft hereinkommen konnte.

Sie umfing die nächstgelegene rote Blume mit ihren Händen

und atmete den vertrauten süßen Geruch aus ihren Gemächern. *Hier also züchtet er diese Blumen.*

Der Prophet wirkte angespannt und ein wenig verwirrt. *Das hat dir dein Traum gezeigt?*

Ja, genau das. Bis ins kleinste Detail. Und … das dort drüben. Das hat er mir auch gezeigt.

Sie kroch unter die Pflanztische und verschwand im dichten grünen Dämmerlicht des Hofes. Es war absurd, was sie da tat, als spielte sie ein Kinderspiel. Aber in ihrer Brust wuchs eine eigenartige Spannung und zog sie weiter; wenn sie dem Drang nicht folgte, würde sie platzen. Ihre Zähne klapperten aufeinander, und sie erinnerte sich an die Zeit, als sie ihre Urformen geschmiedet hatte und als sie ihre Hände in Remys Wunde tauchte. Das jetzt fühlte sich genauso an – dieselbe Lebendigkeit, dasselbe ungeduldige Band aus Macht, das sich in ihrem Inneren anspannte und golden färbte.

Ich glaube, das ist das Empirium, dachte sie. *Ich glaube, es versucht mir etwas zu zeigen.*

Vom Propheten ging eine leichte Unruhe aus, er schien alarmiert. *Warum sagst du das?*

Eliana schob sich an verschlungenen Ranken vorbei. Inzwischen war sie weit in den Hof vorgedrungen und eine dichte Stille umgab sie. Sie spürte weiches Moos unter den Händen und frische Luft in ihrer Lunge.

Dann entdeckte sie ihn, den Ort ihrer Träume – ein kleines, dunkles Dickicht aus ineinander verwachsenen Farnen und Schlingpflanzen, eingefasst von den Wurzeln eines blühenden Baumes mit herabhängenden Zweigen und rauer, schwarzer Rinde. Kaum groß genug für sie, um sich darin zusammenzurollen, und doch kämpfte sie sich ihren Weg durch die üppige Vegetation, bis sie zitternd und zusammengekauert in der Mitte saß.

»Die Luft hier fühlt sich dünn an«, flüsterte sie und strich mit ihren Fingern langsam darüber. »So, als könnte ich sie zur Seite schieben und würde dahinter etwas anderes entdecken.«

Der Prophet war schweigsam geworden. *Würdest du das gerne versuchen?*

Ja, antwortete sie bebend. Die Urformen auf ihrer Haut wurden warm. *Aber ich denke nicht, dass ich es kann.*

Zu Beginn vielleicht nur etwas Kleines. Etwas Natürliches. Kein Kerzenständer, sondern ein Baum. Kannst du seine Wurzeln aus der Erde hervorlocken?

Eliana versuchte es und bald war ihre Haut schweißnass. Die Wurzeln blieben fest in der schwarzen Erde, aber die Atmosphäre veränderte sich und vibrierte mit einer heißen Energie. Eliana fasste mit ihrer Macht danach und lenkte sie, um das Gefühl festzuhalten. Die Welt brannte vor Hitze, genau wie ihre Haut, und plötzlich spürte sie, wie sie sich vom Boden löste und in dem neuen Luftstrom schwebte.

Dann verlor sie ihren Halt wieder und sank erschöpft und frierend zurück auf die Erde. Die Urformen waren dunkel, ihr Kopf tat weh.

Das hast du sehr gut gemacht, Kleines, sagte der Prophet, und Eliana klammerte sich an die Wärme in diesen Worten.

Sie kehrten immer wieder in den Garten zurück, und jedes Mal, wenn Eliana auf allen vieren in das abgeschiedene, dunkle Dickicht kroch, fühlte sie, wie ein winziges Stück ihrer alten Kraft zurückkehrte. Es war ein langsamer Prozess, denn Coriens Bestrafungen hielten an und wurden immer bösartiger. Er spürte die Veränderung an ihr, konnte die Quelle dafür aber nicht finden und ließ seinen Zorn mit seinen Fäusten und seinem Geist an ihr aus. Nach diesen Gewaltausbrüchen, wenn ihr Körper und ihre Seele geschunden waren, konnte Eliana sich nur mühsam bewegen, und ihre Gedanken waren manchmal so diffus, dass es ihr nicht gelang, sich auf irgendetwas zu konzentrieren.

In manchen Nächten vermochte sie nicht einmal aus ihrem Bett aufzustehen, und der Prophet tröstete sie einfach und flüsterte Worte, die Elianas erschöpfter Geist nicht verstehen konnte, oder schickte ihr die Illusion von weichen Händen auf ihrem Rücken.

Einmal verbrachte Corien zwanzig Stunden am Stück in ihrem Kopf und suchte in jeder Gehirnwindung nach einer Erklärung für das, was gerade direkt vor seiner Nase geschah, er aber nicht zu fassen bekam. Als diese gezackten Dornen aus Schmerz in sie eindrangen und ihr den Schädel spalteten, verlor Eliana jedes Gefühl von Stolz für sich selbst. Sie lag schluchzend auf dem Boden, zuckte in Coriens Griff und versank in dieser dunklen Qual, und das einzige Wort, das sie noch über die Lippen brachte, war *Simon*.

Sie schrie seinen Namen ein ums andere Mal und streckte ihre Hand nach der Tür, als stünde er direkt dahinter. Wenn sie nur laut genug schrie, würde er bestimmt zu ihr kommen. Wenn sie ihn anflehte, würde er sie retten.

Und dann öffnete sich die Tür tatsächlich, und Simon kam zu ihr, hob sie vom Boden hoch und berührte mit seinen Lippen leicht ihre Stirn. Sie wusste, dass er nicht da war. Coriens Schadenfreude grub sich wie eine Axt in ihren Rücken. Und doch fühlte Simon sich so echt an, so vertraut, dass sie ihr Gesicht gegen seine Brust drückte und sich an ihn klammerte.

Er brachte sie in das kleine Bett in Willow unter der Dachschräge. Das glühende Kohlebecken stand in der Ecke und der Regen prasselte gegen das Fenster. Geborgen in seinen Armen und eingekuschelt in ihr Bett, gestattete sie sich einen Augenblick lang, diese Lüge zu genießen.

Als er die Hände nach ihr ausstreckte, riss sie sich los und trat nach ihm, sie griff nach den glühenden Kohlen und warf sie ihm ins Gesicht.

Und schließlich Dunkelheit, und Coriens höhnische Stimme, als sie fiel.

Danach warf sie sich tagelang, sein hämisches Lachen unablässig im Ohr, in ihren Träumen hin und her, aber als sie das nächste Mal aufwachte, war es in ihren Räumen still.

Sie setzte sich auf, zog sich eins ihrer Nachthemden an und lief schwankend zur Tür.

Es tut mir so leid, Kleines, sagte der Prophet und seine Stimme war voller Schmerz. *Wenn ich dir das alles abnehmen könnte, würde ich es tun.*

Ich brauche deine Entschuldigung nicht, erwiderte Eliana schroff. *Aber ich brauche dich, um mich zu verstecken.*

Und im Garten, verborgen unter dem sicheren Deckmantel des Propheten, öffnete Eliana allein mit ihrer Macht die Erde und zog die Wurzel empor. Sie griff nach der Luft und benutzte sie, um sich einen Weg durch die Farne tiefer in den Garten zu bahnen. Sie wühlte sich in die Erde und lockte Wasser hervor, bis es in kühlen Pfützen um sie herum gluckerte.

Ihre Urformen leuchteten schwach und tauchten das Dickicht in ein blasses Gold.

Er versucht, dich zu brechen, sagte der Prophet mit vor Stolz ganz warmer Stimme, *und er versagt vollkommen. Gut gemacht.*

Simons Schattenbild strich leise durch ihre Haare. Eliana schüttelte es entschlossen ab.

Ich würde gern etwas Neues ausprobieren, dachte sie. Durch ihre Adern flossen noch immer Bänder aus blassem Licht. Ihre Macht spiegelte die neue Stärke ihres Geistes. Ihr Körper und ihr Geist waren verbunden, und diese wiederum mit dem Wasser zu ihren Füßen und den Wurzeln, die sie nun zurück in das Erdreich schob, damit der Baum trinken konnte.

Sie hörte die Wurzeln schlürfen, Wellen des Empiriums verrieten ihren ursprünglichen, instinktiven Appetit, und sie verstand das Gefühl.

Ihre Macht wartete auf einen Wink von ihr und war so hart wie Stahl. Sie war hungrig. Und Eliana sehnte sich danach, diesen Hunger zu stillen.

Der Prophet blieb argwöhnisch. *Was hast du vor? Erzähl mir davon.*

Es ist so, wie ich es dir schon gesagt habe, antwortete Eliana. *Die Welt ist hier sehr dünn. Die Luft fühlt sich zerbrechlich an.*

Ihre Finger waren heiß und kribbelten, ihre Urformen kleine Sterne, die wieder lernen mussten zu scheinen. Sie schob ihre Hände nach vorne und öffnete sie dann mit nach oben gekehrten Handflächen. Eine Welle an Energie explodierte, aber Eliana hielt sie auf und sog sie mit ihrem eigenen Fleisch und Blut ein, damit sie nicht den Palast erschütterte.

Der Prophet staunte. *Oh, Eliana. Dir beim Arbeiten zuzuschauen, ist eine Freude, die ich seit Ewigkeiten nicht mehr empfunden habe.*

Eliana hatte ihre Hände noch immer in die Luft getaucht und hörte nur mit halbem Ohr zu. Um ihre Finger knisterten goldene Adern des Empiriums. Jeder Lichtfunken, der das Dickicht in Gold tauchte, flüsterte ihr zu, und sie hörte genau hin, während sie das unglaubliche Ding vor ihren Augen anstarrte.

Vor ihr schwebte dunkel und dünn eine Form in der Luft, die der Pupille einer Katze glich. In ihrem Inneren tobten stürmisch Farben – Indigo und Violett und ein strahlend leuchtendes Blau, das fast schon weiß aussah. Eliana spürte, wie sie davon angezogen wurde, wie von einem hungrigen Mund, der sie verschlingen wollte.

Sie krallte sich mit den Zehen fest und stemmte ihre Hände gegen die Erde. Das Staunen des Propheten hallte in ihrem Geist wider wie eine läutende Glocke.

Was ist das?, fragte Eliana.

Ein Saum, sagte der Prophet behutsam. *In den Augenblicken, wenn du aus Angst oder Wut deine Macht heraufbeschworen hast, hast du unabsichtlich viele davon in unserer Welt geöffnet. Aber dieser hier – schau nur, wie gleichmäßig und präzise er ist. Es war dein bewusster Wille, Eliana, der diese Tür geöffnet hat.*

Eliana starrte darauf. Etwas zog an ihrer Schulter, rief sie weiter. Sie suchte die Dunkelheit ab, das wütende Licht, das sich darin bewegte, und erhaschte einen vagen Blick auf niedrige Hügel, verstreute Nadelwälder und einen violetten, dämmerigen Himmel.

Eine Tür wohin?, überlegte sie mit klopfendem Herzen, und noch bevor der Prophet ihr antworten konnte, flogen Elianas

Hände zum Spalt. Sie griff nach den Rändern und zog sie so weiter auseinander, dass sie hindurchschlüpfen konnte.

Der Prophet wurde panisch. *Warte, Eliana!*

Aber das Empirium hatte sie zu diesem Ort gebracht und zog sie jetzt mit seinem goldenen Flüstern weiter.

hier

HIER

komm und schau

sie sind überall

beeile dich

Eliana hielt die Luft an, schloss die Augen und schritt durch den Spalt in das, was dahinterlag, bevor der Prophet sie aufhalten konnte.

Ihre Füße trafen auf festen Boden. Als sie die Augen öffnete, jagten graue Wolken über den violetten Himmel. Die sanften Hügel waren nicht besonders hoch und mit weichem, grünem Gras bewachsen. Andere Lebewesen waren nicht zu sehen. Keine Tiere, keine Menschen. Es wehte nicht einmal Wind. Es herrschte nur eine unnatürliche Stille. Und über allem lag ein gespenstisches, blasses Licht. Die grauen Wolken zogen in allen Himmelsrichtungen auf, und unter ihren Füßen, unter dem grünen Gras, bewegte sich eine unermessliche Finsternis, als wären die Wiese und die Hügel nur ein dünner Schleier, der über einem schrecklichen, lichtlosen Etwas lag.

Dann rief ein Vogel, und als Eliana aufsah, entdeckte sie weit über sich schwach die Umrisse eines riesigen, geflügelten Tieres. Es flatterte vorbei, Dunkelheit kräuselte sich über den Himmel, und war auch schon wieder verschwunden, aber ein anderes folgte ihm nach, und dann noch eines, und schließlich glitten und schlängelten drei weitere dort entlang, und jedes Einzelne von ihnen war ein Koloss.

Eliana trat entsetzt zurück. Was sie für graue Wolken gehalten hatte, waren in Wirklichkeit die Schatten dieser Wesen, die in alle Richtungen schwärmten.

In ihrer Brust breitete sich eine schreckliche Hitze aus und überschwemmte ihre Finger. Sie kauerte sich zusammen und suchte vergeblich nach etwas, worunter sie sich verstecken konnte. Aber die unnatürliche Stille hielt an, und als Eliana wieder zum Himmel blickte, bemerkte sie, dass er genau wie vorher aussah. Die fürchterlichen Gestalten waren nicht näher gekommen. Es schien, als existierten sie und diese fremde grüne Welt in einer Art Blase jenseits dieser sich krümmenden Riesenviecher – aber ob sie nun sehr weit weg oder ganz nah waren, wusste sie nicht. Wenigstens, so schien es, konnten sie Eliana nicht erreichen.

Langsam richtete sie sich auf und zwang sich, ruhiger zu atmen. Angstschweiß lief ihren Nacken hinab.

Dann durchdrang ein kehliger Schrei die Luft und zerschnitt die gespenstische Stille. Am Horizont fiel ein langes, dunkles und sich windendes Geschöpf aus den Wolken und begann zu fliegen. Das war keine vage, graue Gestalt mehr. Das Geschöpf war klar und deutlich zu erkennen, es hatte einen langen Schwanz und breite schwarze Schwingen und näherte sich schnell.

Eliana wirbelte herum und rannte zu dem dünnen, senkrechten Schnitt in dem satten Grün, der ihren Rückweg zu Coriens Palast markierte. Endlose Minuten verstrichen, bis es ihr gelang, sich dort hindurchzuzwängen, da sie mit großer Kraft zurückgedrückt wurde.

Aber mit einem letzten, kontrollierten Ausbruch ihrer Macht gelang es ihr doch und sie taumelte in den Hofgarten. Sie schoss herum und griff nach den Rändern des Saums. Ihre Finger prickelten, als hätte sie sie in kochend heißes Wasser getaucht. Der Saum saugte sie an; der Ort, was auch immer das war, wollte sie zurück. Aber sie kämpfte dagegen, zerrte die zischenden Ränder zusammen und benutzte ihre Macht, um den Riss zu verschließen. Nur ein schwaches Leuchten war noch zu sehen und dann verschwand es ganz.

Außer Atem und durchgeschwitzt suchte Eliana dort im

Schmutz nach dem Propheten. *Was für ein Ort war das? Was habe ich gesehen?*

Die Stimme des Propheten klang vor Erleichterung und Erstaunen ganz atemlos.

Du hast Cruciata gesehen, war die Antwort. *Und du warst in der Verdammnis.*

24

RIELLE

»Die Heimstatt, die sich die Kammerat gebaut haben, ist erstaunlich – eine blühende Stadt der Drachen und Drachensprecher, errichtet in hoch gelegenen Berghöhlen und Schluchten. Ein Stück unterhalb erstreckt sich ein fruchtbares, grünes Tal und liefert ihnen Nahrung und Wärme. Sie sagen, die Heiligen hätten nach dem Ende der Engelskriege bei der Erschaffung dieser Oase geholfen, wo sie seither ungestört gelebt hätten. Bis jetzt. Es war schwer, die Kammerat zu überreden, zum Nördlichen Stützpunkt zu fliegen und ihre Artverwandten zu retten. Ihre Abgeschiedenheit ist ihnen heilig, selbst auf Kosten der Gefangenen aus ihrem eigenen Volk. Sie sagen, sie werden in diesem Krieg nichts weiter unternehmen, und das kann ihnen kaum jemand verübeln. Leevi glaubt allerdings immer noch, er könne sie überreden. Ich gestehe, mich wird er auch überreden müssen. Warum dieses Paradies für einen aussichtslosen Krieg verlassen? Doch Leevi ist entschlossen und so schön in seiner Hoffnung auf den Sieg, dass es mir den Atem raubt.«

Tagebuch von Ilmaire Lysleva, datiert vom Februar im Jahr 1000 des Zweiten Zeitalters

Rielle erwachte auf dem Nördlichen Stützpunkt.

Sowie sie die Augen öffnete, erkannte sie das Schlafzimmer, das sie mit Corien geteilt hatte. Die schwarzen Steinwände, die dicken weißen Pelze auf ihrem gemeinsamen Bett, die breite Fensterwand, durch die man Gletscher und die untergehende Sonne am Himmel sah. Berge und Meer, Fleiß und Feuer.

Die jüngsten Ereignisse lauerten am Rand ihres Bewusstseins, ein lebhaftes, von ihr selbst erschaffenes Bildnis, das sie kaum zu betrachten wagte. Der bittere Geschmack von Asche lag noch auf ihrer Zunge, und in ihren Ohren hallte das Rauschen einer dunklen See.

Corien saß auf der Bettkante und musterte sie schweigend. Er trug sein gewohntes Schwarz – eine Brokatweste, einen an den Manschetten mit Obsidian geknöpften Rock mit hohem Kragen und einen mit Spangen aus Ebenholz geschlossenen Umhang.

Rielle stöhnte vor Schmerzen, als sie sich aufrichtete. »Tu dem Mädchen nicht noch mehr weh«, krächzte sie. »Obritsa hatte keine andere Wahl, als mir zu gehorchen. Wenn du sie noch einmal verletzt, töte ich dich.«

»Du vermutest also, dass ich ihr etwas angetan habe«, sagte er mit ungerührter Miene.

Sie lachte, was ihr in der wunden Kehle wehtat. »Als Unschuldslamm bist du wenig überzeugend.«

Erst jetzt registrierte Rielle die drei Krankenpflegerinnen, die um sie herumschwirrten und gerade die Verbände wechselten, die den größten Teil ihres Körpers bedeckten. Es waren zwei Frauen und ein Mann. Hatten sie sich im Austausch für das Leben ihrer Liebsten für den Dienst an den Engeln entschieden? Ihre nervösen Blicke wanderten kurz zu Rielles Gesicht, bevor sie mit ihren Verrichtungen fortfuhren. Sie behandelten ihre verletzte Haut mit Salben und hüllten sie anschließend in lange weiße Stoffstreifen.

Noch immer ruhten Coriens Augen auf ihr, bleich und still, doch Rielle schreckte nicht vor ihm zurück. Sie hatte die Pforte mit bloßen Händen geöffnet. Nun strahlte sie vor Stolz; ihre Macht war unerreicht. Und sie wusste, dass er dies bei ihrem Anblick auch spürte: eine Veränderung zwischen ihnen. Das Brodeln einer neuen Spannung.

Die Macht, die sie bewiesen hatte, überstieg alles, was sie beide je erwartet hätten.

Rielle schubste die Pflegerinnen weg. Bei der abrupten Bewegung flammte der Schmerz in ihren Brandwunden auf. »Lasst uns allein. Ich kann mich selbst verarzten.«

Dann stand sie mühsam auf und riss sich einen Verband nach dem anderen von der Haut. Zuerst war es eine schier unerträgliche Qual, als zöge sie Streifen ihres blasenübersäten, verkohlten Fleischs von den Knochen. Doch sie biss die Zähne zusammen und ertrug das Leid, das sie sich selbst zufügte, indem sie sich ausmalte, heil und unversehrt zu sein wie früher. Diese Gedanken sandte sie an alle Regionen ihres Körpers. Schnelle Wellen der Macht, die neu gestalteten.

Als sie den letzten Verband abzog, war ihre Haut geheilt und aller Schmerz lag hinter ihr.

Ohne jede Scham vor Corien oder den gaffenden Pflegerinnen, die wie erstarrt an der Tür stehen geblieben waren, um zuzusehen, wie sie ihre ganze Mühe zunichtemachte, trat Rielle an den riesigen Spiegel, der an der Wand gegenüber lehnte. Fasziniert studierte sie ihre Nacktheit.

Über ihrer Haut lag ein goldener Schimmer, und aus ihren Haar- und Fingerspitzen sprühten Funken wie aus einem geschlagenen Amboss. In ihren Augen wirbelten goldene Stürme, neben denen lediglich schmale grüne Streifen zurückblieben. Ihre Lippen waren blass, zerbissen und aufgesprungen. Um ihre Augen lagen Schatten, und ihre Wangen wirkten ausgehöhlt, als wäre etwas Wesentliches aus ihr herausgebrochen worden. Sie vermisste es nicht, obwohl ihr Kopf hämmerte und ihre Knochen vor Erschöpfung schmerzten.

Denn in ihrem Geist herrschte eine Klarheit, wie sie sie noch nie zuvor empfunden hatte, eine Konzentration auf ein festes Ziel. Sie wusste nach wie vor, dass sie in Celdaria geboren war, dass sie einen Mann namens Audric geheiratet und einen Lehrer namens Tal getötet hatte, doch wenn sie ihre Gedanken in diese Richtung lenkte und versuchte, sich genauer an ihre Gesichter zu erinnern, daran, was diese Männer für sie und was sie für die beiden empfunden hatte, fiel ihr kaum mehr ein als vage Farb- und Gefühlsschemen. Jede Erinnerung, die sie einst gequält hatte, war in den Schatten ihres Geists aufgegangen.

An ihrer Stelle schäumte nun goldenes Wispern, glühend und voller Lust, und blendete alles aus außer dem Jetzt. Diese gefrorene Festung, den Engel, der sie vom Bett aus beobachtete. Ihre Finger, die noch von der Pforte summten. Sie würde diese gewaltige, ewige Herausforderung bis ans Ende ihrer Tage spüren, das wusste sie. Der kalte Schmerz in ihren Zähnen, das unruhige Summen ihrer Handflächen, die das Gewebe der Pforte ergriffen und sie weit aufgerissen hatten, würden sie für immer begleiten.

Rielle lächelte ein wenig und berührte staunend ihr Gesicht, ehe sie sich zur Seite wandte und sich der Rundung ihres geschwollenen Leibes widmete. Der Anblick löste eine neue Welle der Zuneigung in ihr aus. Sie legte die gewölbten Hände um ihren Bauch und spürte den warmen Puls ihrer ungeborenen Tochter. Dieser Tochter, die die Pforte überlebt hatte. Dass sie je erwogen hatte, das Leben ihrer Tochter zu beenden, war unvorstellbar. Niemand sonst auf der Welt würde je wissen, wie es war, von der Macht der Pforte berührt zu werden. Dass das Kind zum Teil Audric gehörte, war eine Tatsache, die sie inzwischen gleichgültig ließ.

Das Kind gehörte ihr mehr als sonst jemandem, und es band sie an niemanden, nicht einmal an Audric.

Als Rielle zu Corien zurückkehrte, ertappte sie ihn dabei, wie er sie verzückt anstarrte. Sie warf den Pflegerinnen einen wortlosen Blick zu, woraufhin sie endlich hinaushuschten.

Rielle ging auf ihren Kleiderschrank zu und spürte dabei den Glanz jedes ihrer Schritte. »Wie viele Engel habe ich befreit?«

»Fünfhunderttausend«, antwortete Corien leise.

Rielle schlüpfte in ihren schwarzsamtenen Morgenmantel mit der goldenen Schärpe und der kunstvollen Stickerei aus Flügeln, Blumen und Dornen. »So wenige? Du hast doch gesagt, es seien Millionen in der Verdammnis.«

»Das stimmt auch. Die Pforte besitzt immer noch eine gewisse Kraft, obwohl du sie gründlich zerlegt hast. Den Schwächeren meines Volks fällt es schwer, ihrem Sog zu entkommen.«

»Vielleicht kann ich diese Kraft auslöschen«, sinnierte Rielle. »Und einen sicheren Durchgang schaffen, durch den die anderen entkommen können.«

Corien erhob sich und zog sie langsam zum Bett. »Das kannst du – da bin ich sicher. Du kannst alles, mein Stern, mein Feuer.« Er suchte die Kuhle unten an ihrem Hals und küsste sie. »Aber zuerst müssen wir etwas anderes tun.«

Leicht verärgert erwog Rielle, sich ihm zu verweigern. In Gedanken war sie zur Hälfte weit weg und dachte an die Pforte und daran, wie sie deren Gewebe am besten veränderte, damit die anderen Engel hindurchkonnten. Doch Coriens Hände waren warm und stellten köstliche Dinge mit ihrer Haut an. Lächelnd ließ sie die Finger über seinen Torso gleiten. Auch das war ein Vergnügen, nach dem sie sich gesehnt hatte.

Sie würden später über die Pforte sprechen.

»Ist es das, was du meinst?«, murmelte sie.

»Es ist schon viel zu lange her, Rielle, dass ich dich zuletzt berühren durfte.«

Sie erschauerte unter dem rauen Klang seiner Stimme, die kurz davor war zu brechen. Dann entzog sie sich ihm und ließ ihn vor sich niederknien. Er umfasste ihre Hüften, schob die Falten ihres Morgenmantels beiseite und vergrub stöhnend das Gesicht zwischen ihren Schenkeln.

»Und dann beginne ich mit unserem großen Werk«, sagte Rielle und vergrub die Finger im glänzenden Schwarz seiner Haare.

»Und dann beginnen *wir* unser großes Werk«, stimmte er zu. Dann legte er seinen Mund auf sie, und Rielle vergaß alles außer der geschmeidigen neuen Kraft, die sich munter in ihr ausdehnte, dem strahlenden Glanz ihrer Haut und der Macht darunter, die sich Coriens Lippen entgegenreckte.

Unter Coriens Festung befand sich ein weites unterirdisches Wabennetz aus Kammern und Sälen. Waffenschränke, Korn- und Weinspeicher sowie die engen, dunklen Räume, in denen die Bediensteten schliefen. Dutzende von Gängen führten nach draußen zu den Laboratorien, den Kasernen, wo die Adatrox untergebracht waren, und den Ställen, wo die Eisdrachen aus Borsvall gefangen gehalten, seziert und vergiftet wurden.

Im Herzen dieses gewaltigen steinernen Labyrinths war ein Ring in den Fußboden gemeißelt worden – ein großer, wirbelnder Kreis aus Flügeln. Zahlreiche Säulen breiteten sich fächerförmig von diesem Kreis aus, jede davon so hoch und dick wie ein Rammbock.

Rielle stand inmitten des gefiederten Kreises. Corien hatte ihr gesagt, dass er ihn selbst eingemeißelt habe, als die Festung gebaut worden war. Niemand hatte bis jetzt darin gestanden. Bis sie kam.

Es war ein für die Auferweckung vorgesehener Altar.

Zu Rielles Füßen lag ein schöner junger Mann aus einer ländlichen Provinz im Westen Kirvayas. Man hatte ihn nackt ausgezogen, und nun lag er zitternd auf dem kalten Boden. Seine Haut war bleich und glatt, seine Gliedmaßen lang und gesund. Das Licht der Fackeln, die den Kreis umstanden, ließ ihn golden schimmern. Ausgewählt aufgrund seiner Schönheit und Kraft, war er von einem eifrigen Engelsgeist aus dem Bett gerissen und wie ein Stück Fleisch auf dem Boden drapiert worden. Sein Name war Tamarkin.

Corien stand an Rielles Seite, die Hände hinter dem Rücken verschränkt, und fixierte den Mann. Er wartete.

Mit den Augen fuhr Rielle an den Umrissen von Tamarkins Körper entlang – jeden Muskel, jede Sehne, jeden Knochen. Sie blickte unter seine Haut auf seine pulsierenden Organe, seine mit Blut gefüllten Adern. In seinem Innersten schwappte ein goldenes Meer hin und her und bildete die Grundlage für alles, was er war. Am hellsten war es in seinem Geist und seinem Herzen und strahlte von dort aus auf seine Lungenflügel.

Sie hätte ihn stundenlang ansehen und fasziniert die Impulse aus Licht und Energie verfolgen können, die seine gehetzten Gedanken abbildeten und seinen schnellen Herzschlag. Nur sie konnte diese Dinge sehen, diese tief im Inneren ablaufenden Mechanismen von Fleisch und Blut; nicht einmal die Engel wurden dieser Vorgänge ansichtig.

»Bist du bereit, meine Liebste?«, fragte Corien sanft.

»Fast«, antwortete sie verträumt. Sie kniete sich neben Tamarkin, fuhr mit den Fingern über die Kurven seines Beckens und die Bögen seiner Rippen. Seine Haut zuckte unter ihrer Berührung. Coriens Griff machte ihn sprachlos vor Angst, und seine Augen flackerten wild. Er beobachtete Rielles Finger, als fürchtete er Klauen.

Um sie herum pulsierte der Raum. Lichtreflexe sausten durch die Luft, doch sie waren nicht schwerelos, und ihre Intelligenz kratzte an Rielles Geist, unterwürfig und doch gierig. Die Luft bog sich, um ihnen Platz zu machen.

Engel warteten in dichten Trauben. Ihre Energie war die einer Herde wilder Tiere in einem Gehege, mit zitternden Muskeln und schweißnassen Flanken.

Einer von ihnen schwebte über Rielles Kopf. Sein Name war Sarakael, von Corien willkürlich ausgewählt als Erster, der auferweckt werden sollte. Rielle spürte Sarakaels heißes Verlangen, wie sehr er danach lechzte, in glühender Anbetung vor ihr auf die Knie zu sinken.

Doch sie schenkte ihm keine Beachtung. Obwohl sie alle Engel spürte, die sie beobachteten – wie ihre Geister durch die Luft glitten, wie ihr Geflüster raschelte und zischte –, war ihre Aufmerksamkeit ausschließlich auf den Mann konzentriert, der vor ihr lag.

Sie fragte sich, ob sie nervös sein müsste, doch das war sie nicht. Die Kälteschauer, die ihr Rückgrat entlangliefen, waren wie Finger, die sie wach klopften.

Corien trat näher. *Nun, Rielle?*

Sie nickte. *Jetzt.*

Augenblicklich tötete Corien den Mann. Es genügte, ihm einfach den Geist zu zerschmettern, denn ohne Geist erlosch alles andere. Es würde einen kurzen Todeskampf geben, hatte er ihr erklärt, und dann Leere, ein Abtauchen in die lange Finsternis des Todes. Rielle verfolgte, wie das Licht aus Tamarkins schönen blauen Augen schwand.

Sein leerer Körper wartete darauf, dass sie begann.

Die Theorie war einfach, doch sie nahm an, dass die Praxis nicht so einfach werden würde. Sie hatte sich alles genau überlegt. Während Corien schlief, hatte sie auf dem mit Pelzen gepolsterten Sessel am Fenster gesessen, über die weite Eisfläche geblickt und ihre Vorgehensweise geplant.

Und nun folgte sie ihren eigenen Anweisungen. Ihr Atem bebte, und in ihrem Körper toste eine lodernde Hitze, die wie Fäuste gegen eine Tür hämmerte. Sie griff mit ihrer Macht aus, befahl dem Engel Sarakael, in den Körper einzudringen, und wartete dann, bis sein verschwommenes Schatten-Selbst durch jede Öffnung gesickert war – den leicht geöffneten Mund, die Nasenlöcher, die Ohren. Dann legte sie die Hände um seinen Schädel, denn dies war der wichtigste Anker. Lebender Geist gegenüber totem Gehirn. Leuchtende Augen gegenüber stumpfen.

Die Kunst, so dachte sie, bestand darin, ihr Werk zu vollbringen, solange das Empirium noch im Leichnam leuchtete. Tamarkins Körper war warm, nach wie vor pulsierten goldene Meere in ihm, doch schon bald würden sie versiegen. Je vitaler das Empirium war, desto stärker wäre später die Bindung.

Und so begann sie zu knüpfen.

Sie benutzte ihre Hände, da sie diese Körperlichkeit nützlich für die Konzentration fand und weil sie beeindruckend und unergründlich wirken wollte. Als sie sich neben diesen Toten auf den Boden kniete und ihn allein mit ihren geschickten Fingern zu etwas Neuem, Prachtvollem umgestaltete, schauten die Engel staunend auf sie. So wäre die Bindung stärker, als wenn Sarakael lediglich den lebenden Körper in Besitz genommen hätte. Sie würde sie zusammennähen, Geist und Körper, und sie so vollständig miteinander verschmelzen, dass sie zu einem einzigen Wesen würden, stärker als Mensch oder Engel. Eine neue Lebensform, von ihr selbst erschaffen.

Rielle fuhr über jeden Zentimeter seines Schädels, wobei ihre Macht über ihre Finger hinaus suchte und forschte. Sie spürte die kühle, glatte Struktur von Sarakaels Gegenwart, der atemlos wartete. Das Empirium leuchtete strahlend in den Geistern der Engel, und Sarakael, jung und schwach, wie er war, und außerstande, sich ohne Hilfe richtig in einem menschlichen Körper einzunisten, machte da keine Ausnahme.

Einst hätte es ihr vielleicht in den Augen wehgetan, ihn anzusehen. Jetzt blickte sie mitten hinein in das flammende Inferno.

Sie setzte ihre Macht ein wie eine Näherin ihre Nadel und nähte den Engel an seinen neuen Körper. Gleißendes Licht an verblassendes, mattes Licht, Stück für Stück, Goldfleck für Goldfleck. Millionen von Stichen, jeder einzelne winzig und unendlich.

Schweiß rann ihr über Rücken und Arme. Sie verspürte eine ferne Kühle – Corien, der ihr mit einem feuchten Lappen Nacken und Stirn abtupfte. Sie hatte ihm eingeschärft, sich auf keinen Fall in ihren Geist einzumischen, da dies ihre Konzentration und den Fluss der Macht von ihren Fingern zu Engel und Körper zum Erliegen bringen könnte.

Doch während sie arbeitete, begann sie sich nach seiner vertrauten Berührung zu sehnen. Auferweckung war ein gigantisches Unterfangen, auf das sie nicht richtig vorbereitet war. Mit jedem Stich verlor sie ein wenig von sich selbst und musste es erneut zurückgewinnen. Ihre Muskeln wurden Tausende Male zerrissen und wieder geheilt. Sie atmete schnell und scharf.

»Meine Geliebte, solltest du nicht aufhören?« Coriens Stimme klang vor Sorge ganz gepresst. »Ist es noch zu früh nach der Pforte?«

»Lass mich«, entgegnete Rielle. Sie formulierte die Wörter durch einen traumartigen Nebel. »Ich bin die Schöpferin und die Vernichterin zugleich. Das Ding, das zerstört, und das Ding, das erschafft.«

Ihr Sichtfeld verschwamm und erweiterte sich, bis sie alles in den weiten unterirdischen Kammern auf einmal sehen konnte und dann alles auf dem Nördlichen Stützpunkt, eingeschrumpft auf das Format eines Gemäldes. Oder war sie es, die gewachsen war und die Grenzen ihres eigenen Körpers gesprengt hatte? Sie sah die Berge, die sie umgaben, das weite, gefrorene Meer, die Weiße Wüste. Sie sah die Sterne am Himmel und die Welten, die sich hinter ihnen drehten – doch es war zu viel, es war zu verwirrend. Verängstigt und verblüfft zügelte sie ihren ausufernden Blick und konzentrierte sich wieder auf ihre knüpfenden Hände.

Schließlich war ihr Werk vollendet.

Ihr Blick war nach wie vor vom Empirium besetzt, und nun sah sie euphorisch und erschöpft zu, wie sich der Körper vor ihr, dieses neue Wesen mit seinem uralten mächtigen Geist und seinen geschmeidigen menschlichen Gliedmaßen, erhob. Zuerst probierte er seine Beine aus, dann reckte er die Arme zur Decke und stieß einen Triumphschrei aus

Er glitzerte und schimmerte. Er versuchte sich im Gehen, Springen und Sprinten. Er war schneller, als es Tamarkin je gewesen war, ein geschmeidiger Läufer von atemloser Kraft. Er griff nach einem Fackelhalter an einer Säule und schwang sich hinauf in die steinernen Dachsparren. Nackt und prachtvoll, glänzte er matt, als hätte man ihn in Gold getaucht.

Rielle beobachtete ihn von ihrem Standpunkt auf dem Boden aus, ohne sich zu regen. Sie spürte, dass Corien angespannt hinter ihr stand, konnte sich aber keinesfalls umwenden, um ihn anzusehen; sie würde vor Erschöpfung zusammenbrechen, und das wollte sie unbedingt vermeiden vor den Augen all dieser Engel, die nun hinter Sarakael herliefen. Ihre Jubelrufe hallten laut in ihrem Kopf.

Sarakael hüpfte herab, eilte zu Rielle hinüber und warf sich vor ihr auf den Boden. Dann küsste er ihre Finger und den Saum ihres Kleides.

»Ich danke dir, meine Königin«, murmelte er zu ihren Füßen. »Meine herrliche Königin. Ich weiß nicht, wie ich meine Dankbarkeit ausdrücken soll. Mich wieder bewegen zu können, zu laufen und zu springen. Die Kälte dieses Steins zu fühlen und die Feuchtigkeit der Luft, das Gewicht des Bergs über mir und die Glätte meiner perfekten Haut. Meine Königin«, stieß er erstickt hervor, »du ahnst nicht, was das für uns alle bedeutet.«

»Das genügt, Sarakael«, wies ihn Corien zurecht, wobei seine Stimme den Tonfall eines strengen Kommandanten annahm. Rielle konnte ihn sich gut als den Engel Kalmaroth vorstellen, der ganze Regimente in den Krieg führte. »Und ihr anderen macht euch nützlich. Meine Generäle, die stärker sind als jeder von euch – so stark, dass sie schon vor langer Zeit durch die Pforte entkommen sind und selbst gewählte Körper in Besitz genommen haben, um mir zu helfen, unsere neue Heimat aufzubauen –, diese Generäle haben Aufgaben, die jeder von euch ausführen kann. Bis man euch zur Auferweckung ruft, werdet ihr jeden ihrer Befehle befolgen.«

Rielle hörte ihn wie aus weiter Ferne, und ihr schwindeliger Kopf war ein Strudel am Rand des Zusammenbruchs. Nur vage bekam sie mit, dass Corien ihr auf die Beine half und sie aufrecht hielt, indem er sie unterhakte und so stützte.

In ihrem Schlafzimmer angelangt, ließ Rielle sich fallen.

Corien fing sie auf und küsste sie zärtlich. »Meine Schönheit, meine Tapfere. Du bist jetzt bei mir. Du kannst dich ausruhen.«

Langsam entspannten sich ihre verkrampften Muskeln, und sie begann in seinen Armen hemmungslos zu zittern. Als er sie zum Bett führte, nahm sie ihr verblüffendes Ebenbild im Spiegel wahr: Lippen so bleich wie ihr Teint, bar aller Farbe. Doch ihre Augen glühten, als brennten Kohlen in ihnen. Sie stellte sich vor, wie sie den Mund aufmachte und Feuer spuckte. Dann stellte sie sich vor, dass sie Corien in den Hals biss und ihm Gift einspritzte.

Es war seltsam, so zu zittern und sich ohne Coriens Hände nicht aufrecht halten zu können und sich doch stärker zu fühlen als jede ihrer früheren Persönlichkeiten. Es kam ihr vor, als wären dies allesamt Häute gewesen, die sie abstreifen musste, bis sie darunter allmählich die wahre Rielle entdeckte. Eine köstliche, mächtige Nuss, die hart in ihrer Schale glänzte.

So war sie jetzt, ausgezehrt und zugleich strahlend, und so lächelte sie ihr Spiegelbild an und sah an ihrem Schlüsselbein, in ihren Handflächen und an ihren sanft pochenden Schläfen schwarzgoldene Schatten strudeln.

»Wenn ich stark genug bin«, flüsterte sie gegen Coriens Brust, »schenke ich ihnen allen Flügel.«

25

ELIANA

»Viele Schriften der Heiligen über die Verdammnis sind im Laufe der Jahre verloren gegangen oder dem Vandalismus von radikalen Menschengruppen, wie beispielsweise Anima Primoria, *zum Opfer gefallen. Solche Zusammenschlüsse unterstützen die Engel und zweifeln die Erschaffung der Pforte an. Jene Schriften, die nicht gestohlen wurden, werden streng von ihren Eigentümern bewacht – in der Regel der geweihten Obrigkeit eines Landes – und bleiben fremden Gelehrten für Studienzwecke unzugänglich, eine Praxis, die besonders diese Gelehrten nicht nur beleidigend finden, sondern potenziell gefährlich. Nur wenn wir verstehen, was in diesen Tagen passiert ist, können wir verhindern, dass es wieder geschieht.«*

Die unergründliche Verdammnis: Eine Abhandlung von
Tasha Kirdova aus der Ersten Gilde der Gelehrten

Als der Prophet wieder zu Eliana zurückkehrte, waren seit ihrer Reise in die Verdammnis sieben Tage vergangen.

Du hast dich gut geschlagen, sagte die Stimme und sandte ihr vorsichtig Wellen des Trostes. *Er findet keine Spur der Verdammnis in dir und auch keinen Grund, danach zu suchen.*

Zusammengerollt auf dem Fußboden, wo Corien sie zurückgelassen hatte, öffnete Eliana mühsam die Augen. Sie schluckte und schmeckte Eisen; sie hatte sich ihre Wangen blutig gebissen. Über dem Boden verteilt lagen Glasscherben wie herabgefallene Schneekristalle. Wenn Corien wütend war, zerbrach er gerne Dinge. Ihre Fenster ließen die Nacht herein. Die Hälfte ihrer Wachen fegte brav die Überreste auf Kehrschaufeln. Die andere Hälfte mit ihren nichtssagenden, wachsamen Augen stellte sicher, dass sie sich nicht auf eine Scherbe stürzte und sich damit die Kehle durchschnitt.

»Unter dem Vorleger«, befahl Jessamyn und fuhr mit ihrer Stiefelspitze über den Boden. Sie sah zu Eliana, ihr Gesicht war sorgenumwölkt. »Nehmt jeden Teppich hoch.«

Eliana schaute ihnen eine Weile beim Saubermachen zu, dann kletterte sie in ihr Bett, versteckte ihr Gesicht unter den Haaren und tat so, als schliefe sie, obwohl sie in Wirklichkeit die Türen zu ihren Gemächern nicht aus den Augen ließ und darauf wartete, ob Corien wieder zurückgestürmt kam. Tränen benetzten ihre Wangen, was sie jedoch kaum bemerkte. Bei jedem Geräusch ihrer Wachen zuckte sie zusammen. Eine Stunde verging, zwei. Wachwechsel. Jessamyn brach zum Lyceum auf, das Zuhause von Invictus, dort würde sie schlafen.

Irgendwann fühlt Eliana sich sicher.

Ich will dorthin zurück, sagte sie in Gedanken zu dem Propheten und formte triumphierend jedes Wort. *Ich habe eine Idee. Glaubst du, das könnte gelingen?*

Dann schickte sie ihm ihren Plan und wie sie sich den Ausgang vorstellte.

Der Prophet war eindeutig stolz. *Oh, Kleines, mir gefällt, wie du denkst. Ja, ich glaube, das könnte tatsächlich gelingen, und es lohnt sich auf jeden Fall, das näher zu erforschen. Heute Nacht werden wir beginnen.*

Versteckt in dem Dickicht des Hofes, wo Eliana das erste Mal die Verdammnis betreten hatte, saß sie mit überkreuzten Beinen auf der Erde und betrachtete den dunklen Saum, der vor ihr in der Luft schwebte. Er zog an ihr, wie ein Mund, der sie unbedingt kosten wollte. Sie musste sich an den Baumwurzeln neben ihren Knien festhalten, um sich von dort fernzuhalten, bis sie sich bereit fühlte. Alles in der Nähe des Saums – Moos und Blätter, die Erde und die kleinen Kiesel darin – wurde schwarz und verfiel. Die verdorrten Überreste zitterten leicht, fast sah es so aus, als würden sie sich dagegen wehren, verschluckt zu werden.

Denk daran, erinnerte sie der Prophet, *sobald du mich nicht mehr hören kannst, musst du genau wie beim letzten Mal nach Avitas zurückkehren.*

Hätte Eliana nicht so eine Angst gehabt, hätte sie auf seine wiederholten Hinweise wütend reagiert. Stattdessen dachte sie nur: *Das hast du mir bereits gesagt.*

Und ich werde es wieder tun. Dein Plan ist durchaus faszinierend, aber er ist nicht ohne Risiko.

Risiko. So ein harmloses Wort für das, was sie vorhatte. Die sieben Heiligen hatten ihre ganze Macht gebraucht, um eine Pforte zu schaffen. Später hatte ihre Mutter sie mit bloßen Händen geöffnet.

Und jetzt gab es Eliana Ferracora, deren Hände vor Aufregung ganz feucht und in goldene Ketten gelegt waren.

Erzähl mir noch einmal, was das ist, sagte sie. *Die Verdammnis.*

Der Prophet zögerte. *Ich mache mir Sorgen, dass dadurch deine Furcht wächst.*

Bitte. Darüber zu reden, beruhigt mich.

Also gut. Die Verdammnis ist im Grunde eine bodenlose Tiefe. Ein leerer Raum zwischen den Welten, so wie Zahra es dir vor Monaten erklärt hat. Kein Bild, kein Geräusch. Nur das nackte, entfesselte Empirium. Zumindest für die Engel war es so. Ab und zu spürt einer von ihnen womöglich ein Aufblitzen von Farbe oder ein zartes Geräusch. Oder hat Visionen, die wieder verschwinden, als wären sie bloße Gedanken, bevor die leere Schwärze zurückkehrt. Aber es scheint, als erlaube dir deine Macht eine andere Erfahrung. Für dich ist die Verdammnis ein Ort einer andauernden gegenständlichen Illusion.

Vergiss nicht die unzähligen riesigen Monster, sagte Eliana trocken.

Der Prophet schickte ihr einen Anflug von Erheiterung. *Ja. Die Cruciata, die aus Hosterah, wie die Engel ihre Welt nennen, in die Verdammnis eingedrungen sind, können dort tatsächlich überleben. Es sind eigenartige, uralte Tiere, die nicht einmal von den Engeln vollständig verstanden werden. Aber sonst kann fast nichts in der Verdammnis überleben. Auch die Engel nicht, sie verlieren ihre Körper.*

Eliana legte ihre Hände auf die Erde. Der Boden unter ihr war ein vertrauter Rettungsanker. Ihr Herz trommelte panisch. Bilder ihres Körpers, in Stücke gerissen, blitzten in ihrem Geist auf.

Du wirst deinen Körper nicht wie die Engel verlieren, erinnerte der Prophet sie, obschon seine Stimme vor Anspannung zitterte. *Sie konnten sich nicht unverletzt durch die Verdammnis bewegen, du aber anscheinend schon. Deine Mutter vermutlich auch, wenn sie die Gelegenheit gehabt hätte, es zu versuchen.*

Als wäre das ein Trost. Eliana biss die Zähne zusammen und kreiste mit ihren Schultern. *Ich werde Dinge sehen, denen ich nicht trauen kann, obwohl ich ihnen trauen muss.*

Ich denke, du wirst, wie an deinem ersten Tag, schwache Bilder von Welten sehen, die wahrscheinlich an unsere angrenzen, und es ist so, als würdest du durch eine Erinnerung spazieren. Aber ich glaube, dass es keine Erinnerungen sind – sondern Dinge, die jetzt passieren, oder passiert sind, oder passieren werden. Es gibt viele Welten und sie alle sind durch die Verdammnis verbunden. Zeit spielt dort keine Rolle.

Eliana konzentrierte sich darauf, gleichmäßig zu atmen. *Du glaubst.*

Es ist eine Theorie, gab der Prophet zu. *Viele Gelehrte– sowohl Menschen als auch Engel – haben sie im Laufe der Geschichte postuliert. Überleg doch mal. Du warst in der Lage, auf diesem Hügel zu stehen, obwohl er eine reine Illusion ist, ein Echo in der Verdammnis. Ganz gleich, was du heute also siehst, egal ob Straßen oder Berge oder Wälder, vertraue deinen Augen. Benutze die Bilder. Glaube der Illusion. Lass zu, dass deine Macht dir eine Realität schafft.*

Weil ich sonst in die bodenlose Tiefe stürze?, fragte sie ironisch. *Und von der Verdammnis verschlungen werde?*

Ich bin zuversichtlich, dass du das vermeiden wirst.

Und Eliana spürte die Zuversicht, die ihr der Prophet mit der gleichmäßigen Strömung schickte.

Wie gern würde sie das hoffnungsvolle Gefühl mit ihm teilen.

Stattdessen nagte eine schreckliche Angst an ihr. Sie wurde die Erinnerung an den violetten Himmel, der sich durch die Schatten der Bestien grau färbte, nicht los. Obwohl sie ihre erste Reise in die Verdammnis überlebt hatte, gab es keine Garantie, dass sie auch die zweite überleben würde. Aber wenn sie noch viel länger zögerte, würde sie der Anblick dieses Saums, den sie erschaffen hatte, einschüchtern und aufhalten.

Eliana hielt die Luft an, ließ die Baumwurzeln los und trat in Erwartung der sanften Hügel und unberührten Wiesen schnell durch den Riss.

Doch anstelle von Natur sah sie eine Stadt vor sich, in der sich dicht gedrängt schmale schwarze Türme in einen sternenübersäten Nachthimmel streckten.

Sie blieb inmitten einer breiten, überlaufenen Durchgangsstraße stehen – Händler, die ihre Ware transportierten, Jongleure, die leuchtende Bälle warfen, Kinder, die Tiere an geknüpften Stricken führten. Manche der Tiere kannte sie; andere, plumpe und gefleckte, dagegen nicht. Wenn sie zu direkt auf etwas schaute, entglitt es ihrem Blick, wurde grau und verschwommen und verschwand schließlich ganz aus ihrem Sichtfeld. Über allem lag eine Blässe, eine leichte Farblosigkeit, so als würde sie nicht auf etwas Reales schauen, sondern auf den Nachhall eines Traumes.

Sie sehen mich nicht, sagte sie sich und bahnte sich langsam einen Weg durch die volle Straße. Aus den Augenwinkeln nahm sie dunkle Schatten wahr, die ihr das beunruhigende Gefühl gaben, dass sie von etwas Gewaltigem umringt wurde. Sie lernte schnell, ihre Augen konzentriert nach vorne zu richten, weil die Welt sich ansonsten drehte. Sie durfte nicht darüber nachdenken, wo sie sich wirklich befand: in einem endlosen, dunklen Nichts. Ihre Schritte auf der trügerischen Straße unter ihr – das, redete sie sich ein, war echt und wahrhaftig.

Jetzt verstehst du, wie sie es angestellt haben. Die Stimme des Propheten war ernst. *Die Verdammnis berührt alle Dinge. Die Fugen zwischen den Welten sind hier dünn und biegsam, und das Empirium kann an diesem Ort von denjenigen mit der nötigen Macht geformt werden. So wie damals von euren Heiligen, die ihre Elementarkräfte nutzten, um ein ganzes Geschlecht ins Verderben zu stürzen.*

Zahra hat mir erzählt, dass ein Friedensvertrag geschlossen wurde, dachte Eliana gleichmäßig und passte ihre Worte ihren gemächlichen Schritten an. *Darin hieß es, dass die Engel eine andere Welt betreten würden, die unbewohnt war, um sie sich zu eigen zu machen. Die Menschen würden in Avitas bleiben und die Engelskriege endlich aufhören.*

Zahra hat die Wahrheit erzählt, antwortete der Prophet. *Das war ein schrecklicher Betrug.*

Die Heiligen haben die Verdammnis aber nicht betreten, sonst wären sie gestorben. Habe ich recht?

Sie haben von Avitas aus mit ihrer Magie gearbeitet, ja. Eine Pause. *Mehr oder weniger.*

Wie haben sie das hinbekommen?

Der Prophet schwieg.

Eliana kämpfte gegen ihre aufsteigende Ungeduld. *Woher weißt du das alles?*

Ich bin der Hüter von vielen Geschichten, kam die kryptische Antwort.

Eliana verkniff sich die unzähligen Fragen, die ihr auf der Zunge lagen, und beobachtete einen Jungen, der an ihr vorbeirannte. Seine blonden Zöpfe fielen ihm bis zur Taille und seine blasse Haut war von Sommersprossen übersät. Sie fixierte ihn zu lange; seine Gestalt verschwamm und verblasste und wurde dann so flach wie ein Schatten, der auf den Boden fiel, und verschwand schließlich ganz. Die Pflastersteine waren regenglatt, und Eliana meinte, Tropfen fallen zu sehen – als sie jedoch genauer hinschaute, stiegen plötzlich Schmerzen hinter ihren Augen auf.

Sie drehte sich weg, ihr Kopf tat weh. Nicht mit Sicherheit erkennen zu können, was real war und was nicht, gab ihr ein mulmiges Gefühl.

Nichts davon ist real, sagte der Prophet, *und doch wiederum alles. Ich glaube, was du siehst, ist eine andere Welt, die sehr weit von dieser entfernt ist und doch so nah, dass du hier in Elysium nur deine Hand auszustrecken bräuchtest, um sie zu berühren. Viele Welten*, wiederholte der Prophet ehrfurchtsvoll, *sind durch die Verdammnis verbunden.*

Eliana nahm am Rande ihres Sichtfeldes eine leichte Bewegung war, es drängte sie, nach oben zu schauen, aber sie wagte es nicht, weil sie Angst hatte, was sie dort sehen würde. Sie dachte an den Moment, als Remy sich vor ihren Füßen in Krämpfen gewunden und Corien ihn mit Eiseskälte beobachtet hatte.

Hat es wehgetan?, dachte sie, obwohl sie die Antwort kannte. *Als du deinen Körper verloren hast?*

Ein weiterer Moment der Stille. Über die Identität des Propheten sprachen sie nur selten. Eliana fürchtete immer, dass sie alles zwischen ihnen zerstören würde, wenn sie mit solchen Fragen zu tief in ihn drang.

Gleichwohl hatte sie bereits beim ersten Mal, als sie sich unterhielten, die Wahrheit erkannt: Der Prophet war ein Engel, egal ob er darüber sprechen wollte oder nicht.

Erneut nahm sie die Bewegung am Rande ihres Sichtfeldes wahr. Diesmal hob Eliana den Blick. Über ihren Kopf erstreckte sich ein Nachthimmel, an dem mehr Sterne prangten als in Avitas. Über die Sterne liefen Wellen, als schäumte dort ein schwarzes Gewässer, und in dem Wasser schwammen unsichtbare Geschöpfe. Eliana kniff die Augen zusammen und erkannte schwach dunkle Formen.

Sie erschrak. *Cruciata?*

Ja, antwortete der Prophet.

Können sie mich sehen?

Gut möglich.

Angetrieben von einem unbändigen Instinkt, der ihr die Kehle zuschnürte, erreichte Eliana ein Eisentor und eilte in einen kleinen Park, wo regennasse Bäume standen. Sie duckte sich hinter einen und klammerte sich verborgen unter dem triefenden Blätterdach an seinen Stamm.

Aber dann erinnerte sie sich trotz ihrer Angst: Nichts davon war real. Es spielte keine Rolle, ob sie sich hinter einem Baum, in einem Haus oder tief in einer Höhle versteckte, denn in Wahrheit war sie überall ungeschützt und wurde von allem, was in der Verdammnis lauerte, gesehen. Sie konnte sich nicht verstecken – sie war allein und angreifbar in dieser bodenlosen Tiefe. Dieser Baum war kein Baum, und der Boden, auf dem sie stand, war überhaupt kein Boden. Sie existierte im Nichts und war von nichts umgeben.

Plötzlich griffen ihre Finger durch den Baum, sie stolperte durch den Stamm und stürzte. Ein eigensinniger Teil ihres Gehirns erwartete, auf dem Boden zu landen, aber stattdessen fiel sie durch die Erde, die ja nicht wirklich da war, in einen wirbelnden Mahlstrom aus Dunkelheit.

Es blitzte, als wäre sie in ein Gewitter geraten. Sie versuchte, ihre Augen davor zu verschließen – die Lichter waren zu hell und taten ihr weh – aber es gelang ihr nicht. Ihr grelles Leuchten war überall, als würden die Sterne, die sie vorhin gesehen hatte, in farbigen Feuerwerken explodieren. Ein gleißendes, blitzendes Weiß und ein aufgewühltes Pflaumenblau, und das durchlöcherte Blauschwarz eines frischen Blutergusses. Sie versuchte zu schreien, aber die Luft stahl ihre Stimme. Nein, nicht die Luft. Das *Nichts.* Das Empirium, nackt und entfesselt, so wie der Prophet gesagt hatte.

Entfernte Schreie und wütendes Geheul prallten aufeinander und wuchsen zu einer schrecklichen, misstönenden Kakofonie an, die wieder und wieder gegen ihre Ohren prallte, als würde sie von einer hohen Klippe durch stürmische, tosende Bergwinde fallen.

Sie keuchte und würgte und wollte Luft holen. Über ihre Haut liefen schmerzhafte Hitzewellen, und in einer plötzlichen Todesangst fragte sie sich, ob das der Anfang vom Ende war. Ob sie genau wie die Engel ihren Körper verlieren würde und von der Verdammnis die Haut abgezogen bekäme.

Hör auf meine Stimme, Eliana.

Sie tastete nach den schwachen, verzerrten Worten des Propheten, als wären es Griffe, an denen sie der Dunkelheit entkommen konnte. *Was passiert hier gerade? Ich verstehe das nicht!*

Hör mir zu und konzentriere dich auf das, was ich sage. Erinnerst du dich an die Stadt, die du gesehen hast, und an die Straße, die du entlanggegangen bist? Du musst diese Illusionen wieder erschaffen, benutze das, um dich zu beruhigen und deinen Halt wiederzufinden. Dein kleiner Fluss, Eliana – denk an ihn. Er verbindet dich mit deiner Macht. Er beschützt dich vor allem, was dich verletzen könnte.

Eliana mühte sich ab, an die Stadt und deren schwarze Türme zu denken, an den Jungen mit seinen blonden Zöpfen und die leuchtenden Bälle des Jongleurs. Die Bilder stürmten ungestüm auf sie ein, und sie griff nach ihnen und stellte sich ihre Urformen mit ihrer innewohnenden Macht als Rettungsanker vor, die die Welt wieder an ihrem Platz fixierten. Und mit jedem Bild, das sie einfing und festhielt, wurde der ohrenbetäubende Lärm leiser. Die grellen Lichter wurden blasser; die wirbelnde Dunkelheit langsamer und ruhiger. Sie spürte, wie ihre Umrisse zurückkehrten – wie der Saum ihres Nachthemdes ihre Beine berührte, ihre Haare über die Schultern strichen und ihre Urformen sie kühl umschlangen.

Da bist du ja. Die Stimme des Propheten war fest und gut zu hören. *Mach einen Schritt.*

Eliana gehorchte und setzte ihren Fuß auf die Pflastersteine der regennassen Turmstadtstraße. Eine Weile stand sie einfach nur auf ihren zittrigen Beinen und atmete. Sie klammerte sich an das Gefühl ihrer eigenen Körperlichkeit und hoffte, dass sie das erdete.

Trau den Illusionen, sagte sie sich. Sie hielt sich an ihrer Macht fest, die in ihren Adern pulsierte, und ihr Geist zeichnete ein Bild der Welt, die sie gesehen hatte. *Stell sie wieder her.*

Der Junge mit den blonden Zöpfen rannte an ihr vorbei. Benommen drehte sie sich um und schaute zu, wie er sich auf die überfüllte Straße und einen blonden Mann stürzte, der vor einem Laden kniete und seine Arme ausbreitete. Die Haare des Mannes waren zu mehren Knoten gebunden und er war vermutlich der Vater des Jungen.

Beim Anblick der beiden füllten sich Elianas Augen mit Tränen. Es war schon so lange her, dass sie von jemandem gehalten worden war, der sie liebte.

Komm jetzt nach Hause, befahl der Prophet. *Ich hätte das niemals erlauben sollen.*

Eliana drehte dem schmalen grünen Licht in der Ferne, das ihren Rückweg markierte, den Rücken zu.

Ich kann nicht. Noch nicht. Ich habe noch nicht getan, was ich mir vorgenommen habe.

Eliana, du hast dich gerade fast in der Verdammnis verloren. Das ist auch für mich neu. Wenn das oder etwas noch Schlimmeres wieder passiert, bin ich vielleicht nicht in der Lage, dir zu helfen.

Eliana schloss ihre Finger. Die Ketten ihrer Urformen bewegten sich sacht um ihre Hände. *Aber wenn ich jetzt zurückgehe, könnte ich dort ebenfalls sterben, also kann ich auch ebenso gut hierbleiben und es erledigen.*

Der Prophet schwieg, sein unterdrückter Ärger schwebte am Rand von Elianas Geist, aber sie ignorierte ihn und schloss die Augen. Sie konzentrierte sich auf das leichte Gewicht der goldenen Scheiben in ihren Handflächen und drängte ihre Macht, sich langsam zu erheben, bis eine Kraft sanft an ihrer Brust zog. Es war derselbe Instinkt, der sie zum Hofgarten geführt hatte, wo die Luft dünn war.

Jetzt zog er an ihrer Brust, an ihren Schultern und Fingern und drängte sie weiterzugehen. Langsam öffnete sie ihre Augen und stellte fest, dass die Stadt in den Goldschattierungen des Empiriums glühte. Am hellsten dort, wohin sie blickte, und dunkler am Rand ihres Sichtfeldes.

Das Empirium ist ganz hell hier, schickte sie in Gedanken zum Propheten. *Leuchtender als irgendwo in Avitas.*

So wie es sein sollte. In der Verdammnis ist das Empirium von jeglicher Körperlichkeit befreit. Die Stimme des Propheten wurde sanfter. *Ich denke, deshalb kannst du als Tochter von Rielle ohne Schmerzen dort wandeln. Das Empirium ist ein Fußabdruck Gottes. Es hat die Welten erschaffen. Und du trägst mehr von ihm in dir als irgendein Wesen, das je gelebt hat.*

Mit Ausnahme meiner Mutter.

Ein flatternder Puls, als empfände der Prophet einen leichten Schmerz. *Ja, Kleines. Mit Ausnahme deiner Mutter.*

Als Eliana durch die verwinkelten Straßen der Stadt lief und dem Ruf des Empiriums folgte, wurden die Gebäude um sie herum größer und rückten näher. Sie hielt ihre Sinne beisammen und erschuf einen Weg, der real war, selbst wenn das auf die Straße unter ihren Füßen nicht zutraf. Selbst wenn das alles nur eine Illusion war, ein bloßes Echo einer Welt, die weit weg, jenseits ihrer Reichweite existierte, würde sie daran glauben. Der Weg führte sie eine schmale Steintreppe empor zu einem Haus, dessen Türen weit aufgerissen waren und die Nacht hereinließen.

Beeil dich, Eliana, sagte der Prophet schließlich. In einem Wimpernschlag waren Stunden vergangen. *Er wird bald kommen. Wenn es sein muss, können wir es an einem anderen Tag versuchen. Lass nicht zu, dass dein Trotz oder Stolz –*

Hier, dachte Eliana. Im Inneren des Hauses in der Ecke eines Wohnzimmers, das in einer weit entfernten Welt existierte, die nicht ihre eigene war, hatte sie gefunden, wonach sie suchte.

Oh, sagte der Prophet, dessen Stimme vor Verblüffung ganz leise geworden war, weil er durch Elianas Augen den Ort sehen konnte, den sie gefunden hatte: eine dünne Stelle im Gewebe der Verdammnis, wo das Empirium dehnbar war, genau wie jene, die sie in Avitas entdeckt hatte. Nur hier, in der Verdammnis, zeigte sie sich als leicht wässriger Glanz in der Luft. Sie bestand aus Tausenden von Farben, als spiegelte sich Sonnenlicht in einem Prisma.

Eliana wartete einen Moment, richtete ihren Blick ins Nirgendwo und ihre Gedanken nach innen, damit das Empirium ihren goldenen Blick durch den Glanz hindurch zu dem lenkte, was jenseits davon lag. Mit freudiger Erregung rief sie nach ihrer Macht, ließ ihre Hände auflodern und schob die Luft, die vor ihr schimmerte, zur Seite, bis zischend ein kleiner Saum entstand und weißglühende blaue Funken um ihre Finger tanzten.

Hinter dem Saum lag tief unter ihr eine große, weiße Stadt, es war, als würde sie von einer Wolke darauf herabschauen. Die gewundenen Türme, die sich in den heller werdenden Morgenhimmel streckten, waren mit Flügeln versehen. Um die Stadt lief ein breiter, mit Brücken überspannter Abgrund.

Und dort war Coriens Palast, seine polierten Kuppeln und wohldurchdachten Brustwehre strahlten im weichen Licht des Sonnenaufgangs.

Eliana sank erschrocken zu Boden. Sie umfasste ihre Oberschenkel und hatte Angst, zu heftig zu atmen, obwohl sich ihr der Kopf vor Anstrengung drehte. Die Welt um sie herum schimmerte gefährlich. Sie blinzelte fest und starrte durch den glitzernden Nebel auf das Loch, das sie gemacht hatte. Wie schwach es aussah, wie klein und blass. Aus seinem Rand wuchsen kleine Verästelungen aus Licht, allerdings so zögerlich und filigran, dass Eliana fürchtete, der Riss würde sich schon bald von selbst wieder schließen.

Das reicht für heute, sagte der Prophet. *Geh schnell nach Hause, Kleines. Ich flehe dich an.*

Eliana stellte sich hin und schwankte leicht. *Ich muss es größer machen. Es noch weiter öffnen. Sonst werden die Cruciata niemals durchkommen. Wenn ich erst einmal weg bin, heilt es vielleicht.*

Dafür bleibt jetzt keine Zeit. Wir kommen wieder und versuchen es so lange, bis du es geschafft hast. Oder wir überlegen uns einen völlig anderen Plan.

Während Eliana auf die schwachen Umrisse von Elysium starrte, packte sie Verzweiflung. *Ich kann nicht länger warten!*

Wenn du deine Macht unvermittelt zu sehr drängst, verlierst du dich womöglich in der Verdammnis, oder du ziehst die Cruciata auf dich, bevor du so weit bist – bevor ich so weit bin –, oder du machst ihn auf deine Arbeit aufmerksam und er wird dich oder mich holen kommen, und dann sind wir alle verloren. Die Stimme des Propheten war ernst. *Du musst deine Macht rigoros dosieren, sonst machst du dich angreifbar, wenn du deine Stärke am meisten brauchst. Wir müssen langsam vorgehen und dabei die ganze Zeit mit unserem Training fortfahren und deine Kondition wieder aufbauen. Das haben wir beschlossen, als du mir das erste Mal von deinen Plänen erzählt hast.*

Eliana wusste, dass sie das getan hatten, und doch wandte sie sich enttäuscht und mit Tränen in den Augen vom Saum ab. *Kommt er?*

Ich denke, schon bald. Und du musst wieder ganz du selbst sein, bevor er dich sieht.

Schweren Herzens verließ Eliana das Haus und eilte den Weg zurück, den sie gekommen war – durch das Zentrum der Stadt hinaus zu den Landstraßen. Sie sah die schmale Tür, ein entferntes Grün, eingerahmt von blauem Licht.

Das ist real, sagte sie sich und lief so schnell, wie sie sich traute, zum Ausgang. *Das ist real und es ist fest.* Sie wurde langsamer und zwang sich, jedem Schritt auf der Straße bewusst nachzuspüren. Dann erreichte sie den Saum und schlüpfte hindurch, sein Licht bitzelte auf ihrer Haut. Als sie dahinter in dem angesengten Dickicht sicher auf dem Boden landete, drehte sie sich um und zog mit zitternden Fingern den Saum zusammen. Schon bald war nur noch eine schwache Druckstelle übrig, ein besonderes Licht, das man leicht als Sinnestäuschung abtun konnte. Sie beobachtete, wie es verblasste, aber das Bild dieses einen mickrigen Lochs der Verdammnis hatte sich in ihrem Hinterkopf festgesetzt. Es machte sie ganz krank, wenn sie daran dachte, wie viel Arbeit noch vor ihnen lag und was sie in der Zwischenzeit ertragen musste.

Da bist du ja, sagte der Prophet und in seiner Stimme schwang ein erleichtertes Zittern mit. *Gott sei Dank. Ich glaube, das war zu viel, Eliana, es war zu gewagt. Du solltest nicht wieder dorthin zurückgehen. Es gibt andere Wege, ihn zu bekämpfen. Das Loch, das du erschaffen hast, wird mit der Zeit vielleicht von selbst größer. Die Cruciata werden es wittern.*

»Aber wie lange wird das dauern?«, flüsterte Eliana. Sie war zu müde, um zur Gedankensprache zurückzukehren. Wie schön es war, den rauen Klang ihrer Stimme wieder zu hören. »Ich kann nicht warten, bis es so weit ist. Ich muss das selbst in die Hand nehmen, bevor sein Kampf gegen mich den letzten Rest von mir zerstört.«

Daraufhin erwiderte der Prophet nichts, aber Eliana spürte den verlässlichen Deckmantel seiner Gedanken, während sie durch den Palast zu ihren Gemächern eilte. Als sie neben der Flügeltür die zwei grauäugigen Wachen sah, stieg ihr ein übler Geschmack die Kehle hoch.

Es wird nicht für immer so sein, Eliana, kam die Stimme des Propheten voller Sorge. *Ich arbeite unermüdlich auf verschiedene, dir noch unbekannte Weise daran, um dir zu helfen, aber es kommt auf den richtigen Zeitpunkt an, sonst vertun wir unsere Chance. Ich werde zu dir zurückkommen, sobald es sicher ist. Und dann gehen wir zusammen dorthin.*

Eliana antwortete nicht. Stattdessen drückte sie die Türen zu ihren Gemächern auf und zog sie schweigend hinter sich zu.

26

SIMON

»Schau nicht zu genau in den Wald, mein Schatz,
Sprich nicht zu laut in der Nacht.
Bleib in unserem warmen Bett, mein Schatz,
und gib auf die Kerze stets acht.«

Traditionelles astavarisches Volkslied

Corien hatte seine Stadt mit entführten Schönheiten gefüllt – Gesichter von bemerkenswerter Symmetrie, Köpfe mit außerordentlichem Talent. Dichter und Musiker und Künstler und Tischler. Alle Gebäude waren von Engeln perfekt entworfen und von Kunsthandwerkern erbaut, die man auf der ganzen Welt aus ihren Betten gerissen hatte. Wenn sie sich bereit erklärten in Elysium zu leben und das zu tun, was Seine Majestät, der Kaiser der Unsterblichkeit, befahl, war ihnen und ihren Familien im Gegenzug dafür Sicherheit und Schutz versprochen worden.

Als Simon durch die Stadt zum Lyceum ging, fiel ihm auf, dass Coriens Bürger hinauf zum Himmel starrten – einige erstaunt, andere verängstigt.

Simon stolzierte an ihnen vorbei und heftete seine Augen auf die vor ihm liegende Straße, er weigerte sich, wie die anderen zu gaffen, aber das Licht dieses Phänomens, das dort oben aufgetaucht war, konnte er nicht ignorieren. Es strömte über alles hinweg und erleuchtete die Stadt mit seinen eigenartigen Farben. Weiß und Blau, Indigo und Pflaume. Es war Nacht, aber die Stadt summte im taghellen Licht.

Am Tor zum Lyceum blickte Simon allerdings doch hoch.

Direkt über dem Stadtzentrum schimmerte eingerahmt von Wolken unerschrocken ein helles Licht. Es war vor ein paar Wochen aufgetaucht, alle paar Tage wurde es größer und heller und wirkte wie der Vorbote eines heftigen Unwetters, das sich zusammenbraute. Manche beschrieben es als Riss in den Wolken oder als Bluterguss. Es war ein großes Auge, beharrten andere. Simon hatte sie während seiner Kontrollgänge flüstern hören; die gesamte Stadt rätselte unermüdlich.

Die Engel hatten dem Phänomen einen Namen gegeben: *Ostia.*

Jenseits der Brücken und der felsigen Hochebene hatten die Flüchtlinge, die lautstark ihren Einlass in die Stadt forderten, damit begonnen, aufwendige Opfer zu bringen, um sich bei den Engelswachen beliebt zu machen, die am Stadtrand stationiert waren. Das Licht am Himmel, glaubten sie, bedeutete, dass die Zeit für einen Akt großer Gnade oder schrecklichen Blutvergießens seitens des Kaisers nahe war. Wenn sie ihn beeindrucken könnten, bliebe ihr Leben vielleicht verschont.

Wüssten sie doch bloß, dass die Engelswachen sie mit grausamer Belustigung beobachteten und ihre Gewalttaten nie belohnt würden.

Simon warf einen letzten abschätzenden Blick in den Himmel. Ebenso wie die Engel und viele, die im Lyceum wohnten, wusste er genau, was Ostia war. Es war ein unförmiger Riss im Empirium, der ständig wuchs, und dahinter lag die Verdammnis. Schon bald gäbe es nicht nur *eine* Pforte, die sie bewachen mussten, sondern zwei. Die Frage war bloß, wer hatte diese neue Pforte erschaffen?

Die Antwort lag für Simon auf der Hand, aber Corien hatte Eliana wochenlang gequält und keinen Hinweis gefunden, der sie damit in Verbindung brachte. Ihre Schreie hallten mit lediglich kurzen Unterbrechungen Tag und Nacht durch den Palastflügel, in dem sie untergebracht war.

Simon betrat das Lyceum und schaute nicht zurück.

Simon saß im Rosenzimmer, dem Empfangssaal des Lyceums, und hörte dem Führungsgremium des Invictus, auch bekannt als Fünferrat, zu. Er fragte sich, wann ihnen wohl auffallen würde, dass sie ausspioniert wurden.

Hinter der polierten Kirschholztür kauerte nämlich Jessamyn und lauschte. Simon hatte ihre Stiefel deutlich über den Boden schrammen hören. Wie alle anderen auch war sie wegen des anhaltenden gespenstischen Lichtes, das den Himmel erfüllte, bestimmt äußerst angespannt. Es gab keine dunklen Nächte mehr; sogar die tiefsten Stunden waren in Silber getaucht.

Simon schaute zu den Fünf, die Jessamyns Anwesenheit noch immer nicht bemerkt hatten, was ihn ein wenig ärgerte. Das sollten Attentäter höchsten Ranges sein, und doch bekamen sie nicht mit, wie eine ihrer Anwärterinnen vor der Tür herumschlich?

Eine der Fünf, eine blasse, sehnige Frau namens Vezdal, lehnte sich mit stechendem Blick über den Ratstisch.

»Deshalb können wir das nicht länger verschieben, Simon«, sagte sie drängend. »Jeder Moment, den wir tatenlos verstreichen lassen, könnte unser letzter sein. Du hast den Himmel gesehen. Ich weigere mich, einfach zuzuschauen, wie Engel sterben und das Kaiserreich zusammenbricht.«

»›Er hat mich auserwählt, um sein Werk zu schützen‹«, sagte eine andere der Fünf, Mirzet, eine braunhäutige, in die Jahre gekommene Frau, die mit dem Schwert aber angeblich noch immer eine Schlange war. »›Er hat mich ausgewählt, um seine Herrlichkeit zu empfangen‹, heißt es im Invictus-Eid. *Er* hat uns auserwählt. Nicht *sie*. Unsere Loyalität muss beim Kaiser liegen.«

»Aber in dem Eid heißt es auch: ›Ich bin der Wächter seiner Geschichte‹, sagte ein weiterer der Fünf, seine Stimme klang sanft und geschmeidig. Er hieß Kalan und war ein großer, breitschultriger Mann. »Man könnte argumentieren, dass seine Geschichte die Geschichte der Engel ist, dass dort vom Kaiserreich gesprochen wird, von der Gemeinschaft aller Engel und nicht nur von *einem* Engel – und wenn es zusammenbricht, haben wir es nicht ordentlich geschützt, und die Frage, ob wir deshalb dem Kaiser die Treue brechen, wird zweitrangig.«

Mirzet schnaufte verächtlich, schob ungehalten ihren Stuhl vom Tisch zurück und lief steifbeinig zu einem der Fenster. Es war das einzige, das in dem Zimmer geöffnet war und einen Strahl von Ostias gespenstischem blauen Licht hereinließ.

Kalan wandte sich an Simon. »In Jessamyns Berichten steht, dass er sich stundenlang in den Gemächern der jungen Frau einschließt. Sie hört ihre Schreie und sieht den Kaiser irgendwann ausgelaugt und rasend wieder herauskommen. Die junge Frau leistet ihm offensichtlich noch immer Widerstand. Ist das korrekt, Simon?«

Simon betrachtete den Mann kühl. »Ja, das stimmt.«

»Und Ostia wird jeden Tag größer. Ravikant vermutet, dass es bald so weit auseinanderklafft, dass das Gewebe des Empiriums reißt und die Cruciata sich in die Straßen unserer Stadt ergießen werden. Ist das so weit richtig?«

»Wenn du mich dahingehend beeinflussen willst, meinen Herrn und Kaiser zu verraten, wirst zu scheitern«, sagte Simon, seine Stimme war gefährlich leise. Er erhob sich von seinem Stuhl. »Es war ein Fehler, hierherzukommen. Aber es war ein noch größerer Fehler, dass ihr dieses Treffen einberufen habt. Ich gebe euch genau *eine* Chance, um mich davon zu überzeugen, dass ihr diese Dinge irrtümlicherweise aus Angst und wegen einer Fehlinterpretation des Invictus-Eides gesagt habt. Wenn euch das nicht gelingt, werde ich den Kaiser heute Nacht hierherbringen, damit er euch vor eurer eigenen Tür vernichtet.«

Kalans Augen loderten, seine Hände lagen flach auf der Tischplatte. »Sein Geist ist woanders, Simon. Und das weißt du auch. Du siehst es jeden Tag. Wir alle tun das. Diese Besessenheit, in die Vergangenheit reisen zu wollen, um sich mit seiner verlorenen Liebe wieder vereinigen … Das hat ihn zugrunde gerichtet. Wenn der Kaiser er selbst wäre und sein Geist, wie er früher einmal war, hätte er dieses Ferracora-Mädchen schon längst gebrochen. Aber das hat er nicht und wir werden vom Wasser und aus der Luft von Monstern überfallen. Wir müssen handeln. Sie muss die Pforte verschließen, und Ostia jetzt auch, oder wir werden alle sterben.«

Simon wartete. Die Hälfte seiner Aufmerksamkeit schenkte er dem sichtlich angespannten Rat.

Mit der anderen lauschte er nach Jessamyn.

»Admiral Ravikant bereitet schon alles vor«, fuhr Kalan fort und klang nun etwas zuversichtlicher. Offenbar dachte er, dass seine Argumente überzeugt hatten. »Er hat seine stärksten Vertreter versammelt. Sie glauben, dass ihre gebündelten Kräfte reichen, um ihn zu zerstören. Aber dafür brauchen wir deine Hilfe.«

Plötzlich schoss Vezdal vom Tisch auf und eilte zur Flügeltür. Sie trat dagegen, sodass sie weit aufflog und Jessamyn zu Boden schleuderte.

Die junge Frau sprang in dem Moment auf, als Vezdal sich mit einem langen Messer in der Hand auf sie stürzte. Jessamyn wich der Klinge aus, wirbelte herum und trat zu. Sie verfehlte ihr Ziel, Vezdal schnappte ihr Bein und warf sie fest auf den Boden.

»Du Närrin!«, brüllte Vezdal. »Verräterisches Miststück!«

Kalan zerrte Vezdal zurück ins Zimmer und zog sie zu sich herum.

»Wir können sie benutzen, Vezdal«, zischte er. »Sie wurde dem Mädchen als Wache zugeteilt. Und sie wurde damit beauftragt, auf ihren Bruder aufzupassen. Jessamyn ist für uns eine wertvolle Spionin im Palast.«

Vezdal riss sich von ihm los. »Jetzt ist sie ein Risiko und wir müssen sie eliminieren.«

Aber Jessamyn floh bereits den Korridor entlang.

Vezdal rannte ihr nach und griff nach einem zweiten Messer aus ihrem Waffengurt. Ein anderer aus dem Fünferrat, ein hervorragender Bogenschütze namens Telantes, setzte sich ihr auf die Fersen. Simon hörte, wie Klingen klirrend auf den Steinboden fielen, und das leise Zischen von Pfeilen.

Kalan wandte sich mit zornesroten Wangen zu Simon, aber bevor er etwas sagen konnte, zog Simon seinen Revolver und schoss.

Noch ehe Kalan auf dem Boden aufschlug, wirbelte Simon herum und traf die anderen sauber zwischen die Augen – Mirzet am Fenster und Praxia, die noch immer am Tisch saß.

Simon marschierte durch den Raum und ragte über Kalan auf, der sich seinen heftig blutenden Bauch hielt. Simon hob seine Waffe für den finalen Schuss.

»Es tut mir leid, Kalan«, sagte er. »Aber ich konnte nicht zulassen, dass du gegen den Kaiser arbeitest. Dachtest du, Ravikant wäre in der Lage, etwas zu vollbringen, was der Kaiser nicht kann? Sein Geist ist so grob wie ein Knüppel. Er würde das Mädchen umbringen, sobald er in ihre Gedanken eindringt, und dann sind wir dem herannahenden Schwarm schutzlos ausgeliefert.«

Simon drückte ab. Und noch bevor der Schuss verhallte, hatte er den Raum verlassen.

Als er aus dem Lyceum rannte und die anderen verfolgte, gellte ein einziger Gedanke durch seinen Kopf, und selbst als seine Füße gegen die Steine hämmerten und seine Waffe heiß in seinen Händen lag, wurde er ihn nicht los.

Ich habe ihn direkt in den Bauch geschossen.

Ich habe ihn direkt in den Bauch geschossen.

Der Palast des Kaisers war von einem Labyrinth aus Höfen umgeben, in dem Simon sich gut auskannte.

Er huschte durch einen steinernen Torbogen von einem Hof in den nächsten und hielt seinen Blick dabei fest auf Jessamyn gerichtet. Ihr Vorsprung war nicht sonderlich groß; sie war von einem Pfeil im Oberschenkel erwischt worden und wurde immer langsamer.

Vezdal sprang aus der Deckung, packte Jessamyn am Arm und riss sie herum. Jessamyn wich Vezdals Messer aus, mit einem widerlichen Knirschen rammte sie den Griff ihres eigenen Dolches gegen Vezdals Nase. Vezdal taumelte, aus ihrer Nase schoss Blut, aber sie zögerte nur einen Moment und rannte dann wieder Jessamyns humpelnder Gestalt hinterher.

Auf der Mauer huschte ein Schatten entlang und folgte ihnen durch die Höfe – Telantes mit einem Köcher voller Pfeile auf dem Rücken.

Simon durchquerte einen weiteren Hof und trat gerade durch einen mit üppigen Blumen bewachsenen schmiedeeisernen Torbogen, als Jessamyn eine weiße Treppe hinuntertaumelte. Sie lief in ihn hinein, und er packte sie, bevor sie fiel.

»Invictus«, keuchte sie mit schreckensweiten Augen, ihr Gesicht vom Blutverlust ganz blass. »Ravikant.«

»Ich weiß«, sagte Simon ruhig. »Ich war da, falls du dich erinnerst.«

Dann schob er sie beiseite, zielte und schoss hinter sie. Zwei Schüsse – einen für Vezdal, den anderen für Telantes. Der Bogenschütze stürzte von der Mauer in einen Haufen Blumen.

Simon legte Jessamyn den Arm fest um den Rücken und half ihr zum Palast. Er schaute zu ihr herunter. Ihr Bein war voller Blut, ihre Augen glasig.

»Unsere Ärzte kümmern sich um deine Wunden«, sagte er, und dann herrschte auf einmal Stille. Über seinen Geist legte sich ein Schleier. Simon kannte das nur zu gut. Den Geschmack und den Geruch. Die erstaunliche Willenskraft.

Simon öffnete Corien seine Gedanken, damit er sie nach Belieben studieren konnte – das Rosenzimmer, der Missmut der Invictus, der Verrat von Ravikant.

Ich verstehe. Coriens Worte strömten auf einem weißen Fluss.

Und dann waren sie im Palast und stolperten in einen kleinen Salon ganz in der Nähe des südöstlichen Eingangs. Corien ging dort auf und ab, sein weißes Hemd hing offen über seine dunklen Hosen, seine Haare waren ein verfilztes Durcheinander. Er war bei Eliana gewesen; in seinen Augen lag das irre Leuchten, das sich immer dann zeigte, wenn er sich einen Tag in ihren Gemächern eingeschlossen hatte.

Die Palastkrankenschwestern eilten herbei, setzten Jessamyn auf einen Diwan und kümmerten sich sofort um ihre Wunden.

Corien beugte sich über sie, doch Simon wusste, dass er sie nicht anschaute. Er konnte spüren, wie abgelenkt der Kaiser war und dass seine Gedanken um zwei Frauen kreisten – eine tot und die andere fast.

»Danke, Jessamyn, dass du mich gewarnt hast«, sagte Corien leise. Er drückte seine Lippen auf ihre Hand und verharrte dort so lange, dass die Krankenschwestern – Menschen mit klaren Augen, die wegen ihrer Heilkünste entführt worden waren – sich nervöse Blicke zuwarfen.

Simon räusperte sich und trat nach vorn. »Mylord? Wie lauten eure Befehle?«

»Meine Befehle?« Corien drehte sich zu ihm. Ostia schien durch die Fenster und tauchte ihn in ein vornehmes Licht. Seine Wangenknochen glühten, als hätte er sie mit Rouge aus Sternenstaub betupft.

»Ich befehle, alle Türen von Vaera Bashta zu öffnen«, sagte er leise, wobei jedes Wort zersplitterte. »Alle Gefangenen sollen freigelassen werden und tun und lassen, was sie wollen. Alle Häuser, alle Körper, alle Betten sollen für sie zugänglich sein. Keine Zellen mehr. Keine Aufseher. Ich möchte, dass meine weißen Straßen ihr zu Ehren blutüberströmt sind. Diese Stadt ist auf eine Weise verkommen, die mir nicht klar war. Es wird Zeit, sie zu säubern.«

Dann nahm er seinen Mantel vom Boden und fegte aus dem Raum. Simon wollte ihm nach, aber Jessamyn erwischte ihn im Vorübergehen am Arm.

»Remy ist noch immer im Lyceum«, sagte sie kurzatmig, ihre Augen waren vor Schmerzen umwölkt und aus ihrem Zopf hatten sich schweißnasse Strähnen gelöst. »Hol ihn bitte und bring ihn hierher, bevor das Gefängnis geöffnet wird. Wenn er stirbt, ehe Eliana Ostia verschließt …«

Simon schnappte sich die Spritze mit dem Beruhigungsmittel aus der Hand der Krankenschwester, die am nächsten stand, und drückte sie komplett in Jessamyns Arm. Sie erschlaffte und Simon ließ sie dort auf dem Diwan bei den schweigenden Krankenschwestern und folgte Corien eilig durch den Palast.

27

NAVI

»Ich weiß um deine Trauer. Ich weiß, dass du auf das Leben blickst, das wir einst hatten, und darauf, was aus der Welt geworden ist, und der Zorn in deinem Herzen wütet. Aber denke stattdessen daran, wie sehr ich dich liebe und wie sehr Nerida Tameryn liebt, und wie die Familien, die wir kennen, sich gegenseitig schätzen, so wie Familien das immer getan haben. Liebe ist die eine konstante Kraft, die keine Gewalt und keine Verzweiflung schmälern kann. Wir müssen uns an diese leuchtende Wahrheit klammern, Cat, selbst wenn die Welt dunkel wird. Besonders dann.«

Undatierter Brief von Sankt Ghovan dem Furchtlosen an seine Schwester, Catarina, archiviert im Gewölbe der Altertümer in Orline, der Hauptstadt von Ventera

Den letzten Monat über hatten Navi und ihre kleine Armee nahezu alle ihrer bescheidenen Vorräte und die meisten ihrer Leute aus dem Lager in den Kavalian-Sümpfen zu Ysabets versteckter Bucht übergesetzt.

In wenigen Tagen wäre das Schiff zum Auslaufen bereit. Eine unglaubliche Leistung, sowohl die Sümpfe als auch die Bucht strotzte nur so vor rastloser Energie.

Navi war davor nicht gefeit. Sie arbeitete nahezu ohne Unterlass und ließ kaum zu, dass ihr Schweiß zwischen den unterschiedlichen Aufgaben trocknete. Sie stellte Bündel aus Stoffen, Segeltuch und Zeltplanen zusammen und füllte Kräuter ab; sie stapelte eingewickelte Pakete Trockenfleisch, Samen und Reiskuchen; verstaute Hafer- und Getreidesäcke. Ein Großteil der vergangenen Wochen war dafür draufgegangen, leise und unauffällig in einem nicht nachvollziehbaren Muster die Märkte auf den Inseln von Hariaca und Laranti zu besuchen, manchmal riskierten sie sogar einen Abstecher in den Hafen von Algare, wo sie nach ihrer Flucht aus Meridian zuerst angelegt hatten.

Nun hatten sie einen eigenen passablen Vorrat beisammen, den sie zu Ysabets gaben, und Navi konnte in dem Bewusstsein, dass ihre Leute niemandem zur Last fielen, gleich viel freier atmen. Wenn sie Ysabet und ihre Mannschaft schon auf eine tödliche Mission über das Meer nach Elysium führte, sollten sie wenigstens alle gut zu essen haben – zumindest, wenn die Vorräte nicht verdarben oder sie alles in einem Sturm verlören.

Navi schlüpfte in ihr Zelt, wo sie nach einem Stück Papier suchte, um sich ein paar Notizen zu machen. Ihre Augen brannten, weil sie zu wenig schlief, und selbst wenn sie die Zeit dazu fand, kam sie nicht wirklich zur Ruhe. Sie waren alle angespannt – erschöpft und ängstlich und gefährlich aufgedreht. Endlich würden sie in See stechen, das Zuhause des Kaisers stürmen und für die Sonnenkönigin kämpfen. Sie würden zu Legenden in der Welt, die fortbestand. Ihre Namen würden bei Tisch geflüstert und in Gebeten gemurmelt.

Zuerst allerdings mussten sie herausbekommen, wie sie überhaupt zu Eliana *gelangten*. Die Mauern der Kaiserstadt zu überwinden, war alles andere als einfach.

Navi lachte verzweifelt und wischte sich die Stirn. Vielleicht sollte sie sich eine kleine Pause gönnen. Ihr blieb schließlich noch die ganze Seereise, um einen Plan zu schmieden.

Draußen erschallten fröhliche Rufe, gefolgt von schleifenden Geräuschen, als Boote an das schlammige Ufer des Lagers gezogen wurden. Ysabets Mannschaft für den täglichen Transport.

Navi verharrte mit dem Papier in der Hand. Sie versuchte, über ihren plötzlich rasenden Herzschlag hinaus etwas zu hören, aber da war nur ihre erwartungsvolle Ungeduld und das Rauschen ihres Blutes.

Einen Augenblick später flogen die Eingangsplanen des Zeltes zur Seite und Ysabet kam nach drinnen, und mit ihr der salzige Geruch des Meeres. Ihre feuchten blonden Haare ringelten sich auf Kinnlänge und ihre Wangen waren vom Wind gerötet.

»Es läuft alles nach Plan«, verkündete sie mit in die Hüfte gestemmten Händen. Ein Schwert hing ummantelt von ihrem Gürtel herab, ihre weißen Hemdsärmel hatte sie bis zu den Ellbogen hochgerollt. Sie musterte Navis aufgeräumtes kleines Zelt, als wäre es ein Deck auf ihrem Schiff. »In vier Tagen können wir aufbrechen. Wir laufen am Abend aus, nicht gerade meine Lieblingszeit, aber bis wir die Insel hinter uns gelassen haben, müssen wir gut auf die kaiserlichen Schiffe achtgeben. Natürlich kann sich die *Königinlicht* verteidigen – sie ist eine erbitterte Wölfin von einem Boot –, aber am besten, wir vermeiden so lange wie möglich eine Schlacht.

Navi lief geschäftig durchs Zelt, rückte ihre Papiere zusammen, schob Hobs Kladde zurück unter seine Decke und bemühte sich dabei, möglichst gelassen zu wirken. Sie ertrug es nicht, Ysabet anzuschauen. Einen Monat schon schwelte in ihr ein Verlangen, das sie nicht mehr gespürt hatte, seit sie im Alter von vierzehn Jahren das erste Mal mit einem Mädchen geschlafen hatte. Ihr Begehren wurde von der schrecklichen Angst begleitet, Ysabet könnte sie auslachen, wenn sie sich offenbarte. Da war es einerlei, dass Ysabets Blick oft auch auf ihr ruhte, wenn sie zusammenarbeiteten und ihre Hände sich bei zufälligen Berührungen manchmal so anfühlten, als würde Zunder aufflammen.

Aber dann setzte sich eines von Ysabets Worten in Navis missmutigen Gedanken fest. *Königinlicht.* Sie richtete sich auf und starrte Ysabet an, die selbstzufrieden grinste.

»Du hast ihr einen Namen gegeben«, sagte Navi atemlos. »Du hast sie nach Eliana benannt.«

»Es ist ein passender Name, findest du nicht?« Ysabet zwinkerte ihr zu. »Habe ich mir jetzt endlich einen Kuss verdient?

Navis Arme und Beine wurden warm. Ihre Augen füllten sich mit Tränen, und nun wagte sie endlich, Ysabet ins Gesicht zu schauen. Die Lebendigkeit darin! Ihr ausgeprägtes Kinn und der Bogen ihrer Wangenknochen, und diese ausdrucksstarken braunen Augen!

Ysabet rutschte das Lächeln aus dem Gesicht. »Du weinst. Sind das Freuden- oder Sorgentränen?«

Navi schüttelte den Kopf und stürmte zu ihr, und dann prallten sie aufeinander, als hätten sie dieses Ziel schon ihr Leben lang angesteuert. Ihre Lippen fanden Ysabets Mund und sie schlang die Arme um Ysabets Schultern.

»Gott sei Dank«, murmelte Ysabet gegen Navis Lippen, und dann blieb ihnen keine Luft mehr zum Sprechen. Ysabet küsste, wie sie alles andere machte: mit einem unbeschwerten Selbstvertrauen, dass Navis Beine weich werden ließ. Zärtlich und neckend knabberte sie an Navis Mund, bis deren Lippen zu kribbeln begannen. Und dann, nach einem schnellen, erregten Blick, schob Ysabet ihre Hände hinter Navis Kopf, und Navi streckte sich ihr auf den Zehenspitzen entgegen. Sie wurden leidenschaftlicher, fieberhafter. Navi klammerte sich an Ysabets Ärmel, und Ysabet umspielte mit der Zunge Navis Lippen, bis diese sie öffnete.

Mit einem Stöhnen schob Ysabet sie sanft zu den ausgestapelten Kisten in der Ecke des Zeltes, und Navi setzte sich darauf, als wäre das die natürlichste Sache der Welt. Ganz selbstverständlich schlang sie ihre Beine um Ysabets Taille und zog sie zu sich. Die Hitze, die sie ausstrahlte, die starken, warmen Umrisse ihres Körpers! Ysabet packte Navi an den Hüften und kam ihr noch näher. Navi legte den Kopf in den Nacken, während Ysabets Lippen ihren Hals entlangwanderten. Sie flocht ihre Finger in Ysabets Haare und war erstaunt, wie weich sie waren. Am liebsten hätte sie ihr Gesicht darin vergraben.

Ein Ärmel ihres Hemdes war heruntergerutscht. Ysabet küsste ihre nackte Schulter. »Ich habe sie nicht so genannt, weil ich unbedingt mit dir ins Bett wollte«, murmelte Ysabet gegen ihre Haut.

Navi lächelte und schloss träge die Augen. »Ich habe gar kein Bett.«

»Ich schon, auf meinem Schiff.« Ysabet schaute sie an, ihre Augen waren voller Sterne. »Es ist groß. Kapitänsunterkunft und so.«

Dann wurde Ysabet ernst. Sie lehnte ihre Stirn gegen Navis, bis sie wieder zu Atem gekommen waren, und strich sanft deren seidige schwarze Haare hinter die Ohren. Die Entführung durch Fidelia lag Monate zurück, und ihre Haare reichten ihr wieder bis zu den Schultern.

»Ich will nicht einfach nur mit dir schlafen, Navi«, flüsterte Ysabet. »Mir geht es um mehr.«

Navi küsste Ysabet federleicht auf die Wangen, ihr Herz schmerzte, als Ysabet ihr wie eine Blume, die sich der Sonne entgegenstreckt, mit geschlossenen Augen das Gesicht zuwandte.

»Ich weiß«, sagte Navi leise. »Mir geht es genauso.« Sie schauderte, als Ysabet am Saum ihres Hemdes ihre nackte Hüfte entlangstrich. »Ich wurde bisher nur einmal vor langer Zeit, als ich noch sehr jung war, von jemandem, den ich begehrte, so berührt. Ich hatte ganz vergessen, wie schön das sein kann.«

Ysabet hielt inne und ging ein wenig auf Abstand. Ihre Augen waren ernst. »So viele Geschichten, die wir uns noch erzählen müssen.«

Navi streichelte ihr Gesicht, sie lächelte ein wenig. »Wenn wir mit deinem bildhübschen Schiff übers Meer brausen, werden wir viel Zeit zum Geschichtenerzählen haben.«

»Sag das noch mal.«

Navis Lächeln wurde breiter. »Dein bildhübsches Schiff.«

Ysabet seufzte. »Ich liebe es, wenn du diese wunderbaren Worte sagst.«

Ein Ruf zerschnitt die Luft und dann noch einer. Navi und Ysabet sahen sich fragend an und eilten aus dem Zelt. Draußen griffen ihre Leute bereits nach den Waffen und brachten zügig die Vorräte in Sicherheit. Malik zog grimmig sein Schwert. Hob entsicherte seinen Revolver.

Navi blickte mit zusammengekniffenen Augen in das Dämmerlicht der Sümpfe, Ysabet stand direkt hinter ihr. Es war Abend; das Licht, das durch das dichte Gewirr aus Ästen fiel, war schwach und gelblich. Navi schaute kurz zum Riss, aber er sah aus wie immer – ein schmales schwarzes Auge, durchzogen von flackerndem Licht, das mehrere Hundert Meter weiter ruhig über dem Boden schwebte.

Ein Boot näherte sich, allerdings war es so weit vom Riss entfernt, dass seine Passagiere ihn wahrscheinlich gar nicht bemerkt hatten, vermutete Navi. Eine Person stand und stakte das Boot mit einem langen Ruder vorwärts.

Navi spannte sich an. War dort nur eine einzige Person und nur ein Boot? Oder das erste von vielen? Mensch oder Engel?

Dann bewegte sich die Luft, als würde ein leichter Wind wehen. In dem stickigen Sumpf fiel Navi diese Veränderung sofort auf. Ihr stockte der Atem, denn sie kannte diese Verzerrung, diesen blassen Fleck in der Luft, der flatterte und sich verschob und ständig anders aussah.

Eure Hoheit. Zahras Stimme war voller Erleichterung. *Endlich.*

Navi stürzte nach vorn und rief laut: »Nicht schießen! Runter mit den Waffen!«

Malik drehte sich stirnrunzelnd zu ihr, sein Schwert immer noch angehoben.

Navi schob sich an ihm vorbei, in ihrer Kehle stieg ein Lachen auf, und sie winkte weit ausholend mit den Armen. Jetzt erkannte Hob den Ruderer – einen kleinen, gepflegten Mann mit blasser Haut und zerzausten roten Haaren. Hob stieß einen erstickten Schrei aus und gesellte sich zu Navi ans Ufer, er ignorierte den Schlamm und stürzte sich ins Wasser. Dann packte er das Boot und zog es das letzte Stück an Land.

Über Patriks Wange verlief eine neue Narbe. Aber sein Lächeln war, als würde die Sonne aufgehen. Er warf das Ruder auf das matschige Ufer. Navi schlug die Hände vorm Mund zusammen und lächelte durch Tränen. Seit sie Patrik an jenem Tag vor vielen Monaten in dem Versteck der Roten Krone namens Crowns Hollow das erste Mal begegnet war, hatte er sich sehr verändert. Er trug eine ausgefranste schwarze Augenklappe und war zu dünn, sie erkannte frische Narben an Armen und Händen. Aber er war gesund und in einem Stück.

Hob legte zitternd seine dunklen Hände um Patriks Gesicht und dann zog er ihn ganz sanft zu sich, als fürchtete er, jeden Moment aus einem Traum zu erwachen. Er vergrub sein Gesicht in Patriks zerzauste Haare und klammerte sich an sein verschlissenes Hemd. Er war ein besonnener Mann, aber jetzt schluchzte er laut und hemmungslos, um dann in ungläubiges Gelächter auszubrechen.

Patrik presste mit geschlossenen Augen sein Gesicht gegen Hobs Schulter. Er murmelte etwas, das aber in Hobs erleichterten, überschwänglichen Ausrufen unterging. Er streichelte Hobs Nacken und verschwand fast hinter den Schultern seines Mannes, aber Navi gelang es, seinen Blick aufzufangen.

Sie drehte sich zu den anderen, die alle mit zum Ufer gekommen waren. Malik strahlte, sein Schwert war vergessen.

»Geht an die Arbeit!«, formte sie mit den Lippen und scheuchte sie mit einer Handbewegung fort. »Lasst ihnen ein bisschen Zeit.«

Ihre kleine Armee aus Heimatlosen gehorchte sofort und widmete sich zusammen mit Ysabets Crew wieder ihren Aufgaben – mit Ausnahme von Ysabet selbst, die scharf zu den Bäumen blickte.

»Da ist etwas«, murmelte sie mit der Hand am Schwertschaft. »Etwas Engelhaftes.«

Navi berührte ihren Arm. »Ja, aber sie ist eine Freundin. Ein Geistwesen namens Zahra. Sie hat mich einmal gerettet, und Eliana sogar noch öfter.«

Freudig wandte sich Navi an Zahra – eine weiche, gesichts- und formlose Eintrübung in der Luft. Anders als Eliana konnte

Navi nicht den Widerhall von Zahras wahrer Gestalt erkennen. Aber in ihrem Kopf war Zahra so klar wie der wolkenlose Himmel.

»Bevor ich dir sage, wie glücklich ich bin, dich endlich wiederzusehen«, sagte Zahra nicht in Gedankensprache, sondern laut, ihre tiefe weiche Stimme war voller Freude, »und bevor ich dir erzähle, wo wir gewesen sind und was wir gesehen haben, muss ich dir erst andere Neuigkeiten mitteilen, Hoheit.«

Ysabet stieß einen leisen Fluch aus. Erschrocken trat sie ein Stück von der Stelle zurück, über der Zahra schwebte, obwohl ihr Blick sie nicht genau erfasste.

»Das verstehe ich nicht«, murmelte Ysabet. »Ich habe noch nie einen Engel ohne Körper sprechen hören.«

»Wenn man den Willen dazu hat, kann der Geist viel erreichen«, sagte Zahra. »Was du hörst, ist eine Annäherung an die Stimme, die mir einmal gehörte, eine Projektion. Dein eigener Verstand verstärkt und entschlüsselt deine Wahrnehmung. Nicht alle Geistwesen können so etwas wiedererschaffen, aber mein Geist ist glücklicherweise stark genug dafür.«

Ysabet blinzelte ungläubig und schaute Navi dann so verblüfft an, dass diese ein Lachen unterdrücken musste.

»Wir können uns später ausführlicher darüber unterhalten«, versicherte Navi und berührte sie sanft am Arm.

»Und jetzt. Zu meinen Neuigkeiten.« Zahras Form schien sich, so schwach sie auch sein mochte, in der Luft aufzurichten. »Ich habe Nachrichten vom Propheten. Eliana ist noch am Leben. Sie kämpft gegen den Kaiser. Unter der Führung des Propheten lernt sie, ihre Macht im Verborgenen anzuwenden. Sie arbeitet daran, einen weiten Spalt zwischen Avitas und der Verdammnis zu öffnen, und wird bald ganze Horden von Cruciata auf Elysium loslassen.«

Durch die versammelten Zuhörer lief eine Welle der Begeisterung.

Navi war außer sich vor Freude. Sie legte eine Hand an ihre

Kehle, trotzdem kamen rasch die Tränen. »Oh, Zahra. Gott sei Dank. Eliana lebt. Sie *lebt*, oh, ihr lieben Heiligen. Was hat der Prophet noch gesagt? Und wer *ist* der Prophet? Weißt du das?«

»Das tue ich«, erwiderte Zahra und schwieg.

Navi war es einerlei; ihr Körper war übervoll mit Licht. »Du musst uns alles erzählen, was du weißt. Wo du und Patrik gewesen seid und was ihr gesehen habt. Wie wir Eliana helfen können. Wir haben ein Schiff, und zwar ein schnelles. Wir haben Dutzende kampfbereite Soldaten.« Sie drehte sich um, fand Ysabets Hände und drückte sie lächelnd. »Eliana ist am Leben. Sie *kämpft.* Ich wusste, dass sie das ist und dass sie das tut. Das Empirium führt sie, und ...«

Als Navi die Stimme brach und sie ihre Rede nicht zu Ende führen konnte, berührte Ysabet ihr Gesicht und schenkte ihr ein warmes Lächeln. »Und jetzt wird uns das Licht der Königin zu ihr führen.«

Navi fiel es nicht schwer, den Kavalian-Sümpfen den Rücken zu kehren, selbst wenn das bedeutete, dass sie jetzt auf einem Schiff lebte, das offenbar fest entschlossen war, sie umzubringen.

Navi bekam von dem Getränk, das Ysabet ihr gegeben hatte, einen sauren Geschmack im Mund, aber sie wagte immerhin endlich, sich zu bewegen. Seit sie vor zwei Tagen ausgelaufen waren, hatte sie ihr Bett mit dem danebenstehenden Eimer nicht mehr verlassen.

Die Medizin schien ihren Magen zu beruhigen und sie verließ ihre Kabine und ging an Deck. Bisher hatten sie mit den Winden Glück gehabt, sie trugen sie in einer Geschwindigkeit von Vespers weg, die Ysabet begeisterte. Navi lehnte mit geschlossenen Augen an der Tür des größten Frachtraums. Die frische Luft wehte ihr um die Nase und trug den Geruch nach Salz und dem zähflüssigen, öligen Harz mit sich, das Ysabets Mannschaft benutzte, um das Deck zu polieren.

Navi öffnete die Augen und sah ihren eigenen Leuten beim Arbeiten zu. Ihren *gemeinsamen* Leuten. Ysabets sechzigköpfige Mannschaft und ihre siebenundvierzigköpfige Armee. Einhundertundsieben Menschen und ein Geistwesen gegen das Meer, die kaiserliche Flotte und die Schrecken, die sie in Elysium erwarteten.

Sie schob die dunklen Sorgenbilder beiseite und lief an Deck entlang, prägte sich die Treppen und Kurven ein und bewunderte die glatte, schimmernde Reling. Die emsigen Unterhaltungen der Mannschaft begleiteten sie auf ihrem Rundgang. Seit Vespers nicht mehr am Horizont zu sehen war, schwang in den Stimmen eine gewisse Fröhlichkeit mit, was Navi wohlwollend registrierte. Sie wurden von keinen kaiserlichen Schiffen verfolgt und ihnen klebte auch keine andere Gefahr an den Fersen.

Noch nicht.

Dann schaute Navi zum Bug und der kunstvoll geschnitzten Galionsfigur, die Ysabet bei ihren Zimmerleuten ohne viel Vorlaufzeit bestellt hatte: eine Frau mit nach oben gewandtem Gesicht und zum Himmel ausgestreckten Armen. Ihre Haare wellten und lockten sich bis zur Hüfte und auf ihren Kopf saß eine Krone aus breiten Strahlen.

Neben der Galionsfigur bewegte sich die Luft eigenartig.

Navi blieb einen Moment lang stehen. Der Geist hatte ihr erzählt, was in all den Monaten, seit sie sich das letzte Mal gesehen hatten, geschehen war, und Navi hatte noch immer damit zu tun, das Gehörte zu verdauen. Zahra gefangen in einem Kupferbrandkästchen, bis Eliana Remy von den Toten zurückgeholt hatte und Zahra dabei befreit wurde. Das Wiedersehen mit Patrik und den Spionen der Roten Krone in Festival. Die Jubiläumsfeier des Admirals, als sich die Stadt einer Engelsstreitmacht geschlagen geben musste, die Eliana endlich finden und zum Kaiser bringen sollte.

Und jetzt, viele Wochen später, waren Zahra und Patrik, die einzigen Überlebenden dieses schrecklichen Tages, endlich gekommen, um sich ihren Freunden anzuschließen.

Navi wünschte bloß, ihnen wäre all das erspart geblieben, was in der Zwischenzeit geschehen war.

Sie gesellte sich zu Zahra und stellte sich schweigend neben sie, sie musste sich immer noch anstrengen, die schaukelnden Bewegungen des Schiffes auszugleichen. Wie gerne würde sie mehr von dem Geist sehen als diese blasse Lufterscheinung.

»Das würde ich auch gerne, Hoheit«, sagte Zahra wehmütig.

Gischt spritzte tosend von den Wellen zu ihnen nach oben und benetzte Navis Gesicht mit feinen, kalten Tröpfchen. Verkrampft klammerte sie sich an die Reling.

»Du musst nicht bei mir bleiben«, sagte Zahra. »Leg dich lieber wieder hin, wenn dir danach ist.«

»Ysabet hat mir eine Medizin gegeben, die meinen Magen beruhigen soll, bis ich meine Seemannsbeine finde«, erwiderte Navi erschöpft. »Ich habe noch nie von Seemannsbeinen gehört. Eine seltsame Vorstellung ist das. Werden die dann ganz stämmig und muskelbepackt?« Sie rümpfte die Nase. »Hoffentlich nicht stark behaart.«

Zahra lachte halbherzig und schwieg dann wieder. Sie umgaben so viele düstere Gedanken, dass selbst Navi, die keine Erfahrung mit dem Entschlüsseln von Gefühlen eines Engels hatte, spürte, wie gewaltig sie waren.

Sie schaute vorsichtig zu dem Geist, zögerte und streckte dann ihre Hand in den Himmel. »Darf ich, Zahra?«

Eine Pause, aber schließlich sagte Zahra leise »Bitte«.

Navi bewegte ihre Finger an der Stelle durch die Luft, wo Zahras Abbild schwebte. Mit ihrem müden Gehirn führte sie sich Zahras Gestalt vor Augen, die Eliana ihr aus ihren Visionen beschrieben hatte. Sie stellte sich einen großen Engel mit sattbrauner Haut, fließend hellen Haaren und glitzernd leuchtenden Flügeln vor, und wie sie den Engel dann in eine feste Umarmung zog.

Wenn sie könnte, würde sie Zahras Wange küssen. Und ihr so lange über die Arme streicheln, bis sie schlief.

Navi fröstelte, ihre Haut kribbelte durch Zahras Kälte. Sie zu berühren, fühlte sich so an, als würde man seine Finger durch samtweiches, aber eiskaltes Wasser ziehen.

Zahras Stimme wurde vor Rührung ganz rau. »Danke schön, Navi. Das war sehr gütig. Und ich habe es lebendig vor mir gesehen. Du bist vielleicht nicht daran gewöhnt, so mit mir zu sprechen, aber du hast einen aufgeweckten, klaren Verstand. Ich denke, mit etwas Übung würdest du es weit bringen.«

»Ich gebe dir die Erlaubnis, meinen Geist direkt anzusprechen, Zahra«, bot Navi an. »Wahrscheinlich ist es viel ermüdender für dich, sich so mit mir zu unterhalten.«

»Ermüdend schon, ja. Aber ich genieße es, wenigstens einen Teil von mir in die reale Welt zu projizieren. Davon abgesehen halte ich es für respektvoller, den Abstand zu wahren. Besonders weil das so viele meiner Art nicht tun.«

»Wie du willst.« Navi schaute aufs Meer hinaus und wählte sorgfältig ihre nächsten Worte. »Wenn du möchtest, kannst du gehen. Du reist viel schneller als wir. Und ich weiß, wie sehr du dich nach ihr sehnst.«

Zahra lachte bitter. »Sehnst? Das Wort beschreibt nicht annähernd, was ich fühle. Ein Mädchen, das ich wie meine eigene Tochter liebe, wurde vor meinen Augen von mir fortgerissen. Ich musste mit ansehen, wie sie Eliana an den Strand von Festival gebracht haben. Ich musste mit ansehen, wie das Schiff des Admirals davongesegelt ist, und ich konnte nichts dagegen tun. Der Kaiser hat mich von ihr ferngehalten. Ich habe ihn verflucht. Ich habe nach ihr geschrien. Es half nichts. Ich habe sie im Stich gelassen.«

»Oh, Zahra. Du hast sie nicht –«

»Nein. Tröste mich nicht.«

Navi wartete einen Moment. »Ich meine es ernst. Wenn es dir hilft, dann geh zu ihr.«

»Ich kann nicht. Der Prophet verbietet es.«

Das überraschte Navi. Mit gerunzelter Stirn schaute sie an den Ort, wo sie Zahras Gesicht vermutete. »Warum?«

»Ich soll bei euch bleiben«, sagte Zahra ausdruckslos, »und eure Schiffe tarnen, außerdem soll ich euch helfen, durch das Silarrameer zu navigieren, das vor Schiffen des Kaisers nur so wimmelt. Das wird sehr anstrengend, aber tun muss ich es trotzdem. Eliana hat in Elysium keine Freunde. Dort gibt es keine Rote Krone und niemanden, der sie liebt. Das, was vor ihr liegt, schafft sie nicht allein. Du und Ysabet, eure Mannschaft, eure Armee der Heimatlosen, Patrik und Hob … Wenn die Zeit gekommen ist, wird sie euch alle brauchen. Wir können ihr nicht die Armee schenken, die sie verdient, aber uns selbst schon. Und daher bleibe ich hier und verstecke euch vor suchenden schwarzen Augen.«

Navi brauchte eine Weile, um diese Neuigkeiten zu verdauen. »Das kannst du? Ein komplettes Schiff verbergen?«

»Dafür wurde ich geboren. Und nicht um Rache an Menschen zu nehmen oder einem verrückten Kaiser zu dienen. Ich wurde geboren, um *ihr* zu dienen und *sie* zu lieben. Daran glaube ich. Ich werde euch zur Sonnenkönigin bringen, damit ihr an ihrer Seite kämpfen könnt und ihr dabei helft, endlich diesen Krieg zu gewinnen. Das ist die Krönung all meiner langen Jahre, die Belohnung für die endlosen Jahrzehnte in der Verdammnis. Ich werde mit der ganzen Kraft, die mir meine verbliebene Macht noch gibt, der großen Hoffnung dieser Welt dienen und ihre Freunde schützen.«

Navi schaute durch einen Tränenschleier auf ihre Hände. Beschämt fand sie nur langsam ihre Stimme. »Du bist sehr tapfer, Zahra. Und wenn du das bestreitest, werde ich böse.«

Zahra lachte. Über Navis Arm strich sanft etwas Kühles.

Schweigend schauten sie dabei zu, wie die Wellen dunkler wurden, während hinter ihnen die Sonne im Meer versank. Im heraufziehenden Dämmerlicht konzentrierte sich Navi auf eine

Vorstellung in ihrem Kopf und schickte das Bild ungelenk in Zahras Richtung: Sie und Zahra, wie sie früher einmal war, Seite an Seite, mit freundschaftlich verschränkten Fingern. Navis Kopf lehnte an ihrem Arm und ihre beiden Herzen zog es gleichermaßen voller Sehnsucht nach Osten.

Es war schon tief in der Nacht und stockfinster, als Navi sich endlich gut genug fühlte, um das Kapitänsquartier aufzusuchen. Die Nacht war ruhig. Die Besatzung stand auf ihren zugeteilten Posten und die Wellen rollten gleichmäßig unter ihnen dahin.

Navi wünschte, dass ihr eigenes Herz in einem ähnlich gleichmäßigen Rhythmus schlagen würde. Aber es flatterte und ihr wurde in Brust und Kehle ganz eng. Sie berührte Ysabets Türgriff. Als sie Zahra verlassen hatte und über Deck gewandert war, hatte sie ihre Gedanken schweifen lassen und sich jedes denkbare Unheil und jeden möglichen Erfolg vorgestellt. Sie hatte an alles gedacht, was passiert war, und an alles, was vor ihnen lag. Zahra hatte ihr von Harkan erzählt und wie er in ihrer Obhut gestorben war. Davon, wie kaltschnäuzig Simon am Pier stand und ihre Freunde und Verbündeten abschlachtete. Ein Liebling des Kaisers, der seine Treue proklamierte, während er den Verrat schon plante.

Darüber wollte Navi nicht zu genau nachdenken. Sie kannte Elianas Gefühle für Simon. Bestimmt war es schrecklich gewesen, Zeugin all der Toten am Strand zu sein, und die Einsicht des Versagens war sicherlich wie ein Schlag in die Magengrube – aber dabei zuzusehen, wie Simon ihre Freunde tötete, zu realisieren, wem seine Treue in Wirklichkeit galt, war sicher am verheerendsten. Es geschah nur selten, dass man jemanden fand, dem man vertraute, jemanden, dem man seine Liebe schenkte und der sie hütete. Navi wusste das nur zu gut. Aber wenn das Vertrauen missbraucht wurde und die Liebe sich als Lüge entpuppte …

Wenn die Welt es zuließe, würde Navi am liebsten jeder Form von Gewalt eine Absage erteilen. Doch wenn ihr Simon noch einmal über den Weg liefe, würde sie ihn umbringen.

Sie klopfte an Ysabets Tür und ging hinein.

Ysabet saß am Schreibtisch, auf dem Inventarlisten ihrer Lebensmittel und Waffen und außerdem See- und Sternkarten lagen.

Mit einem breiten Lächeln kehrte sie der Arbeit den Rücken zu. »Da bist du ja. Wie geht es dir? Möchtest du noch mehr von meinem Wundertee?«

Navi machte den nächsten Schritt, bevor sie erneut der Mut verließ. Es geschah tatsächlich nur selten, dass man jemanden fand, dem man vertraute. Jemanden, dem sie vielleicht ihre Liebe schenken konnte und der sie hütete.

»Was ich mir wirklich wünsche«, sagte sie mit leicht zitternder Stimme, »ist etwas, was womöglich ein wenig anmaßend erscheinen könnte.«

Die Stimmung im Raum änderte sich sofort, die Luft knisterte regelrecht. Eine goldene Saite, die angespannt war und vibrierte.

Ysabet lehnte sich in ihrem Stuhl zurück, ihre braunen Augen leuchteten wie Kerzenlicht.

»Nur zu, Prinzessin.«

Navi ließ sich einen Augenblick Zeit, um Luft zu holen und um ihre Hände ruhig zu halten, dann löste sie die Spange ihres Umhangs. Er rutschte zu Boden. »Wir segeln in den Krieg und womöglich in unserem Tod.«

»Ja«, stimmte Ysabet andächtig zu.

»In meinem Zelt habe ich dir erzählt, dass es schon lange her ist, seit ich freundlich geliebt wurde.« Navi schlüpfte aus ihren Stiefeln, öffnete ihre Hose und zog sie aus. Als sie mit bloßen Beinen in ihrem Hemd dastand, sah sie, wie Ysabet leicht die Lippen öffnete und lächelte.

Ysabets Brust hob und senkte sich schneller. »Ja.«

Navi knöpfte ihren Hemdkragen auf und zog das Oberteil über den Kopf. Vollkommen nackt blickte sie Ysabet fragend an.

»Ja«, flüsterte Ysabet und sah staunend dabei zu, wie Navi sich sachte auf ihren Schoß setzte.

Ysabet hieß sie sofort willkommen – eine Hand legte sie auf Navis Hüfte, mit der anderen spielte sie mit deren Haaren. »Mein Gott, Navi«, sagte sie heiser. »Du bringst mich noch um, heute Nacht. Schau dich nur an.«

»Ja, schau mich an. Und halte meinen Blick fest, wenn ich dir Folgendes sage.« Navi strich den seidigen Bogen von Ysabets hellen Augenbrauen entlang. »In meinem Zelt habe ich gesagt, dass es mir nicht einfach nur darum geht, mit dir zu schlafen, und du hast geantwortet, dass es bei dir auch so sei.«

Navi hatte Ysabets Gesicht noch nie so sanft gesehen, es war, als würden alle bissigen Bemerkungen und ihr Draufgängertum unter Navis Berührungen dahinschmelzen.

»Ja«, flüsterte sie.

Navi senkte ihre Lippen an Ysabets Schläfe. »Ist es möglich, jemanden zu lieben, den du erst seit ein paar Wochen kennst?«

»Ja. Ja.« Ysabet tastete nach Navis Gesicht und war in ihrem Eifer ganz ungeschickt. Sie küsste Navis Kinn, ihre Wange und ihren Hals.

»Falls ich bald sterben sollte«, sagte Navi und schloss ihre Augen, »würde ich das gern mit der Erinnerung an dich in meinem Geist tun.«

Ysabets Stimme schwebte zu ihr, sie klang belegt und aufgewühlt zugleich. »Ja.« Sie schob ihre Hände auf Navis nackten Rücken und fuhr ihr vernarbtes Rückgrat hinab. »Ja.« Sie zog Navi für einen Kuss zu sich hinab, und Navi wimmerte gegen ihren Mund, denn sie fühlte sich ganz weich und unglaublich glücklich in Ysabets Armen, und so geborgen wie schon lange nicht mehr. Selbst im Krieg war das also möglich – Liebe und Hoffnung und pure Lust.

Sie lachte und war mit einem Mal vom Kopf bis zu den Füßen mit Freude erfüllt. »Kannst du auch noch etwas anderes sagen?«, fragte sie neckend.

Ysabet berührte Navis Gesicht und schaute zu ihr auf, als würde sie auf all die Wunder dieser Welt blicken. »Küss mich«, sagte sie. In ihrer Stimme schwang eine leise Bitte mit, und sic blickte ungläubig nach oben, als könnte sie nicht ganz glauben, was sie in den Händen hielt.

Navi lächelte, fuhr mit den Fingern noch einmal durch Ysabets seidiges blondes Haar und beugte sich gehorsam hinab.

28

ELIANA

»Ich darf meinem Vater oder meinen Brüdern noch nicht davon erzählen, weil ich keine falschen Hoffnungen wecken will. Aber mich hat ein Leutnant des Kaisers besucht und gesagt, dass ich schön genug bin, um mir als gern gesehener Gast einen Platz im Palast des Kaisers zu verdienen! Vielleicht bestellt er mich sogar schon heute ein, und ich weiß auch schon, welches Kleid ich anziehen werde, rot wie –«

Letzter Tagebucheintrag von Demetra Vassos, Menschenbürgerin von Elysium, datiert vom 3. April im Jahr 1018 des Dritten Zeitalters

In Elianas gestaltlosem, ruhigem Traum tauchte plötzlich ein Wort auf: *Lauf.*

Ihre Augen flogen auf. Jemand zog sie übers Bett, ihre Kissen verdrehten sich. Sie versuchte sich loszureißen, was ihr nicht gelang. Die kalten Finger lagen fest um ihr Handgelenk.

Dann sah sie in Coriens Gesicht, wie aufgeregt er war, und die leichte Andeutung seines irren Lächelns. Ihre Laken verhedderten sich um ihre Beine. Er riss sie grob über die Bettkante, ging steifbeinig ein Stück weiter und ließ sie los.

»Steh auf. Und mach etwas mit diesen unordentlichen Haaren. Du siehst barbarisch aus.« Er durchwühlte ihren gewaltigen Kleiderschrank und schob ein Kleid nach dem anderen zur Seite. »Ich habe ein Geschenk für dich, aber dafür musst du passend angezogen sein.«

Eliana richtete sich auf und schaute sich schnell in ihren Gemächern um. Ihre Adatrox-Dienerinnen standen mit ausdruckslosem Blick wartend in ihren weißen Gewändern da. Jessamyn entdeckte sie nirgends, wahrscheinlich schlief sie im Lyceum. Das Licht von Ostia fiel durch die Fenster und warf lange Schatten auf den Boden. Sie hatte ihren Stolz darüber ganz tief vergraben und fühlte nichts, als sie auf den riesigen dunklen Fleck aus finsterem Licht hinter den Fenstern starrte, der nun beständig am Nachthimmel stand.

Aus den Augenwinkeln nahm sie eine Bewegung wahr. Als sie sich umdrehte, bemerkte sie, dass die Tür zu ihren Gemächern offen stand – und eine vertraute Silhouette.

Die Tage, an denen sie Simon nicht gesehen hatte, ließen sich gar nicht mehr zählen. Auf seinen Anblick war sie nicht gefasst. In ihrer Brust flackerte es weißglühend auf, sie stürzte mit einem jähen, stechenden Zorn auf ihn und hob die Faust. Sie würde ihre Macht nicht ungewollt heraufbeschwören, nicht heute Nacht. Ihr Zorn brannte in einem unzerstörbaren Käfig. Er würde sie nicht erreichen, sie *ihn* aber schon.

Simon blockte ihren Schlag mit seinem Unterarm ab, aber dann packte sie jemand, riss sie von ihm weg und schleuderte sie zu Boden.

Eliana schlug heftig mit dem Kopf gegen die Fliesen. Ihre Welt drehte sich, und als sie aufblickte, schaute sie in Coriens grimmiges Gesicht. Seine Wangenknochen zeichneten sich wie weiße Messerklingen ab, seine schwarzen Augen reflektierten nichts von Ostias Schein. Er hatte nicht wie sonst auf sein Äußeres geachtet. Sein dünnes weißes Hemd hing ihm lose um den blassen Oberkörper. Seine Haare waren zerwühlt und seine Lippen vom Rotwein verfärbt.

»Zieh dich an«, blaffte er.

Auf dem Bett wartete eine Robe, die glitzerte, als hätte ein Juwel seine Haut abgestreift. Eliana hatte das Kleid im Schrank hängen sehen, es aber nie angerührt. Ein hochgeschlossenes Mieder von einem dunklen Rot wie eine Pfütze Blut und übervoll mit Perlenstickereien. Eine üppige Schärpe aus schwarzer Seide um die Taille, die mit einer Spange aus goldenen Federn festgemacht wurde. Der schmale, tiefe Ausschnitt war mit schwarzer Spitze eingefasst und der Rock ein Meer aus mehreren Lagen purpurroter Seide.

Das war ein Abendkleid für die Blutkönigin.

Sie zögerte, weil sie sich unwillkürlich davor fürchtete.

Corien durchquerte mit schnellen Schritten den Raum, schob sie gegen das Bett und zog an den Ärmeln ihres Nachthemdes. Sie riss sich von ihm los, wirbelte herum und gab ihm, ohne nachzudenken, eine Ohrfeige.

Er lächelte. Die dünne rote Linie auf seiner Wange, wo ihre Urform ihn geschnitten hatte, verblasste schnell. Er packte sie, drehte sie um und drückte ihr Gesicht in den glitzernden Stoff ihres Kleides.

»Ich warte«, zischte er ihr ins Ohr, sein Atem war widerlich warm und roch übel. Er hatte getrunken, vielleicht hatte er auch in einem seiner Speisesäle zusammen mit irgendwelchen vom Glück begünstigten Bürgern geschlemmt, die auserwählt worden waren, um an seinem nächtlichen Fest teilzunehmen.

Dann riss er sie hoch und stieß sie grob in die Mitte des Zimmers, während sie sich an dem schillernden Kleid festklammerte. Im Lichtschein von Ostia zog sie sich ohne Scham an. Sie suchte nach Simons Silhouette, dem schwachen Schimmer in seinen Augen. Sie fixierte ihn und hielt seinem Blick auch dann noch stand, als sie mit den Haken ihres Mieders kämpfte. Sollten die beiden sie doch anschauen. Sollten sie doch jede einzelne Narbe sehen und jede Kurve ihres Körpers. Jegliches Schamgefühl wegen ihrer Blöße war schon lange aus ihr herausgeprügelt worden. Aber als sie die Schärpe festmachte, zitterten ihre Finger doch, und als das Abendkleid an ihr herabfloss, fühlte sie sich unwohl, dieses Kleid erinnerte sie an die Bilder in Coriens Galerie. Ihr wäre es lieber gewesen, nichts anzuhaben.

»Endlich.« Corien packte sie am Arm und zog sie mit sich, während er in großen Schritten zur Tür ging. Er ließ ihr keine Zeit, nach Schuhen zu suchen. »Wir haben eine Verabredung. Wegen dir wären wir beinahe zu spät gekommen.«

Sie fegten aus ihren Gemächern hinaus in den Korridor. Der Palast summte geschäftig. Diener und Feiernde wuselten in schlichten Hemden und ordentlich gepressten Mänteln vorbei. Angespannte Gesichter drehten sich ihnen zu und lächelten verzweifelt in Coriens Richtung.

Simon folgte ihnen die große Prunktreppe des Palastes hinab. Die Empfangshalle strahlte, darum herum reihten sich die hell erleuchteten Ballsäle wie Juwelen auf einer Krone. In Eliana stieg so plötzlich und schnell eine kalte Furcht auf, dass sie den absurden Impuls verspürte, loszulachen.

Corien zog sie die Stufen hinab, durch die Halle und eine Flügeltür hinaus in die Nacht. Der eiserne Griff um ihr Handgelenk glich einer Bestrafung, seine Schritte waren unerbittlich. Sie stolperte ihm atemlos hinterher – und dann, als sie das Labyrinth aus Höfen und Gärten durchquerten, die den Palast umgaben, tat Simon etwas Ungewöhnliches.

Er griff nach Coriens Arm und brachte sie alle zum Stehen.

»Mylord«, sagte er und kam ganz nah, »ich glaube, das ist ein schwerer Fehler. Wenn sie getötet wird –«

Corien verpasste ihm mit der Rückhand eine so heftige Schelle, dass er stolperte und sich gerade noch am dünnen Stamm eines ordentlich zugeschnittenen Bäumchens abfing.

»Sie wird nicht getötet werden«, rief Corien und lief mit Eliana im Schlepptau ungestüm weiter. »Ich will dich doch nicht umbringen. Oder, mein Schatz? Nein. Ich denke einfach, dass du eine gute Aussicht auf das Ganze haben solltest. Damit du es tief in deinem Innern spürst. Ich denke, wenn sie dich holen wollen, bleibt dir nichts anderes übrig, als zu kämpfen. Du musst das schlichtweg tun, sonst reißen sie dich mit ihren Zähnen in Stücke. Und was dann? Deine Macht wird explodieren, du böses Kind. Und die Wucht dieses Ausbruchs wird jede Straße erfassen.«

»Wenn wer mich holen kommt?«, fragte Eliana. Sie versuchte, über ihre Schulter nach Simon zu schauen, aber sie verließen bereits die Höfe und wurden jetzt von einer Engelsgarde in kaiserlicher Rüstung eskortiert, die sich um sie herum aufstellte, sodass sie nur noch die Straßen, die direkt vor ihnen lagen, sah.

In jeder Durchfahrtstraße und jeder Gasse und jedem Garten zwischen den Gebäuden standen wie für ein Fest dicht gedrängt hell erleuchtete Zelte und provisorische Altäre mit Kerzen.

An Kabeln knisterte elektrisches Licht, Fackeln loderten fröhlich in ihren Halterungen, und Türen und Fenster waren weit aufgerissen, um die kühle Nachtluft hereinzulassen. Eine Gruppe aus Bürgern, die von einem Redner mit Papierflügeln um den Oberkörper angeführt wurde, kniete an einem Brunnen. Eliana beobachtete fasziniert, wie die Menschen in einem Bittgebet ihre Arme dem gespenstisch hellen Himmel und dem Phänomen, das sie nicht verstanden, entgegenstreckten – diesem zweiten Mond, der breit und klar und bedrohlich dort prangte. Sie hatten den Namen gehört, den die Engel ihm gegeben hatten. Das Flüstern auf den Feiern, die Gerüchte, die aus dem Palast auf die Märkte drangen und von den Soldaten zur Dienerschaft getragen wurden. *Ostia.* Eine weitere Pforte womöglich. Eine zweite Welle von Engeln – oder Ungeheuern.

Corien durchpflügte die Menge wie ein Schiff das Meer, in dessen Kielwasser sich die Wellen teilten. Die Menschen aus Elysium verließen ihre Zelte und Feiern und eilten ihnen nach. Sie riefen nach dem Kaiser, baten um seinen Segen oder eine Einladung in den Palast. Nicht wenige begannen zu Elianas Entsetzen sogar *ihren* Namen zu rufen. Sie kannten ihn: *Eliana. Eliana.*

Sonnenkönigin, riefen sie. *Zorngeborenes Kind!*

Ihre lärmenden Stimmen schlugen gegen Elianas Ohren. Elianas Hände waren in dem Käfig ihrer Urformen schweißnass. Sie wünschte verzweifelt, sie könnte nach dem Propheten tasten und ihn fragen, was Corien vorhatte, aber mit Corien in ihrer Nähe traute sie sich das nicht.

Dann zerschnitt ein Heulen die Luft.

Eliana gefror das Blut in den Adern. Die Hörner von Vaera Bashta. Die schwermütigen Töne krochen ihr wie kleine Nadelstiche über die Arme. Der Prophet hatte ihr von dem Abschlachten in dem Gefängnis erzählt und ihr versichert, dass Remy noch lebte.

Aber jedes Mal, wenn Eliana die Hörner hörte, musste sie daran denken, was Remy ihr flüsternd von der unterirdischen Zelle berichtet hatte, und stellte sich vor, wie er durch die Hand eines Gefangenen getötet wurde – aufgerissene Kehle, zerschlagener Schädel. Sein Bauch, den sie geheilt hatte, wieder geöffnet von einem groben Messer, das dort im Finstern hergestellt worden war.

Simons grausame Worte zuckten durch ihren Kopf: *Ich habe ihm direkt in den Bauch geschossen.*

Corien blieb auf einem perfekt symmetrischen fünfeckigen Platz stehen, der an jeder Seite von hohen Arkaden aus weißem Stein gesäumt wurde. In den Ecken stand jeweils eine breite Säule, auf der eine fliegende oder kämpfende Engelsstatue thronte. Auf der anderen Seite des Platzes wurde eine breite, schwarze Flügeltür von mehreren Engelswachen flankiert.

Corien ließ Eliana los und warf seine Arme nach oben. Um sie herum verstummte die gaffende Menge. Manche streckten die Hände nach ihm aus; andere ließen sich auf die Knie fallen.

»Elysium!«, rief er. »Deine Fäulnis wird aus dir herausgeschnitten werden! Und dein Unrat blank gescheuert! Jede Lüge, die du erzählt hast, jedes Geheimnis, das du vor mir verbergen wolltest, wird ans Licht kommen!« Er drehte sich um, damit alle sein strahlend weißes, erleuchtetes Gesicht sehen konnten und sein irres Grinsen. »Denn selbst ein gnädiger Gebieter muss manchmal seine Hunde schlagen, um sie daran zu erinnern, wer die Leinen in der Hand hält.«

Die Menge wurde unruhig, das Lächeln auf den Gesichtern verschwand.

Die Hörner von Vaera Bashta erklangen erneut – das letzte Signal des Abschlachtens.

»Seht!«, schrie Corien, wobei seine Stimme von Gelächter geschüttelt wurde. »Und werdet gereinigt!«

Dann öffneten sich die schwarzen Türen und gaben eine dunkle Öffnung frei, wo Stufen in der Finsternis verschwanden.

Die Versammelten verstanden sofort. Ihre Rufe erhoben sich, wie die Schreie von gejagten Tieren, die in dumpfer Angst aufheulten. Sie drängten einander aus dem Weg, stießen die Langsamen zu Boden und trampelten über sie hinweg. Eine Masse panisch flüchtender Leiber.

Allerdings waren sie nicht schnell genug.

Aus den Flügeltüren ergoss sich bereits ein dunkler Strom – gebeugt, ausgezehrt und verschorft kamen sie heulend auf den Platz. Keine Kriecher oder Cruciata, sondern Menschen, die zu lange in den Kellern gefangen gehalten worden waren. Dutzende von ihnen. *Hunderte.* Jenseits des Platzes hörte man das Klirren und Schleifen von weiteren Türen, die geöffnet wurden, und das entfernte Anschwellen von Schreien.

Eliana packte das schiere Entsetzen. Sie trat zurück, aber Corien war hinter ihr. Er griff ihren Arm und drückte seine Wange gegen ihre.

»Ich habe ihnen gesagt, dass sie alles tun dürfen, was sie wollen.« Sein Flüstern zitterte vor kaum verhohlener Freude. »Ich bin in jeden einzelnen Geist geschlüpft und habe ihnen erklärt, dass sie mich beeindrucken müssen, wenn sie ihren Zellen endgültig entkommen wollen. Dass ich es mag, unterhalten zu werden.«

Eliana dachte an Remy und spürte, wie ihr Mageninhalt die Kehle hinaufstieg. »Warum machst du das?«

Er drehte sie sanft um. »Wegen dir, Eliana«, sagte er, als läge das auf der Hand. »Du hast Geheimnisse vor mir. Das weiß ich. Das ist in Ordnung. Ich habe auch Geheimnisse vor dir. Aber ich darf dich dafür nicht ungestraft davonkommen lassen. Und ich frage mich, ob deine Macht wohl erwacht, wenn du dich durch Straßen kämpfen musst, die voller Blut sind. Mir ist es ziemlich egal, wie viele heute in dieser Stadt deinetwegen getötet werden, aber dir sicherlich nicht. Meine mitfühlende Prinzessin. *Zorngebo-*

renes Kind, habe ich sie rufen hören. Wie sinnträchtig. Ich mag die poetische Wendung dieses Ausdrucks.«

Er winkte eine Wache aus ihrer Eskorte herbei, die ihm ein in Tuch gewickeltes Päckchen reichte. Corien drückte es Eliana in die Hände und küsste ihre Wange.

»Keine Angst«, sagte er. »Ich lasse nicht zu, dass dich irgendjemand umbringt. Aber die anderen …«

Im Nu waren er und seine Wachen verschwunden. Allein und unübersehbar in ihrem blutroten Kleid, ruhten sofort unzählige Augen auf Eliana.

Die Form des Päckchens, das sie in den Händen hielt, war vertraut. Schnell wickelte sie es auf.

Arabeth. Nox. Pfeifer. Tuora. Sturmwind.

Ihre geputzten Dolche steckten in Messerscheiden, die an einem ledernen Waffengurt befestigt waren. Wie sehr sie Corien dafür hasste, dass er sie ihr jetzt überreichte. Aber selbst in diesem Chaos, in dieser schrecklichen Nacht, war sie froh, sie wiederzusehen. Ihre einzigen Freunde, die überlebt hatten.

Mit trockenem Mund und zitternden Händen schnallte sie sich den Gürtel um die Hüfte und rannte. Sie bahnte sich mit Ellbogen einen Weg durch die wimmelnden Menschenmassen und drängte sich an Leuten vorbei, die sie erkannten und nach ihren Röcken griffen. Einer wollte nicht loslassen – ein hutzeliger alter Mann in schillerndem Brokat. Er packte sie an der Schärpe und zog sie zu sich.

»Hilf uns!« Auf seinem Gesicht waren bereits Blutspritzer. Er tatschte auf ihren Urformen herum. »Vernichte sie!«

Eliana riss Arabeth aus dem Gürtel und zog dem Alten den Dolch über die Brust. Er stolperte fluchend zurück und ließ los. Auch wenn sie keine Ahnung hatte, wohin sie laufen sollte, drehte sie sich um und floh, denn sie wollte keinen Kontakt mit dem Propheten aufnehmen. Corien war immer noch zu nah. Er war kein Gezeichneter; er konnte sich nicht einfach in Luft auflösen. Er hielt sich schlichtweg verborgen.

Ihre Beine pumpten, ihre Muskeln zitterten bereits. Während ihrer Wochen mit dem Propheten war sie zwar stärker geworden, aber von ihrer alten Form war sie dennoch weit entfernt. Wie hätte der Fluch von Orline gelacht, wenn sie Eliana jetzt gesehen hätte.

Sie ließ die langen Arkaden hinter sich, biss die Zähne zusammen, weil ihre geschundenen, nackten Füße brannten, und drängte sich eine Straße entlang, dann bog sie in eine andere ab und gelangte auf einen Platz, der viel größer war als der vorige. Im Boden standen zwei Metallluken offen. Als sie an der ersten vorbeirannte, sprang eine blasse Frau mit verfilzten Haarsträhnen hervor. Mit einer Hand packte sie Elianas Knöchel. Eliana stürzte und riss sich die Handflächen auf. Dann drehte sie sich um und stieß der Frau Arabeth in die Kehle. Ein erstickter Schrei, die Frau krallte sich an ihren Hals, aus dem Blut quoll, und brach zusammen. Eliana rollte sich unter ihr hervor, riss Arabeth heraus und richtete sich auf. Ihre aufgeschürften Hände stachen; sie wischte sich den Schweiß aus den Augen.

Hinter ihr gab es einen dumpfen Schlag. Eliana wirbelte herum und wich dem wütenden Hieb eines anderen Gefangenen aus – ein Mann mit heller, vernarbter Haut und einem weißen Messer in der Hand. Er erwischte sie am Arm, der dünne Schnitt ging bis zum Ellbogen.

Sie schrie auf, wich seinem zweiten Hieb aus und zielte mit Arabeth auf seinen Hals. Aber er war schnell. Er holte Arabeth mit seinem eigenen Messer aus der Luft, machte einen Satz auf sie und warf sie zu Boden. Kurz wurde ihr schwarz vor Augen. Er betatschte ihr Abendkleid und leckte ihr übers Gesicht. Sein Atem roch widerlich nach vergammelndem Fleisch.

Während sie ihre Kräfte sammelte, ließ sie zu, dass er ihren Hals abschlabberte, dann rammte sie ihm ihr Knie in den Schritt. Er heulte vor Schmerzen auf, sie packte Nox und stieß die dicke Klinge in den runden Bauch des Mannes.

Er brach über ihr zusammen, ein warmer Blutschwall sickerte

auf ihr Kleid. Mit Nox in der Hand schob sie ihn weg, entdeckte Arabeth auf den weißen Steinplatten und lief davon.

Aber vor Vaera Bashta gab es kein Entkommen. Überall, wo sie hinschaute, stürzten mit ausgefahren Krallen zerlumpte Gefangene hervor, ihre wilden Schreie zerrissen die Luft. Zwei Männer fielen eine Treppe hinab und krochen hektisch einer klappernd herunterpurzelnden Pistole nach.

Eliana bekam nicht mit, wer sie zuerst erreichte, aber sie hörte den Schuss. Ein Junge flitzte an ihr vorbei und kletterte ein Regenrohr hinauf. Bei seinem Anblick zuckte sie zusammen, denn obwohl seine Haut dunkler war, glaubte sie einen Moment lang, dass dort Remy flüchtete. Während sie weiterlief, schloss sich eine eiskalte Faust um ihr Herz. Hoffentlich würde sie nirgendwo Remy entdecken! Hoffentlich versteckte er sich in irgendeinem Kanal oder verbarg sich unter einer Treppe. Was sollte sie tun, wenn er hinter einer Ecke auftauchte und sie feststellen musste, dass er vollkommen verändert war? Nicht mehr der Bruder, den sie kannte, sondern ein Mörder, der nun mit Blut anstelle von Geschichten bezahlte?

Der Gedanke war niederschmetternd, und in ihr schwoll eine schreckliche Angst an. Als ihre Handflächen stachen, stellte sie fest, dass ihre Urformen leicht glühten.

Sie schloss ihre Hände zu Fäusten und rannte eine breite, weiße Treppe hinauf, danach nahm sie eine schmale Stiege in der Mauer eines großen Wohnhauses mit Cruciata-Wasserspeiern an jeder Ecke. Sie kletterte weiter, bis sie eine Dachterrasse erreichte, deren Brüstung mit verschnörkeltem weißen Mauerwerk verziert war. Hier oben war es ruhiger, die Schreie aus Elysium eine entfernte Kakofonie. Mit klopfendem Herzen hielt sie Arabeth fest umklammert und kauerte sich unter eine mit Efeu bewachsene Laube. Langsam kam sie wieder zu Atem und das Rauschen ihres Blutes in den Ohren ließ nach. Dann formte sie einen einzigen klaren Gedanken:

Bitte hilf mir.

Die Antwort kam sofort. *Ich bin hier.*

Eliana sank zu Boden. *Können wir reden?*

Er ist durch die nächtlichen Ereignisse ziemlich beschäftigt, antwortete der Prophet nüchtern. *Und mit dem jetzigen Zustand seines Geistes lässt er sich recht leicht durch seine eigenen Perversionen ablenken. Es war gut, dass du so weit weggerannt bist, bevor du mit mir sprichst.*

Kann ich zu dir kommen? Sie fühlte sich wie ein verängstigtes Kind, das nach einem Albtraum verzweifelt nach Trost sucht. In ihrem Kopf hämmerte eine animalische Furcht und sie konnte kaum an etwas anderes denken. *Ich weiß nicht, wohin ich soll.*

Der Prophet schickte Eliana eine Welle großer Zärtlichkeit, dass ihr Tränen in die Augen traten.

Wir müssen noch ein wenig länger warten, sagte der Prophet sanft. *Wenn du zu mir kommst, würde er mich kurz darauf finden. Bis dahin muss alles bereit sein und alle Figuren müssen auf ihrem Platz stehen. Deine Freunde sind auf dem Weg, aber du musst so lange durchhalten, bis sie kommen.*

Eliana verschränkte ihre Arme über dem Bauch und stieß einen erstickten Schluchzer aus. Sie fühlte sich zerbrechlich und hatte den Eindruck, als würde sie jeden Moment zersplittern, weil die Gräuel dieser Nacht ihr alle Stücke ihrer Rüstung vom Leib gerissen hatten, die sie im Feuer ihrer Gefangenschaft geschmiedet hatte. Sie brachte es nicht einmal über sich, zu fragen, welche Freunde der Prophet meinte. Stattdessen rief ihr gehetzter Geist die Augenblicke im Schlafzimmer hervor, als Corien ihr Gesicht in das perlenbestickte Abendkleid gedrückt hatte, als wollte er sie ersticken. Mit Simon an der Tür, dessen Gesicht im Schatten verborgen lag und den sie mit Blicken bezwang.

Du musst dich konzentrieren, Eliana. Die Stimme des Propheten wurde strenger. *Je zerstreuter deine Gedanken sind, desto einfacher ist es für ihn, dich zu finden, und dadurch auch mich.*

Elianas Erschöpfung war so unermesslich wie ein Abgrund; bald würde sie in diese ewige Tiefe hinabstürzen. *Wenn noch jemand versucht, mich umzubringen, lass ich das vielleicht zu.*

Er wird das nicht zulassen. Und ich auch nicht.

Ich habe das Recht, meinen eigenen Tod zu wählen.

Nein, das hast du nicht, erwiderte der Prophet. *Von dir hängt zu viel ab. Ich weiß, du hast nicht um diese Bürde gebeten, aber es ist dennoch deine. Hör mir genau zu. Es wird keine bessere Gelegenheit als diese mehr kommen, um die Verdammnis zu betreten. Ostia wächst. Das Gewebe des Empiriums ist dort inzwischen ganz dünn und porös geworden. Ich denke, du könntest mit einem weiteren Versuch Erfolg haben. Ich denke, du könntest deine Pforte vollenden.*

Ich kann nicht zurück in den Palast, sagte Eliana, während sie über die Stadt zu den entfernten Türmen schaute.

Stimmt. Das Chaos in den Straßen verbreitet sich schnell. Es ist zu gefährlich, der Weg zu weit. Wenn du verletzt wirst, könnte das den Fortschritt gefährden, den wir gemacht haben.

Eliana wischte sich übers Gesicht und holte zitternd Luft. *Also muss ich einen anderen Ort finden, an dem das Empirium dünn ist. Einen anderen Weg in die Verdammnis.*

Ja, und möglichst rasch, antwortete der Prophet. *Sobald ihn dieses Abschlachten langweilt, wird er es beenden.*

Eliana zählte die ihr bekannten Fakten auf und wurde nach und nach ein wenig ruhiger. *Im Palast hat mich das Empirium zu dem Ort im Garten geführt. Einen Ort, wo ich einen Saum zur Verdammnis öffnen konnte. Es hat mich dorthin gezogen und ich habe darauf gehört.*

Vielleicht stimmt das, sagte der Prophet nachdenklich. *Aber vielleicht hast du ja auch das Empirium geführt. Vielleicht hast du ihm gesagt, was du brauchst und wohin es dich bringen soll.*

Eliana fröstelte in ihrem nassen Kleid, der blutgetränkte Stoff wurde bereits steif. Sie öffnete ihre zusammengeballten Hände. Ihre Urformen waren ein wenig warm. *Ich darf mich nicht vor ihnen fürchten. Ich muss mir von ihnen helfen lassen.*

Die Urformen sind ein Teil *von dir*, erinnerte sie der Prophet. *Eine Erweiterung deines Körpers, deines Geistes und deiner Macht, und nicht irgendein separater Gegenstand. Du darfst dich nicht vor dir selbst fürchten.*

Als wäre das so einfach. Eliana lag eine patzige Antwort auf der Zunge, die sie aber wieder verwarf. Dort unter den Blättern der Laube, wo die Schreie aus Elysium an ihre Ohren drangen, holte sie tief Luft. In der kühlen Brise bekam sie Gänsehaut. Das Dach war aus weißem Stein gearbeitet, und sie spürte, wie alt das Material war, wie lange es unter der Erde existiert hatte, bevor es herausgehauen worden war. Die Blätter über ihrem Kopf speicherten Wasser, und irgendwo hinterm Horizont, wo schon Morgen war anstelle von Nacht, gab es Sonnenlicht.

Ihre Handflächen wurden heißer. Selbst mit geschlossenen Augen konnte sie das zweifache Leuchten sehen, ihre Urformen strahlten, weil sie Eliana wiederhatten. Sie hieß ihre Macht willkommen und umfasste sie mit ihren Händen. In dem unermesslichen Glanz fand sie den Fluss, den sie vor so vielen Wochen als Erstes mit dem Propheten erschaffen hatte.

Steige nie aus diesem kleinen Fluss. Sie rief sich die Worte des Propheten ins Gedächtnis und folgte in ihrem Geist den Spuren der Erinnerung. *Achte darauf, dass deine Füße kühl und geerdet bleiben, selbst wenn deine Hände anfangen zu brennen. Er kann dich hier nicht finden, Kleines, nicht in diesem Gewässer.*

Füße in kühlem Wasser. Ihr Geist glatt und hart wie ein Kiesel. Feuer in ihren Händen und Sterne hinter den Augenlidern. Ihre Adern waren ein Netz aus Licht.

ich erhebe mich

Die Stimme des Empiriums dröhnte in ihr, eine und viele zugleich. Eine Welle, die zu brechen drohte und hungrig ans Ufer wollte.

ich erhebe mich

ICH ERHEBE MICH

»Nein«, flüsterte Eliana. »Ich erhebe mich.«

Dann stellte sie sich hin. Sie öffnete die Augen und schaute noch einmal in diese gespenstische, silberne Nacht. Sie beobachtete, wie sich Ostias Licht am Himmel langsam drehte, und lauschte ihrer sirrenden Macht, die durch ihren Körper in die Luft und wieder zurückfloss. Ihr Blut pulsierte im Takt mit dem mächtigen, uralten Herzschlag der Welt. Vor ihr entstand eine Weltenkarte des Empiriums, seine strahlende Weite breitete sich auf ihren Befehl hin aus. Lichtbänder, die sich in dem endlosen Meer kräuselten. Ebene über Ebene aus sich verschiebendem Gold und darin unendlich viele Wege.

Ein Herzschlag, ein angehaltener Atem. Etwas zog an ihr – der Himmel knisterte, als würde sich jeden Moment ein Blitz entladen. Mit Arabeth in der Hand fand sie den Weg, den sie brauchte, und folgte ihm hinunter in die Stadt des Kaisers. Die Schreie der Gejagten erhoben sich, um sie zu begrüßen, und die goldenen Augen ihrer Urformen waren weit geöffnet.

29

RIELLE

»Ich habe beschlossen, niemandem zu erzählen, was ich in Meridian gesehen habe. Dass Rielle Großmagister Belounnon getötet hat, wird niemanden hier trösten. Aber ich muss unentwegt an ihren zornigen Blick denken, als sie ihn verbrannte: die Schatten auf ihrem abgezehrten Gesicht. Das geschmolzene Gold ihrer Augen. Im einen Moment war er noch da. Im nächsten Moment kam das Feuer, und er war fort. Ehe Annick und ich geflohen sind, habe ich noch einen letzten Blick auf Rielle geworfen und sie zitternd im Regen stehen sehen. Sie weinte, und ihre Haut war von einem matten goldenen Glanz überzogen, während sie übers Meer auf den schwarzen östlichen Horizont blickte.«

Tagebuch von Garver Randell, datiert vom
17. Februar im Jahr 1000 des Zweiten Zeitalters

Rielle wusste nach ihrer ersten Auferweckung, dass es ihr unmöglich war, weiter unter der Erde zu arbeiten. All dieses Gewicht über ihr, die kalte schwarze Masse der Berge. Sie musste den Himmel sehen.

Corien verlangte keine weitere Begründung. Er wies ein Dutzend seiner Soldaten und einen Trupp von hundert Adatrox an, auf dem Berg neben seiner Festung einen Altar zu errichten. Ein steinerner Fußweg führte von einem der Fenster im obersten Stockwerk der Festung, gleich neben Coriens Gemächern, hinaus und über den Schnee zu diesem hoch aufragenden Bau, der sich in seiner Schwärze vom endlosen Weiß der Berge abhob.

Der Aufbau des Altars erinnerte Rielle an die Pforte, was sie freute. Drei Stufen führten hinauf zu einem flachen Sockel aus schwarzem Stein. Es gab einen Altartisch, auf dem die Körper liegen konnten, während steinerne Säulen die Stelle flankierten, wo sie stehen würde. In den Sockel selbst waren Flügel eingemeißelt, ganze Wolken davon, mit Federn, die so filigran gearbeitet waren, dass Rielle sich in ihren Pelzen hinkniete, um mit den Fingern über die zarten Umrisse zu fahren.

»Sie haben all das so schnell erbaut«, sagte sie und sah zu Corien auf. »In vier Tagen. Wie?«

Es hatte zu schneien begonnen. Winzige Schneeflocken tanzten wirbelnd über den Altar. Ein kalter Wind blies den Saum von Coriens Umhang in die Höhe. Sein dunkler Pelzkragen war weiß bestäubt.

Er zuckte über ihre Frage die Achseln und reichte ihr die Hand. »Sie hatten keine Wahl.«

Sie nahm seine Hand und erhob sich. Das Licht wurde allmählich schwächer. Nahe dem Horizont, hinter den Schneewolken, barg ein indigoblauer Himmel das letzte Gold der Sonne.

»Bring mir den Nächsten«, murmelte sie und küsste ihn unaufmerksam. Ihre Finger kribbelten, hungrig und gierig. »Ich will es noch einmal tun.«

Corien kam im Morgengrauen zu ihr. Er stand im grauen Licht neben ihr, während der Schnee lautlos vom Himmel fiel.

Schweigend verfolgte er, wie sie für den wiedergeborenen Engel auf ihrem Altar Flügel wob. Der Leichnam lag auf dem Bauch, nackt und weiß in der Kälte.

Corien hatte ihr einmal gezeigt, wie die Flügel mit dem Rücken verbunden waren – nicht mit Gelenken aus Fleisch und Knochen wie bei Vögeln oder Fledermäusen, sondern mit einem schlichten, aufblühenden Lichtgewächs. Er hatte mit seinem Geist Bilder davon für sie gezeichnet und ihr gezeigt, wie die Flügel im Flug aussahen. Und zwar nicht irgendwelche Flügel, sondern seine eigenen, die er vor so langer Zeit verloren hatte. Zum ersten Mal hatte er sich ihr als der offenbart, der er einst gewesen war: Kalmaroth, Kriegstreiber und Rebell. Sein Name bedeutete auf Qaharis »unsterbliches Licht«, und für ihn hatte das bedeutet, dass er zu Höherem bestimmt war: bleiche Haut und dunkles Haar, groß und schlank, mit leuchtend blauen Augen sowie Flügeln, die aus seinem Rücken ragten – hell an der Wurzel und schwarz an den Spitzen. Abgesehen von den Flügeln und seiner Körpergröße hatte Kalmaroth ganz ähnlich ausgesehen wie Corien jetzt.

Daran dachte Rielle bei ihrer Arbeit. Ein Lächeln umspielte ihre Lippen. Sie stellte sich gern vor, wie er vor Jahren gewesen war, als er aus der Verdammnis entkommen war und einen Menschen gefunden hatte, der seine eigene verlorene Schönheit widerspiegelte.

Wie eine geduldige Weberin an ihrem Webstuhl zog Rielle Stränge des Empiriums aus der Luft. Ihre Augen sahen Gold, und das umfasste vieles. Da war die lange, gezahnte Wirbelsäule des Leichnams. Aber da waren auch die stürmischen, dunklen Stellen innerhalb der Masse aus Muskeln und Sehnen, wo die Flügel ansetzen sollten. In Rielles Körper tobten Schmerzen, heiße Spulen der Spannung bohrten sich in ihre Schultern, ihre Handgelenke und ihren Rücken. Trotz der bitteren Kälte in den Bergen liefen ihr Schweißperlen über die Stirn.

Doch ihr Geist war klar. Ihre Gedanken erhoben sich pfeilschnell wie Raubvögel mit messerscharfen Schwingen. Sie lenkte das Empirium mit der Nadel ihrer Macht, und mit jedem flinken Silberstich schlug ihr Blut höhere Wellen und verlangte nach mehr.

Als es vollbracht war, erhob sich die Engelin vom Altartisch und kam stolpernd auf die Beine. Einer der Palastbediensteten, der sogar in seinen Pelzen vor Kälte schlotterte, eilte herbei, um ihr ein langes Kleid zu reichen, damit sie sich bedecken könnte.

Doch die Engelin ignorierte ihn und erhob sich stattdessen

mit einem Jubelschrei in die Luft. Ihre Flügel loderten, als hätte sie zwei Sterne aus weißem Licht auf dem Rücken. Sie bewegten sich nicht wie Vogelflügel mit ihrem würdelosen Geflatter, sondern neigten sich kaum merklich zur Seite, wenn sie die Flugrichtung ändern wollten. Im Sinkflug wurden sie schmaler und im Steigflug breiter.

Schon bald war die Engelin nicht mehr auszumachen. Nur das Leuchten ihrer Flügel blieb zurück und glitt schnell von Gipfel zu Gipfel.

Rielle leckte sich die aufgesprungenen Lippen. »Bring mir noch einen.«

»Zuerst essen wir etwas.« Corien hob ihren Pelzumhang vom Boden auf. »Du hast seit gestern nichts mehr zu dir genommen.«

»Ich brauche nicht zu essen.«

»Doch. Und du musst das hier anziehen.« Er legte ihr den Umhang um die Schultern, über das dünne rote Kleid, das sie nun schon tagelang trug. Der einst so feine Stoff stank jetzt nach Schweiß. »Sonst wirst du noch krank.«

Sie schlug ihn weg. »Ich würde lieber weiterarbeiten. Bring mir noch einen.«

Seine blassen Augen standen völlig still. »Du arbeitest jetzt seit sieben Tagen, Rielle, mit sehr wenig Pausen.«

»Das weiß ich. Bring mir noch einen.«

»Du bist immer noch ein Mensch. Du brauchst Schlaf, Essen und Wärme.«

Sie lachte. »Was du dir herausnimmst. Monatelang hast du in meinen Träumen geflüstert und mir den Schlaf geraubt, bis ich zu dir gekommen bin. Und jetzt sagst du, ich muss mich ausruhen.«

Rielle wandte sich an eine seiner Leutnantinnen, einen weiblichen Engel mit honigbrauner Haut, schwarzen Zöpfen und eisigen Augen. Rielle erinnerte sich nicht an ihren Namen und bemühte sich auch nicht darum.

»Du«, sagte sie. »Bring mir sofort noch einen.«

Stundenlang hatte die Leutnantin Rielle mit leuchtenden Augen beobachtet. Sie würdigte Corien nicht einmal eines Blickes, ehe sie zur Festung zurückeilte, zwei Engel niedrigeren Ranges im Schlepptau.

Rielle blickte zum Himmel. Um ihren Altar herum wallte ein schwankender Ring aus Schatten, als befände sie sich tief unter Wasser und sähe durch bebende Wellen zum Licht hinauf. Hunderte körperloser Engel drängten sich in der Nähe, um ihr bei der Arbeit zuzusehen. Wie sehr sie sich über ihre Ehrfurcht freute. Ihre gierigen Gedanken prallten an ihrem Geist ab wie Motten, die unbeholfen das Licht hinter einer Fensterscheibe jagen.

»Nein, Rielle«, erklärte Corien streng und trat neben sie. »Wir gehen jetzt hinein.«

»Das tun wir nicht. Und wenn du keinen weiteren Engel für mich aussuchen willst, dann mache ich es selbst.«

Sie ließ den Blick schweifen und sandte ihre Macht aus, um den Berghang zu beleuchten. Im goldenen Reich ihrer Vision traf ihre Macht den Geist der Engel wie ein tosender Sturzbach, der gegen Felsen schlägt. Die Muster seiner Wellen waren hypnotisierend. Mit jeder kleinen Welle kamen Empfindungen zu ihr zurückgeflogen, machten Meldung. Aromen, Geräusche, Strukturen.

Ah. Da war einer, der ihr gefiel.

Sie lenkte ihre Macht weiter nach links. Einer der Engel löste sich von den anderen und kam in ihre offenen Arme geflogen.

Königin des Lichts und des Blutes. Die Stimme des Engels zitterte, als sie ihn auf den dunklen Tisch ihres Altars zog. *Danke, dass du mich gewählt hast. Dir gehört mein Herz, meine Königin; dir gehören meine Liebe und meine Ergebenheit.*

Rielle hielt den Engel ruhig auf dem Steintisch fest, das Gewebe seines Geistes zwischen ihren Händen gespannt wie eine ausgerollte Leinwand. Ihre Haut kribbelte vor Ungeduld. Finster blickte sie auf den Fußweg, der zur Festung führte. Der Schnee fiel jetzt schneller und ließ die schwarzen Mauern verschwimmen.

»Deine Leute sind langsam«, bemerkte sie. »Ich brauche einen Körper.«

Coriens Schultern waren starr vor Zorn. »Lass ihn los und komm mit mir hinein, sofort.«

»Ich will es noch einmal machen.«

»Das wirst du auch, meine Geliebte, aber erst morgen.«

Mit gerecktem Kinn kämpfte sie gegen das Beben ihrer Lippen an. Sie wusste, dass er recht hatte. Ihr war bewusst, dass ihre Hände zitterten und sie die Balance zu verlieren drohte. Ihr Magen und ihre Kehle waren trocken und eingefallen, ausgehungert nach Nahrung. Bald würde sie zusammenbrechen.

Wenn Corien sie nur nicht aufgehalten hätte. Solange sie arbeitete, spürte sie keine Schwäche.

»Ich habe erst dreihundert Engel auferweckt«, murmelte sie.

Er lachte leise. »In sieben Tagen. Eine erstaunliche Leistung.«

»Wir brauchen aber mehr, um all das zu erreichen, was wir uns erträumt haben.«

Sie sandte ihm einen simplen Gedanken: *Ich brauche mehr.*

»Celdaria läuft nicht davon«, sagte er laut und ignorierte ihr stilles Flehen. »Die *Welt* läuft nicht davon, und nichts kann uns aufhalten.«

»Mein Geist lechzt nach mehr hiervon.« Am liebsten hätte sie vor Frustration geweint und den Altartisch entzweigeschlagen. »Obwohl mein Körper zu schwach dafür ist.«

»Du bist nur ein Mensch«, sagte er sanft.

»Ich bin mehr als ein Mensch!« brüllte sie zurück. Unter ihrer Stimme klang eine zweite Stimme mit, eine wütende Verzerrung ihrer gesprochenen Worte. Das Grollen eines Wesens, das sich vom Meeresboden erhebt. Rielle fixierte Corien mit einem spröden Lächeln. »Und ist das nicht genau das, was du immer wolltest?«

Corien schwieg beharrlich. Die Engel über ihnen zuckten zusammen.

Dann kam Corien näher, und sein Mund schwebte dicht an

Rielles Wange. »Du weißt, dass ich dich nicht dazu zwingen möchte, mit mir hineinzukommen, aber ich werde es tun, wenn du mir keine andere Wahl lässt.«

»Tu das, und ich töte dich«, knurrte sie.

Eine leise Lachsalve war die Antwort. »Das tust du nicht.«

Er hatte sich aus ihrem Geist herausgehalten, seit sie die Pforte geöffnet hatte und zum Nördlichen Stützpunkt zurückgekehrt war, doch jetzt spürte sie, wie er aufmerksam die äußeren Ränder ihrer Gedanken durchforstete. Er irrte sich nicht. Sie würde ihn nicht töten, denn es würde sie selbst vernichten, wenn sie es täte. Dann gäbe es niemanden mehr auf der Welt, der sie ohne Angst ansehen konnte.

Der Engel in ihren Händen vibrierte vor Vorfreude. *Kannst du mir Flügel machen, die schillerndes Licht verbreiten? Früher glänzten meine Flügel himmelblau und violett im Sternenlicht und bernstein- und lavendelfarben in der Sonne.*

Coriens eisäugige Leutnantin kam aus der Festung, flankiert von ihren Untergebenen. In ihren Armen lag der nackte Leichnam eines dunkelhäutigen Mannes. Rielle freute sich über die Vermessenheit der Frau, denn normalerweise bestand Corien darauf, selbst derjenige zu sein, der dem Menschen das Leben nahm.

»Rielle, ich schwöre dir, ich werde es tun«, sagte Corien. »Ich werde dich tagelang im Dämmerzustand halten und dir Essen in den Mund schaufeln.«

»Lass mich«, zischte sie, die Augen begierig auf den Leichnam gerichtet. In ihrer Brust regte sich etwas, heiß und blubbernd. »Ich muss arbeiten.«

Als die Leutnantin auf den Sockel trat, packte Corien Rielle am Arm und riss sie an sich.

Weißglühende Wut explodierte hinter ihren Augen, und sie stieß ihn mit einem spitzen Schrei davon. Der Sockel brach entzwei. Corien stolperte und wäre beinahe hingefallen.

Rielle überlegte nicht, bevor sie zur Tat schritt. Ein rasender Instinkt befahl über sie, dem sie beflissen gehorchte. Die in ihr brodelnde Macht schwappte über und rann glühend heiß über ihre Arme und Beine. Sie drehte den Engel zwischen den Händen, als wäre er lediglich ein geflochtenes Seil. Die Stränge seines Geistes dehnten sich und fransten aus, bis sie schließlich rissen. Er war Lehm unter ihren Fingern, von dem Teile abgezwickt und zerquetscht wurden.

Rielle ignorierte seine Schmerzensschreie, klatschte in die Hände und schickte ihn ins Vergessen.

Die Welt sackte unter ihren Füßen weg, und die Landschaft vor ihren Augen verschwand. An ihre Stelle trat ein endloses schwarzes Meer, ein Himmel voller Sterne.

Voller Furcht vor der Riesenhaftigkeit dieses Ortes, der an ihr zerrte wie ein Strudel, kämpfte sie gegen dessen Sog an, griff mit Geist und Händen nach Corien aus, konnte ihn aber nicht finden.

Dann schlug sie die Augen auf.

Sie stand wieder in dem schwarzen Meer, das sie aufgenommen hatte, nachdem sie die Obex in Patria getötet hatte. Flache, goldgeränderte Wellen schwappten sacht gegen ihre Schienbeine. Der Meeresboden war weich und bewegt, eine wallende Decke aus winzigen Steinchen. Darüber hingen unzählige Sterne, himmelblau, amethyst- und rosafarben, bronze- und elfenbeinfarben und in weiteren Tönen, deren Namen sie nicht kannte. So viele von ihnen schmückten den schwarzen Himmel, dass sie eine harte Scheibe aus miteinander verwobenen Edelsteinen zu bilden schienen, zwischen denen nur wenige fehlten.

»Endlich bist du gekommen«, sagte jemand hinter ihr.

Rielle wandte sich um. Vor ihr stand ein Mädchen in einem einfachen weißen Kleid. Es war klein und pausbackig, hatte einen blassen Teint und eine wilde dunkle Mähne, die ihr bis zur Taille reichte. Seine Lippen verzogen sich zu einem vertrauten, wissenden Lächeln.

Rielle wich zurück, während ihr kalte Schauer über die Haut liefen. »Wer bist du?«

Das Mädchen lachte. »Du weißt, wer ich bin.«

Sie wusste es. Der Klang ihrer eigenen Stimme schwang in diesen Worten mit. Das Kind war sie selbst, im Alter von fünf Jahren, nur dass ihre Augen grün gewesen waren und die Augen dieses Mädchens strahlend golden leuchteten. Eine Aura aus Licht umgab es, als würde es die Sonne in den Schatten stellen.

»Das verstehe ich nicht.« Rielle sah sich nach hinten um, als könnte sie Corien dort finden. Doch sie sah nur das Meer, endlos und glitzernd. »Bin ich gestorben?«

»Noch nicht«, antwortete das Mädchen heiter. »Die Hülle deines Körpers ist dort, doch dein Herz, dein wahres Selbst, ist hier bei mir. Es ist nicht der Tod, selbst wenn es so aussieht. Es ist *das Nächste.*«

»Ich würde mich gern selbst sehen«, sagte Rielle, krank vor Angst.

Das Mädchen rümpfte die Nase. »Wenn du unbedingt willst.«

Vor Rielles Augen erschien eine Vision ihrer selbst, reglos und mit glasigen Augen, zurück auf dem Berg. Haut und Lippen waren totenbleich. Corien saß auf den Stufen ihres Altars, hielt sie in den Armen und flehte sie an aufzuwachen. Brüllend befahl er seinen Offizieren, sie sollten die Heiler aus den Laboratorien holen.

Rielle erschauerte, als sie diese starre Version ihrer selbst sah. Auf jeden Fall *wirkte* sie tot.

»Keine Sorge.« Die Stimme des Mädchens war hell und klar. »Hast du mich nicht verstanden? Du bist noch nicht tot. Jetzt komm. Ich warte schon so lange auf dich. Begleite mich. Ich möchte dir zeigen, was hier ist.«

Nach kurzem Zögern ergriff Rielle die Hand des Mädchens, und sie spazierten durch das seichte schwarz-goldene Meer. Der weiße Kleidersaum des Mädchens schwebte auf der Wasseroberfläche.

»Hab keine Angst«, sagte es fröhlich und führte sie weiter. »Hier bin nur ich, und ich habe nicht vor, dir etwas anzutun. Ich glaube, es wird dir hier sehr gefallen. Wahrscheinlich findest du es sogar schöner.«

Rielle erschauerte. Sie sehnte sich gleichzeitig danach, ihre Hand loszureißen und das Mädchen in die Arme zu nehmen. »Wo sind wir?«

»Wir sind überall. Lass bitte meine Hand nicht los. Das macht es leichter für dich. Dein Geist ist noch immer ziemlich grob in seiner Menschlichkeit.«

Während das Mädchen Rielle weiterzog, begann der Himmel sich zu bewegen. Die Sterne rasten in strahlenden Farbströmen an ihnen vorüber, doch das Wasser blieb ruhig, als würde irgendwie jeder Schritt, den sie taten, über ihnen viele Meilen und unter ihnen nur wenige Zoll bedeuten.

Rielle schrie auf und stolperte, da ihr Geist den Widerspruch nicht zu fassen vermochte, doch der Griff der Kleinen war kräftig. Ihr Lachen übertönte das Tosen des Himmels.

»Wohin bringst du mich?«, keuchte Rielle.

»Ich will, dass du mich siehst«, antwortete das Mädchen. »Bin ich nicht schön?«

»Ich kann nicht hinsehen.« Tränen liefen über Rielles Gesicht, und ihr Brustkorb zog sich zusammen. Die Sterne zogen weiter mit enormer Wucht über sie hinweg, rauschend wie tosende Flüsse. Das Geräusch würde sie zerdrücken.

»Das verstehe ich. Deine Augen sind schlicht, aber das werden sie nicht immer bleiben. Es hat bereits begonnen.«

Stunden verstrichen. Schließlich öffnete Rielle die Augen weit genug, um zu sehen, wie ihre Füße unsicher durch das schwarze Wasser tappten. Die Meeresoberfläche reflektierte das Licht der Sterne nicht. Die Wellen bargen ihr eigenes Licht, als würden sie von tief unter Wasser brennenden Feuern beleuchtet.

Nach langem Schweigen fand Rielle ihre Stimme wieder und fragte: »Du bist das Empirium, nicht wahr?«

»Mach lieber die Augen ganz auf und sieh dich um.« Das Wispern des Mädchens ließ sie zusammenzucken.

Sie hatten haltgemacht und saßen nun im seichten Meer. Etwas kitzelte Rielle im Nacken, wollte, dass sie das Gesicht zum

Himmel erhob. Doch sie kämpfte dagegen an, obwohl es sie danach verlangte, nach oben zu blicken. Aber sie wusste: Wenn sie sah, was am Himmel über ihr hing, würde sie sich nie wieder abwenden wollen. Stattdessen sah sie zu, wie das warme Wasser gegen ihren gerundeten Bauch schwappte.

Verspielt fuhr das Mädchen mit den Händen durch die Wellen und lächelte dann Rielle an. »Hier gehörst du hin. Sieh auf und sag mir, dass du einverstanden bist. Ich wäre froh, wenn du einverstanden wärst.«

Rielle zögerte. Die Steine auf dem Meeresgrund glitten seidig durch ihre Finger, und jeder von ihnen pulsierte mit dem schnellen Rhythmus ihres Herzschlags.

»Schau doch nach oben«, bat das Mädchen erneut. »Du wirst es nicht bereuen.«

Rielle konnte nicht mehr widerstehen und hob den Blick zum Himmel.

Zwischen den Sternen drehten sich langsam Kugeln aus Licht und Stein – manche groß und nah, andere klein und fern. Manche wurden von farbigen Streifen eingefasst; andere waren kahl oder wolkenverhangen. Rielle sehnte sich danach, hinaufzugreifen und sie anzufassen. Sie setzte sich auf ihre Hände.

»Was ist das?«, flüsterte sie.

»Das sind Welten. Möchtest du eine?«

Rielle ignorierte die Frage. »Das verstehe ich nicht. Meine Welt sieht nicht so aus.«

»Das würde sie aber, wenn du in den Sternen wohnen und auf sie herabblicken würdest. Avitas ist hübsch. Grün und blau und weiß. Ein von Wolken durchzogener Edelstein.«

Rielle rang darum, einen klaren Gedanken zu fassen. »Sag mir: Bist du das Empirium?«

Das Mädchen sah enttäuscht drein. »Alles ist das Empirium.«

»Aber es muss doch einen einzelnen Ort oder ein Wesen geben, das mächtiger ist als alle anderen. Einen Ort, wo alles begann. Ein Wesen, das alles begonnen hat.«

»Muss es das geben?« Das Mädchen legte den Kopf schief. »Vielleicht bist du das Wesen, das alles begonnen hat, denn du entstammst dem Empirium, und das Empirium ist alles. Vielleicht hat nichts es begonnen, und es ist schon immer gewesen.« Ihre strahlend goldenen Augen blinzelten nicht. »Vielleicht bin ich das Empirium, eines von vielen, die existiert haben, und nun ist die Zeit für mich gekommen, als ein anderes wiedergeboren zu werden.«

Rielles Atmung ging flach. »Du redest Unsinn. Bist du das Empirium oder nicht? Bist du das Ding, das uns gemacht hat?«

»Würdest du versuchen, mich zu töten, wenn ich es wäre? Meinen Platz an dich reißen?« Die Stimme des Mädchens war kalt geworden. »Dein Engelsgeliebter würde sich das vielleicht wünschen. Seine Fragen sind blass. Sein Blickwinkel ist eng. Ohne deine Hilfe ist er unbedeutend.«

Das Mädchen stand auf und ergriff erneut Rielles Hand. »Es gibt noch mehr zu sehen. Du bist die Erste seit Urzeiten, die stark genug ist, um mich zu sehen. Ich würde gern alles von mir mit dir teilen.«

Rielle sah nach oben, während sie weitergingen und die Wellen um ihre Beine schwappten. Der Himmel war ein Fest aus Farbstreifen, Schichten um Schichten davon, als wäre der Sternenstrom in einzelne Facetten zerbrochen, die jetzt alle in verschiedene Richtungen flossen.

»Wenn du dem Empirium entstammst«, begann Rielle, »und ich auch, dann sehe ich nicht nur dich. Dann sehe ich mich selbst. In alledem – in diesen Sternen, diesen Welten. Ich werde in ihnen widergespiegelt.«

Die Stimme des Mädchens überschlug sich fast vor Freude. »Jetzt begreifst du es allmählich. Komm! Beeil dich!«

Rielle folgte ihr, eine neue leichte Grazie in ihren Schritten. Wie schön der Himmel war, wie prachtvoll in seiner Fremdartigkeit. Sie steckte die Hand in ihn und zog eine der sich drehenden Welten herunter. Ein kleiner, violetter Edelstein, über dessen Oberfläche zur Hälfte zornige gelbe Wolken wirbelten.

»Mach damit, was du willst«, flüsterte das Mädchen. Sie saßen am Rand des Meeres und ließen die Beine baumeln. Unter ihnen stürzte ein Wasserfall geräuschlos in die Finsternis. »Liebst du sie?«

Rielle musterte die Welt und ließ sie langsam zwischen ihren Handflächen hin- und herrollen. »Ich empfinde nichts für sie.«

»Was, wenn Wesen auf ihr leben?«

»Ja? Wie viele?«

»Millionen.«

Erschrocken entließ Rielle die Welt wieder zurück in den Himmel. Sie stand auf und sah zu, wie die Sterne sie verschluckten. »Ich möchte jetzt gehen.«

Das Mädchen runzelte die Stirn. »Aber es gibt noch so viel mehr zu sehen.«

»Ich bin müde.«

»Das wirst du nicht ewig bleiben.«

Rielles Augen füllten sich mit Tränen. Sie vermochte den Blick nicht vom Himmel zu wenden. Sie wollte einfach nicht aufhören, ihn anzusehen, sie wollte jede Welt vom Himmel pflücken und mit den Fingern darüberstreichen, bis sie sich deren Struktur eingeprägt hatte. Und trotzdem sehnte sich ihr Körper nach Ruhe, nach der warmen Behaglichkeit von Coriens Bett. Von dem Widerspruch bekam sie einen sauren Geschmack auf der Zunge, als hätte sie auf Metall gebissen.

Das Mädchen erhob sich. Ihr Griff um Rielles Hand war eisern, ihr Lächeln glitzernd. Rielle erkannte das Lächeln; sie hatte es selbst schon getragen.

Und dann erkannte sie mit schwindelig machender Klarheit, dass sie mit dem Empirium sprach, ja, doch sie sprach auch mit dem Teil ihrer selbst, der mehr sehen wollte, der erschaffen und vernichten und niemals damit aufhören wollte.

»Komm mit«, bat das Mädchen. »Du wirst sehen. Wir erheben uns, du und ich. Es gibt noch so vieles für uns zu tun.«

Sie tauchten wieder ins Meer und durchquerten es unter den

kreisenden Sternen. Das Mädchen ging jetzt schneller. Die Sterne und ihre Welten verschwammen zu unergründlichen Farbscheiben.

Eine Bewegung stach Rielle ins Auge. Sie blickte nach links und sah Spiegelbilder von sich selbst und dem helläugigen Mädchen, das ihre Hand hielt, das schwarze Meer zu ihren Füßen, das Chaos über ihnen. Unzählige Spiegelungen, die sich bis zum Horizont fortsetzten. Das Gleiche zu ihrer Rechten, vor ihr und hinter ihr. Ein unendliches Prisma ihrer selbst. Sie drehte sich suchend um sich selbst, und als sie nach Corien rief, hallte ihre angsterfüllte Stimme wider. *Corien?* Das einzelne, klagende Wort dehnte sich aus, Klangwellen, die aneinanderstießen, bis ihre Ohren gellten.

»Ich muss dir noch so vieles zeigen«, sagte das Mädchen stirnrunzelnd und zerrte Rielle weiter. »Komm. Hier entlang. Ich bin einsam und müde. Es ist so schön, eine Freundin zu haben. Bitte?«

Die zarte Statur des Mädchens war eine Illusion. Die Kraft, mit der sie Rielle durchs Wasser zog, entsprach der von zehntausend Wirbelstürmen. Rielle versuchte, sie zu bremsen, indem sie die Fersen in den weichen Meeresgrund grub, doch der Anblick ihrer Spiegelbilder, die allesamt dasselbe taten, brachte sie aus dem Konzept. Sie verlor das Gleichgewicht und drohte zu stürzen, doch das Mädchen fing sie auf.

»Schau!« Das Mädchen schwenkte den Arm über den Himmel. Die Sterne blieben in ihren tosenden Wirbeln stehen, verschmolzen dann ineinander und schrumpften. Helle Lichtperlen tupften den leer gefegten Himmel, jede umgeben von einem zarten Schein.

Rielle spürte, wie vor Angst ihre Knie nachgaben, und konnte nur noch staunen. Das Blut rauschte noch genauso in ihren Ohren wie zuvor, als die Sternenströme durch den Himmel gerast waren. Ihre Macht griff von ihrer Brust weiter aus – Dutzende tastender Finger, die alle nach mehr grabschten. Mehr Licht, um sich davon blenden zu lassen, mehr Welten zum Anfassen, mehr Geschwindigkeit. Sie sehnte sich danach, einen Ozean zu überqueren, der noch größer war als der zu ihren Füßen. Von Perle zu Perle zu hüpfen, während diese schimmernden Augen vom Himmel auf sie herabstarrten, und jeden Weg zu verfolgen, den sie einschlugen.

»Was ist das?«, hauchte sie.

Das Mädchen presste die Wange gegen Rielles Arm. »Eines Tages wirst du es erfahren«, murmelte sie verträumt.

Rielle, bitte! Komm zurück zu mir!

Beim Klang von Coriens ferner Stimme machte ihr Herz einen Satz. Ihre körperlichen Schmerzen kehrten zurück, als würden sie auf dem Rücken seiner Worte getragen: die Schmerzen ihres hungrigen Magens und ihrer ausgetrockneten Kehle. Sie wich zurück und löste den Blick vom Himmel.

Das Mädchen öffnete den Mund und jaulte vor wütender Verzweiflung, und die Welt versank in Finsternis.

Rielle lief durchs Wasser vor ihr davon, obwohl es ihr das Herz brach, diesen Teil von sich selbst zurückzulassen, der so rein und so fest in seinen Wünschen war. Sie hatte so viele Fragen, so viele Welten zu berühren. Mit jedem Schritt rechnete sie fast damit, auf eine weitere Felswand zu stoßen und von der Kante aller Dinge herabzustürzen.

»Du darfst mich nicht verlassen!«, heulte das Mädchen. »Das erlaube ich nicht!«

Etwas Heißes und Spitzes zerrte an Rielles Armen, ihrer Brust und ihren zitternden Knien. Sie blickte zurück und sah nichts. Ein schwarzer Abgrund und ihre Füße, die im Meeresgrund versanken, sowie eine entsetzliche Stille, die sie zu ersticken drohte.

Sie sandte einen Gedanken an Corien. Je weiter sie von dem Mädchen weglief, desto klarer konnte sie denken. *Halt mich fest. Lass mich nicht los.*

Ich habe dich. Seine Stimme war fest und ruhig. Er schickte ihr ein Bild nach dem anderen, jedes weniger trüb in ihrem Geist.

Die Festung erhob sich dunkel und wuchtig, die Berge zeigten ihr Kleid aus Schnee. Corien, wie er sie in den Armen hielt. Sie sah ihren eigenen regungslosen Körper flackern, eine Kerzenflamme im Wind. Wellen aus Gold überliefen die Haut dieses Körpers, und sie wusste, dass sie brennend heiß waren, denn sie spürte die glühende Hitze in ihrem eigenen Blut, wo sie pulsierte wie kochendes Wasser, und trotzdem wich Corien nicht zurück. Er hielt sie und hielt sie, flüsterte ihren Namen gegen ihr Haar und rief sie mit seinem Geist zu sich übers Meer. Die gellenden Schreie des Mädchens wurden immer schriller und derart ohrenbetäubend, dass Rielle fürchtete, ihr werde der Schädel platzen, ehe sie entkommen konnte.

Auf einmal prallte eine kalte Wand gegen sie und rammte ihr Luft in die Lungen.

Sie wurde in sich selbst zurückgeworfen, fühlte die zarte Feuchte fallender Schneeflocken auf ihren Wangen und Coriens Wärme neben sich und begann zu lachen. Tränen benetzten ihr Gesicht, und ihre Brust schmerzte von wilden Schluchzern.

»Wo warst du denn?«, fragte Corien leise, nachdem sie sich beruhigt hatte und ihr Lachen verebbt war.

Sie presste das Gesicht gegen seinen Mantel. »Ich war bei dem, was als Nächstes kommt«, flüsterte sie. »Ich war in mir selbst und habe gesehen, was ich bin und was ich sein werde. Ich habe die Sterne betrachtet, sie nach unten gezogen und gehalten.«

Corien schwieg. Sie spürte, dass sein Geist jedes ihrer Worte prüfte.

»Würdest du gern zurückkehren?«, fragte er schließlich.

Rielle suchte den Stützpunkt ab, da sie wissen wollte, was in ihrer Abwesenheit geschehen war. Ihre Macht glitt über das Empirium und zeigte ihr Bilder: Die Lawine, die sie ausgelöst hatte, als das Empirium sie nahm, wie sie den Berg hinabgedonnert war und Dutzende Adatrox zerquetscht hatte. Eisklötze waren in eines der Gehege mit den verdammten Eisdrachen gekracht. Einige von ihnen waren nun frei und flüchteten in die Berge. Neben ihnen her humpelten ihre Kammeratkameraden, diese seltsamen, sturen kleinen Eigenbrötler aus Borsvall, denen die Gesellschaft von Drachen lieber war als die von Menschen.

Und, wie Rielle mit gewissem Interesse registrierte, sie waren nicht allein.

Ihre Begleiter waren Obritsa und ihr Wächter Artem. Außerdem Ilmaire Lysleva und ein zweiter junger Mann an seiner Seite. Ein weiterer Kammerat.

Augenblicklich spürte Rielle Coriens wachsenden Ärger. Jetzt, wo sie in Sicherheit war, würde er sie alle töten.

»Tu ihnen nichts«, mahnte sie ihn. »Wer ist dieser Mann? Ich kenne ihn nicht.«

»Er heißt Leevi«, antwortete Corien mit vor Wut gepresster Stimme. »Einer von den Kammerat, ein ehemaliger Gefangener von hier. Er ist vor Monaten entkommen, und jetzt kehrt er mit dem König von Borsvall und noch weiteren Kammerat zurück, in der Absicht, ihre Sippschaft zu retten.« Coriens Stimme klang verzerrt. »Wie heldenhaft.«

»Lass sie gehen«, sagte Rielle, die bereits das Interesse an dem aufgeregten Grüppchen verlor.

Coriens Gedanken formierten sich zu geballten Fäusten. »Sie werden glauben, sie hätten mich geschlagen.«

»Und wenn?« Rielle berührte seine Wange und drehte sein Gesicht zu sich. »Das spielt doch letztlich keine Rolle. Wir bringen sie alle um. Oder sie leben weiter und sehen, wie wir uns erheben. Oder sie sterben durch eigene Hand, außerstande, die Qual ihres Scheiterns zu ertragen. Was auch immer davon geschieht, ihre Freude wird von kurzer Dauer sein.«

Sie spürte, wie sich Corien beruhigte, und sah die Anspannung von seinen Schultern weichen. Er presste den Daumen gegen ihre aufgesprungene Unterlippe.

Sie lächelte ihn an. »Siehst du? Sie bedeuten nichts für uns. Lass sie in die Berge fliehen wie aufgeschreckte Kaninchen. Ich möchte gern sehen, wie sie die Sinnlosigkeit ihrer Flucht erkennen. Ich würde gern ihre Gesichter sehen, wenn ihnen das dämmert. Du nicht?«

Corien presste seine Stirn gegen ihre und schloss die Augen. Sein Geist hob sich sacht, um ihrem zu begegnen, und als er sie das nächste Mal anblickte, war er ruhig.

Da fiel Rielle etwas ein. »Habe ich ihn getötet?«, fragte sie und dachte an den Engel, den sie zwischen ihren Händen zerquetscht hatte.

Schweigen. Corien streichelte ihren Arm. »Ja.«

»Ich kann mich kaum daran erinnern«, sagte sie, und doch konnte sich das Mädchen in ihr, dessen Augen in ihrem endlosen Meer glitzerten, an jedes Detail des Engels erinnern, daran, wie es sich angefühlt hatte, ihn mit ihrer Macht aufzuspalten. Nichts als Staub in ihren Händen, ohne Weiteres weggefegt.

»Es tut mir leid«, fügte sie hinzu, weil sie das Gefühl hatte, es sei das Richtige.

»Er hat mir sehr wenig bedeutet. Ein Kind aus einer einfachen Familie, weder stark noch klug.« Corien hielt inne. »Und außerdem meinst du es nicht so.«

Er hatte recht. Der Tod dieses Engels hatte sie an diesen Ort unter den rasenden Sternen geführt, und schon jetzt sehnte sie sich dorthin zurück.

Doch bevor sie das tun konnte, musste sie noch stärker werden, im Geist wie im Körper, damit sie verstand, was sie sah, und dessen würdig war. Ja, mehr noch, sie musste noch einmal in die Augen all jener blicken, die sie gefürchtet hatten. Sie dachte an sie und suchte ihre Namen mühelos aus ihren fernen Erinnerungen heraus: Audric, Ludivine, der Archon, Miren Ballastier, Königin Genoveve. Tal, von ihrer Hand getötet.

Sie führte sich jedes ihrer Gesichter vor Augen und fühlte kalten, weißen Ärger aufwallen. Sie würden sie auch jetzt noch verfluchen. Sie würden sie noch immer als Mensch sehen, sie betrachten, als wäre sie eine von ihnen. Vielleicht würden sie sich immer noch einbilden, sie könnten sie besänftigen.

Coriens Lippen streiften ihre Stirn. Sie spürte, wie sie ihn verblüffte, wie vorsichtig er sich in ihrem Geist bewegte, als ginge er barfuß zwischen Scherben umher.

»Was willst du eigentlich, Rielle?«

»Ich will, dass alle das Wunder unseres großen Werks sehen und auf die Knie fallen«, sagte sie. »Ich will durch das schwarze Meer wandern und die Lichter erklimmen, um zu sehen, was dahinter liegt.«

Sie blickte auf, und ihr Traumbild ließ Corien in Goldtönen erglänzen. Er holte geräuschvoll Luft, und sie überlegte stolz, wie sie ihm wohl jetzt erschien, nachdem sie eine ganze Welt in den Händen gehalten hatte. Wenn sie zur Festung zurückkehrten, würde sie als Erstes ihren Spiegel aufsuchen, ehe sie auch nur einen einzigen Bissen zu sich nahm.

»Ich will noch einmal jenen in die Augen blicken, die mich fürchten, und ihnen zeigen, was aus mir geworden ist«, erklärte sie, und ihre Stimme bebte, als sie daran dachte. »Ich werde ihnen beweisen, dass sie recht damit hatten, mich zu fürchten, und dass ich mich nie wieder vor dem wahren Ausmaß meiner Macht verstecken werde.«

Rielle blickte an Corien vorbei in den dumpfen, grauen Himmel und tröstete sich damit, indem sie ihn sich verwandelt vorstellte – weit und brausend und leuchtend von Sternen.

30
LUDIVINE

»Als die Welt noch jung war, hell von Feuer und schwarz von Stürmen, berührte das Empirium den weißen Sand von Patrias Nordküste und erschuf aus dem Staub ein Wesen von solcher Schönheit, dass einen Moment lang sämtliche Bestien auf der Welt den Atem anhielten. Diesem Wesen hauchte das Empirium die Gabe langen Lebens ein, ließ es auf neugeborenen Flügeln aus Licht und Schatten, die bis zu seinen Knöcheln reichten, in die Wolken schweben und nannte es Engel.«

Das Mädchen im Mond und andere Geschichten, eine Sammlung von Folklore und Mythologie der Engel

Von ihrem Boot aus beobachtete Ludivine die Kriegsschiffe aus Mazabat draußen auf den Wellen. Ihr Umhang war nass vom Meerwasser und ihre gestohlenen Menschenaugen tränten vom Wind.

Es waren fünfzehn Schiffe, deren bauchige Holzrümpfe und leere Decks auf Hochglanz poliert waren. Ein Banner in Aquamarin und Smaragdgrün flatterte stolz von jedem Mast, während die Schiffe mit voller Fahrt übers Meer pflügten – doch sie waren unbemannt und wurden von Wasserwandlern und Windflüsterern vorangetrieben, die auf Booten rings um das von Ludivine standen.

Irgendwo über ihnen, still und ungesehen in tiefster Nacht, hielt Atheria Wache, bereit, herunterzustoßen und Audric herauszuholen, falls nötig.

»Du schlägst dich blendend, Lu«, bemerkte Audric leise und berührte ihre Schulter, was sie mit einem Gefühl der Dankbarkeit erfüllte. Selbst durch ihren Umhang und ihr Kleid wirkte die Wärme seiner sonnengetränkten Haut wie ein vertrauter Balsam, der jedoch ein schmerzhaftes Ziehen in ihrer Brust auslöste.

Er hatte sie schon so lange nicht mehr berührt, ein Gedanke, den sie lediglich an sich vorbeiziehen lassen durfte. Ihn offen anzunehmen, würde sie niederschmettern.

Audric nahm wieder seine Position am Bug des Schiffes ein. Er war kein Seemann, und doch schien er sich dort wohlzufühlen, während sein Umhang im Wind flatterte.

Ludivine betrachtete die Soldaten, die ihre Boote ruderten, und die Elementherrscher, die sich abmühten, die leeren Kriegsschiffe über den Ozean zu manövrieren. Wenn die Müdigkeit sie übermannte, blickten sie zu Audric, diesem König, der nicht ihr eigener war. Königin Fozeyah war in Quelbani geblieben und bewachte die dortigen Verteidigungsanlagen, für den Fall, dass eine rasche Vergeltungsaktion von der celdarischen Marine erfolgte oder ein weiterer Sturm drohte. Königin Bazati und tausend Soldaten aus Mazabat zogen über Land nach Celdaria.

Prinzessin Kamayin saß hinter Ludivine. Sie arbeitete genauso hart wie die anderen Wasserwandler, die sie befehligte, wofür sie ihr still dankten. Wenn Ludivines Gedanken zu Kamayin wanderten, leuchteten sie vor Liebe.

Aber Audric liebten sie auch. Sie fanden ihn im Dunkeln mit windzerzausten Locken, die braune Haut innerlich vom Mondlicht und äußerlich vom Sonnenlicht schimmernd. In ihre Gedanken eingebrannt war der Moment, als er ins Auge des Orkans getaucht war und ihn von innen heraus zerstört hatte, sein Schwert blitzend in den blutbeschmierten Händen, während der Himmel golden erstrahlte.

Seit diesem Tag besaß seine Haut einen neuen Glanz. Goldene Lichtfäden durchzogen seine Locken. Ludivine hatte ihn schon immer schön gefunden – die warmen braunen Augen, die vollen Lippen, das markante Kinn.

Jetzt wirkte er wie aus einer Heiligenlegende. Der Lichtbringer, ein Nachkomme von Sankt Katell, wiedergeboren im Bauch eines Sturms.

Ihre Hände zitterten. Der mentale Schild, den sie aufgebaut hatte, um ihre Boote zu schützen, wankte nicht. Doch die dunklen Gedanken, die schon seit Monaten in ihrem Geist rumorten, regten sich, schwollen an und drohten überzuschwappen.

Um sie im Zaum zu halten, dachte sie ihren Plan noch einmal durch.

Das Silarrameer war ein stumpfer Speer aus Wasser zwischen der Südküste Celdarias und der Nordküste Mazabats. Sie waren nun schon seit einer Woche auf See, und Ludivine konnte die dunkle Linie der celdarischen Küste am Horizont erkennen.

Sie hatten eine Nachricht vorausgesandt: *Der Thronräuber wird fallen. Die Sonne wird aufgehen.* Und jetzt nahmen fünfzehn Kriegsschiffe Kurs auf Celdaria. Hunderte von Merovec Sauvilliers Soldaten waren aus der Hauptstadt nach Süden geritten, um eine Verteidigungslinie aufzubauen. Ludivine spürte sie selbst jetzt – eine starke Truppe, die an der Küste wartete, während andere auszogen, um ihnen auf eigenen Kriegsschiffen zu begegnen.

Da so viele seiner Kämpfer die Hauptstadt verlassen hatten, wäre Merovec auf das Eintreffen von Königin Bazati und der ersten Welle ihrer Armee völlig unvorbereitet. Ludivine dehnte ihren Geist nach Osten aus, in Richtung der Straße, wo die Armee der Königin entlangzog, und freute sich, sie auf Kurs zu finden. Sie hatten Mazabat Tage vor Audrics Seestreitmacht verlassen und würden in nicht einmal zwei Tagen in der Hauptstadt eintreffen, lange bevor die Soldaten, die Merovec an die Küste entsandt hatte, in die Stadt zurückkehren und sie verteidigen konnten.

Alles war, wie es sein sollte. Dennoch war dies kein Trost, und Ludivines Gedanken blieben ein wirres Knäuel aus Furcht und Scham.

Sie leckte sich über die Oberlippe, schmeckte das Salz ihres Schweißes und wunderte sich. Seit Jahren lebte sie in diesem Körper und hatte sich noch immer nicht an dessen Merkwürdigkeiten gewöhnt – die eisigen Schauer der Angst, das hitzige Aufwallen von Verlangen, das quälende Nagen von Hunger. Vor Jahrhunderten hatte sie natürlich als Engel auch solche Dinge empfunden. Doch als Mensch war jedes Gefühl so viel unmittelbarer, der Hunger drängender und das Verlangen unstillbarer.

Sie schloss die Augen und kämpfte gegen den Sog der Erinnerung an. Sie selbst, quer über Audrics Bett auf Baingarde liegend, Rielle in ihrer Mitte. Audric lesend im Kerzenschein, während Ludivine abwesend mit Rielles Haaren spielte. Rielle schnarchend, die Wange gegen Ludivines Arm gedrückt.

Heiße Tränen schnürten Ludivine die Kehle zu. Sie wusste, dass solche Momente nie mehr kämen.

Was ist denn? Audric suchte die celdarische Küste ab. *Du bist bedrückt.*

Es ist nichts, erklärte Ludivine und war erleichtert, als die Lüge unbemerkt durch ihn hindurchglitt.

Rielle hätte sie augenblicklich registriert.

Dein Schild hält. Seine Gedanken waren ruhig, eine feste Hand, die sie durch ein dunkles Labyrinth führte. *Ich hoffe, du bist stolz auf deine Leistung. Sie ist bemerkenswert.*

Ludivine hätte beinahe gelacht. *Bemerkenswert wäre es gewesen, wenn ich stärker gewesen wäre. Wenn ich es geschafft hätte, gegen Coriens Zugriff auf Rielle anzukämpfen und sie von ihm zu lösen. Wenn ich sie überredet hätte, seine Seite zu verlassen und auf unsere zurückzukehren, bevor sie die Pforte geöffnet hat.*

Während sie übers Meer glitten, dachte Ludivine an jenen Tag in Quelbani zurück, als der Himmel sich verfinstert hatte und die Welt zum Stillstand gekommen war. Sie hatte nach Rielle ausgegriffen und matte Geisterbilder davon gesehen, was sie getan hatte – die Pforte aufgerissen und Hunderttausende Engel befreit. Ludivine spürte, dass die Erinnerung auch in Audrics Geist widerhallte und seine Gedanken verdunkelte. Sie wünschte, sie könnte seine Hand halten.

Doch ihn zu berühren würde alles nur noch schwerer machen.

Ludivine presste die Handflächen aneinander und ließ ihre Gedanken abermals über die Hülle ihres Schilds fließen. Je sorgfältiger sie sich ans Werk machte, desto weniger Platz blieb in ihr für Schuldgefühle. Schuldgefühle würden verblassen und aufhören. Irgendwann hätte sie überhaupt keine mehr.

Auf einmal ertönte ein prasselndes Pfeifen. Ein glühender Speer aus Elementarmacht schoss durch die Luft, und eines der mazabatischen Kriegsschiffe ging in Flammen auf.

Am Horizont leuchteten zahlreiche helle Lichter. Winzige Feuer, wütend und wach.

»Sie sind da«, murmelte Audric und fuhr mit den Fingern an der Küstenlinie entlang. »Und sie haben Feuerzeichner.«

Ludivine spürte, wie sehr es Audric aufwühlte, die Schiffe, die sein eigener Vater hatte bauen lassen, in den Händen des Feindes auf sich zufahren zu sehen. Ihre Segel waren Geister, ihre neuen Flaggen des Hauses Sauvillier grau und schwarz im Mondlicht.

»Ruderer, hart steuerbord!«, dröhnte Audrics Stimme übers Wasser.

Die Ruderer gehorchten. Die sechs Boote drehten nach rechts, eine dichte Formation innerhalb von Ludivines Schutzschild. Kamayin befehligte ihre Elementherrscher in einem nordmazabatischen Dialekt.

»Von Himmel zu Himmel!«, rief sie. »Von See zu See! Beständig stehe ich! Nie flüchte ich!«

Die Windflüsterer nahmen den Ruf auf und sangen den Windritus, während sie weiterarbeiteten. Und dann setzten die Wasserwandler ein und wiederholten Kamayins zweites Gebet:

»O Seen und Flüsse! O Regen und Schnee!« Ihre Stimmen bildeten eine ungebrochene Klangkette über den Wellen. »Erstickt die Schreie unserer Feinde!«

Sie ließen die unbemannte mazabatische Flotte weiter ohne Pause nach Norden segeln, selbst als ein Schiff nach dem anderen Feuer fing und verbrannte. Die Kriegsschiffe trafen auf die celdarische Flotte, ohne dass Pfeile abgefeuert oder Schleudern abgeschossen worden wären.

»Dreht ab, ihr Idioten«, flüsterte Audric, denn die celdarischen Schiffe entfernten sich nur langsam von den Schiffen, die sie bedrängten.

Ludivine stand mit dem Rücken zu den Flammen, spürte jedoch trotzdem, wie verwirrt die Kapitäne waren. Fünfzehn wertvolle mazabatische Kriegsschiffe, die mit voller Fahrt ihrer Zerstörung entgegensegelten?

Sie erlaubte sich ein angedeutetes Lächeln, als ihre sechs kleinen Boote weit um das Chaos herum auf die celdarische Küste zuhielten. Durch Audrics Augen sah sie die brennenden mazabatischen Schiffe die verwirrte celdarische Flotte umzingeln, und sowie sie an Ort und Stelle waren, rief Audric einen einzigen Befehl.

Sofort senkten die Elementherrscher die Arme. Köpfe sanken auf Schultern. Manche lehnten sich über Bord und würgten.

Doch sie mussten immer noch die Küste erreichen, also rief Kamayin nach ein paar Augenblicken Ruhe aufmunternde Worte, und ihre entkräftete Flotte nahm abermals Kurs auf Celdaria.

Ludivine starrte auf die dunkle Küstenlinie. Ihr Herz war ein wildes Tier und schlug im Galopp eines fliehenden Pferdes.

Audric kniete sich neben sie. »Nur noch ein klein wenig länger, Lu«, sagte er. Er klang müde; sie spürte, wie ihn die Gedankensprache erschöpft hatte. »Dann können wir uns ausruhen und verschnaufen. Du hast dich so gut geschlagen.«

Sie verkantete den Kiefer gegen die Wärme seiner Stimme. Wie sehr sie deren Wiederkehr in diesen langen Wochen herbeigesehnt hatte. Und wie sie jetzt darum rang, sie sich aus dem Kopf zu schlagen.

Ja, sie würden bald die Küste erreichen. Sie würden sich ausruhen.

Und dann würde sie davonlaufen.

Die Wasserwandler versenkten die Boote in aller Stille in einer tiefen Bucht an der celdarischen Küste, etwa hundert Meilen von Luxitaine entfernt auf dem Land, wo es nur kleine Bauernhöfe und Felder mit schläfrigen Ziegen gab. Dann errichteten sie ein behelfsmäßiges Lager in einem struppigen Gehölz neben einem Olivenhain. Die Luft war warm, doch in Âme de la Terre, hoch oben in den Bergen, wäre es durch den Frühlingsschnee noch kühl.

Ludivine wartete, bis der größte Teil ihrer Gruppe eingeschlafen war. Nur zwei Personen waren noch wach: eine blasse, stämmige Frau und ein braunhäutiger Hänfling, keiner von beiden ein Elementherrscher. Soldaten, die sich gegenseitig leise von ihren schmerzenden Armen und ihren vom Rudern mit Blasen übersäten Händen vorjammerten. Trotzdem spürte Ludivine den Stolz zwischen ihnen blühen, die Freude darüber, Audric sicher an Land gebracht zu haben.

Ihre Kehle schmerzte, als sie die beiden in den Schlaf schickte. Sie würden ungefähr in einer halben Stunde wieder aufwachen und sich dafür schämen, eingeschlafen zu sein. Dann würden sie einander schwören, es niemals zuzugeben.

Eine schmale Mondsichel stand über dem stillen Lager. Eine Ziege meckerte auf einem Feld in der Nähe.

Ludivine schlotterten die Knie, als sie an den Soldaten vorbeiging. Sie brauchte nicht zu schleichen; die Macht, die sie auf der Überfahrt abgeschirmt hatte, schirmte sie auch jetzt ab. Sie würden weder ihre Schritte hören noch den Luftzug spüren, den ihr Körper verursachte.

Trotzdem tappte sie zögerlich voran, als überquerte sie einen gefrorenen See. Eine Art Wahn hatte sie gepackt. Ihre Gedanken schrien, und sie vermochte deren wilden Aufruhr nicht zu dämpfen.

An einer krummen Eiche machte sie halt. Ihr Nacken juckte von Schweiß. Einen Moment lang spähte sie in die dunkle Landschaft und auf das Bauernhaus auf der Anhöhe zu ihrer Rechten.

Sie hätte nun gehen und alles hinter sich lassen können.

Doch sie konnte sich einen letzten Blick auf ihn nicht verkneifen.

Audric lag schlafend unter der Eiche, die Sonnengarde in einem engen Kreis um ihn herum. Sloane schlief nicht weit entfernt, mit verschränkten Armen und besorgter Miene.

Ludivine kniete sich neben Audric und umfasste sein Gesicht mit beiden Händen. Sie ertrug es kaum, ihn anzusehen, so weich und liebenswert, wie er im Schlummer lag. Die elegante, gerade Linie seiner Nase und die Furche auf seiner ernsten Stirn. Noch im Schlaf sah er aus wie ein König.

Ohne dass er erwachte, küsste sie ihn auf Schläfen und Wangen. Sie presste ihre Stirn an seine, atmete die Luft ein, die er ausatmete, und fuhr mit dem Daumen sein Kinn entlang.

»Ich liebe dich, mein Freund«, flüsterte sie. »Ich habe dich immer geliebt.« Sie erinnerte sich an die Worte, die er Rielle geschenkt hatte, wie zärtlich seine Miene gewesen war, als er sie sprach. »Mein Licht und mein Leben«, flüsterte sie und presste dann ihren Mund auf seine Wange.

Tränen strömten ihr übers Gesicht, und ihre Brust war so zugeschnürt, dass sie fürchtete, sie werde in sich zusammenfallen. Sie erhob sich, ohne ihn noch einmal anzusehen. Als sie von ihm davonstolperte, fühlte es sich so an, wie sie sich den Tod vorstellte. In seinem Schlaf ahnte Audric nichts von ihrer Feigheit; wenn er erwachte, würde die Erkenntnis ihn schwer treffen.

Sie legte sich eine Hand aufs Herz, in der Hoffnung, so den Schmerz zu lindern. Doch sie wusste, er würde nie enden. Sie wusste es, und trotzdem verließ sie Audric, im Vertrauen darauf, dass er es auch ohne ihren Schutz durch Âme de la Terre schaffen und sich nach Baingarde einschleichen könnte. Er hatte ja die Sonnengarde, beruhigte sie sich. Er verfügte über vierzig Elementherrscher, vierundzwanzig vorzügliche Soldaten und eine Prinzessin von Mazabat.

Sie brauchen keinen Engel, sagte sie sich, und weil sie alle schliefen und weil sie sich so perfekt versteckt hatte, weinte sie auf ihrer Flucht hemmungslos. Ihre Schluchzer griffen nach ihrer Brust wie ein stählerner Handschuh. Sie erklomm eine kleine Anhöhe und wischte sich mit lehmverschmierten Händen das Gesicht.

Oben angelangt, setzte sie sich auf einen in der Mitte gespaltenen flachen Felsen. Er wackelte unter ihr, während sie heftig weiter weinte. Sie schlang die Arme um sich selbst und sandte jede Erinnerung an ihre gemeinsamen Jahre an Audric. Jeden Nachmittag, den sie faulenzend auf dem Teppich vor den offenen Fenstern in seinen Gemächern verbracht hatten, jede Nacht, die sie aneinandergekuschelt in seinem warmen Bett gelegen hatten. Seine Arme um sie oder um Rielle geschlungen. Sein dunkler Schopf über ihrem hellen, Rielles Gesicht an ihren Hals gedrückt, oder seines, wie er sich beim Einschlafen glücklich an sie beide schmiegte.

Wenn er erwachte, würde er die Erinnerungen sehen und Ludivine hassen. Er würde sie dafür hassen, dass sie sie ihm geschickt hatte und ihm so vergegenwärtigte, was sie beide verloren hatten, und noch mehr würde er sie dafür hassen, dass sie ihn verlassen hatte. Er würde es nicht verstehen, und sie würde ihm keine Erklärung hinterlassen, da die Wahrheit zu peinlich war.

Jahrelang hatte sie von einer Zukunft mit den beiden geträumt. Sie würden älter werden und Kinder bekommen. Rielles Macht würde wachsen, und sie würde das Empirium einsetzen, um die Verbindung zwischen Ludivine und dem Körper zu stärken, den sie mittlerweile als den ihren empfand. Rielle würde ihr dabei helfen, endlich richtig mit ihm zu verschmelzen, endlich ein *Mensch* zu werden, oder zumindest beinahe – ihrer langen Lebensdauer entledigt, durch Rielles göttliches Wirken zu etwas Rohem und Zerbrechlichem reduziert. Und Ludivine könnte sich endlich ausruhen, müsste nicht mehr darum ringen, innerhalb eines Körpers intakt zu bleiben, sondern könnte einfach nur existieren. Als ein Wesen, das niemand fürchten oder ablehnen würde. Sie würde Rielle und Audric lieben, bis ans Ende ihrer Tage über sie und ihre Familie wachen und zusammen mit ihnen alt werden und sterben, und niemand würde je von ihr verlangen, ohne die beiden zu leben.

Doch stattdessen hatte sie die beiden komplett im Stich gelassen. Sie wusste es seit Monaten. Entweder einer von ihnen oder alle beide würden in dem bevorstehenden Kampf umkommen, vielleicht sogar durch die Hand des anderen, und Ludivine ertrug es nicht, das mit anzusehen.

Sie erhob sich unsicher und wischte die Zweige von ihrem Rock. Als sie sich umdrehte, erspähte sie eine lauernde schwarze Masse zwischen den Bäumen. Riesengroß und beängstigend still. Selbst in der Dunkelheit waren Atherias schwarze Augen unübersehbar. Sie fixierten Ludivine, als wäre sie ein Beutetier.

Ludivine erstarrte. Unter dem Blick des Göttertiers erschien ihr geistiger Schild ihr jämmerlich und kindisch. Nie hatte sie sich schmerzhafter als der Feigling gefühlt, der sie war.

»Meine Liebe war nicht genug, um sie zu retten«, flüsterte sie und schlang sich die Arme um den Bauch. »Wenn ich bleibe und sie sterben sehe, wird es mich umbringen.«

Die Chavaile starrte nur und schlug heftig mit dem Schwanz.

Ludivine wandte sich ab, lief schnell durch einen Obstgarten und über die dahinterliegenden Felder, stieg über einen groben Holzzaun und blickte erst zurück, als sie am Ufer eines kleinen Bachs angelangt war.

Atheria hatte sie nicht verfolgt. Wenn Audric erwachte, würde er die Chavaile an seiner Seite vorfinden. Vielleicht würde er in ihren großen dunklen Augen die Wahrheit erkennen, die sie vernommen hatte.

Ludivine reckte die Schultern und blickte zum nördlichen Horizont. Dort waren Hügel und dahinter Berge. Waldflächen und Flüsse, die zum Meer strömten. Sie wusste nicht, wohin sie sich wenden, was sie tun sollte. Sie wusste nur, dass ihr Herzschlag und ihre Schritte das Wort *Feigling* heraushämmerten und ihr die lodernde Angst zu fliehen befahl.

Wenn sie floh, konnte sie sich verstecken.

Und solange sie sich versteckt hielt, wenn die Welt endete, konnte sie zufrieden im Kokon ihrer Erinnerungen leben und so tun, als hörte sie nichts.

31

AUDRIC

»Wochenlang haben die Magister und ich Merovec nahegelegt, die Truppenverstärkungen und Verteidigungsmaßnahmen umzusetzen, die du in deinem letzten Brief erläutert hast, doch er lehnt sie allesamt ab. Er beharrt darauf, dass sich die wahre Gefahr innerhalb der Mauern von Âme de la Terre befinde. Er setzt seine Verhöre von Elementherrschern fort und weigert sich, über unsere Grenzen hinaus auf die wahre Gefahr zu blicken. Vermutlich weil ihm der Gedanke an das, was auf ihn zukommt, Angst macht. Er ist außerstande, der Bedrohung ins Auge zu sehen. Viele Elementherrscher werden vermisst. Gerüchte, wonach sich auf Baingarde die Leichen stapeln, verbreiten sich wie Lauffeuer in den Straßen. Es tut mir im Herzen weh, dir diese Nachricht zu senden, aber ich kann dir auch Folgendes mitteilen: Die Rote Krone steht bereit. Alles ist auf deine Rückkehr eingestellt. Eine Liste von Erläuterungen, mit verschiedenen Boten versandt, wird in Kürze zu dir unterwegs sein. Geduld und Mut, mein König. Bald wirst du zu Hause sein. Für Krone und Vaterland schützen wir das wahre Licht.«

Verschlüsselter Brief von Miren Ballastier an den im Exil lebenden König Audric Courverie, datiert vom 21. Februar im Jahr 999 des Zweiten Zeitalters

An jeder Kurve in den engen, finsteren Gängen unter dem Mount Cibelline hielt Audric den Atem an und hoffte darauf, im nächsten dunklen Abschnitt Ludivine stehen zu sehen.

Sie wäre sprachlos vor Freude. Aus dem Norden gäbe es Neuigkeiten. Sie war nicht davongelaufen, sondern hatte sich nur versteckt gehalten, um gefahrlos Kontakt zu Rielle aufnehmen zu können. Und jetzt käme Rielle nach Hause geflogen, auf einem anderen herrlichen Göttertier, das aus den Wolken herabgestiegen war, um sie zu retten – was, wie Ludivine behaupten würde, natürlich Atheria eifersüchtig machen würde. Er würde lachen und sie umarmen, und dann würde Ludivine sie alle beschützen – Audric, Sloane, Evyline und die Sonnengarde, Kamayin und ihre Soldaten –, wenn sie sich in der Nacht nach Baingarde einschlichen. Und bis Rielle in der Heimat eintraf, würde das Schloss wieder ihm gehören.

Doch die Tunnel blieben finster und man hörte nur sein Atmen und die Schritte seiner Freunde und Verbündeten. Der andere Teil Audrics, der weniger hoffnungsvolle, kannte die Wahrheit:

Ludivine würde nicht zurückkommen.

Sie erklommen eine schmale, tief in die Erde gehauene Steintreppe. Evyline bestand darauf, die Gruppe anzuführen; sie und Sloane waren diesen Weg vor Monaten schon einmal gegangen und kannten ihn gut. Audric staunte darüber, wie die Zeit vergangen war. Nur wenig mehr als vier Monate waren seit seiner unseligen Hochzeit verstrichen, doch die langen Wochen seitdem kamen ihm wie eine halbe Ewigkeit vor, und dass seine Heirat mit Rielle in derselben Nacht stattgefunden hatte wie Merovecs Umsturz – derselben Nacht, in der er aus seiner Heimat geflohen war –, erschien ihm bizarr, ja geradezu unmöglich.

Während er die Treppe hinaufging, stieg ihm der beißende Geschmack der Scham in den Mund. Sloane und Evyline, die Königinnen von Mazabat sowie Prinzessin Kamayin hatten ihm allesamt mehrmals versichert, dass es nicht Feigheit gewesen sei, die ihn in die Flucht getrieben hatte, doch es fiel ihm schwer, ihnen zu glauben.

In einem solchen Moment hätte sonst Ludivine nach ihm ausgegriffen. *Es war keine Feigheit,* hätte sie mit ihrer leisen, festen Stimme gesagt. *Es war Klugheit. Du konntest nicht wissen, welche Verbündeten dir bleiben würden. Die von Corien ausgesandte Vision hatte bereits das komplette Chaos ausgelöst. Du bist der Thronerbe. Wenn du in jener Nacht dageblieben und umgekommen wärst, wäre das Reich von Sankt Katell und ihren Nachkommen tatsächlich verloren gewesen.*

Doch Audrics Geist blieb ihm allein vorbehalten und war abgesehen von seinen eigenen sich im Kreis drehenden Gedanken leer. Mit jedem Schritt auf seinem Weg durch den Berg spürte er sich selbst in den schweren, dunklen Sumpf zurücksinken, aus dem er sich in den letzten Wochen mühsam herauszukämpfen begonnen hatte. Er sehnte sich nach einem tiefen Schlaf, danach, sich in eine Ecke dieser kalten Gänge zusammenzurollen und zu verkriechen, die seine Vorfahren gebaut hatten, und für immer die Augen zu schließen.

Aber dann öffnete Evyline die in den Berg gehauene Geheimtür, und sie schritten hinaus in die überwucherten Gärten hinter Baingarde.

Audric trat am Ausgang des Tunnels beiseite, um die anderen durchzulassen, und ließ seinen Blick über die vertrauten Anlagen wandern. So weit vom Schloss entfernt, wucherten die Gärten ungehindert vor sich hin. Üppige Farne und verschlungene Ranken von Mondwinden umgaben die Geheimtür. Ein Teppich aus Kiefernnadeln bedeckte weich den Boden, und über ihnen wuchsen die Bäume dicht an dicht in große Höhen.

Der Geruch war so vertraut, dass Audric schwindelig wurde – das schwere grüne Aroma der rauschenden Bäume, die Süße alten Laubs, das auf der Erde verfaulte. Weit draußen im jadegrünen Dunkel stand ein Trauerbaum, dessen Zweige schwer mit hellgrünen Knospen und winzigen rosafarbenen Blüten beladen waren. Die ersten Frühlingsboten.

Audric konnte seine Augen nicht abwenden. Unter einem dieser Bäume hatte er Rielle zum ersten Mal geküsst. Er wusste, dass er nicht daran denken sollte, doch er konnte nicht anders. Die Wärme von Rielle in seinen Armen, die Weichheit ihrer Lippen. Die lustvollen Geräusche, die sie an sein Ohr gehaucht hatte, ihre zitternden Hände in seinem Haar. Der süße Schmerz des Glücks, einander endlich küssen zu dürfen.

Sloane berührte ihn sachte an der Schulter. Er brauchte einen Augenblick, ehe er sich ihr zuwandte. Evyline und die Sonnengarde hatten sich im Kreis aufgestellt und rezitierten gemeinsam die sieben Elementar-Riten, während Kamayin ihren Elementherrschern, deren Urformen matt leuchteten, Anweisungen zuflüsterte.

Audric ertrug es kaum, sie anzusehen, diese Menschen, die beschlossen hatten, an seiner Seite zu kämpfen. Sie wirkten so weich in dem matten Gartenlicht, so zerbrechlich. Wenn er Rielle nie geliebt hätte, stünden sie dann auch hier? Säße dann auch ein Machträuber auf seinem Thron? Wäre sein Vater tot und seine Mutter ein Schatten ihrer selbst?

Es wäre leichter gewesen, das wusste er, wenn er Rielle nie geliebt hätte.

Und doch, wenn er die Wahl hätte, würde er es wieder tun, selbst in dem Wissen, was geschehen würde. Er würde sie noch weitere tausendmal verlieren, wenn das bedeutete, dass er sie vorher lieben durfte.

Sie durchquerten die Gärten in Richtung der Katakomben, wo ein weiteres Netz von Tunneln direkt in Schloss Baingarde hineinführte. Die Tunnel waren an mehreren unterirdischen Kreuzungen mit den Gängen unter dem Berg verbunden, daher war es eigentlich nicht nötig gewesen, an die Oberfläche zu kommen. Doch Audric hatte die Gärten sehen wollen, auch wenn er geahnt hatte, dass es ihm wehtun würde.

Neben den Katakomben glitzerten die sehenden Teiche flach und schwarz wie in die Erde eingelassene geschliffene Steine. Erinnerungsfetzen von ihm selbst, von Rielle und Ludivine, jung und sorglos, flogen wie Schatten über das Wasser.

Sloane blieb in seiner Nähe, als sie immer weiter zum Eingang eilten. Ihr kurzes schwarzes Haar glänzte bläulich im blassen Mondlicht. Die geschliffene Obsidiankugel auf ihrem Zepter summte vor einsatzbereiter Macht, und die Schatten klammerten sich liebevoll an sie wie Kinder an die Beine ihrer Eltern.

»Seltsam, nicht wahr?«, murmelte sie. »Wenn man an das letzte Mal denkt, als wir hier waren? Es war eine so chaotische Nacht, vor so langer Zeit und so voller Grauen. Ich weiß kaum mehr, wie Baingarde aussieht.«

»Ich schon«, versetzte Audric schnell. »Ich sehe es in meinen Träumen. Ich schmecke die Zimtkuchen, die ich in der Küche für Rielle stibitzt habe. Ich rieche das alte Leder meiner Bücher. Ich spüre die kalten Hufe von Sankt Katells steinerner Stute in der Halle der Heiligen. Auf ihr habe ich als Kind immer gesessen und gebetet, wenn ich nicht schlafen konnte. Ich könnte dir jede knarrende Stufe im Dienstbotenflügel nennen. Im zweiten Stock, ganz in der Nähe des früheren Arbeitszimmers meines Vaters, hängt ein Wandteppich. Er zeigt Sankt Nerida mitten in einem aufgewühlten Meer, dessen Wellen sich rechts und links von ihr teilen. An ihrem Dreizack hat sich ein goldener Faden gelöst. Direkt am Schaft, unter dem mittleren Zinken.«

Sie waren an den Katakomben angelangt. Sloane musterte ihn eindringlich, sagte jedoch nichts. Die anderen warteten im Dunkeln, die Waffen im Anschlag, und hielten zwischen den Bäumen Ausschau nach Feinden.

»Ich erinnere mich an alles«, flüsterte Audric.

Ein Signal durchdrang die nächtliche Stille: drei lange Hornstöße dröhnten aus dem alten Wachtturm am Stadtrand. Audric hatte das Geräusch früher nur gehört, wenn Miren und ihre Tempeldiener aus der Schmiede die Hörner inspiziert hatten, um Reparaturen durchzuführen oder die in ihr Metall eingewobene Magie aufzufrischen.

Der Klang dieses Horns hieß, dass die Feinde gesichtet worden waren.

Ein zweites Horn antwortete mit einem höheren und schrilleren Ton. Kamayin hob grinsend das Kinn; ihre Soldaten waren im Anmarsch. Es war das Königinnenhorn der mazabatischen Armee und kündigte deren Eintreffen an, angeführt von Königin Bazati und Generalin Rakallo. Eintausend mazabatische Soldaten. Es würden mehr kommen, wenn sie die Stadt erst eingenommen hätten. Die eigentliche Schlacht stand noch bevor.

Audric wandte sich zu seiner eigenen kleinen Armee um. Ein kaum wahrnehmbarer Lichtstrahl stahl sich aus Illumenors Scheide und tauchte die Gesichter um ihn herum in ein fahles Licht.

»Möge das Licht der Königin uns führen«, sagte er ohne Scham, denn auch wenn Rielle sie verlassen haben mochte, hatten die in ihrem Namen gesprochenen Gebete nichts von ihrer Kraft verloren.

Und es gab noch eine zweite Königin zu finden, falls die Prophezeiung zutraf. *Sie ist mit einem Mädchen schwanger*, hatte ihm Ludivine vor Wochen anvertraut, und wann immer er daran dachte, schmerzte sein Herz vor Liebe. War es das Licht seiner Tochter, dem sie nun folgten? Oder war es einfach nur das Licht, das von dem Glauben herrührte, dass es einen Grund zum Weitermachen gab?

Audric fing Kamayins Blick auf. Sie nickte einmal und ihre Urformen summten golden an ihren Handgelenken. Dann entdeckte er Evyline, die sie alle überragte. Die tiefen Falten um ihren Mund wirkten tiefer als je zuvor, und ihre grauen Haare war nun fast weiß.

Wie sie doch alle in den letzten Monaten gealtert waren. Wie sie der Kummer doch alle ausgelaugt hatte.

»Möge das Licht der Königin uns führen«, antwortete Evyline, und die Sonnengarde wiederholte das Gebet.

Weiter gab es nichts zu sagen. Audric eilte in die kühle Finsternis der Katakomben, wo die Luft schwer war vom Gewicht gelebter und verlorener Leben, und führte seine entschlossene kleine Armee in die Gänge, die ihn schließlich nach Hause bringen würden.

In Baingarde herrschte das Chaos.

Bedienstete rafften Waffen und Proviant zusammen, flüchteten auf ihre Zimmer und bezogen Position an den Fenstern, um den Fortgang der Schlacht draußen zu verfolgen. Soldaten vom Haus Sauvillier rannten von einem Lagerraum zum nächsten und dann hinaus in den Schlosshof.

Audric, Kamayin, Evyline und Sloane führten jeder einen Trupp Kämpfer aus den Tiefen des Schlosses nach oben. Audric hatte Pläne von Baingarde aufgezeichnet und diese immer wieder mit den Leuten besprochen, bis alle, die auf den Booten übers Silarrameer gekommen waren, wussten, wie viele Räume es im Schloss gab, welche Treppen man vermeiden sollte und wo am wahrscheinlichsten Wachen postiert wären. Sie hatten Anweisung, jeden, der ihnen begegnete, außer Gefecht zu setzen – falls möglich, niemanden zu töten –, und um nicht erwischt zu werden, sollten sie im Notfall Elementarmagie einsetzen. Die gewöhnlichen Soldaten, die Merovec hatten Treue schwören müssen, durfte man nicht für die Verbrechen ihres Herrn verantwortlich machen.

Sechs seiner Leute im Schlepptau, betrat Audric Baingardes gewaltige Eingangshalle. Sie duckten sich in die Schatten des Zwischengeschosses im zweiten Stock. Hölzerne Bogengänge umgaben hier die Eingänge zu den Fluren und schwere grüne Vorhänge schirmten die privaten Salons ab. Drei riesige Treppen tiefer glänzte der edle Marmorboden der Halle.

Audric beobachtete, wie sich die massiven steinverstärkten Holztüren nach draußen öffneten und ein Heer von Sauvillier-Soldaten in die Nacht hinausstürmte, begleitet von den Befehlen ihres Kommandanten. Selbst als sich die Türen hinter ihnen wieder geschlossen hatten, brach der Lärm des Kampfgetümmels in der Stadt nicht ab. Audric lenkte den Blick aus einem der Fenster, die sich über die ganze Vorderseite des Schlosses zogen, und folgte den Straßen seiner Stadt, die sanft zu dem von den Heiligen erschaffenen großen See und dem weitem, grasbewachsenen Tiefland dahinter abfielen.

Das Tiefland glühte von Magie – wütende Feuersbrünste, grelle Streifen Sonnenlicht. Die mazabatische Armee war ein großer, dunkler Fluss, der sich durch den breiten Pass zwischen dem Mount Taléa und dem Mount Sorenne erstreckte. Vereinzelte Gestalten schwärmten über das Tiefland aus, um die Soldaten abzufangen.

Audric sah grimmig zu. Da sich so viele von Merovecs Soldaten noch auf dem Rückweg von der Küste befanden, würden die in der Stadt zurückgelassenen von der brutalen Kampfkraft der tausend Soldaten von Königin Bazati überrollt werden. Miren hatte in ihren Berichten geschätzt, dass nur ein paar Hundert Sauvillier-Soldaten auf ihren Posten in der Hauptstadt verblieben waren, und diese wären lustlos und undiszipliniert, wie es ihr zufolge mittlerweile nahezu alle von Merovecs Soldaten geworden waren.

Sie würden den Truppen aus Mazabat nicht lange Widerstand leisten. Es war eine geniale Idee, die Aufmerksamkeit der schwachen Verteidigungskräfte vom Schloss wegzulenken und so den Bürgern von Âme de la Terre auf eindrucksvolle Weise vor Augen zu führen, wie unzureichend Merovec die Stadt auf eine Engelsinvasion vorbereitet hatte.

Trotzdem musste Audric schnell sein.

Verborgen unter der Kapuze seines Umhangs beobachtete er die Schatten, seine Kämpfer einsatzbereit hinter ihm. Am anderen Ende der Eingangshalle hatte er die hohen, glänzenden Türen zur Halle der Heiligen im Blick. Sie waren geschlossen und von einem Dutzend Wachen flankiert. Zwei Dutzend weitere Wachen waren über die Eingangshalle verteilt.

Audric runzelte die Stirn und dachte an Mirens verschlüsselte Anweisungen. *Er wird in der Halle der Heiligen sein*, hatte sie geschrieben. *Ich werde ihn dorthin lotsen und ihn dort festhalten.*

Aber mit so vielen Soldaten, die die Türen umstanden? Miren hatte ihm versichert, dass sie nur leicht bewacht sein würden, doch der Anblick von so vielen wachsamen Kämpfern beunruhigte Audric. Waren Mirens Nachrichten abgefangen worden? Hatten ihre Spione sie hintergangen?

Unter seiner Haut bebten die Nerven; es drängte ihn, zur Tat zu schreiten. Ein Licht blinkte sanft über das Zwischengeschoss – dreimal rasch hintereinander – und signalisierte das Eintreffen von Sloanes Gruppe. Ein zweites Blinken und dann ein drittes – Evyline und Kamayin mit ihren Leuten. Die Wachen unter ihnen schliefen nicht und zückten ihre Klingen.

Audric zischte seinen Kämpfern einen Befehl zu, und sie rasten die Treppe hinunter, während die anderen drei Gruppen durch die Halle spurteten. Audric zückte Illumenor nicht. Merovecs Wachen mochten vermuten, dass er sich irgendwo in diesem Kampfgetümmel befand, doch er würde sie so lange wie möglich im Unklaren lassen.

Als sie auf die Soldaten der Sauvilliers losgingen, wappnete sich Audric vor einem glühenden Zusammenprall von Magie – doch nichts geschah!

Schockiert verfolgte er, wie seine Leute mit Leichtigkeit drei Dutzend Soldaten ausschalteten. Offenbar waren keine Elementherrscher unter ihnen! Miren hatte ihm in ihren Briefen von Merovecs neuer Furcht vor Magie berichtet und dass er alle Elementherrscher verdächtigte, geheime Verbündete von Rielle zu sein. Doch sich selbst mit Wachen zu schützen, die vollkommen chancenlos gegen die Wucht der Magie waren, bewies eine fast unglaubliche Naivität.

Kamayin und ihre Elementherrscher fegten die Soldaten mit Wind und Wasser davon – die Nässe sogen sie aus der Luft, den Wind ließen sie aus ihren Handflächen brausen. Sloanes Zepter blinkte blau und rief Schattenwölfe herbei, die die Soldaten in die Flucht jagten. Evyline und die Sonnengarde bahnten sich den Weg zur Halle der Heiligen wie ein heftiger Sturm, indem sie all ihre Wut und ihren Kummer in ihre Schwerthiebe legten. Mit einem animalischen Schrei stieß Evyline den letzten von Merovecs Wachleuten nieder.

Als sie sich umwandte, entdeckte sie Audric am anderen Ende der Halle. Tote und Verletzte übersäten den Boden. Manche der

Soldaten stöhnten und pressten die Hände auf ihre Wunden. Doch die meisten waren still.

Schwer atmend senkte Evyline den Kopf. »Ich habe mein Möglichstes versucht, um sie zu verschonen, mein König, aber wenn jemand mit einem Schwert auf dich zustürmt, tust du, was du tun musst.« Sie hielt inne. »Als sie sahen, was Merovec getan hat, hätten sie fliehen können. Sie hätten sich ihm widersetzen können.«

Audric trat über einen Leichnam zu seinen Füßen.

»Nicht alle von ihnen«, sagte er leise. »Er hätte ihre Familien als Geiseln nehmen können. Oder ihnen mit Folter drohen. Ich mache ihnen keinen Vorwurf, und ich trauere um jeden von ihnen.«

Seine Leute hinter sich geschart, Urformen und Schwerter erhoben, stieß Audric die Türen auf und betrat die Halle der Heiligen.

In dem riesigen Raum herrschten die Schatten. Das einzige Licht kam von den Gebetsfackeln zu Füßen der gewaltigen Heiligenskulpturen. Die leeren Throne von Königin Genoveve und König Bastien standen auf dem Podium am Ende der Halle. Über ihnen erstreckte sich eine weite Empore, in der Reihen edler Holzstühle auf Großmagister, königlichen Richter und Berater sowie geladene Edelleute warteten. Hinter der Empore waren auf kunstvollen Glasfenstern die Heiligen in Friedenszeiten dargestellt, lange nach dem Ende der Engelskriege. Zwischen Empore und Thronsesseln erhob sich die Statue von Sankt Katell auf ihrer weißen Stute, gekrönt von einem goldenen Heiligenschein.

Hier hatte Audrics Vater Rielle nach der Boon Chase vernommen. Hier hatte der Archon sie zur Sonnenkönigin gekrönt, und Ludivine war von den Toten zurückgekehrt. Die Last der Vergangenheit dieses Raums legte sich auf Audrics Schultern.

Hastig sah er sich um, während er an den Heiligen vorüberschritt. Ein Dutzend Sauvillier-Bogenschützen stand auf der Empore und zielte mit Pfeilen auf ihn. Überall im Raum waren weitere Soldaten mit erhobenen Schwertern und gespannten Bogen positioniert, die seine Leute ins Visier nahmen, als sie ihm in die Halle folgten.

Und auf dem Podium stand Merovec selbst, herausgeputzt in Kettenhemd und Rüstung seines Hauses, einer Schärpe mit rostroten und silbernen Quasten und einem edlen Wappenrock aus feiner, mitternachtsblau gefärbter Wolle. Das blonde Haar fiel ihm in Wellen auf die Schultern, und seine Augen waren von ebenso freundlichem Blau wie die Ludivines. Abgesehen von seinem Kinn, das hart und kantig war, wo Ludivine eher weiche und zarte Züge hatte, war die Ähnlichkeit beklemmend.

In den Armen hielt er Königin Genoveve, ihren Rücken an seine Brust gepresst, und drückte ihr eine silberne Klinge an den Hals.

»Wenn du näher kommst, schneide ich ihr die Kehle durch«, rief Merovec. Seine Stimme dröhnte in dem leeren Raum.

Audric blieb stehen und bedeutete den anderen hinter ihm, es ihm gleichzutun. Es hätte ihn beängstigen sollen, seine Mutter so grausam bedroht zu sehen. Stattdessen legte sich Ruhe über ihn, sein Geist wurde scharf und klar.

»Du bist bereits ein Verräter und Verbrecher, Merovec«, sagte Audric. »Willst du den Mord an deiner eigenen Tante auch mit auf die Liste setzen?«

»Meiner verräterischen Tante.« Merovec zerrte Genoveves Kopf näher an seinen eigenen heran, die Finger in ihre Haare verkrallt. »Sie hat darauf bestanden, dass ich hierbleibe, statt zusammen mit meinen Soldaten auszuziehen und der mazabatischen Armee entgegenzutreten. Zuerst wird Bastien getötet, dann verschwindet ihr Sohn und dann ihre Nichte. Sie hat mir vorgejammert, sie könne es nicht ertragen, auch noch mich zu verlieren.« Er zischte ihr ins Ohr. »Glaubst du, mir ist entgangen, wohin du dich in letzter Zeit geschlichen hast, liebste Tante?«

Genoveve zuckte nicht unter Merovecs Griff zusammen. Ihr

von grauen Strähnen durchzogenes kupferfarbenes Haar glänzte im Fackelschein. Ihre Augen waren zwei stählerne Münzen.

»Ich glaube, dir entgeht vieles«, erwiderte sie gelassen.

»Rote Krone nennen sie sich. Die Anhänger des Hauses Courverie.« Merovec spuckte auf den Boden. »Meine eigenen Leute haben sich hinter meinem Rücken verschworen, während ich darum ringe, sie zu beschützen und das Böse zu bekämpfen, das ihr eigener Kronprinz ins Land gelassen hat.«

Audric fing den Blick seiner Mutter auf und trat einen einzigen Schritt auf sie zu. Im Dunkel der Empore veränderten die Bogenschützen ihre Position, senkten ihre Pfeile jedoch nicht.

»Und was hast du getan, um sie zu beschützen?«, fragte er. »Ich habe keine verstärkten Wehranlagen an den Stadtgrenzen gesehen, keine zusätzlich errichteten Wachttürme in den Bergen. Ich habe nicht gehört, dass die Menschen über Engel belehrt worden wären oder darüber, wie sie ihren Geist stärken können. Ich höre auch nichts davon, dass Merovec Sauvillier Bündnisse mit Borsvall oder Kirvaya geschmiedet hätte.«

»Borsvall und Kirvaya.« Merovec verzog sein hübsches Gesicht. »Das eine Land ohne König, das andere ohne Königin. Sie sind alle beide bei Nacht und Nebel geflohen und haben ihre Länder im Chaos zurückgelassen. Ich will nichts mit ihnen zu tun haben.«

Audric ging noch einen Schritt weiter nach vorn. »Ich habe gehört, was du Ilmaire Lysleva angetan hast. Er war zu Gast in deinem Haus, und du hast ihn geschlagen und eingesperrt.« Noch ein Schritt, gemessen und vorsichtig. »Eigentlich finde ich, du solltest dich schämen, aber ich weiß, dass du dazu gar nicht imstande bist.«

Merovec lachte schallend. »Ilmaire? Er war schwach. Ein Waschlappen von einem König, der wollte, dass wir Rielle mit offenen Armen aufnehmen und sie tun lassen, was sie will. *Rielle zu zwingen, zwischen Gut und Böse, Licht oder Blut zu wählen, ist Wahnsinn*, hat er gesagt. *Das wird unser Ruin sein.* Ich verstehe, warum du ihn magst. Er ist ein ebenso großer Narr wie du. Er wollte die Krone ohnehin nicht. Ich habe ihm einen Gefallen getan.«

»Und jetzt versteckst du dich in meinem Schloss und terrorisierst meine Leute.« Audric ging weiter vor, einen Schritt mit jedem Satz. Die Bogenschützen würden ihm nichts tun, nicht ohne Merovecs Befehl. »Du verhörst sie und dringst in ihre Häuser ein. Du stellst ihren Glauben infrage und reißt Familien auseinander.«

»Ich kann nicht wissen, wen von ihnen du und deine mörderische Braut schon verdorben habt, bevor sie dich verließ.« Merovec legte den Kopf schief. Ein fieses Grinsen zog seinen Mund in die Breite. »Sag mal, befriedigst du dich eigentlich selbst, während du dir vorstellst, wie sie stöhnend in den Armen ihres neuen Liebhabers liegt?«

Audric hörte gar nicht auf ihn; sein Geist war ein makelloser Schild. »Die Angst hat dich aufgefressen, Merovec, und du hast Âme de la Terre zu einem Hort der Furcht gemacht. Einem Ort des Misstrauens und des Argwohns. Du hast nichts getan, um unser Volk auf das vorzubereiten, was kommt.«

Merovec sah sich um. Seine Klinge schnitt Genoveve in den Hals. Eine schmale Blutspur tröpfelte über ihre weiße Haut, doch sie schrie nicht; ja, sie verzog nicht einmal das Gesicht vor Schmerz, und Audrics Herz schwoll vor Liebe zu ihr.

»Wo ist meine Schwester?«, fauchte Merovec.

Audric hatte die in den glänzenden Steinboden eingemeißelte Sonne erreicht, auf der Rielle bei ihrem Sturz gestanden hatte, nur wenige Schritte vom Podium entfernt. Nun stand er im Herzen der Sonne, und Illumenor summte an seiner Seite.

»Sie ist nicht hier«, antwortete er.

»Natürlich ist sie hier.« Merovecs Grinsen wurde bitter. »Ich weiß, was sie jetzt ist. Der Engelsbalg im Körper meiner Schwester. Ludivine!« Er brüllte ihren Namen und presste das Messer fester gegen Genoveves Hals. »Ludivine, oder wie auch immer dein wahrer schmutziger Name lautet, zeig dein Gesicht!«

»Sie ist fort, Merovec. Vor mittlerweile zwei Tagen ist sie in die Nacht verschwunden. Ich habe keine Ahnung, was aus ihr geworden ist.«

»Du lügst. Wie hättest du sonst ungesehen nach Baingarde eindringen können?«

»Es ist mein Zuhause.« Audric machte einen weiteren Schritt vorwärts. »Ich bin hier geboren und aufgewachsen. Und es war hier, wo mein Vater mir beigebracht hat, wie man ein Land regiert, genau wie seine Mutter es ihm und ihr Vater es ihr beigebracht hat. Ich kenne Geheimnisse über Baingarde, die du nie kennen wirst, und ich kenne mein Volk.«

»Du hältst sie irgendwo als Geisel fest. Du glaubst, du kannst ihr Leben gegen das deiner Mutter eintauschen.«

Genoveve starrte Audric an, doch ihr Blick war nach innen gewandt. Nichts zeichnete sich auf ihrer Miene ab – weder Schmerz noch Furcht. Nichts außer einem harten Glanz in ihren Augen, das Audric an die Frau erinnerte, die sie einst gewesen war, ehe Bastiens Tod sie zerstört hatte.

»Man kann Ludivine nicht als Geisel halten. Um nicht gefangen genommen zu werden, würde sie in meinen Geist eindringen und mich daran hindern, sie zu fesseln.« Audric spähte zu den Buntglasfenstern hinter der Statue von Sankt Katell. Er musste noch etwas mehr Zeit schinden. »Du fragst dich bestimmt, wann es passiert ist. Weißt du noch, wie Lu mit sechzehn ein schreckliches Fieber hatte? Sie war wochenlang schwer krank.«

Ein Funken der Erinnerung flog über Merovecs Gesicht. »Du stellst meine Geduld auf die Probe.«

»Das Gefühl kenne ich. Damals ist Lu gestorben. Ein Engel hat Besitz von ihrem Körper und ihrem Namen ergriffen. Der Übergang war fließend. Sie wollte in Rielles Nähe bleiben, um sie zu beobachten und zu beschützen. Deine Schwester hat nicht gelitten.« Dann fügte er gelassen hinzu: »Ich dachte, ich sollte dich zumindest in diesem Wissen in den Tod schicken. Du kannst aber auch meine Mutter freigeben und den Thron verlassen, den du mir geraubt hast, dann wird dieses Blutvergießen ein Ende haben. Wir können auch noch ausführlicher über alles reden. Du und deine Soldaten könnt euch den meinen anschließen und uns helfen, unser Land auf den Krieg vorzubereiten.«

Draußen war eine grollende Explosion zu hören, die das Schloss erschütterte – das unverkennbare Geräusch zweier Elementarmagien, die aufeinandergeprallt waren. Danach folgte dumpfe Stille. Rechts von Audric regte sich ein Sauvillier-Soldat.

»Ist eigentlich irgendetwas, was du berührt hast, nicht zu Asche geworden?«, fragte Merovec mit leuchtenden Augen. Erst jetzt geriet seine Stimme ein wenig ins Wanken und zeigte die zurückgehaltene Furcht dahinter. »Du und Rielle hinterlasst nichts als den Tod. Wir können nichts tun, um das, was kommt, aufzuhalten, und das weißt du. Wir können nicht leben, solange sie lebt. Ich werde deine Leiche am Tor von Baingarde aufknüpfen, und daneben die Leichen aller Anhänger der Roten Krone. Meine Soldaten werden sie inzwischen längst festgenommen haben. Ihre Gesichter werden in der Sonne verfaulen, anschwellen und schwarz werden. Und alle, die an diesem Denkmal des Untergangs vorübergehen, werden vor Augen haben, was mit König Audric geschehen ist, dem Kleinmütigen, und jenen, die ihn geliebt haben.«

Audric blickte erneut zu dem Buntglasfenster empor. Ein vager Schatten flog daran vorbei. Seine Hand wanderte langsam zu Illumenors Griff.

»Die Plage war eine dunkle Zeit in unserer Geschichte, Merovec«, sagte er. »Dass du darauf bestehst, sie wieder heraufzubeschwören, diesmal zwar nicht in Form einer Jagd auf Gezeichnete, sondern auf alle, die du verdächtigst, irgendwie gegen dich zu arbeiten, ist Beweis genug dafür, dass du deiner gestohlenen Krone unwürdig bist.«

»Keinen Schritt weiter!«, blaffte Merovec. Drei schnelle Bewegungen mit dem Messer hinterließen rote Wunden auf Genoveves Armen und einer ihrer Wangen. Da schrie sie, ein erstickter Schmerzenslaut, der Audric schwarz vor Augen werden ließ.

»Ich schneide sie auf und lasse sie auf diesem Thron ausbluten, von dem du glaubst, dass ich ihn nicht verdient habe!«, brüllte Merovec mit wilder Miene. »Dann hast du noch ein Leben zerstört!«

Eine heftige Explosion verschluckte Merovecs Stimme. Die Glasfenster zerbrachen, und bunte Scherben flogen durch den Raum. Dahinter erschien Atheria, das Maul weit aufgerissen, um ihre beängstigend scharfen Zähne zu präsentieren. Sie stieß einen gellenden Wutschrei aus, der Audric durch Mark und Bein ging.

Merovec ließ seine Geisel los und tastete nach seinem Schwert. Genoveve hieb ihm den Ellbogen in die Rippen, fuhr herum und versuchte, auf ihn einzuschlagen. Er packte sie am Handgelenk, warf sie auf den scherbenübersäten Boden und trat sie wieder und wieder in die Seite.

Die Sauvillier-Soldaten auf der Empore schossen ihre Pfeile ab. Audric wich ihnen aus und lief zum Podium. Links von ihm zog Sloane Schatten aus den Ecken der Halle und formte sie zu Falken mit scharfen Schnäbeln. Sie flogen schnell und fingen jeden abgeschossenen Pfeil ab. Evyline und die Sonnengarde preschten vor und ließen ihre Schwerter sprechen. Einige von Merovecs Soldaten versuchten zu fliehen und schrien panisch, als Atheria nach ihnen schnappte. Kamayin wirbelte mit blitzenden Handgelenken herum, griff nach den sieben in der Halle verteilten Weihwasserbecken und bewarf die flüchtenden Soldaten mit schäumenden Wasserkeulen.

Eine auf der Empore verborgene Bogenschützin sprang auf und schoss einen Pfeil auf Atheria ab. Er traf sie an der rechten Schulter, neben dem Flügelansatz. Kreischend flog sie auf die Schützin zu, die einen zweiten Pfeil auf sie abfeuerte, diesmal in den großen Oberschenkelmuskel. Die Zeit reichte nicht, um einen dritten Pfeil abzuschießen, ehe Atheria bei ihr anlangte. Sie packte die Soldatin am Hals und schleuderte sie brutal zu Boden.

Audric raste auf das Podium und zückte Illumenor. Seine Macht raste durch seinen Körper, strömte in das Schwert und dann wieder zurück in ihn und erfüllte seine Adern mit glühender Hitze. Ein endloser Zyklus der Macht, von der Klinge ins Blut und wieder in die Klinge. Vor Audrics Augen tanzten goldene Wirbel, doch anstatt seinen Blick zu trüben, schärften sie ihn.

Er schwenkte Illumenor, dessen Glanz sich Bahn brach und den Raum bis in den letzten Winkel strahlend hell erleuchtete. Sämtliche Kämpfenden gerieten ins Wanken und hielten sich schützend die Hände vor die Augen.

Merovec ließ Genoveve blutend auf dem scherbenübersäten Boden liegen und fuhr herum, um Audrics Schwert mit seinem zu begegnen. Klingen schlugen klirrend aneinander. Illumenor knisterte von gespeichertem Sonnenlicht. Merovec schrie auf und wandte den Blick von dem überirdischen Strahlen ab, hielt sein Schwert jedoch fest in der Hand.

»Du wirst nicht gewinnen, Merovec«, erklärte ihm Audric. »Ergib dich, dann lebst du weiter. Leiste Widerstand, und ich zerstöre dich. Ich will das weder für dich noch für mich. Wir sind Verwandte. Wir sind Kinder von Celdaria.«

Merovec warf sein ganzes Gewicht gegen Audrics Waffe und löste so die verkeilten Schwerter voneinander. Dann holte er weit nach Audrics Hals aus, konnte jedoch in Illumenors Glanz nicht richtig zielen.

Audric stieß einen Fluch aus. Es würde in den nächsten Tagen noch genug Tote geben, doch Merovec ließ ihm keine Wahl.

Er schärfte seinen Geist und sandte Machtsalven in seine Arme. Illumenor glühte weiß, und seine Kraft dehnte sich über das Metall hinaus, bis die Klinge so fest und dick wie ein Speer wurde.

Mit dem Sonnenaufgang erhebe ich mich, betete Audric und hob Illumenor. *Mit dem Tag lodere ich.*

Er senkte sein Schwert auf Merovecs Oberkörper herab und schnitt sauber durch Rüstung, Knochen und Muskel. Die beiden Hälften seines Körpers fielen zu Boden, die Wunden dampften sauber und ohne zu bluten. Audric starrte in Illumenors gnadenlosem Licht auf das Massaker. Niemals würde er das Bild dieser schockstarren, glasigen blauen Augen aus seinem Geist verbannen können.

Der Raum versank in Stille. Wer an Soldaten des Hauses Sauvillier noch stand, ließ seine Waffen fallen.

Audric kniete sich neben seine Mutter. Niemand sollte jetzt sein Gesicht sehen. Seine Miene würde weder sein Grauen noch seine Abscheu gegenüber dem zerstörerischen Potenzial seiner Macht und der scheußlichen Notwendigkeit, sie einzusetzen, verbergen können.

Er inspizierte Genoveves Wunden. Die Schnitte an ihrem Hals waren oberflächlich, doch sie atmete angestrengt und ihr Gesicht war weiß. Gebrochene Rippen, vermutete er. Hoffentlich nichts Schlimmeres. Er hielt ihren Kopf, woraufhin sie das Gesicht in seine Handfläche drehte und ein einziges abgehacktes Schluchzen ausstieß.

»Ich dachte, ich würde dich nie wiedersehen«, flüsterte sie. »Es tut mir leid. Es tut mir so leid. Ich hätte ihn aufhalten müssen. Ich hätte nicht zulassen dürfen …«

Sie schnappte nach Luft, und ihre Stimme erstarb im Schmerz. Audric presste ihre Stirn an seine. Auf dem Boden neben ihnen bebte Illumenor auf einem Bett aus Scherben.

»Du brauchst dich nicht zu entschuldigen«, sagte er. »Viel wichtiger ist, dass du lebst und uns durch diese dunklen Tage hilfst. Meine tapfere Mutter. Ich liebe dich, ich habe dich vermisst.«

»Mir ist ein Gräuel, was seit dem Tod deines Vaters aus mir geworden ist«, stieß Genoveve erstickt hervor.

Audric schüttelte den Kopf und küsste sie auf die Wange. »Mir nicht.«

Er stand auf. Alle sahen ihn an – sowohl seine eigenen Leute als auch die nun knienden unterlegenen Soldaten. Aller Augen auf sich gerichtet zu sehen war eine schreckliche Last, selbst wenn die Blicke seiner Freunde darunter waren. Was sollten sie als Nächstes tun? Sie warteten darauf, dass er es ihnen sagte. Sein Leben lang würde immer jemand darauf warten, dass er Krieg oder Frieden erklärte, ein Urteil fällte oder Gnade walten ließ.

Er hatte sich nie vorgestellt, stets allein die Verantwortung tragen zu müssen.

»Evyline«, begann er, »schick zwei deiner Wachen zu Garver Randell und lass ihm ausrichten, dass König Audric nach seiner Anwesenheit im Schloss verlangt. Kamayin, du und deine Elementherrscher bewacht die gefangenen Soldaten und haltet sie hier in der Halle fest. Sloane, du hilfst mir, Atherias Wunden zu verbinden, und dann müssen wir noch einen Sack auftreiben und eine Schlinge, damit wir das hier tragen können.«

Er kniete sich neben Merovecs Torso und zwang sich, dem Grauen in die Augen zu blicken.

»Ich muss ins Tiefland hinausreiten«, sagte er leise, »und den tapferen Soldaten vom Haus Sauvillier zeigen, dass der Mann, für den sie kämpfen, nicht mehr lebt.«

Damit schloss er Merovecs Augen und hob Illumenor auf. Die Hitze hatte sämtliche Blutspuren weggebrannt. Die Klinge glänzte silbern und sauber, als hätte sie noch nie den Geschmack des Todes kennengelernt.

32

ELIANA

»Kalmaroth und ich haben als Jungen viel zusammen gemacht. Früher habe ich ihn sogar einmal geliebt. Wir haben verletzte Vögel mit nach Hause genommen und sie so lange gepflegt, bis wir sie wieder freilassen konnten. Wir haben in den Gärten unserer Mütter gespielt, Bücher gelesen und im Arbeitszimmer seines Vaters Mathematik geübt. In unseren Häusern tummelten sich unzählige glückliche, dicke Katzen; sobald Kal einem Streuner begegnete, wollte er ihn mit nach Hause nehmen und verwöhnen. Aber diesen Jungen gibt es nicht mehr. An seine Stelle ist ein Mann getreten, in dem Unzufriedenheit, unbeantwortbare Fragen und Abscheu gegenüber jedem, der sich geistig nicht mit ihm messen kann, ständig schwelt. Die Eifersucht auf Menschen und ihre Macht frisst ihn auf. Ich erkenne ihn nicht mehr. In seinen Augen sehe ich einen kalten Glanz, der mir das Blut in den Adern gefrieren lässt. Er muss aufgehalten werden.«

Handschriften des Engels Aryava, archiviert
in der Ersten Hauptbibliothek von Quelbani

In einer schmalen Gasse in der Nähe des Fabrikviertels von Elysium, wo klotzige Gebäude Tag und Nacht Rauch ausstießen, fand Eliana einen Weg zurück in die Verdammnis.

Innerhalb der Fabrikmauern rasselten und surrten mechanische Gebilde, die von Engeln erschaffen und von Menschengefangenen betrieben wurden, und produzierten Rüstungen und Waffen. Die Straßen waren voller Ruß und Öl und dennoch war jede Mauerbrüstung vorzüglich gearbeitet.

Eliana kniete neben einer der Abfallgruben, wo jene Menschen, deren Schönheit die Engel überdrüssig geworden waren, Schrott sortierten und Abfall wegschaufelten. Die heiße, beißende Luft brannte in ihren Augen. Sie hatte einen metallischen Geschmack im Mund. Hinter ihr erhoben sich über der gesamten weißen Stadt wütende Schreie. Die Gefangenen von Vaera Bashta rauschten auf einer Welle aus Blut durch die Straßen, und Ostia, das große weiß-blau umrandete Himmelsauge, schien ruhig auf alles hinab.

An diesem Ort der Verwesung und des Verfalls streckte Eliana zitternd ihre müden Arme in die Luft und zog sie auseinander. Ihre Gedanken heftete sie fest auf den Riss, den sie bereits im Himmel über Elysium geöffnet hatte. *Dorthin.* Sie schickte das Bild durch die Adern ihrer Macht und lenkte sie. Sie benötigte nicht nur eine Tür in die Verdammnis, sondern auch eine Tür, die sie *dorthin* brachte, wo der Riss bereits auf sie wartete und größer wurde und die Luft durch die Dehnung immer dünner. Die Urformen in ihren Händen brannten und das Empirium drehte sich mit singenden Klingen in ihrer Brust. Es hatte sie in diese rauchige Gasse geführt und sie klammerte sich daran fest. An das gespannte, robuste Seil inmitten eines heftigen Aschesturms.

Aber vielleicht hast du ja auch das Empirium geführt, hatte der Prophet ihr erklärt. *Vielleicht hast du ihm gesagt, was du brauchst und wohin es dich bringen soll.*

Eliana zitterte, ihre Haut war schweißnass. Ihr ruiniertes Abendkleid klebte an ihr und die Perlen blinzelten ihr grausam zu.

Irgendwo brütete Corien vor sich hin und das Ende seiner Belustigung kam immer näher.

Die Stimme des Propheten war vor Anspannung sehr dünn. *Beeile dich, Eliana. Die Welt dreht sich immer schneller.*

Sobald der neue Saum, den sie geöffnet hatte, weit genug war, stieg Eliana mit angehaltenem Atem hindurch – und landete in einer Welt im Kriegszustand.

Bei dem Anblick, der sich ihr bot, zögerte sie, aber dann biss sie die Zähne zusammen und bewegte sich weiter. Die Welt, die die Verdammnis ihr jetzt zeigte, der Widerhall eines Ortes, der irgendwo anders existierte, unterschied sich von dem, was sie bisher gesehen hatte. Aufwendige Bronzeskulpturen, goldverzierte Dächer und Ladenfassaden gab es. Gedrungene, mit Efeu bewachsene Türme flankierten eine breite graue Straße, auf der bewaffnete Soldaten in glänzenden Reihen marschierten.

Sie trugen lange Speere mit gefährlichen Spitzen und blankpolierte Schwerter. Die Leute in der Nähe flohen kreischend und zogen ihre Kinder und Tiere mit sich. Manche knieten sich mit angelegtem Gewehr hin und schossen, aber wenn sie ihr Ziel trafen und einer der Soldaten stürzte, stand er bereits wenige Augenblicke später wieder auf, seine Wunden schlossen sich und er marschierte nach einigen unsicheren Schritten unerbittlich weiter.

Eliana lief es eiskalt über den Rücken. Die Augen der Soldaten waren nicht schwarz, und dennoch …

Was geht hier vor sich? Sie versuchte die Schreie, die über die Straße zu ihr drangen, auszublenden. *Wo bin ich hier?*

Meine Sicht durch deinen Geist ist im Moment sehr schwach, aber wenn ich es richtig erkenne, bist du in einer Welt namens Sath, erwiderte der Prophet. Seine Stimme klang so weit entfernt, dass Eliana noch mehr Angst bekam. *Ich erkenne es wieder. Ich habe es selbst gesehen. Als deine Mutter starb, war die Erschütterung bis in die Verdammnis zu spüren. Es öffneten sich Löcher zu vielen Welten. Einige Engel haben schon längst ihren Glauben an Kalmaroth verloren und hegen nicht den Wunsch, nach Avitas zurückzukehren. Sie suchen sich anderswo ein neues Zuhause.*

Das machte Eliana wütend. *Warum wartet überhaupt irgendjemand in der Verdammnis, um nach Avitas zurückzukehren? Wenn sie doch in andere Welten gehen und dort den Qualen der Verdammnis entfliehen können?*

Die Stimme des Propheten klang ganz ruhig. *Weil Coriens Stärke unübertroffen ist und er in vielen Engeln einen unstillbaren Durst nach Vergeltung verwurzelt hat. Einige Engel würden sogar noch einmal tausend Jahre an Qualen ertragen, wenn sie eines Tages wieder nach Hause kommen könnten.* Er hielt inne. *Andere verzweifeln an der niederschmetternden Sinnlosigkeit des Krieges und wollen die Menschen vor der Ausrottung beschützen. Es gibt viele Gründe.*

Eliana fühlte sich zwischen großem Kummer und eiskalter Wut zerrissen. *Hört das Unheil, das meine Mutter angerichtet hat, denn nie auf?*

Du musst dich beeilen, Eliana. Du darfst dich nicht von der Verdammnis ablenken lassen. Denk daran, was du tun musst.

Sie gehorchte. Ein schwacher blau-weißer Schimmer am Horizont erregte ihre Aufmerksamkeit. Sie ließ ihn nicht aus den Augen und rannte los, ihre Füße landeten fest auf der Straße, die nicht da war. Während die Welt im fernen Sath an ihr vorbeiflog, blitzte und zuckte am Rand ihres Sichtfeldes die Dunkelheit: Die wahre kalte und endlose Verdammnis, überladen mit Monstern und ungezügelter Macht. Der Himmel wimmelte vor Cruciata, die inzwischen so nah waren, dass Eliana den beißenden Gestank, der von ihren schweren Körpern ausging, auf der Zunge schmeckte. Flügel strichen über ihre Haut; etwas Dünnes schnitt sie am Oberarm. Als sie weiterrannte, spürte sie den Luftzug hinter sich. Wenn sie sich umdrehte, würde sie sehen, wie dicht ihr die Scheusale auf den Fersen waren.

Die Ungeheuer hatten auf sie gewartet. Sie waren bereit.

So wie Eliana.

Sie ignorierte den dunklen, überfüllten Himmel und ließ Ostia, dessen Licht beim Näherkommen immer heller wurde, nicht aus den Augen, bis sie schließlich den Riss erreichte, den sie gemacht hatte – ein gezackter, glühender Einschnitt durch die Verdammnis ins dahinterliegende Avitas.

Eliana ging zum knisternden Rand und sank vorsichtig auf die Knie. Ihr ursprünglicher kleiner Riss war auf eine Fläche von ungefähr sechzig Quadratmetern angewachsen. Stoßwellen aus Licht und Farbe überzogen ihn. Dahinter kräuselten sich in der Tiefe schwach die Umrisse von Elysium.

Eliana klopfte das Herz bis zum Hals. Sie ließ ihren Blick ins Unbestimmte schweifen und sich vom Empirium überfluten. Ihren Fingern entsprangen Wellen aus Licht. Sie sah, wie dünn das Gewebe der Verdammnis innerhalb von Ostias gezackten Konturen geworden war. Eine zerbrechliche Fensterscheibe, die jederzeit zerschlagen werden konnte.

Sie drückte mit den Zehen gegen die stabile Straße und glaubte fest daran, dass sie echt war. Sie schickte ein Stoßgebet zum Himmel und hoffte, dass es erhört wurde. Dann bündelte sie in ihrem Geist ihre Macht und stellte sie sich als einsatzbereiten spitzen Speer vor.

Schließlich tauchte sie ihre Hände in Ostias strahlenden Rand und ließ ihre Macht explodieren. Um ihre Finger knisterte weißes Licht und wand sich ihre Arme hinauf, als steckte sie bis zu den Ellenbogen in schäumendem Wasser. Ihre Urformen glühten so heiß, dass Eliana sie am liebsten herabgerissen hätte, aber sie presste die Lippen fest zusammen und schob ihre Hände weiter auseinander. Der Schmerz, der ihre Arme heraufkroch, war so präzise und geschmeidig, dass es ihr fast Vergnügen bereitete. Um sie herum verlor alles seine Farbe, sie sah nur noch Gold.

Und dann gab das Gewebe der Verdammnis, das sich so dünn über den Schlund von Ostia dehnte, endlich nach.

Unter ihren Händen spürte sie deutlich ein warmes Beben, als würde ein Ungeheuer zitternd ein letztes Mal ausatmen. Durch Elianas Arme schoss ein energiegeladener Blitz, keuchend fiel sie zurück auf die Straße. Schnell drückte sie ihre Handflächen gegen diese Illusion aus Steinen. Sie musste an der Lüge festhalten, weil das, was gerade vor ihrer Nase geschah, so unvorstellbar war, dass ihr Kopf protestierte und sich drehte.

Ostia war geöffnet. Über seinem Schlund knisterten kräftige Lichter. Endlich war es zu dem geworden, was Eliana sich seit dem Moment, als sie das erste Mal in ihren weißen Gemächern aufgewacht war, gewünscht hatte: eine von ihr in den Himmel geschnitzte Tür.

Ihre Mutter hatte die Pforte geöffnet.

Und sie hatte Ostia geöffnet. Ein Loch in der Verdammnis. Eine Tür, die aus der unendlichen Tiefe führte. Jetzt konnte man Elysium so klar wie ein makelloses Spiegelbild erkennen.

Du hast es geschafft, drang die Stimme des Propheten schwach, aber triumphierend zu ihr.

Und dann tauchten die Cruciata hinab.

Sie stießen vom Himmel und stürzten wie ein zorniger Fluss aus der Verdammnis auf Elysium. Dabei machten sie so einen Lärm, als würden alle Tiere in Avitas ihre Köpfe in den Nacken legen und gleichzeitig den Himmel anjaulen. Sie schrien und heulten, schlugen die Krallen ineinander und waren besessen davon, als Erste durch Ostia zu fliegen und zu fressen. Manche von ihnen waren riesengroß, bauchige, schwerfällige Ungeheuer mit flachen Schnauzen und Pfoten wie Knüppel. Andere waren schlank und schlangenartig, und dann gab es noch die vogelartigen, die sowohl von Schuppen als auch Federn bedeckt waren.

Eliana wurde eiskalt, als die Raptoren an ihr vorbeiflogen. Sie erinnerte sich noch sehr gut an den Angriff vor den Toren von Karlaine. Einer von ihnen hatte Patrik gepackt und zu Boden geschleudert, wobei er sich ein Bein gebrochen hatte. Einen anderen hatte Eliana mit ihrem Dolch getötet. Als sie Ostia passierten, wurden sie von dem Licht versengt und ihre Federn angekohlt, aber sie flogen mit geöffneten Schnäbeln und ausgefahrenen Krallen unbeirrt weiter.

Die Cruciata kamen aus einer anderen Welt. *Hosterah* hatte der Prophet diese Welt genannt. Sie waren mächtig genug, um die Verdammnis zu überleben.

Aber Elysium würde *sie* nicht überleben.

Bei dem Gedanken der vielen Unschuldigen, die ihr Leben in den Klauen und Zähnen dieser Ungeheuer verlören, zog sich Elianas Magen zusammen. Wie viele Monster hatte sie bereits aus der Verdammnis freigelassen, und wie viele würden ihren Weg noch finden?

Aber sie sah keine andere Möglichkeit ihn zu bekämpfen, dafür brauchte sie diese Ablenkung. Und wenn sie nicht gegen ihn kämpfte, würden sie ohnehin alle sterben.

Nur einmal erlaubte sie sich den Gedanken an Remy, stellte sich vor, wie ein Monster mit aufgerissenem Maul ihn eine blutbefleckte Straße entlangjagte. Mit zitternden Händen kauerte sie sich langsam auf die Schwelle von Ostia, der gezackte Saum knisterte unter ihr. Die Kraft, die davon ausging, drohte sie zurück in die Finsternis zu schleudern. Sie klammerte sich an Ostias grellen Rand und sah dem reißenden Strom der Cruciata nach. Nicht allen gelang es, sich aus dem Sog der Verdammnis zu befreien. Einige wurden von Ostia weggeschleudert; andere krallten sich ins Nichts und wurden von der Kraft, gegen die sie nicht ankamen, fixiert.

Aber die Stärkeren unter ihnen entkamen. Eliana entdeckte einen heranfliegenden Raptor, dessen Aussehen ihr gefiel. Der Prophet warnte sie, aber Eliana ignorierte ihn und warf sich auf den Rücken des Raptors. Sie landete hart, schlang ihre Arme um dessen fleischig geschuppten Hals und machte sich auf den Sturz gefasst.

Als sie hinabtauchten, mussten sie durch einen brennend heißen Ring fliegen, Schuppen und Federn schälten sich von der Haut des Raptors. Aber dann hatten sie die Öffnung durchquert, und das Ungeheuer schrie, während es sein Gleichgewicht suchte. Beim Versuch, Eliana mitten in der Luft abzuwerfen, erwischte es mit dem Schwanz eine Engelstatue, die unten auf der Straße zerschellte.

Elianas Augen tränten vom Wind, trotzdem erspähte sie ganz in der Nähe ein Dach. Sie wollte sich beim Landen abrollen, aber sie war aus der Übung und stürzte böse. Sie prellte sich die Knie und schnitt sich ihren Arm an der Kante einer Schieferziegel auf. Ungebremst rutschte Eliana die Dachschräge hinab und klammerte sich mit baumelnden Beinen an einen Sims. Überrascht stellte sie fest, dass es gar nicht so hoch war, und ließ los. Auf der Straße stolperte sie vorwärts und biss die Zähne zusammen, als ein heftiger Schmerz ihre Beine hochschoss. Als Fluch hätte sie auf dieses Dach springen können und nichts gespürt. Der Gedanke kam und ging ebenso schnell wieder, ein Nachhall ihres alten Lebens.

Eliana rannte ohne Plan durch Elysium und wollte dringend den Propheten rufen. Ostia war dunkler geworden und tauchte die Stadt in ein wütendes, purpurrotes Licht, die Türme sahen aus wie blutüberströmt. Der Prophet hatte gesagt, dass ihre Freunde bald ankommen würden und sie dann handeln und sich endlich treffen konnten. Aber wann? Und *wen*?

Doch sie fragte den Propheten nichts und hielt ihren Geist fest verschlossen. Corien hielt sicherlich schon nach ihr Ausschau. Und wenn sie mit ihrem Geist den Propheten suchte, würde sie für den Kaiser so hell wie ein Leuchtfeuer brennen.

Stattdessen stellte sie sich ihren Fluss vor und wie seine kühle, weiche Strömung sie schnell in das verstopfte Stadtzentrum trug. Sie kletterte auf eine niedrige Mauer und stürmte eine gemächlich ansteigende Wendeltreppe hinauf in einen der höher gelegenen Stadtteile. Cruciata strömten mit schlagenden Schwänzen an ihr vorbei, ihre wütenden Rufe bildeten einen ausgehungerten Chor. Einige schossen katzenartig schnell und mühelos über Dächer und Mauern. Kreischende Raptorenschwärme glitten rasch über sie hinweg. Sie tauchten hinab und stürzten sich auf alles, was sich bewegte – Gefangene aus Vaera Bashta, die von ihrer eigenen Beute fortgerissen wurden, und Bürger aus Elysium in ihrer zerfetzten Pracht.

Keines der Ungeheuer rührte Eliana an, aber sie glaubte nicht, dass ihre Dankbarkeit ewig währte. Sie brauchte ein sicheres Versteck, bevor die Stimmung umschlug.

Plötzlich kam ihr die Dachterrasse vom frühen Abend in den Sinn, und sie bog erst scharf links ab, wandte sich dann nach rechts und rannte zwei breite steinerne Treppenabsätze hinauf. Als sie die vertraute schmale Stiege und das Wohngebäude mit seinen Cruciata-Wasserspeiern entdeckte, hätte sie vor Erleichterung am liebsten geweint.

Ein Blick über die Schulter verriet ihr, dass die Cruciata immer noch vom Himmel herabschwärmten. Wie rauschende dunkle Ströme ergossen sie sich über die Stadt. Schon bald würden sie die Brücken finden und die Zeltstädte, die sich auf den felsigen Feldern dahinter erstreckten.

Eliana wandte sich ab und ballte beim Rennen ihre Hände zu Fäusten. Wenn die Ungeheuer ihren Zweck erfüllt hatten, würde sie die Biester töten. Wenn der Kaiser geschlagen und sein Reich gefallen war, würde sie jedes einzelne, das dann noch lebte, vernichten und sowohl Ostia als auch die Pforte verschließen.

Bis dahin musste sie allerdings überleben.

Auf der Dachterrasse mit ihren verzierten weißen Steinwänden fand sie die efeuüberwucherte Laube, in der sie sich erst vor wenigen Stunden versteckt hatte, und erstarrte. Dort unter dem Blätterdach schmiegten sich zwei Jungen in die Arme eines alten Mannes und einer Frau, die ein Kind in sich trug.

Der ältere Junge hatte seine Hand auf den Mund des jüngeren gepresst. Sie alle starrten zu Eliana, bis diese ihre Hände hob, mit dem Kopf schüttelte und lächelte. Sie entspannten sich und lächelten zurück. Die Frau rutschte sogar ein wenig zur Seite, um ihr Platz zu machen.

Das war der Moment, als Corien sie fand.

Plötzlich war er da und ging mit langen Schritten über die Terrasse. Sein zugeknöpfter, mit Stickereien verzierter Mantel war makellos – lang und schwarz und an den Schultern prangte ein Paar goldener Flügel.

Einer der kleinen Jungen schrie auf. Corien knurrte kaum hörbar und streckte seinen Arm aus. Im nächsten Augenblick fielen alle, die sich dort in der Laube versteckten, mit leeren Augen zu Boden.

Eliana wusste, dass es vergeblich war wegzulaufen, aber sie probierte es dennoch. Corien trat ihr prompt gegen die Beine und sie krachte aufs Dach. Ihre dunklen Urformen klirrten gegen den Stein.

Er packte sie an den Haaren und riss sie unsanft hoch. Sie schrie auf, ihre Kopfhaut und ihre Augen brannten, doch sie wollte sich zu ihm drehen, um zurückzuschlagen.

Ehe sie sich an den Waffengurt um ihre Hüfte erinnerte, hatte ihn Corien bereits abgerissen. Arabeth schlitterte über den Boden außer Sichtweite. Ihre anderen Messer warf er nach unten auf die Straße. Sein Schweigen machte ihr am meisten Angst. Er hörte sich gern reden, weil es ihm gefiel, wenn die Leute sich unter seinen Worten wanden. Aber selbst die Gedankensprache ließ er ruhen. Sein Gesicht war eine einzige weiße Maske aus Zorn.

Er schleifte sie zur Treppe, die eine Hand in ihre Haare gekrallt, mit der anderen hielt er ihr Abendkleid. Der instinktgesteuerte Teil ihres Hirns, der nur wahrnahm, dass sie seine Beute war, hämmerte gegen ihre Schädeldecke und wollte, dass Eliana um Hilfe rief. Aber jeder Schrei würde in dieser Arena des Wahnsinns, zu der Elysium geworden war, untergehen, und wenn sie in ihrem Geist aufschrie, konnte Corien den Propheten finden.

Als er sie mit eisernem Griff die Stufen hinabzerrte, holte sie keuchend Luft, der Schmerz schoss ihr stechend den Rücken hinab. Aber sie ließ nicht zu, dass ihre Macht sich erhob und sie verteidigte. Sie konnte die Wut spüren, schließlich war es noch nicht lange her, dass Eliana auf sie zugegriffen hatte. Es wäre ganz einfach, flüsterte ihre Macht, wenn sie es nur zuließe.

WIR ERHEBEN UNS

Das Empirium brüllte sie an, seine flammenden Fäuste trommelten durch ihre Adern.

»Nein«, flüsterte sie. Es musste unbedingt Ruhe geben. »Nein, nein, nein.«

Corien ging unerbittlich weiter und beachtete sie nicht. Eliana hatte in ihrem ganzen Leben noch nie inbrünstiger gebetet. Ein einziges, einfaches Wort: *Nein.* Nein zur Macht, nein zum Feuer, nein zum Licht. Sie zwang ihren ganzen Körper in dieses Wort. Ihre Urformen ruhten kalt in ihren Händen.

Plötzlich sah sie nur noch Schwarz, die dunkle Wolke lichtete sich erst, als Corien sie zu Boden stieß.

Sie blinzelte, kurz bekam sie keine Luft mehr. Rielle starrte mit stumpfen Messingaugen auf sie. Sie waren wieder im Palast in der Galerie ihrer Mutter. Eliana blieb bewegungslos liegen, während Corien sein Schwert durch einen Glasgespinst von Rielle schwang und mit der Schwertspitze ein Ölgemälde aufschlitzte. Er griff nach der Messingstatue, die neben Eliana auf einem Sockel stand, und warf sie in die Dunkelheit. Der Krach war in der Stille seines Schweigens ohrenbetäubend laut.

Eliana atmete schwer, der Schweiß brannte ihr in den Augen. Sie konnte sich kaum bewegen, trotzdem erkannte sie, dass sie inmitten eines Kreises aus Zerstörung lag.

Schließlich sprach Corien.

»Das war's, Eliana.« In seiner Stimme schwang etwas mit, das sie nicht zuordnen konnte. Begierde, Zorn, vielleicht aber auch Erschöpfung. »Das Spiel ist hier zu Ende.«

Sie bemühte sich, ihn anzuschauen. Vielleicht konnte sie erahnen, was in ihm vorging, wenn sie sein Gesicht sah. Denn in ihrem Geist spürte sie absolut nichts von ihm. Er hielt sich von ihr fern.

Dann grinste er plötzlich breit. Er war nicht allein.

Simon stand steif an seiner Seite, Corien hielt ihn am Handgelenk fest. Simons Lippe war von der Rückhandschelle vor ein paar Stunden geschwollen und blutig. Einen flüchtigen Augenblick lang begegneten sich ihre Blicke. So blau wie Eis, so blau wie Feuer. Sein Blick erschütterte sie, ihre zerbrechliche Ruhe löste sich auf.

»Simon?«, flüsterte sie.

»Ja, Simon ist auch hier«, sagte Corien. »Ich nehme an, dass du dich daran erinnerst, wozu er in der Lage ist. Und er wird es jetzt hier für mich tun. Ich werde dir deine verdammte Macht ein für alle Mal entreißen. Ich werde deinen Geist zerschlagen und so lange darin herumwühlen, bis ich alles, was dich ausmacht, um meinen Finger wickeln kann.«

Mit trockenem Mund starrte sie Corien an, ihr Herz klopfte so schnell, dass alles in ihr zu summen schien. Er war von einer Ruhelosigkeit umgeben, die sie so nicht kannte, seine Schläfe und der eine Mundwinkel pulsierten.

Sie wagte, in seine schwarzen Augen zu schauen, und fragte sich, wie viele verschiedene Geister er darin vereinte – und wie viel fehlte, bis er die Kontrolle über sie verlor.

»Wenn ich sterbe«, sagte sie zu ihm, »hast du gar nichts mehr.«

Er ging in die Hocke und strich ihr über die Wange. »Was kümmert mich das, wenn Simon mich erst einmal zu ihr zurückgeschickt hat? Dann habe ich deine Mutter wieder und kann dich endlich loswerden.«

Verzweifelt versuchte sie, sich aufzurichten. »Du brauchst sie nicht wiederzusehen. Du hast sie schon einmal enttäuscht – und sie schon einmal verloren. Das wird dir wieder passieren.«

Corien stand auf und betrachtete sie kühl. In seinen Augen schimmerte der Wahnsinn. »Nein, Eliana. Ich weiß inzwischen, welche Fehler ich gemacht habe. Und dieses Mal werde ich sie nicht wiederholen.«

Dann tauchte er in sie ein. Ein Inferno, das jede Windung ihres Gehirns bloßlegte und jeden Winkel ausleuchtete, den sie unbedingt verbergen wollte. Alles, was er ihr in den vergangenen Monaten im Palast angetan hatte, war nichts im Vergleich zu jetzt. Der Schmerz raubte ihr die Luft zum Atmen, lautlos wand sie sich am Boden. Sie krallte ihre Finger hinein und keuchte erstickt auf. Sie wollte nur das eine Wort aussprechen und sich auf ein Bild konzentrieren. Blaue Augen, die in ihre blickten. Sie betete nicht länger *Nein.*

Simon, brüllte ihr Geist, und jede Erinnerung an ihn, die sie irgendwo abgelegt hatte, flog auf sie zu. Sie fasste nach ihnen, versuchte eine festzuhalten und fest an sich zu drücken. *Simon!*

»Komm, Simon!«, rief Corien jubelnd. »Wie lang hältst du es aus, sie in diesem Zustand zu sehen? Stunden? Tage? Wochen?

Ich altere nicht. Ich bin unendlich. Ich kann sie so lange verbrennen, bis die Welt um uns auseinanderbricht!«

»Ich halte das so lange aus, bis Ihr Erfolg habt, Mylord«, sagte Simon ausdruckslos.

»Was bist du doch für ein folgsames Hündchen, ein wunderschöner unbeugsamer Mann. Aber selbst du, so kaltherzig du auch bist, wirst ihre Schreie irgendwann nicht mehr ertragen. Der menschliche Geist kann nur bis zu einem gewissen Grad dem Schmerz anderer beiwohnen.« Er schubste Simon. »Strecke deine Hände aus! Finde ein Band, Simon! Mach schon!«

Simon gehorchte und hob steif seine Arme.

Coriens Finger waren tief in Elianas Gedanken vergraben und peinigten sie. Da entfuhr ihr ein Schrei. Sie versteckte sich in dem Dickicht in dem üppig bewachsenen Hofgarten. In dem blauen Zimmer auf dem Schiff des Admirals. Auf dem funkelnden Maskenball in Festival, in ihrem warmen, von Kerzenlicht erfüllten Raum in Willow. Sie war in Orline, ganz in Schwarz gekleidet, und sprang mit Harkan geschmeidig von Dach zu Dach. Sie war in ihrem Schlafzimmer und hörte Remy zu, der ihr eine Geschichte über die Heiligen vorlas.

Sie war geborgen in Ioseph Ferracoras Armen und beobachtete den Sonnenaufgang, scheu blickte sie zu der verwitternden Statue des Lichtbringers, der unermüdlich und edel auf seinem geflügelten Pferd saß.

Ihr Schrei mündete in einem Wort. »Simon!« Ihre Finger waren vollkommen steif, ihre Knochen würden bald ihre Haut durchstechen. »Simon, *bitte*!«

»Simon, bitte! Simon, bitte!« Corien brach in hysterisches Gelächter aus. »Kannst du schon die Bänder spüren, Simon? Fühlst du sie kommen? Lange hält sie das nicht durch. Ich merke, wie jedes ihrer Schutzschilde bricht. Arme kleine Eliana.« Er beugte sich über sie und schrie ihr ins Ohr. »Arme kleine Eliana! So mutig, so edel und ganz unnötig, beschissen dumm! Du hättest glücklich sein können, du Idiotin. Du hättest alles haben können, was du dir wünschst, aber stattdessen windest du dich jetzt wie ein Wurm auf dem Boden und pinkelst dich voll!«

Eliana schnappte wie ein neugeborenes Kind nach Luft, aber es reichte nicht. Ihre Lunge brannte, ihr Geist war ein kreischender weißer Sturm. Ihre Urformen wurden allmählich wärmer; Elianas Macht hatte diese Demütigungen lange genug ertragen. Sie stieg unaufhaltsam in ihr an, ein brodelndes Meer, das auf die Küste zuraste.

Sie konnte ihre Finger nicht schließen; stattdessen rammte sie ihre Hände gegen den Boden und zwang ihre Urformen dazu, wieder dunkel zu werden. Dann stellte sie sich vor, wie sie ihren Kopf gegen die Fliesen schmetterte, bis er zerbrach. Coriens Entzücken schlängelte sich in sie. Wenn sie ihm gegeben hatte, was er wollte, durfte sie das tun. Dann durfte sie sich so lange den Kopf aufschlagen, wie sie wollte.

Schon bald würde sie die Kontrolle über ihren Geist ein für alle Mal verlieren. Ihre Macht würde herausbrechen und Simons Kräfte als Gezeichneter erwecken. Das bedeutete das Ende. Alles wäre dann umsonst gewesen.

Die Luft, die sie einatmete, rasselte in ihrer Brust. *»Simon!«*, klagte sie in ihrem Innern.

Plötzlich wurde Corien von Eliana weggeschleudert und sein Geist von ihr losgerissen. Etwas lag zwischen ihnen; eine kalte Steintür hatte sich geschlossen und seine suchenden Finger hatten keinen Zugriff mehr. Er stolperte über die umgestürzte Statue und fiel unbeholfen hin.

»Das ist sie«, hauchte er. »Sie ist hier.« Und dann wurde er so lange von einem Lachen geschüttelt, bis er irgendwann nur noch schrill kicherte. Eliana hatte keine Ahnung, wo Simon steckte. Völlig entkräftet streckte sie ihre Hand aus, aber ein unglaublicher Schmerz überflutete sie, und sie drohte darin zu ertrinken.

Coriens wildes Geheul schmerzte in ihren Ohren. »Zeig mir dein Gesicht, du Schlange! Wo bist du? *Was hast du getan?«*

Und dann war da eine andere Stimme, ganz leise und schwach, die bloß Eliana hören konnte: *Bleib bei uns, Kleines. Nur noch ein wenig länger. Hilfe naht. Es dauert nicht mehr lange.*

Der Prophet. Das waren die letzten beiden Worte, die Eliana dachte, bevor eine vertraute Hand sie behutsam in ein glückseliges Vergessen führte.

33

LUDIVINE

»Wenn du nachts im Dunkeln allein im Bett liegst und draußen und drinnen die Schrecken lauern, fragst du dich womöglich: Soll das alles sein? Krieg und Tod? Angst und Verzweiflung? Aber das ist die falsche Frage. Frage dich stattdessen: Was werde ich tun, wenn er mich holen kommt? Was werde ich im Moment meines Todes sehen, wenn ich auf mein Leben zurückblicke? Werde ich stolz auf meinen Taten sein? Oder mich für die Dinge schämen, die ich unterlassen habe? Überlege genau. Ich kenne eine Art von Schmach, die du dir nicht vorstellen kannst. Ich kenne eine Art von Schuld, die sich wie eine Krankheit durch deinen Körper frisst.«

Die Worte des Propheten

Ludivine saß im Herzen eines riesigen unterirdischen Labyrinths in ihrem Privatgemach auf ihrem Lieblingssessel: weiche Kissen aus fliederfarbenem Samt, rot glänzendes Kirschholz. Drei dicke Kerzen auf polierten Steinsockeln vor den gekrümmten Felswänden – eine zu ihrer Rechten, eine zu ihrer Linken, eine vor ihr.

Eine für Rielle. Eine für Audric.

Eine für Eliana.

Ludivine ließ sie nie verlöschen.

In ihrem Schoß lag ein verziertes Schwert und vibrierte leicht. Auf seinem goldenen Griff waren Sonnen eingelegt. In das dunkle Leder der mit Quasten behängten Schwertscheide war ein Muster aus Dreizacken und Dolchen, Speeren und Pfeilen, Hämmern und Schilden geprägt. Zudem Sonnenstrahlen und fliegende Göttertiere – eine Chavaile, ein Eisdrache, ein Feuervogel.

Ludivine verlagerte ihr Gewicht und setzte sich bequemer hin. Ihre Felshallen waren ruhig, aber das würde nicht mehr lange so bleiben. Früher einmal bildeten sie einen Flügel von Vaera Bashta, irgendwann war er eingestürzt und in Vergessenheit geraten. Jetzt, nach Jahrzehnten mühevoller Arbeit, hatten sie ihn wieder aufgebaut und sauber geschrubbt, und außer ihren sieben Dienern, ihren Waffen und Vorräten und Ludivines riesiger Bibliothek war alles leer.

Während ihre Diener die Ankunft ihrer Gäste vorbereiteten, war im Gang vor ihrer Kammer ein leises Flüstern zu hören, so als striche der Wind raschelnd durch Binsen. Sie achtete darauf, dass es immer sieben waren. Ihr gefiel die Zahl, außerdem würde es zu viel ihrer Aufmerksamkeit beanspruchen, die sie für den Rest der Welt brauchte, mehr als diese sieben Gedankenwelten zu verschleiern.

Auch wenn die Aufregung ihrer Diener offensichtlich war, kamen sie dennoch ihren Aufgaben nach. Sie hatten sich ewig auf diesen Tag vorbereitet, aber obwohl Ludivine dafür gesorgt hatte, dass sie ihren Geist im Griff hatten, waren sie trotz allem Menschen, zart und vergänglich und voller Widersprüche. Ihre Ängste und Hoffnungen schossen wie winzige goldene Fische in einem dunklen Meer unruhig durch Ludivines Geist.

Als sie an der Tür zu ihrer Kammer vorbeikamen, sah Ludivine sich durch die Augen der Sieben: eine blasse junge Frau mit hübschem Gesicht, die aufrecht und ruhig in ihrem Sessel saß. Lange goldene, geflochtene Haare, die im Nacken zu einem Knoten gebunden waren, ein zartlila und rosafarbenes wollenes Gewand, das bis zum Hals zugeknöpft wurde. Die Schultern waren breit geschnitten, ein Brustpanzer versteckte sich raffiniert im Mieder. Selbst sie musste auf ihren Unterleib achtgeben. Verletzungen heilten dort nicht so schnell wie anderswo.

Während ihre Diener zu ihr schauten, fragten sie sich, was Ludivine sah. Sie blickten in ihre schwarzen Augen, die sie beim Arbeiten halb geschlossen hielt, und erschauderten. Denn obwohl sie sie liebten, beunruhigte ihr Anblick sie manchmal. Schließlich waren ihre Augen so schwarz wie seine. Ihr Geist war uralt und genau wie seiner für Menschen unfassbar. Selbst wenn sie ihnen erzählte, was sie sah, während sie bewegungslos in ihrem Sessel saß, könnten sie es nicht begreifen – warum sie so viel gleichzeitig sah, warum ihr Geist so grenzenlos war und sie doch direkt vor seiner Nase verborgen blieb.

Aber was sah sie denn nun eigentlich?

Eine ehemals prachtvolle weiße Stadt, deren Schönheit fast abstoßend war und die jetzt von Monstern überrannt wurde.

Ein bedrohliches Auge, das über der Stadt schwebte. In Blutrot und Violett pulsierte es wie eine frische Wunde, die Ränder knisterten in einem bläulichen Weiß. Daraus strömte ein schwarzer Strom aus Flügeln und Schuppen, Klauen und Fell. Intelligente Augen in schlangenartigen Köpfen mit scharfen Zähnen. Scharfe Schnäbel, die nach Beute schnappten.

Früher wäre Ludivine beim Anblick der Zerstörung, die Corien anrichtete, wütend geworden. Der Anblick der verängstigten Bürger, die außer sich waren und für die es kein Entrinnen gab, hätte sie aufs Äußerste erzürnt. Die Menschen in Elysium hatten ihre Familien und ihre Freiheit gegeben, um dem grausamen Krieg zu entkommen.

Und nun seht sie euch an.

Aber Ludivine hatte Wut und Zorn inzwischen hinter sich gelassen, sie hatte sie seit Hunderten von Jahren hinter sich gelassen. Sie kannte keine Trauer oder Einsamkeit mehr. Sie fühlte weder Bedauern noch Scham oder den anhaltenden Schmerz einer verlorenen Liebe. Sie hatte alle Gefühle in ihrem Innern eingeschmolzen und die Wände mit Stahl ausgekleidet.

Die einzige Sache, die noch ausstand, war das Ende. Das brannte nun schon seit Jahrhunderten in ihrer Brust, eine unnachgiebige blaue Flamme, die mit ihr wuchs und heller wurde, während die Teile ihres ausgefeilten Plans Gestalt annahmen.

Sie spannte ihren Geist ein wenig weiter.

Dort waren Navi und die Kapitänin der Roten Krone, Ysabet. Hob und Patrik. Navis Bruder, Malik, und zweiundneunzig weitere. Zahra führte sie über die Geröllfelder zur Stadt und tarnte sie. Ludivine betrachtete Zahra genauer. Der Geist hatte eine Menge ihrer Kraft verbraucht, um die *Königinlicht* auf ihrer Fahrt durch das Silarrameer vor den unzähligen Kriegsschiffen des Kaisers zu verstecken.

Sie würde bald sterben. Ludivine sah das deutlich vor sich. Der Verstand des Geistwesens wurde nur noch durch dünne Fäden zusammengehalten.

Beeile dich, Zahra, befahl Ludivine. Die Verbindung zwischen ihnen war stabil, und sie führte das Geistwesen durch das Inferno der Stadt. Vor Jahrhunderten wäre ihr das nicht gelungen – Zahra in einem Meer aus Seelen herauszufischen und sie um die halbe Welt zu führen.

Es war erstaunlich, was ein Jahrtausend für ein gebrochenes Herz ausmachte. Durch jahrhundertelange einsame Arbeit im Verborgenen war ihr Geist zu dem geworden, was er jetzt war.

Sie lächelte ein wenig. Wie sagte Corien so gern: *Ich bin unendlich.*

Inzwischen war er nicht mehr der einzige Engel, der das großspurig von sich behaupten konnte. Inzwischen war sie stark genug, um es mit ihm aufzunehmen.

Vielleicht sogar stark genug, um ihn zu schlagen, denn sie war klüger vorgegangen als er. Vorsichtiger und sparsamer in ihrer Entscheidung, wen sie kontrollierte.

Sie spannte ihren Geist ein wenig weiter.

Dort war Remy, drahtig folgte er ihrem Weg lautlos durch die Stadt. Er hatte einen offenen Geist, war schlau und flexibel, ihre Führung hielt er für seinen Instinkt. Sie sah die Narben, die Elysium in seinem Geist hinterlassen hatte – die Schrecken von Vaera Bashta, Coriens Folter, der Tod seines Vaters, Jessamyns brutaler Unterricht –, und war zufrieden. So war er von größerem Nutzen für Eliana.

Und wenn sie am Ende Erfolg hätten, würden seine Narben keine Rolle mehr spielen.

Remy kletterte an einer Regenrinne hinauf und schlüpfte durch ein zerschlagenes Palastfenster. Jemand hatte einen Kopf durch die Scheibe geworfen. Die Gefangenen von Vaera Bashta versammelten sich vor den Toren des Palastes, brüllten um Gehör, schlugen gegen die Mauern und bettelten um Einlass. Coriens Truppen waren über die ganze Stadt verteilt und bekämpften die Cruciata, wobei sie verzweifelt versuchten, den leuchtend blauen Blutspritzern auszuweichen. Mit den Vaecordia, denselben großen, mechanischen Kanonen, die Corien auch zur Pforte gesandt hatte, feuerte ein Engelsregiment auf Ostia und die daraus hervorkriechenden Cruciata.

Ludivine, die ganz ruhig am äußersten Rand von Remys Geist saß, führte ihn in ein kleines Zimmer im dritten Stock. Dort war die Krankenstation, wo Coriens Ärzte verstümmelte Menschenkörper für den Gebrauch der Engel zusammensetzten. Bevor die Gefangenen das Lyceum stürmten, hatte Remy dort noch Waffen gestohlen – zwei kleine Dolche und ein Schwert, das er sich auf Rücken geschnallt hatte. Jessamyn hatte ihn in ihrer kurzen gemeinsamen Zeit gut trainiert, und die vier Adatrox, die sich jetzt teilnahmslos vor der Tür herumtrieben, waren keine wirklichen Gegner. Sie wurden nicht länger von Engeln gelenkt. Sie stöhnten stumm vor Schmerzen auf, hoben schwerfällig ihre Fäuste und versuchten, Remy gegen die Wand zu drängen.

Er schoss zwischen ihnen durch, schlitzte ihnen die Kehlen auf und eilte nach drinnen.

Jessamyn zog sich gerade mit zusammengebissenen Zähnen die Stiefel an und zerrte sich ihre Jacke über den Verband. Ludivine spürte, wie sie sich wahrnahmen. Jessamyn: überrascht und erleichtert. Remy: erschöpft und erfreut. Er hätte nicht gedacht, dass er sie finden würde.

Die Cruciata sind in die Stadt eingefallen, sagte er zu Jessamyn.

Das habe ich auch schon bemerkt, antwortete sie sarkastisch.

Er näherte sich ihr vorsichtig. Ludivine spürte, dass er sie töten würde, falls sie ihn aufhalten wollte. Sie war verletzt; vielleicht würde ihm das sogar gelingen.

Ich brauche deine Hilfe, sagte er. *Ich kenne mich im Palast nicht aus. Du schon. Und du bist eine bessere Kämpferin als ich. Wir müssen Eliana hier rausbringen.*

Jessamyn nickte. *Daran habe ich auch schon gedacht. Wer sonst soll die Ungeheuer aufhalten? Der Kaiser sicherlich nicht.* Sie betrachtete seinen Gürtel. *Ich brauche ein Messer.*

Er warf ihr eins zu und dann rannten sie los. Ludivine beobachtete, wie sie sich durch den Palast zu Coriens Lieblingstheater schlängelten. Die Musik setzte ein und begleitete ihre flinken, leichten Schritte. An den Dachbalken waren Messingtrichter befestigt und gaben knisternd die Klänge wieder. Sie waren an Drähte geklemmt, und an den Verbindungsstellen blitzten Lichter – elektrische Kraft, die Funken sprühte. Lampen flackerten in ihrem Gehäuse.

Heute wurde ein mitreißender und triumphierender Choral gespielt. Es war die Symphonie, die Corien bei seiner jüngsten Akquise in Auftrag gegeben hatte – ein junger, erstaunlich talentierter Komponist aus Mazabat, der kapituliert hatte, um seine Frau zu retten.

Ludivine strich vorsichtig mit ihrem Geist über das Theater, eine kaum wahrnehmbare Berührung. Sie sah, wie Corien in seiner Lieblingsloge herumsaß und sich reichlich Wein genehmigte. Er hatte die Türen verschlossen und brütete vor sich hin. Die Stadt um ihn ging zugrunde, aber er ignorierte das. Er hätte Eliana beinahe umgebracht, und diese Erkenntnis ängstigte ihn. Daher hatte er sich aufgebracht und entsetzt in seine Loge zurückgezogen und sah seinem Versagen noch immer nicht ins Auge.

Zumindest vermutete Ludivine das; seinen Geist berührte sie lieber nicht. Aber nach tausend Jahren kannte sie ihn ziemlich gut.

Unter der Loge applaudierte das blutverspritzte Publikum verängstigt dem Orchester – die Menschen waren von Coriens

Generälen aus der Stadt geholt worden, um die Abendunterhaltung zu bereichern. Ludivine spürte das wilde Rauschen ihrer Gedanken: Wenn sie nur laut genug jubelten, würde der Kaiser sie vielleicht im Palast in Sicherheit lassen.

Und auf einem Stuhl neben Corien saß Eliana. Sie war bewusstlos und schrecklich blass, angstvoll erwartete sie die Albträume, die Corien in ihrem zerbrechlichen Geist hinterlassen hatte.

Beim Anblick von Eliana empfand Ludivine allerdings doch Schmerz. Ihr Gesicht war eine perfekte Mischung aus den Gesichtszügen von Rielle und Audric. Seine vollen Lippen, ihre geschwungenen Augenbrauen. Ihr spitzes Kinn, seine schönen braunen Augen.

Wenn Ludivine es zuließe, könnte sie sich an die Wärme der beiden erinnern, an ihre Arme, die sie umschlangen, an die weiche Zartheit ihrer Haut. An ihre Wut und seine Trauer. Ihre Leidenschaft und seine Stärke. Daran, wie sie Rielle nach einer Nacht voller Traumschreckgespenster beruhigt hatte, bis sie schlafen konnte, und wie sie den weinenden Audric auf dem Boden in den Gemächern von Mazabat in den Armen gehalten hatte.

Wie verzweifelt und verhängnisvoll sie die beiden doch geliebt hatte!

Aber Ludivine ließ nichts davon zu. Ihr Geist war kristallklar und so scharf wie der Tod.

Bleib bei uns, Kleines. Sie wagte nicht, Eliana zu berühren. Corien würde das spüren. Stattdessen sprach sie die Worte zu sich. *Nur ein kleines bisschen länger.*

Langsam zog sie sich aus dem Palast zurück. Keine schnellen oder ungeplanten Bewegungen. Alle liefen dorthin, wo sie hinsollten. Remy und Jessamyn schlichen sich durch den Palast zum Theater. Navi, Ysabet, Zahra. Patrik und Hob, ihre Soldaten. Sie kämpften sich den Weg durch die Stadt.

Aber es gab noch eine Person, die Ludivine finden musste, womöglich die wichtigste von allen. Immer wenn Ludivine nach ihm griff, teilte sie ihm ihre Anweisungen mit einer stillen Entschuldigung mit – für alles, was sie ihm angetan hatte, und für alles, was er verloren hatte.

Aber wenn es sein musste, würde sie es wieder tun, und das wusste er. Wenn es sein musste, würde sie seinen Geist wieder tausendmal zerstören und neu zusammensetzen.

Es ist so weit, sagte sie zu ihm.

Verstanden, antwortete er. Seine Stimme zitterte leicht vor Freude, denn all die Misshandlungen, die sie ihm zugefügt hatte, hatten die Liebe zu dem, was in seinen Adern floss, und die Furcht einflößenden Geheimnisse, die damit einhergingen, nicht zerstört.

Sie spürte, wie er seine Waffe zog, und hörte, wie er durch die Korridore des Palastes pirschte. Jammernde Adatrox wollten ihn abfangen, sie waren verwirrt und verängstigt. Ein Mann in einem zerrissenen blauen Anzug, der durch das erlittene Trauma ganz kühn geworden war, hievte sich durch ein zerbrochenes Fenster und sprang ihm auf den Rücken. Aber er traf sauber und führte seine Klingen präzise und tödlich. Keiner wusste das so gut wie sie, hatte sie doch dafür gesorgt, dass er, lange bevor Corien dazu die Chance bekam, dasselbe zu tun, mehr einer Waffe ähnelte als einem Mann.

Es gibt nur diesen einen Weg, sagte sie ihm wie schon so viele Male zuvor. Er gab ihr keine Antwort; was sie auch gar nicht erwartete. Sie ließ ihn seine Arbeit verrichten.

Sie saß in ihrem Sessel und schaute auf die drei brennenden Kerzen, aber ihr Geist war überall. Sie hielt ihr Schwert und wartete.

34

AUDRIC

»Liebste Schwester. Du wirst nicht glauben, was für eine Geschichte ich dir zu erzählen habe, und so werde ich warten, bis wir uns persönlich treffen und du die außergewöhnlichen Umstände meines neuen Lebens selbst in Augenschein nehmen kannst. Vorab nur so viel: Es gibt Drachen, und es gibt einen Jungen, und ich liebe sie alle. Wir sind auf dem Weg nach Hause zu dir – wenn auch nicht direkt –, zusammen mit einer Gezeichneten und ihrem Wächter und ein paar anderen, die wir aus einem geheimen Engelsgefängnis hoch im Norden befreit haben. Wahrscheinlich klinge ich für dich wie ein Verrückter, aber ich fühle mich zum ersten Mal in meinem Leben wie ich selbst. Wir sehen uns bald, und ich weiß, ich werde mich sehr anstrengen müssen, um dein Vertrauen zurückzugewinnen, aber du sollst eines wissen: Ich bin endlich bereit für einen Krieg. Ich bin bereit, für unsere Heimat zu kämpfen. Und ich werde dich nicht wieder verlassen.«

Verschlüsselter Brief von Ilmaire Lysleva an seine Schwester Ingrid, datiert vom 30. März im Jahr 1000 des Zweiten Zeitalters

Audric saß in den Gärten hinter Baingarde, als seine Mutter zu ihm stieß.

»Ich dachte mir schon, dass ich dich unter diesem Baum finde«, sagte sie und setzte sich neben ihn in das weiche Frühlingsgras. Die Erde war schwarz und feucht und die Bäume schwer vom Regen der letzten Tage. Die Dämmerung tauchte alles in ein mattes, weiches Violett, und die rosafarbenen Blüten des Trauerbaums über ihnen öffneten sich allmählich.

Audric rang sich ein kleines Lächeln ab. »Wenn mich irgendjemand anders so in Trübsal versunken unter diesem Baum angetroffen hätte, dort, wo ich zum ersten Mal den Königsfluch geküsst habe, würde man mir womöglich meine Krone wieder abnehmen.«

Ludivine, sprach er in Gedanken noch einmal, *bist du da?*

Er hatte den ganzen Nachmittag versucht, mit ihr in Kontakt zu treten, und vier Stunden unter diesem Baum vergeudet, während das honigfarbene Antlitz der Sonne allmählich den Ton von Lavendel angenommen hatte.

Wo auch immer Ludivine war, sie verweigerte hartnäckig eine Antwort.

»Sämtliche Soldaten aus Mazabat haben Unterkünfte zugewiesen bekommen«, begann Genoveve. Die Falten ihres grauen Leinenkleids bauschten sich auf dem nassen Gras wie herabgefallene Blütenblätter.

»Du wirst dir das Kleid ruinieren«, bemerkte Audric.

»Ich habe viele Kleider«, versetzte Genoveve milde. »Die Kommandanten und so viele von der Infanterie, wie wir unterbringen konnten, sind in der Kaserne. Den Rest haben wir über die Stadt verteilt. Viele Menschen haben ihre Häuser geöffnet. Odo hat ziemlich luxuriöse Mannschaftsunterkünfte in seinem Dachgarten eingerichtet.«

»Dann werden die Kommandanten in unserer Kaserne wohl neidisch auf die Glücklichen sein, die diese Betten bekommen haben.«

»Zweifellos.«

Audric lachte gedämpft auf. Ein Gespräch über solche logistischen Fragen hätte eigentlich dazu beitragen sollen, seinen aufgewühlten Geist zu beruhigen, doch seine Gedanken waren nach wie vor konfus. Er konzentrierte sich auf die Unterlagen, die ordentlich gestapelt auf seinem Schreibtisch auf ihn warteten.

»Ich habe Briefe an Ingrid Lysleva und die Herrscherin von Kirvaya gesandt«, sagte er. »Königin Fozeyah kommt mit weiteren Soldaten, sobald sie bereit sind. Zehntausend Leute bis zum ersten Mai.«

Genoveve nickte und hielt die weißen Hände ruhig in ihrem Schoß. Ihre Wangen waren eingesunken, jeder Knochen trat hervor, doch ihr zum Zopf geflochtenes kupferfarbenes Haar war tadellos frisiert und ihre grauen Augen glitzerten wie Feuersteine.

»In Abwesenheit des Archons«, sagte sie, »hat Großmagistra Guillory die Führung der Kirche übernommen. Die anderen Magister waren einverstanden. Es war eine einstimmige Entscheidung.«

Audric dachte an Tals leeren Stuhl in der Kammer des Richterrats und daran, wie Miren – mit steifem Rücken und verkrampften Schultern – jeden Blick dorthin verweigerte.

»Eine Sonnenbändigerin als Führerin der Kirche«, sagte Audric mit leisem Lächeln.

»Und ein Sonnenbändiger auf Katells Thron.«

Genoveve musterte ihren Sohn, während er den Blick weiter auf die sehenden Teiche gerichtet hielt, die ungefähr sieben Meter entfernt schwarz und still in einem Meer aus Gras lagen.

»Und die Wachttürme?«, fragte er.

»Der Bau der ersten acht rund um die Stadt hat begonnen.«

»Und die Bauarbeiter, die ich für die übrigen sechzehn abkommandiert habe?«

»Die sind mit ihren Materialien unterwegs zu den Straßen im Norden. Bis Ende des Monats haben wir eine Reihe von Türmen von hier bis zur nordöstlichen Grenze, jeder davon mit Magie von Erderschütterern und Metallmeistern bestückt.«

Audric nickte. »Ich habe außerdem angeordnet, dass morgen früh Reiter zu den Sitzen der wichtigsten Adelshäuser aufbrechen sollen. Gourmeny und Montcastel. Und zu den Liegenschaften der Valdorais in den breiten Brachen.«

Nach kurzem Schweigen räusperte sich Genoveve. »Und was hast du mit den Soldaten aus dem Haus Sauvillier vor? Unsere Gefängnisse platzen aus allen Nähten.«

»Ich treffe mich mit jedem von ihnen einzeln und setze sie

wieder ein, falls möglich. Wir können kein einziges Schwert entbehren.«

»Und wenn welche darunter sind, die nicht für dich kämpfen wollen?«

»Ich will ja selbst nicht für mich kämpfen.«

Genoveve griff nach seiner Hand. »Audric …«

»Sie können gehen, wenn sie wollen. Ich will keine rebellische Armee hinter mir haben. Aber sie sind hier sicherer als woanders, und daran werde ich sie erinnern. Jeder Elementherrscher zwischen hier und Borsvall wird versuchen, nach Âme de la Terre zu gelangen. Wenn sie gehen, werden sie sich den Engeln allein entgegenstellen müssen. Ich glaube, die meisten von ihnen werden bleiben und kämpfen und ihre Ablehnung für sich behalten.«

»Sie lehnen nicht dich ab, Audric«, sagte Genoveve behutsam. »Sie lehnen *sie* ab.«

»Doch, sie lehnen mich ab, und manche von ihnen hassen mich sogar und wünschten vielleicht, Merovec hätte *mich* in zwei Hälften geschnitten, weil ich dumm genug war, sie zu lieben. Bitte, Mutter, ich würde lieber nicht über Rielle reden.«

Langes Schweigen trat ein. »Sloane hat mir von den Wochen nach deiner Ankunft in Mazabat berichtet. Sie hat mir erzählt, welche Last du mit dir herumgeschleppt hast. Und wie verändert du warst.«

In Audrics Brust flammte etwas auf, ein heißer Funken Wut, für den er dankbar war. Wut lenkte ihn vom Schmerz ab.

»Ich bin immer noch derselbe«, erklärte er mit gepresster Stimme. »Ich kann immer noch Kampftruppen anführen. Ich kann immer noch verräterische Soldaten disziplinieren.« Illumenor, wie es glatt durch Merovecs Körper fuhr. Die Erinnerung an diesen grauenvollen Hieb zeigte sich ihm jeden Tag viele Male. »Ich kann immer noch töten.«

»Ich sehe die Traurigkeit in deinen Augen, mein Sohn.«

Audric seufzte und funkelte seine Mutter gereizt an. »Und ich die Traurigkeit in deinen. Was soll bei diesem Gespräch Gutes herauskommen?«

Genoveve musterte ihn ruhig. »Jahrelang hast du deinen Vater gedrängt, er solle die Prophezeiung studieren. Du hast ihn angebettelt, die Bücher zu lesen, die du ihm gebracht hast, und sich mit den Schriften der großen Elementargelehrten zu beschäftigen. Doch er hat es nie getan. Weißt du, warum?«

Dies bedeutete für Audric eine unerwartete Wendung des Gesprächs. Er blinzelte. »Nein.«

»Weil er Angst hatte.« Genoveve blickte auf die sehenden Teiche, hinter denen die Katakomben wie ein grauer Geist in der Ferne aufragten. »Katells Linie hatte seit Generationen keine echten Sonnenbändiger mehr hervorgebracht. Und dann kamst du zur Welt und hast schon in der Wiege begonnen, mit dem Sonnenlicht zu spielen, noch ehe du deine Urform geschmiedet hast. Dein Vater wusste, was das bedeutet, und ich auch. Wann immer er dich ansah, hat er das Menetekel eines Krieges gesehen, von dem er sich lange eingeredet hat, er werde niemals zu seinen Lebzeiten kommen. Die Welt lebte in Frieden. Die Pforte war unerschütterlich. Und dann wurdest du geboren. Der Lichtbringer. Mächtiger, als er je gewesen ist, und auch tapferer. Du warst stets bereit, das Schlimmste in Betracht zu ziehen und dich ihm unerschrocken entgegenzustellen. Die Wirklichkeit deiner Macht und der Gedanke an einen Krieg – diese Dinge haben dir nie Angst gemacht, genauso wenig wie Aryavas Worte vom Untergang.«

Audric schüttelte den Kopf. Da konnte er seiner Mutter nicht recht geben. »Ich habe ständig Angst.«

»Aber die Leute, die für dich kämpfen, wissen das nicht. In ihren Augen bist du die Wiedergeburt von Katell. Und nun ziehst du auch noch die Kronen von Mazabat und Borsvall an dich. Unsere Verbündeten, Abkömmlinge von Heiligen, genau wie du. Borsvall wäre beinahe zu unserem Feind geworden, aber du hast eine neue Freundschaft mit ihnen geknüpft.« Sie hielt inne. »War es ein Engel, der vor zwei Jahren Prinzessin Runa ermordet hat?«

»Das vermute ich«, antwortete Audric grimmig. »In der Hoffnung, einen Krieg zwischen Celdaria und Borsvall zu entfachen.«

»Und dennoch hast du es nicht zugelassen. Du hast Freundschaft gewagt, und jetzt wird Borsvall vielleicht auf unserer Seite kämpfen. Du baust Wachttürme und befiehlst unseren Metallmeistern, Tausende neue Schwerter zu schmieden. Du gehst durch die Straßen unserer Stadt und sprichst mit deinem Volk, nicht als wärst du der König und sie deine Untertanen, sondern vielmehr, als wärst du ein Bürger Celdarias wie alle anderen. Sie haben Angst, aber du nicht. Das ist es, was sie sehen.«

»Und, Audric«, fügte sie leise hinzu und drückte leicht seine Finger, »ich fürchte, wenn du nicht über sie sprichst – wenigstens mit mir oder Sloane oder Miren oder Prinzessin Kamayin –, dann werden deine Gefühle hochwallen und dich zerreißen. Unser Volk darf das nicht sehen. Wenn sie vom Tod durch Engelsschwerter bedroht sind, dürfen sie dir niemals anmerken, wie tief du verletzt wurdest. Sie müssen dich ansehen und eine Ikone erblicken. Keinen Mann, sondern ein Symbol. Nicht Audric, sondern den Lichtbringer. Das ist nicht fair, aber das ist die Krone auch nicht, und nur wenn du sie trägst, dürfen wir überhaupt hoffen, das zu überleben, was uns bevorsteht. Dessen bin ich mir sicher.«

Sie seufzte, und danach trat Schweigen ein. Beide verfolgten, wie Atheria sich zwischen den Kiefern in der Ferne vergnügte und fröhlich zwitschernd Eichelhäher aus ihren Nestern warf.

»Vielleicht wenn ich ihr eine Mutter gewesen wäre«, sinnierte Genoveve, »wenn ich sie mit Güte und Wärme in unserer Familie willkommen geheißen hätte, dann stünden wir jetzt nicht da, wo wir stehen.«

Audric atmete einen Moment lang durch. Er wollte nicht über Rielle sprechen. Doch seine Mutter saß neben ihm, es war ein besonderer Moment, er konnte ihr Bedürfnis nach einer Aussprache nicht ablehnen.

»So einfach ist es nicht«, versetzte er. »Vielleicht wenn der

Archon sie nicht gezwungen hätte, sich diesen Prüfungen zu unterziehen. Vielleicht wenn Lord Dervin uns nicht beim Küssen in den Gärten erwischt hätte. Vielleicht wenn ich sie in unserer Hochzeitsnacht nicht verstoßen hätte.«

Er blinzelte Tränen beiseite. »Oder vielleicht hat auch nichts davon eine Rolle gespielt, und wir wären, ganz egal was wir auch getan hätten, genau da gelandet, wo wir jetzt sind. Vielleicht bedeutet Aryavas Prophezeiung genau das, was sie besagt: Es gibt eine Königin des Lichts und eine Königin der Finsternis. Und vielleicht war Rielle schon immer die Letztere, und nichts, was wir zu ihr gesagt haben, hätte das ändern können.«

Genoveve überlegte. »Hast du dich schon mal gefragt, wo die andere Königin ist? Falls Rielle wirklich die Blutkönigin ist, dann –«

»Sie ist schwanger.« Zum ersten Mal sprach Audric es aus. Die Worte rissen ein Loch in sein Innerstes, eine schmerzhafte Leere tat sich in ihm auf.

»Es ist mein Kind«, fügte er leise hinzu. »Unser Kind. Ludivine hat es mir gesagt, bevor sie gegangen ist.«

Genoveve hob die Finger vor den Mund und stieß einen erstickten Laut aus. Ihre Schultern bebten. Hoch oben zwischen den Blüten des Trauerbaums gurrte schwermütig eine Taube.

»Ludivine hat mir verraten, dass es ein Mädchen wird«, fuhr er fort. »Also ist sie vielleicht unsere Sonnenkönigin, unsere ungeborene Erlöserin.«

Genoveve ergriff seine Hand, presste sich seine Knöchel an den Mund und schloss die Augen. Ein langer Augenblick verstrich, bevor sie ihn freigab und sich übers Gesicht wischte.

»Ich wünschte, Ludivine wäre hier, um dir zu helfen«, flüsterte sie.

»Es tut mir leid, dass ich dir nicht die Wahrheit über sie gesagt habe«, sagte Audric, obwohl es ihm gar nicht leidtat. Er war einfach nur müde. Er sah sein Bett vor sich, wie riesig und wie einsam es war und wie klein er sich darin fühlte.

»Ich verstehe, warum du es verschwiegen hast. Du hast Ludivine gebraucht – ihr habt sie alle beide gebraucht –, und hätte ich die Wahrheit gekannt, hätte ich sie des Landes verwiesen oder es zumindest versucht. Ich hätte auf vielen verschiedenen Wegen versucht, sie loszuwerden, und wäre gescheitert, und dann hätte man mich mit noch mehr Mitleid und Abscheu betrachtet als ohnehin schon.«

Seine Mutter sprach ohne jeden Anflug von Selbsthass, ohne jede Bitterkeit. Audric hob den Kopf und sah ihr aufrichtig ins Gesicht – nahm die schmale, gerade Linie ihrer Nase wahr, die schmerzhafte Kantigkeit ihres Kinns und ihre gefasste Haltung. Lag es daran, dass sie fürchtete zusammenzubrechen? Oder daran, dass sie schon so viele Male gebrochen worden war, dass ihr die Vorstellung keine Angst mehr machte?

»Mutter«, sagte er. »So ist es nicht.«

Genoveve lächelte ihn an. »Ich brauche keinen Trost. Ich will nur, dass du bei mir sitzen bleibst. Ich will, dass du zu mir kommst, wenn die Last des Ganzen selbst für deine Schultern zu schwer wird. Ich kann dir die Last nicht abnehmen, aber bei Gott, ich wünschte, ich könnte es.«

Sie umfasste sein Gesicht mit beiden Händen, berührte seine Wangen und streifte ihm die Locken aus den Augen.

»Mein tapferer Junge«, flüsterte sie, und dann zog sie seinen Kopf zu sich, um ihm die Stirn zu küssen.

Schweigend saßen sie da, Hand in Hand, und warteten auf den Anbruch der Nacht. Audric sah zu, wie Atheria langsame Schatten durch die Bäume zog.

Ich fürchte kein Dunkel, betete er. *Ich fürchte keine Nacht.*

Ich bitte die Schatten um Beistand in der Schlacht.

35

ELIANA

»Selbst nach all den Geschichten, die ich gelesen habe, ist es manchmal eigenartig, sich die beiden als Paar vorzustellen – der Lichtbringer und die Blutkönigin. Einer freundlich, die andere grausam. Einer gut, die andere böse. Ich frage mich, wie ihre Tochter wohl geworden wäre, wenn sie denn das Licht der Welt erblickt hätte. Ich frage mich, nach welchem Elternteil sie gekommen wäre.«

Tagebuch von Remy Ferracora, datiert vom 24. Mai im Jahr 1014 des Dritten Zeitalters

Die Albträume waren schwer zu fassen und hörten nicht auf, aber Eliana ließ sich auf deren reißender Strömung mitziehen. Sie balancierte vorsichtig in einem feinen Netz. Wenn sie zu stark gegen ihre Fesseln kämpfte oder sich gegen die Albträume wandte und versuchte an Land zu schwimmen, würde das Netz reißen und sie fallen.

Eliana.

Sie wandte sich von der Stimme ab. Das war wieder er. Er war zurückgekommen, um ihr den Kopf einzuschlagen, und dieses Mal würde sie es zulassen.

Eliana, wach bitte auf!

Die Stimme, die ihren Namen rief, war nicht die von Corien. Sie war vertraut, leise, drängend. Dahinter schwebte Musik, Streicher schraubten sich in die Höhe und wurden von blechernen Hörnern akzentuiert.

Eliana öffnete langsam die Augen – hinter ihrem Stuhl in Coriens privater Theaterloge kauerte ein schlaksiger Junge mit dunklen, unordentlichen Haaren, sein Gesicht glänzte vor Schweiß.

Remy.

Sie starrte ihn an und atmete langsam ein und aus. Das war eine Illusion. Das war eine Lüge. Sie blieb ganz still und wartete darauf, aufzuwachen.

Aber das Orchester spielte weiter und Remy winkte sie zu sich, sie war also bei klarem Verstand. Corien hatte nichts von sich gegeben – keine höhnische Bemerkung, kein grausames Lachen. Eliana starrte Remy an, in ihren Ohren rauschte das Blut. Sie rief sich die Stimme in Erinnerung, die gerade ihren Namen gerufen hatte, und erkannte sie.

Es war der Prophet, der sie drängte aufzuwachen.

Nur durch die wochenlange Arbeit mit dem Propheten war Eliana auf so einen Moment vorbereitet. Obwohl ihr Geist geschunden war und jeder Muskel in ihrem Körper vor Schmerz pochte, bemühte sie sich, ruhig zu bleiben. Sie stellte sich ihren kleinen kühlen Fluss vor und trat leise ins Wasser.

Dann erwiderte sie einen kurzen Moment lang Remys Blick und versuchte ihm zu signalisieren, dass er sich nicht rühren sollte, dass er nicht mal seinen kleinen Finger bewegen durfte, und drehte sich vorsichtig auf ihrem Stuhl zu Corien. So blieb sie zusammengesackt mit halb geschlossenen Augenlidern sitzen. Schon bei der kleinsten Bewegung kippten die Bilder vor ihren Augen weg. Ein stechender Schmerz fuhr in ihre Schläfen.

Da war er ja. Mit einem Getränk in der Hand stand er an der polierten Brüstung. Die Musik auf der Bühne war ohrenbetäubend und dennoch verlangte er brüllend nach mehr.

»Ich kann euch nicht hören!«, rief Corien, stürzte den Rest seines Getränkes hinunter und warf das leere Glas auf die Bühne.

In den Sitzreihen unter ihm griffen die Bürger aus Elysium sein Missfallen auf, verhöhnten die Musiker, die vor sich hin schwitzten, und warfen Schuhe, halb aufgegessene Speisen oder was auch immer sie sonst noch fanden auf die Bühne.

Doch die Musiker wagten nicht, aufzuhören, der Dirigent schwang unermüdlich seine Arme, und die liebliche Musik hielt an – mal klang sie triumphierend, dann wieder verspielt, ein geradezu grotesker Gegensatz zum Publikum.

Eliana beobachtete, wie sich Corien mit hochgezogenen Schultern gegen die Brüstung lehnte, die Knöchel an seinen Händen traten weiß hervor. Zornig schüttelte er den Kopf; er wirkte, als würde er jeden Moment explodieren. Nicht mehr lange und er würde ein weiteres Glas hinunterwerfen.

Oder er würde sich wieder *ihr* widmen.

Eliana konnte sich nicht rühren, ihre Unentschlossenheit lähmte sie. Was sollte sie tun? Sich schlafend stellen? Sich Corien anbieten, damit Remy entkommen konnte?

Dann erhob sich auf einmal der Chor auf dem großen, geschwungenen Balkon über der Bühne. Vier Solisten, die lange glitzernde Mäntel trugen, begannen in einer Engelssprache zu singen, die ihnen bestimmt mit einer Schwertspitze an der Kehle beigebracht worden war.

Zu Elianas Linken schleppten zwei Adatrox hinter Corien einen Mann die Stufen hinauf, den Eliana nicht kannte. Sein Kopf baumelte; seine schwarzen, glasigen Augen wirkten apathisch. Ein Engel, aber welcher?

Corien schlug überglücklich die Hände zusammen. »Ravikant! Was für eine Freude, dass du es heute Abend doch noch geschafft hast. Und gerade rechtzeitig zum Finale. Das nenne ich Glück!«

Ravikant. Eliana schaute sich den Admiral genauer an. Sie hatte ihn nicht mehr gesehen, seit er Ioseph Ferracoras Körper verlassen hatte. Aber anscheinend hatte er einen neuen gefunden – den eines kleinen, dünnen Mannes mit glatter brauner Haut und kahl rasiertem Kopf. Die Adatrox ließen Ravikant los und er fiel auf die Knie. Er hatte sich dem Anlass entsprechend gekleidet und einen makellosen cremeweißen Anzug gewählt.

Corien kniete sich neben ihn und legte eine Hand auf Ravikants schweißnasse Wange. Der Admiral schluchzte.

Das Orchester wurde leiser. Jetzt erklang ein munterer Marsch, heiter und fröhlich und von winzigen Glockenspielen untermalt.

»Dachtest du ernsthaft, dass du damit durchkommst?«, fragte Corien leise und legte den Kopf zur Seite. »Dachtest du ernsthaft, ich würde nicht herausfinden, dass du mich zugrunde richten wolltest? Und ich glaubte, wir wären Freunde.«

Ravikant wand sich keuchend am Boden, Eliana zuckte zusammen, als sie sich an den Schmerz erinnerte. Sie atmete durch die Nase ein und aus und ließ ihre Hände ruhig auf den Stuhllehnen liegen.

Erst jetzt nahm sie den Boden der üppig ausgestatteten Loge richtig wahr.

Dort lagen lauter Leichen.

Corien stand auf und Ravikants Körper regte sich nicht mehr. Stattdessen verkrampfte sich ein anderer Körper in der Nähe der Tür. Eine junge, blasse Frau in einem Seidenkleid, wahrscheinlich war sie aus dem Publikum ausgewählt worden.

Eliana beobachtete, wie ihr Körper zitterte, als Ravikants Schreie und sein Flehen in Lissar aus ihrer Kehle drangen.

»Schau nur, wie einfach ich dich von Körper zu Körper schleudern kann«, sagte Corien nachdenklich und richtete sich über dem Mädchen auf. »Könntest du das auch? Ich glaube nicht. Ich denke, ihr alle seid im Vergleich zu mir nur schäbige Ratten. Ich denke, du solltest dich für deine eigene Dummheit schämen.«

»Die Stadt … Mylord …« Ravikant versuchte es in der gemeinen Sprache. »Sie wird überrannt …«

Corien knurrte wütend. Der Körper des Mädchens fiel in sich zusammen, stattdessen wand sich ein weißhaariger, dunkelhäutiger Mann, der aufrecht auf einem Stuhl gesessen hatte, unter Schmerzen. Seine Stimme war tief; seine Worte kamen von Ravikant. Das Orchester unter ihnen spielte weiter, rasende Geigen trieben die Melodie in immer höhere Höhen.

Eliana spannte sich an und kämpfte darum, ruhig zu bleiben. Corien beachtete sie nicht. Er war abgelenkt, berauscht von Wein und Gewalt. Sie könnte fortlaufen. Remy wartete noch immer auf sie; sie spürte seine Anspannung und dass er sie gerne berühren würde. Wenn er es nach hier drin geschafft hatte, musste es einen Weg nach draußen geben. Wenn er denn überhaupt echt war – wenn sie dem trauen konnte, was sie sah.

Corien hatte ihr den Rücken zugekehrt, aber nicht vollständig. Auch wenn sein Geist anderweitig beschäftigt war, würden seine Augen sehr wohl registrieren, wenn sie sich bewegte.

Das Orchester wurde wieder leiser – nur die Hörner spielten vereinzelt, es klang wie das ferne Echo eines Windes, der durch Schilfrohre strich.

Eliana hielt den Atem an.

Dann setzte das ganze Orchester abermals ein und mit ihm der komplette Chor, es war eine triumphierende, dröhnende Passage des Stücks, das Theater vibrierte regelrecht.

Lauf, Eliana. Der Prophet, so schwach wie ein entfernter Traum.

Corien lehnte sich näher zu Ravikant und drehte seinen Kopf, bis sein Ohr direkt über dem schluchzenden Mund des Engels lag – jetzt hatte er sich vollständig von Eliana abgewandt. Er heulte wie Ravikant und verspottete ihn. Seine Stimme wurde von Gelächter geschüttelt.

Eliana verschwendete keine Sekunde. Sie schlüpfte von ihrem Stuhl und folgte Remy in die Schatten der Loge. Die Musik dröhnte in ihrer Brust; Coriens schrille Schimpfwörter, die er über den Admiral in einer Sprache ausschüttete, die Eliana nicht kannte, klingelten in ihren Ohren.

Remy nahm ihre Hand und half ihr eine kleine Treppe hinab, die irgendwo im Dunkeln verschwand, und dann weiter durch eine unverschlossene Tür. Der schmale Korridor, der um das Theater lief, war gespenstisch leer. In Elianas Brust setzte sich hartnäckig ein Unbehagen fest. Was auch immer Remy da gerade machte, er tat es nicht allein.

»Wie bist du ins Theater gekommen?«, fragte sie leise, während sie eng an der Wand weitereilten. »Er hat jede Tür abgeschlossen.«

Remy schaute kurz zu ihr. »Nicht alle. Eine war offen.«

Ihr lief es eiskalt über den Rücken. »Und da bist du nicht misstrauisch geworden?«

»Ich hatte keine Zeit, darüber nachzudenken. Ich wusste bloß, dass du dort drin bist.«

Remys Stimme klang irgendwie eigenartig – es war seine und dann wiederum nicht. Es lag eine neue Härte darin. Sein Gesicht verriet nichts. Ihr Bruder, aber auch ein Fremder. Eliana wünschte, sie hätte genug Zeit, ihn an den Schultern festzuhalten, damit er ihr direkt in die Augen sah, bis sie ihn wiedererkannte.

Stattdessen rannten sie eine Treppe hinab. Am Fußende wartete Jessamyn gegen die Wand gedrückt auf sie. Ihr Bein war verbunden und sie wirkte äußerst blass, aber ihr blutverspritztes Gesicht war entschlossen, sie würde nicht zögern zu kämpfen. Zu ihren Füßen lagen drei tote Adatrox.

»Das hat viel zu lange gedauert«, zischte sie und taxierte Eliana. Falls sie sich schämte, weil sie in dem weißen Zimmer Zeugin ihrer Qualen geworden war, verriet sie es nicht. »Hat euch jemand gehen sehen?«

»Wenn das der Fall wäre, würden wir jetzt nicht hier stehen«, antwortete Remy finster und ging zum nächsten Fenster, um einen vorsichtigen Blick hinauszuwerfen.

Eliana schaute von Jessamyn zu Remy. Remy hatte kurz geschnittene Haare und sein Hemd und seine Hose passten nicht zu einem Gefangenen. »Ihr kennt euch?«

»Ich bin ihre Virashta«, sagte Remy, als würde das alles erklären.

Hinter der Fensterscheibe verströmte Ostia ihr blutrotes Licht, aber es war Remy, der Elianas Blicke anzog. Wie selbstverständlich er einen Dolch in der Hand hielt. Wie entschieden sein Gesicht wirkte und dann die Narben um seine Fingerknöchel.

»Kannst du das Ding dort im Himmel schließen?«, fragte Jessamyn und zeigte zum Fenster.

»Ja«, sagte Eliana und verschwieg den Rest – sie würde nichts dergleichen tun, bis sie gewonnen hatte und Corien vernichtet war.

»Wir müssen dich irgendwie sicher dorthin bringen«, murmelte Jessamyn und warf einen nachdenklichen Blick aus dem Fenster. »Obwohl die ganze Stadt verrücktspielt.«

Remy schaute kurz zu Eliana. Sie sah ihm an, dass er wusste, was sie verheimlichte, und seine Mundwinkel verzogen sich zu einem winzigen Lächeln.

Ich werde dich zu mir führen, sagte der Prophet ruhig. *Erklär ihnen, dass du weißt, wo ihr hinmüsst. Sie werden dir folgen.*

»Ich weiß, wie wir dorthin kommen«, sagte Eliana bestimmt. »Ich kenne den sichersten Weg.«

Jessamyn kniff die Augen zusammen. »Wie das?«

Eliana setzte ein überlegenes Grinsen auf. »Ich bin die Sonnenkönigin. Ich weiß alles.«

Er ist abgelenkt, aber das wird nicht lange so bleiben, warnte der Prophet. *Verlasst den Palast auf der Südseite. Euch werden auf dem Weg einige Adatrox begegnen. Und Gefangene auch. Die Bestien schwärmen zum Palast. Einige klammern sich bereits daran fest und versuchen, sich ihren Weg nach drinnen zu bahnen. Geh zu dem Platz, an den Corien dich gebracht hat, bevor er die Tore von Vaera Bashta öffnen ließ.*

Eliana holte tief Luft und bewegte ihre Hände, weil sie sicher gehen wollte, dass die Ketten ihrer Urformen ihrer Führung folgten. *Kann ich meine Macht benutzen?*

Nach Möglichkeit nicht. Ihm wird deine Flucht schon bald auffallen. Je weiter du dann von ihm entfernt bist, desto besser kann ich dich vor ihm verbergen.

Eliana schluckte gegen die Angst an, die in ihrer Kehle aufstieg. Sie spürte den Propheten wie eine Schicht aus weichem Wasser um ihren Geist, eine schützende Haut, die jedoch viel zu dünn war, um sie zu beruhigen.

»Ich brauche ein Messer«, sagte sie. Jessamyn zog einen langen Dolch aus ihrem Stiefel. Es war eine Standardwaffe der Adatrox, erkannte Eliana. Sie wog die Waffe abschätzend in der Hand. Dann nickte sie Jessamyn zum Dank einmal zu.

»Mir nach«, sagte sie und rannte los, Remy und Jessamyn folgten ihr auf den Fersen.

Der Palast war wie ein höhlenartiges Grab, die Steinwände dämpften das Chaos außerhalb der Mauern. Das tiefe Dröhnen der Vaecordia-Kanonen, die Schreie der ausschwärmenden Cruciata. Eliana lief einen breiten Gang mit Fenstern entlang, einfallende rote Lichtstrahlen durchschnitten die Dunkelheit. Auf der gegenüberliegenden Seite drängten sich Adatrox aneinander wie Tiere, die der Kälte entgehen wollten. Ihre Engelsgebieter hatten sie verlassen, ihr Verstand war zerstört. Als sie Eliana kommen sahen, brüllten sie stumm. Eliana stürzte sich auf sie und rammte einem ihren Dolch in den Bauch; als sie sich umdrehte, waren die anderen bereits tot. Jessamyn wischte ihren Dolch am Ärmel ab und Remy zog sein Messer mit einem Ruck aus dem Bauch seines Opfers.

Eliana wandte sich von ihm ab, Schuldgefühle schnürten ihr die Kehle zu. Es sollte immer nur einen Fluch von Orline geben, und jetzt hatte Elysium einen weiteren hervorgebracht.

Sie rasten zwei Treppenabsätze hinab und gelangten in den großen Saal des Südflügels. Dunkle Formen knallten gegen die Fenster, zogen sich an den Rahmen hoch und kletterten weiter die Wände hinauf.

Adatrox stürmten durch die Halle direkt auf sie zu. Eliana zielte mit ihrem Dolch auf den Hals eines Angreifers. Jessamyn hielt einen weiteren fest, während Remy ihm sein Messer in die Brust bohrte. Dann stolperte noch einer aus der Deckung. Jessamyn zischte Remy etwas zu, und er riss sogleich sein Messer aus dem ersten Adatrox, wirbelte herum und zog es dem Neuankömmling über den Hals.

Auf ihrem Weg aus dem Palast töteten sie fünf weitere, und als sie durch die angrenzenden Höfe hetzten, noch einmal sechs. Ein zerlumpter Gefangener sprang mit einem wilden Schrei auf

Eliana, in seinen Augen glitzerte Wahnsinn, geschürt von jahrelanger Angst, Jessamyn warf sich dazwischen und schlitzte ihm den Magen auf. Ein anderer Gefangener stürzte hinter einer Hecke hervor und schlug mit einem riesigen Knüppel voller Eisenspitzen nach ihr. Remy sprang auf den Rücken des Mannes und zog ihm das Messer über die Kehle. In den Höfen wimmelte es nur so von Gefangenen, die nach Blut lechzten, und von wankenden Adatrox, die mit ihren Schwertern auf alles und jeden eindroschen.

Eliana überließ weitgehend Jessamyn und Remy das Kämpfen. Ihr war schwindelig und die Welt ein unsteter Dunst aus Rot und Gold. Ihre Macht drängte verzweifelt darauf, freigelassen zu werden. Stattdessen benutzte sie nur ihren Dolch und sammelte die Waffen der Soldaten auf, die sie getötet hatte. Sie trug noch immer ihr perlenbesetztes, blutbesudeltes Kleid und wünschte sich sehnlichst einen Gürtel, verborgene Taschen, Holster oder sonst etwas Nützliches.

An der Grenze zur eigentlichen Stadt versteckten sie sich bei der äußersten Mauer eines Hofes, um kurz zu verschnaufen. Jessamyn war schweißgebadet, zitternd umklammerte sie ihr rechtes Bein. In Elianas Fäusten summten fordernd ihre Urformen. Raptoren verdunkelten den Himmel. Ganz in der Nähe zogen zwei Vipern an ineinander verknoteten Körpern.

Eliana schaute über ihre Schulter durch eins der Hoftore. Eine Flut aus Cruciata rauschte durch die Irrgärten zum Palast. Dunkle Ströme erklommen Mauern und Türme, schlüpften durch Fenster und schlugen Türen ein. Über dem Palast lächelte hinter roten Wolken der Halbmond.

»Die sollten Corien eine Weile aufhalten«, sagte Remy grimmig. »Wenn er Cruciata-Blut berührt –«

»Das wird er nicht«, unterbrach ihn Eliana. »Er ist zu schlau, um sich so einfach schlagen zu lassen.«

Aber ein Palast voller Monster würde den Kaiser immerhin ein paar Minuten lang ablenken. Hoffte sie zumindest.

Beeile dich, Eliana, kam die Stimme des Propheten. Sie klang wieder stärker, wenn auch äußerst angestrengt.

In der Ecke des Hofes war auf einer mit Draht umwickelten Stange über ihren Köpfen ein Messingtrichter angebracht, aus dem plötzlich das Crescendo blecherner Hörner schmetterte.

Eliana atmete scharf aus und sprintete los. Sie hörte Jessamyns angestrengten, aber gleichmäßigen Atem hinter sich und Remys schnelle Schritte.

Auf den Straßen herrschte Chaos. Leichen und fressende Cruciata machten ein Durchkommen nahezu unmöglich. Es war heiß und roch verfault, das vergossene Blut legte sich wie ein saurer Geschmack auf Elianas Zunge.

Sie schwenkte in eine Gasse. An den Rändern drängten sich Leute, die sich die Ohren zuhielten, während sie laut ihre Toten beklagten. Ihre Köpfe waren blutüberströmt. Die Gasse wurde immer enger, und Eliana musste abbiegen, um dort rauszukommen. Als sie ins Freie trat, erstreckte sich vor ihr ein Hang, der von Ostias wütendem Licht ganz rot gefärbt war. Niedrige weiße Mauern und ein Netz aus gedrungenen weißen Stufen trennten gepflegte Gärten und flache Becken mit plätschernden Springbrunnen. Eliana sprang über eine Mauer auf den darunterliegenden Weg, landete hart, stieß sich ab und rannte weiter. Remy und Jessamyn setzten nur wenige Sekunden später hinter ihr auf.

Über ihnen wogte ein dunkles Band. Ein Raptor mit scharlachroten Flügeln hatte sie entdeckt und stieß mit weit geöffnetem schwarzem Schnabel auf sie hinab.

Eliana nahm ihn ins Visier, die Urformen in ihren Fäusten sprühten, ihre Macht brüllte danach, freigelassen zu werden – und sie ließ es endlich zu. Sie griff nach dem Empirium, packte die Bestie mit Fingern aus Gold und warf sie zornig zu Boden. Weitere Raptoren setzten zum Sturzflug an, Elianas Fäuste wirbelten durch die Luft und sie holte jedes dieser Biester vom Himmel. Bald war der Himmel leer und Eliana stand keuchend inmitten dampfender, zerstörter Leiber.

»Verdammt«, murmelte Jessamyn leise.

Zum Platz, jetzt, beeil dich, sagte der Prophet vor Verzweiflung ganz angespannt. *Sie kommen zu dir. Du hast ihnen gerade den Weg gezeigt.*

Eliana schaute sich hektisch um. *Wer kommt?*

Engel.

Er nicht?

Er ist momentan ziemlich beschäftigt. Die Cruciata haben den Palast überschwemmt und er kann sie nicht kontrollieren. Der Geist der Tiere ist zu fremd, zu stark. Aber seine Soldaten hier in der Stadt sind begierig darauf, ihn zu beeindrucken.

»Hier entlang«, zischte Eliana und rannte dicht gefolgt von Jessamyn und Remy weiter. Sie lief eine Treppe hinab und sprintete über eine Steinbrücke, die über eine Straße voller Cruciata führte. Die Kreaturen brachen durch Türen und Fenster und warfen schreiende Menschen auf die Pflastersteine.

Vor ihnen erkannte Eliana endlich die fünf Engelsstatuen, die ihren Zielort säumten. Sie erinnerte sich genau an den fünfeckigen Platz und die angrenzenden Arkaden mit den weiß getünchten Säulen. Die schwarze Flügeltür und was auf Coriens Befehl dort hervorgebrochen war.

Jessamyns Klinge zischte an ihrem Ohr vorbei. Ein schlanker Raptor mit glatten schwarzen Flügeln stürzte vom Himmel. Eliana wich ihm aus, raste eine Wendeltreppe hinab und stolperte auf den Platz. Dort blieb sie stehen und schnappte nach Luft. Remy hielt neben ihr und kurz darauf Jessamyn.

»Das ist Wahnsinn«, fauchte Jessamyn. Unter einem Körper, der bis zur Unkenntlichkeit zerfetzt war, fand sie ein herrenloses Schwert und zog es hervor. Sie ruckte mit dem Kopf zum roten Himmel. »Wirst du dieses verdammte Ding nun schließen oder nicht?«

Eliana sah sich auf dem Platz um, entdeckte aber weder eine Spur des Propheten noch einen Fluchtweg oder Verstärkung. Stattdessen sah sie Engel – erst zehn, dann zwanzig, nein, *fünf-*

zig. Sie strömten aus den Straßen der Oberstadt und stürmten in ihren schmutzigen, aber immer noch golden strahlenden Rüstungen zum Platz. Gierig schnappende Cruciata verfolgten sie. Einer der Engel warf einen Speer. Er schwirrte als silberner Streif durch die Luft und bohrte sich in die geschuppte Brust eines Raptors. Blaues Blut spritzte. Der nächststehende Engel fiel, und dann noch einer. Das reichte nicht; schon bald würden sie den Platz erreichen.

Aber Eliana wagte nicht, ihre Macht noch einmal zu benutzen, wenn all diese Engelsaugen so nahe waren. Corien würde es spüren, in einen der Köpfe schlüpfen und sie ergreifen.

Ich bin hier, dachte sie und wischte sich den Schweiß von der Stirn. *Was nun?*

In ihrem Geist rührte sich etwas. Eine vertraute Existenz, die sie erstarren ließ.

Dann explodierte glühend heißer Schmerz in ihrem Schädel. Die Welt wurde weiß und sie sackte auf die Knie. Die Geräusche des Kampfes drangen nur noch gedämpft zu ihr, alles wurde von einem Engel in Rüstung überlagert, der über ihr aufragte, seine Hand ausstreckte und sie unendlich langsam zu sich drehte.

Es war kein Engel, den sie kannte, aber durch einen Schlitz in seinem Helm sah Eliana in der Tiefe seiner schwarzen Augen Corien lächeln.

Da bist du ja, dachte er und schlüpfte in die geschundenen Windungen ihres Gehirns. *Meine kleine Ausreißerin. Ich dachte schon, ich hätte dich verloren.*

Eliana schnappte nach Luft, unter größter Anstrengung streckte sie ihr Rückgrat durch. Ihre Hände suchten auf dem glitschigen Boden nach Halt. Jeder Muskel ihres Körpers war zum Zerreißen gespannt.

Wie gelähmt starrte sie durch einen Tränenschleier auf die Gestalt, die sie nun endlich töten würde. Ein ihr unbekannter Engel. Kontrolliert von einem anderen, der durch Jahrhunderte voller Trauer wahnsinnig geworden war.

Dann trat aus der Kehle des Engels auf einmal eine eigenartige Klinge hervor – schillerndes Kupfer mit changierenden Schatten. *Kupferbrandklinge*, dachte Eliana zittrig. Aus dem Hals des Engels schoss Blut. Die Klinge wurde herausgezogen, der Körper zuckte und fiel zu Boden. Jetzt war er leer und nichts weiter als eine Hülle.

Über der Leiche ragte Simon in kaiserlichem Schwarz auf, sein vernarbtes Gesicht blutverspritzt und verdreckt. Er raste. Sein dunkler Umhang mit purpurrotem Futter reichte ihm bis zu den Knien, über seinem Oberkörper lag eine rote Schärpe wie ein blutiges Lächeln.

Seine leuchtend blauen Augen fanden die von Eliana und blieben dort einen unglaublichen Moment lang liegen. Dann krachte hinter ihr Metall. Sie drehte sich um, ihr war noch immer schwindelig und sie taumelte, aber Simon war schneller. Mit dem Revolver in der einen und der Kupferbrandklinge in der anderen Hand stand er im Nu vor ihr und erschoss drei Engel, die sich auf sie stürzen wollten. Jede einzelne Kugel traf sein Opfer knapp unter dem Kinn, wo die Helme nicht schützten.

In der Mauer gegenüber gibt es eine Tür, informierte sie der Prophet. *Schmal und schlicht. Weißer Stein. Lauf los. Remy wird dir folgen. Ich muss ihn beschützen. Sie sind konfus, doch das wird nicht lange anhalten.*

Es war, als hätte jemand die Welt von innen nach außen gekehrt. Eliana blinzelte und suchte den Platz ab, während Simon Schuss um Schuss abfeuerte. Als keine Kugeln mehr im Magazin waren, warf er seine Waffe weg und zog eine neue aus dem Gürtel. *Ich muss ihn beschützen*, hatte der Prophet gesagt. Jetzt zog Simon den Zorn der Engel auf sich. Simon, der Liebling des Kaisers.

Als Eliana die beschriebene Tür fand, wurde ihr schlagartig heiß und schlecht. Gerade eben war die Tür noch nicht dort gewesen – da war sie sich sicher. Wie aus einer Wunde quollen dicke blaue und rote Blutspritzer daraus hervor.

Jetzt, Eliana!

Eliana stand auf und suchte nach Remy. Immer mehr Cruciata schoben sich über die Mauern, griffen die Engel an und schlugen mit ihren Schwänzen nach ihnen.

Und mittendrin kämpfte Jessamyn gegen einen einzigen Engelsoldaten. Sie holte mit dem Schwert aus, ihre Klingen krachten aufeinander und blockierten sich. Der Engel fluchte, sein Zorn fegte in Wellen über den Platz. Eliana war seine Raserei nicht fremd. Er versuchte vergeblich, in Jessamyns Geist einzudringen.

Ihre Haut kribbelte. Eine Geheimtür. Ein Engel, dem jemand in die Quere kam.

Der Prophet war überall.

Der Engel, gegen den Jessamyn kämpfte, fluchte auf Lissar. Eliana kannte das Wort, das er immer wieder ausstieß, inzwischen gut. Corien warf es oft seinen Dienern an den Kopf oder bohrte es wie ein Messer in Elianas Geist. Der Prophet hatte es für sie übersetzt. Es bedeutete Hure.

Jessamyn zeigte ihrem Angreifer die Zähne. Strähnen ihrer roten, verschwitzten Haare hatten sich aus ihrem Zopf gelöst und klebten an ihrem Hals. »Ich heiße«, rief sie mit brechender Stimme, »*Jessamyn.*«

Der Engel stieß sie zu Boden und hob sein Schwert. Bevor es niedersauste, wandte Eliana den Blick ab.

Simon rannte mit dem bewusstlosen Remy über seiner Schulter zur Tür des Propheten. Er sah Eliana in die Augen. »Geh, jetzt!«

Eliana fixierte die Steine vor ihr, konnte aber keine Klinke entdecken. Ihre Macht schwoll wie die Hitze vor einer Explosion an. Sie schlug mit den Fäusten gegen die Tür und die Urformen flammten unter ihren geschlossenen Fingern auf.

Die Tür zerbarst. Steinstücke flogen davon. Dahinter verschwanden schmale Stufen in der Dunkelheit.

Keuchend rannte Eliana in die Staubwolken hinein. Als Simon mit Remy über die Schwelle trat, wirbelte sie herum und schleuderte ihre Handflächen Richtung Tür. Die Steinbrocken setzten sich innerhalb von Sekunden wieder zusammen und flogen an ihren Platz in der massiven Wand zurück, bis die Stelle zur Stadt hin fest verschlossen war.

In der Finsternis nahm Eliana nur ihren eigenen abgehackten Atem und das Pochen in ihrem Kopf wahr. Der verschlossene Tunnel schluckte jegliche Kampfgeräusche.

Sie tastete nach Remy, der immer noch über Simons Schulter hing, und legte ihm eine Hand an die Wange, die andere hielt sie vor seinen Mund. Ein schwacher, warmer Lufthauch, und noch einer. Er atmete. Schwindelig vor Erleichterung trat sie ein Stück von Simon zurück. Und dann standen sie einfach nur da, die Stille zwischen ihnen war fast greifbar. Elianas Urformen warfen einen leichten goldenen Schein über Simons vernarbtes Gesicht und über die schillernde blutverschmierte Kupferbrandklinge in seiner Hand.

Eliana blickte kurz darauf. »Ist er dort drin?«, fragte sie angespannt.

»Nein. Das habe ich schon vor langer Zeit versucht. Er ist zu stark für Kupferbrandklingen. Sie können ihn nicht halten.« Voller Verachtung schnippte er gegen die Klinge. »Dafür steckt der andere Engel drin, der, von dem er Besitz ergriffen hat, um dich zu finden. Aber die Klinge hat ihn geschwächt. Dadurch gewinnen wir Zeit.«

Eliana starrte Simon an, doch sie konnte ihn in der nahezu vollkommenen Dunkelheit kaum erkennen. Seine Nähe fühlte sich seltsam an. Als wären die letzten Monate nicht gewesen und sie wieder dort, wo alles zwischen ihnen begann.

Komm zu mir, Kleines. Das Gefühl, das der Prophet mit seinen Worten schickte, war zu verworren, um es zu entschlüsseln. *Simon kennt den Weg. Wenn du erst einmal da bist, werde ich dir alles erklären.*

Simon legte Remy auf seiner Schulter zurecht und wandte sich dann von dem anhaltenden goldenen Glanz in Elianas Händen ab.

»Folg mir«, sagte er nüchtern.

Am liebsten hätte sie ihn gepackt, sein Gesicht mit ihren Urformen verbrannt, bis er sich wand und ihren Namen schrie, wie sie seinen geschrien hatte.

Nur die sanfte Stimme des Propheten hinderte sie daran. *Es tut mir leid, dass es so sein musste. Es hat mir keine Freude bereitet.*

Eliana antwortete nicht. Im Licht ihrer Urformen folgte sie Simon die Stufen hinab, fixierte mit starrem Blick seinen blutverschmierten dunkelblonden Haarschopf. Sie stellte sich vor, wie sie danach griff und sein Gesicht gegen die Treppe schlug. Ihr Kopf schmerzte noch von Coriens letztem Angriff, und zum wiederholten Mal wünschte sie, er würde zerplatzen und sie müsste sich nicht dem stellen, was als Nächstes kam. Sie fühlte sich betäubt, als hätte sie eine andere Welt betreten, die sie nicht begreifen konnte. Ihre Beine bewegten sich wie von selbst und trugen sie immer tiefer in die endlose Dunkelheit. Ihr Hals schmerzte bei jedem frostigen Atemzug. Es war kalt geworden.

Endlich waren die Stufen zu Ende und ein Netz aus Tunneln und Kammern öffnete sich vor ihnen. Drei geschäftige Diener eilten mit Waffen, Vorräten und sauber gefalteter Wäsche vorbei.

Sobald sie die Neuankömmlinge entdeckten, blieben sie stehen. Ihre Augen glänzten. Vier weitere Diener traten atemlos aus dem Hintergrund hinzu. Als Eliana an ihnen vorbeiging, sanken sie auf die Knie und verneigten sich. Sie küssten sich die Finger, berührten ihre geschlossenen Lider und murmelten Gebete.

Simon blieb neben einer Kammer mit flackerndem Kerzenlicht stehen. Noch immer vermied er es, Eliana anzusehen. Und während er in seiner nüchternen Uniform mit dem Flügelwappen Remy vorsichtig auf eine Bank vor der Kammer legte, wäre Eliana ihm beinahe mit dem Messer, das Jessamyn ihr gegeben hatte, an die Gurgel gegangen. Ihre Wut schuf ein kristallklares Bild ihrer Gedanken, sie sah, wie die Klinge in seine Brust eindrang und gegen seine Rippen stieß. Sie dachte an Jessamyn, die selbst noch im Augenblick ihres Todes daran geglaubt hatte, dass Eliana Ostia verschließen und die Stadt retten würde.

Eliana kamen die Tränen.

»Wie kannst du es wagen, so freundlich zu tun«, flüsterte sie.

Einen Moment lang herrschte Stille. Dann drehte sich Simon mit gesenktem Blick zu ihr. Eliana klopfte das Herz bis zum Hals. Seit jener Nacht an der Küste von Festival hatte sein Gesicht einer Maske aus Stahl geglichen. Jetzt war seine Miene weicher geworden, seine Züge wirkten ausgezehrt und müde.

Wie gern hätte sie ihren Blick abgewandt, aber sie schaffte es nicht. Er schien vor ihr zurückzuschrecken, als würde sie ihn blenden wie ein zu helles Licht.

»Es war der einzige Weg, Eliana«, sagte er. Das erste Mal seit Monaten sprach er ihren Namen aus. Seine Stimme brach dabei und er öffnete seine Hände, als wollte er sie nach ihr ausstrecken. »Das hat sie mir gesagt. Es war der einzige Weg.« Er atmete zitternd ein und sah schließlich zu ihr auf.

Sie ging einen Schritt zurück. Dieses stechende Blau traf sie mit voller Wucht wie ein Schlag gegen die Brust. Früher einmal hatte Verlangen in seinem Blick gelegen oder harte Wut.

Aber noch nie hatte sie diese Augen so verletzlich und traurig gesehen.

Da drang eine Stimme aus der Kammer. Sanft und vertraut klang sie, aber doch anders als in ihrem Geist. Viel klarer, reiner, so als wäre ein Schleier gelüftet worden.

Mit weichen Knien und einem bitteren Geschmack im Mund drehte Eliana sich dankbar von Simon weg und betrat die Kammer zu ihrer Rechten.

In der Mitte des Raums saß eine blasse junge Frau mit goldschimmernden Haaren zwischen drei flackernden Kerzen in einem Sessel. Sie trug ein rosa und fliederfarbenes Gewand, das bis zum Hals zugeknöpft war, das Mieder wirkte, als sei es einem Brustpanzer nachempfunden worden. Auf ihrem Schoß lag ein sicher verwahrtes Schwert und ihre Augen waren so dunkel wie Tinte. Farblos und uralt.

Aber Eliana hatte keine Angst.

»Bist du der Prophet?«, flüsterte sie.

Die Frau lächelte ein wenig. »Du kannst mich Ludivine nennen. Ich habe deine Eltern gekannt.«

Sie nahm das Schwert von ihrem Schoß. Die Kraft, die von der Waffe ausging, pulsierte gegen Elianas Haut. Ihre Macht erhob sich zum Gruß, Eliana spürte das Aufwallen bis in die Zähne und ihre Urformen flammten auf. Obwohl sie das Schwert noch nie gesehen hatte, wusste sie genau, was für eine Waffe dort lag. Tief in ihrem Innern erkannte sie den Geruch und jede eingravierte Linie in seinem Schaft.

Ludivine hob das Schwert an, die ummantelte Klinge lag flach auf ihren ausgestreckten Händen. Ihre schwarzen Augen glänzten. Ein eigenartiger Anblick: Eliana hatte noch nie einen Engel mit Liebe auf etwas schauen sehen.

»Die letzte Urform der sieben Heiligen«, sagte Ludivine. »Es hat deiner Familie gehört, seit Sankt Katell damit die Engel vom Himmel geholt hat. Es hat den Tod deiner Mutter überstanden. Und jetzt, Kleines, gehört es dir.«

36

RIELLE

»Wir haben getan, was wir konnten. Die Wachttürme stehen sicher in den Bergen. Erderschütterer und Wasserwandler haben den See vertieft. Die Schmieden lodern Tag und Nacht und erzeugen unermüdlich Waffen. Hunderte von Zivilbürgern sind aus der Stadt geflüchtet und haben sich auf den Weg nach Luxitaine gemacht. Wer noch stehen und kämpfen kann, ist hiergeblieben, um die Armeen Celdarias und Mazabats zu verstärken. Die Engel rücken näher. Tja, sollen sie kommen. Wir sind bestens darauf vorbereitet. Für Krone und Vaterland schützen wir das wahre Licht. Und möge Gott oder das Empirium, oder was für ein verdammtes Ding auch immer dort draußen ist und diese finsteren Zeiten heraufbeschwört – möge irgendetwas, egal was, uns beistehen.«

Tagebuch von Odo Laroche, Kaufmann und Mitglied der Roten Krone, datiert vom 24. April im Jahr 1000 des Zweiten Zeitalters

Rielle wusste, dass sie lebte. Sie wusste, dass sie Boden unter den Füßen hatte. Darüber hinaus wusste sie sehr wenig über ihren Körper.

Ihre Gedanken rasten durch die Sterne. Jeder holte ihr ein neues Stück Information über die Berge auf dem westlichen Kontinent, dem endlosen schwarzen Raum hinter den Wolken, die dort beheimateten anderen Welten. Ihre Haut stand in Flammen, ihr Blut war kochend heiß. Das Empirium bestand darauf, eine Million Fragmente in ihren Geist zu schütten. Es war zu viel und zu schnell, doch Rielle sog alles gierig auf. Ihre Ohren schmerzten, ihre Schläfen dröhnten wie Trommeln und trotzdem konnte sie nicht genug kriegen.

Corien trat neben sie. Seine Gegenwart lenkte ihre Aufmerksamkeit wieder auf ihren menschlichen Körper, was sie sogleich verstimmte. Sie starrte auf den Horizont, bis ihr Ärger sich legte. Sie konnte jetzt Dinge sehen – nahe Dinge –, für die sie sich zuvor nicht interessiert hatte.

Da waren die Berge rings um Âme de la Terre. Es waren zwölf Gipfel mit kiefernbestandenen Hängen. Die höchsten unter ihnen trugen Kappen aus Schnee und überragten das Schloss zu ihren Füßen.

Da waren die Armeen, die sie und Corien im Lauf der letzten Wochen und Monate erschaffen hatten. Zehntausend grauäugige Adatrox, Spielbälle in den Händen von Engeln. Unzählige Engel blieben körperlos, und ihre einzige Waffe war die Macht ihres listigen Geistes. Fünftausend weitere zogen in Celdaria durch die Lande, von Rielle eigenhändig ausgewählt und gestaltet, allesamt fest mit den von ihnen bewohnten menschlichen Körpern verbunden. Manche flogen, andere schritten. Funkelnd und aufgeregt, begierig danach, endlich Rache zu üben, wäre ihre Engelsherrlichkeit für jeden, der sie nahen sah, erkennbar. Für die nervös auf ihren Wachttürmen zitternden Soldaten ebenso wie für die Kinder, die mit großen Augen über die Schultern ihrer Eltern spähten, während sie aus der Stadt in Richtung Meer flohen.

Da war das weiche Licht der Dämmerung, bernsteinfarben und orange im Westen, violett im Osten. Da war Ackerland, das sich in ordentlichen Furchen bis zur Hauptstadt erstreckte. Frühlingssaaten, die ruhig im Boden reiften.

Und da war die Rundung ihres Bauches und das kleine Leben, das darin wuchs. Rielle beäugte sie skeptisch, diese winzige Ballung von leuchtenden Fasern, die fest gegen ihre Handflächen stieß. Vielleicht war es doch unklug gewesen, es leben zu lassen. *Zwei Königinnen werden sich erheben*, hatte Aryava gesagt. *Eine Blutkönigin und eine Lichtkönigin.*

Sie kratzte sich den Bauch und blieb mit den Nägeln an den zarten Fäden ihres Kleids hängen. Es war ein spektakuläres Gewand, aus reiner blutroter Seide und vom Kragen bis zum Saum schmucklos. Schenkellange Schlitze ließen ihren Beinen reichlich Bewegungsfreiheit. Der Rock begann über ihrer Taille und fiel ihr locker über den Bauch. Schuhe trug sie nicht, da sie keine brauchte. Zwar war die Frühlingsluft nachts kühl, doch in ihrem Blut herrschte Hochsommer. Sie vergrub die Zehen im Erdreich. Ihre Fußsohlen waren schwarz von der Reise.

Am Morgen des Tages, bevor sie vom Nördlichen Stützpunkt aufbrachen, hatte sie das Kleid selbst entworfen. Die ersten fünf Skizzen hatten in Raserei geendet. Jedes Mal, wenn sie die Linien ihres gewölbten Bauches nachzog, überkam sie eine Wildheit. Das Mädchen auf dem Berg. Audrics Augen in einem verängstigten Gesicht. Eine hellere Haut als Audric, aber dunkler als ihre, ein helles Braun wie blasser Sand. Dunkelbraunes Haar, zu einem dicken, unordentlichen Zopf geflochten, ungewisse Macht, die an ihren Fingerspitzen bebte, und die Hände mit dünnen Goldketten geschmückt. *Ich heiße Eliana.*

Rielle hatte jede Kritzelzeichnung übermalt, bis das Mädchen aus ihren Gedanken verschwunden und ihre Finger voller Tinte waren. Die Spitze ihres Stifts grub tiefe Furchen in Coriens edlen Holzschreibtisch. Als sie es endlich geschafft hatte, ein Modell fertig zu zeichnen, verfolgte sie, wie die Schneider eifrig die ganze Nacht hindurch arbeiteten, um das Kleid für sie zu nähen. Voller Genugtuung hatte sie die Schweißperlen auf ihren Gesichtern registriert.

Würde ihre eigene Tochter die Königin sein, die sich gegen sie erhob? Ihre Handflächen kribbelten gegen ihren Bauch.

Corien legte seine kühle Hand auf ihre und zerstreute ihre Gedanken.

»Schau sie dir an«, flüsterte er und schwenkte einen Arm durch die Luft, um das gigantische Meer ihrer Soldaten zu umreißen. Ordentlich in Reih und Glied standen die Engelstruppen da. Die Generäle trugen goldgesäumte schwarze Mäntel. Da waren auch die Bestien, die Corien und seine Operateure unter den Bergen im Norden fabriziert hatten – Kriecher, Cruciata-Imitate, deformiert und wulstig. Sie flatterten mit ihren fleischigen Flügeln und waren mit gefiederten Schuppenpanzern gerüstet. Kontrolliert von Engelsgehirnen, saßen die Elementarkinder mit leeren Augen rittlings auf den Bestien, Handgelenke und Hälse mit Urformen gefesselt.

Rielle studierte die innere Funktionsweise der Bestien, die golden und vielschichtig leuchteten. Da war die muskulöse Kraft der Eisdrachen aus Borsvall; da waren die von den Messern der Untergrundchirurgen hinterlassenen Narben. Die Macht der Elementarkinder umgab die Kriecher und deren geschmiedete Panzer wie Netze, bereit, zu zerren und zu peitschen, einzufangen und zu vernichten.

»Das hast du bemerkenswert gut gemacht«, lobte Rielle. »Aber ich sehe noch Möglichkeiten zur Verbesserung.«

Corien hob ihre Hand an seine Lippen. »Alles zu seiner Zeit, meine Liebste. Welten, weißt du noch? Wenn das hier vorüber ist, können wir uns ganze Welten zu eigen machen.«

»Und sie nach unseren Wünschen zerstören und neu erschaffen«, flüsterte sie. Ein unstillbarer Hunger regte sich in ihr.

»Rielle, der Königsfluch.« Corien drehte ihr Gesicht zu seinem. »Rielle, die Vernichterin.«

»Ich habe eine Welt in meinen Händen gehalten«, wisperte sie und schloss die Augen, als sein Mund ihr Kinn streifte. Ihre Gedanken sangen, während sie zu jenem endlosen, glitzernden Meer zurückkehrten, wo das Mädchen in dem weißen Kleid sie zu den Sternen gezogen hatte. »Ich will es wieder tun. Sag mir, dass wir es wieder tun werden. Sag mir, dass es nicht mehr lange dauert.«

»Bald wirst du alles haben, was dein Herz begehrt«, antwortete er, und sein Atem wehte heiß gegen ihren Mund, »und ich auch. Du wirst Welten aus den Sternen pflücken und sie tanzen lassen, nur zu deinem Ergötzen. Du wirst Gott finden und etwas Besseres fordern als das, was man uns zugestanden hat.«

Dann beugte er sich herab, um sie zu küssen. Die weiche Wärme seiner Lippen, seine Zunge, die ihren Mund öffnete. Rielles

Blut geriet in Wallung. Sie schloss fest die Arme um seinen Hals, während ihr die Hitze die Schenkel hinablief. Ihre Armee teilte sich um sie herum und preschte an ihnen vorüber. Ihre Generäle brüllten ein Kommando auf Azradil; die Infanterie antwortete auf gleiche Weise, und es entstand ein Chor von Kriegsrufen in der melodischsten und schmerzhaft schönsten aller Engelssprachen.

Rielle schickte Corien ein loderndes Bild. Auf einem Hügel in der Nähe gab es einen Eichenhain. Er würde im Gras unter ihr liegen und ihre Hüften umfassen, während sie sich bewegte. Sie würde ihn dort im Schatten der Bäume nehmen, und wenn sie aufstand und auf Âme de la Terre blickte, wäre es mit dem Echo seiner Lustschreie in den Ohren.

Den Mund an ihrem Hals, stieß er mit erstickter Stimme ihren Namen hervor, stolperte zwischen den marschierenden Soldaten hindurch hinter ihr her in den Eichenhain, und als sie fertig waren, lag er zitternd auf dem Boden. Mit glänzenden Augen verfolgte er, wie sie sich erhob.

Sie registrierte ihn kaum und versetzte ihm einen leichten Fußtritt, als er nach ihr griff. Schon jetzt hatte sie vergessen, wie sich seine Hände auf ihr anfühlten. Mit heiß glühender Haut stand sie unter den Bäumen, die ihr Liebesspiel abgeschirmt hatten. Vor ihren Augen pulsierte ein goldener Rhythmus. Inzwischen kannte sie kaum mehr andere Farben. Gold verbrämte ihre Albträume und schwamm prickelnd auf ihrer Zunge. Durch einen bernsteinfarbenen Schleier beobachtete sie, wie die Flut ihrer Armee rasch auf die Stadt zuwallte, die sie einst für ihre Heimat gehalten hatte.

Kleine Feuer erblühten in der Nacht – ein Flammenpfad, der sich durch die Berge schlängelte. Dünne Hornstöße ertönten und wurden von dem singenden Heer rasch übertönt.

Rielle lächelte mit geschlossenen Augen und wandte das Gesicht zum Himmel. Als würde es ihnen helfen, gewarnt zu werden. Ihre Wachttürme und Hörner waren doch nichts weiter als lächerliches Spielzeug.

Corien trat schweigend und dunkel neben sie.

»Bist du bereit?«, murmelte er.

Sie öffnete die Augen und versetzte ihn in sprachloses Staunen. Das Empirium lag als weiter, goldener Spiegel vor ihr und ließ ihr Ebenbild erstrahlen. Die dunklen Haare, die ihr als wilde Mähne bis zur Taille reichten; das Seidenkleid, das ihren Körper umhüllte; ihre nackten, schwarzen Füße. Jede Ader war wie mit einem goldenen Stift nachgezogen, ihre Augen zwei lodernde Goldmünzen.

»Ich bin unendlich«, erwiderte sie und nahm damit die Worte auf, die er so gern sprach. Sie versuchte, nicht allzu genau darüber nachzudenken. Dass Corien sich überhaupt als unendlich betrachten konnte, ließ ihn umso nichtiger erscheinen.

Sie trat weg von ihm, um sich ihrer Armee anzuschließen, die unbarmherzig weitermarschierte. Sie konnte über die Heerscharen hinwegblicken, und auch über die Berge und die gesammelt wartenden Armeen von Celdaria und Mazabat. Sie konnte über all das hinwegblicken bis hin zu einem dunklen, angespannt wartenden Schloss, in dessen Fluren erregt geflüstert wurde, und zu einem Innenhof neben den Waffenlagern, wo ein König ein geflügeltes Göttertier bestieg und sich anschickte, in die Schlacht zu reiten.

37

ELIANA

»Glaubt ihr nicht, dass ich ihre Ankunft ebenso herbeisehne wie ihr? Es vergeht kein Tag, kein Augenblick, meine Freunde, an dem ich mir nicht vorstelle, wie uns die Sonnenkönigin endlich erscheint. Vom Kampf gezeichnet, blutig und strahlend hell ist sie bereit, sich unserem Feind zu opfern, damit wir wieder leben können. Sie begleitet mich in meinen Träumen und im Wachen. Sie tost wie ein beispielloses Feuer durch meine Adern. Und so muss sie auch in euch leben, damit ihr am Tag der Abrechnung, der uns, wie wir wissen, alle erwartet, an ihrer Seite kämpfen könnt.«

Die Worte des Propheten

Die sieben Diener von Ludivine bewegten sich so leise wie Katzen. Sie brachten einen heißen Rinder-Gemüse-Eintopf, frisches Wasser, einen zweiten Sessel und einen kleinen Tisch.

Eliana hatte von ihnen ein weiches Hemd und Hosen bekommen, damit sie ihr ruiniertes Abendkleid wechseln konnte. Ganz still saß sie da, während die Diener in dem runden Steinzimmer ein und aus gingen. Sie beobachtete, wie Ludivine die drei fast abgebrannten Kerzen austauschte. In dem schwachen Licht huschten Schatten über ihr blasses Gesicht. Ihre goldenen Haare waren zu einem ordentlichen Knoten gebunden und glänzten leicht. Ihre Robe raschelte beim Gehen, ansonsten bewegte sie sich fast lautlos. Ihre Ruhe strahlte Kraft aus, ein stiller Fluss mit unbekannten Strömungen.

Nervös rief Eliana sich die Stimme des Propheten in Erinnerung und versuchte diese mit der Frau, die leise durch den Raum schritt, in Einklang zu bringen. *Steige nie aus diesem kleinen Fluss.*

Achte darauf, dass deine Füße kühl und geerdet bleiben, selbst wenn deine Hände anfangen zu brennen.

Ludivine setzte sich in ihren Sessel, aß schweigend ein paar Löffel Eintopf und stellte ihre Schüssel schließlich zwischen sie auf den Tisch.

»Es gab keinen anderen Weg, um dich sicher über den Großen Ozean zu mir zu bringen«, sagte Ludivine, als unterhielten sie sich schon seit Stunden. »Und auch keinen anderen Weg, damit aus dir das wurde, was du jetzt bist. Es war wichtig, dass du brichst und dich selbst neu erschaffst, damit du stärker wirst, als du es je warst. Du musstest zu einer Version von dir werden, die in der Lage ist, deiner Mutter auf der Höhe ihrer Macht entgegenzutreten. Wie du vorher warst, reichte nicht. Wie du jetzt bist, schon, hoffe ich zumindest.«

In Ludivines Gesicht regte sich etwas, es hatte den Anschein, als sammelte sie sich. »Ich kann dir gar nicht sagen, wie leid mir tut, was du ertragen musstest. Aber ich bereue nicht, was ich getan habe. Bedauern ist ein Gift. Es würde mich umbringen.«

Ihre schwarzen Augen wanderten zu Elianas unberührter Schüssel. »Ich will dich nicht zum Essen zwingen, aber falls nötig, würde ich es tun. Du brauchst Kraft für das, was vor dir liegt.«

In Eliana blitzte Wut auf. »Bekommt mein Bruder zu essen?«

»Natürlich. Meine Diener kümmern sich auch um seine Wunden. Es sind alles erfahrene Heiler. Und nein, weder lasse ich zu, dass er einen von ihnen oder Simon verletzt, noch dass er flüchtet. Er hat es behaglich. Sein Geist ruht sich aus.«

»Du meinst wohl: Du zwingst ihn mit deinem Geist zum Ausruhen. Und hältst ihn fügsam.«

Ludivine neigte den Kopf. »Iss.«

Eliana stellte sich vor, wie sie ihre Schüssel nahm und sie Ludivine ins Gesicht schleuderte. Vielleicht wäre der Eintopf heiß genug, um sie zu verbrennen. Sie malte sich alles bis ins kleinste Detail aus, damit Ludivine es auch mitbekam. Aber Ludivine sagte nichts, sondern betrachtete sie bloß sanft. Elianas Finger lagen zitternd um ihren Löffel.

»Du hast Fragen.« Ludivine legte ihre gefalteten Hände in den Schoß. »Stell sie.«

Die ersten paar Löffel Eintopf hatten in Eliana einen Heißhunger geweckt. Zunächst sagte sie nichts und schaufelte sich nur das Essen in den Mund. Nach ein paar Minuten wischte sie sich die Lippen am Ärmel ab und ließ den Löffel in die leere Schüssel fallen. Dann richtete sie ihre Augen auf Ludivine.

»Du behauptest, es war der einzige Weg, um mich sicher hierherzubringen«, sagte Eliana. Zwischen ihnen hingen zitternd und angespannt unausgesprochene Worte. Auf Eliana stürmten Erinnerungen ein: Simon am Rand des Piers, wie er ihre Freunde niederschießt; Remy, der an Deck von Admiral Ravikants Schiff vor ihren Augen weggeschleppt wird; ihr Vater, der in den Tod stürzt.

Sie drückte ihre Füße fest auf den Boden und versuchte, ruhig zu bleiben. »Warum konntest du nicht zu mir kommen? Du bist eindeutig stark genug, um nicht von Corien aufgespürt zu werden. Warum hast du dich versteckt und hier auf mich gewartet? Es hätte mir ja auch etwas zustoßen können. Ein Sturm, in dem das Schiff untergeht. Oder ich hätte mich doch erfolgreich umgebracht.«

»Ein Sturm war eher unwahrscheinlich. Die Passage, die ihr genommen habt, wird aus gutem Grund so häufig befahren. Und ich habe dir bereits gezeigt, dass ich einen Selbstmord nicht zugelassen hätte«, erklärte Ludivine. »Wie schon gesagt, du musstest erst brechen, um dann so wahrhaftig wie möglich wiedergeboren zu werden. Wenn ich zu dir gekommen wäre, wäre nichts von alldem geschehen. Du wärst immer noch klein und menschlich und hättest immer noch Angst vor deiner dir innewohnenden Macht.« Ludivine neigte ihren Kopf. »Kennst du die Geschichte von dem kirvayanischen Feuervogel? Er muss erst verbrennen, um sich zu erheben.«

Eliana funkelte sie an. »Ich bin noch immer ein Mensch.«

»Nicht ganz. Menschen können nicht tun, was du tun kannst. Menschen können nicht tun, was deine Mutter tun konnte. Du bist mehr als ein Mensch, und sie war das ebenfalls. Und das weißt du auch.«

»Du hättest zu mir kommen können«, beharrte Eliana. »Du hättest mir all das antun können, was Corien mir angetan hat, um mich dann so zu gestalten, wie du es für richtig hältst. Es bestand keine Notwendigkeit, mich hierherzubringen. Remy wäre so viel erspart geblieben. Vielleicht würde sogar mein Vater noch leben.«

»Vor Jahrhunderten stand in diesem Land die Stadt Âme de la Terre. Jetzt ist es Elysium. Corien hat seinen Palast nicht weit von der Stelle aufgebaut, wo früher das Schloss Baingarde lag.« Ludivine schwieg einen Moment. »Selbst für die talentiertesten Gezeichneten ist es schwierig, durch die Zeit zu reisen. Wenn wir erfolgreich sein wollen, ist es besser, nicht auch noch durch den Raum reisen zu müssen.«

»Durch die Zeit reisen.« Eliana schluckte, ihre Kehle war trocken. »Du willst mich also zurückschicken, damit ich meine Mutter finde. Oder sie sogar töte?«

Über Ludivines gelassenes Gesicht huschte eine Regung. »Dazu wird es hoffentlich nicht kommen. Du wirst deiner Mutter in einer Zeit des Friedens begegnen, wenn ihr Geist noch klar und offen ist und ihre Treue fest bei Celdaria liegt. Du wirst versuchen, sie zur Vernunft zu bringen und sie davon zu überzeugen, sich von Corien abzuwenden und ihn zu töten. Wenn sie dich angreift, wirst du gegen sie kämpfen, bis sie aufgibt, oder es unentschieden steht. Dann kannst du zurückkommen und wir versuchen es wieder. An einem anderen Tag, zu einem anderen Zeitpunkt. Wir werden es so lange versuchen, wie wir können. Wir werden es so lange versuchen, bis uns die Zeit davonläuft.«

»Du meinst, bis Corien uns findet.«

Ludivine neigte den Kopf.

»Und dann? Wenn uns die Zeit davongelaufen ist?«

Ludivine zögerte. »Dann wirst du ein letztes Mal in die Vergangenheit zurückkehren und sie und Corien töten. Danach wirst du so schnell wie möglich die Pforte verschließen, bevor noch mehr Engel der Verdammnis entkommen.« Die Stille war ohrenbetäubend. »Wie schon gesagt, dazu wird es hoffentlich nicht kommen.«

Eliana lief die Galle über. »Aber was passiert, wenn ich sie töte, bevor ich geboren werde, wie soll dein Plan dann aufgehen? Wie soll ich zurückgehen und sie umbringen, wenn ich nie existiert habe?«

»Mir wurde von jemandem, der mit der Kunst der Zeitreisen äußerst vertraut ist, versichert, dass dieses Paradoxon vermieden werden kann, wenn die Bänder der Zeit in der richtigen Reihenfolge geknüpft werden und die Magie genauestens austariert ist. Wenn du gezwungen bist, sie zu töten, weil sie dir keine andere Wahl lässt, wirst du sie töten – und dadurch auch dich in der Vergangenheit und in der Gegenwart. Ich hoffe aufrichtig, dass es nicht dazu kommt. Du darfst es nicht so weit kommen lassen.«

Bei dem Gedanken an ihren eigenen Tod empfand Eliana nichts; solche kleinen, einengenden Ängste hatte sie lange hinter sich gelassen. Aber bei der Erwähnung von Zeitreisen kochte etwas in ihr über. Sie konnte die Frage nicht länger zurückhalten. Sie bohrte mit ihren Fingernägeln in den glänzenden Holztisch und ließ darin ein Muster aus kleinen goldenen Halbmonden zurück.

»Simon«, stieß sie hervor. »Sag schon.«

Ludivine führte ihr Wasserglas zum Mund. »Da musst du etwas genauer werden.«

»Nein, muss ich nicht. Du kannst meine Fragen spüren und bist gewiss nicht dumm. Du weißt, was ich wissen will.« Ihr kamen plötzlich die Tränen, aber sie war zu gereizt, um sie zu unterdrücken.

Ludivine betrachtete sie nachdenklich. »Weißt du noch, als Simon dich ins alte Celdaria geschickt hat? Du hast versucht, Rielle zur Vernunft zu bringen. Sie hat gegen dich gekämpft und du warst zu schwach für sie.«

»Natürlich weiß ich das noch. Wie könnte ich das vergessen?«

»Corien war an jenem Tag auch dort, in Rielles Geist. Als du ankamst, hat er deine Gedanken gelesen.«

In Eliana zog sich alles zusammen. Seine Worte würde sie nie vergessen. *Ah, Eliana. Ich glaube, wir begegnen uns nicht zum ersten Mal. Wie eigenartig.*

Ludivine nickte. »Der Kaiser hat deinen Geist auch schon davor berührt, aber nur entfernt und ohne großen Erfolg. Er wusste, dass du existierst, konnte zu seiner bitteren Enttäuschung aber nur hin und wieder deine Gedanken aufspüren.«

»Wegen dir?«

»Wegen mir. Aber an jenem Tag warst du weit von mir entfernt, in einer anderen Zeit, *deshalb* war Corien in der Lage, dich zu finden, wenn auch nur für einen Moment. Und er hat noch etwas gesagt, nicht wahr?«

Als Eliana sich Coriens Worte ins Gedächtnis rief, bekam sie eine Gänsehaut. *Was für ein Leben du geführt hast. Was für interessante Bekannte du hast.*

»Ich erinnere mich«, sagte sie, kaum lauter als ein Flüstern.

»In diesem Augenblick hat er zwar nicht alles gesehen, woran wir arbeiteten, aber zu viel«, fuhr Ludivine fort. »Er hat Simon gesehen und wusste, dass er ein Gezeichneter war. Er wusste, dass du ihn liebst, war sich aber nicht sicher, ob er dich ebenfalls liebt. Er wusste, dass du sein Kaiserreich beenden wolltest, bevor es überhaupt richtig begonnen hatte. Er hatte genug in Erfahrung gebracht, und als du in deine Gegenwart zurückkamst, war sie verändert.«

Ludivine lehnte sich in ihren Sessel zurück und wirkte plötzlich erschöpft. »Ich habe das natürlich auch alles gesehen. Ich habe es in Rielles Geist gesehen, als sie an diesem Abend nach Hause kam. Aber ich habe mein Wissen vor ihr und Audric verheimlicht. Zu der Zeit war ich noch ein Feigling. Ich fürchtete mich zu sehr davor, was das alles bedeuten könnte, und irgendwann war es zu spät zum Handeln. Ich ertrug das Ausmaß meines eigenen Versagens nicht und versteckte mich. Ich sah dabei zu, wie Rielle Audric tötete. Ich sah dabei zu, wie die Engel in Âme de la Terre einmarschierten. Erstarrt in meiner eigenen Angst sah ich dabei zu, wie die Welt zu Ende ging. Nach der Invasion beschützte ich den kleinen Simon, damit Corien ihn nicht fand. Dann sah ich dabei zu, wie Simon als Junge die Bänder knüpfte, damit er mit dir in das Königreich von Borsvall reisen konnte. Ich sagte ihm, er solle sich beeilen. Ich sagte ihm, dass er stark genug dafür sei, was auch stimmte. Aber das spielte keine Rolle mehr.«

Ludivine schloss die Augen. Sie flüsterte nur noch. »Die Schockwelle durch Rielles Tod stieß die Bänder des Raums beiseite und rief die Bänder der Zeit hervor. Sie waren unbeständig und unberechenbar. Ich sah dabei zu, wie sie dich und Simon in die Dunkelheit rissen, und dann sah ich dabei zu, wie Baingarde zusammenbrach, die Berge um Âme de la Terre zerbröselten und wie jeder, der in der Stadt lebte, ausgelöscht wurde. Ich sah dabei zu, wie die Engel aus der Asche hervorkrochen. Jene, die in der Lage waren, an ihrem gestohlenen menschlichen Körper festzuhalten, konnten nicht mehr schmecken, sehen oder fühlen wie nur wenige Augenblicke zuvor. Ihre Augen waren schwarz, genauso wie meine. Ich hörte sie wehklagen, Corien war am lautesten von allen, weil er sie verloren hatte.«

Eine Weile schwiegen sie. Eliana spürte das Blut in ihren Schläfen pulsieren. »Aber Simon sagte, wir wären die Einzigen, denen irgendwelche Veränderungen auffallen würden. Falls durch unsere Reise in die Vergangenheit irgendetwas verändert wurde. Ich dachte …« Ihr blieben die Worte im Hals stecken. »Ich dachte, das heißt …«

»Dass er vor jeglichen Veränderungen in einer umgeformten Zukunft gefeit ist? Das *war* er, Eliana. Aber verstehst du nicht? Es war der einzige Weg. Ich habe dafür gesorgt, dass Simon als Kind in der Nacht deiner Geburt bei dir war. Rielle drängte ihn, dich in Sicherheit zu bringen, und ich ermutigte ihn, weil ich glaubte, später zu euch stoßen zu können. Ich wollte dich beschützen, weil ich das bei deiner Mutter versäumt hatte. Während die Welt sich von Rielles Tod erholte, wollte ich dich und Simon wie meine eigenen Kinder großziehen. Und wenn ihr alt und stark genug wärt, wollte ich euch zurück in die Vergangenheit schicken, damit ihr Rielle retten könntet, bevor sie sich in Corien und dem Empirium verlor. Aber Rielle starb, bevor Simon dich nach Borsvall bringen konnte, und die Schockwellen erschütterten seine geknüpften Bänder. Ihr beide wurdet in die Zukunft geschleudert und ich blieb allein in einer zertrümmerten Welt zurück.«

Elianas Verstand arbeitete schnell. »Corien ist ebenfalls nicht gestorben. Er hat überlebt.«

»Er war an der Seite deiner Mutter, als sie starb, daher waren seine Verletzungen … sehr ernst. Er brauchte Jahrhunderte, um sich davon zu erholen, aber sein Geist wurde, obwohl er so mächtig war, nie mehr wie zuvor. Und da wusste ich, dass die Zukunft, die Rielle dort auf dem Berg gesehen hatte – du und die Bänder, die von einem erwachsenen Simon geknüpft wurden –, eintreten würde. Und ich wusste auch, dass ich handeln musste.«

Eliana begriff allmählich und ihr wurde unangenehm heiß. »Corien hat Simon in der Vergangenheit kurz gesehen. Und obwohl Rielles Tod seinen Geist beschädigte …«

»Ich vermutete, dass das womöglich nicht reichte, um Simon zu schützen, wenn es so weit war«, räumte Ludivine ein. »Ich wusste, dass ich mich unbedingt auf die Suche nach ihm machen und mich und meine Bemühungen dabei vor Corien verbergen musste. Als Simon schließlich auftauchte – Jahrhunderte später für mich, aber nur Sekunden später für ihn –, gab es nur eine Möglichkeit, wenn ich ihn vor Corien beschützen und die Hoffnung auf eine Zeitreise in die Vergangenheit bewahren wollte. Er musste Corien direkt in die Arme laufen. Corien musste glauben, dass er ganz und gar ihm gehörte. Simon musste dem Feind dienen, um vor ihm gerettet zu werden.«

Ludivines Blick war ruhig und klar. »Ich habe ihn Disziplin gelehrt. Ich habe ihn gelehrt, Schmerzen zu ertragen. Und ich habe dafür gesorgt, dass die Narben, die ich ihm zugefügt habe, möglichst jenen glichen, die ich gesehen habe. Monate vergingen. Dann ließ ich ihn in der Einöde von Vindica und sorgte dafür, dass Corien ihn fand.«

»In der Einöde«, sagte Eliana benommen.

»Simon tat genau, was ich ihm aufgetragen hatte«, fuhr Ludivine fort und lächelte schwach. »Wir übten so lange, bis er die Geschichte glaubte, die er erzählen sollte. Als Corien ihn fand, war Simon fast wahnsinnig vor Einsamkeit. Er hatte seit Monaten allein gelebt und seine zufällige Zeitreise hatte ihn gezeichnet, und jetzt endlich kam jemand aus seiner Heimat, die er verloren hatte. Rielle hatte seine Stadt zerstört. Sie hatte seinen König umgebracht. Durch ihren Verrat waren die Engel in die Stadt eingedrungen, ihr Tod hatte ihn in eine Zukunft geschleudert, die er nicht verstand, in der er einsam war und verängstigt und sich nur lückenhaft Vergangenes ins Gedächtnis rufen konnte. Er vermutete, dass Rielles Tochter ebenfalls hier gelandet war. Er würde Corien bei der Suche nach ihr helfen und ihm ergeben dienen – Hauptsache, er musste nicht mehr allein sein und Corien half ihm, seine Magie wiederzufinden. Das war die Geschichte, die Simon erzählte.«

Ludivine lächelte schwach. »Und obwohl Corien jahrelang nachforschte, konnte er keinen Hinweis auf eine Täuschung entdecken. Trotzdem blieb er misstrauisch. Er konnte sich bruchstückhaft alte Erinnerungen vergegenwärtigen, beispielsweise wie er dich auf dem Berg und Simon durch deine Augen gesehen hatte, aber er vermutete, dass eure Zeitreise wahrscheinlich deine Lebensumstände verändert hatte, und das möglicherweise zu seinen Gunsten. Deshalb konnte er so ein Geschenk wie Simon nicht ablehnen. Rielles Tod hatte das Empirium zertrümmert. Wenn ihre Tochter existierte, wären deren Begabungen sicherlich nicht offensichtlich; womöglich schlummerten sie noch tief verborgen und ungenutzt. Er bräuchte Hilfe, um sie zu finden, besonders weil die immense Aufgabe, sein Kaiserreich aufzubauen, seinen ohnehin schon beschädigten Geist sehr beanspruchte. Und einen besseren Helfer als diesen Jungen, der in der Nacht, als er seine große Liebe verlor, alles mitbekommen hatte, konnte er nicht finden. Einen Jungen, den er formen konnte. Einen Jungen, der dich in den Armen gehalten hatte. Einen Gezeichneten, in dem Engelsblut floss.«

Eliana schloss die Augen und klammerte sich an die Sessellehnen.

»Von seinem Platz an Coriens Seite«, fuhr Ludivine fort, »sollte Simon zwei Herren dienen. Er sollte dich finden, dich antreiben, damit deine Macht erwacht, und dann dabei helfen, dich zu brechen, während er deinem größten Feind die ganze Zeit seine Treue vortäuschte. Aber er war immer nur mir ergeben. Und zwar von dem Moment an, als ich ihn allein im Schnee fand, wo er sich an den kleinen Fetzen Decke klammerte.«

Dann wurde Ludivines Stimme ganz weich vor Mitleid. »Es tut mir leid, Kleines. Es war der einzige Weg. Und wenn es dir hilft, seine Liebe zu dir gehörte nicht zu meiner Strategie. Ich hatte natürlich gehofft, dass er sich allmählich in dich verliebt. Weil die Liebe es einfacher für ihn machen würde, dich zu verletzen, und so wiederum deine Zerstörung und Wiedergeburt beschleunigt würde.« Eliana öffnete die Augen, einen Moment lang war sie fassungslos vor Wut. Ludivine lächelte großmütig. »Und jetzt sieh dich an. Was für ein herrliches Geschöpf.«

Der Augenblick war vorbei.

Eliana war schnell wie der Blitz. Sie warf den Tisch und die Schüsseln um und schlug Ludivine fest ins Gesicht.

Ludivine gab keinen Laut von sich und zeigte keine Anzeichen von Schmerz. Der rote Abdruck auf ihrer Wange verblasste schnell.

»Du hast ihn verletzt«, sagte Eliana gefährlich leise. »Du hast seinen Geist so schwer verletzt, dass er sowohl dir als auch Corien dienen konnte, ohne dass seine wahre Loyalität aufflog. Du hast ihn ausgewrungen, auseinandergerissen und dann wieder zusammengenäht.«

Ludivine wischte sich Blut von den Lippen. »Das stimmt.«

»Und Corien hat ihm schätzungsweise auch immer wieder aufs Neue wehgetan, weil er sicherstellen wollte, dass er nicht hintergangen wird.«

»Für jede friedliche Nacht, die Simon in Coriens Palast vergönnt war, musste er zehn voller Qualen ertragen«, sagte Ludivine schlicht. »Aber Corien konnte nie einen Fehler finden. Dafür habe ich gesorgt. Bis heute glaubt er, dass Simon nur ihm ergeben ist.«

In Elianas Augen brannten Tränen. Doch sie bemerkte sie kaum. In ihrer Brust brodelte es. »Du bist ein Monster. Du hast einen Jungen gequält, der gerade seinen Vater und sein Zuhause verloren hatte, und dann hast du ihn zu einem anderen Monster geschickt, wo er weitergequält wurde.«

Ludivine war unerbittlich. »Ich brauche dir nicht zu erklären, dass wir im Hinblick auf ein höheres Ziel manchmal schwierige Entscheidungen treffen und Gewalttaten begehen müssen. Du weißt sicher noch, was du für deine Familie getan hast, als du noch in Orline lebtest. Oder für die Rote Krone, für Remy und die Menschen in dieser Welt. Du weißt sehr gut, was es heißt, Verluste oder Grausamkeiten in Kauf zu nehmen, Eliana.«

Als plötzlich ein Diener an der Tür auftauchte, erschrak Eliana und wurde kurz von ihrem wachsenden Kummer abgelenkt. Für ihren Geschmack waren diese Diener zu leise und ihre Blicke zu direkt. Eliana fragte sich, welche Qualen Ludivine ihnen wohl zugefügt hatte. Schenkten sie dieser Frau aus Liebe ihre Treue oder doch eher aus Angst?

»Sie sind hier, Mylady«, sagte einer der Diener mit einer Verbeugung.

»Kümmere dich darum, dass sie zu essen bekommen und ihre Verletzungen versorgt werden«, befahl Ludivine. »Wir werden in Kürze zu euch stoßen.«

Der Diener nickte einmal und war dann auch schon wieder verschwunden.

»Wir sprechen später weiter«, sagte Ludivine und erhob sich aus ihrem Sessel. »Bis dahin würde ich dir gerne noch folgenden Gedanken mitgeben. Der einzige Weg, um das zu beenden – diesen Krieg, der nun schon Tausende von Jahren jeden in dieser und in anderen Welten beeinträchtigt –, ist, dass du ins alte Celdaria zurückkehrst. Überzeuge Rielle, Corien zu töten und die Pforte zu schließen. Wenn es sein muss, dann kämpfe gegen sie. Und wenn es sich nicht ändern lässt, vernichte sie.«

Eliana starrte sie an, sie war voller widersprüchlicher Gefühle. »Du hast sie geliebt.«

»Das habe ich.«

»Und dennoch sprichst du so kalt von ihr?«

»Ich konnte Jahrhunderte um sie trauern«, erwiderte Ludivine. Sie wischte ein Stück Karotte von ihrem Ärmel. Ihr nicht aufgegessener Eintopf war über dem Boden verspritzt. »Ich fürchte ihren Tod nicht länger, so wie ich das früher getan habe.«

Ludivines kühle Fassade ging Eliana auf die Nerven. »Ich weiß nicht, wie uns das überhaupt gelingen soll. Simon hat im Palast mehrfach versucht zu reisen. Aber er konnte seine Macht nicht finden.«

»Weil du es nicht zugelassen hast.«

Zwischen ihnen breitete sich eine ohrenbetäubende Stille aus.

Dann lächelte Ludivine abermals sanft. »Jetzt weißt du, was du tun musst. Als sich deine Liebe zu Simon ihrem Höhepunkt näherte, hast du seine Macht wiedererweckt. Das erste Mal, als du Remy geheilt hast. Und dann erneut während eurer Zeit in Willow. Die Magie der Welt ist erloschen, Eliana, das Empirium verzerrt und weit entfernt. Nur durch dich erwacht es wieder zum Leben. Und als du dein Vertrauen in Simon verloren hast, schlief seine Macht unter dem immensen Druck deines wütenden Willens ein und wurde unberechenbar. Wenn wir unser Vorhaben umsetzen wollen und es irgendeine Hoffnung geben soll, musst du ihn wieder voll und ganz akzeptieren und zulassen, dass er seine Macht wiederfindet.«

Eliana schüttelte den Kopf. Sie tastete nach ihrem Sessel und setzte sich schwerfällig, ihre Knie waren plötzlich ganz weich. »Wie sollte ich? Nach allem, was er getan hat, nach allem, was er gesehen und gehört hat …« Sie schloss die Augen und rang um ihre Stimme. »Ich könnte ›Ich vergebe dir‹ sagen, bis mir die Kehle blutet, aber das wäre nicht wahr, selbst mit dem Wissen, was du ihm angetan hast.«

»Ich habe nicht von vergeben gesprochen. Ich habe akzeptieren gesagt.«

Als Eliana hörte, dass Ludivine sich vor ihr hinkniete, öffnete sie die Augen und starrte sie hasserfüllt an.

»Du könntest dich auch dagegen entscheiden«, sagte Ludivine freundlich und betrachtete sie. »Du kannst ihm weiterhin seine Macht verweigern. Aber dann sitzen wir in diesen Gemächern und können darauf warten, bis Corien sich von der Kupferbrandklinge erholt und uns findet. Er würde uns alle, einschließlich Simon und mir, töten, und wahrscheinlich selbst dich, denn inzwischen ist nur noch wenig von seinem Verstand übrig. Und dann wird alles umsonst gewesen sein. Alles, was du ertragen hast. Jede Sekunde, die Simon schluchzend zu meinen Füßen verbracht hat, während ich seinen Geist sezierte. Ich weiß, dass du das nicht willst.«

Eliana schaute weg, ihre Schultern schmerzten unter dieser schrecklichen neuen Last. Mit Ludivine zu streiten war aussichtslos. Sie kannte Elianas Gedanken so gut wie ihre eigenen.

»Angenommen wir machen das«, sagte sie leise, »was wird dann aus all jenen, die jetzt leben? Remy und Navi und jedem, den ich sonst noch kenne und liebe?«

»Sie werden nicht mehr existieren. Sie werden nie existiert haben. Zumindest nicht so wie jetzt. Remy wird vielleicht eines Tages als Kind von Rozen und Ioseph Ferracora auf die Welt kommen, aber er wird nicht der Remy sein, den du kennst, zumindest nicht völlig. Und Rozen und Ioseph ebenfalls nicht, auch Orline wird es in der jetzigen Form nicht geben. Wenn du Rielle davon überzeugen kannst, Corien zu töten, dann wird die Welt nach seinem Tod wieder aufleben. Es wird Frieden herrschen. Sie wird die Pforte reparieren und die Engel werden in der Verdammnis eingeschlossen bleiben.«

Sie werden nie existiert haben. Eliana war wie betäubt vor Furcht und dachte an die Diskussion, die sie mit Simon genau darüber geführt hatte. Während er in den Gärten von Willow das Bänderknüpfen übte, hatten sie sich über die Möglichkeit einer veränderten Zukunft und ausgelöschter Lebensläufe unterhalten. Sie hatte diese Vorstellung nicht ganz erfassen können, und jetzt ging es ihr nicht anders. Das war zu gewaltig, zu schrecklich. Navi, Patrik, Hob. Remy. Ihr Remy. Alle verändert, oder vielleicht nicht einmal geboren. Vielleicht am Leben, vielleicht auch nicht. Vielleicht ganz die Alten, vielleicht auch nicht. Eine Welt voller Menschen in einem Wimpernschlag ausgelöscht.

Eliana bekam einen trockenen Mund, ihr wurde übel, als wäre sie von einer hohen Klippe ins Meer gesprungen. Ludivines Worte hatten ihre Grundfesten erschüttert. Sie starrte auf den goldhaarigen Engel und fand keinen Trost in dem stahlharten, schwarzen Blick.

Schließlich erhob Ludivine sich und trat von Elianas Sessel zurück, ihr Gesichtsausdruck veränderte sich. Weiter unten im Flur schien es ein kurzes Handgemenge zu geben. Dann näherten sich eilige Schritte, und eine Frau mit einem warmen braunen Hautton und verworrenen schwarzen Haaren, die ihr bis zur Schulter reichten, blieb abrupt an der Tür stehen. Ihre Kleider starrten vor Blut und Schmutz.

Eliana erschrak so sehr, dass sie plötzlich wieder ganz klar denken konnte. »Navi?«, flüsterte sie nicht viel lauter als ein Hauch.

Navi schrie erstickt auf, eilte zu Eliana und zerquetschte sie fast. Eliana klammerte sich an die Schultern ihrer Freundin und hielt sie fest. Navi drückte ihr Gesicht an Elianas Hals und flüsterte Worte, die Eliana kaum verstand, weil ihre Ohren klingelten, als hätte ihre Freude eine Glocke angeschlagen.

Sie schaute über Navis Schulter zu Ludivine, die blass und still etwas abseits stand.

»Ist das eine Täuschung?«, flüsterte Eliana.

Nein, Kleines, erwiderte Ludivine. Ihre schwarzen Augen funkelten im Kerzenlicht.

Navi ging ein Stück zurück, über ihre Wangen liefen Tränen. Sie strich Eliana die Haare hinter die Ohren, in ihrem Blick lagen tausend ungesagte Dinge. Wie hübsch Navi war, selbst das getrocknete Blut an ihren Armen und der Geruch des Todes, der sie umgab, konnten diesen Eindruck nicht schmälern. Auf ihrem Kragen entdeckte Eliana leuchtend blaue Spritzer. Sie hatte die Hände um Navis Gesicht gelegt und brachte noch immer keinen Ton heraus. Sie schüttelte den Kopf, lachte ein wenig und versuchte, ihre Freundin wieder an sich zu ziehen.

Aber Navi trat einen Schritt zurück, löste ihre warmen Hände jedoch nicht aus Elianas. »Zahra ist hier. Ich glaube, sie möchte dich noch sehen, bevor sie …«

Navi verstummte. Sie schaute zum Flur. Hinter ihr stand eine Frau mit kinnlangen hellblonden Haaren und rosiger Sommersprossenhaut. Eliana blinzelte, ihre Gedanken rasten, um mit all dem mitzuhalten, was sie sah. Patrik war da und Hob ebenfalls, außerdem Navis Bruder, Malik, und ein Dutzend Weitere, die Eliana nicht kannte.

Und dann schwebte ganz langsam eine schwache, graue Gestalt zur Tür. Ihre Haare flossen in Wellen herab, wie wenn der Wind übers Wasser streicht, ihre dunklen Augen flackerten. Ein Widerhall des Engels, der sie einst war und der sich nun kaum mehr vor den Schatten abzeichnete.

»Zahra«, flüsterte Eliana und streckte die Hand nach ihr aus. Bei dem Wort schrie Zahra leise auf, verblasste und sank dann, als sie wieder sichtbar war, zu Boden.

Eliana kniete sich neben sie und hielt ihre Hände über das, was sie von Zahra noch wahrnahm. Inzwischen war sie so klein wie ein Kind. Die sich ständig bewegenden Umrisse ihres Körpers erinnerten an dünne Rauchfäden.

»Was ist passiert, Zahra?«

»Meine Königin«, murmelte Zahra. Die schwache Ahnung einer Hand bewegte sich zu Elianas Wange. »Meine Königin, meine Königin. Da bist du ja.«

Navi kniete sich neben sie, ihre haselnussbraunen Augen glänzten. »Sie war wunderbar, Eliana. Sie hat unser Schiff während der gesamten Überfahrt versteckt. Sie hat uns durch das Silarrameer gelotst und dabei geholfen, unzähligen kaiserlichen Kriegsschiffen auszuweichen. Sie hat uns auf der Straße nach Elysium abgeschirmt, auf unserem Weg durch die Stadt und hierherunter bis zu dir. Der Prophet …« Navi schaute kurz fragend zu Ludivine. »Der Prophet hat sie zu dir geführt. Alle aus unserer Truppe haben die Reise überlebt. Einhundertsieben Menschen, und das alles dank ihr.«

»Zahra, du Genie, wie hast du das geschafft?« Eliana malte ein Bild in ihrem Geist: Sie beide, wie sie sich umarmten, Zahra in ihrer Engelsgestalt, so wie sie sich Eliana vor langer Zeit in einer Vision gezeigt hatte. Dunkelbraune Haut und weiße Haare, die ihr wie Spinnenseide bis zur Taille reichten. Eine Rüstung aus Platin, die im Sonnenlicht funkelte, und hauchzarte Flügel, die sich wie Flüsse aus Sternenschatten auf ihrem Rücken entfalteten.

Aber bevor Eliana dieses Bild an Zahra weiterreichen konnte, hielt Ludivine sie zurück, indem sie sanft gegen ihren Geist drückte. *Sie würde das nicht ertragen, Eliana. Wenn sie sich zu sehr anstrengt, verliert ihr Geist seinen Zusammenhalt. Sei behutsam.*

Eliana starrte zu Boden, wo kaum sichtbare schwarze Streifen zeigten, wie Zahra sich auflöste. Die verschwommenen dunklen Höhlen ihrer Augen waren nicht mehr als die Andeutung eines Schattens über dem Stein. Eliana schüttelte den Kopf, ihre Kehle schmerzte. Ihre Tränen wuschen alle Farben aus der Welt.

»Zahra, warum hast du das getan?«, flüsterte sie.

Mit gebrochener Stimme, die nicht viel lauter als ein Atemzug war, antwortete Zahra: »Für dich, meine Königin.«

Und dann spürte Eliana ein leichtes Zittern auf ihrer Haut. Etwas gab geräuschlos nach. Es war, als hätte die Luft ein großes Gewicht gehalten, eine gewaltige Intelligenz, und hielte jetzt nichts mehr weiter als sich selbst.

38

AUDRIC

»Erhebt euch mit dem Morgengrauen, meine Brüder, meine Schwestern, meine Freunde! Erhebt euch mit dem Licht! Mit der Sonne in unserem Rücken begegnen wir unseren Feinden ohne Furcht oder Verzagen oder Zweifel! Wir kennen nur den Zorn, der hell in unseren Herzen lodert! Die Liebe zu jenen, die wir verloren haben! Die Liebe zu der Heimat, die uns genommen wurde! Und Liebe zu dem Tag, von dem wir wissen, dass er morgen kommt, und dem nächsten und dem nächsten, bis die Sonne aufgeht und endlich auf eine Welt im Frieden herabblickt!«

Aus einer Ansprache, die Sankt Katell aus Celdaria vor der Schlacht der schwarzen Sterne an die Elementarsoldaten richtete

Audric ritt auf Atheria die höchsten Hänge des Mount Cibelline hinauf. Für einige wenige Momente machte er in der stillen, dünnen Luft halt und betrachtete den Horizont. Aus dieser Höhe wirkten die winzigen Flämmchen der Wachttürme lächerlich. Hinter ihnen brodelte ein erbarmungsloses schwarzes Meer – das Engelsheer, durchzogen von weißen Strahlenkränzen, die durch die Luft segelten und hier und da in die Höhe ausbrachen.

Audric wusste, was diese Lichter bedeuteten. Er hatte sämtliche Berichte über die Engelskriege gelesen, die er finden konnte. Er hatte die Illustrationen in seinen Büchern gesehen und eigene Zeichnungen angefertigt, als er noch ein Junge war. So sahen sie aus: Engel im Flug, mit Schwingen aus Licht und Schatten, die sie über Berggipfel und in die Wolken trugen. Sie konnten durch eine Armee schweben und Dutzende Soldaten mit glasigen Augen und leerem Geist hinterlassen.

Rielle hatte ihnen Körper geschenkt, was keine Überraschung war. Doch offenbar hatte sie manchen von ihnen auch Flügel geschenkt.

Audric sah den Engeln in der Ferne beim Fliegen zu, bis er sich nicht mehr aufrecht halten konnte. Dann wandte er sich zu Atheria um und ließ sich erschöpft gegen sie fallen. Das Göttertier musterte mit angelegten Ohren und gefletschten Zähnen den Horizont. Dabei schlug es so heftig mit dem Schwanz aus, als würde es gern jemanden damit verprügeln.

Audric atmete schnell und schwer gegen Atherias Fell. Wenn er nach Baingarde zurückkehrte, wäre er nicht mehr nur König, sondern auch Feldherr. Er würde keine Angst zeigen. Er würde weder zögern noch sich ducken.

Doch hier auf dem Cibelline, geschützt von den uralten rauschenden Kiefern, klammerte er sich an Atheria, suchte einen Anker im Sturm. Sie deckte ihn mit ihrem Flügel zu, und er verbarg sich gerne darunter. Lange Minuten verstrichen. Auf dem Berg war die Welt still. Ein paar Vogelschreie, das Pfeifen des Windes. Keine marschierenden Stiefel, kein Knistern elementarer Energie, kein Klirren von Engelsrüstungen.

Evyline und die Sonnengarde erwarteten ihn in den Innenhöfen des Waffenarsenals. Bald würde er sich ankleiden, mit Evylines Hilfe würde er seinen Umhang in den Farben Smaragdgrün, Violett und Bernstein anlegen und die Rüstung befestigen.

Und dann müsste er sich dieser Situation stellen. Sich *ihr* stellen. Er würde sich seiner Armee und den Soldaten aus Mazabat ebenso zeigen müssen wie den von den Tempeln entsandten Elementarregimentern und sie alle dazu aufrufen, ihrem unvermeidlichen Untergang entgegenzugehen. Wie viele Tausend konnte sie aufbieten? Und wie viele mehr Corien?

Er riss sich von der soliden Wärme an Atherias Bauch los und stieg unbeholfen auf ihren Rücken. Selbst wenn sie kniete, war sie noch riesengroß, und Audric war zu unsicher auf den Beinen, um auf Anhieb eine selbstbewusste Haltung einzunehmen. Er kauerte schief zwischen den Flügeln des Göttertiers, stieg schließlich wieder herunter und versuchte es noch einmal und noch einmal, bis er endlich seine Nervosität besiegt hatte und sich locker auf Atherias breitem Rücken niederlassen konnte.

Vor vielen Wochen waren sie hinausgeritten, um dem Auge eines Sturms zu begegnen.

Ein Sturm, eine Armee – das eine unterschied sich nicht so sehr vom anderen.

Er klammerte sich an diese Lüge, während Atheria die Hänge hinabsauste, schnell und lautlos über den Baumwipfeln. Dies waren seine letzten Momente des Friedens. Er ahnte, dass er nie wieder würde atmen können, ohne gleichzeitig ein Schwert ziehen oder zusehen zu müssen, wie ein ihm ergebener Soldat von einer Engelsklinge niedergestochen wurde.

Während Atheria durch den Wind pflügte, griff Audric abermals nach Ludivine aus. Bestimmt würde sie ihn in dieser Situation nicht allein lassen. Sie würde im letzten Moment mit einer bedeutsamen Information oder einer brillanten Strategie oder mit Rielle am Arm erscheinen. Sie selbst triumphierend. Rielle mit leuchtenden Augen und außer sich vor Erleichterung darüber, endlich wieder zu Hause zu sein.

Eine peinliche Vorstellung, als würde ein Kind seiner Fantasie freien Lauf lassen.

Audric verkantete das Kinn. *Ludivine? Bist du hier?*

Doch sie antwortete nicht. In einer Stadt von Tausenden, in einem Land von Millionen war er unrettbar allein.

⬩◆⬩

Es war Nacht, als er sich vor seine Soldaten stellte, zehntausend an der Zahl, beritten und zu Fuß. In Rüstungen und Mänteln, die Schwerter an den Hüften und die Urformen glühend vor lauernder Macht. Metallbänder und Dolche, Dreizacke und Speere, Schilde und Hämmer, allesamt bestreuten sie die Stadt mit Licht.

In ganz Âme de la Terre hatten sich jene, die nicht aus der Stadt geflüchtet waren und zu jung oder zu alt waren, um Waffen zu tragen, auf den Dächern und an Fenstern versammelt, um einen Blick auf Audric zu erhaschen, wie er auf dem Weg ins Tiefland mit Atheria die Stadt durchquerte.

Das Erdreich bebte unter den Schritten der marschierenden Feinde, ein Sturm, mit keinem zu vergleichen, der jemals den Himmel verdunkelt hatte. Schon bald würden die Engelsarmeen die Berge durchbrechen. Erderschütterer hatten wochenlang gearbeitet, um die Berge selbst zu einer Verteidigungsanlage auszubauen, indem sie Pässe mit Lawinen blockiert und massives Gestein durchtrennt hatten, um Schluchten, Steilwände und Felslabyrinthe zu erschaffen. Die geflügelten Engel wären imstande, solche Hindernisse zu überfliegen, und die geraubten Elementarkinder könnten sie vielleicht einebnen, dennoch waren Audrics Erderschütterer im Gebirge stationiert, bereit, die Barrieren nach Bedarf zu verstärken. Er hoffte, dieser Krieg aus Stein würde das Vordringen der Engel bremsen. Selbst der breite, abschüssige Pass zwischen dem Mount Taléa und dem Mount Sorenne, ein weiter Spalt zwischen den Bergen ringsum, war befestigt worden. Audric blickte auf den Pass, während Atheria darüberflog. Vor fast zwei Jahren wäre er dort bei der Boon Chase fast ums Leben gekommen. Es war sonderbar, sich an eine Zeit zu erinnern, als Borsvall der Feind war und kein entschlossener Verbündeter. Noch sonderbarer war die Erinnerung an das Chaos an diesem Tag – die Erdbrocken, die um ihn herumflogen, und die flinken Feuerzungen, die durchs Tiefland auf die Stadt zurollten.

Rielle, außer sich vor Furcht und prachtvoll in ihrer Wut, hatte die Welt entzweigerissen, um ihn zu retten.

Er holte tief Atem und drängte Atheria hinaus ins Tiefland, wo seine Armeen in Reih und Glied auf ihn warteten. Bogenschützen, Fußsoldaten mit Spießen und Speeren, Elementherrscher, die Feuer und Wind in ihren Handflächen bargen. Um die Stadt selbst hatten sie eine hohe Steinmauer errichtet, die sechs Meter dick und sechzig Meter hoch war. Darauf waren Bogenschützen und Elementherrscher postiert, in deren Fäusten die Macht knisterte. Sowie die Armee im Tiefland angelangt war, hatten Erderschütterer die Brücken zerstört, die über den direkt an die Stadt angrenzenden See führten. Jetzt glitzerte das Wasser ohne Beiwerk, ein tiefes und breites Becken, das sich in geschwungener Form von der einen Seite der Ausläufer des Mount Cibelline zur anderen erstreckte. Falls die Engel es schafften, sowohl den See zu überqueren als auch die Mauer zu erstürmen, würden sie auf die zweite Armee treffen – weitere tausend Soldaten und Elementherrscher, bereit, die Straßen ihrer Stadt zu verteidigen.

Audrics verräterischer Geist fixierte sich auf den Gedanken, dass die Frage nicht war, *ob* die Engel die Mauer durchbrechen würden. Die Frage war lediglich, *wann.* Es bestand keine Aussicht darauf, die Armee, die nun gegen sie marschierte, zu besiegen. Nicht alle Engel besaßen Flügel, doch die Überlebenden unter seinen Spähern hatten ihm von den Bestien in den Reihen der Engel berichtet – perverse Geschöpfe, verstümmelt und missgebildet, genau wie es Kamayins Spion geschildert hatte. Elementarkinder ritten auf diesen Wesen, grauäugig und tödlich, mit ihren Urformen an die geschmiedete Rüstung der Bestien gefesselt. Als *entsetzliche Monster* hatte einer der Späher sie bezeichnet, ehe er vor Audrics Schreibtisch völlig aufgelöst in Tränen ausbrach. Bestien in flammender Rüstung. Kinder, die, ohne mit der Wimper zu zucken, den Erdboden zerstampften.

Audric lenkte Atheria auf eine hohe Steinplattform, die Großmagistra Florimond am äußeren Seeufer errichtet hatte. Er stieg von dem Göttertier ab und blickte aufs Tiefland hinaus. Zwanzigtausend Soldaten wandten sich zu ihm um – seine eigenen und die aus Mazabat. Er berührte den geschmiedeten Verstärker, der an seinem Gürtel hing, ein Geschenk von Miren. Sein Vater hatte ihn am Tag der Boon Chase verwendet. *Um ein weiteres Jahr des Friedens in unserem Königreich zu feiern.*

Audric hob Illumenor, bis die Soldaten still wurden. Auch die Stadtbewohner innerhalb der Mauern würden zuhören und mit furchtsamen Herzen seinem Blick folgen. Viele von ihnen wussten, dass dieser Kampf aussichtslos war. Weit weniger begriffen, dass der wahre Kampf nicht auf dem Schlachtfeld zwischen Menschen und Engeln ausgetragen würde.

Der eigentliche Kampf würde zwischen ihm und Rielle ausgetragen, wo auch immer er mit ihr zusammenträfe. Wenn er sie überzeugen könnte, ihre Macht gegen die Armee zu richten, die sie erschaffen hatte, würde sich das Blatt vielleicht wenden.

Sonst würde die Stadt, das Land – die *Welt* – fallen. Daran gab es keinen Zweifel. *Die Welt wird fallen*, hatte Aryava schon vor Jahrhunderten prophezeit. *Zwei Königinnen werden sich erheben.*

Nur einmal in den letzten Monaten hatte sich Audric gestattet, hoffnungsvoll auf diese Worte zu blicken. Allein in seinem Bett in Mazabat, als ihm Ludivines Neuigkeiten wie Wackersteine im Magen lagen, hatte er sich die vertrauten Worte vorgesagt. *Zwei Königinnen werden sich erheben.* Rielle, nachdem er ihre Loyalität wiedergewonnen hatte. Und dann, nach dem Krieg, ihre gemeinsame Tochter. Eine Prinzessin des Friedens und eines Tages Königin.

Oben auf dem steinernen Turm senkte Audric das Schwert. Um ihn herum zog sich die Luft in angespannter Stille zusammen.

Möge das Licht der Königin mich führen, dachte er, während er in Gedanken ein unscharfes Bild festhielt. Die Form des Gesichts seiner Tochter, das Gewicht ihres weichen Köpfchens in seinen Armen. Wie sie wohl aussehen würde?

»Ihr habt Angst«, sagte er und seine Stimme dröhnte durch den Verstärker. Selbst mit dessen Hilfe musste er brüllen, um gehört zu werden. Die Nacht war stickig und beklemmend, als wüsste die Welt, was ihr bevorstand. »Ihr seht die Dunkelheit, die auf uns zukommt. Ihr hört sie tosen. Ich sehe sie auch. Und ich höre sie in meinen Knochen. Auch ich habe Angst. Doch darüber hinaus empfinde ich Liebe. Ich empfinde Liebe für euch, für diese Stadt, in der wir leben, für dieses Land und die Menschen darin, für jeden Bauernhof und jeden Wald, jeden Fluss und jeden Berg.«

Er begann auf der Plattform hin und her zu gehen. Der Umhang schlug ihm gegen die Beine. Die Luft zitterte, aufgewühlt von der Gegenwart so vieler Elementherrscher.

»Wir spüren unsere Furcht. Das ist erlaubt. Es ist richtig und es ist menschlich. Unser Blut wird rasen, unsere Knie werden schlottern. Doch unsere Herzen …« Er schüttelte den Kopf und blickte mit wildem Blick zu ihnen hinaus. Tausende Soldaten, Elementherrscher und andere, verzückt und mit großen Augen, ihre Helme auf Hochglanz poliert, lodernde Handgelenke, silbern glänzende Schwerter, Angst, die in jeder einzelnen Kehle pulsierte.

»Unsere Herzen werden uns heute nicht im Stich lassen«, erklärte er ihnen. »Dies ist kein Tag für Furcht, sondern ein Tag für Liebe. Vor Hunderten von Jahren haben unsere Heiligen gegen genau die gleichen Feinde gekämpft und gewonnen. Sie haben den Himmel mit Feuer erleuchtet, Berge ins Meer geschleudert und die Engel in die Verdammnis getrieben. Jetzt sind sie wieder da, und die Heiligen sind schon lange tot. Aber wir sind nicht tot, meine Freunde. Wir *leben*! Und an diesem Tag werden es *unsere* Schwerter sein, die die Feinde in die Knie zwingen! Es wird *unsere* Macht sein, die sie an Ort und Stelle zu Asche verbrennt!«

Er hielt inne und ließ die Schreie und Jubelrufe der Soldaten über sich hinwegziehen. Als er den vielstimmigen Chor hörte, überkam ihn eine unermessliche Liebe für sie alle. Am liebsten hätte er jeden Einzelnen von ihnen an die Brust gedrückt und ihn sicher dort geborgen, bis die Sonne aufging. Er blinzelte, bis seine Augen wieder klar waren.

»Unser Gebet ist lange dieses gewesen: Möge das Licht der Königin uns führen.« Er ließ die Worte in der Luft hängen. Er wusste, was und an wen sie denken würden, und er ließ es zu.

»Aber ich sage, *wir* sind das Licht! *Wir* sind die Erlösung, für die wir gebetet haben! Wir stehen auf dieser Erde, die unsere Heimat ist, und *wir* sind es, die jede Kreatur davon vertreiben werden, die sie uns wegnehmen will!«

Er wandte sich dem nördlichen Horizont zu. Eine schwarze Sichel waberte über dem Bergpass. Einen Augenblick lang erwog er, seine Gedanken auszusenden, wie es ihn Ludivine gelehrt hatte. Vielleicht würde sie antworten. Vielleicht hatte sie Rielle gefunden und würde ihn zu ihr führen.

Doch stattdessen hob er Illumenor. Die Sonne war vom Himmel verschwunden, aber der Nachhall ihres Lichts war geblieben, und mehr Licht brannte in der Ferne am Horizont. Audric zog jedes Stückchen davon, das seine Macht finden konnte, auf die silberne Schneide seines Schwerts und sandte es dann in blendenden Strahlen auf die Erde.

»*Wir* sind das Licht!«, rief er.

Sie nahmen den Ruf auf – seine Armee im Tiefland und sein Volk in der Stadt. Wieder und wieder gaben sie seine Worte zurück.

An der Spitze ihres Regiments aus Schattenwerfern stand Sloane in ihrer pechschwarzen Rüstung und hob ihr Zepter gen Himmel. Die darauf angebrachte Kugel glühte blau wie das Zentrum einer Flamme. Ihr Licht zog Schatten aus der Erde – Wölfe und Falken und lauernde Berglöwen mit gesträubten Nackenhaaren.

Mirens Axt blitzte in Illumenors Licht, und die zweihundert Metallmeister-Schüler unter ihrem Kommando stießen ihre Urformen in die Höhe.

Königin Bazati zog ihren langen Krummsäbel und schlug die Luft zu einem Wirbelsturm.

Die unterhalb der Mauer postierte Sonnengarde richtete ihre Pferde nach den Bergen aus. Evylines Gebrüll dröhnte wie Schläge auf einen Amboss.

Magister Duval und sein Regiment aus Windflüsterern, die Stadtgarde, die Sauvillier-Soldaten, die ihre Loyalität gegenüber dem Thron erklärt hatten. Odos private Söldnerarmee aus Messerkämpfern und Bogenschützen, inzwischen alle stolze Träger der Uniform des Hauses Courverie.

Sämtliche versammelten Soldaten erhoben die Stimmen zu einem mächtigen Chor.

»Wir sind das Licht!«

Ihre Schreie tosten wie Wellen.

»Wir sind das Licht!«

Audric stieg schnell auf Atherias Rücken. Als sich das Göttertier in die Lüfte erhob, gingen die Bogenschützen auf der Mauer in die Knie und berührten zuerst ihre Lippen und dann ihre Lider. Das Gebet vom Haus des Lichts.

»Wir sind das Licht!«

Die Sonnengarde wie ein gigantisches, glühendes V unter sich, flog Audric tief und schnell über das ohrenbetäubende Gebrüll seiner Armee. Er hob Illumenor in die Höhe und ließ sein Licht in hellen Strahlen durch die Nacht leuchten. Unter dem steten Rhythmus seines Herzschlags ertönte Donnergrollen, als seine Armee sich in Bewegung setzte und Illumenors Licht folgte. Das laute Wiehern der ungeduldigen Kriegspferde und ihr Schnauben. Das Klirren von Rüstungen und das Knistern von Elementarmagie, die sich zum Schlag formiert.

Macht raste durch Audrics Adern und wärmte die Platten seiner Rüstung. Weißes Licht schoss aus seinen Fingern wie Funken aus einem Feuer.

»Wir sind das Licht!«

Seine Worte gingen in Wutschreie über. Unter und hinter ihm wogte das Meer seiner Armee, und ihre Kriegsrufe gellten durch die Luft. Die Soldaten hatten die Weiten des offenen Tieflands erreicht. Ein breites Feld, viele Meilen lang und breit und leicht feucht von kurz zuvor gefallenem Regen. Die Pferde schleuderten mit ihren Hufen Schlamm in die Höhe. Wasserwandler zogen Regenwasser aus der Erde und spannen schäumende Spiralen in der Luft.

Audric beobachtete den Horizont. Die Frontlinien der Engel hatten schließlich die Berge durchbrochen und preschten nun auf sie zu. Bestien pflügten auf grotesk langen Unterarmen, klobigen Pfoten und gespaltenen Hufen über das Tiefland. Eines dieser Untiere – bärenartig, riesig, mit einem gefleckten Fell, das grob wie Stein wirkte – schlug mit seinem gepanzerten Schwanz aus und versprühte Feuerbänder. Gespenstisches Licht blitzte auf – hell und flüssig, wie jeglicher Farbe beraubte, vom Mond erleuchtete Flüsse. Engelsflügel, die schnell näher kamen.

Doch Audric wankte nicht. In seiner Hand war Illumenor ein Inferno. Es würde sie blenden. Er hörte das Kreischen der Monster unter sich und sah, wie die Engel hastig abdrehten, als hätte man sie geschlagen.

Er starrte sie unverwandt an. Zwischen den Bergen herrschte die Nacht. Doch Illumenor verwandelte das Schlachtfeld in eine sengende, gnadenlose Morgendämmerung. Er vernahm das entsetzlich lärmende Gemetzel zweier aufeinanderprallender Armeen. Das Klirren von Schwertern, die wilden Schreie gefällter Soldaten.

»Wir sind das Licht!«

Noch immer riefen sie seine Worte.

Audrics Atemzüge passten sich dem drängenden Rhythmus von Atherias Flügeln an, während sie auf die Berge zuhielt. Illumenor zeichnete eine breite Linie aus weißem Feuer durch die Engelsarmee. Er vernahm das Sausen von Pfeilen, die gezischten Flüche von Engeln, die durch die Luft flatterten, doch nichts und niemand konnte sich dem strahlenden Glanz seiner Urform nähern.

Jedoch konnte er eine derartige Macht nicht auf Dauer verströmen.

Er lenkte seine Gedanken auf die unter ihm tobende Schlacht und suchte in dem Chaos nach Rielle.

39

ELIANA

»›Sag‹, wollte Morgaine von ihrem Liebsten wissen, ›wirst du an mich denken, wenn ich fort bin? Auf mich wartet ein weiter Weg und eine lange Reise.‹ Morgaine vergoss zahlreiche Tränen und schämte sich, weil Gilduin sie so sah, aber er hielt ihre Hände und küsste sie und schaute auf ihr bekümmertes Gesicht, und plötzlich wurde Morgaine ganz ruhig, denn in Gilduins Augen lag ausschließlich Liebe. ›Es gibt nichts auf der Welt, was ich betrachten könnte, ohne an dich zu denken‹, sagte er, ›denn in dir liegt alles, was ich kenne, alles, was ich bin, und alles, was ich sein werde.‹«

»Die Ballade von Gilduin und Morgaine«, altes celdarisches Epos, unbekannter Autor

In dem Zimmer, das Ludivine ihr überlassen hatte, lag Eliana fest umschlungen in Navis Armen. Sie lauschte auf Navis Atem und wartete auf eine Antwort. Unruhig dachte sie daran, dass ihnen nur wenig Zeit blieb.

Corien wurde durch Simons Kupferbrandklinge nicht ewig geschwächt. Ludivine hatte sich in ihr Gemach zurückgezogen, um ihn im Auge zu behalten. Jede verstreichende Sekunde brachte sie dem Moment näher, an dem er wieder zu Kräften kommen und sie jagen würde. Es war eine Frage von Stunden, vermutete Ludivine, schätzungsweise von wenigen Stunden.

Eliana verkroch sich in Navis Umarmung und konnte gar nicht genug von deren Wärme bekommen. Dennoch hielt sich das Bild in ihren Gedanken, wie Navi die scharfsichtige und noch scharfzüngigere Ysabet geküsst hatte, bevor sie sich in Elianas Zimmer zurückzog. Wie sie ihre Finger verschränkt hatten und kurz zögerten, bevor sie auseinandergingen. Die Tatsache, dass ihre Freundin eine Geliebte gefunden hatte, hätte Eliana überglücklich machen sollen. Aber stattdessen sann sie darüber nach, wie wenig Zeit ihr mit Navi und Zahra und allen anderen, die sie so sehr liebte, vergönnt gewesen war und dass sie nie friedliche Zeiten erlebt hatten.

Schließlich atmete Navi hörbar aus. Mit der linken Hand streichelte sie über Elianas Haare.

»Also«, sagte sie und dann nichts weiter. Eliana schaute zu ihr und studierte ihr Gesicht. Die vornehme Wangenpartie, ihre dichten schwarzen Wimpern. Sie knibbelte am Saum von Navis Ärmel und war froh, dass ihre Freundin nichts weiter sagte. Das brauchte sie gar nicht; Eliana konnte alles von ihrer Miene ablesen.

»Schämst du dich für mich?«, fragte sie leise.

»Weil du ihn bemitleidest?« Navis Stimme klang ganz sanft. »Natürlich nicht. Wenn ich ehrlich bin, empfinde ich selbst Mitleid mit ihm. Aber mit dir noch viel mehr, und ich bin froh, dass weder ich noch sonst irgendjemand von meinen Leuten ihn heute zu Gesicht bekommen hat. Er tut gut daran, sich zu verkriechen. Ich bin mir nicht sicher, ob ich Ysabet zurückhalten könnte, und dabei ist sie diesem Mann noch nie begegnet.«

Eliana lächelte ein wenig. Und dann schwiegen sie zumindest einen friedlichen Atemzug lang.

»Ich bin wütend, dass ich das tun muss«, flüsterte sie in die Stille.

Navi spielte zärtlich mit ihren Haaren. »Genau wie ich, meine Süße.«

»Und ich bin wütend, weil ich es teilweise sogar *will.*« Eliana fuhr fort, bevor Navi etwas erwidern konnte. »Wie kann es sein, dass ich mich ihm wieder öffnen will, ihn akzeptieren und seine Macht zulassen? Monatelang habe ich mir irgendwelche Erinnerungen an ihn verboten. Ich wollte ihm wehtun. Und habe es sogar viele Male versucht. Aber wenn ich jetzt daran denke, was ihm alles angetan wurde, hasse ich ihn nicht mehr so sehr. Wenn ich mir vorstelle, ihn mit dem Wissen, das ich jetzt habe, wiederzusehen, fühle ich mich unheimlich erleichtert. Er musste genau wie ich viel ertragen. All die endlosen Wochen voller Qualen in Coriens Palast … Er musste das jahrelang durchleben. Er kann mein Leid nachvollziehen.« Sie atmete zitternd ein. »Und dann hasse ich mich dafür, weil ich darüber nachdenke, obwohl es doch so viel anderes zum Nachdenken gibt und so viel anderes zu –«

Mühsam versuchte sie, den Kloß in ihrem Hals herunterzuschlucken. Die Worte lagen ihr auf der Zunge. *Wenn ich das tue, Navi, und wenn ich erfolgreich bin, werden wir uns nie begegnet sein. Vielleicht wirst du nie geboren worden sein.*

Aber vielleicht *würde* Navi ja auch in ihre wunderbare Familie in Astavar hineingeboren. Und sie würde ohne eine dunkle, schwelende Zukunft in Vintervok aufgewachsen. Kein Krieg, keine Spionagearbeit, keine Erniedrigungen im Jungferntrakt von Orline.

»Es gibt schon genug Hass auf dieser Welt«, antwortete Navi nach einer Weile. »Warum solltest du noch mehr davon gegen dich richten?«

Dann drehte Navi sich um, sodass sie beide auf der Seite lagen und sich anschauten. Sie drückte mit der Stirn gegen die von Eliana.

»Uns bleibt nicht viel Zeit«, flüsterte Eliana. Das traf zwar auf sie alle zu und auf alles, was vor ihnen lag, aber Eliana war sich sicher, dass Navi verstand, was sie meinte. »Ich muss ihm nicht vergeben, sagt sie. Ich muss ihm wieder mein Herz öffnen.« Sie lachte kurz, auf ihren Wimpern schimmerten Tränen. »Das wenige, was davon noch übrig ist.«

»Dann geh zu ihm«, erwiderte Navi ruhig. »Und sei nicht so hart mit dir. Dein Herz ist stärker, als du glaubst, ganz gleich wie boshaft versucht wurde, es dir zu brechen.«

Eliana küsste Navis Wange. Sie schloss die Augen und genoss für einen Moment Navis weiche Haut. Dann verließ sie das Bett und schaute nicht zurück.

Sie fand ihn in einer kleinen Kammer, die weit von den anderen entfernt lag. Ihre Beine trugen sie dorthin, obwohl ihre Nerven blank lagen, und als sie klopfte und er sie hereinbat, spannte sich alles in ihr an. Die Panik zersplitterte in ihr, ein breiter werdender Riss im dünnen Eis. Sie überlegte, ob sie umkehren und von Ludivine eine andere Lösung fordern sollte. Wie sollte sie diesen Mann, der sie so verletzt hatte, akzeptieren oder ihm auch nur gegenübertreten?

Diesem Mann, der so viel hatte ertragen müssen wie sie selbst. Diesem Mann, der genau wie sie nur zu gut die ganze Bandbreite an Coriens Grausamkeiten kannte.

Sie machte nicht kehrt.

Sie betrat den Raum, in dem Simon auf der Kante eines Bettes saß, das viel zu klein für seine lange Gestalt wirkte. Hatte er hier die Monate in Ludivines Obhut verbracht? Hatte sie ihn in diesen Wänden in seinem Schlaf besucht und ihm Albträume geschickt?

Er schaute auf und bemerkte zu spät, wer eingetreten war. Weder konnte er die Verwirrung, die ihm ins Gesicht geschrieben stand, noch die blutunterlaufenen Augen, seine geröteten Wangen oder die zerwühlten Haare verbergen. Sobald er Eliana erkannte, schaute er auch schon wieder weg.

»Nein«, sagte sie und ging geradewegs zu ihm. »Wenn mir dein Anblick nicht erspart bleibt, dann sieh mich gefälligst auch an.« Sie hob sein Kinn, damit sich ihre Blicke begegneten. Seine Wimpern waren nass. Er versuchte wieder wegzuschauen, aber sie ließ es nicht zu und hielt sein Gesicht fest. Seine Wangen fühlten sich rau an, und Eliana hätte am liebsten mit den Fingern darübergerieben, bis sie nichts anderes mehr spürte. Sie sehnte sich danach, ihn auf jede erdenkliche Weise zu verletzen. Sie sehnte sich danach, vor ihm und allem, was sie erwartete, davonzulaufen.

»Ich weiß, was dir angetan wurde«, sagte sie mit Nachdruck. Das Sprechen fiel ihr schwer. Sie drückte jedem Wort ein Stempeleisen auf. »Ich weiß, was du ertragen musstest. Du hast mein Mitleid. Aber mein Vertrauen hast du nicht.«

Er nickte und presste die Lippen aufeinander. Er hatte erwartet, das von ihr zu hören. Eliana spürte unter ihren Fingerkuppen, wie sich seine Kiefermuskeln anspannten.

In ihrer Kehle sammelten sich zu viele Worte, viele davon brutal. Am liebsten hätte sie frustriert aufgeschrien. Das hier ging für beide zu schnell. Zwischen ihnen gab es zu viel Schmerz, zu viele Lügen und zu viele Tage, an denen sie getrennt gewesen waren.

»Aber du hast meine Liebe«, sagte sie zornig, als würde sie einen Fluch aussprechen.

Simon betrachtete sie und atmete kaum. Er blinzelte nicht.

»Ich wünschte, du hättest nichts davon«, sagte Eliana gepresst. Ihre Wangen waren heiß vor Wut und ihr Herz zog an zu vielen Stellen auf einmal. »Weder meine Liebe noch meine Wut oder meine Erinnerungen. Ich wünschte, du hättest nicht gesehen, was er mir angetan hat. Ich wünschte …«

Ihr versagte die Stimme. Simon griff nach ihren Händen. Er berührte sie kaum, sondern legte seine Finger ganz vorsichtig darum wie um ein rohes Ei.

»Ich wünschte, ich könnte dir so wehtun, wie du mir wehgetan hast«, fuhr sie kaum hörbar fort. »Ich wünschte, ich sehnte mich nicht mehr nach dir und du würdest keine Rolle mehr für mich spielen. Ich wünschte, ich wollte dir lediglich dabei helfen, deine Macht wiederzufinden.« Sie schüttelte den Kopf. Ihre Stimme änderte sich, nahm einen bitteren Tonfall an. »Aber ich will mehr als das. Selbst jetzt, selbst nach allem, was geschehen ist.«

Als Simon die Augen schloss, liefen seine Tränen über. Er drehte sein Gesicht in ihre Handfläche und flüsterte ihren Namen.

Sie konzentrierte sich auf seinen Mund und kämpfte entschlossen gegen ihren eigenen Schmerz. Eliana sah nur noch funkelnde Lichtflecke vor sich. »Er hat mir wehgetan«, sagte sie leise. »Ich habe nach dir gerufen. Ich habe nach dir geschrien, damit du mir hilfst.«

Simon schluchzte einmal auf. Tastend fasste er nach ihr. Er lehnte sein Gesicht an ihren Brustkorb und hielt sich an ihrem

Hemd fest. Das zarte Gewicht seiner Hände sandte ein teils stechendes, teils wohliges Kribbeln ihre Arme entlang. Ihre Instinkte spielten verrückt. Er sollte sich winden. Sie wollte sich von seiner Wärme umfangen lassen. Zwei Wege und keine Lösung.

»Gott, ich weiß«, antwortete er mit gedämpfter Stimme. »Ich habe dich gehört. Ich habe jedes Wort gehört, Eliana. Ich habe jedes Mal mitbekommen, wenn er dir wehgetan hat, und ich konnte nichts tun. Manchmal zwang er mich, dabei zuzuschauen, aber du warst vor Schmerzen so weggetreten, dass du meine Anwesenheit gar nicht bemerkt hast.

Seine Worte bohrten sich wie Glasscherben in ihren Bauch. Jede einzelne stach fürchterlich, und doch umklammerte sie seine Schultern, hielt ihn fest und wünschte, sie könnte ihn so lange in sich hineinpressen, bis er nur noch dort existierte.

Sie hielt seine Schultern und starrte auf die Wände, während er weinte. Seine Tränen waren so stumm wie ihre, sein Körper ganz steif. Schätzungsweise war das für sie beide zur Gewohnheit geworden. Sie hatten sich angewöhnt, ihre Schmerzen zu verbergen.

Und plötzlich konnte sie sich nicht länger auf den Beinen halten. Es war ihr gleichgültig, dass sie ihn eben noch verletzen wollte, dass sie sich monatelang vorgestellt hatte, wie sie ihn eigenhändig umbrachte, wenn sie ihn dabei beobachtete, wie er durch den Palast schritt.

Sie neigte ihren Kopf und küsste ihn auf den Haarschopf. »Ich werde dich vermissen«, sagte sie, obwohl sie das gar nicht vorgehabt hatte. Und dann schluchzte sie unerwartet laut auf. Sie konnte kaum atmen; ihre Tränen überwältigten sie.

Es gab noch so viel zu sagen, mehr, als sie je würde sagen können, aber Ludivine hatte sich in ihrem gespenstischen, von Kerzenlicht erhellten Raum eingeschlossen und kämpfte um jeden Moment. Für mehr Worte blieb keine Zeit, es blieb keine Zeit, um zu genesen und zu heilen. Nicht vergeben, hatte Ludivine gesagt. Nur akzeptieren. Als Eliana zu Simons Zimmer gelaufen war, wollte sie nur mit ihm reden und daran arbeiten, ihre Macht für ihn zu öffnen, damit er noch einmal nach seiner suchen konnte.

Aber als er ihr mit zitternden Händen sein Gesicht zuwandte, verflogen alle Rachegedanken, die sie ihm auch in dem Wissen, dass sie ungerechtfertigt waren, an den Hals gewünscht hatte, und sie begegnete freudig seinen Lippen.

Er wartete, bis sie sich auf seinen Schoß gesetzt hatte, und schlang die Arme um sie. Dieses Gefühl zerriss ihr fast die Brust. So ein fester, warmer Kokon. Als ihre Lippen aufeinandertrafen, schrie sie auf und öffnete ihren Mund, um seine Küsse zu empfangen. Sie breiteten sich wie Messer in ihr aus, die zuvor im Feuer erhitzt worden waren. Heiße, rot glühende Klingen, die über sie glitten und schnitten. Er roch nach Salz und Rauch und murmelte ihren Namen, bis die Silben sich in ihre Haut eingegraben hatten.

Aber noch während sie sich an ihn klammerte, wusste Eliana, dass ihr das keine Linderung verschaffen würde. Seine Finger fanden die richtige Stelle und sie presste ihre Oberschenkel um seinen Arm. Sie würden zum Höhepunkt kommen und ihre Körper und ihre Herzen würden dabei schmerzen, und alles, was sie verschlossen hatten, würde wieder entfesselt werden. Wenn sie Glück hatten, oder womöglich auch Pech, würde seine Macht zurückkehren, und er würde sie in die Vergangenheit schicken, wo sie das Unmögliche tun sollte, und sie würde diese Version von ihm nie mehr zu Gesicht bekommen und auch keine der anderen mehr. Wenn sie erfolgreich wäre und ihr ungeborenes Ich überlebte, würde sie im alten Celdaria aufwachsen und nicht wissen, wer sie einmal gewesen war oder wer sie nie sein würde.

Sie schob ihre Finger in Simons Haare und zog fest daran, damit er sie anschaute. Seine Augen trafen auf ihr Gesicht und waren wie in ihrer Erinnerung voller Verlangen, er bewegte wie beim ersten Mal seine Hand in ihr, bis die brodelnde Glut in ihr ungehemmt überlief. Die Traurigkeit ließ nicht lange auf sich warten, und sie wusste, dass sie jetzt nicht aufhören konnte, noch nicht, niemals.

Verzweifelt legte sie sich auf den Rücken und zog ihn auf sich. Führte ihn an die richtige Stelle und schlang ihre Beine um seine. Er musste ihre Trauer gespürt haben, den heftigen Kummer, der sich wie ein unbarmherziger Wirbelsturm in ihrer Brust angestaut hatte. Er bewegte sich hart und fest, als könnte er dadurch all die Nächte, die ihnen entgehen würden, ausgleichen. Es war wie eine Entschuldigung für all die Male, die er sie verletzt hatte. Ein Flehen nach Vergebung, die ihm nie zuteilwürde.

Sie wölbte sich ihm entgegen, verstärkte den Druck ihrer Schenkel. Zog an seinen Haaren und grub ihre Fingernägel in seinen vernarbten Rücken. Als er sich über ihre Kehle beugte und sanft an ihrer Haut saugte, verlangte sie flüsternd nach mehr, flehte ihn an, befahl es ihm. Ihr Geist war wie ein Wasserfall aus Licht. Sie war erfüllt von ihm – die Spuren seiner Narben unter ihren Handflächen, sein raues Kinn, das über ihre Wange kratzte, sein Mund auf jeder bebenden Stelle ihres Körpers. Sein warmer Atem an ihrem Ohr, seine heisere Stimme, die unter dem Gewicht ihres Namens so wunderbar brach.

Nachdem sie in den feuchten Laken zu Atem gekommen war und ganz weich und klebrig, geborgen in seinen Armen lag, drückte Eliana ihr Gesicht gegen seine Brust. Ihre Kiefermuskeln schmerzten vor Anspannung, ihre Arme und Beine waren schwer und müde, und doch lauschte sie seinem gleichmäßigen Herzschlag.

»Ich liebe dich nicht«, flüsterte sie grimmig gegen seine Haut.

Es verstrichen ein paar Sekunden. Dann spürte sie, wie Simon seine Hand um ihren Hinterkopf legte und sie sanft umfangen hielt. Mit den Lippen berührte er ihre Stirn.

»Ich weiß«, antwortete er und klang ganz erstickt vor Traurigkeit. »Ich liebe dich auch nicht.«

40

SIMON

»Ich male deine Haare in die Sterne
Und finde deine Augen im Mond
Dein Name pulsiert durch meine Adern
Doch werde ich nur durch deine Lügen entlohnt.«

Traditionelles kirvayanisches Volkslied

Als Simon aufwachte, konnte er zunächst nichts anderes tun, als sie anzuschauen.

Er hatte seine Augen so lange wie möglich offen gehalten und ihre regelmäßigen Atemzüge genossen. Aber schon bald war er erschöpft in einen leichten Schlaf gefallen, in dem er sich so wie immer durch das Gewirr seiner dunklen Träume kämpfen musste.

Als er aufwachte, lag Eliana eng zusammengerollt an ihn geschmiegt. Ihr Gesicht war selbst jetzt noch von Wut gezeichnet. Während er sie betrachtete, atmete er kaum. Ihre üppigen dunklen Haare, die ihr über die Wangen fielen, ihre gesprungenen Lippen, die blauen Flecken auf ihrer empfindlichen Haut – nicht durch seine Hände, obwohl das ebenso gut möglich gewesen wäre.

Simon würde niemals ihr Gesicht an jenem Abend vergessen. Als sie in dem funkelnden Ballsaal von Festival getanzt und sie sich an ihn geklammert hatte. Sie hatte Angst gehabt, es aber niemals gezeigt. Nur ihre feuchte Hand, die seine fest umschloss, während er sie im Walzer drehte, verriet ihre wahre Furcht. Und dann war er auf dem Schiff des Admirals in seiner kaiserlichen Uniform aufgetaucht und hatte emotionslos dabei zugesehen, wie der Glanz in ihren Augen erlosch.

Emotionslos. Ja, genau wie Ludivine es ihm beigebracht hatte, und er war von Anfang an ein exzellenter Schüler gewesen.

Und doch hatte es Momente gegeben, in denen er beinahe alles zunichtegemacht hätte.

Er schob sich langsam von Eliana weg und schwang seine nackten Beine aus dem Bett. Er fuhr sich durchs Haar, stützte seinen Kopf auf und starrte auf den Boden.

Nie würde ihn das Bild loslassen, als Corien neben ihr kauerte und ihre Schreie nachahmte, während sie sich wand. Um sie herum lagen unzählige Glasscherben verstreut und Eliana streckte ihre Hand über den Boden nach ihm aus.

Sie hatte nach ihm geschrien, schluchzend seinen Namen gestammelt, und er hatte einfach wie zur Salzsäule erstarrt dort gestanden, zugeschaut und auf seine Befehle gewartet. Ludivine hatte geschwiegen und dennoch hatte er sie überdeutlich gehört.

Wenn du brichst, stürzt du uns alle ins Verderben.

Simons Herz begann zu rasen und sein Atem wurde schneller. Er hob zitternd seine Arme und lachte laut auf, denn selbst mit diesen quälenden Erinnerungen im Kopf meldete sich seine Macht sofort. Er konnte mühelos Bänder aus der Luft ziehen und sie klebten wie Kletten an seinen Fingern. Er spürte die bitzelnde Energie; die Luft sirrte, als würde irgendwo eine Melodie gespielt.

Er stellte sich den glatten Steinflur vor seiner Zimmertür vor. Niedrige Decke, Eisenhalterungen für die Fackeln. Das würde er zuerst ausprobieren, nur einen kleinen Sprung von seinem Zimmer in den Flur.

Das Empirium ruht in jedem Lebewesen und jedes Lebewesen ist Teil des Empiriums, rezitierte er und spürte die Hitze in seiner Kehle aufsteigen.

Seine Macht verbindet nicht nur Haut mit Knochen, Wurzeln mit Erde, Sterne mit Himmel, sondern auch Straße mit Straße und Stadt mit Stadt.

Augenblick mit Augenblick.

Doch als Simon versuchte, seine Gedanken zusammenzuhalten, bäumten sie sich auf und verflüchtigten sich. Die Bänder an seinen Fingern flackerten.

Er biss die Zähne zusammen, sein Körper war von Kopf bis Fuß angespannt, seine Hände leuchteten und seine Macht war unangenehm heiß. Er war nicht daran gewöhnt, mit solch einer Magie umzugehen, und konnte seine Gedanken nicht wirklich auf den Flur dort draußen außerhalb des Zimmers fokussieren. *Seines* Zimmers. Als Junge hatte er viele Nächte starr vor Furcht in diesem Raum wach gelegen und sich gefragt, ob Ludivine für die nächste Lektion am Morgen geräuschlos in seinem Geist auftauchen würde oder ob sie stattdessen leise den Flur entlanggeschritten käme. Mit dem Frühstückstablett in der Hand und ihren ruhigen schwarzen Augen, in denen irgendein neues Grauen lag, unter dem er sich auflösen sollte.

Er blinzelte den Schweiß aus den Augen. Er verurteilte Ludivine nicht für all das, was sie getan hatte. Er verurteilte keinen von ihnen – außer dem Engel, der sich dort oben seine Wunden leckte, und der monströsen Königin, die er so sehr liebte.

Bei der Erinnerung an sie musste Simon beinahe erneut lachen. Königsfluch wurde sie genannt. Wie hatte er sie einst bewundert. Selbst kurz vor dem Ende, als sich viele hässliche Gerüchte in den Straßen von Âme de la Terre verbreiteten und aus den Theatern die Schmählieder widerhallten, hatte Simon noch daran geglaubt, dass ihre Sonnenkönigin zu ihnen zurückkehren würde.

Aber jetzt bekam er die Erinnerung an den Königsfluch nicht richtig zu fassen. Er konnte sich kaum noch ihren wahren Namen ins Gedächtnis rufen. Als er es erzwingen wollte, zuckte sein Körper vor dem Schmerz zurück.

Ludivine hatte ihm allzu gut beigebracht, nicht an sie zu denken. Und Corien … Corien wollte, dass niemand außer ihm an sie dachte.

Simon schaute zornig auf seine steifen Hände. Sie zitterten, als drückte er gegen eine unsichtbare Tür. Die Bänder leuchteten noch einmal auf, aber dann erloschen sie.

Er vergrub seine Finger in den Haaren und beugte sich über seine Knie, sein enttäuschter Aufschrei blieb ihm in der Kehle stecken. Er presste die Augen zusammen, um des Tumults in seinem Kopf Herr zu werden. Zu viele Bilder, zu viele Stimmen. Zu viele Wunden, zu viele Narben.

Dann rührte sich etwas hinter ihm – ein kleines Geräusch, eine Frage – und er hielt ganz still und war erregt vor Verlangen und fiebrig vor Angst. Als Eliana ihn berührte und ihre weichen Hände sanft auf seinen Arm legte, schluchzte er heftig auf. Er fasste nach ihren Händen und führte sie an seine Lippen. Aber er konnte sie nicht ansehen. Selbst wenn ihnen ein ganzes Leben zur Verfügung stünde, war er nicht sicher, ob er sie jemals wieder mit unbelastetem Gewissen ansehen könnte.

»Ich versuche, mich an etwas zu erinnern«, sagte Eliana nach einer Weile leise, »aber es fällt mir schwer. Ich frage mich, ob du mir helfen kannst.«

Simon schloss die Augen. Am liebsten hätte er für den Rest seines Lebens, der ihm noch blieb, ihr einfach nur beim Reden zugehört. In ihrer Stimme lagen Schatten, aber sie hatte trotzdem ihren vertrauten Klang. Wie sehr er sie vermisst hatte. Wie sehr es ihn gequält hatte, in seinem stillen Zimmer im Palast zu sitzen und das ferne Echo ihrer Schreie zu ignorieren.

»Natürlich helfe ich dir«, sagte er rau.

»Nun, es ist vielleicht eine komische Frage. Aber als wir uns das erste Mal begegnet sind, du und ich, in meinem Zuhause in Orline. Da haben wir gekämpft. Du hast eine Maske getragen.«

Simon tastete nach der Erinnerung. Sie war unvollständig, so wie alle anderen. Blitzlichtartig tauchten Bruchstücke auf, die dann aber wieder von der Dunkelheit verschlungen wurden. Ludivine zurückgezogen in ihrem Raum, Corien eingeschlossen in seinem Palast, jeder bekämpfte den anderen – die Auswirkungen ihres Krieges beeinträchtigten ihn selbst jetzt, wo er sich im Herzen von Ludivines Zuhause versteckte.

»Ich erinnere mich«, sagte er schließlich. »Wir haben gekämpft. Du warst sehr gut.«

»Das war ich«, stimmte Eliana ihm zu, »aber es gibt eine Sache, die ich nicht mehr genau weiß.« Sie hielt kurz inne. »Wie oft habe ich dir ins Gesicht geschlagen? Dreimal? Fünfmal?«

Aus ihm brach ein heiseres Lachen. Es steckte eigenartig in seinem Hals fest und ihm wurde schwindelig.

»Ich habe mit einer Waffe auf dich gezielt«, erinnerte er sich. »Und du warst der Meinung, dass ich unfair gespielt habe.«

»Was auch stimmte«, entgegnete sie leichthin. »Ansonsten hätte ich dich geschlagen.«

»Wohl eher nicht.«

Es entstand eine Pause. Eliana trat näher an ihn heran, ihr Bein berührte seins. »Ich habe versucht, mich noch an andere Dinge zu erinnern.«

Er wusste, was sie gerade machte. Er nahm deutlich wahr, wie ihre Macht ihn als gleichmäßige Hitze erreichte, so als wäre sie wirklich die Sonne, die auf ihn herabschien, um ihn zu wärmen. Sofort spürte er, wie seine Macht sich erhob, um sich ihr entgegenzustrecken. Die Luft um ihn herum begann sich zu klären und mit ihr seine Gedanken.

Er atmete lang und hörbar aus und hob noch einmal seine Arme.

»Welche anderen Dinge?«, fragte er. Aus seinen Fingerspitzen wuchsen zarte Lichter. Sie leuchteten stetig.

»Wie dein Vater hieß. Du hast es mir einmal erzählt.«

»Garver«, antwortete er. Der Name kam ihm hölzern über die Lippen. Das Gesicht seines Vaters sah er nur verschwommen vor sich. »Garver Randell.«

»Er war ein Heiler.«

»Ja.«

»Und ein Gezeichneter, so wie du.«

Simon nickte.

»Erzähl mir davon, Simon«, sagte Eliana sanft.

»Ja«, antwortete er. »Ein Gezeichneter, so wie ich.« Er leckte sich die trockenen Lippen. »Woran willst du dich noch erinnern?«

»An die Namen unserer Freunde, die du in Festival erschossen hast«, sagte sie ohne Vorwurf.

Simon kämpfte dennoch mit den nächsten Worten. »Darby. Oraia. Ester. Dani und ihr Sohn, Evon.«

»Und viele andere.«

»Ja.«

»Und alles im Dienst für mich.«

»Immer, Eliana.« Seine Stimme verfing sich. *Immer.* Ein entsetzliches Wort, eine Lüge.

Er hielt die Luft an und wartete darauf, dass sie weitersprach. Hinter seinen Händen drehte sich ein blendend heller Lichtkreis. Bänder, die darauf warteten, bereist zu werden.

»Ich versuche außerdem, mich daran zu erinnern, wie sich diese erste Nacht, in der wir zusammen waren, anfühlte«, flüsterte sie schließlich.

»Es war perfekt«, antwortete Simon. Er lauschte seiner brüchigen Stimme, so als befände er sich nicht länger in seinem Körper und beobachtete alles aus weiter Ferne, so als befände er sich an einem goldfarbenen und warmen Ort in dem Licht ihrer sich erhebenden Macht. »Du warst perfekt in dieser Nacht. Du warst meine ganze Welt und ich war in dir in Sicherheit. Ausnahmsweise fühlte ich mich damals sicher.«

Eliana legte langsam ihre Arme um seinen Oberkörper, drückte dann ihre Wange zwischen seine Schulterblätter und hielt ihn.

»Ich mich auch«, hauchte sie.

Simon schwelgte einen Moment in der Erinnerung, dann richtete er sich auf und zog seine Hose an. Er hielt das Gefühl ihrer ruhigen Umarmungen wach und schritt damit durch die Bänder und kam auf der anderen Seite des Zimmers mit ihrem

Namen auf den Lippen wieder heraus. Das Licht der Bänder erlosch gleich darauf und es blieb ein schwacher, bitterer Rauchgeruch.

Als Simon sich umdrehte, sah er, wie Eliana ihn beobachtete. Ihr Anblick warf ihn fast um. Lediglich von einem zerknitterten Bettlaken umhüllt waren die Spuren der Gewalt auf ihrer Haut unübersehbar, trotzdem hielt sie ihren Kopf stolz erhoben und schaute ihn unverwandt an. Die Luft um sie herum schimmerte von ihrer Macht. Eine Königin in seinem Bett, die die Welt mit ihrem Licht erweckte.

Es kostete ihn all seine Kraft, sich von ihr abzuwenden und es wieder zu versuchen. Mit jedem Mal gelang es ihm ein wenig leichter und er kam ein wenig weiter, bis er schließlich in einem Atemzug ganz ans Ende von Ludivines Lager und wieder zurück reisen konnte.

Er sank auf den kalten Boden und wurde von Dingen geschüttelt, die er nicht benennen konnte. Er hörte, wie Eliana vom Bett aufstand, sein abgelegtes Hemd überzog und zu ihm kam. Sie kniete sich hin und berührte sein Gesicht. Ihre Finger lagen dort so achtsam, als befürchtete sie, dass er wegfliegen könnte. Dass sie aufwachte und feststellte, dass sich alles als nur ein weiterer Traum herausstellte, der ihr vom Feind geschickt worden war.

Simon starrte auf den Boden. Was vor ihm lag, jagte ihm entsetzliche Angst ein. Bisher hatte er erst zweimal versucht, durch die Zeit zu reisen, und beide Male endeten in einer Katastrophe.

»Als ich jünger war«, sagte er mit belegter Stimme, »brauchte ich diese Art von Hilfe nicht, um Magie zu wirken.«

»Es ist nichts falsch daran, wenn man Hilfe braucht.«

»Stimmt, ist es nicht. Ich hatte nur schlicht vergessen, wie es sich anfühlt, sie zu bekommen.«

Dann registrierte er eine Veränderung, eine Verschiebung in der Schlacht, die am Rande seines Geistes tobte. Er wusste, was das bedeutete, und ihn überkam große Wut. Er zog Eliana ungestüm an sich und sie packte ihn genauso heftig und hielt ihn ganz fest. Er spürte ihren warmen Atem in seinen Haaren, ihr Körper unter seinen Händen war viel zu dünn.

»Wir sind mehr als unser Zorn«, flüsterte sie. Das waren die Worte, die sie in Willow gesagt hatte, wo die Gärten regengetränkt und saftig waren und ihre Hände warm auf seiner vernarbten Brust ruhten. Die Erinnerung schwebte lieblich davon, ein letztes herabtaumelndes Blatt, bevor der Winter einbrach.

»Wir sind mehr als das, was uns angetan wurde«, antwortete er und merkte, wie sie gegen seinen Hals lächelte.

Die Tür öffnete sich. Einer von Ludivines namenlosen Dienern trat ungeniert und geschäftig ein. Eliana riss den Kopf herum und funkelte den Mann über ihre Schulter an.

»Ja?«, blaffte sie und der dabei mitschwingende Zorn ließ Simon vor Liebe vergehen.

»Sie sagt, es ist an der Zeit«, antwortete der Diener und blickte den beiden nacheinander in die Augen. »Er hat uns gefunden.«

41

ELIANA

»Es geht nicht um das Konzept des Bänderknüpfens durch die Zeit an sich, das diejenigen, die diese Praxis anprangern, so fürchten. Ihre Angst begründet sich vielmehr in den möglichen Folgen und der Unvorhersehbarkeit. Ganz gleich, wie erfahren der Reisende ist, ist die Zeit keine Uhr, die sich mal eben stellen lässt. Die Zeit ist endlos, brutal und so unbezähmbar – und wechselhaft – wie das Meer.«

Überlegungen über die Zeit
Von Basara Oboro, berühmte Gelehrte aus Mazabat

Eliana eilte dicht gefolgt von Simon zu Ludivines Lieblingszimmer. Sie trugen beide frische Kleider, die ihnen die Diener gebracht hatten. Elianas Mantel wurde an der Schulter zugeknöpft und reichte ihr bis zu den Knien, der Stoff war weich genug, um ihr ausreichend Bewegungsspielraum zu lassen, und fest genug, um sie etwas zu schützen. Sie hatte einen schweren Waffengürtel voller Dolche umgelegt und spürte schmerzlich den Verlust ihrer eigenen Messer.

Nur einmal schaute sie kurz zu Simon. Gerade noch hatte er sie gehalten und sein Gesicht war ganz offen und verletzlich gewesen. Jetzt war er für den Kampf gerüstet. Ein langer Mantel, wie der von Eliana, und darunter ein Kettenpanzerhemd. Revolver griffbereit an seiner Hüfte, Messer in seinen Stiefeln und sicher verwahrt an seinen Unterarmen.

Als sie das Zimmer betraten, saß Ludivine dort mit Remy, wie sie es mit Eliana getan hatte – in zwei gegenüberstehenden Sesseln in einem Dreieck aus drei flackernden Kerzen.

Ludivine schaute auf, ihre Haut war leichenblass. Eliana erschrak, wie sehr sie sich in diesen wenigen Stunden verändert hatte. Ihr Gesicht wirkte eingesunken und auf ihrer Oberlippe glänzten Schweißperlen.

Aber ihre Stimme war so ruhig wie kühles Wasser. »Läuft alles so, wie es sollte?«

Eliana hätte sie dafür am liebsten wieder geohrfeigt. Diese Kälte in ihrer Stimme, als wüsste sie nicht genau, was passiert war, und fühlte nicht den Aufruhr in ihren Herzen.

»Alles ist so, wie es sein sollte«, antwortete Simon mit einem Blick wie glühender Stahl.

Ludivine zuckte nicht einmal mit der Wimper, aber Eliana hörte ihre Stimme ganz leise und traurig in ihrem Geist. *Es tut mir leid, Kleines. Ich war nicht immer so wie jetzt. Ich wünschte, du hättest mich gekannt, als mein Herz noch unversehrt war.*

Eliana schickte ihr keine Antwort. Kein Mitleid, keine Zuneigung. Sie hatte keinen Platz dafür. Ihr Körper war unruhig und zitterte; und sie musste sich so sehr zusammennehmen, als bekämpfte sie eine ansteigende Flut. Sie hörte leise Schritte an der Tür, und als sie nach hinten schaute, entdeckte sie Navi und Ysabet, Patrik und Hob, Malik und noch einige andere.

Navi griff nach ihr und Eliana nahm dankbar ihre Hand und drehte sich dann wieder zu Ludivine um. Sie schaute nicht direkt auf Remys dunklen Hinterkopf, weil sie sich zu sehr davor fürchtete, was er und Ludivine wohl besprochen hatten.

»Dein Diener sagte, dass Corien uns gefunden hat«, stieß sie mühsam beherrscht hervor. »Was sollen wir jetzt tun? Wo ist er?«

Ludivine stand auf. Sie atmete ruhig ein und aus, dann neigte sie ein wenig ihren Kopf, als lauschte sie einem fernen Geräusch.

Eliana spannte sich an. Die Sekunden dehnten sich und dann hörte sie es: ein grollendes Zittern, ein leiser, hoher Schrei. Schwach, aber deutlich. Die Luft wurde dichter und dann ganz still. Das war der Moment, bevor der Sturm losbrach.

Hinter Eliana bewegten sich die anderen nervös.

Ysabet trat mit in die Hüfte gestemmten Händen nach vorn, ihre Augen waren ganz schmal. »Sie hat irgendetwas gemacht. Spürst du das? Die Steine unter unseren Füßen beben.« Sie ruckte mit dem Kopf. »Was hast du getan, Engel?«

Simon verlagerte sein Gewicht. Eliana schaute zu ihm. Er sah sie wieder nicht an, aber sie spürte, dass es dieses Mal einen anderen Grund für sein Verhalten gab.

Ludivine winkte die beiden Diener neben der Tür herein. Sofort räumten sie das Zimmer leer – die Sessel, den Teppich, die Sockel, auf denen die Kerzen brannten. Ausschließlich die Kerzen blieben und Katells ummanteltes Schwert.

Remy trat leise neben Eliana und nahm ihre andere Hand. Der Schmerz in ihrer Kehle wuchs unbarmherzig an. Wenn sie ihr Vorhaben umsetzten, würde das alles keine Rolle mehr spielen. Weder Vaera Bashta noch Invictus oder der harte neue Glanz in Remys Augen. Er würde als Sohn von Ioseph und Rozen Ferracora geboren werden und ein glückliches Leben in Orline führen, wo er Geschichten schrieb und Kuchen backte. Eine andere Möglichkeit wollte sie sich nicht ausmalen.

»Dieses Zimmer liegt im Herzen eines Labyrinths«, sagte Ludivine ganz ruhig, während ihre Diener geschäftig um sie herumwuselten. »Es gibt unzählige Felsenkammern und Hunderte von Gängen. Manche führen in Räume. Andere nirgendwohin. Das wird uns ein wenig Zeit verschaffen. Die Cruciata sind schlau, aber ihr Blutrausch beeinträchtigt ihren Verstand.«

Navi atmete scharf ein.

Simon stand unbewegt direkt hinter Eliana, nur seine Hände hatte er zu Fäusten geballt.

Eliana tastete vorsichtig nach Ludivines Geist. Und Ludivine zeigte ihr sofort die Wahrheit, ihre schwarzen Augen blickten sie dabei ungerührt und ohne schlechtes Gewissen an.

»Du hast die Cruciata nach unten geholt«, flüsterte Eliana. Ihren Worten folgten schrille, krächzende noch weit entfernte Schreie, als hätten die Kreaturen ihren Namen gehört.

Jemand hinter ihr fluchte unterdrückt. Wahrscheinlich Hob, dachte sie.

»Warum?«, fragte Navi scharf. »Wie?«

Die Vibrationen wurden stärker und das Zimmer dröhnte. Etwas näherte sich ihnen, eine rücksichtslos marschierende Kraft. Die Ungeheuer? Oder Schlimmeres?

Eliana verließ der Mut. Und dann sah sie alles glasklar, und ihr wurde erst ganz heiß und dann ganz kalt.

»Weil die Engel auf dem Weg zu uns sind«, sagte sie, »und die Cruciata uns beschützen werden.«

»Uns beschützen?«, fragte Patrik höhnisch und funkelte Ludivine an. »Sie mögen uns nicht, und dank dir haben wir es bald mit zwei Feinden zu tun.«

Es war so lange her, seit Eliana Patrik gesehen hatte, dass sein blasses, wütendes Gesicht ihr seltsam diffus im Gedächtnis geblieben war wie ein Ölfilm, der konturlos auf Wasser schwamm. Er war vertraut und dann wiederum nicht, er war aus Fleisch und Blut und dann wiederum nur eine Erinnerung. Er schaute Ludivine grimmig an, sein versehrtes Auge war hinter einer ausgefransten schwarzen Klappe verborgen. Und da gab es noch Hob, der groß und skeptisch an seiner Seite stand und dessen dunkelbraune Haut von frischen Narben verunziert wurde. Navi mit vor Tränen glänzenden Augen und ärgerlich zusammengepressten Lippen. Ysabet hinter ihr sah aus, als wollte sie Ludivine am liebsten ihre Zähne in die Kehle schlagen. Malik wartete in der Tür, sein Gesicht ähnelte dem von Navi enorm – eine hübsche gerade Nase, warme dunkle Augen. Und dahinter dicht gedrängt im Flur alle, die Navi über das Meer hierhergebracht hatte. Unzählige Flüchtlinge und Matrosen und abgehärtete Kämpfer, die jetzt hier unten in der Falle saßen.

Als Eliana sie einen nach dem anderen betrachtete, überlief sie ein eisiger Schauer, denn sie verstand allmählich, warum Ludivine so lange gewartet hatte, um sie zusammenzuführen. Sie hatte nach Navis kleiner Armee Ausschau gehalten – eine abkömmliche

Infanterie. *Hilfe naht,* hatte der Prophet ihr gesagt. *Es dauert nicht mehr lange.*

Ludivine lächelte alle Versammelten freundlich an. »Es wird Zeit. Beeilt euch. Sie braucht euch.«

Und dann veränderten sich nacheinander ihre Gesichter. Wie flimmernde Hitze zeigten sich für einen kurzen Moment verschiedene Gefühle. Angst verfestigte sich in Wut. Tränen versiegten und Lippen wurden entschlossen zusammengepresst. Patrik drehte sich als Erster um und zog sein Schwert, drängte sich an den anderen vorbei und eilte den Gang entlang. Hob folgte ihm auf den Fersen, schließlich Malik und Ysabet, die wild knurrte.

Navi schluchzte erstickt auf und zog Eliana fest an sich. Einen Moment später war auch sie verschwunden, sie verließ als Letzte das Zimmer. Eliana stand wie erstarrt da, die Kriegsschreie wurden von dem pochenden Blut in ihren Ohren gedämpft. Nach einem weiteren Atemzug verflüchtigte sich ihre Furcht. Die Geräusche prasselten wieder auf sie ein. Sie rief Navis Namen und wollte ihr hinterherrennen. Aber sie wurde an eine starke Brust gezogen. Sie war zu wütend, um zu schreien, und stieß Simon weg, während ihre Urformen aufflammten. Sie bemerkte gar nicht, dass sie Ludivine zu Boden geworfen hatte und auf sie einschlug, bis Remy und Simon sie zurückrissen.

»In jeder Sekunde, in der du mir geholfen hast, an jedem Tag, an dem du an der Stärkung meiner Macht gearbeitet hast«, fauchte sie, »wusstest du genau, was du tun wolltest. Du hast gesehen, wie Navi und die anderen nach Elysium reisten, und sie nach hier unten geführt. Du wusstest genau, dass du sie skrupellos in den Kampf gegen die Cruciata schicken und sie opfern wolltest. Du wusstest es und hast mir kein Wort gesagt.«

Ludivine setzte sich auf und wischte über ihren Mund. Und noch während Eliana hinsah, hörte die Lippe auf zu bluten. »Natürlich habe ich das nicht.«

»Weil du befürchtet hast, dass ich gegen dich kämpfe.«

»Ich befürchtete gar nichts. Ich wusste, dass du so reagieren würdest, wie du es jetzt tust.«

Als Eliana sich Navis Gesicht vorstellte, schluchzte sie auf. »Ich liebe sie.«

»Und sie lieben dich. Selbst diejenigen, die dir nie begegnet sind. Sie lieben das, was ihnen über dich erzählt wurde. Sie glauben, dass du die Kraft besitzt, sie zu retten. Und wenn sie sterben müssen, um dir diese Chance zu geben, dann müssen sie sterben.« Ludivines Mund umspielte ein leichtes Schmunzeln. »Navi zeichnete für alle, die zuhören wollten, ein unwiderstehliches Bild von dir. Natürlich lieben sie dich. Nach einer Nacht mit Navis Geschichten im Ohr würde jeder an das glauben, was sie über dich erzählt. Dass du eine Königin für die Ewigkeit bist.«

Eliana wand sich aus Simons und Remys Griff. Ihre Füße waren tonnenschwer. »Du bist gerade in ihre Köpfe eingedrungen und hast sie in den Kampf geschickt. Das hättest du mit jedem tun können, du hättest unzählige Leute aus Elysium rekrutieren können. Zweihundert, fünfhundert. Warum *sie*?«

Ludivine stieß ein dünnes Lachen aus. Ihre Lippen waren blutleer und ihre Augen in der leichenblassen Haut absurd dunkel.

»Ich bin mir nicht sicher, ob du begreifst, wie wütend er ist«, entgegnete sie ungerührt, wobei ihre Stimme so schneidend war wie eine polierte Klinge. »Es erfordert ungeheure Kraft von mir, ihn von diesem Zimmer fernzuhalten. Mir bleibt gerade noch genug, um Menschen, die bereits gewillt sind, für dich zu sterben, aufzufordern, genau das zu tun. Ich hätte nicht in ihre Köpfe eindringen und sie zu Marionetten machen können. Dadurch wäre ich zu verwundbar geworden. Simon wäre dadurch zu verwundbar geworden und du ebenfalls. Im Moment kämpft jeder Teil von mir, der noch lebt, gegen ihn.«

Eliana drückte ihre Fäuste gegen die Oberschenkel. Hundert Menschen verloren gegenüber der ganzen Menschheit an Bedeutung. Sie wusste das.

Dennoch klammerte sie sich an ihre Wut. »Du hast ihnen keine Wahl gelassen«, zischte sie.

»Sie haben sich aus freien Stücken entschieden, zu dir zu segeln«, sagte Ludivine. »Sie haben sich entschieden, Zahra durch eine Stadt zu folgen, die sich gerade selbst zerfleischte, obwohl sie jeden Moment dahinscheiden konnte und sie dann alle entdeckt worden wären. Eine Kerbe in Zahras mentaler Rüstung, und ein Kriegsschiff hätte sie gefunden und dort draußen in Stücke gesprengt. Ich habe ihnen lediglich einen Vorschlag gemacht. Ich habe den Geist dieser Menschen, die sich schon darauf vorbereitet hatten, zu sterben, und gewillt waren, zu kämpfen, nur leicht berührt.«

Eliana war vor Trauer so betäubt, dass sie nicht protestierte, als Ludivine ihre Hände nahm. Wie gerne sähe sie jetzt Zahra vor sich statt diesem schwarzäugigen Engel mit der leeren Stelle, an der einst ihr gestohlenes Herz gesessen hatte. Sie gestaltete den Gedanken grausam aus und feuerte ihn Ludivine ins Gesicht.

Das blieb unbeweglich und so glatt wie Porzellan.

»Fünf meiner Diener sind vor zwanzig Minuten gestorben, als sie die Cruciata in mein Zuhause lockten«, sagte Ludivine leise. »Ich habe viele Jahre mit ihnen verbracht. Ich betrauere ihren Tod. Aber weder ich habe gezögert, sie auf ihren letzten Weg zu schicken, noch sie, ihn zu gehen. Als Navi, Ysabet und ihre Mannschaft Vespers hinter sich ließen, wussten sie, dass sie ihrem Untergang entgegensegelten. Sie taten es aus Überzeugung. Sie taten es für *dich*. Sie entschieden sich bereits zu diesem Zeitpunkt, zu kämpfen, und heute erneut. Und wir sollten ihre Entscheidung ehren und tun, was getan werden muss.«

Eliana hielt Ludivines dunklem Blick stand und wandte sich dann der verlassenen Tür zu. Noch vor wenigen Augenblicken hatte dort Navi gestanden, Patrik und Hob. Hinter ihr sprachen Simon und Ludivine miteinander. Eliana ignorierte sie und lauschte stattdessen den entfernten Geräuschen der Schlacht. Ungeheuerliche Schreie, gurgelndes, kehliges Gebrüll.

Klirrende Schwerter.

»Ich höre Schwerter«, sagte sie mit einem bitteren Geschmack im Mund.

»Bevor meine Diener starben, gelang es ihnen, einhundert Cruciata nach hier unten zu locken«, erwiderte Ludivine. »Corien hat fünfhundert Engel vorausgeschickt. Sie werden nur langsam vorankommen, weil sie dem Cruciatablut ausweichen wollen, das unsere Freunde vergossen haben. Das wird uns etwas Luft verschaffen. Aber irgendwann werden sie die Bestien allein durch ihre bloße Anzahl überwältigen. Wie eine Flutwelle werden sie den Weg für ihn ebnen. Und vor Ablauf einer Stunde wird er in diesem Raum stehen. Aber bis dahin wirst du schon längst von hier verschwunden sein.«

Eliana drehte sich um. Simon stand mit dem Rücken zu ihr in der Mitte der Kammer. Er zog Bänder aus der Luft, ein Weber von Licht.

Ludivine legte Remy ihre Hand auf die Schulter. »Remy und ich haben Altceldarisch geübt. Falls Simon etwas zustößt, wird Remy in der Lage sein, mit denjenigen, die ihr trefft, zu sprechen. Die gemeine Sprache war damals anders, und die Celdarier werden euch eher vertrauen, wenn ihr ihre Sprache sprecht. Glücklicherweise besaß Remy bereits einen recht guten Wortschatz. In seiner Zeit bei Jessamyn hat er viel gelernt.« Sie lächelte liebevoll und schob Remy ein paar dunkle Haarsträhnen hinter ein Ohr. »Hätten wir doch bloß mehr Zeit miteinander verbringen können, Remy Ferracora. Du hast einen faszinierenden Geist. Selbst nach Monaten der Finsternis findet man darin noch so viele Träume.«

Eliana konnte die Situation nicht länger ertragen. Sie riss Remy von Ludivine fort und ging mit ihm auf die andere Seite des Zimmers.

Dort im Dunkeln wappnete sie sich. Sie drückte ihre Stirn gegen seine und umfasste seine Wangen. Diese Augen – blutunterlaufen und blau und eingerahmt von dunklen Wimpern – bedeuteten ihr alles.

»Ich würde dir am liebsten sagen, dass du nicht mitkommen kannst«, begann sie, »aber irgendwie habe ich den Eindruck, dass du das nicht akzeptieren würdest.«

Seine Mundwinkel hoben sich zu einem winzigen Lächeln. »Wenn ich hierbleibe, werde ich auf jeden Fall sterben. Wenn ich mit dir gehe, überlebe ich vielleicht.«

Sie biss sich auf die Zunge. Das war nicht der richtige Augenblick, um über die Zeit zu sprechen, darüber, was womöglich geschah und was eventuell verändert wurde.

»Das war's dann wohl«, sagte sie schwach.

Remy legte seine Hände über ihre und drückte sanft ihre Finger. »Du kannst das schaffen, El.«

Es fühlte sich falsch an, ihren Kosenamen in seiner neuen, jugendlichen Stimme zu hören. Von diesem Jungen dort vor ihr, von diesem drahtigen Mörder mit seinen wachsamen Augen. Ungestüm drückte sie ihm einen Kuss auf die Stirn. Wenn sie ihn nicht anschaute, konnte sie so tun, als hätte es die letzten paar Monate nicht gegeben und sie wären in ihrem Zimmer in Orline. Sie stellte sich die Spitzenvorhänge vor, die Steppdecke ihrer Mutter und Remys beruhigende Stimme, die ihr so lange von Heiligen und Engeln und Göttertieren und Königen vorlas, bis sie einschlief.

Vom Gang drangen schreckliche Geräusche zu ihnen, ein Krachen und Reißen von Zähnen und donnernden Schwertern, es war, als würde sich die Erde öffnen. Aus dem Chaos hob sich ein scharfer Aufschrei ab. Er klang nach Navi, dachte Eliana. In ihrem Nacken fühlte sie kalten Angstschweiß.

Ludivine ging an ihnen vorbei zur Tür. Simons wachsende Bänder tauchten die Wände in ein eigenartiges fahles, weißgoldenes Licht, während ein beißender Geruch wie von knisternden Gewitterwolken sich im Raum ausbreitete.

»Wenn du durch die Bänder trittst, wirst du dich in den Palastgärten hinter Baingarde wiederfinden«, sagte Ludivine. In dem stärker werdenden Licht glänzten ihre Haare wie flüssiges Gold.

»Es war ein friedlicher Abend. Audric, Rielle und ich ruhten uns am Ende eines langen Tages unter einem Trauerbaum aus. Ein langer, aber guter Tag. Die Prüfungen waren vorüber. Wir waren noch nicht zu der Vorstellungsrunde durch das Königreich aufgebrochen. Ihr Vater war vor Kurzem gestorben, und der von Audric ebenfalls, und wir waren von Trauer erfüllt und auch von Angst, aber wenn nur wir drei zusammen waren, herrschte in uns auch Friede.«

Sie schaute kurz über ihre Schulter. Das Licht der Bänder ließ ihre Augen golden schimmern. »Simon?«

»Fast fertig«, sagte er gepresst.

Eliana trat an seine Seite. Sie spürte, wie Remy sich zu ihr gesellte, und erhaschte einen Blick auf sein Gesicht, das jetzt vor Staunen ganz weich geworden war. So wirkte er viel vertrauter.

»Gibt es irgendetwas, das ich tun kann?«, fragte Eliana.

Simon schüttelte kurz den Kopf. »Nein.«

»Du machst das wunderbar.«

Er verzog den Mund. Auf seinen Schläfen glänzte Schweiß. »Woher willst du das wissen?«

Sie wusste es tatsächlich nicht. Aber ihm dabei zuzusehen, wie seine langen Finger geschickt das Licht aus der Luft zogen, war so schön wie beim ersten Mal. Seine konzentrierte Stirn, der entschlossene Gesichtsausdruck.

Sie legte ihre Hand auf seinen Arm. Sein Körper entspannte sich, und die wirbelnden Lichtbänder, die an seinen Fingerspitzen zusammenflossen, wurden stabiler und heller.

Trotz der Angst, die sich kalt in ihre Brust bohrte, lächelte Eliana.

»Danke«, flüsterte Simon. Seine Stimme war unter dem stärker werdenden Sirren der Bänder kaum hörbar, und obwohl er seine Hände nicht zurückziehen konnte, spürte sie, dass er sich ein wenig zu ihr neigte. Ihre Beine berührten sich. Remy hakte sich bei ihr unter und drückte seine Wange gegen ihre Schulter. Wieder und wieder murmelte er auf Altceldarisch einen Satz.

Eliana nahm aus den Augenwinkeln wahr, dass eine der Kerzen flackerte.

Dann drang eine Explosion aus dem Gang zu ihnen, ein gigantischer Einbruch von Metall und Stein. An der Tür flog eine abgeschlachtete Cruciata vorbei, die von irgendetwas außerhalb ihres Sichtfeldes dorthin geschleudert worden sein musste. Die glänzenden, schwarz-grünen Federn des Raptors hinterließen auf dem Boden leuchtend blaue Schlieren.

»Er kommt, schneller, als ich dachte«, verkündete Ludivine. Ihre Stimme verriet nichts, aber Eliana vernahm ganz schwach ein Zittern in ihrem Geist.

»Wenn du uns durch die Bänder geschickt hast, komm direkt nach«, sagte Eliana nachdrücklich zu Simon. »Schließe den Lichtkreis hinter dir. Und schau nicht zurück.«

Simon nickte. Ihn durchlief ein leichter Schauer. Seine Bänder – Dutzende, vielleicht sogar Hunderte – bildeten einen festen Ring aus wirbelndem Licht. Aber noch während Eliana sie betrachtete, kamen dunkle Bänder dazu und verschlangen die hellen. Sie knallten wie Peitschen und prasselten tiefschwarz durch die Luft. Der Lichtkreis flackerte, verblasste und strahlte wieder. Dunkle Bänder wanden sich um die hellen. Hinter dem Ring nahmen Formen Gestalt an – große grüne Schatten wie riesige Soldaten, die in Reih und Glied marschierten. Bäume?

Elianas Haut prickelte. *Die Palastgärten hinter Baingarde.*

Sie nahm Katells ummanteltes Schwert und befestigte es an ihrem Waffengurt, dann zog sie es aus der Schwertscheide und begutachtete es. Es war eleganter, als sie gedacht hatte, der goldene Schaft war so gearbeitet, dass er an Sonnenstrahlen erinnerte, die Klinge war auf Hochglanz poliert. Obwohl es so gewaltig aussah, lag es ganz leicht und geschmeidig in der Hand. Sie staunte, wie problemlos es durch die Luft schnitt. Ihre Urformen summten gegen den Schaft, ihr gleißendes Licht küsste das Metall.

Schreckliche Schreie hallten durch die Gänge. Jemand, den sie nicht kannte, flehte um Gnade.

Ein bösartiger Druck strich mit einem schwachen Flüstern über ihren Geist:

Eliana.

Mit klopfendem Herzen schob sie Katells Schwert zurück. Sie durchfuhr ein stechender Schmerz, eine schreckliche Sehnsucht nach ihrem Zimmer zu Hause, nach der lieben, mutigen Zahra und einer tröstlichen Umarmung von Navi. Fest richtete sie ihren Blick auf die Bänder und schluckte gegen den Kloß in ihrem Hals an. Sie rollte mit den Schultern, trat von einem Fuß auf den anderen und lockerte Arme und Hände. Ihre Urformen beleuchteten die Decke.

Simons Arme zitterten, als stemmte er dort neben ihr ein unglaubliches Gewicht. Sie streckte die Hand nach ihm aus, überlegte es sich dann aber anders. Wenn sie doch nur ihre Arme um ihn schlingen und ihr Gesicht noch einmal in die warme Stelle zwischen seinen Schultern vergraben könnte.

Stattdessen schaute sie zu dem wirbelnden Lichtkreis, dessen Funken durchs Zimmer flogen, und bereitete sich darauf vor, loszurennen. Sie spannte ihre Muskeln an, Katells Schwert drückte ungewohnt, aber nicht stark gegen ihr Bein. Remy hielt einen Dolch in der rechten Hand. An seiner Hüfte glänzte ein zweiter. Sein durch die Zeit in Elysium ausgezehrtes Gesicht schien wie aus Stein gemeißelt. Es hätte auf einem der Tempel in Orline zu Ehren der alten, gnadenlosen Heiligen thronen können.

Coriens Ankunft spürte Eliana wie den Einbruch der Nacht auf ihrer Haut. Die Luft pulsierte und war plötzlich so dick und schwer, dass sie keuchend Atem holen musste. Ein Wutschrei hallte von den Wänden wider. Metall traf auf Metall. Hatte Corien auch ein Schwert? Wie es wohl aussah, wenn zwei Engel sowohl mit dem Schwert als auch mit dem Geist gegeneinander kämpfen?

Sie hielt ihren Blick auf die Bänder gerichtet. Als sie allerdings merkte, dass Remy sich langsam umdrehte, packte sie ihn und riss ihn herum.

»Schau ihn nicht an«, murmelte sie. »Schau zu Simon. Schau zum Licht.«

Sie spürte, wie Corien an den Rändern ihrer Gedanken entlangtastete und sie suchte. Ihre Ruhe war mit einem Mal dahin.

Eliana. Sein Flüstern rollte auf sie zu wie ein Steinschlag. Ein Ansturm von Wut. *Eliana.*

»Geht.«

Simons heisere Stimme knallte wie ein Schuss. Eliana beäugte die wirbelnden Bänder, als würden diese um eine kalte, abgrundtiefe Schlucht liegen. Eine Welle aus Angst erfasste sie und stach mit spitzen Nadeln auf sie ein.

Sie widerstand dem Drang, Simon zu berühren, und rückte stattdessen so nah zu ihm, wie sie sich traute.

»Jetzt?«, flüsterte sie.

Ihm standen glitzernde Tränen in den Augen. Sein Mund war verzerrt. »Jetzt. *Geht*, Eliana.«

Hinter ihnen ertönte ein lauter Schrei. Irgendein aufflammender Instinkt zwang Eliana dazu, sich umzudrehen. Coriens weißes Hemd, das nur noch in Fetzen an ihm hing, glänzte feucht vor rotem und blauem Blut. Schwarze Adern zeichneten sich wie eine Landkarte auf seiner schneeweißen Haut ab. Er holte pfeifend Luft und schwankte bei jedem seiner Schritte, aber sosehr das Cruciatablut ihn auch beeinträchtigte und welche Schmerzen die Kupferbrandklinge ihm auch bereiten mochte, er kämpfte dagegen an. Ein schwächerer Engel wäre in diesem Zustand womöglich sofort gestorben.

Corien jedoch fletschte die Zähne und riss sein Schwert nach oben. Ludivine stolperte. Eine Hand flog an ihre Schläfe. Mit einem Wutschrei ließ Corien das Schwert niedersausen. Die Klinge schnitt glatt durch Ludivines Hals. Blut spritzte wie roter Regen. Ihr Kopf fiel auf den Boden und rollte davon. Ihr Körper sackte zusammen und ihr Schwert schlug klirrend auf die Steine.

In Elianas Schädel machte sich Panik breit. Sie wirbelte zu den

Bändern herum, packte Remy an der Hand und zog ihn mit sich durch den Ring aus Licht.

Ein Schuss zerriss die Luft.

Simon schrie auf.

Eliana schaute zurück und wollte nach ihm greifen, aber irgendetwas riss ihn von ihr fort. Kurz sah sie sein schmerzverzerrtes Gesicht, dann war er verschwunden. Seine Bänder bewegten sich heftig, änderten ihre Richtung und richteten sich dann wieder aus, fast so als wäre eine Wolke über sie hinweggezogen, um der Sonne wieder Platz zu machen. Die dunkleren Bänder, die zischenden Ranken der Zeit, zerrissen und bildeten sich neu. Sie griffen nach Eliana und Remy und schleuderten sie vorwärts. Ihr Geist schrie vor Angst. Irgendetwas umklammerte ihre Kehle und stahl ihre Stimme.

Dann trat sie auf festen Boden. Die Bänder hinter ihr schlossen sich und versengten ihre Fersen.

Sie holte Luft und hoffte verzweifelt auf eine ruhige, kühle und grüne Umgebung. *Die Palastgärten hinter Baingarde. Es war ein friedlicher Abend.*

Aber da zischte ein Feuerball über ihren Kopf. Keuchend duckte sie sich und zog Remy mit sich in Deckung. Sie knallten auf die Erde. Füße und Hände versanken im Schlamm. Ein penetranter Geruch von Blut und Rauch umfing sie. Ihr wurde schwindelig. Irgendetwas walzte an ihnen vorbei, eine große Bestie mit geflecktem, pelzigem Kopf und einem langen, schlangenartigen Schwanz. Bei jedem ihrer donnernden Schritte bebte die Erde. Als Eliana beobachtete, wie die Kreatur an ihr vorbeiraste, bemerkte sie ein Glitzern um deren Knöchel. Flache Metallbänder, die sich in die geschwollene Haut eingruben und in einem vertrauten Glanz leuchteten.

Eliana wurde von Grauen erfasst. Diese Kreatur war keine Cruciata, zumindest glich sie keiner der Bestien, die sie gesehen hatte, aber eine gewisse Ähnlichkeit gab es dennoch und sie trug *Urformen.* Auf ihrem Rücken saß ein Kind mit trüben Augen, dessen Handgelenken Feuer entsprang. Eliana gefror das Blut. Ein Elementarkind, das wie die Adatrox kontrolliert wurde.

Sie drückte sich nach oben. Remy kam auch auf die Füße. Die Welt war ein Durcheinander aus Sonnenlicht und Feuer, und Finsternis, die sich bewegte und heulte. Irgendetwas ganz in der Nähe brannte. Sie rannten, erstickten fast am Rauch und entdeckten einen Felsvorsprung, hinter dem sie sich verstecken konnten. Sie zwängten sich in eine vor Morast und Blut rutschige Felsspalte. Neben ihnen lag ein Mann in Rüstung mit glasigen, weit geöffneten Augen und einem abgerissenen Bein.

Eliana verbarg ihre leuchtenden Urformen und drückte sie gegen die Brust, dann starrte sie über den Felsen auf das vor ihnen liegende Chaos.

Es war ein dermaßen riesiges Schlachtfeld, dass man fast den Eindruck gewinnen konnte, als umfasste es die ganze Welt. Soldaten in Rüstungen schwangen ihre Schwerter und warfen ihre Speere. Ein reiterloses Pferd galoppierte mit schleifenden Zügeln vorbei. Eliana zuckte zusammen, als ein Schattenfalke kreischend über sie hinwegflog. Mit ausgestreckten Krallen stürzte er sich auf einen bewaffneten Soldaten und dehnte sich dann aus. Geschwind wickelte sich die Dunkelheit um den Mann, nahm ihm die Luft und warf ihn zu Boden.

Die Nacht war hereingebrochen, aber dennoch wurde die Schlacht von unregelmäßigen Lichtblitzen und Lichtstrahlen erhellt. Eliana sah, wie eine blasse Frau mit kurz geschnittenen dunklen Haaren einen schwarzen Stab mit einer leuchtend blauen Kugel schwang. Die Kugel zog Schatten vom Boden, und schon bald sprang ein Rudel dunkler Wölfe mit offenen Mäulern in die Schlacht. Ein Mann schlug mit einem glühenden Schild auf den Boden, sodass die Erde aufbrach. Fünf Soldaten stolperten unbeholfen in den Spalt; als sie stürzten, sah Eliana ihre Augen – grau, trüb und emotionslos.

Ihr gefror das Blut in den Adern. Adatrox.

»Schau nur.« Remy, der neben ihr kauerte, zeigte nach links, wo sich in einiger Entfernung die Silhouette einer gewaltigen Bergkette abzeichnete. Über den Ausläufern blinkten Tausende winziger Lichter. Entlang einer riesigen Steinmauer brannten Feuer. Dort in den Bergen war eine Stadt erbaut, die sich bis zum Gipfel hinzog, und ganz oben stand ein hellgraues Schloss mit Türmen, die sich dem Himmel entgegenstreckten.

»Baingarde«, flüsterte Remy. In seiner Stimme schwang dasselbe ehrfürchtige Staunen mit, das ihn dazu bewegte, Nacht für Nacht und Jahr für Jahr über die Alte Welt zu lesen.

In der Nähe gab es eine Explosion. Ein Feuer entstand und wuchs. Ein Soldat flog – *flog* – auf Lanzen aus weißem Licht, deren Spitzen in Schatten getaucht waren, dem Inferno davon.

Einen Moment lang starrte Eliana dem Wesen einfach nur hinterher. Sie hatte einen dunklen Teil ihres Lebens im Palast eines Engels verbracht, aber einen Engel mit Flügeln hatte sie noch nie gesehen.

Remy zupfte an ihrem Ärmel und zog sie nach unten. Sie kauerten sich hinter dem Felsen aneinander. Elianas Urformen bebten in ihren Handflächen. Ihr Gesicht war in den Schmutz gepresst, dennoch schmeckte sie Magie auf ihrer Zunge. Die Luft quoll über davon, diese Kraft bitzelte kalt und metallisch in ihrem Mund, als hätte sie einen Blitz geküsst. Ihr Sichtfeld war glasklar. Ihr Blut rauschte jubilierend. In ihrem Geist schwebten Worte auf Strömen aus Gold.

Rielle lebte. Das Empirium war noch nicht zerbrochen. Eliana grub ihre Finger in den Morast und widerstand dem Sog der magiegeschwängerten Luft. War es möglich, ohne Flügel zu fliegen?

»Das ist nicht die Nacht, von der Ludivine gesprochen hat«, sagte sie.

»Nein«, stimmte Remy ihr zu. In dem unstet explodierenden Licht glänzten seine Augen wie Juwelen. »Es ist Frühling, das letzte Jahr des Zweiten Zeitalters. Es ist die Schlacht von Âme de la Terre. Die Schlacht, die der Welt ein Ende bereitet hat.«

42

AUDRIC

»Wir werden zu dir reiten, so schnell wir können, aber, Audric – es liegen viele Meilen zwischen Styrdalleen und Âme de la Terre, und meine Leute sind geschwächt von einem harten Winter voller Schneestürme, ständiger Erdbeben und Lawinen sowie anhaltender Angriffe auf unsere Dörfer. Tausende sind umgekommen. Die Hauptstadt quillt über von Bürgern, die ihr Zuhause, ihre Kinder oder ihre Eltern verloren haben. Und allmählich geht uns das Essen aus. Mein Bruder hat mir geschrieben, dass er mit Hilfe im Anmarsch ist, doch er muss erst noch eintreffen, und ich habe Angst, dass er nie ankommt. Du bist unsere größte Hoffnung. Nur mit dir können wir das überleben, Audric. Bleib standhaft dem Feind gegenüber und behalte den nordöstlichen Horizont im Blick.«

Verschlüsselter Brief von Ingrid Lysleva, Kommandantin der Armee von Borsvall, an König Audric Courverie von Celdaria, datiert vom 19. April im Jahr 1000 des Zweiten Zeitalters

Er konnte sie nicht finden.

Audric hatte sich ausgemalt, dass es augenblicklich geschehen würde, dass binnen Minuten irgendein unerklärlicher Machtausbruch erfolgen werde. Der Rest des Schlachtfeldes würde im Vergleich zu ihr erblassen. Sie würde im Herzen des Geschehens stehen, die Arme weit ausgestreckt, und die Macht würde wie Blitze aus ihren Fingern jagen.

Audric würde auf sie zustürzen und ihr ein derart blendendes Sonnenlicht entgegenschleudern, dass selbst sie ins Wanken geriete. Er würde von Atherias Rücken springen, noch ehe das Göttertier auf der Erde angelangt war, und Illumenor zum Schlag erheben. Vielleicht würde er Rielles Namen sagen. Vielleicht würde sie ihm aber nicht einmal das zugestehen.

Doch er konnte sie nicht finden.

Und sie waren am Verlieren.

Er verfolgte die Schlacht unter ihm, als hätte sie ihn im Schlaf überfallen, ein grässlicher Fiebertraum, der unentwegt vor seinen fassungslosen Augen ablief. Engel fielen in Scharen – von lodernden Urformen durchbohrt, von wirbelnden Schilden, die deren Elementherrscher brutal einsetzten, in zwei Hälften zerteilt –, doch Sekunden später waren sie wieder ganz. Ihre Körperhälften krochen einfach zueinander und setzten sich von selbst wieder zusammen. Und schon griffen sie nach ihren verlorenen Waffen und stürmten zurück in die Schlacht.

Manche ließen ihre Körper zurück, sodass sie zertreten und vergessen wurden, und kämpften stattdessen unsichtbar. Celdarische Soldaten fielen schweigend. Keine Wunden, kein Blut. Nichts als verzerrte, bleiche Gesichter und im Schrei erstarrte Münder. Eine Windflüsterin hieb ihre Peitsche durch die Luft und holte heftige Windstöße herbei, die einen Engel nach dem anderen zu Boden warfen. Kurz darauf erlosch das Licht ihrer Urform. Ihr Körper zuckte, ihr Gesicht verzog sich grauenvoll, und sie fiel vom Pferd und war verschwunden, zertrampelt unter einem Meer von Hufen und Klauen.

Audrics Hand bebte um Illumenor. Das aus der Klinge strömende Sonnenlicht wurde langsam matter, und gleich jenseits der Reichweite seines Lichts drängten sich Engel. Sie zischten auf Lissar, befahlen ihm brüllend, sein Schwert fallen zu lassen, und droschen mit ihren Klingen gegen Illumenors leuchtendes Strahlen, bis ihm von dem Gerassel die Ohren gellten.

Er konnte sein Licht nicht sinken lassen. Sie würden ihn binnen Sekunden überrennen.

Was sollte er tun für die Dutzende, *Hunderte* von Soldaten, die um ihn herum niedergemetzelt wurden? Hektisch suchte er nach wenigstens einem kleinen Triumph. Das flackernde Blau-Weiß von Sloanes Urform, die wirbelnden Funken von Metallmeisterhämmern, die ihre Ziele trafen.

Es reichte nicht.

Eine dunkle Flut von Bestien rollte erbarmungslos gegen die Stadtmauern, darunter Scheußlichkeiten, denen man offenbar Urformen unter die Haut gepflanzt hatte und deren dröhnendes Gebrüll lauter war als Steinlawinen. Auf ihnen ritten grauäugige Kinder mit Feuer speienden Handgelenken, Kinder, aus denen Schatten flogen wie Pfeile. Ein Schwarm grässlicher Untiere flog mit nackten Flügeln über den See und hielt auf die Mauer zu. Sie rissen Bogenschützen von ihren Posten, warfen sich gegenseitig die Leichen zu und zerfleischten sie im Flug, bis nur noch Fetzen übrig blieben.

Audric legte sich flach auf Atherias Rücken und schloss die Augen. Plötzlich stürzte sich das Göttertier dem Schlachtfeld entgegen. Engel verfolgten es auf beiden Seiten mit blitzenden Schwingen. Ihre Kriegsrufe waren Wolfsgeheul.

Ehe sie am Boden auftrafen, zog Atheria steil in die Höhe, schlug einen Haken und raste über das Schlachtfeld wie ein schlankes Schiff durch dunkles Wasser. Illumenor brannte einen flackernden Pfad durch die Reihen der Engel und zerstreute sie. Audric schluckte beißende Luft. Der an ihm vorbeiströmende Wind war messerscharf und schwarz von Rauch. Er spähte über seine Schulter, sah die Zerstörung, die sie auf ihrem lodernden Weg hinterlassen hatten, und verspürte einen kleinen Hoffnungsschimmer.

Auf einmal prallte eine gewaltige Masse gegen Atheria und stieß sie brutal aus der Luft. Audric fiel von ihrem Rücken, verlor Illumenor und geriet ins Trudeln. Hände griffen nach ihm. Jemand rammte neben seiner Schulter einen Speer in den Boden. Er fuhr herum, wich einem zweiten Speer aus und suchte auf allen vieren im Schlamm nach seinem Schwert. Etwas kreischte, ein schrecklicher, kehliger Schrei. Audrics Hand traf auf Metall, und ein vertrauter Machtstrang schoss in seine Handfläche.

Er griff nach Illumenor und wirbelte zu seinem Angreifer herum – einem riesigen Engel in goldener Rüstung, der abermals mit seinem Speer nach ihm stach. Audric wich ihm aus, während Illumenor strahlendes Licht versprühte. Der Engel ließ seine Waffe fallen, schritt zurück und hielt sich schützend die Hand vor die Augen. Ihre Klingen krachten gegeneinander. Andere Engel stürmten mit erhobenen Schwertern herbei. Audric spürte, wie ihre Geister nach seinem ausgriffen, wie sich Finger in die Ränder seiner Gedanken krallten, doch etwas schirmte ihn ab – eine vertraute, geschmeidige Barriere.

Ludivine. Hoffentlich war sie es. Ihm wurde schlecht vor Grauen, als er sich vorstellte, dass ihn jemand anders am Leben erhielt und ihn mit einer Absicht durch diese Schlacht manövrierte, die sich seinem Verstand entzog.

Erneut fuhr er herum, um die Schwerter der Engel abzuwehren, wobei Illumenor bei jedem Schlag von Metall auf Metall heller erstrahlte. Er wich Schwerthieben aus, traf einen Engel in den Unterleib und zog einem anderen einen Streifen weißes Licht über die gepanzerte Brust. Inmitten des ganzen Gemetzels hielt er Ausschau nach Ludivine, doch sie hielt sich verborgen. Verfolgte sie den Ablauf der Schlacht von einer geschützten Berghöhle aus? Hatte sie sie wirklich alle dem Tod anheimgegeben?

Ein wütender Schrei lenkte ihn ab. Atheria war mit einer der Bestien in einen Zweikampf verstrickt. Sie bäumte sich auf, legte die Ohren an und wehrte sich mit den Flügeln. Blutige Wunden klafften an ihrem Bauch. Sie schlug heftig mit den Vorderbeinen aus und drosch mit den Hufen auf das Untier ein.

Etwas Hartes und Kaltes prallte gegen Audrics Hinterkopf. Er stürzte und ihm wurde schwarz vor Augen. Als er aufzustehen versuchte, wurde er unversehens wieder zu Boden gestoßen. Ein gepanzerter Stiefel auf seiner Brust presste ihn in den Schlamm. Er sah auf, blinzelte angestrengt und erblickte einen Engel mit strahlend weißen Flügeln.

Eine Klinge berührte seine Kehle. Seine Haut gab darunter nach, ein nadelspitzer kleiner Schmerz.

Auf einmal lag ringsum ein Summen in der Luft. Satt und warm, als stimmten sich Sänger ein zu einem Lied.

Der Druck auf Audrics Brust ließ nach. Er erhob sich mit dem lodernden Illumenor und schnitt den Oberkörper des Engels entzwei. Der Körper fiel in zwei dampfenden Hälften zu Boden und stand nicht wieder auf. Welcher Engel auch immer darin gelebt hatte, er war geflohen, und Audric erkannte sofort, warum.

Auf der anderen Seite des Tieflands fielen große, geflügelte Wesen vom Himmel. Das wirbelnde Licht von Magie aus Urformen beleuchtete sie, als sie sich in die Schlacht stürzten. Sie glitten rasch durch das Kampfgetümmel und rangen zahlreiche Engel zu Boden.

Audric betrachtete staunend ihre gewaltigen bepelzten Leiber, ihre riesigen gekrümmten Schwingen, die beim Fliegen wie Trommeln dröhnten.

Es waren Drachen. Drachen, wie man sie seit Urzeiten nicht mehr gesehen hatte. Dutzende von ihnen, manche spindeldürr und so groß wie Pferde, andere breit und muskelbepackt und so gewaltig wie Kriegsschiffe. Gestalten in Umhängen, die wie dunkle Flügel hinter ihnen herflatterten, ritten mit Stöcken und Schwertern bewaffnet die Drachen.

Eine Passage aus einem seiner Lieblingsmärchen blitzte in Audrics Erinnerung auf. *Zu Beginn des Zweiten Zeitalters, nachdem die Engel bereits in die Verdammnis verbannt worden waren, begannen die Heiligen, neue Städte auf der vom Krieg versehrten Erde zu gründen, und in den ersten Friedensjahren flohen die Göttertiere aus den Städten der Menschen. Wohin sie gegangen sind, ist nicht bekannt, aber manche glauben, die Eisdrachen, die tierischen Kampfgenossen von Sankt Grimvald, hätten sich in den hohen Norden zurückgezogen. In diese frostigen Gefilde ließen sie sich nur von ihren erwählten Gefährten, den Kammerat oder Drachensprechern, begleiten. Andere, die es gewagt haben, nach ihnen zu suchen, kamen dabei um, und ihre Leichen wurden in der Nacht nach Hause zurückgebracht, gehüllt in den schlichten dunklen Stoff, den die Kammerat bevorzugen.*

Ehrfürchtig verfolgte Audric, wie die Kammerat glänzende Knochenhörner an die Lippen hoben. Sie ritten so mühelos auf den Drachen, als wären sie auf ihnen geboren. Sie waren es, die die Luft mit Liedern erfüllten, während die perlenden Töne ihrer Hörner durch die Nacht klangen.

Die Bestien, die die Bogenschützen auf der Mauer drangsalierten, ließen ihre Beute fallen und jagten zurück über den See, um die Neuankömmlinge zu begrüßen, wobei ihre schrillen Schreie durch die Luft gellten. Zwei geflügelte Bataillone rasten durch einen Himmel aus Rauch und Funken aufeinander zu. Einen kurzen Moment lang setzte der gegenseitige Anblick beide Armeen außer Gefecht. Engel wie Menschen suchten furchtsam Deckung.

Schließlich ertönte von dem Pass zwischen Mount Taléa und Mount Sorenne ein Donnern. Als Audric durch den Qualm blinzelte, überlief ihn ein Frösteln, und das pochende Herz hüpfte ihm in den Hals.

Denn dort, auf dem Pass, wo sich die Erde gefügig anpasste, um einen sicheren Durchgang zu gewährleisten, erschien ein wogendes Meer blitzender Klingen. Riesige, silbern gefleckte Schlachtrösser mit fließenden weißen Schweifen und flatternden Fahnen in den Farben von Sankt Grimvald und dem Haus Lysleva – feuriges Orange neben Tiefblau und einem Lavendelton, so sanft wie ein Sonnenuntergang –, zogen vereint hinab.

Die borsvallische Armee, dreitausend Köpfe stark, stob aus den Bergen herunter. Ihre frischen Urformen blitzten; aus ihren Hörnern drangen schrille Kampfrufe.

Freudenschreie ertönten über das gesamte Tiefland. Celdarier und Mazabater stießen ihre Schwerter in die Luft.

Die Erleichterung floss sengend durch Audrics Körper und ließ ihn schwindeln. Er hatte sich die Hoffnung auf das Eintreffen dieser mächtigen Unterstützung verboten, doch nun entzündete der Anblick, wie sie donnernd in die Schlacht ritten, ein neues Feuer in seinem Herzen.

Als er ein Geräusch hinter sich wahrnahm, fuhr er herum und hieb mit drei raschen Streichen ebenso viele Engel entzwei. Seine Arme loderten vor Macht. Die Engel fielen zu Boden, und ihre zerstörten Körper prasselten wie Holzfeuer.

Audric pfiff nach Atheria. Sie kam auf der Stelle zu ihm, die Nüstern gebläht, das Fell blutbefleckt. Er zögerte beim Anblick ihrer Wunden, doch sie fauchte ihn ungeduldig an; ihre Flügel zitterten, begierig, loszufliegen. Er schwang sich auf das Göttertier, und schon waren sie in der Luft und sausten der borsvallischen Armee in den Vorbergen entgegen. Illumenor schenkte ihnen Licht, und Audric wusste, dass seine Leute ihn auf dem Weg zwischen dem Tiefland und der Stadt beobachteten. Sie konnten sehen, wie Illumenors Strahlen sich auf die Berge zubewegte, wie die Krieger aus Borsvall zu ihrer Hilfe ritten, und sie würden neuen Mut fassen und es wagen, an morgen zu denken.

Atheria flog tiefer und brachte Audric auf gleiche Höhe mit der Anführerin der Truppen aus Borsvall – einer Reiterin auf einem weißen Schlachtross, furchtlos und schnell. Zwei Fahnenträger folgten ihr mit den Farben ihres Hauses. Es war Ingrid Lysleva, die Kommandantin der borsvallischen Armee und in Abwesenheit ihres Bruders auch Regentin. Soweit Audric wusste, hatte sie den Thron nicht angenommen, trotz des Drängens ihrer Magister und Berater.

Ingrid blickte auf, als Atheria auf einmal an ihrer Seite flog, und passte das Tempo ihres Pferdes an. Sie trug einen mit Hörnern geschmückten silbernen Helm, und als sie Audric ansah, tat sie dies mit einem grimmigen, kämpferischen Grinsen.

Hinter ihr stieß ein Drache vom Himmel herab, um neben ihnen herzufliegen. Ein kleinerer, weiblicher Drache, mager, aber angriffslustig, mit schnappenden Zähnen, listigen goldenen Augen und einem fleckigen weißen Fell. Ihr Reiter duckte sich flach auf ihren Hals. Er war ein Mann mit hellem Teint und dunklen Augen, dessen Gesicht Audric nichts sagte. Er trug einen langen, weiten Mantel und darüber einen Umhang, beides aus schlichtem dunklen Stoff. Also einer von den Kammerat, dachte Audric. Hinter ihm, die Arme um seine Taille geschlungen, saß ein zweiter Mann, ähnlich gekleidet, mit einem Bart, blonden Haaren und dünner, als ihn Audric in Erinnerung hatte.

Ihre Blicke begegneten sich in dem aufgewühlten Raum zwischen ihnen. Ilmaire hob eine Hand zum Gruß, und Audrics Mut stieg beim Anblick seines Freundes. Er hatte nie an die Gerüchte geglaubt, wonach Ilmaire tot sei. Ihn jetzt lebend und gesund zu sehen, wie er neben seiner Schwester auf einer Drachin ritt, alle drei auf dem Weg in die Schlacht, flößte Audrics müden Gliedern neue Kraft ein. Illumenor erwachte knisternd zu glühendem Leben.

Hunderte von Engeln hatten sich umgewandt, um sich der anstürmenden Armee aus Borsvall entgegenzustellen, ihre Lanzen im Anschlag. Schwarze Pfeile regneten vom Himmel. Audric hörte hinter sich Pferde brüllen und einen Soldaten nach dem anderen fallen. Doch sie drängten immer noch vorwärts. Ingrids schrille Kriegsrufe gellten durch die Luft, und kurz bevor sie auf die Reihen der Engel trafen, griff Audric mit seiner Macht aus. Er sammelte jeden Fleck des Sonnenlichts ein, das die übers ganze Schlachtfeld verteilten Sonnenbändiger mit ihren Urformen hatten aufbringen können, und rammte alles in einem einzigen Schwall gegen den Feind.

Licht explodierte über dem Tiefland und ließ die Hälfte der Engel auf die Knie sinken. Der Rest taumelte umher und schoss ziellos in die Luft. Die borsvallische Armee brach durch die feindlichen Reihen wie ein Feuer durch einen Wald. Das Kampfgetöse verschluckte Audric komplett. Er erhaschte Blicke auf blitzende Klingen und das Weiß gebrochener Knochen. Das fleckige Grau der Haut einer Bestie, den pelzigen schlauen Schädel eines Drachen. Brustplatten von Engeln, geschmückt mit dem stolzen Flügel-Emblem.

Audric lenkte Atheria durch das Schlachtgewühl. Er streute sein Licht nach beiden Seiten, warf Engel von ihren Reittieren und verjagte gierige Bestien von ihrer sicher geglaubten Beute. Hinter ihm drängte die Armee aus Borsvall heran und folgte dem von ihm lodernd gezeichneten Pfad.

Dann verdichtete sich die Luft, und Audrics Haut begann zu kribbeln. Eine Stimme wehte ihm entgegen, wie vom Wind getragen, doch er wusste augenblicklich, dass sie außer ihm niemand hören konnte.

Audric, flüsterte sie.

Schwitzend und außer Atem vom Einsatz seiner Macht, erschauerte Audric auf Atherias Rücken, denn es war *ihre* Stimme, die ihn da rief, und in ihr bebte etwas, das er nicht benennen konnte.

In seinem Augenwinkel blitzte es golden. Er fuhr herum, zerrte Atheria vom Schlachtfeld und ließ den Blick übers Tiefland schweifen, am See und der hoch aufragenden Mauer vorbei, dann über die Stadt und auf Baingarde.

Von den Dächern der Schlossanlage ging ein so strahlendes, in seiner Reinheit so blendendes Licht aus, dass selbst Illumenor daneben verblasste. Das Licht schoss wie ein Vulkan in den Nachthimmel und nahm dann Gestalt an – zwei gewaltige Flügel im Flug, kühn und vertraut. Dasselbe Symbol, das auf jedem Brustpanzer der Engel eingraviert war, schwebte nun in der Luft über Baingarde, so massig wie Gewitterwolken. Eine Erklärung: *Hier bin ich.*

Audrics Verstand riet ihm, den Köder nicht zu schlucken. Doch ein grimmiger, klarer Zorn schoss durch ihn und erschütterte seine Knochen wie Blitzschläge. Ein Zorn, der keine warnende Stimme hören wollte.

»Los!«, brüllte er, lehnte sich schwer in Richtung Stadt, und Atheria gehorchte. Engel rasten mit lodernden Flügeln hinter ihm her, doch er bemerkte sie kaum und schlug sie mit seinem strahlenden Schwert mühelos aus der Luft. Ludivine, wo auch immer sie war, half ihm nach wie vor, oder es war Corien, der ihn passieren ließ und zum Spaß mit ihm spielte. Der Grund kümmerte

Audric nicht. Die mentalen Attacken der Engel prallten von ihm ab, nutzlos wie winzige Steinchen, die gegen einen Berg geworfen werden. Seine Macht toste heiß durch seinen Körper und überstrahlte sein Sichtfeld. Illumenor bewegte sich ohne sein Kommando. Er dachte nur an Baingarde und die leuchtenden Schwingen darüber. Und an die Frau, die in ihnen stand.

Atheria sauste über den See und wich dabei geflügelten Bestien aus. Schon bald hatten sie die Stadtmauer erreicht. Die Brüstungen brannten und die Elementherrscher darauf führten einen verzweifelten Kampf. Untiere entstiegen dem See und erklommen das Gemäuer. Die Elementarkinder der Engelsarmee hatten Brücken erschaffen, es würde für die Angreifer ein Leichtes sein, den See zu überqueren. Grauäugige Soldaten rasten mit riesigen schwarzen Leitern darüber, während zischende Bestien ihren Weg bewachten. Hunderte weitere hatten die hohe Mauer bereits erreicht und begannen nun mit einem riesigen Balken aus Stahl und Holz auf die Verschanzung einzuschlagen. Jeder Stoß dröhnte wie Donnerhall.

Audric blickte nach hinten, versucht, umzukehren und mit Illumenor jeden Engelssoldaten auf den neuen Brücken zu blenden, um seinen eigenen Leuten Zeit zu geben, sie zu zerstören. Doch das Licht über Baingarde zog ihn unerbittlich in seinen Bann, und so wandte er sich mit Zorn im Herzen abermals der Mauer zu.

Gerade als Atheria an der Mauer anlangte, flog ein Schwarm schwarzer Vögel auf Audric zu, mit winzigen, nadelspitzen Krallen und hackenden Schnäbeln. Ihre Schreie waren heiser und befremdlich, eher wie Hundegebell als wie Vogellaute. Atheria trudelte und versuchte, ihren Kopf und ihre Flügel von ihnen zu befreien, doch sie schienen an ihr festzukleben wie Harz.

Audric studierte den Boden hinter der Mauer. Er kannte diese Vögel. Sie wollten ihn nicht angreifen, sondern sollten ihn von der Stadt fernhalten. Als er das blaue Leuchten von Sloanes Zepter gefunden hatte, zischte er wütend ihren Namen. Atheria stieß rasch hinab und die aus Schatten erschaffenen Vögel lösten sich von ihr. Als sie unten anlangte, war sie frei. An den Toren auf der Innenseite der Mauer versuchten Soldaten hastig weitere Barrikaden zu errichten. Elementherrscher auf der Erde zielten mit ihren Urformen auf jedes Untier, das die Mauer zu überwinden drohte, während die über Baingarde schwebenden Riesenflügel alles in hundert verschiedene Goldtöne tauchten.

Sloane eilte herüber, das bleiche Gesicht blutverschmiert, die Augen so leuchtend blau wie ihre Urform.

»Was treibst du denn da?«, brüllte sie wütend.

Audric stieg ab. Atheria warf den Kopf hin und her und stampfte auf die verblassenden Reste von Sloanes Vögeln.

»Ich mache genau das, was wir abgesprochen haben«, erklärte er ihr in ebenso ärgerlichem Ton. »Rielle suchen. Möglichst ihren Beistand gewinnen. Sie aufhalten, falls nötig.« Er schwenkte eine Hand zum Schloss hin und zu den Flügeln, die darüber glänzten. »Da ist sie. Also gehe ich zu ihr.«

»Du wirst sie nicht allein besiegen, Audric. Wenn du sie wenigstens auf dem Schlachtfeld getroffen hättest, dann hättest du mit ihr reden können, wir anderen hätten dir Rückendeckung gegeben.« Sloane packte ihn am Arm. Ihre Miene war verzweifelt und die durchnässten schwarzen Haarsträhnen zeichneten harte Linien auf ihre bleichen Wangen. »Lass uns mitkommen.«

Er schaute an ihr vorbei. Da war Miren, die von der Mauer herabgeeilt kam, das rote Haar im Nacken zu einem nachlässigen Knoten geschlungen. Evyline und zwei von der Sonnengarde folgten ihr mit tropfnassen Mänteln. Direkt hinter ihnen kam Kamayin auf einer Wasserwelle über die Mauer geritten. Sie hatte sie alle vom Schlachtfeld über den See getragen. Die Schöße ihres langen Ledermantels umpeitschten sie wie Zungen. Sie landete mit einem Wasserschwall und kreuzte die Handgelenke vor der Brust wie einen Schild. Ihre Urformen blitzten; das Wasser wich zurück und schrumpfte in ihren Händen zu zwei Schaumkugeln. Auf ihrem glänzenden braunen Gesicht machte sich ein triumphierendes Lächeln breit.

Evyline kam als Erste bei Audric an. Keuchend kniete sie sich vor ihn. »Wir haben die Flügel gesehen, mein König. Wir wussten, dass Sie zu ihnen fliegen würden. Wir konnten nicht zulassen, dass Sie ihr allein gegenübertreten.«

»Du hast bessere Chancen mit uns an deiner Seite«, fügte Miren grimmig hinzu, blieb ein Stück entfernt von den beiden stehen und umfasste ihre Doppelaxt fester. Eine dichte Metallwolke bildete sich wirbelnd neben ihr – zerschmetterte Dolchklingen und winzige Metallsterne mit mörderisch scharfen Spitzen.

»Oder überhaupt eine Chance«, fügte Kamayin trocken hinzu, während sie sich zwischen den anderen hindurchdrängte und Audric einen Arm um die Schultern schlang. Das Gesicht halb in seinem Kragen vergraben, sagte sie leise: »Sei kein Idiot, du Idiot.«

Audric löste sich sanft von ihr. »Vielleicht möchte Rielle mich lange genug am Leben erhalten, um mit mir zu reden, oder vielleicht auch Corien.«

»Um dich zu quälen«, verbesserte ihn Miren. »Um zu protzen und zu feixen.«

»Mag sein. Aber ihr … Was sollte ihnen an einem von euch liegen? Sie könnte euch im Handumdrehen zu Asche verbrennen.«

»Vielleicht gibt dir das genug Zeit, um sie zu erstechen«, meinte Kamayin heiter. Doch ihre Augen waren hart und ihre Kiefer fest aufeinandergepresst.

Audric wandte sich von ihnen ab und fuhr sich durch die schweißnassen Locken. Er wusste nicht, was er sagen sollte. Er wünschte, sie hätten ihn nicht aufgehalten. Er hätte auf dieser Wutwelle bis zum Schloss weiterreiten und Rielle entgegentreten können, ohne auch nur einen Augenblick lang zu zaudern. Keine Zeit, an sie zurückzudenken, keine Zeit, um Angst zu empfinden. Jetzt war diese wilde Entschlossenheit geschwunden. Sein Körper schmerzte und erinnerte ihn an seine eigene Zerbrechlichkeit.

Ein paar Schritte zu seiner Linken begann ein Licht sich zu drehen. Schnell bildete sich ein strahlend weißer Ring, aus dem vier Personen heraustraten. Zwei davon kannte Audric nicht –

eine dünne Frau mit blassem Teint, hellem Haar und zornigen blauen Augen sowie eine große, füllige Frau mit kupferbrauner Haut und grau meliertem schwarzen Haar, das sie als Zopfkrone auf dem Kopf trug. Der Anblick erinnerte ihn an Ludivine und daran, dass sie es war, die diese Frisur im Norden bekannt gemacht hatte. Schmerzhaft schnürte es ihm die Kehle zu.

Zwei weitere Personen traten aus dem Ring aus Bändern. Ein Mann mit dunkelbraunem Haar und ebensolchen Augen – und ein Mädchen mit weißem Haar, aus deren Augen Macht strahlte.

Erschrocken trat Audric einen Schritt zurück. »Obritsa.« Der Mann war ihr Wächter, der stille, stoische Artem.

Die Königin von Kirvaya nickte knapp. Ihr Gesicht war eine Maske grimmiger Entschlossenheit. »Was sollen wir tun?«

Audric musterte einen nach dem anderen. Die Finger der bleichen Frau glühten, als wäre auch sie bereit, Bänder zu weben. Zwei Gezeichnete also. Sicher hatten sie ihre eigene Geschichte zu erzählen, doch es blieb keine Zeit, um danach zu fragen.

Ein Chor von Schlachtrufen ließ sie alle aufblicken. Ein weiteres Regiment geflügelter Engel hatte die Stadt erreicht und sich mit jenen zusammengeschlossen, die bereits über das elementare Chaos des Tieflands hinausgelangt waren. Sie flogen über die Mauer und jagten die kurvenreichen Straßen hinauf. Elementherrscher setzten ihnen nach – Windflüsterer, die auf den Strömen ihrer eigenen Macht dahinglitten, Erderschütterer, die sich durchs Erdreich gruben. Eine Drachenformation raste hinterher über die Mauer, geritten von Kammerat in schwarzen Gewändern.

Audric wandte sich von dem Anblick ab, wie die Bewohner der Hauptstadt panisch die Flucht ergriffen. Diese Straßen waren ihre Heimat gewesen. Nun brannten in ihnen die Feuer des Krieges.

»Hilf ihnen heraus«, sagte er heiser. »Bring sie nach Süden, hilf ihnen, sich zu verstecken. So vielen wie möglich.«

Obritsa zögerte nicht. Sie wechselte einen scharfen Blick mit der anderen Gezeichneten. Auf der Stelle woben sie Bänder, warteten, bis Artem und die Frau mit den Zöpfen hindurchgetreten waren, und folgten ihnen rasch. Die Lichtringe erloschen.

Audric ging zu Atheria, umfasste ihr langes Gesicht mit beiden Händen und presste seine Stirn gegen ihre samtige Schnauze.

»Du kannst dort draußen mehr Gutes tun als hier bei mir«, sagte er leise.

Einen Moment lang regte sie sich nicht, sondern musterte ihn nur mit ihren alterslosen schwarzen Augen. Dann schnaubte sie und löste sich von ihm. Ihre Flügel streiften seine Wange wie Seide. Sie erhob sich in die Luft und flog schnell auf das Schlachtfeld zu. Dabei stieß sie einen schrillen Schrei aus, falkenartig und grausig, und verschwand über die Mauer.

Heftig blinzelnd wandte Audric sich ab und blickte zum Schloss hinauf. Es fiel kein Wort mehr. Worte waren überflüssig. Zu seiner Rechten standen Miren und Sloane und zu seiner Linken Kamayin, Evyline und die zwei Sonnengardistinnen – Fara, wie er zu seiner Freude feststellte, und Maylis, zwei von Rielles Lieblingen.

Zusammen rasten sie durch die Stadt. Audric unterdrückte seine Macht und hielt Illumenor stumpf. Fürs Erste würde er die anderen für sich kämpfen lassen. Den Blick starr auf die vor ihm liegenden Straßen gerichtet, vernahm er das Krachen der Magie seiner Freunde, die Schläge ihrer Schwerter.

Vielleicht lief er seinem Untergang entgegen.

Doch er würde ihm nicht alleine begegnen.

43

ELIANA

»Spür die Erde unter deinen Füßen
und den Wind, der durch Bäume weht
Sieh die Schatten über die Felder huschen,
und wie das Meer mit den Gezeiten geht
Hör das Peitschen von in Gebet geschmiedetem Metall,
die knisternde und funkende Flammenglut
Schau, wie die Sonne brennend am Himmel aufgeht –
Ein Feuer, das auch durch ein Schwert nicht ruht!«

»Die ruhmreichen Sieben«, traditionelles celdarisches Kriegslied

Ihren Weg nach Âme de la Terre säumten Leichen. Bewaffnete Körper, die von ihren Engeln fallen gelassen worden waren. Adatrox, austauschbare Infanterie in primitiven Rüstungen, deren Gesichter zu Masken des Grauens erstarrt waren. Dampfende Elementherrscher, deren Magie langsamer starb als ihre Körper. Pferde und Bogenschützen, und die Ungeheuer, die für die Engel kämpften. Kreaturen, die wie eine widernatürliche Kopie der Cruciata aussahen, die Eliana kannte.

Viele lebten aber auch noch. Sie kämpften zu Fuß auf einem Schlachtfeld, das morastig und voller Blut war, oder stießen in der Luft aufeinander. Hunderte, vielleicht auch mehr als tausend überfluteten die Stadt in wogenden Wellen aus Haut und Stahl. Die Verteidigungsmauern waren gefallen, die dicken Steine sauber durchbrochen.

Eliana stürmte mit Remy mitten in das Geschehen. Sie rannten von Leiche zu Leiche und benutzten die Körper als Deckung.

Kauernd warteten sie auf eine kurze Unterbrechung im Kampf, dann liefen und rutschten sie über den glitschigen, zertrampelten Boden weiter. Ein Drache schoss herab und jagte einer Meute Bestien hinterher, die auf die Mauer zuhielt. Die riesigen Flügel des Drachen dröhnten wie Donner und der Wind warf Eliana und Remy zu Boden.

Remy starrte mit schlammverspritztem Gesicht dem Drachen hinterher. Eliana gönnte ihm diesen Moment, während sie die Helme von zwei Engelsleichen zog. Sie setzte sich einen davon auf und musste kurz würgen ob der abscheulichen Gerüche, die vom Helm, dem Boden und ihr selbst ausgingen.

Eliana zog an Remys Arm, riss ihn nach oben und stülpte ihm den zweiten Helm über. Dann rannten sie weiter. Auch an der Mauer zögerten sie nicht. Zu zögern hätte die Aufmerksamkeit der Engel auf sie gezogen. Sie schwangen ihre Waffen – ein Schwert, das Remy einem gefallenen Adatrox abgenommen hatte, und das von Katell. Eliana ließ es nicht aufflammen, damit es wie alle anderen aussah. Als sie sich den Engelskompanien anschlossen und mit ihnen durch die zertrümmerten Mauern schritten, knirschte Eliana mit den Zähnen. Remy nahm die Schlachtrufe um sie herum auf. Doch das wagte Eliana nicht. Sie versuchte verzweifelt, jeden Muskel in ihrem Körper zu kontrollieren. Die Luft knisterte vor Magie, das Empirium war hellwach und aufmerksam. Sie musste sich immens anstrengen, ihre Urformen in Schach und Katells Schwert dunkel zu halten. Ihr taten alle Knochen weh.

Eliana wich der niedersausenden Klinge eines jungen, erschrocken dreinblickenden Soldaten aus, der vergeblich seine Stadt verteidigte. Er war ungeschickt; sie drängte sich ohne Probleme an ihm vorbei und brachte ihn mit ihrem Schwert zu Fall.

Als sie die Stadtmauer hinter sich gelassen hatten, arbeiteten sie sich über einen Platz, der in Friedenszeiten wahrscheinlich als weitläufiger Marktplatz diente. Jetzt herrschte dort Chaos. Bestien krabbelten an den Wänden der Gebäude entlang; grauäugige

Adatrox marschierten die breiten Treppen des Platzes hinauf und strömten in die schmaleren Straßen der angrenzenden Viertel. Engel mit leuchtenden Flügeln stießen durch deckenhohe Fenster und tauchten ins Innere.

Eliana richtete ihren Blick auf den Berg, der über der Stadt aufragte. An seinem Fuß stand Baingarde, über dem jetzt ein riesiges goldenes Flügelpaar leuchtete, das halb so groß wie das Schloss selbst war. Immer wenn Eliana die Flügel ansah, wallte ihr Blut gefährlich auf, und sie musste ihre Fäuste noch fester zusammenballen, damit ihre Urformen nicht zum Leben erwachten.

Es war eindeutig, wer diese Flügel erschaffen hatte und warum Elianas Macht so verzweifelt nach ihnen greifen wollte.

Über Remys Helm lief frisches Blut, er keuchte beim Rennen. Als sie eine dicht gedrängte Kreuzung auf der zweiten Ebene der Stadt erreichten, schoss er hinter eine große eckige Säule, zog seinen Helm ab und warf ihn in Richtung eines steinernen Torbogens, dessen Tür aufgesprengt worden war. Die schmiedeeisernen Stäbe waren teilweise geschmolzen und zischten noch. Der Helm rollte zwei flüchtenden Mädchen in den Weg, die sich an den Händen hielten. Überall versuchten Menschen verzweifelt zu entkommen. Eins der Mädchen schrie erschrocken auf und sprang über den Helm. Das andere Mädchen riss sie am Arm und schluchzte laut. Dann rannten sie weiter.

»Ich musste ein Kind umbringen, um durch die Stadtmauer zu kommen«, sagte Remy dumpf, während er ihnen nachschaute. Er öffnete und schloss seine Finger. »Irgendein idiotischer Junge ohne Rüstung mit einem Messer so groß wie sein Gesicht. Er wollte einfach nicht aus dem Weg gehen.«

Eliana fand keine tröstenden Worte. Ihr schnürte es die Kehle zu; es war heiß und roch nach Tod. Sie drückte sich eng gegen die Säule und blickte auf das Gemetzel.

Bürger der Stadt mit weinenden Kindern in den Armen bahnten sich jammernd und klagend ihren Weg durch die Straßen. Sie flohen Richtung Schloss, denn das schien der einzige Ort, zu dem man noch fliehen konnte. Die Truppen der Engel marschierten unaufhaltsam von den tieferen Stadtvierteln zu den höher gelegenen. Sie ließen Pfeile regnen und stürmten mit gezückten Schwertern weiter. Unzählige Bürger fielen, obwohl sie von keiner Waffe gefällt worden waren. Sie fielen jäh wie abgeschossene Vögel hin, rollten die Stufen hinab und rissen andere von den Beinen.

Eine Gruppe Elementherrscher in dunkelgrauen und orangefarbenen oder blutroten und goldenen Gewändern stürzten aus einer Seitenstraße und stellten sich zwischen die Engel und die fliehenden Menschen. Auf ihren glänzenden Schilden brannten Flammen. Verwaiste Waffen erhoben sich vom Boden, schossen auf die Engelstruppen zu und schlitzten deren Hälse auf.

Eliana suchte nach dem besten Weg zum Schloss. Aber jede Straße und jede Gasse, jede Treppe und jede Brüstung schien sekündlich vor noch mehr Feinden zu wimmeln. Eine dunkle, scheußliche Gestalt sprang von Dach zu Dach, ließ sich dann eine Mauer hinabrutschen und raste in eine Menge, die panisch in einem Gebäude Schutz suchte.

Elianas Handflächen brannten. Sie ballte ihre Fäuste und drehte sich um, dann drückte sie sich mit dem Rücken platt gegen die Säule und versuchte, kurz zu verschnaufen. Eine kreischende Menschentraube stürmte vorbei. Jemand erwischte Eliana mit dem Ellbogen. Ein Mann mit einem weinenden Kind über der Schulter rannte vorüber. Irgendwo in dem Chaos zerbarsten mit einem lauten Schlag Glas und Holz. Schreie erhoben sich, die plötzlich wieder erstarben.

»Du musst gegen sie kämpfen«, sagte Remy ruhig. »Andernfalls schaffen wir das nie. Es sind zu viele.«

Eliana presste die Augen zusammen. »Ich kann nicht. Sie wird mich sonst finden. *Er* wird mich sonst finden.«

»Dann kommen sie eben und du kämpfst hier mit ihnen anstatt dort.«

»Oder sie töten mich an Ort und Stelle, und dann hätte ich erst gar nicht hierherkommen müssen.«

Etwas zupfte an ihrer Brust, ein vertrautes, drängendes Ziehen. Ihre Urformen sprühten Funken und knackten wie ein größer werdendes Feuer.

Eine Stimme wie von Tausenden oder Millionen, weder freundlich noch grausam, erklang in ihrem Kopf. Eine einzige nüchterne Anweisung, die Eliana nicht in Worten erteilt wurde, sondern durch ein Gefühl. Begleitet wurde es von diesem ganz eigenen Anflug von Macht in ihrem Blut, der sie nach links blicken ließ.

dort

Elianas Augen flogen zu dem schwelenden Eisentor. Sie drückte sich von der Säule ab und drängte sich durch die rennenden Menschenmassen. Remy zischte ihren Namen und packte sie am Ärmel. Aber sie riss sich los und kletterte über das zerstörte Tor in einen kleinen Hof. Es war einer von vielen, stellte sie fest, die unterschiedlich groß und verschieden angelegt waren. Makellose Steinarkaden verbanden sie miteinander. Schmale, mit Wein überwucherte Laubengänge bildeten einen Irrgarten aus Spazierwegen. Die Mauern waren von hellen Statuen gesäumt, die halb versteckt in kleinen mit Blüten ausgeschmückten Nischen standen. Andere thronten ernst in stolzen Gewändern auf kunstvoll gearbeiteten Simsen. Augen zum Himmel gerichtet, Schild in der Hand.

»Das müssen die Tempel sein«, flüsterte Remy und folgte ihr mit gezogenem Schwert. »Dort ist Sankt Marzana. Und da drüben noch einmal. Das erkennt man an dem Schild, das sie trägt.«

Eliana hörte kaum, was er sagte. Stattdessen starrte sie auf die andere Seite des Hofes, wo ein Mann und ein Junge neben einer Frau knieten, die sich unter Schmerzen wand. Der Mann war blass mit ergrauten Haaren und schon älter, aber als er der Frau den Pfeil aus der Schulter schnitt, bewegte er sich sehr geschmeidig. Ihr Schrei wurde von einem Stück Stoff in ihrem Mund gedämpft und sie drehte ihr Gesicht zum Arm des Jungens. Sie zerdrückte vor Schmerzen fast seine Hand, ihre Fingerknöchel traten weiß hervor, doch der Junge zuckte nicht zurück. Sein verschwitztes

Gesicht war voller Asche und Schmutz, aber seine Augen waren stechend und wachsam und ungewöhnlich blau.

Während Eliana ihn beobachtete, übertönte ihr klopfendes Herz fast alles andere. Die Schreie und den Lärm der Schlacht nahm sie nur noch gedämpft wahr. Remy murmelte eine Frage, doch als er den Jungen entdeckte, atmete er laut ein.

Das Geräusch löste etwas in ihr. Während der Junge dem Mann einen Tiegel und Verbandsmaterial für die Wunde reichte, füllten sich ihre Augen mit Tränen. Jede Einzelheit in seinem Gesicht war ihr vertraut – das trotzige Kinn, die ernsten Augenbrauen. Seine Haare, die in dem dämmrigen Licht aschgrau wirkten und so widerspenstig und zerzaust aussahen, als müssten sie bald einmal wieder geschnitten werden.

Eliana war kurz davor, seinen Namen auszusprechen. Sie klammerte sich an ihren Mantel und an Remys Hand, weil sie sonst jegliche Vernunft fahren lassen und über den Hof rennen würde, wenn sie dadurch die Möglichkeit bekäme, wenigstens einmal in Simons Augen zu blicken, als sie noch unschuldig waren und nicht voller Schmerz.

Kurz darauf tätschelte der Mann die Schulter der Frau. Das war wahrscheinlich Simons Vater, vermutete Eliana und ihre Gedanken überschlugen sich. Garver Randell. Sie sah dabei zu, wie Simon der Frau beim Aufstehen half. Sein Vater band ihr ein Wickeltuch um den Oberkörper und legte behutsam ein quengelndes Baby hinein. Die Frau nickte schwach, drückte Simon einen Kuss auf den Kopf und humpelte auf einem der schmalen Wege davon.

Simons Vater eilte sofort in einen anderen Weg, Simon setzte sich die Versorgungstasche auf den Rücken und hielt sich dicht bei ihm.

Bevor er jedoch in der Dunkelheit verschwand, blieb er kurz stehen und schaute über seine Schulter. Seine Stirn lag in tiefen Falten und sein Blick war voller Angst. Es gab Anklänge an den Mann, den sie liebte, den Mann, den sie in den Händen seines Peinigers gelassen und damit dem Tod überantwortet hatte. Bei dem Gedanken schnürte es Eliana die Kehle zu; sie packte Remys Hand ganz fest und versuchte, das Bild von Simon, der Coriens Gnade ausgeliefert war, aus ihrem Kopf zu verbannen.

Dann war der junge Simon verschwunden und der Hof leer – mit Ausnahme einer langen, dunklen Gestalt, ebenso geschmeidig wie diejenige, die sie vor wenigen Minuten von einem anderen Gebäude herabgleiten gesehen hatte.

Die Kreatur huschte in denselben Laubengang wie Simon und sein Vater.

Eliana stürzte fieberhaft über das Kopfsteinpflaster. Als sie in einem größeren Hof herauskam, sah sie, dass sich die Bestie zum Sprung kauerte – schuppig, bauchig, in ihrer Anmutung aber durchaus katzenhaft. Das Untier ähnelte einem Drachen, allerdings einer verstümmelten und boshaften Version davon. Verschmorte Urformen hatten sich in seinen Körper gebrannt, was es aber nicht zu stören schien. Es starrte auf die Leute, die sich ganz in der Nähe versammelt hatten. Simon, sein Vater und einige andere drängten sich um einen Mann, der bäuchlings auf dem Boden lag. Sie bemerkten weder die Bestie noch die drei anderen, die sich durch den Garten des Hofes näherten. Ihre Schwänze peitschten durch die Luft und ihre langen Schnauzen glänzten vor Blut.

Eliana dachte nicht einen Augenblick lang an ihr Schwert oder die Dolche in dem Waffengurt unter ihrem Mantel. Stattdessen schnickte sie kurz mit den Handgelenken, um ihre Urformen zu entfachen, und warf sich auf die Bestie. Sie stürzte sich auf sie und rammte ihre Hände gegen die Schuppen, sodass die Kreatur quer über den Hof flog. Mit einem überraschten Schrei knallte sie gegen eine Mauer, fiel herab und rührte sich nicht mehr.

Die kleine Menschenansammlung kreischte auf und verstreute sich.

Eliana drehte ihnen den Rücken zu, Simon hatte sich in ihrem Herzen verhakt. Die drei anderen Bestien kamen mit offenen Mäulern näher, ihre breiten, unförmigen Pfoten hämmerten auf den Boden. Auf einer ritt ein Kind, das sich flach auf den Rücken des Untiers drückte. Grauäugig und schweigend schoss das Kind rotierende Lichtscheiben auf sie wie Pfeile.

Eliana wich ihnen aus und schleuderte dem Kind unbändige Wellen an Macht entgegen, die zornig loderten. Innerhalb von Sekunden waren ihre Angreifer nur noch Asche. Bruchstücke der zerstörten Urformen wehten wie Funken über den Boden und verblassten dann.

Eliana stand da und atmete schwer. Remy hielt sich in Deckung, um ihr, falls nötig, zu Hilfe zu eilen. Mit aufeinandergepressten Lippen schüttelte er den Kopf. Eliana schloss und öffnete ihre Hände, rang mit ihren rasenden Gedanken und befahl ihren Urformen zu erlöschen.

Oder war es schon zu spät? Die Leute im Hof hatten sie gesehen. Hatte Corien das auch? Und Rielle?

Sie rührte sich nicht und wartete, ob sich die Luft veränderte. Aber nichts geschah. Eine Sekunde verstrich, dann zwei.

Jetzt erst wagte sie, kurz zurückzuschauen. Simon und sein Vater waren verschwunden, Eliana unterdrückte mühsam einen frustrierten Aufschrei. Sie überfiel ein Schmerz, als hätte ihr jemand mit voller Wucht gegen die Brust geboxt.

Ein großer, dunkler Mann trat vor. Er scheuchte die anderen mit einer knappen Geste fort, und sie verschwanden in einen engen Durchgang zwischen zwei Gebäuden aus blassem Stein, auf deren Ecken Heilige thronten und mit leeren weißen Augen auf sie herabschauten.

Schon bald stand der Mann mit nur noch zwei weiteren da – Soldaten mit breiten, angespannten Schultern und der Hand am Schwert. Der Mann näherte sich Eliana langsam. »Odo!«, zischte einer der Soldaten.

Der Mann winkte die beiden weg und trat dann ganz aus der Deckung. Er hatte glatte, gepflegte braune Haut und einen sauber gestutzten Bart. Sein welliges Haar war mit Öl zurückgekämmt. Er blieb ein paar Schritte von Eliana entfernt stehen, kniff seine dunklen Augen zusammen und fragte: »Wer bist du?«

Eliana antwortete nicht. Konnte sie ihm trauen? Hatte das Empirium sie zu Simon geschickt oder zu diesem Mann? *Odo*, hatte einer der Soldaten gesagt. Vielleicht war das ein Name, vielleicht aber auch ein altceldarisches Wort, das sie nicht kannte.

Eliana hob ihr Kinn. Ihr Gegenüber sollte ruhig sehen, dass sie keine Angst hatte.

»Ich muss nach Baingarde«, sagte sie bestimmt. »Kannst du mir helfen?«

Remy eilte zu ihnen und übersetzte. Der Mann reagierte überrascht und sagte etwas, das Eliana nicht verstand.

»Was für eine eigenartige Antwort auf meine Frage«, übersetzte Remy. Der Mann schaute auf Elianas Hände und auf Katells Schwert, das an ihrem Gürtel hing.

Bevor Eliana sich überlegt hatte, was sie erwidern sollte, trat Remy einen Schritt nach vorn. Er sprach mit fester, klarer Stimme altceldarisch. Eliana verstand nicht jedes einzelne Wort, aber den groben Zusammenhang.

»Sie ist Eliana«, verkündete Remy, »Tochter des Königfluchs und des Lichtbringers, Erbin des Throns von Sankt Katell. Deshalb trägt sie auch Katells Schwert und in ihren Adern fließt Katells Blut. Sie stammt aus der Zukunft, wo die Welt von den Engeln des Unsterblichen Imperiums regiert wird. Sie sucht ihre Mutter und will diesen Krieg beenden.«

Während ihr Bruder sprach, ließ Eliana den Mann nicht aus den Augen. Sie zog Katells Schwert aus der Scheide und ließ es aufblitzen. Als ihre Macht in ihr aufwallte und zusammen mit der Schwertklinge *Erkenne mich* flüsterte, überlief sie ein Frösteln.

Dann fügte Remy eine Reihe bekannt klingender Wörter hinzu – es war derselbe Satz, den er in Ludivines Zimmer immer wieder flüsternd wiederholt hatte, kurz bevor sie durch Simons Bänder geschritten waren.

Der Mann vor ihnen blinzelte. Seine zwei Begleiter richteten sich auf und schauten sich verwirrt an.

»Was hast du gesagt?«, wollte Eliana leise wissen.

»›Für Krone und Vaterland beschützen wir das wahre Licht‹«, sagte Remy ruhig. »Die Worte ihrer Roten Krone. Hier wurde sie gegründet.« Er erhob seine Stimme. »Wie kommen wir ins Schloss? Wisst ihr das? Könnte ihr uns helfen?«

Einen Moment lang herrschte Schweigen. Dann ergriff der Mann abermals das Wort. Remy übersetzte zügig. »Ich heiße Odo Laroche und bin ein Freund des Königs.«

Der Blick des Mannes wanderte prüfend über Eliana. »Du ähnelst ihnen. Deine Augen. Dein Mund.«

Dann schaute er auf ihre Urformen. »Deine Mutter braucht allerdings keine Urformen. Du schon?«

»Eines Tages werde ich sie vielleicht nicht mehr brauchen«, antwortete Eliana. »Aber ich werde sie immer haben wollen.«

Odo schien diese Antwort zu gefallen. Seine Stimme wurde ein klein wenig weicher.

»Und woher weiß ich, dass du kein Engel bist?«, übersetzte Remy.

Eliana nahm einen Dolch aus ihrem Gurt und schnitt sich damit leicht in den Unterarm. Sie hielt ihm den Schnitt entgegen. Sekunden verstrichen. Die Wunde verschloss sich nicht, auf ihrer Haut zeichnete sich eine dünne rote Linie ab. Kurz dachte sie an die unzerstörbare Eliana von früher. Wie leichtsinnig sie damals gewesen war. Ohne darüber nachzudenken, war sie von Dächern gesprungen oder hatte Schläge eingesteckt, als wären es Geschenke.

»Und doch sprichst du kein Celdarisch«, sagte Odo, »oder wenigstens die gemeine Sprache, die ich kenne. Deine ist irgendeine Variante davon. Lediglich ein paar Wörter kommen mir bekannt vor. Das ist sehr seltsam.

»Nein, überhaupt nicht«, erwiderte Eliana. »Ich habe tausend Jahre später sprechen gelernt. Dinge verändern sich.«

Odo zog eine Augenbraue nach oben. »Eindeutig.« Er wandte sich Remy zu. »Und du, der für die Prinzessin spricht, bist du auch ein Kind von Sankt Katell?«

Eliana wartete auf Remys Übersetzung, aber noch bevor er selbst antworten konnte, nahm sie seine Hand. »Nein. Das ist er nicht. Aber er heißt Remy und er ist mein Bruder.«

Remy drückte ihre Hand.

Odo nickte und schaute die beiden fest an. Dann drehte er sich um und winkte sie mit sich.

»Du hast Glück, Hoheit«, sagte er, als sie mit den Begleitern im Gefolge den Hof überquerten. »Es gibt viele Geheimeingänge, durch die man unbemerkt nach Baingarde kommt, und ich kenne sie alle. Aber erzähle das bitte nicht deinem Vater.«

Deinem Vater. Eliana klopfte das Herz bis zum Hals. Sie hoffte, dass der Lichtbringer irgendwo weit weg vom Schloss und diesen gespenstischen Lichtflügeln kämpfte.

Sie durchquerten zügig eine Reihe von Gärten und Höfen. Überall lagen Trümmer. Der Nachthimmel war durch die Elementarmagie von Lichtbändern überzogen. Über den Dächern dröhnten die Schreie der Bestien und die Erde bebte von marschierenden Stiefeln. Hunderte Menschen drängten sich an den Türen der Tempel. Sie warfen sich schluchzend auf die Knie, murmelten Gebete über flackernden Kerzen oder schoben Tische und Stühle unter Türgriffe, um sich zu verbarrikadieren.

Odo kannte unterirdisch verlaufende Geheimgänge und wusste, wie sie dem Gedränge am besten ausweichen konnten. Einer dieser Wege führte in ein leeres Herrenhaus, das so still dalag wie ein Grab. Seidenvorhänge flatterten an den geöffneten Fenstern und das Licht von Rielles Flügeln ergoss sich golden über die Bodenfliesen. Eliana fröstelte. Sie waren Baingarde inzwischen so nah, dass Elianas Zunge von der Macht ganz taub wurde.

Odos Begleiter hielten am Eingang Wache, während Odo Eliana und Remy zunächst in den Keller und dann noch tiefer in einen dunklen, feuchten Raum führte. Dort ging er zu einem Tisch, der in der Ecke stand, und nahm ein Stück Papier und einen Stift.

»Ich kann nicht mit euch kommen«, murmelte er und zeichnete eine Karte. »Es sind noch zu viele in dieser Stadt eingeschlossen, und bei eurem Vorhaben kann ich euch ohnehin nicht helfen.«

Er gab ihr die Karte und schaute auf Katells Schwert. Jetzt, so nah beim Schloss, verbreitete das Schwert ein zitterndes Licht, das Eliana nicht zurückhalten konnte.

»Du behauptest, du suchst deine Mutter«, sagte Odo. »Was willst du tun, wenn du sie gefunden hast?«

Eliana erwiderte seinen Blick und täuschte eine Gelassenheit vor, die sie nicht empfand. »Ich denke, du kennst die Antwort auf diese Frage, Odo Laroche.«

Nachdem Remy übersetzt hatte, stahl sich ein kleines Lächeln auf Odos Gesicht, und Eliana fragte sich, woher er Rielle kannte und was er über sie dachte. Waren sie vielleicht früher einmal Freunde gewesen, bevor sich alles so fürchterlich falsch entwickelt hatte?

»Ja«, erwiderte er leise. »Ich kenne die Antwort.«

Dann schloss er eine schmucklose Holztür auf und eine zweite dahinter. Er kniete sich neben eine Luke im Steinboden. Irgendwo oben ertönte eine Explosion. Die Fundamente des Hauses bebten und von der Decke rieselte Staub.

Odo stand auf. Katells Schwert warf ein warmes Licht auf sein sorgenvolles, trauriges Gesicht. »Beeil dich, Hoheit. Die Stadt ist gefallen. Und bald werden ihre Bürger das auch.«

Remy kletterte durch die Luke und Eliana folgte ihm. Dort hing eine Metallleiter, von der aus man sich ein kleines Stück auf den gestampften Lehmboden fallen lassen musste. Elianas Urformen beleuchteten einen schmalen, dunklen Gang. Sie hörte, wie die Schlösser über ihnen verriegelt wurden, und schaute einmal zu Remy. Er nickte mit ernstem Gesicht und dann rannten sie los.

44

AUDRIC

»An manchen Tagen wache ich morgens auf und denke, ich brauche nur den Arm auszustrecken, um sie direkt neben mir zu spüren. Ich rede mir ein, dass ich nicht gegen sie kämpfen muss. Dass sie bei meinem Anblick sofort nach Hause kommen will. Dann drehe ich mich um, sehe mein leeres Bett und erinnere mich daran, was ich wirklich tun muss. ›Ich weiß nicht, wie ich dich lieben und gleichzeitig derjenige sein soll, der dich in den Krieg schickt‹, habe ich einmal zu ihr gesagt. Wenn ich nur damals gewusst hätte, was auf uns zukommt. Wenn wir doch nur mehr Zeit gehabt hätten.«

Tagebuch von Audric Courverie, König von Celdaria, datiert vom 30. April im Jahr 1000 des Zweiten Zeitalters

Im Schloss herrschte Stille. Soldaten und Bedienstete lagen steif hingestreckt auf dem Fußboden der Eingangshalle, die Gesichter bar jeder Farbe und die Münder im Schrei erstarrt.

Schweigend schlich Audric an ihnen vorüber und versuchte, nicht daran zu denken, wo seine Mutter wohl sein mochte. Als sie auseinandergegangen waren, hatte sie gerade die Evakuierung der Stadt beaufsichtigt und Menschen in Richtung Süden durch die einst geheimen Tunnel im Berg hinausgeschleust.

Doch das war Stunden her. Jeder der Toten, die nun zu seinen Füßen lagen, könnte sie sein. Vielleicht war sie aber auch irgendwo in der Stadt, die halb blinden Augen zu den Sternen gewandt.

Audric vermied es, auch nur eine der Leichen genauer anzusehen, da er viel zu große Angst davor hatte, einen kupferfarbenen Haarschopf zu erspähen.

»Was ist das?«, flüsterte Kamayin. Sie war neben einer der steinernen Säulen der Eingangshalle stehen geblieben. Goldene Rinnsale, die von Licht pulsierten, liefen daran entlang. Sie waren überall, bildeten Muster in den Wänden und an der Decke. Sie kamen über die Treppe vom Zwischengeschoss geflossen und trieben dahin wie zarte, im Wasser schwebende Zweige.

Fasziniert streckte Kamayin eine Hand nach dem nächstgelegenen aus. Ihre Urformen funkelten heller, je näher sie ihm kam.

Miren eilte sogleich zu ihr und packte sie am Handgelenk. »Es ist Rielle. Sie macht das. Nicht anfassen, nichts davon.«

Sie sah sich um, und Audric erkannte auf ihrer Miene die gleiche Sehnsucht, die auch er empfand. Seine Macht verzehrte ihn von innen heraus – er konnte um sie herum kaum atmen –, während Illumenor in seiner Hand summte, als gehörte es in Wahrheit nicht ihm, sondern dem Licht, das golden durch den Palast strömte.

Audric.

Er reagierte nicht auf Rielles Stimme und sagte auch nichts zu den anderen. Vorsichtig schritt er die Freitreppe hinauf, darauf bedacht, den schlanken goldenen Linien auszuweichen, die sich zischend wanden, blinde Schlangen auf der Suche nach Wärme. Sloane folgte ihm auf dem Fuß, dann Kamayin, Miren, Evyline, Fara und Maylis. Sieben furchtsame Schatten, die langsam durch ein von Licht gleißendes Schloss schlichen.

Je höher sie kamen, desto heller wurden die wallenden Lichtadern. Audrics Herz pochte; die Angst lastete wie ein schwerer Stein auf ihm. Mit jedem Schritt atmete er Zweifel.

Was würden sie oben vorfinden? Vor seinem geistigen Auge sah er Rielle, so wie sie am Abend ihrer Hochzeit gewesen war. Vor der von Corien gesandten Vision, vor der schrecklichen Szene in den Gärten. Strahlend war sie in seinen Armen über die Tanzfläche gewirbelt, ihr Kleid eine glitzernde Wolke und ihr Glück so ungetrübt wie nie.

Er hielt das Bild in Gedanken fest, während er im dritten

Stock des Westflügels vor einer Doppeltür mit Buntglasfenstern stehen blieb. In den Fenstern strahlten Zwillingssonnen in bernstein- und orangefarbenem Glas, die beide über einem grünen Feld aufgingen, erschaffen zu Ehren von Sankt Katell. Umrahmt wurden die Türen von einem Meer goldener Adern, die sich ihren Weg hinein bahnten. Die Luft summte in Audrics Ohren und Kieferknochen, ein Widerhall seines blitzgeladenen Herzschlags. Hinter den Türen befand sich eine große Terrasse, die sich über die gesamte Breite der dritten Etage erstreckte. Es war einer der Lieblingsplätze seines Vaters für private Treffen gewesen.

Audric hielt inne und ließ die Hand über dem Türknauf schweben. Er wandte sich nicht zu seinen Freunden um, spürte jedoch, dass sie in der Nähe waren, ihre Urformen knackend vor überquellender Macht und ihre Schwerter gezückt.

Er holte Luft und öffnete die Flügeltür.

Ein Hitzeschwall empfing ihn, viel heißer als die Hitze damals in seiner Kindheit, als er Illumenor geschmiedet hatte. Er kämpfte sich durch die sengende Luft und schritt hinaus auf die Terrasse. Tränen traten ihm in die Augen. Überall schimmerte es glühend heiß und unerträglich hell. Sloane hinter ihm fluchte, und Kamayin japste nach Luft.

Ranken aus Licht schlängelten sich über den Steinboden und ergossen sich wie Wasserfälle über die Brüstung. Am anderen Ende der Terrasse stand eine leuchtende Gestalt und blickte über die Stadt auf das Schlachtfeld. Dunkles Haar, durchzogen von Goldfäden, ein blutrotes Kleid, eingefasst von Kordeln aus Licht. Sie hielt den Blick abgewandt von ihnen. Mit beiden Händen umfasste sie die Brüstung, und aus ihren Fingern wuchsen die Flügel, die er vom Schlachtfeld aus erblickt hatte. Sie füllten den gesamten Nachthimmel und waren zu groß und zu nah, um sie in ihrer Gänze sehen zu können.

Neben ihr stand ein Mann in einem langen schwarzen Mantel und einem Umhang darüber, ein verstohlenes Lächeln auf dem blassen Gesicht.

Wut explodierte in Audric, ein Groll, wie er ihn noch nie zuvor verspürt hatte. Er verbrannte seine Finger und kochte in seiner Brust wie Öl, das über einer Flamme brodelt.

Coriens Lächeln wurde breiter.

»Sie hat mich angewiesen, dich nicht zu töten«, sagte er. »Ich hätte es mit Leichtigkeit tun können. Diese ganzen Heldentaten, die eindrucksvolle Schwertkunst, das Gebrüll und die Parolen. Wirklich erhebend. Aber sie wollte dich treffen. Sie wollte dich ein letztes Mal sehen.«

Damit trat Corien beiseite und verneigte sich elegant, während Audric mit angehaltenem Atem verfolgte, wie sich Rielle zu ihnen umdrehte.

Sowie er ihr Antlitz sah, verließ ihn der Mut.

Ihre Augen loderten golden, und die Macht, die sie ausstrahlte, war heiß wie eine Feuersbrunst. Ihr Haar schwebte in dunklen Spiralen über ihren Schultern und der Saum ihres roten Kleides umfloss ihre Knöchel. Audrics Blick fiel auf ihren gewölbten Bauch, in dem sie ihr gemeinsames Kind trug, und abermals dachte er an seine Tochter. *Zwei Königinnen werden sich erheben.* Eine Prinzessin des Friedens. Vielleicht mit dunklen Augen wie er, aber mit Rielles scharfer Zunge und ihrem koketten Mund.

Erneut suchte er Rielles Blick. Ihre Schönheit schockierte ihn, und er hatte nie größere Angst empfunden, jedoch nicht *vor* ihr, sondern *um* sie. Die scharfen Schatten auf ihrem Gesicht, ihre ausgehöhlten Wangen, die Linien um ihren Mund – was hatte all das dort eingemeißelt? Kummer oder Schmerz? Unter ihrer Haut brodelten goldene Wogen. Es hätte ihn nicht überrascht, wenn sich ihr Fleisch vom Körper abgeschält und so enthüllt hätte, welch große und schreckliche Macht darunter verborgen lag. Ein weiteres goldenes Aufwallen, das Driften von Wellen im Sturm, dann verspannten sich alle Muskeln in ihrem Gesicht. Sie schwankte leicht und stützte sich hinten an der Brüstung ab.

»Rielle, was ist passiert?«, flüsterte Audric und ging einen Schritt auf sie zu.

Das sich über den Steinboden schlängelnde Licht züngelte nach seinen Knöcheln. Er wich ihm aus, genau wie Miren und Sloane direkt hinter ihm, aber Fara und Maylis waren nicht schnell genug. Das Licht schnappte nach ihren Beinen und schleuderte sie über die Brüstung in die Nacht. Sie hatten nicht einmal Zeit zu schreien.

Kamayin schrie entsetzt auf. Evyline brüllte Rielles Namen.

Rielle blinzelte. Ihre herabhängenden Hände zuckten, und als sie zu sprechen begann, vervielfältigten sich ihre Worte, als ob all die das Schloss umschlingenden Lichtströme ihr als Echos dienten.

»Was passiert ist?«, sagte sie mit unklarer, belegter Stimme. »Ich bin dir entkommen. Ich bin das geworden, was zu werden du mir nie erlauben wolltest.«

»Und was ist das?« Er wagte es, einen weiteren Schritt auf sie zuzugehen. »Sag mir, was du gesehen hast. Was hat dir das Empirium gezeigt?«

Sie legte den Kopf schief und musterte ihn. Ihre Augen blitzten. *»Alles.«*

»Kannst du das näher erläutern? Für *alles* muss man seine Fantasie ziemlich strapazieren.«

Ein höhnisches Lachen. »Du schon.«

Er ging weiter auf sie zu und bedeutete den anderen, sich fernzuhalten.

»Sag's ihm«, drängte Corien, der ein paar Schritte entfernt lässig an der Brüstung lehnte. »Ich würde liebend gern dabei zusehen, wie sein Geist sich abmüht und dann völlig daran scheitert, es zu begreifen.«

»Ich habe Welten gesehen«, sagte Rielle mit sprödem Lächeln. »Ich habe sie in meinen Händen gehalten und sie tanzen lassen. Ich bin zu den Sternen aufgestiegen. Ich habe meine Füße über den Rand von allem baumeln lassen. Ich habe einen Engel vernichtet und dann fünftausend weitere erschaffen. Und das ist erst der Anfang.«

Audric fixierte weiter ihr Gesicht, ohne auf Corien zu achten. »Wie sehen Welten aus?«

Rielle blinzelte erneut. Die Frage überraschte sie. Sie zögerte, dann zog ein Anflug von Gefühl über ihr Gesicht, der Hauch einer Emotion, der über diesen gierigen, animalischen Hunger hinausging.

»Unsere ist blau und grün«, antwortete sie ruhig, »und umgeben von weißen Wolken, die sie umflattern wie Bänder. Aber es gibt noch andere. Eine ist leuchtend violett und eine ist gelb von Gewittern, und dann gibt es andere kleine Welten, die kaum mehr sind als Felsbrocken.«

»Erstaunlich.« Er verlangsamte seine Annäherung. Ein Schritt, zwei Herzschläge, dann noch ein Schritt. »Und der Rand von allem? Kannst du mir schildern, wie er aussieht?«

»Wie ein Wasserfall aus einer Million Farben«, sagte sie lächelnd und mit abwesendem Blick. »Er fällt ewig und beginnt dann von Neuem.«

»Es reicht«, zischte Corien. »Höchste Zeit, das zu beenden.«

Rielle spähte an Audric vorbei und das Gold verschwand teilweise aus ihren Augen. »Wo ist Ludivine?«

»Sie ist fort«, antwortete Audric. »Sie hat mich vor ein paar Wochen verlassen.«

Rielle runzelte die Stirn. »Warum?«

»Aus Feigheit.« Corien zählte Wörter an den Fingern ab. »Egoismus. Scham. Such's dir aus.«

Rielle starrte Audric an. Ihre Augen glänzten, jedoch nicht von Licht, sondern von Tränen. Erschauernd holte sie Atem.

»Lu«, flüsterte sie.

Ermutigt trat Audric noch einen Schritt auf sie zu. »Denk nur, was du uns allen zeigen könntest. Dinge, die keiner von uns allein begreifen würde. Du hast uns übertroffen, das ist wahr, und manche Leute haben Angst und werden weiter Angst haben. Manche werden dich hassen. Auch das ist wahr. Aber die meisten werden dich lieben, selbst jene, die dich manchmal fürchten.«

Er hielt inne und kniete sich dann hin. Sloane hinter ihm murmelte eine Warnung, doch er ignorierte sie.

»Es war falsch von mir, dich abzuweisen«, sagte er und sah zu ihrem strahlenden Antlitz auf. »Ich hatte Angst. Kannst du verstehen, warum?«

Rielle wich seinem Blick nicht aus. Ihr Mund zitterte. Corien kam auf sie zu, doch auf einmal geriet die Luft heftig in Bewegung und stieß ihn weg. Verärgert funkelte er sie durch Lichtranken an.

»Rielle, er versucht dich abzulenken«, schimpfte Corien. »Das erkennst du doch wohl. Wenn du mich zum Eingreifen zwingst – «

»Wenn du meinen Geist berührst, töte ich dich«, sagte sie gelassen.

Audric sprach mit ruhiger Stimme weiter. »Rielle, ich habe dich etwas gefragt. Gibst du mir bitte eine Antwort?«

Sie starrte ihn weiter an. In ihren Augen lagen goldene Meere, Spiegel ihres eigenen Lichts. »Du hattest Angst vor mir.« Sie sprach langsam, als müsste sie ein Rätsel lösen. »Ich verstehe, weshalb.«

»Aber ich habe nie aufgehört, dich zu lieben, niemals«, versicherte er ihr rasch. Der Augenblick war entscheidend: Er musste ihr alles sagen, bevor die Luft zwischen ihnen riss. »Kein einziges Mal in den letzten Monaten habe ich aufgehört, dich zu lieben. Nichts, was du tust, kann daran etwas ändern, und ich weiß, was du alles tun kannst, Liebling. Ich begreife es allmählich, zumindest teilweise, und den Rest will ich verstehen. Ich will alles über die Welten hören, die du gesehen hast. Ich will mit dir am Feuer sitzen und dich davon erzählen hören, wie sich die Sterne in deinen Händen angefühlt haben und ob es an diesem Wasserfall am Rand von allem kalt ist und welche der Welten du am liebsten hast. Unsere, die so hübsch grün-blau ist, oder vielleicht die mit den heftigen Stürmen und den zornigen gelben Himmeln.«

Audric sah den Glanz in ihren Augen und spürte bei sich selbst die Tränen aufsteigen. »Aber wir können nichts davon tun, wenn wir nicht zuerst diesen Krieg beenden. Unsere Leute kämpfen um ihr Leben, dabei wäre es so einfach, wenn du es zulassen würdest. Unsere Vorfahren konnten nicht zusammenleben, aber wir können es. Die Heiligen haben die Engel überlistet, aber wir tun das nicht. Hilf mir. Wir können eine neue Welt erschaffen, du und ich. Genau hier, wo wir geboren sind. In unserer *Heimat*. Wir können sie zu einem Ort machen, wo wir alle, selbst unsere Feinde, lernen können, in Frieden zu leben.«

Er vermied es, Corien anzusehen, doch er spürte, wie dessen Wut sich ins Unermessliche steigerte.

Einen Moment lang schien Rielle über seine Worte nachzudenken. Ihre Züge wurden weich.

Verhalten lächelte Audric sie an. »Komm zu mir nach Hause, Rielle. Bitte. Wir haben dich vermisst.«

Er hatte das Falsche gesagt.

Ohne Vorwarnung ging sie auf ihn los und riss noch in der Bewegung Licht aus der Luft. Er erhob sich zum Stehen, und als sie aneinanderprallten, trafen sich ihre Schwerter. Rielle hatte aus dem Nichts eines erschaffen, eine gleißende Waffe aus reinem Licht und Macht. Sie hielt es in bloßen Händen und funkelte ihn über die breite, knisternde Klinge böse an. Audric umfasste Illumenor mit schweißnassen Händen. Seine Muskeln brannten und seine Knie schlotterten.

»Sie haben mich vermisst?« Rielles Stimme hatte sich noch weiter aufgespalten, in Hunderte dröhnende Fragmente, die vor Wut zischten. »Alle, die mich gefürchtet haben? Alle, die mich angewiesen haben, zu beten und zu beten und zu beten, meinen Hunger zu ignorieren, und, ja, meine Macht einzusetzen, aber nur so, wie von Kirche und Krone befohlen? Königsfluch haben sie mich genannt. Und du hast sie nie dafür getadelt. Privat hast du mich geliebt. Hast dein Kind in mich gepflanzt. Mich geheiratet. Aber du hast zugelassen, dass sie vor unseren Toren Schimpfwörter skandieren, mich verfluchen und meinen Tod fordern. Und als die Wahrheit herauskam, bist du genau wie sie geworden, obwohl du geschworen hattest, dass das nie geschehen würde.«

Sie beugte sich näher zu ihm. Ihr Mund leuchtete von Sternen. »*Königsfluch. Monster.* Du hast es selbst gesagt. Und jetzt siehst du, dass du zumindest damit recht und mit allem anderen unrecht hattest. Du hättest nie gedacht, dass ich das hier werde, hättest es dir nicht einmal in deinen kühnsten Träumen ausgemalt. Es hat dir Angst gemacht. *Nicht meine Rielle,* hast du dir gesagt. *Sie würde doch niemals. Sie ist gut und treu und reinen Herzens.* Und als du immer mehr Einblicke in mein wahres Ich bekommen hast, bist du vor mir zurückgeschreckt. Du hast mich mit Wut berührt. Du hast mich angesehen, als würdest du mich nicht kennen. Und du hast mich tatsächlich nie gekannt. Du kanntest eine Lüge.«

Während sie sprach, hatte Audric seine Macht wiedergewonnen und benutzte sie nun, um ihr massiv Widerstand zu leisten. Illumenor glühte weiß. Rielle stolperte, fing sich jedoch wieder. Ihr Schwert erlosch wie eine ausgeblasene Kerze, doch als sie erneut zu ihm herumwirbelte, hatte sie sich bereits ein neues gemacht. Aus diesem zuckten rote Flammen, und als es gegen Illumenor krachte, verbrannten die Funken Audrics Stirn und Wangen. Er schrie vor Schmerz, hielt jedoch sein Schwert fest umfasst. Schatten zogen über Rielles Gesicht. Er sah die verblüffende Form ihres Schädels, der glühte wie brennende Bronze.

Die anderen stürzten herbei, um ihm zu helfen, und durch einen Nebel der Erschöpfung sah er, wie Rielle sie wegschleuderte – Miren, Sloane, Kamayin, Evyline, allesamt blieben sie auf den Steinplatten der Terrasse liegen, gefesselt von zischenden Ranken.

»Rielle, schau doch, was du da machst!« Seine Knie gaben nach und er fiel hin. »Diese Leute sind deine Freunde!«

»Sind sie das? Habe ich überhaupt Freunde?« Rielles Blick schoss zu den anderen. Sie leckte sich die Lippen und sah Sloane an. »Ich habe ihren Bruder getötet.« Dann Miren. »Und ihren Geliebten.« Ihr Blick wanderte zu Evyline. »Ihre Freundinnen, gerade eben. Sie liegen zerschmettert unten auf der Erde. Dann Kamayin. »Und die Hälfte ihrer Leute liegen tot auf dem

Schlachtfeld. Hier im Palast sind auch alle tot, genau wie dein Vater und meiner.«

Kamayins schmerzerfüllter Wutschrei gellte durch die Luft. Audric hörte, wie Miren gegen ihre Fesseln ankämpfte. Jedes Stück Metall auf der Terrasse bebte vor Zorn.

»Und das sollen meine Freunde sein?«, flüsterte Rielle. »Das sollen die Menschen sein, die mich zu Hause willkommen heißen werden?« Ihre lodernden Augen fixierten Audric. Eine schreckliche Traurigkeit wanderte über ihr Gesicht, so schnell, dass er es sich wohl nur eingebildet hatte. Eine wahnwitzige Hoffnung, während er besiegt vor ihr lag, dass sie all das bereuen würde, wenn es vorüber war.

Sie atmete aus, ein bebender heißer Luftzug. »Du weißt nicht, wie es ist, so zu leben«, sagte sie, wobei er weder ihren Tonfall ergründen noch sagen konnte, ob sie das als Prahlerei oder als Verteidigung meinte.

Er schnappte nach Luft. Ihre Macht würde ihn ersticken. »Dann sag es mir! Hör auf damit und sag es mir, sag es allen. Bitte uns um Hilfe. Lass dir von uns helfen!«

»Es ist zu spät, Audric. Es war schon vor Jahren zu spät, als ich mit alldem hier im Blut geboren wurde. Es war schon zu spät, als Aryava seine letzten Worte gesprochen hat.« Rielles Augen glänzten, doch ihre Worte waren kalt wie Steine am Meeresgrund. »Wir waren zu dumm, um es zu erkennen.«

Wo ihr Gesicht vorher weich gewesen war, schloss sich nun eine eiserne Tür, und als er zu ihr aufsah, wusste Audric, dass sie sich nie wieder öffnen würde.

Rielle stieß ihn brutal um und rammte ihn zu Boden. Illumenor schlitterte über die Terrasse. Irgendwo in dem endlosen Lichtermeer lachte Corien.

Rielle hielt nun kein Schwert mehr. Es war ihr Arm selbst, der brannte, ein rot glühender Speer aus Licht, und als er sich in Audrics Herz senkte, hielt dieser den Blick auf ihr geliebtes Gesicht gerichtet und flüsterte: »Rielle, ich liebe dich.«

45
ELIANA

»In meinen Träumen höre ich Aryavas Stimme – aber nicht die Stimme, die ich kannte und liebte, sondern seine Stimme, kurz bevor er starb, als er nicht mehr wie er selbst klang und seine Worte heiser und verzerrt waren. »›Die Welt wird fallen‹, hat er verkündet. ›Zwei Königinnen werden sich erheben.‹ Aus seinem erloschenen Blick schaute mir etwas Kaltes und Uraltes entgegen – etwas, das nicht zu ihm gehörte. In diesem Augenblick wurde in mir das gesehen, was ich getan hatte, was wir alle getan hatten. Was wir tun mussten und wieder tun würden.«

Aus den Tagebüchern von Sankt Katell, geschrieben in den Jahren nach den Engelskriegen, entwendet aus der Ersten Hauptbibliothek von Quelbani

Baingarde war voller Licht, dicke, pulsierende Fasern durchzogen das Schloss wie die Wurzeln eines riesigen Baums. Als Eliana die mächtige Prunktreppe hinaufstürmte, schwebten sie ihr hinterher. Sie streckten sich nach ihren Beinen aus, nach ihren Urformen und Katells Schwertklinge.

Es war eine Qual, an ihnen vorbeizurennen. Sie lockten sie wie ein liebliches Lied, sie versprachen ihr die Herrlichkeit und unendliche Güte, sie müsste bloß stehen bleiben und sie berühren. Aber dank Remy, der unbeirrt und schweigend weiterlief, blieb sie nicht stehen. In ihrer Brust wuchs eine fiebrige Sehnsucht, während sich ihr Magen vor Angst zusammenzog.

Irgendwann erreichten sie eine Flügeltür aus Buntglas, durch die schillernde Ströme aus zischendem Licht drangen. Eine der Türen stand offen.

Eliana hielt wenige Schritte entfernt davon an und schaute wie gebannt nach draußen. In ihren Ohren pulsierte das Blut. Ihre Hände waren schweißnass. Sie hörte laute Stimmen, knisternde Magie und ein Lachen. Es war ein vertrautes Lachen, das ihr einen Schauer über den Rücken jagte.

Remy starrte auf die Türen. Dahinter leuchtete es unvorstellbar hell. In diesem Licht wirkte er noch kleiner als sonst und sein gestohlenes Schwert sah aus wie ein Kinderspielzeug.

»Lacht er da gerade?« Remy schaute zu ihr, sein Gesicht wirkte unter der Ascheschicht noch blasser als sonst. »Ist das Corien?«

Sie war zu erschrocken, um zu nicken. Etwas Schweres schlug gegen Stein – viermal hintereinander in kurzer Folge. Eine Frau schrie in tiefem Kummer auf, und dann rief ein Mann Worte, die sie nicht verstand. Irgendetwas an der Stimme des Mannes kam ihr bekannt vor, obwohl Eliana sie noch nie gehört hatte. Plötzlich dröhnte das Empirium in ihr und drängte sie wortlos zur Tür.

Sie hätte sich widersetzen können. Sie hätte weglaufen können oder zurück in Odos Keller gehen und sich dort verkriechen, bis die Engel sie fanden.

Stattdessen näherte sie sich langsam der Flügeltür und schaute auf eine Terrasse aus Stein und Feuer. Vier Leute wurden von Lichtsträngen an der Schlosswand und dem Terrassenboden fixiert, ihre Arme und Beine standen wie die Flügel von aufgespießten Insekten ab. Mit schreckensweiten Augen und heiser geschrienen Stimmen stierten sie auf eine blasse Frau mit wilden dunklen Haaren und einer Haut, die aussah, als wäre sie in goldenes Licht getaucht. In ihren Händen hielt sie ein loderndes rotes Flammenschwert. Ein Mann mit brauner Haut, dem die dunklen Locken auf der Stirn klebten, kämpfte gegen sie. Sein Schwert strahlte so hell wie die Sonne selbst, aber im Vergleich zu der Frau verblasste es. Sie war prachtvoll und majestätisch, und während sie ihn fest zu Boden drückte, zitterten seine Arme.

Eliana starrte auf die schrecklich gleißende Welt hinter den

Türen und verfolgte das Duell wie durch einen Traumschleier. Und dann fielen ihr plötzlich Namen ein, denn natürlich waren das dort sie: Rielle, der Königsfluch, und Audric, der Lichtbringer. Sie hörte die Trauer in Rielles Stimme, den Zorn und die Angst. Audrics Verzweiflung, als die Funken von Rielles Schwert sein Gesicht und seine Arme verbrannten. Sein Körper war voller Blut, Schweiß und Ruß, unter Rielles Kleid aus dunkelrotem, fließendem Stoff zeichnete sich der Bauch einer Schwangeren ab.

Eliana berührte ihren eigenen Bauch, als könnte sie dadurch irgendwie das seltsame Gefühl loswerden, das sie erfasste, während sie die Menschen beobachtete, die sie gezeugt hatten.

Aber dann veränderte sich Rielles Schwert, es verschmolz mit ihrem Körper, bis ihr rechter Arm ein Band aus rotem Feuer war. Sie holte aus und zielte auf Audrics Herz. Eliana sah, wie er die Augen schloss und seine Lippen stumm bewegte.

Sie wurde von Panik ergriffen und stürmte auf die Terrasse. Das Meer aus goldenen Strömen, die dicht an dicht über dem Boden flossen, teilte sich für sie. Rielles Arm blitzte auf, aber bevor sie ihn niedersausen ließ, warf sich Eliana vor Audric, sammelte all ihre Kraft und riss Katells Schwert nach oben.

Mit glühender Wucht krachte Rielles Arm gegen Elianas emporschießende Klinge und die beiden Lanzen aus Licht verhakten sich. Die eine rot und flammend und die andere in einem pulsierenden Gold, so hell wie der Morgen selbst. Beide Lichtschwerter knisterten und es regnete Funken.

Rielles Augen weiteten sich vor Schreck. Der Druck auf Elianas Schwert ließ ein wenig nach, und sie war für einen Augenblick so erleichtert, dass ihr fast schwindelig wurde. Trotzdem richtete sie sofort das Wort an Rielle.

»Mutter«, sagte sie in der gemeinen Sprache und hoffte, dass Remy irgendwo in der Nähe war. »Ich habe viel ertragen, um dich zu finden. Bitte hör mir zu.«

Sie wartete und wagte kaum zu atmen. Aber dann drang über ihre brüllenden Waffen und das heiße, rauschende Licht, das sich über die Brüstung der Terrasse ergoss, Remys Stimme, der ihre Worte übersetzte.

Rielles Miene verfinsterte sich. Sie schaute von Remy zu Eliana und spuckte ihnen etwas Bösartiges entgegen, Remy blieb keine Zeit, das zu übersetzen. Denn schon hielt sie fest gegen Elianas Schwert. Durch Rielles Körper flutete Licht, es vergoldete ihr rotes Kleid, und einen Moment lang befürchtete Eliana, dass ihre Knie nachgäben.

Aber dann dachte sie an Remy hinter sich und wie mutig er dem Ende der Welt entgegentrat, und an Simon, den sie in der Zukunft zurückgelassen hatte, und an Navi und Patrik und Hob, und Ysabet und Malik und all die anderen, die gestorben waren, weil sie sich entschlossen hatten, für sie zu kämpfen.

Sie drückte ihre Füße fest gegen den Boden und schöpfte Kraft aus den Steinen, aus der Luft, die heiß auf ihrer Haut brannte, und aus dem Nachthimmel, der vor Magie knisterte. Katells Schwert wurde zu einem Schwert aus purem Licht und in ihren Händen hielt sie eine unbändige Macht. Weiß und Gold, wie das Leuchten der Sterne. Die Urformen in ihren Händen glühten und fütterten das neue Schwert, das sie gemacht hatte. Ihre Muskeln brannten und ihre Augen tränten vor Hitze, aber sie stand aufrecht da und hielt ihrer allmächtigen Mutter stand.

Über Rielles Gesicht huschte erneut Überraschung. Erstaunt blickte sie auf das Schwert, und Eliana überkam ein kleines Triumphgefühl.

Falls Rielle an Elianas wahrer Herkunft gezweifelt hatte, tat sie das hoffentlich nicht länger.

An den Rand ihres Geistes schob sich eine Existenz, die wie züngelnde Flammen schwelte.

Eliana spürte ihn sofort – Corien, aber nicht so, wie sie ihn kannte. Helläugig und verwirrt, das schon, doch noch zeigten sich keine Spuren des Wahnsinns, und selbst sein Geist, der forschend in sie eindrang, fühlte sich ruhiger an.

Er trat nach vorn und öffnete den Mund, um etwas zu sagen.

Rielle riss den Kopf zu ihm herum. Er flog gegen die Brüstung und sackte am Boden zusammen. Nicht festgespießt wie die anderen, sondern einfach geworfen. Eine Warnung.

Eliana ergriff die Chance. Vielleicht war es die Einzige, die sie bekam. »Du hast Schmerzen«, sagte sie. »Ich sehe es dir an, und ich verstehe auch, warum.«

Remy hinter ihr begann zu übersetzen. Eliana schaute kurz zu ihm. Er kniete neben Audric und half ihm, sich aufzusetzen. Der Lichtbringer wirkte erschüttert, sein Gesicht war von Rielles Feuer verbrannt. Er begegnete Elianas Blick, und ihr fiel auf, wie sehr sich ihre Augen ähnelten, seine Züge glichen teilweise ihren eigenen. Er hielt Remys Hand fest umklammert, und selbst in dieser fürchterlichen, gewalttätigen Nacht strahlte Remys Gesicht freudig, denn schließlich half er dem Lichtbringer, sich an ihn zu lehnen, und hielt die Hand von einem der größten Könige der Alten Welt.

»Das Empirium spricht zu dir«, sagte Eliana. Sie riss ihren Blick von Remy los und suchte wieder den von Rielle. »Zu mir spricht es auch. Es will, dass ich mich erhebe. Es sagt mir, dass es mir gehört und dass ich ihm gehöre. Aber ich gehöre nur mir selbst. Und du dir ebenso.

Rielle schaute zu ihr, über ihren Körper wanderte Licht. Sie sah fast nicht mehr menschlich aus und war von einer gleichermaßen hypnotisierenden wie erschreckenden Schönheit: ihre scharf geschnittene Nase und ihr Kinn; ihre trotzig geschwungenen, aufgesprungenen Lippen; die Ringe unter ihren Augen so dunkel wie Abgründe; ihre durchscheinende, blitzende Haut. Darunter tosten Flüsse aus Macht.

Eliana juckte vor Schweiß und Hitze unangenehm der Rücken. Sie wies mit dem Kopf zu Audric. »Du willst das nicht tun. Du liebst ihn. Du liebst ihn so sehr, dass dir nach seinem Tod und meiner Geburt klar wird, was du gemacht hast, und du dich umbringen wirst. Du zerstörst diese Stadt. Du zerbrichst das Empirium. Elementherrscher können ihre Magie nicht mehr benutzen, und die Engel bekommen in ihren Menschenkörpern schwarze Augen, sie verlieren die Sinne, die ihnen erlauben, zu schmecken und zu riechen, und werden ihrer Erscheinung beraubt. Eintausend Jahre vergehen. Und das Unsterbliche Imperium entsteht.«

Eliana schaute kurz zu Corien. »Er nennt sich Kaiser. Er und seine Soldaten unterwerfen die Welt. Sie töten und plündern. Sie zerstören Tempel und ermorden Könige. Aus der Verdammnis kriechen Monster, die uns holen kommen.«

Elianas Gedanken schweiften kurz zu Zahra und einen Moment lang konnte sie nicht weitersprechen. Sie kämpfte gegen die Tränen.

»Einige Engel leisten Widerstand«, sagte sie, »aber es sind nicht genug.«

Das war der Augenblick, als Rielle ihre Waffe senkte. Das rote Feuer verblasste, jetzt sah man wieder ihren hellhäutigen Arm, der keine Brandwunden davongetragen hatte. Eliana hielt die Luft an, zählte bis drei und ließ schließlich ihr eigenes Schwert erlöschen. Zwischen ihnen stieg kräuselnd Rauch empor. Katells Schwert bestand wieder aus Schaft und Klinge und glühte sanft.

Eliana kniete sich hin und Rielle tat es ihr gleich, ihre Mutter schaute sie wie ein entzücktes Kind an, das einer Gutenachtgeschichte lauscht.

»Eine Rebellengruppe, die sich Rote Krone nennt, kämpft gegen das Imperium, aber sie haben keine Chance«, erzählte Eliana weiter, Remys Übersetzung bewegte sich in dem schönen, beschwingten Rhythmus der altceldarischen Sprache. »Er fängt mich. Und quält mich monatelang. Er will mich dazu zwingen, meine Macht zu benutzen. Ich widersetze mich.«

Rielles Mundwinkel hoben sich zu einem winzigen Lächeln, ihre Augen blitzten. Eliana erschreckte, sagte sich dann aber, dass dort wohl Stolz gefunkelt hatte.

»Wie bist du ihm entkommen?«, fragte Rielle.

Ihre Stimme war überraschend leise und normal und wurde von der summenden Macht auf der Terrasse fast verschluckt.

Wie jung sie war; wie jung sie alle waren. Remy, dessen Augen die Schrecken in sich trugen, die er erlebt hatte. Der kleine Simon, der mit seinem Vater durch die Stadt hastete, um die Wunden des Krieges zu heilen.

»Mithilfe eines Freundes«, sagte Eliana schließlich. Ludivine erwähnte sie lieber nicht. Der Name fühlte sich gefährlich an. »Bitte hör mir zu, Mutter. Schau nur, was du getan hast. Erkenne, was du tust.«

Rielles Blick wanderte zu Audric. Eliana war froh, dass sie nicht sein Gesicht sah. Die Hoffnung, die dort lebte, oder seine Verzweiflung. Sie griff nach Rielles Hand und erwartete, dass die Macht zwischen ihnen Funken schlug. Aber es war nur eine kleine, schmale Hand mit abgebissenen Nägeln und einer winzigen Schwiele am rechten Daumen.

»Es ist eine große Bürde«, sagte sie, »und ein großes Geschenk, mit unserer Macht zu leben. Für andere ist es unmöglich, das zu begreifen. Es ist schwierig, ihre Angst und ihre Bewunderung zu ertragen.«

Rielle lachte, es klang furchtbar traurig. Sie berührte Elianas Wange. »Kleines«, sagte sie, »ich sehne mich nach ihrer Bewunderung. Ich sehne mich nach ihrer Angst.«

Eliana zitterte. Der Kosenamen des Propheten in den Worten ihrer Mutter. »Ist es das, wonach du dich am meisten sehnst?«

Die angespannte Stille dehnte sich zäh. Dann änderte sich Rielles Miene, in ihrer glänzenden Rüstung entstand ein Riss.

»Nein«, flüsterte sie.

»Was willst du dann? Mehr als alles andere?«

Rielles Augen glänzten. »Ausruhen.«

»Aber da ist noch etwas«, riet Eliana.

Rielle nickte. Ein verstohlenes, verträumtes Lächeln huschte über ihr Gesicht. Sie wirkte nicht mehr wie ein Mensch, eher so, als würde sie ihre Haut bald abstreifen und ein Geschöpf zurücklassen, dass nur Begierde kannte.

»Das«, sagte Rielle. Sie schaute auf das Licht, das sie erschaffen hatte, die leuchtend hellen Flügel am Nachthimmel. Sie schloss ihre Augen und holte tief Luft. Unter ihnen bewegte sich das Schloss, die Steine zogen sich zusammen und dehnten sich im Gleichklang mit ihrem Atemrhythmus aus.

Tränen rannen über ihre Wangen. Ihre Stimme war vor Emotionen zerrissen. »Davon will ich auch mehr.« Und dann schüttelte sie den Kopf und fasste an ihre Schläfe. Sie lachte erschöpft auf. »Ich weiß nicht, wie ich sein kann, was ich bin oder wie ich mit dieser Zerrissenheit leben soll. Eine Königin aus Licht und eine Königin aus Dunkelheit. Ich bin Aryavas Prophezeiung, bloß dass ich eine Königin bin. Eine Königin mit widersprüchlichen Wünschen. Ich kann das nicht ertragen.«

Eliana berührte das Gesicht ihrer Mutter. Es war ein Impuls, und sie dachte erst darüber nach, als es schon zu spät war. Wie weich sich Rielles Haut anfühlte, ganz warm und zart war sie unter ihren Fingern.

»Doch, das kannst du«, sagte sie fest. »Und das wirst du auch. In uns allen wohnt Licht und Dunkelheit. Das bedeutet es, Mensch zu sein.«

Audric atmete scharf ein. Rielles Augen wanderten kurz zu ihm und dann wieder zurück zu Eliana.

»Und wenn ich mehr als ein Mensch bin?«, fragte sie.

»Dann musst du mehr von dem Licht tragen, aber auch mehr von der Dunkelheit, genau wie ich.« Eliana versuchte zu lächeln. »Das ist unsere Verantwortung.«

Rielles Lippen zitterten. »Ich habe nicht um diese Verantwortung gebeten. Ich lehne sie ab. Ich *hasse* sie.« Sie sah Eliana flehend an. »Ganz gleich wohin ich gehe oder was ich tue, ich werde sie niemals los.«

Das war die Wahrheit. Eine schreckliche Trauer schnürte Elianas Kehle zu. Die Macht in ihren Adern würde immer nach noch mehr lechzen. Sie wollte alles verzehren, noch glorreicher und mächtiger sein und mehr als ein Geschöpf aus Fleisch und Blut. Dieses Sehnen würde sie für einige zu Feinden machen, gehasst und gefürchtet und missverstanden, gleichermaßen verschmäht und verehrt. Andere wiederum, die schlau genug waren, die wahrhaftige Reichweite ihrer Macht, ihrer Ängste, Wünsche und Hoffnungen zu erkennen, würden sie ohne Gewissensbisse benutzen.

Eliana schaute nicht zu Corien, aber sie nutzte das Bild von ihm als Wetzstein für ihre Wut.

»In diesem Augenblick *bist* du frei«, sagte sie mit Nachdruck. »Du hast die Wahl und nur du allein kannst sie treffen.«

Sie führte den Gedanken nicht weiter aus. Das brauchte sie auch gar nicht. Denn während Remy übersetzte und Rielle aufmerksam lauschte, wurde das Gesicht ihrer Mutter ganz weich. Um ihre Augen und ihren Mund bildeten sich Fältchen.

»Zu lange schon«, sagte Eliana, »haben wir uns von denen, die uns lieben, und denen, die uns hassen, benutzen lassen. Von all jenen, die glauben, sie würden unsere Gedanken, unsere Herzen und unsere Stärke kennen. Und die Macht, die uns antreibt.«

Sie umfing Rielles Hand und lehnte sich mit der Stirn gegen ihre. Ihre Hände glänzten vor Blut und Schweiß.

»Erhebe dich mit mir«, flüsterte Eliana, »dann können wir ihnen zeigen, wie stark wir wirklich sind.«

Rielles Augen flackerten golden wie zwei göttliche Flammen. »Möge das Licht der Königin uns führen«, sagte sie mit einem winzigen, schiefen Lächeln.

Eliana lächelte zurück. »*Wir* sind das Licht. Und unser Feuer wird die Welt wecken.«

»Und was geschieht dann?« Rielles Blick wurde kühl. Sie zeigte unbestimmt auf das Schlachtfeld und die Leute, die sie am Boden festhielt. Dann schluckte sie schwer. »Nach alldem, was geschieht danach?«

»Du kannst hierbleiben«, sagte Eliana fest. »Oder, wenn du das lieber willst, allein leben und das Empirium erkunden. Du kannst ein Leben führen, ohne dass dir jemand seine Wünsche einflüstert und dich der Fähigkeit beraubt, klar zu denken. Du hast die Chance, deinen Frieden mit dir, mit deiner Macht und mit der Welt zu schließen.«

»Ich habe Dinge getan«, sagte Rielle ganz leise, »die mir nicht verziehen werden können. Wo immer ich hingehe, wird mich die Wut der Menschen begleiten. Und wenn ich die Wahl hätte, sie wieder zu tun …« Ihr Blick war auf etwas in weiter Ferne gerichtet. »Weiß ich nicht, wie ich mich entscheiden würde.«

Eliana konnte dem nichts entgegensetzen. »Du hast recht. Man wird deinen Namen immer mit diesen Dingen verbinden. Aber wenn du es willst, könnte man ihn auch mit anderen Sachen verbinden.«

Eliana drückte Rielles Hände und riskierte es, ihre Wange zu küssen. Die Haut ihrer Mutter fühlte sich heiß wie Feuer und glatt wie polierter Stahl an.

Rielles müde Augen wurden hart, und sie hob das Kinn, als wollte sie es nicht zulassen, dass ihre Erschöpfung sie übermannte.

Obwohl der Krieg um sie tobte, schaute Eliana ruhig in das mit Asche verschmutzte Gesicht ihrer Mutter und fröstelte, weil ihr klar wurde, dass sie in der Gegenwart aller Sterne kniete, die jemals geschienen hatten – und dass sie aus derselben unvorstellbaren Macht entstanden war.

Eliana begegnete Rielles Blick. Sie sahen einander in die Augen. Und dann erhoben sich Eliana und Rielle, in deren Körper der zeitlose Herzschlag der Welt pulsierte, gemeinsam mit hell leuchtenden Handflächen und traten dem Schicksal entgegen, das sie gewählt hatten.

46

RIELLE

»Stellt euch vor, in jener Nacht wäre es anders ausgegangen, als der Lichtbringer über einem Schlachtfeld aus Elementherrschern und Engeln gegen die Blutkönigin kämpfte. Ein Wort oder eine Geste, leicht verändert, oder ein Schritt nach rechts statt nach links. Das Los der Welt, geborgen in einem einzigen zerbrechlichen Augenblick.«

Die Nacht, in der die Welt einstürzte: Was wir über die Schlacht von Âme de la Terre wissen, von Axel von der Silberküste, radikaler astavarischer Gelehrter, gedruckt im Jahr 941 des Dritten Zeitalters

Rielles Blick schoss hinüber zu Corien, eine schwarze Silhouette in ihrem prasselnden Wald aus Licht, und bevor ihr einfiel, wie sie sich verhalten, was sie zu ihm sagen sollte, hatte er sich schon auf sie gestürzt.

Schmerz explodierte hinter ihren Augen. Coriens Finger verletzten sie wie dunkle Pfeile, die in ihre tiefsten Gedanken vorstießen. Sie trafen ins Schwarze und lösten unsägliche Qualen aus. Corien würde sie nicht töten, doch er würde sie daran erinnern, dass er es könnte.

Auf allen vieren kauernd schnappte sie nach Luft. Vor ihren Augen tanzten Sterne. Sie war eine Form aus weichem Ton, und Corien schnitt sie in zwei, vier, acht Teile, ein erbarmungsloses Messer. Ein Messer, das ewig weiterschneiden könnte und nie stumpf werden würde.

Rielle krümmte sich auf dem Steinboden und schlug sich die Hände gegen den Schädel. Sie würde zerfallen. Er würde sie zermalmen.

Das Licht, das die Terrasse in waberndes Gold tauchte, flackerte und wurde matter. Es dauerte nur einen Moment, ein Stottern, wie wenn das Herz für einen Schlag aussetzt, doch Kamayin, Miren, Sloane und Evyline nutzten ihn, um sich von ihren Fesseln zu befreien und davonzukriechen. Der Junge, der mit Eliana gekommen war, lief zu ihnen.

Und dann ging all das von Rielle geschaffene Licht, einschließlich der über der ganzen Stadt leuchtenden Flügel, in Flammen auf.

»Verschwinde aus meinem Kopf!«, kreischte sie. Das frische Feuer loderte hoch.

Corien musterte sie kalt. Auf seiner Miene lag ein unbekannter Groll, wie sie ihn nie zuvor erblickt hatte. »Nein. Das habe ich einmal ausprobiert. Nie wieder.«

Außer sich vor Schmerzen richtete Rielle sich auf und griff blindlings nach ihrer Macht. Sie stieß die Handflächen in die Luft. Zuckende Streifen Gold flogen über die Terrasse und rasten dann davon in die Nacht. Ihre Treffsicherheit war miserabel, ihre Gedanken wirr. Sie sah nichts, geblendet von Tränen und den pulsierenden Wellen von Coriens Wut. Das Einzige, was sie spürte, war das kalte Feuer seines Zorns.

Und sein Blick, der ungerührt auf ihr lag.

Sie versuchte es erneut und schleuderte verzweifelt ihre Macht nach ihm. Energie jagte über den Steinboden, in heißen Wellen, als wäre etwas Riesiges vom Himmel gefallen. Corien zischte. Sein Kopf schnellte nach rechts. Als er wieder zu Rielle schaute, hatte er winzige Blutspritzer im Gesicht, die aber im nächsten Moment wieder verschwunden waren.

»Rielle, ich bin hier!« Audric kroch auf sie zu. Seine Wunden waren schrecklich, sein Gesicht eine Grimasse des Grauens; dennoch rang er weiter darum, zu ihr zu gelangen. »Ich bin hier. Sag doch was. Bitte schau mich an!«

Die Welt war flüssig. Rielle befand sich unter Wasser und paddelte verzweifelt, um an die Oberfläche zu gelangen. Sie konnte weder atmen noch den Grund finden.

Mit tränenüberströmtem Gesicht hielt sie Ausschau nach Eliana.

Das Mädchen hatte sich nicht vom Fleck gerührt. Starr stand sie da, die Miene von Ärger verzerrt. In ihren Handflächen loderte Licht, das nur darauf wartete, geschleudert zu werden. Von Hitze gesättigt, zitterte die Luft um sie herum. Doch wenn sie Corien angriff, würde das Rielle verletzen? Würde er dann als Nächstes auf sie losgehen und sie alle beide fesseln?

Die Glastüren flogen auf, die auf die Fenster gemalten Sonnen zerbrachen. Ein Dutzend Engelssoldaten kam auf die Terrasse gestürmt, gefolgt von drei, fünf, acht Untieren. Eines fiel vom Dach und schlitterte auf den glatten schwarzen Haken seiner Flügel über den Boden. Ein zweites, ein Reptil mit listigen Augen, das ein Elementarkind auf dem Rücken trug, schleuderte Windböen aus seinen aschegeschwärzten Urformen.

»Beschützt den König!«, brüllte Evyline und zückte ihr Schwert. Von ihren Armen und Beinen hingen Fetzen verbrannten Fleisches. Die anderen eilten zu ihr – Miren, deren zahllose Messer wie Blitze durch die Luft flogen; Sloane, die aus jeder Ecke und jedem Winkel Schatten zog. Silberne Spiralen schäumenden Wassers schossen aus Kamayins glühenden Handgelenken, während Evyline mit wildem Blick losstürmte, jeder ihrer Schwerthiebe ein Donnerschlag.

Doch dann fuhr Eliana jäh herum und warf sich ins Kampfgetümmel. Neben ihr waren die anderen nichts, linkisch und austauschbar. Obwohl ihr vor Schmerz schwindelig war, konnte Rielle den Blick nicht von ihrer Tochter abwenden. Sie war eine Augenweide im Kampf, Arme und Beine so flink wie die einer Tänzerin. Ihr Mantel schlug um ihre Gliedmaßen. Sie war voller Blut und Staub, doch das Summen ihrer Macht ließ sie erstrahlen, als wäre sie unter den leuchtenden Pinselstrichen eines Malers entstanden. Ihre Hände glühten am hellsten, umfangen von ihren Urformen – zwei Anhängern, die sich, gehalten von schmalen Ketten, dicht an ihre Handflächen schmiegten.

Weitere Untiere fielen vom Dach und brüllten stumpf nach Blut. Mit einem schrillen Wutschrei wirbelte Eliana zum nächsten herum und stieß es durch die Luft davon. Es krachte durch die steinerne Brüstung und stürzte in die Finsternis.

Rielle hätte Eliana stundenlang zusehen können. Lichtbogen schwebten durch die Luft, durchbrachen die Rüstungen der Engel und ließen sie klirrend zu Boden fallen. Aber natürlich erhoben sie sich wieder und wieder, und das würden sie weiter tun, bis sie den Sieg errungen hatten.

Auf einmal fühlte Rielle, wie sich die Luft vor Arglist zusammenzog wie der Atemzug vor einem Schrei. Ihr Magen machte einen gewaltigen Satz.

Die Engel hatten ihren Geist in Stellung gebracht, ihre stärksten Waffen. Die brutale Wucht ihrer Gedanken schnellte durch die Luft und suchte nach Zielen. Sie würden sich diese kämpfenden Frauen eine nach der anderen schnappen und sie in den Tod stürzen oder dazu zwingen, von selbst über die Brüstung zu springen, indem sie ihnen befahlen, sich gegeneinander zu wenden, bis nichts mehr übrig war als Zerstörung. Eliana würden sie bis zuletzt verschonen und sie dann Stück für Stück zerlegen. Rielle holte Atem, schwindelig vor Angst.

Doch dann tat sich der Himmel auf, und sie flogen herab. Fast Schatten, fast Körper, doch im Grunde keines von beidem und beides zugleich. Es war wie in dem Moment, als Rielle die Pforte geöffnet hatte – ein Aufblitzen von Schönheit, glatte Haut, die glänzte, als wäre sie frisch aus dem Meer aufgetaucht, ein kurzes Blinken von Rüstungen und Umhängen, farbenfrohen Kleidern und Mänteln. Fließende helle Haare und lange dunkle Locken, in denen Bänder flatterten. Es waren Engel, die allesamt in ihrem Geist Echos dessen trugen, was sie einst gewesen waren. Und ohne Körper, die diesen Geist umfangen konnten, quollen ihre Erinnerungen ungehindert heraus.

Rielle sah sie herabschweben und versuchte aufzustehen und einen Warnruf abzugeben. Doch diese Engel, körperlos und brausend, kamen herbei, um an Elianas Seite zu kämpfen und Sloane und Kamayin abzuschirmen. Sie schlängelten sich durch die angreifenden Engel und schwangen schemenhafte Schwerter, die sie seit einer Ewigkeit nicht mehr gehalten hatten. Eine von ihnen hatte Augen so schwarz wie Flusskiesel, weißes Haar wie Gischtfäden und eine platinglänzende Rüstung. Sie stieß direkt vor Eliana herab und wehrte Angriffe von Geist und Klauen ab. Ihr Kriegsschrei erschütterte Rielle bis ins Mark.

Die gepanzerten Engel, fest mit den Körpern verschmolzen, die Rielle ihnen geschenkt hatte, verfluchten die Neuankömmlinge. Rielle spürte die spezielle Form ihrer Wut: Diese Verräter würden nicht nur für Menschen kämpfen, sondern auch für dieses Mädchen, das aus der Zukunft gekommen war, um den Größten unter ihnen zu vernichten – den wiedergeborenen Kalmaroth, ihren Erlöser und Vorkämpfer.

Ein Teil von Corien steckte im Geist aller dieser Engel, bereit für den Fall, dass er sie befehligen musste, und je tiefer er in Rielles Gedanken eindrang, desto deutlicher spürte sie die glühende Wut der Engel, die ihr fast die Kehle zuschnürte. Derbe Schimpfwörter flogen aus ihren Mündern, auf Lissar, auf Qaharis. *Verräter! Pack!*

Nur Sekunden waren verstrichen, seit Rielle mit Eliana an ihrer Seite aufgestanden war. Sie hob den Kopf gegen ein großes Gewicht – gegen den unerbittlichen, wutentbrannten Druck, den Corien ausübte, jeder seiner Gedanken ein Schraubstock.

Er stand über ihr, die Hände hinter dem Rücken gefaltet. Er sprach mit ruhiger Stimme, dennoch begannen ihre Ohren davon zu bluten.

»Nach allem, was wir geteilt haben«, sagte er, »nach allem, was wir erreicht haben, wendest du dich von mir ab?« Er blickte hinter sie. Sein Gesicht verzerrte sich zu einer harten Grimasse des Zorns. »Du lässt zu, dass sich dieses Mädchen, diese *Lügnerin*, zwischen uns stellt?«

Rielle versuchte aufzustehen, doch Coriens Geist schürfte tiefer und fesselte sie am Boden. Als sie einen Schrei vernahm, warf sie sich mit tränenden Augen auf dem Stein hin und her und sah Eliana auf die Knie sinken. Aus ihren Urformen schoss eine rasende Macht, die einen verkohlten Streifen quer über die Terrasse brannte. Rielle umfasste ihren Kopf und schrie auf, doch als sie aufzustehen versuchte, schlug etwas Unsichtbares sie nieder. Ungebremst fiel sie zu Boden.

Auf einer Welle weißen Lichts wuchs die Wut in Rielle. Die Kopfschmerzen drohten ihren Schädel zu spalten, doch sie kämpfte sich hindurch und stand auf. Dann trat sie Corien entgegen, durchschnitt mit ihrem Arm die Luft und stieß ihn quer über die Terrasse.

Das Herz schlug ihr bis zum Hals, als sie sich umwandte. Eliana hatte sich ebenfalls erhoben und den Kampf wieder aufgenommen. Über dem Feld aus Feuer trafen sich ihre Blicke. Rielle hatte noch nie eine solche Liebe empfunden.

Corien war blitzschnell wieder auf den Beinen. Sie starrte ihn finster an, als er zu ihr zurückgehumpelt kam. Blut rann ihm über die Schläfe und hatte bereits seine Haare benetzt. In ihr regte sich leise Reue, doch sie würde ihn notfalls erneut von sich schleudern.

»Du fasst sie nicht an«, erklärte sie ihm gelassen.

»Sie ist eine *Lügnerin*«, zischte er. »Du lässt zu, dass sie sich zwischen uns stellt? Dieses Mädchen, das aus der Nacht gekommen ist und Geschichten erfindet, die nur dazu dienen, mich zu verletzen?«

Schwärze überschwemmte Rielle, dann packten die Klauen des Schmerzes zu, und als sich ihre Sicht wieder klärte, fand sie den Himmel von Flammen umlodert. Brüllend saß sie auf dem Boden der Terrasse, und jedes Mal, wenn sie sich zum Aufstehen anschickte und nach ihrer Macht greifen wollte, bekam der Boden unter ihr einen weiteren Riss. Lichtspiralen entwanden sich ihren Fingern, während große Feuerbälle vom Himmel regneten.

»Rielle, hör auf meine Stimme! Hab keine Angst! Ich bin hier!«

Doch sie durfte Audric nicht in ihre Nähe lassen. Sie würde ihn töten, oder Corien würde es tun. Sie stieß mit Wucht in Richtung seiner Stimme und hoffte, dass sie ihn weit genug weggeschubst hatte.

Corien kauerte vor ihr und verfolgte, wie sie um Atem rang. In der Ferne hörte sie leise, dass Audric noch immer nach ihr rief. *Bleib bei mir, Rielle! Kämpf gegen ihn!*

Sie hielt sich den Kopf und sah mit verschwommenem Blick zu Corien auf. Sein Gesicht war gespenstisch und kreidebleich und seine Augen von einem derart strahlenden Weiß, dass ihr Anblick wie Nadeln in ihren eigenen Augen stach. Irgendwie waren ihm Flügel gewachsen. Riesig und schwarz, bestanden sie aus tausend Vögeln, die heisere Schreie ausstießen.

Rielle sah sich angestrengt nach Eliana um. Da war sie, umschwärmt von Dutzenden kreischender Bestien, die sie mit ihren Schnäbeln und Krallen zu zerfleischen drohten. Flammen umwallten Mirens Körper. Binnen Sekunden war sie Asche. Der Junge in Elianas Begleitung platzte auf, und dort, wo sein Kopf gewesen war, ergossen sich Wellen glänzender schwarzer Käfer.

Rielle schloss die Augen, sah sie aber trotzdem sterben, und sie sah auch, wie die Käfer zusammenflossen und zu einem Abbild ihrer selbst wurden. Sie war auch das Feuer, sie war jede der Bestien, die den Körper ihrer Tochter zerfleischten, und sie war jeder Vogel, der auf Coriens Rücken hockte.

»Das ist es also, was du bist«, sagte Corien ruhig und ungerührt. »Das ist die Finsternis, die in dir wohnt. Schau sie an, Rielle. Erinnere dich an sie. Liebe sie, so wie ich.«

Endlich fand Rielle ihre Stimme wieder. Sie konnte ihn nicht ansehen. Er erlaubte es nicht. Stattdessen presste er ihren Schädel gegen den Boden.

»Ich erinnere mich an alles«, keuchte sie, ihre Tränen heiß gegen den rauen Stein. »Ich erinnere mich, wie du meine Gedanken mit Drogen manipuliert und mich wochenlang betäubt gehalten hast. Ich erinnere mich an lange Monate, in denen du in Träumen zu mir gekommen bist. Ich habe dir gesagt, dass ich schlafen will, doch du hast mich wach gehalten und mir etwas von Auferweckung eingeflüstert.«

»Du liebst unser großes Werk«, sagte er. »Es bringt dir Wonne, wie du sie nie zuvor empfunden hast, Freude, die du bei *ihnen* nie gefunden hättest. Du *weißt* das, Rielle.«

Sie blinzelte heftig gegen den immer wieder aufwogenden Schmerz, der in ihrem Schädel hämmerte. Vergeblich versuchte sie nach ihrer Macht auszugreifen, doch ihre Gedanken waren zu zerfasert. Es war, als wollte sie mit bloßen Händen Wasser schöpfen.

»Lass mich aufstehen«, stieß sie erstickt hervor.

»Nein. Nicht, ehe ich sicher weiß, dass du Vernunft angenommen hast.«

Ein verzweifeltes Schluchzen entrang sich ihrer Kehle. »Lass mich los!«

»Du fürchtest, ein Monster zu sein«, sagte er, und sein Wispern dröhnte in ihrem Ohr. »Es frisst dich auf. Du hast deinen Vater getötet. Du hast Tal getötet. Du hast getötet und getötet, und du wirst wieder töten. *Die Vernichterin.*« Seine Stimme streifte sie wie ein Mund im Dunkeln. »Und was, wenn es wahr ist? Wir sind alle Monster, voll von Perversionen und Gewalt. Wenigstens akzeptieren du und ich das und haben die Kraft und die Intelligenz, um etwas damit anzufangen.«

Rielle schüttelte den Kopf und kämpfte gegen den flachen, harten Druck seines Geistes an. Ein Bild stieg an die Oberfläche und hielt sich inmitten des ganzen Chaos, das er aus ihren Gedanken machte: Eliana, die verzweifelt auf die Knie fiel. Eliana, strahlend im Kampf. Eliana, die ihre Wange küsste.

»Vielleicht bin ich ein Monster«, sagte Rielle, ihre Worte von Schmerz gezeichnet, »aber ich gehöre dir nicht mehr.«

Coriens Schock war so gewaltig, als hätte sie ihn geschlagen.

»Ich habe dich geliebt«, sagte er heiser, »wie noch nie jemanden zuvor. Das weißt du. Du spürst es jedes Mal, wenn ich dich ansehe.«

Der Steinboden der Terrasse verlor unter Rielles Fingern seine harte Konsistenz und wurde weich. Sie flehte innerlich darum, dass er sie aufsaugen und in die Tiefe ziehen würde. Lehm und Kieselsteine, vom Wind herbeigeweht, prasselten gegen ihre Wangen. Ein Sturm zog auf. *Zehn* Stürme. Der Berg bebte unter dem Schloss, und das Schloss bebte unter ihren Füßen.

»Sieh mich an.«

Sie weigerte sich und verfolgte stattdessen, wie sich die Welt unter ihren Fingerspitzen golden kräuselte.

Corien packte sie am Kinn und zwang sie, zu ihm aufzusehen. »Sieh mich an!«, brüllte er, zerrte sie vom Boden hoch und umfing ihren Mund mit einem schmerzhaften Kuss.

Seine Gedanken glitten rasch hinein und setzten sich in ihr fest. Er stieß in die tiefsten Winkel ihres Geists vor und ließ sich dort nieder. Seine Zähne fanden ihre Lippen und bissen brutal zu. Er sandte ihr Visionen, Erinnerungen. Sein Bett im Nördlichen Stützpunkt, die Pelzdecken zerwühlt, ihre Körper nackt und erhitzt. Jene Höhle in Kirvaya, wo sie ihn zuerst geküsst hatte. Die warme Sicherheit seiner Arme, nachdem sie aus Âme de la Terre geflüchtet war, mit gebrochenem Herzen und voller Zorn. Wie er zärtlich ihren Namen geflüstert hatte, die Lippen auf ihr Haar gepresst.

Wimmernd klammerte sie sich an seinen Ärmeln fest. Ihre Laute machten ihn kühner. Er küsste sie inniger, beide Hände fest um ihren Hinterkopf gelegt, und sie spürte, wie er mit ihren Begierden spielte und sie anfachte. Wenn sie nicht von selbst reagierte, würde er sie zwingen. Wenn sie die Wahrheit seiner Worte nicht begreifen wollte, würde er ihre Sicht verändern, ihre Augen neu erfinden, damit sie nie mehr etwas anderes sah als das, was er ihr zugestand.

Und es wäre ein Leichtes, dachte Rielle, Corien dies zu gestatten. Im Gegenzug würde sie nichts anfassen müssen, was ihr wehtat, oder sich den Dingen stellen, die sie getan hatte, oder entdecken, wie man in dieser Welt leben konnte, in die sie nicht richtig passte. Sie könnte ihre Macht ungehindert ausleben, ohne sich darum zu kümmern, was für Spuren sie dabei hinterließ.

Sie versuchte sich zu lösen, um Atem zu holen, da ihr von seinen Küssen bereits schwindelig war, doch er verstärkte seinen Griff um sie und riss sie erneut eng an sich. Sein Groll klebte wie Teer an ihrem Gaumen. Sie konnte nicht atmen, in ihrem Kopf pulsierten immer heftigere Wellen aus Schmerz. Coriens Griff wurde quälend, seine Nägel bohrten sich in ihr Fleisch.

»Mir«, schluchzte er gegen ihren Mund. »Du gehörst *mir*, Rielle, und ich gehöre dir. Wir verstehen einander. Ich kann das nicht ohne dich tun. Und ohne mich wirst du vollkommen allein sein. Sie werden dich nie akzeptieren. *Er* wird dich nie akzeptieren. Sie werden Tag für Tag neue Lügen ersinnen. Sie werden dir ins Gesicht lächeln, und dann, wenn die Tür sich geschlossen hat, werden sie furchtsam über dich tuscheln und sich gegen dich verschwören. Kinder werden erschauern, wenn sie deinen Namen hören. Das weißt du. Selbst er.« Wie zur Verstärkung seiner Worte schüttelte Corien sie abermals unsanft. »Du *weißt* das.«

»Hör auf«, keuchte sie, wobei ihr die Stimme in der Kehle stecken blieb. Sein Geist ließ ihre Gedanken verschwimmen. »Lass mich los, bitte!«

»Nie wieder, Rielle. Sieh nur, wozu du mich gezwungen hast. Ich wollte das nicht.« Sein Mund wanderte ihren Hals hinab, und seine Zähne ritzten ihre Haut. Seine Gegenwart drang wie Nebel in ihren Geist und breitete sich rasch aus. Schon bald würde er alles überdecken. Sie war hilflos gegen ihn. Als sie nach dem Empirium griff, landeten ihre Finger im Schlamm.

»Du gehörst mir«, murmelte Corien und umfasste ihren Hals voller Verlangen.

Doch als er zu ihrem Mund zurückkehrte, die kreischenden Vögel hinter ihm, erspähte sie sein kleines Triumphlächeln und das Blitzen seiner Zähne.

Sie bekam einen dünnen Kraftfaden zu fassen und rammte beide Hände gegen seine Brust.

Augenblicklich begann sein Mantel lichterloh zu brennen. Er löste sich schreiend von Rielle und riss sich das Kleidungsstück vom Leib. Das weiße Hemd darunter war feucht und blutgetränkt. Dünne Rauchfäden stiegen von seiner versengten Brust auf.

Sein Blick flog zu Rielle, weißglühend vor Wut. Doch sie spähte hinter sich und hielt verzweifelt Ausschau nach Eliana. Coriens Visionen waren verschwunden. Keine Käfer, keine reißenden Bestien. Da war nur sie und kämpfte immer noch. Ihre Hände loderten, ihre Fersen schlugen Funken. Sie war aus Licht gemacht, ihre Tochter, und strauchelte kein einziges Mal. Was für eine furchtlose Frau sie doch erschaffen hatte.

Rielle lachte und schluckte erschöpft ihre Tränen hinunter.

Vor ihr spuckte Corien Gift und Galle. »Du bist ein abscheuliches Geschöpf.« Er griff in ihr Haar und zerrte sie in die Höhe. Er stank nach verbranntem Fleisch und war dennoch schön, mit seinen rußgeschwärzten Wangenknochen und den von Hitze und Verlangen geröteten Lippen.

»Ich weiß das«, sagte er, »und ich kenne jeden Winkel deines wilden Herzens, deinen Hang zur Grausamkeit, deine Launen, und trotzdem liebe ich dich. Ich würde dich hier an Ort und Stelle nehmen, wenn du mich lassen würdest. Dich fürchten? Ich vergöttere dich. Weißt du noch, was ich dir gesagt habe?« Er lachte und packte ihre Haare fester. Du könntest mich tausendmal verbrennen, und ich würde dich immer noch für mich haben wollen.«

Rielle konzentrierte sich darauf, die Geräusche von Elianas Kampf zu hören. Wie schön sie waren, schöner als jedes Lied, das sie je gekannt hatte.

»Ich habe dich geliebt, Corien«, sagte sie stockend, aber mit einem neuen, konfusen Verständnis. Jeder von Elianas lodernden Hieben schlug wie eine Glocke in ihr, die darum rang, ihren müden Geist zu reinigen. »Ich habe dir vertraut. Ein Teil von mir wird immer dir gehören. Aber nicht mein ganzes Ich.« Sie stolperte über das Gewicht ihrer Zunge. »Du hast gesehen, dass ich Angst hatte, und hast dafür gesorgt, dass das so bleibt. Du hast gesehen, dass ich einsam war, und mich jedes Mal daran erinnert, wenn ich daran dachte, dich zu verlassen.«

Lachend streichelte er ihr die Wange. »Du solltest dich mal hören. Königin meines Herzens. Bringt dich der Schmerz um den Verstand? Löse dich von ihnen, wie du es vorhattest, und ich werde alles beseitigen, was dich quält. Rielle.« Tränen erstickten seine Stimme. »Bitte, tu es für mich.«

Vor Rielles Augen pulsierte es schwarz. Coriens Hände lagen sanft um ihren Hals, dennoch griff sie erneut nach ihrer Macht aus und konnte sie aber nicht finden. Dieser eine Stoß, diese Feuersbrunst auf seinen Kleidern – weiter bekam sie nichts zustande. Ihr Geist war erfüllt von ihm, und falls noch irgendetwas für sie selbst übrig war, dann vermochte sie es nicht zu sehen. Irgendwo schrie Audric nach ihr, doch es war sinnlos. Corien war in ihrem Inneren und würde nie wieder gehen.

Die Welt drehte sich, schüttelte sie durch. Sie sackte gegen Coriens blutende Brust, während ihr flatternd die Lider zufielen. Was für eine Wonne, sich von ihm halten zu lassen. Er hatte versprochen, alle Qualen zu beseitigen und sie nie allein zu lassen. Vielleicht war es doch richtig, ihm zu glauben. Seltsam, dass sie etwas anderes hatte denken können.

Corien küsste sie auf Haar und Wangen. »Meine Geliebte«, flüsterte er mit einem Lächeln in der Stimme. »Da bist du ja. Du bist zu mir zurückgekehrt. Sehr gut, Rielle.«

Dann schlagartig die Erleichterung.

Etwas Kaltes und Spitzes stürzte zwischen ihnen herab und zertrennte alles, was sie verband. Rielle fiel zu Boden, und Corien taumelte weg von ihr.

Sein erzürnter Blick schoss zu den Terrassentüren.

Zusammengekauert wie ein verletztes Tier lag Rielle fröstelnd auf dem heißen Stein und sah zu, wie eine bleiche Gestalt an ihr vorüberfegte.

Sie schnappte scharf nach Luft.

Es war Ludivine, grimmig und flink, das goldblonde Haar zu einem festen Knoten gebunden und in ein fliederfarbenes Brokatkleid gehüllt, das im Licht von Rielles Macht glitzerte. Das Schwert von Sankt Katell fest in den Händen, marschierte sie auf Corien zu.

Rielle stützte sich zitternd auf die Ellbogen und hielt panisch Ausschau nach Eliana, doch Eliana war völlig unversehrt und kam herbeigewirbelt, um Licht auf Katells Schwert zu werfen. Das Licht krachte gegen die Klinge und blieb lodernd dort haften. Und obwohl Ludivine keine Elementherrscherin war, glänzte Katells Urform jetzt, als wäre sie eine. Sie hob das Schwert in die Höhe und versprühte grelle Strahlen weißen Lichts.

Mit hassverzerrter Miene hob Corien Illumenor dort vom Boden auf, wo Audric es hatte fallen lassen. Eine doppelte Grausamkeit: mit dem Schwert des Mannes zu kämpfen, dessen Tod er herbeisehnte, und eine Urform zu benutzen, die ihm nicht zustand.

Audric schrie vor Schmerz. Rielle spähte mühsam durch die Flammen, nahm ihn zwischen den Lichtgarben aber nur schemenhaft wahr, bis sie schließlich nicht weitersuchen konnte, da Corien brüllend auf Ludivine losging und sich die beiden in einen erbitterten Kampf verstrickten. Gezackte Schattenrisse und Lichtblitze zuckten zwischen der Urform von Sankt Katell und dem Schwert des Lichtbringers hin und her, deren Klingen nicht daran gewöhnt waren, von Engeln geführt zu werden.

Ludivines Gesicht war angespannt, verhärmt und bleich. Sie war keine Kriegerin, war nie dafür ausgebildet worden, dennoch stürmte sie gegen Corien an und versetzte ihm brutale Hiebe.

Doch sie kämpften nicht nur mit Schwertern. Das wurde Rielle allmählich klar, als sie sah, wie sich die beiden umkreisten und gegeneinanderprallten. Ihr Blick war nach wie vor unscharf, und sie hatte Mühe, ihre Gedanken zu ordnen, doch eines wusste sie: Zum ersten Mal, seit er vor so langer Zeit zu ihr gekommen war, befand sich Corien nirgends in ihrem Geist.

Die seltsame Leere ließ sie in jähe Panik ausbrechen. Während sie sich weiter aufrichtete, versuchte sie sich zuerst auf ihn und dann auf Ludivine zu konzentrieren und sandte beiden eine vorsichtige Frage.

Seid ihr da?

Niemand antwortete. Rielles Gedanken gehörten ihr nun ganz allein. Doch diese vollkommene mentale Ungebundenheit verängstigte sie. Sie hatte vergessen, wie es sich anfühlte, und die Einsamkeit in ihr bäumte sich so heftig auf, dass ihr das Atmen schwerfiel.

Eine Hand berührte sie sacht am Arm und stabilisierte sie. Sie erkannte ihn sofort, obwohl es Monate her war, dass sie zuletzt seine Haut an ihrer gespürt hatte.

Sie konnte Audric nicht ansehen. Der Anblick der Verbrennungen in seinem Gesicht würde sie zerstören. Schweigend tastete sie nach ihm und fand seine Finger, die klebrig von Blut waren. Er half ihr, sich aufzusetzen, und sie lehnte sich hart gegen seine Brust. Selbst jetzt vermittelte er noch Stabilität, eine solide Wärme, auch wenn sein Puls unter ihren Fingern heftig schlug und er abgehackt atmete. Hinter ihnen ließen ihre Freundinnen ihr Blut, um sie zu beschützen. Ihre Tochter – ihre sagenhafte, unglaubliche Tochter – kämpfte mit Feuerhänden gegen Bestien.

Vor ihnen waren zwei Engel in einen erbitterten Kampf verstrickt. Gestohlene Schwerter klirrten gegeneinander, während die Luft um ihre Körper vor Macht silbern glitzerte. Bleiche Gestalten formten sich aus ihren Schatten. Mit jedem Schwerthieb, jedem Wutschrei wuchsen sie höher hinauf und entfalteten sich voll von Magie in der Luft, bis sie doppelt so groß waren wie ihre Gegenstücke. Eine der Gestalten war Kalmaroth, der Engel, der Corien einst gewesen war. Hochgewachsen und fauchend vor Zorn, mit lodernden Flügeln auf dem Rücken. Sogar die Erinnerung an ihn war überwältigend. Sein Schwert knisterte wie Blitze.

Und da war Ludivine, bei deren Anblick es Rielle die Kehle zuschnürte. Sie hatte Ludivines Engelsnamen nie gekannt, war sacht von dem Thema abgelenkt worden, wenn sie danach zu fragen gewagt hatte, doch nun wünschte sie, sie hätte darauf gedrungen, denn diese Erinnerung, dieses Echo ihres wahren Selbst, war von unschätzbarem Wert. Sie mochte ungefähr in Rielles Alter sein oder vielleicht ein wenig älter, wie Audric, und ihr Gesicht besaß eine leuchtende, unerträgliche Schönheit, die Rielle die Tränen in die Augen trieb, denn sie wusste, sie blickte auf ein uraltes Geschöpf, das sie selbst jetzt, nach allem, was sie gesehen und getan hatte, nicht wirklich verstehen konnte. Diese Ludivine, bleich und mit flachsblonden Haaren, die ihr in glänzenden Zöpfen über den Rücken fielen, war nicht so groß wie Corien, doch ihre hellen Augen leuchteten wild, und ihre riesigen Flügel strahlten wie die Sonne.

Rielles brennende Augen wanderten zu *ihrer* Ludivine. Goldene Haarsträhnen hatten sich aus ihrer Frisur gelöst, und die nackte Angst hatte sämtliche Farbe aus ihrem Gesicht weichen lassen. Sie sah rasch zu Rielle hinüber, ein schneidendes Licht in den Augen.

Als sich ihre Blicke trafen, fiel die Welt von Rielle ab und machte sie gewichtslos. Ein kalter Schauder des Grauens rann ihre Arme hinab. Audric musste die Veränderung in ihr gespürt haben und flüsterte ihr kaum hörbar zu: »War es Corien? Tut er dir erneut weh?«

Doch Rielle ertrug es nicht, ihm zu antworten, denn sie begriff, was in Wahrheit hinter Ludivines Tun steckte. Mit einem Blick hatte Ludivine ihr alles verraten. Sie hatten einander jahrelang über zahllose Esstische hinweg wissend angesehen, jahrelang schläfrig-weiche Blicke ausgetauscht, wenn sie in inniger Umarmung oder in Audrics Armen oder alle zusammen aufgewacht waren. Und jetzt das.

Rielles Blut toste, ihr Herz jaulte protestierend auf, und hundert Klagen, tausend Worte des Kummers, steckten in ihrer Kehle wie Feuerbälle. Doch sie würde nichts davon aussprechen, *konnte* nichts davon aussprechen.

Denn Ludivine hielt Corien nicht nur mit dem Schwert in Schach, sondern mit all der Kraft, die ihr Geist besaß. Wie oft hatte Ludivine ihr gestanden, dass ihre Kraft, verglichen mit der von Corien, nur ein Abklatsch war? Dennoch stand sie nun hier und stemmte sich ohne Hoffnung auf Überleben gegen ihn, zog ihn in einen derart erbitterten Kampf, dass er Rielles Geist verlassen hatte, um darin zu bestehen.

Das bescherte ihr – je nachdem, wie lange Ludivine ihn ablenken konnte – die Freiheit, das Nötige zu tun. Als hielte Ludivine eine Tür zu, an der Corien auf der anderen Seite rüttelte, damit Rielle Zeit zur Flucht blieb. Der Weg war klar, und er würde zerfallen, wenn sie nicht rasch handelte. Corien würde erkennen, was ablief, und sich von Ludivine lösen, und damit wäre die Gelegenheit verloren.

Unsicher erhob sich Rielle.

»Bleib weg«, befahl sie und wich von Audric zurück. Schuldgefühle flossen wie Gift durch ihre Adern, und ihr Mund schmeckte bitter davon. Mit jedem hämmernden Herzschlag dachte sie an den schwarzen Altar auf jenem gefrorenen Berg, den Engel, den sie in ihren Händen zerquetscht hatte wie weichen Lehm. In der einen Minute noch da, in der nächsten schon ausgelöscht.

Ich kann nicht, dachte sie verzweifelt. Durch ihre Tränen sah sie die beiden kämpfen. Corien und Ludivine, Ludivine und Corien. Ganz egal, wie sehr die beiden sie verletzt hatten oder wie sehr sie die beiden verletzt hatte. Ihre Lügen, ihre Grausamkeiten, wie sie sie gegeneinander ausgespielt hatten. Einen von beiden zu verlieren war unvorstellbar. Beide zu verlieren würde sie vernichten. Und doch hielt Ludivine Corien zurück und schenkte Rielle damit endlich Ruhe. Einen Geist, der frei war von Einflüsterungen.

Eine Entscheidung liegt vor dir. Die Stimme ihrer Tochter berührte zart ihr Gedächtnis. *Nur du kannst sie treffen.*

Und das musst du auch. Ludivine stieß ein paar zerbrechliche Worte hervor. In ihnen lag eine leidenschaftliche, umfassende Liebe. *Es ist in Ordnung. Fürchte dich nicht.* Ludivine warf abermals einen Blick auf sie. Er barg ein Gewicht. Etwas Endgültiges.

Und dann, wie ein Hieb gegen den Hals, war Ludivine auf einmal ganz aufgelöst, und ihre Stimme brach. Sie hatte getan, was sie konnte. Ihre Kraft wankte und schwand. Coriens Zorn entlud sich wie ein Gewitter.

Jetzt, Rielle, bitte!

Rielle wusste, sie würde diese Worte bis ans Ende ihres Lebens vernehmen – Ludivines brüchige Stimme, in der sie Rielle vor Angst zitternd bat, sie zu töten.

Sie würde nichts von dem vergessen, was sich in diesen Sekunden vor dem Ende abgespielt hatte. Wie sie nach Corien und Ludivine ausgriff und sie alle beide in den Handflächen hielt, als wäre sie der Gott, der sie erschaffen hatte. Wie Corien zu spät begriff, was sie vorhatte, und sie anbrüllte, sie solle aufhören, ehe ihm die Stimme brach. Sie würde nie vergessen, wie sie das Empirium an sich raffte – jeden Fetzen davon, jeden schimmernden Strang, dessen sie habhaft werden konnte. Wie begierig ihre Macht reagierte und mit welch zerstörerischem Tempo sie auf die beiden zuraste.

Die Welt flammte heiß und strahlend auf – der dunkle Berg, das brennende Schloss darauf. Rielles Geist, ihre Handflächen, während die Luft heulte, als stünde sie kurz davor, zu bersten. Alles wurde weiß, und dann war nichts mehr. Eine stille, dröhnende Finsternis. Das Feuer fort. Die Lichter, die durchs Schloss geströmt waren, verschwunden, als hätte es sie nie gegeben.

Rielle fiel schwer auf die Knie.

Atmete einmal, zweimal. Dreimal und ein viertes Mal.

Zitternd blickte sie auf.

Farbflecke blitzten vor ihren Augen auf. Sie blinzelte und die Welt kehrte zu ihr zurück. Die Berge, die Stadt, die Sterne darüber. Das Schlachtfeld irgendwo darunter. Ein Flickenteppich aus Licht und Feuer, vor der verblüffte dunkle Silhouetten durch die Luft jagten.

Rielle starrte und starrte, und als sie auf die verkohlten Stellen schaute, wo Ludivine gestanden und Corien gegen sie gekämpft hatte, spürte sie, wie etwas in ihr aufwallte. Etwas Wildes und Einsames, wie der Wald in der Nacht, wie ein von Stürmen aufgewühltes Meer. Es war nicht einmal Asche zurückgeblieben, keine Überreste der beiden, die sie hätte berühren können. Ihre Macht brodelte nach wie vor in ihren Handflächen, in der Kuhle unten an ihrem Hals, in ihren Armbeugen und Fußknochen. Sie summte leise und zufrieden.

Hinter ihr schrie jemand verwundert auf – vielleicht Miren, vielleicht Evyline –, und als Rielle sich umwandte, sah sie, dass sämtliche Engel und Bestien von der Terrasse verschwunden waren. Ein mattes Licht hing in der Luft, wo sie gerade noch gekämpft hatten. Kleine Kräuselwellen im Empirium, der Widerhall von schlagartig und restlos ausgelöschten Leben.

Rielle wusste, was das bedeutete, und blickte stumpf auf ihre neue Wirklichkeit. Corien hatte sich unzählige Male gebrüstet: *Ich bin unendlich.* Sein Geist war zu jeder Zeit mit Tausenden anderen verbunden gewesen – mit Adatrox, mit Elementarkindern, die auf ihren Monstern ritten, mit Engelshauptleuten, mit beflissenen Soldaten. Mit Engeln in Avitas und Engeln in der Verdammnis. Und dann hatte Ludivine im Kampf gegen ihn ihren Geist mit seinem verschlungen, ihre Macht hatte sich ineinander verhakt wie kämpfende Klingen, und nun waren sie weg, sie waren einfach *weg* – Rielle hatte sie beide auf einmal getötet, effizient, wie mit einem Pfeil durch zwei Herzen –, und so war jeder Geist, in dem sie sich im Augenblick ihres Todes befunden hatten, ebenfalls ausgelöscht worden. Nicht einfach nur tot, sondern zu nichts zermalmt, zu so winzigen Ascheflocken verbrannt, dass man sie weder sehen noch berühren, noch schmecken konnte. Tausende von ihnen, ausgelöscht im selben Moment wie Corien, wodurch die Zerstörung der Engelsarmeen besiegelt war.

Das unbestimmte Etwas, das in Rielle aufgewallt war, brach sich Bahn. Ein animalischer Schrei entrang sich ihrer Kehle. Weinen konnte sie nicht mehr. Dies war ein Gefühl, für das es keine Worte gab. Ihr Schmerz ließ sie am ganzen Körper hemmungslos zittern, und ihre Hände krallten sich wie mit Klauen in den Steinboden, sodass alle Nägel brachen. Die Luft stank bestialisch nach alledem, was sie getan hatte.

Arme umfingen sie und hoben sie auf. Audric half ihr, sich an ihn gelehnt aufzurichten, nahm sacht ihre Hände und hielt sie sich an den Hals. Sie spürte seinen Herzschlag an ihren Fingern, die weichen, verletzlichen Kurven seines Nackens.

»Ich bin da«, sagte er und berührte mit seiner nassen Wange die ihre. »Ich bin da. Ich halte dich, ich bin da.« Tränen ließen seine Stimme beben, denn er hatte Ludivine auch geliebt. Er war dabei gewesen, in den Gärten, am Esstisch und im warmen Bett im Morgengrauen.

Rielle klammerte sich an ihn, wehklagte an seinem Kragen, als ihr ein schrecklicher Gedanke kam. Panisch spähte sie an Audric vorbei über die Terrasse. Die körperlosen Engel, die für Eliana gekämpft hatten, schwebten in geisterhaftem, geflüstertem Gespräch über ihnen. Lebend, doch ungewiss. Was würde als Nächstes kommen? Was nun?

Doch Rielle lag nichts an ihnen, ebenso wenig wie an Miren, die nun wackelig auf die Beine kam, oder Sloane, die sich mit einer Hand vor dem Mund abwandte, oder Evyline, die auf sie zuhumpelte.

»Meine Königin?«, stieß Evyline hervor und ging unsicher auf die Knie. Die Hoffnung löschte Jahre aus ihrem Gesicht. »Sind Sie bei uns? Sind Sie es?«

Rielle gab ihr keine Antwort. Sie schaute an Evyline vorbei auf Kamayin, die langsam zu Boden sank. Mit großen Augen starrte sie auf zwei vage Gestalten, die sich aufeinander zubewegten – ein Junge und ein Mädchen, flackernd wie Schatten im Kerzenschein.

Ein Wort setzte sich in Rielles Kehle fest. *Eliana?*

Sie streckte den Arm nach ihr aus und fragte sich, wohin sie gehen würde, oder ob sie nirgendwohin gehen würde. Ob die

Frau namens Eliana aufhören würde zu existieren, jetzt, wo sie das erledigt hatte, weswegen sie so weit gereist war.

Rielle hielt ihren zitternden Atem an.

Stieß ihn aus.

Sie waren weg.

47

AUDRIC

»An diesem Tag erklärt Audric Courverie, der König von Celdaria, in Absprache mit der Kirche, eine Allianz mit dem Volk der Geistwesen, die von jeglicher Verantwortung für die Taten ihres Geschlechts freigesprochen werden und mit denen die Menschen von Celdaria eine Freundschaft in Frieden und Gemeinsinn zu schmieden hoffen.«

Königlicher Erlass, verfügt von Audric Courverie, König von Celdaria, datiert vom 21. Mai im Jahr 1000 des Zweiten Zeitalters

In der Morgendämmerung öffnete Audric langsam die Augen. Noch ehe er ganz wach war, drehte er sich zur Seite und sah Rielle neben sich liegen.

Sie schlief in einem dünnen Nachthemd aus weißem Leinen und lag auf der Seite, damit ihr Bauch genug Platz hatte. Da sie von ihm abgewandt dalag, blieb ihr Gesicht verborgen. Wie immer in diesen beklemmenden Augenblicken des Erwachens packte Audric die Angst, dass etwas sie in der Nacht geholt hatte, irgendein rachedurstiger Engel, der die Verteidigungslinien der Geistwesen überwunden hatte.

Er hielt den Atem an, bis er sah, wie sich ihre Brust hob und senkte. Erleichterung überlief ihn. Einen Moment lang verfolgte er die verzweigten Linien ihrer dunklen Haare, die sich übers Kissen ausbreiteten. Dann rutschte er langsam näher an sie heran und schlang die Arme um sie. Wenn sie sich zu ihm umdrehte, sähe er die tiefen Linien, die ihren Mund umgaben und sich in ihre Stirn gegraben hatten.

Er fand ihre Hände, die sie in harten Fäusten an die Brust geballt hatte. Sie war fieberheiß, doch Garver Randell hatte sie für kerngesund erklärt. Audric legte seine Hände sacht um ihre, als hielte er Wasser in ihnen, das er keinesfalls verschütten wollte.

Im Schlaf erschauerte sie, und dann spürte er, wie sie weich wurde und die Anspannung, die sie im Traum umfangen hatte, allmählich nachließ. Schon bald schmiegte sie sich in seine Umarmung, warm und zitternd. Sie führte seine Finger an ihre Lippen und zog seine Arme enger um sich. Tränen fielen auf seine Hände. Er vergrub sein Gesicht in ihrem Haar, und ihr Kummer schmerzte ihn in der Kehle. Selbst nachdem das Bett frisch bezogen und neue Decken gebracht worden waren, roch es in ihrem Schlafzimmer nach dem Rauch von Rielles Feuer, genau wie im Rest von Baingarde und in der verwüsteten Stadt darunter.

»Möchtest du Frühstück?«, flüsterte er schließlich. Er wagte kaum, sich zu bewegen. Die Morgenstunden waren eine so kostbare Zeit. Ein neuer Tag bedeutete weitere Beerdigungen, weitere Patrouillen, die ins Tiefland hinausgesandt wurden, um auf dem Schlachtfeld nach noch unentdeckten Leichen zu suchen, sowie weitere geflüsterte Gebete und gemurmelte Flüche. Niemand wagte es, Rielle zu verletzen oder auch nur nahe genug heranzutreten, um sie zu berühren. Wenn sie durch die zerstörten Straßen gingen, um die Räume von Heilern aufzusuchen und in den Tempeln ihrer Ehrerbietung Ausdruck zu verleihen, wurden sie von Menschentrauben verfolgt und beobachtet. Manche schauten misstrauisch, andere ehrfürchtig. Manche lächelten sogar und beugten dankbar die Knie, wenn er vorüberging, Rielle schweigend und bleich an seinem Arm. Mit frommen Händen griffen sie nach ihr. Sie warfen ihr aus dem Dunkel böse Blicke zu und träumten von ihrem Tod.

»Ja«, sagte sie mit dünner Stimme. »Frühstück. Garver hat gesagt, ich soll essen. Wenigstens für das Kind.«

Audric hörte den gereizten Unterton aus ihren Worten heraus. Er küsste sie auf die nackte Schulter, von der das Nachthemd gerutscht war. Dann hob er ihr Haar an und küsste sie auf den Hals.

Als er mit einer Hand über die Rundung ihrer Hüfte streifte, stieß sie einen erleichterten kleinen Seufzer aus und presste ihren heißen Mund auf seine Hand. Das kannte sie. Das lenkte sie ab, solange es dauerte, und brachte alles andere zum Schweigen.

Er bewegte sich sacht, die Arme fest über ihrer Brust gekreuzt, seine Lippen weich an ihrem Ohr, während sie sich an ihn klammerte und die Finger in seinen Bizeps grub. Als sie sich dem Höhepunkt näherte, wölbte sie ihm ihren Körper entgegen, ein leiser Schrei drang aus ihrem Mund und riss ihn mit. Selbst in ihrem Schmerz war sie fordernd, und in jenen trägen, prickelnden Momenten danach herrschte Frieden in der Luft zwischen ihnen.

Schläfrig küsste sie ihn auf den Arm, verschränkte ihre Finger mit seinen und legte sie sich auf den Bauch. Das Kind trat gegen Audrics Handflächen. Er dachte an das Mädchen, das auf der Terrasse für sie gekämpft hatte. Ihre lodernden dunklen Augen, die unbezwingbare Schlagkraft ihrer sagenhaften Hände. Er behielt ihren Namen in seinem Mund. Die Silben waren ihm lieb und teuer geworden. *Eliana.*

Der Morgen malte die Fenster weiß. Rielle döste mit Unterbrechungen vor sich hin, während Audric wach und auf der Hut blieb. In seiner Brust wohnte eine Angst, die ihn wohl nie wieder loslassen würde. Wenn er seine Arme von Rielle löste, schwebte sie womöglich davon. Wenn er einschlief, wachte er womöglich ohne sie wieder auf.

Ein leises Klopfen an der Tür erinnerte ihn an die Uhrzeit. Erschöpfung senkte sich schwer auf seine Schultern.

»Mein König«, verkündete Evyline mit dumpfer Stimme, »die Räte versammeln sich.«

Wenn Audric die Augen schloss und seinen Geist ganz still hielt, konnte er manchmal so tun, als wären all die Ereignisse der letzten langen Monate nicht geschehen. Dass es zwei Sommer früher war und Rielle friedlich neben ihm schlummerte. Dass Corien weit weg war und Ludivine in ihrem Zimmer ein Stockwerk tiefer schlief.

Doch wenn er die Räte allzu lange warten ließ, würde er sie enttäuschen und eine ohnehin schwierige Angelegenheit noch schwieriger machen.

Sich von der weichen Oase ihres Betts loszureißen war eine Tortur. Schweigend zog sich Audric an, und während er seine Jacke zuknöpfte, ging er zu Rielles Bettseite hinüber, um sein Aussehen im Spiegel zu überprüfen. Er ordnete seine Locken und inspizierte die heilenden Brandwunden auf seinen Wangen und seinem Kinn.

Rielle beobachtete ihn. Ihr Nachthemd war zerknittert und ihr Blick weich.

»Ich liebe dich«, sagte sie leise, und das wusste er – er sah es in ihren Augen und spürte es in ihrer Berührung. Er beugte sich hinab, um sie zu küssen, und sie reckte sich sehnsüchtig nach ihm, griff ihm leidenschaftlich ins Haar.

»Mein Licht und mein Leben«, murmelte er gegen ihre glühend heiße Stirn. »Ich liebe dich. Ich habe dich immer geliebt und werde nie aufhören, dich zu lieben.«

Die Worte waren ein Refrain, ein Wechselgesang, der in den letzten Tagen zwischen ihnen hin- und hergegangen war, bis sie ihn zu einem kleinen Ritual zwischen sich gemacht hatten. Rielles Augen schlossen sich flatternd, als er ihr sanft über die Brauen streichelte, doch als er sich schließlich von ihr löste, sah er ein mattes goldenes Licht über ihr Gesicht ziehen. Wie ein verstohlenes Zwinkern ließ es ihre Wangenknochen und den Schwung ihrer Lippen aufleuchten, dann war es weg.

Ein kalter Stein fiel zwischen Audrics Rippen. Er strich mit den Daumen über ihr Gesicht, als könnte er wegwischen, was immer dort war, dieses Leuchten, das sich manchmal wie ein Lebewesen unter ihrer Haut kräuselte. Verträumt sah sie zu ihm auf, wobei sich in ihren schläfrigen grünen Augen auf einmal goldene Strudel drehten. Darunter zogen sich lange dunkle Schatten entlang.

»Passiert es schon wieder?«, flüsterte Rielle.

Er nickte, außerstande zu sprechen. Es passierte schon seit Wochen.

Sie nahm seine Hand und küsste ihn auf die Knöchel. Er half ihr ins Badezimmer, brachte sie danach wieder zu Bett und schickte einen Pagen nach unten, um Essen zu holen. Rielle ließ die Beine über die Bettkante baumeln und verfolgte, wie Audric seine Papiere, den eleganten Umhang und seinen Lieblingsstift zusammensuchte. Als er sie zum Abschied küsste, umfasste sie sein allmählich heilendes Gesicht zärtlich mit beiden Händen, sodass ihn den ganzen Weg nach unten die Süße ihrer Berührung begleitete. Dennoch vermochte Audric den Würgegriff des Grauens nicht abzuschütteln, der sich langsam um sein Herz schlang.

Ja, Rielle liebte ihn. Das wusste er, und dennoch fürchtete er, dass es ihr eines Tages nicht mehr genügen würde.

Die Tage verstrichen zu schnell, und jeder einzelne war so ausgefüllt mit Arbeit, dass Audric bei Einbruch der Nacht restlos erschöpft war. Er traf sich mit den königlichen Räten, kümmerte sich um die Reparatur der Wachttürme und der Stadtmauern und half den überlebenden Mitgliedern der Stadtgarde dabei, nach und nach die verwüsteten Straßen aufzuräumen. Verwesungsgerüche führten sie zu den unter dem Schutt begrabenen Toten, menschlichen wie auch nichtmenschlichen. Eine zerfetzte Bestie mit Eingeweiden voller Fliegen. Ein kleines Mädchen, dem ein herabgestürzter Dachbalken das Herz durchbohrt hatte.

Vor jedem Leichnam kniete Audric sich hin und betete. Manchmal taten die Umstehenden es ihm nach, manchmal blieben sie stehen und schauten böse. So viele waren gestorben, doch er hatte überlebt.

Er zwang sich dazu, sich ihrem Leid vorbehaltlos zu stellen. Manchmal wachte er schweißgebadet aus seinen Träumen auf. Dann tat ihm jeder einzelne Knochen weh, und eine Urangst überkam ihn, die ihn mit schneidender Gewissheit fühlen ließ, dass er in jener Nacht hätte sterben sollen. Und doch war er noch hier, saß zitternd auf der Bettkante, den Kopf in die Hände gestützt, lebendig, lediglich mit ein paar Narben und einer tiefen Schnittwunde am Bein.

In diesen Stunden streckte Rielle die Hände nach ihm aus und rief leise seinen Namen. In ihren Armen fand er eine Art Trost, bis sich der nächste Albtraum seiner bemächtigte.

Häufig gesellte Rielle sich zu ihm, wenn er sich mit seinen Beratern traf. Die größeren Versammlungen, mit Dutzenden von Leuten in der Halle der Heiligen, waren das eine. Dann saß Rielle still an Audrics Seite auf ihrem Thron und äußerte sich nur, wenn sie gefragt wurde. In welchem Zustand befand sich die Pforte? Was würde gebraucht, um sie zu schließen, und wann wäre Rielle stark genug, um es zu versuchen? Konnte die Pforte wieder komplett versiegelt werden, noch fester als zuvor?

Wie viele Engel waren in der Verdammnis zurückgeblieben?

Und welche anderen Geschöpfe könnten eines Tages von dort hervordringen?

Doch den vertraulicheren Besprechungen in den kleinen Ratskammern ging Rielle aus dem Weg, bis der Tag kam, an dem ihr Fachwissen gebraucht wurde.

Sie saßen um einen großen, viereckigen Eichentisch herum, Rielle rechts neben Audric. Zu seiner Linken saß Genoveve, blass und still, das kupferfarbene Haar in ordentlichen Schnecken aufgesteckt. Neben ihr folgte Sloane. Unter ihren wässrigen Augen lagen tiefe Schatten. Ardeline Guillory vom Haus des Lichts saß auf Rielles anderer Seite, flankiert von Rafiel Duval vom Firmament, der seine dicken schwarzen Zöpfe im Nacken zusammengebunden hatte. Der leer stehende Stuhl des Archons glänzte frisch poliert, danach kam Brydia Florimond in ihrem braun und mattgrün gemusterten Erderschüttergewand, die gerötete Haut voller Wundverbände.

Und dann war da Miren, wie erstarrt und mit steinerner Miene. Zwischen ihr und Sloane stand Tals leerer Stuhl.

»Wir haben Berichte von Königin Obritsa erhalten«, begann Audric und schlug eine Mappe auf. »Sie bittet um Hilfe. Esswaren, Heiler, Soldaten. Coriens Festung –«

»Ja«, murmelte Rielle mit abwesendem Blick, »der Nördliche Stützpunkt.«

Schweigen trat ein und dehnte sich zäh über den ganzen Raum aus. Magister Duval schaute mit schmalen Lippen auf seine Hände.

Audric stellte sich seinen Geist als plane, freie Ebene vor, ohne Gras oder Staub. Nur auf diesem Weg konnte er an dem vorbeidenken, was ihm Rielle über ihre Zeit im eisigen fernen Norden erzählt hatte, und sich stattdessen auf die Papiere vor ihm konzentrieren.

»Ja«, sagte er tonlos. »Der Nördliche Stützpunkt. Als Corien starb, sind auch viele der Engel dort gestorben, aber nicht alle. Sämtliche Engel, die im exakten Moment seines Todes nicht mit ihm verbunden waren, haben überlebt. Hunderte werden nach wie vor in ausgeklügelten Gefängnissen unter den Bergen festgehalten. Obritsas Armee wird zwischen Rettungsversuchen und der um sich greifenden Revolution in Genzhar aufgerieben.«

Er hielt den Atem an und schaute zu Rielle. Wie bezaubernd sie war in ihrem Schweigen! Mit geradem Rücken saß sie auf ihrem Stuhl, den Kopf leicht angehoben, während die zarten Knochen ihres Gesichts scharfe Linien von der Stirn zum Kinn zogen. Ihr Blick war auf die makellos glänzende Tischplatte fixiert, doch Audric wusste, dass es nicht der Tisch war, was sie sah.

»Bevor wir irgendetwas bewilligen«, sagte er, »benötigen wir eine Skizze der Anlage und ein Gefühl für die Geografie des Nördlichen Stützpunkts. Bestimmt gibt es unterirdische Bereiche, die den Kirvayanern entgangen sind, und wir brauchen alles, was uns einen Vorteil verschaffen könnte. Ist deine Erinnerung vollständig genug, um einen Plan zu zeichnen, Rielle?«

Rielle lächelte geheimnisvoll. »Natürlich«, flüsterte sie mit belegter Stimme. »Ich erinnere mich an alles.«

Sloane veränderte ihre Sitzposition. Magistra Florimond starrte auf ihren Stift. Genoveve schloss die Augen und kniff den Mund zusammen. Nur Miren verstellte sich nicht. Mit hochroten Flecken auf den Wangen funkelte sie Rielle böse an.

Audric schluckte gegen seinen rebellierenden Magen an. Zum ersten Mal war er froh über Ludivines Tod. Er hätte es nicht ertragen, jetzt in ihr mitleidendes Gesicht zu blicken, das verriet, dass sie alle Erinnerungen Rielles kannte.

»Hervorragend.« Seine Stimme klang hohl in seinen Ohren. Er durchsuchte die Blätter und zog Ilmaires offiziellen Bericht und den darin eingefalteten Brief hervor. »Ilmaire hat auch geschrieben. Die Pforte ist nach wie vor unverändert, aber unzählige tote Fische und andere Meerestiere wurden an mehreren Küstenstreifen des Nordmeers angespült. Er hat Angst, dass irgendetwas Giftiges aus der Pforte ausströmt, vielleicht irgendwelche unbekannten Stoffe aus der Verdammnis, und dass sie unsere Luft und unser Wasser auf eine Art und Weise verunreinigen, die wir noch nicht untersucht haben.«

Er hielt inne und sammelte sich. Als er einen Blick auf Rielle warf, fühlte er sich wie betäubt. »Was sagt dir das Empirium? Bietet es eine Erklärung dafür?«

Er bemühte sich, seiner Stimme einen neutral interessierten Klang zu verleihen, doch am liebsten hätte er sich vor ihr auf die Knie geworfen und sie angeschrien, bis dieser distanzierte, nach innen gerichtete Blick von ihr abfiel. Am liebsten hätte er sie geschüttelt, um sie davon zu befreien.

Geistesabwesend tippte Rielle auf die Tischkante. Sie runzelte die Stirn, und als sie sprach, geschah dies mit einer Art gereizter Herablassung, als konzentrierte sie sich auf etwas weit Entferntes, und Audrics Frage wäre weiter nichts als ein lästiges Ärgernis.

»Ja«, sagte sie leise.

Er wartete auf weitere Ausführungen, die nicht kamen. In der Stille brannten ihm die Wangen. Magistra Guillory räusperte sich. Was sie wohl alle von ihm dachten, von Rielle, von dem Ganzen?

»Was bedeutet das dann?«, hakte Audric nach. »Kannst du … Es tut mir leid, vielleicht ist das eine dumme Frage. Kannst du das Meer irgendwie reinigen? Weitere Schäden verhindern?«

Rielle seufzte und schien dabei regelrecht zu schrumpfen. Wie klein sie war und wie unfassbar weit weg. Sie sah ihn an und rang sich ein Lächeln ab. Er hasste es. Sie versuchte, ihn zu erfreuen, ihn in Sicherheit zu wiegen, und scheiterte kläglich.

»Natürlich kann ich das«, murmelte sie.

Dann konnte Miren nicht mehr an sich halten. Schnaubend lehnte sie sich vor.

»Ist das alles, was du zu sagen hast?« Trauer und Bitterkeit schwangen in ihren Worten mit und ihre Augen schimmerten feucht. »*Ja* und *natürlich*? Du könntest auch etwas anderes sagen. Du könntest uns alle ansehen und würdigen, dass wir tatsächlich hier vor dir sitzen. Oder du könntest dich entschuldigen. Du könntest mir ins Gesicht schauen und sagen, dass es dir leidtut.« Ihre Stimme brach, und sie verkantete das Kinn, während sie gegen die Tränen ankämpfte. »Tut es dir überhaupt leid, was du uns allen angetan hast?«

Rielle starrte sie irritiert an, und sie wirkte so seltsam auf diesem Stuhl, so unpassend, dass es Audric vor Angst die Kehle zuschnürte. Rielle sah Miren an, als versuchte sie, eine unbekannte Art von Unkraut zu verstehen – keines, das sie jäten wollte, sondern lediglich eines, das ihr nicht aufgefallen war, ehe es ihr mit seinen Dornen in den Knöchel stach.

Er wünschte, er könnte sie alle zurücklassen, Rielle nach oben in ihr Schlafzimmer bringen und sie dort festhalten. Sie füttern und lieben und ihr den schmerzenden Rücken massieren, bis ihr Gesicht Farbe bekam und sie wieder menschlich aussah.

»Miren, du hältst den Mund«, sagte Genoveve pikiert. »Rielle hat uns gerettet, wenn ich dich daran erinnern darf. Sie hat Corien zerstört und viele seiner Soldaten mit ihm ausgelöscht.«

»Erst nachdem Tausende umgekommen waren. Erst als unsere Stadt in Trümmern lag. Zahllose zerstörte Häuser und zahllose zerbrochene Familien.« Miren stemmte die Hände flach auf den Tisch und verzog den Mund. Sie hatte Tals Namen kein einziges Mal ausgesprochen, und doch hörte Audric ihn in jedem ihrer Worte widerhallen.

»Sag es, Rielle«, stieß Miren mit erstickter Stimme hervor. »Sag mir, dass es dir leidtut.«

Rielle betrachtete erst ihre Hände und sah Miren dann unbewegt an. »Wenn ich es sage, wirst du es mir glauben?«

Alle Anwesenden hielten den Atem an, die Stille im Raum knisterte.

Miren ließ sich gegen die Stuhllehne sinken, und ihre Miene wurde ausdruckslos. »Nein«, sagte sie schließlich. »Das werde ich nicht.«

Rielle lächelte ein wenig, und es war das traurigste Lächeln, das Audric je gesehen hatte. »Ich nehme es dir nicht übel. Aber es tut mir ehrlich leid. Ich wünschte, ich könnte es ungeschehen machen. Ich wünschte, Tal –«

Miren schoss in die Höhe und die Axt an ihrer Hüfte leuchtete auf. Jedes Metallstück im Raum vibrierte, bereit, auf ihren Befehl loszufliegen.

»Erwähne seinen Namen nicht in meiner Gegenwart«, unterbrach Miren sie barsch. »Niemals. Er hat dich mehr geliebt als alles andere, mehr als mich, und selbst das war dir nicht genug. Nichts, was wir dir geben können, ist jemals genug.«

Damit stieß Miren sich vom Tisch ab und stürmte hinaus. Genoveve drückte sacht Audrics Hand und erhob sich, um ihr zu folgen.

»Ich schlage vor, wir ziehen uns zu einer Mittagspause zurück«, sagte Audric in das lastende Schweigen hinein, »und treffen uns später wieder. Um drei Uhr hier an diesem Tisch bitte.«

Während die anderen zügig den Raum verließen, sammelte er seine Papiere zusammen. Rielle blieb reglos neben ihm sitzen. Er brachte es nicht über sich, sie anzusehen, denn dann sähe er die Wahrheit auf ihrem Gesicht, das, was er am meisten fürchtete – mehr als die Engel, die nach wie vor durch die Welt zogen, mehr als das, was hinter der Pforte lauern und eines Tages von dort hervordringen mochte.

Wenn er sie ansähe, würde er die Wahrheit erkennen: Miren hatte recht.

Ohne Rielle in die Augen zu sehen, hielt ihr Audric seine Hand hin. Rielle nahm sie wortlos entgegen, und ihre Finger lagen so leicht auf seinem Handteller, dass es ihm Angst machte. Als sie sich nach oben in ihre Gemächer zurückzogen, klammerte er sich an das Geräusch ihrer Schritte, genoss jeden ihrer mühsamen Atemzüge. Ihr Bauch war riesig und wundervoll. Sie schimpfte darüber, leise und bedächtig, als probierte sie einen Witz aus, und sein Lachen fühlte sich schal auf seiner Zunge an.

Ein Mittagsimbiss erwartete sie – frisches Brot und weicher Käse, mit Honig beträufelte Feigen und ein Salat aus Tomaten und Gurken. Sie aßen schweigend, und kein einziges Mal gab Rielle seine Hand frei. Ihr Daumen rieb wieder und wieder über seinen und hinterließ zarte goldene Schlieren.

Eines Nachts ließ Audric Rielle allein in ihrem unruhigen Schlaf zurück und stieg aufs Dach. Die Sommerluft war lau, und aus den dichten Wäldern, die den Mount Cibelline überzogen, riefen die Nachtvögel.

Er ging die langen überdachten Außengänge im vierten Stockwerk entlang, die alle von einer Brüstung aus weißem Stein gesäumt waren. Sorgenvoll blickte er hinab auf die an der Westfassade des Schlosses angebrachten Gerüste. Zwei Türme waren in der Schlacht eingestürzt. Große Lücken, verursacht von rasender

Elementarmagie, klafften in den Mauern. Baingarde wirkte ausgezehrt und schwach.

Er rieb sich den Nasenrücken und hoffte, so das müde Brennen in seinen Augen zu vertreiben. Mit dem Schlaf kamen Träume, die er nicht wollte.

Im Augenwinkel erhaschte er eine Bewegung, glatt und geschmeidig. Atheria hatte sich in die Lüfte erhoben, und er verfolgte lächelnd, wie sie sich Fledermäuse aus der Luft schnappte. Es war ein willkommener und seltener Anblick. Wenn Rielle wach war, hielt sich das Göttertier fern von Baingarde.

Was Rielle noch mehr Kummer zufügte.

Plötzlich verschob sich die Luft neben ihm wie ein schweres Gewicht, das sich durch ein Gewässer bewegt.

Ein kalter Schauer überlief ihn. Er war noch nicht an die Gegenwart von Geistwesen gewöhnt und traute ihnen auch nicht ganz, obwohl sie ihm bisher keinerlei Grund zum Argwohn gegeben hatten, abgesehen davon, was sie waren: Engel ohne Körper – Engel, die sich der Auferweckung verweigert hatten.

Dutzende von ihnen bewachten nun die Stadt, Hunderte patrouillierten in den Bergen, aber die, die jetzt neben ihm schwebte, war ihm die liebste von allen. Audrics Schultern entspannten sich ein wenig, als er sie erkannte – der schmale durchscheinende Körper, die schwarzen, gelassenen Augen, die langen, dünnen Gliedmaßen. Dunkles Haar floss ihr bis zur Taille, doch in der Nähe von Rielle erstrahlte für alle sichtbar ein mächtiges Echo ihres wahren Selbst – glänzendes weißes Haar, tiefbraune Haut und eine platinglänzende Rüstung, wie sie sie bei ihrem Eintritt in die Verdammnis getragen hatte.

»Zahra«, sagte Audric herzlich. »Brauchst du irgendetwas?«

Die Engelin neigte den Kopf zum Gruß. Ihre Stimme hallte wie das Schlagen schwerer Glocken. »Nichts als Gesellschaft, mein Herr und König. Die Nacht ist ruhig.«

»Es beruhigt mich, das zu hören.« Audric schaute in den weiten dunklen Himmel. Manchmal sah er dort immer noch das vage

Abbild brennender Flügel. Manchmal fühlte er deren Hitze in seinem Nacken, und von der Erinnerung bekam er einen widerlichen Geschmack im Mund. Er schloss die Augen und hielt sich aufrecht.

Zahra sog geräuschvoll die Luft ein. Eine sonderbare, traurige Gewohnheit von Geistwesen, wie sie ihm einmal erklärt hatte – sie besaßen keine Lungen, empfanden aber trotzdem den Drang zu atmen. Auf einmal spürte Audric, dass sie etwas auf dem Herzen hatte. Es war hilfreich, einst eine Engelin geliebt zu haben. So konnte er mit Leichtigkeit die Gefühle von Geistwesen lesen, eine durchaus nützliche Fähigkeit, nachdem er nun über eine ganze Armee von ihnen verfügte.

»Ich habe gelogen«, sagte Zahra zerknirscht. »Ehrlich gesagt, habe ich doch ein Anliegen. Ich muss dir eine Antwort geben, die du gesucht hast.«

Er sah sie direkt an. Wabernd und befremdlich, wie es war, besaß ihr mattes Profil doch eine stille Würde, die er enorm beruhigend fand. Das hatte er ihr eigentlich sagen wollen.

»Eine Antwort worauf?«, fragte er stattdessen.

»Du fragst dich, warum ich gegen mein eigenes Volk gekämpft, warum ich dir und deiner Familie Treue geschworen habe. Das fragst du dich seit dem Abend, als ich einen Kniefall vor dir gemacht habe, und die Antwort, die wir deinen Räten gegeben haben, hat dich nicht zufriedengestellt.«

Vor Verblüffung konnte er sie einen Moment lang nur wortlos anstarren. Der aufwallende Ärger half ihm, Worte zu finden. »Du hast meine Gedanken gelesen. Das war nicht Teil unserer Abmachung.«

Zahra wandte sich mit großen Augen um. »Nein, mein König. Ich habe keinen Teil unserer Abmachung gebrochen. Der Vertrag zwischen uns war gut formuliert, und alle, die wir unsere Namen daruntergesetzt haben, taten das, weil wir an das Potenzial dieser neuen Freundschaft glauben.«

»Wie konntest du dann –«

»Mein Herr und König.« Zahras Stimme war voller Zuneigung, und Audric musste augenblicklich an ihre Alterslosigkeit denken und daran, wie klein er verglichen mit ihr war. Dass sie schon Jahrhunderte vor seiner Geburt gelebt hatte und nach seinem Tod noch Hunderte weitere durchleben würde. »Du bist ein Mann von außergewöhnlicher Kraft sowohl im Geist als auch im Herzen. Doch deine Neugier ist übereilt und steht oft deinen Bemühungen im Weg, nicht durchschaut zu werden. Deine Fragen fliegen aus deinem Mund wie Vögel. Ich kann sie ohne Weiteres von deiner Miene ablesen, selbst die Fragen, die du dann doch nicht stellst.«

Er hob die Brauen. Es war kühn, was sie da aussprach, doch es vermittelte ihm auch eine gewisse Erleichterung, so klar gesehen zu werden. »Dann verrat mir doch, was du zu sagen hast.«

Sie zögerte. »Das ist eine lange Geschichte. Vielleicht war es falsch von mir, dich jetzt darauf anzusprechen. Es ist nur, dass … oh, mein Herr und König, es ist eine so wilde Geschichte. Ich warte schon seit Wochen darauf, sie dir zu erzählen.« Sie schimmerte, übersprudelnd vor Eifer, und spielte an ihren Haarspitzen herum. »Wir sollten uns vielleicht lieber in dein Arbeitszimmer zurückziehen, wo du bequem sitzen kannst.«

»Ich habe es hier bequem. Die frische Luft ist wie Balsam. Erzähl, Zahra. Du hast gesagt, du hättest Antworten für mich.«

»Ja, mein König. Du fragst dich, warum wir in jener Nacht für dich gekämpft haben, warum wir unser Volk verraten und uns mit seinem Feind verbündet haben. Ein Teil der Antwort ist leicht, und das haben wir deinen Räten auch bereits dargelegt: Wir waren mit Kalmaroths Rachefeldzug nicht einverstanden. Nicht jeder Engel, der in der Verdammnis gelebt hat, war ein Geschöpf der Wut und der Gewalt. Vergib mir, mein Herr und König, aber es ist ungerecht, die vielen Millionen von uns allesamt über einen Kamm zu scheren und auf ein Gefühl, eine Denkweise, ein Verlangen zu reduzieren.«

Audric nickte beschämt. Als er erneut zu sprechen ansetzte, hob Zahra abwehrend eine Hand in die Höhe.

»Bitte, wenn du gestattest, ich muss es alles auf einmal erzählen. Das erfordert etwas Zeit, und du hast am Morgen Besprechungen, mein Herr und König. Irgendwann wirst du Schlaf brauchen.«

Er lächelte sie schief an. »Ich nehme an, ich werde nicht mehr viel schlafen, nachdem du geendet hast.«

»Vielleicht nicht. Ich habe diese Geschichte wild genannt. Ein unzureichendes Wort, aber mir fällt kein anderes ein.« Sie hielt inne und holte Atem. »Du erinnerst dich bestimmt«, so fuhr sie fort, »an das Mädchen Eliana. Deine Tochter, mein König.«

Das geliebte Wort traf ihn. Damit hatte er nicht gerechnet. »Ich erinnere mich an vieles aus dieser Nacht, aber vor allem an sie.«

»Wir haben in der Nacht, bevor wir zu euch kamen, in der Stadt gekämpft und eure Leute vor den Engeln beschützt. Wir haben sie vor den Bestien abgeschirmt, die Jagd auf sie gemacht haben.«

Das war Audric bekannt, und er wollte ihr danken, wie er es schon viele Male zuvor getan hatte, doch sie sprach weiter, ehe er dazu kam.

»Während wir kämpften, habe ich sie gespürt«, sagte Zahra. »Eliana. Sie war anders als alle Lebewesen auf der Welt, ausgenommen der Junge an ihrer Seite. Die beiden kamen aus einer anderen Zeit, das wusste ich sofort. Wir alle wussten es, und genau das hat uns dazu gebracht, zu euch zu eilen, und es hat auch die Engel veranlasst, durchs Schloss zu stürmen und gegen euch zu kämpfen. Wir alle haben uns danach gesehnt, ihren Geist zu berühren, ihre Fremdheit zu verstehen, aber ich habe die anderen angewiesen, sie und deine Freunde abzuschirmen, und während sie hinabstießen, um meinem Befehl Folge zu leisten, habe ich allein ihre Gedanken gelesen. Mein König …«

Überwältigt kniete sie sich hin. Schatten sammelten sich um sie herum, als kniete sie in flachem, dunklem Wasser.

»Ich habe alles gesehen, was sie je gesehen hat«, flüsterte Zahra. »Ich habe die Welt gesehen, in der sie gelebt hat. Ich habe das unsterbliche Imperium gesehen und alles, was es getan hatte. Ich habe die Menschen gesehen, die sie geliebt hat, und diejenigen, die ihr wehgetan haben. Ich habe mich selbst durch ihre Augen gesehen. In der Zeit, die erst noch kommt, in der deine Tochter gelebt und gekämpft hat, war ich ihre Freundin. Ich habe sie geliebt und sie mich.«

Langsam ließ sich Audric neben sie sinken und lehnte sich gegen die Brüstung. Die lauen Nachtwinde streichelten seine Hände. Über ihnen jagte Atheria fröhlich zwitschernd nach ihrem Abendbrot.

»In dem Moment, als mein Geist den ihren berührte, habe ich alles gefühlt«, fuhr Zahra mit belegter Stimme fort. »Ich habe alles gesehen, was sie durchlitten hat und was mit der Welt passieren würde, wenn sie scheiterte. In jener zukünftigen Welt bin ich für sie gestorben. Ich bin in ihren Armen gestorben, und sie hat über meinen Tod geweint. Mein Herr und König, das ist es, was ich gesehen habe. Das ist der Grund, warum ich für sie gekämpft habe, und für dich, ihren Vater, und warum ich das immer wieder tun werde. Ich bin für sie gestorben, und ich würde es wieder tun.«

Zahra griff nach seinen Händen. Ihre dunklen Finger flossen durch seine wie Rauch. Der kalte, geschmeidige Druck ihrer Nähe ließ ihn frösteln. Zart berührte sie seine Wange. Das war vermessen, aber dennoch spürte er, dass zwischen ihnen nichts jemals typisch sein würde, nicht solange er lebte.

»Darf ich dir den Rest erzählen?«, fragte sie. »Darf ich dir die Geschichte deiner Tochter erzählen?«

Mit Tränen in den Augen und völlig aufgelöst nickte Audric, und dann lauschte er bis zum Ende der Nacht, als Zahra von einer Zukunft sprach, die nie kommen würde.

Es war, als hätte seine Tochter ihn gehört.

Am nächsten Tag kam Sloane mit leuchtenden Augen in sein Arbeitszimmer gestürmt. Ihre Begeisterung ließ die Schatten im Raum aufleben. Zitternd erhoben sie sich aus ihren Ecken und streckten sich über die hellen Fenster.

Er wusste es, ehe Sloane Luft holte und zum Sprechen ansetzte. Ein Licht flammte in ihm auf und wärmte all die müden Knochen seines Körpers. Ein einziges Wort erblühte und durchdrang seine Gedanken:

Eliana. Eliana. Eliana.

Denn so würde sie selbstverständlich heißen.

»Ich habe nach Garver gesandt«, sagte Sloane. Strahlend stand sie in der Tür und ihr Lächeln war ein willkommener Anblick. Die Tage waren schwer gewesen, doch diese Freude war so natürlich, so echt und wurde so dringend gebraucht. »Deine Mutter ist bei Rielle, und die Krankenpflegerinnen auch. Die Wehen haben sie noch nicht ereilt, doch sie ist sicher, dass es sehr bald so weit sein wird. Sie fragt nach dir. Sie ist nervös, aber ich weiß nicht, ob ich sie je so glücklich gesehen habe.«

Sie wartete darauf, dass er aufstand, doch er konnte nicht. Bestimmt würden seine Knie nachgeben, wenn er es versuchte.

Sloane war gnädig. »Komm nach oben«, sagte sie sanft und reichte ihm ihren Arm. »Es ist Zeit.«

48

RIELLE

»Dem Himmel warst du geboren, zum Himmel kehrst du zurück
Zurück zu den hohen Orten, dem weiten Mond, dem kalten Glühen
Doch warum hat das große Lied dich so früh gerufen, Sternenkind?
Und warum, oh warum, hast du auf den Ruf gehört?«

Traditionelles Klagelied der Engel

Es war früher Morgen an einem strahlenden Herbsttag, und Rielle konnte nicht mehr schweigen. Heute war es so weit. Sie würde es ihm sagen, sobald er erwachte.

Eliana war satt und zufrieden auf ihrer Brust eingeschlafen. Fünf Monaten waren inzwischen vergangen, seit sie auf diese Welt gekommen war, und sie starrte alles seltsam still mit ihren riesigen braunen Augen an. Rielle staunte jeden Tag aufs Neue über ihre Schönheit. Ihre glatte Haut, von einem hellen Braun wie die Wange eines Rehkitzes; ihr weiches Köpfchen, unfassbar klein; das seidige dunkle Haar, das in Wirbeln darüberfiel. Ihr warmes Gewicht, und wie perfekt sie in Rielles Arme passte. Die kleinen gurgelnden Geräusche, die sie machte, während sie mit den winzigen, faltigen Füßchen wackelte und dabei die Fäuste ballte, als wollte sie zuschlagen.

Rielle gab Eliana einen Kuss auf den Kopf und legte sie vorsichtig in ihre Wiege. Während sich die Morgensonne ins Zimmer schlich, sah sie ihrer Tochter beim Schlafen zu. Manchmal bewegte sich ihr Mund, ohne an etwas zu saugen. Manchmal flatterten ihre Lider – im Traum –, und Rielle lachte, voller Ehrfurcht gegenüber dieser kleinen Person, die hier neben ihr schlief, dieser

Person, die sie durch einen schrecklichen, herrlichen Monat nach dem anderen getragen hatte.

Sie hatte nicht gewusst, was sie erwartete, als ihr Garver das Kind in die Arme gelegt hatte. Nach zwanzig Stunden quälender Wehen mit so unvorstellbaren Schmerzen, die sie tief in ihr eigenes Herz zurückzogen, wo sich alles golden und heiß anfühlte, war sie eine geschmolzene Bahn hinabgeglitten. Und dann, am Ende der ganzen Tortur, ein Kind. Audric hatte ihre Hand gehalten und unter Tränen gelacht, und dieses Wesen, dieses winzige Mädchen hatte zu ihr aufgesehen. Zerdrückt und winzig und absolut perfekt, mit großen dunklen Augen, als wollte sie bereits Fragen stellen.

Es wäre einfacher gewesen, wenn Rielle in diesem Augenblick nichts empfunden hätte. Sie hätte mit Leichtigkeit Liebe vorgaukeln können. Nachdem Ludivine nicht da war und sie verpetzen konnte, hätte sie jeden täuschen können. Die Geistwesen gingen ihr aus dem Weg, abgesehen von Zahra, die sich stets unterwürfig zeigte. Was machte es schon, dass sie imstande war, Engel zu töten. Elianas Mutter musste um jeden Preis beschützt und geliebt werden.

Doch ein Blick in Elianas Gesicht, und es war um Rielle geschehen gewesen. Sie im Austausch für ein bisschen Schlaf Audric zu überlassen bedauerte sie eins ums andere Mal. Sie konnte den ganzen Nachmittag damit zubringen, Elianas Finger zu küssen, und das Essen komplett vergessen. Sie konnte sie stundenlang beobachten und sah sich doch nie satt an ihr.

Die Liebe ließ sie schwindeln, taumeln, torkeln. Oft wachte sie mitten in der Nacht auf, weil sie Eliana trösten musste. Dann legte sie sich auf einen Diwan, stellte die Beine auf und bettete Eliana auf ihre Schenkel. Summte ihr etwas vor und schaukelte sie sanft. Wenn Audric später erwachte, begrüßte er Rielle mit einem Kuss auf die Stirn. Er hatte aufgehört, sich zu ihrem fiebernden Zustand zu äußern, wofür sie dankbar war. Er legte sich Eliana auf die Schulter und spazierte langsam mit ihr durch ihre Gemächer.

War die Nacht warm genug, öffnete er die Fenster und ließ die sanfte Brise ein, um Rielles überhitzte Haut zu kühlen. Dann beobachtete sie ihn vom Bett aus, wo sie still und mit schweren Augen brannte, während er ihrer Tochter im Mondlicht selbst erfundene Lieder vorsang, bis Eliana zum Klang seiner Stimme wieder einschlief.

Das alles, diese Liebe, die wie heiße Tränen in ihrer Kehle festsaß, änderte nichts daran, dass Rielle, als sie an diesem Herbstmorgen ins Bett zurückkehrte, die gleiche ruhelose, müde Nervosität empfand, die sie auch in den Stunden vor Elianas Geburt verspürt hatte, und in den Tagen davor und in jeder langen Woche, die verstrichen war, seit sie Corien und Ludivine auf der Terrasse ausgelöscht hatte.

Als sie sich gegen die Kissen lehnte, passierte es wieder, genau wie eine Stunde zuvor. Jedes Mal, wenn es nach ihr griff, war weniger Zeit zum letzten Mal vergangen. Audric schlief friedlich, wie immer auf dem Rücken und mit ausgestreckten Gliedmaßen, halb offenem Mund und zerzausten Locken. Rielle wandte sich von ihm ab und presste ihren Mund gegen ihren Oberarm.

Eine pulsierende Hitze jagte durch all ihre Gelenke, als risse etwas tief in ihrem Mark Vergrabenes sie von innen entzwei. Ihre Macht ließ all ihre Adern leuchten. Sie schloss die Augen und sah den blendenden kristallinen Baum, der ihr Körper war, und all seine Blutbahnen. Der Schmerz war ohrenbetäubend. Wenn er kam, hörte sie nichts anderes mehr. Sie schloss die Augen, biss die Zähne zusammen und hielt den Atem an, bis er vorbeiging. Sie hielt so lange die Luft an, bis vor ihren Augen Flecken tanzten, doch sie konnte nicht nachlassen, bis sie sicher war. Noch nie in ihrem ganzen Leben war sie imstande gewesen, derart stillzuhalten.

Als sie die Augen aufschlug und leise nach Luft schnappte, musterte Audric sie. Er griff nach ihr, und sie fand die Kraft, von ihm abzurücken. Ein Druck blieb in ihren Fingerspitzen und ihren Schläfen zurück, eng und heiß, angespannt. Wenn er sie berührte, würde sie platzen.

»Was kann ich tun?« Er hatte sich inzwischen aufgesetzt und beobachtete sie besorgt. »Soll ich nach Essen schicken? Oder Wasser? Sollen wir einen Spaziergang im Garten machen? Der Abend ist kühl. Vielleicht brächte es dir Linderung.«

Rielle sah ihn an und blinzelte sich die Flecken aus den Augen. Wie lange saß sie nun schon hier und rang nach Luft? Es hätten Stunden sein können. Ihr Körper schmerzte wie von frischen Wunden, doch als sie auf ihre nackten Arme blickte, sah sie nur Gold. Es schwappte gegen ihre Knochen und grub sich in ihre Fingernägel.

Es wollte heraus.

»Nichts. Du kannst nichts tun, Audric. Es gibt keine Linderung für mich, und ich glaube, das weißt du.« Und dann riskierte sie es, seine Hände mit ihren zu umfassen, weil sie keine weitere Sekunde leben konnte, ohne ihm zu sagen, was unausweichlich war. Sie küsste seine Handgelenke und atmete langsam gegen seine Knöchel aus. »Ich muss gehen, mein Liebling. Ich kann nicht hierbleiben.«

Er lachte kurz auf und runzelte die Stirn, als hätte sie einen abwegigen Witz erzählt. »Was meinst du mit *gehen*? Wohin gehen?«

Sie schloss die Augen. »Du bist nicht dumm. Bitte tu nicht so. Jedes Wort, das ich sage, kostet mich Überwindung. Ich muss gehen. Ich kann nicht …«

Sie hielt inne und schluckte schwer, als kämpfte sie gegen eine Übelkeit an. Doch es war keine Übelkeit, was in ihr aufwallte. Es war Hunger, es war Verlangen, es war jede unsichtbare, in ihre Knochen eingravierte Narbe, die ihre gequälte Stimme erhob, es waren die kleinen goldenen Fäden in ihrem Blut, die gespannt waren wie Sprungfedern kurz vor dem Aufschnappen.

ich erhebe mich

Die Stimme des Empiriums, wortlos und fremd, war sanft. Da war keine Freundlichkeit zu finden, keine Reue, doch da war so etwas wie Anerkennung. Es würde schwer werden, schien sie ihr zu sagen. Und doch war das kein Grund, sie zu schonen.

wir erheben uns

»Ich weiß«, flüsterte sie mit brüchiger Stimme. »Gib mir ein bisschen mehr Zeit. Ich brauche nur noch ein *bisschen* mehr.«

»Was sagt es denn?« Audric nahm ihr Gesicht in die Hände. Seine Augen leuchteten. »Sag es mir. Lass mich mit ihm sprechen.«

»Es hört alles, was du sagst, Audric, und es ist ihm egal. Es ist keine Person oder ein Wesen. Es ist alles, was lebt. Es ist du und ich und wir alle.«

»Ich sorge dafür, dass es ihm nicht egal ist.«

»Mach dich nicht lächerlich.«

»Ich gebe ihm alles. Mich selbst. Alles.« Seine Stimme schlang sich eng um unterdrückte Tränen. »Es muss doch etwas geben. Eine Gegenleistung, über die man verhandeln kann.«

Rielle berührte seine Wange. »Hör dich selbst mal reden. Als wäre das Empirium ein Ding, das verhandelt. Du stellst dich keinem Feind entgegen, Audric. Dies ist keine Verhandlung. Es versucht mir zu helfen. Ich bin über diesen Körper hinausgewachsen. Ich leide, und es bietet mir Linderung an. Ich muss lediglich das Seil loslassen und mich fallen lassen.«

»Bitte«, flüsterte er wieder und wieder. Die Augen geschlossen, den Mund fest gegen ihre Handfläche gepresst. »Bitte nicht, tu es nicht.«

Je länger sie ihn ansah, desto weniger Kraft besaß sie, um ein fester Körper zu bleiben und weiter erdgebunden auf dem Bett zu sitzen.

»Ich habe dir erzählt, was die letzten Monate mit mir gemacht haben«, sprach sie leise weiter, obwohl sie jedes Wort anstrengte, so eng war es in ihrer Brust. »In mir ist etwas erwacht, das ich nicht mehr ruhigstellen kann. Ich habe meine Macht über alle Grenzen hinaus strapaziert, und nun rast es weiter voran und zerrt mich hinter sich her. Du musst mich gehen lassen.«

»Nein. Muss ich nicht. Ich kann nicht. Das ist nicht der einzige Weg, Rielle.«

»Doch. Sieh mich an. Ich gehöre nicht mehr hierher. Vielleicht habe ich nie hierhergehört. Wir haben immer wieder darüber gesprochen. Nichts davon dürfte dich überraschen.«

»Ja, wir haben darüber gesprochen, und ich habe dir jedes Mal gesagt, dass du selbstverständlich hierhergehörst. Dies ist deine Heimat, deine Familie. Das glaube ich immer noch, selbst nach allem, was geschehen ist. Deine Macht ist nicht dein ganzes Ich. Sie ist nur ein Teil davon.«

Voller Zuneigung lächelte sie ihn an. »Selbst wenn ich überhaupt keine Macht hätte, würdest du mich genauso lieben, wie du es jetzt tust.«

»Ja, auf jeden Fall, natürlich.« Er wandte sich ab und blickte traurig aufs Bett. »Wir finden Heiler – wir suchen die ganze Welt nach Heilern ab. Gelehrte des Empiriums, die besten Ärzte von ganz Mazabat.«

»Audric –«

»Und die Geistwesen – ihre Engelsgehirne sind sagenhaft. Sie können etwas ersinnen, das dir hilft, etwas, das den Schmerz lindert und deine Macht dämpft –«

»Audric, *sieh mich an.*«

Trotzig schüttelte er den Kopf. Er wollte ihren Weg weder akzeptieren noch sie ansehen.

»Bitte tu das nicht«, flüsterte er abermals heiser und presste seine Stirn gegen ihre. »Verlass uns nicht.«

»Ich kann mich kaum noch zusammenhalten«, sagte sie und strich ihm übers Haar. »Ich kämpfe jeden Tag dagegen an, gegen diese Verwandlung in mir. Ich werde die Kontrolle verlieren, und was wird dann mit euch allen passieren? Siehst du nicht, wie gefährlich das ist?« Wie sie es liebte, das weiche Gleiten seiner Locken durch ihre Finger. Jede zärtliche Berührung ihrer Finger durchwirkte seine dunklen Strähnen mit Gold.

»Du bist stärker, als du ahnst.«

»Trotzdem, was ist das für ein Leben, ständig gegen sich selbst zu kämpfen?«

»Ich helfe dir«, antwortete er kaum hörbar.

»Du *hast* mir schon geholfen, Audric. Du hast mich freudig wieder in dein Leben aufgenommen. Du verteidigst meine Tugend und meine Ehre jedes Mal, wenn ich einen Tempel betrete und jemand dir Beleidigungen gegen mich ins Gesicht schreit. Du hast mir Eliana geschenkt.«

»Und du würdest sie einfach so verlassen? Du würdest sie aufwachsen lassen, ohne dass sie dich kennenlernt?«

Ein Stich in ihr Herz. Sie riss sich von ihm los. »Glaubst du, ich habe mir das nicht alles hundertmal überlegt?«

Er senkte den Blick und wischte sich das Gesicht. Nun stieg es heiß hinter ihren Augen auf. Sie hatte sich eingeschärft, nicht zu weinen, aber er sah so beschämt aus, wie er da zusammengekrümmt auf ihrem Bett hockte. Mit nackter Brust, während ihm die Tränen auf die Hände tropften.

»Ich weiß, dass du es dir lange überlegt hast«, fuhr er fort. »Ich habe diese ganze Umwälzung in deinen Augen gesehen. Ich habe mir eingeredet, es sei nur meine Einbildung. Jeden Morgen wache ich auf und fürchte, dass dies der Tag ist, an dem du mir das alles offenbarst.«

»Und jeder Tag, den ich lebe, ist ein weiterer Tag voller Schmerz, den ich kaum ertragen kann. Ein weiterer Tag, an dem du und Eliana und alle anderen, für deren Rettung wir so hart gekämpft haben, in Gefahr schwebt. Sieh mich an.«

Sie hob das Kinn und sah das helle Leuchten seiner Augen. Dann presste sie ihm einen harten Kuss auf den Mund.

»Ich muss gehen«, versicherte sie ihm und jedes Wort war ein Kampf. »Das weißt du. Du hast mich leiden sehen.«

Sein Gesicht war ein Bild der Verzweiflung. »Allerdings.«

»Du hast die Veränderungen an mir wahrgenommen. Die Lichter unter meiner Haut und dass ich heißer brenne als Fieber.«

»Und dass du manchmal nachts im Schlaf weinst«, sagte er und berührte ihre Wange mit den Fingerrücken. »An manchen

Tagen bist du weit weg von mir, von uns allen. Dann frage ich mich, wohin du gegangen bist.«

»Und trotzdem willst du mich bitten zu bleiben?«

Hilflos schüttelte er den Kopf. »Ich hasse mich selbst dafür.«

Sie hörte seiner Stimme die Abscheu und die Schuld an, die er empfand. Im weichen Morgenlicht glitzerte das Schlafzimmer durch ihren Tränenschleier. Sie küsste seine schönen Hände, beide rau von den frischen Narben. Sie wünschte, sie hätte miterlebt, wie Atheria ihn in den Hurrikan trug. Sloane hatte ihr berichtet, dass sein Strahlen von der Küste aus zu sehen gewesen war – eine Kugel aus Licht, die furchtlos in die Finsternis rast.

»Du hast keinen Hass verdient«, flüsterte sie. »Eliana wird von dir lernen, sich selbst zu lieben. Sei freundlich zu deinem eigenen Herzen, wenigstens ihr zuliebe.«

»Rielle«, sagte er und das Wort zersplitterte an ihrer Haut. »Ich weiß nicht, wie ich in einer Welt ohne dich leben soll.«

»Du wirst es lernen.«

»Aber die Pforte«, sagte er verzweifelt. »Wer wird sie verschließen, wenn du weggehst?«

»Dem würde ich dich niemals allein aussetzen, Audric, ich –«

Sie schloss die Augen und wandte sich ein wenig ab. Der Schmerz wallte erneut auf, brodelnd und mit scharfen Klauen. Gold biss von innen an ihren Augen, und eine große Kraft zerrte an ihren Handtellern, ihren Fußsohlen, an ihrem Schädel und in ihrem Kreuz. Fäuste rammten ihre Muskeln und bohrten sich hinein, sodass Knochen gegen Knochen mahlte. Schon bald würde sie auseinanderfliegen, welch eine Erleichterung. Sie dachte an das endlose schwarze Meer, den rasenden Himmel voller Sterne und das kleine Mädchen, das ihr die Hand entgegenstreckte.

Komm mit, hatte das Mädchen gesagt. *Wir erheben uns, du und ich. Es gibt noch so vieles für uns zu tun.«*

»Bleib bei mir.« Zärtlich umfasste Audric ihre Hände. Seine Handflächen waren feucht und seine Stimme zitterte vor Beklommenheit. »Ich bin hier, Rielle. Hör auf meine Stimme. Bitte, Gott, bleib bei mir. Bitte, mein Liebling.«

Schweiß lief ihr den Rücken hinunter und sammelte sich unter ihren Brüsten. Wenn sie in gefrorenes Wasser tauchte, würde sie jeden Eisberg schmelzen. Wenn sie aus dem Bett stieg, wenn ihre Zehen den Boden berührten, würde sie ins Unendliche stürzen.

»Ich bin hier«, hauchte sie, sobald sie wieder sprechen konnte, und er hielt sie fest, beinahe ohne zu atmen, bis dieser jüngste Schmerzanfall nachgelassen hatte. Die Bettwäsche war durchweicht, Rielles Haut loderte wie gebürstetes Kupfer und die Tränen strömten ihr wie Flüsse über die Wangen. Sie drehte sich Audrics Körper entgegen und vergrub das Gesicht an seinem Hals. Langsam und vorsichtig streichelte er ihr feuchtes Haar, als wäre sie ein kleiner, zerbrechlicher Vogel oder aber ein Untier, das er nicht zu provozieren wagte.

»Ich liebe dich, Rielle«, flüsterte er zitternd. »Ich habe dich schon immer geliebt, und ich werde nie damit aufhören.«

Ich wünschte, du würdest aufhören, hätte sie am liebsten geantwortet. *Es wäre leichter für dich, wenn du aufhören würdest, mich zu lieben.* Doch es war unnötig, noch Salz in die Wunden eines Leidenden zu streuen, und seine Stimme beruhigte sie bereits, hüllte sie in einen schläfrigen Dämmer – ihr Name auf seinen Lippen, seine Stimme restlos zerrissen. Sie fiel in einen flachen, roten Schlaf.

Rielle wartete so lange, dass Audric sich schon zu fragen begann, ob sie es sich anders überlegt hatte. Jeden Morgen, wenn er erwachte, fand er sie neben sich, was seine Miene vor neuer Hoffnung erstrahlen und seine Augen aufleuchten ließ. Mit der Zeit schlief er wieder fester und wachte nicht mehr jedes Mal auf, sobald Rielle sich bewegte.

Schließlich kam eine kühle Nacht. Ein schneidender Wind

klopfte gegen das Fenster. Schwarze Wolken überzogen den Himmel, und der Neumond spendete wenig Licht.

Rielle fuhr aus einem Schlaf hoch, der diese Bezeichnung kaum verdient hatte. Wellen aus glühendem Licht pulsierten hinter ihren Augen. Jeder dumpfe Aufprall meißelte ein weiteres Stück ihres Schädels weg.

Sie hielt die Luft an und lauschte. Eliana schlummerte in ihrer Wiege, die Faust vor dem Mündchen, und atmete in kleinen Stößen ein und aus. Als Rielle aus dem Bett stieg, wachte Audric nicht auf. Schatten verdunkelten die weiche Haut unter seinen Augen. Er würde es abstreiten, aber mittlerweile war sie für ihn nur noch ein Born des Kummers und der endlosen Sorge.

Barfuß eilte sie durch das Schlafgemach. An der Tür musste sie einen Augenblick stehen bleiben und sich eine Hand vor den Mund pressen, bis sich das Schluchzen in ihrer Kehle gelegt hatte. Wie verzweifelt sie sich danach sehnte, Audric noch einmal zu küssen, den Kopf über Elianas kleinen, warmen Körper zu beugen und ihr Gesicht an die runden Wangen ihrer Tochter zu drücken.

Doch sie durfte nicht riskieren, die beiden zu wecken. Sie trat in den Flur hinaus und schloss hinter sich die Tür. Noch nie hatte sie ein Geräusch mit solchem Grauen und einer derart erschütternden Erleichterung zugleich wahrgenommen. Mit zitternden Knien lehnte sie sich schwer gegen die Tür und hielt eine Hand in die Höhe, um Evyline das Wort abzuschneiden, bevor sie auch nur zu sprechen ansetzen konnte.

»Schick die anderen weg«, murmelte Rielle und starrte auf den Fußboden. Es fiel ihr schwer, Evyline anzusehen, die Rielle immer wieder um die Erlaubnis gebeten hatte, Maylis und Fara zu ersetzen. Doch Rielle ließ es nicht zu. Sie wollte die zwei leeren Stellen in ihrer alten Garde sehen. Sie wollte die Gewissensbisse spüren, die dies auslöste, sie stechend in ihrem Bauch sitzen lassen.

Evyline gehorchte augenblicklich. Bald waren sie allein.

»Was ist denn, meine Königin?« Evyline legte ihre breite Hand auf Rielles Rücken. »Ist hier ein Engel?«

Es war unvorstellbar, dass Evyline ihr vergeben haben konnte, doch als Rielle endlich den Mut aufbrachte, ihr in die Augen zu sehen, fand sie nichts als Liebe in den müden Augen der Älteren.

»Ich gehe«, wisperte Rielle. »Du musst mir helfen, in die Berge zu gelangen. Ich darf nicht mehr in der Stadt sein, wenn es passiert.«

Evylines Augen wurden weit. Rielle sah, wie sie ihren Protest hinunterschluckte und ihre Miene sich verdüsterte, als sie den Befehl akzeptierte.

»Sehr wohl, meine Königin.« Evyline hielt ihr den Arm hin und Rielle nahm ihn dankbar an. »Wohin sollen wir gehen?«

»Zum Mount Taléa. In das Hügelland davor, nahe dem Pass.« Rielle presste die Augen zu. Die Macht kribbelte in ihren Fingerspitzen und drückte von innen gegen ihre Nägel. Ihre Haarspitzen glitzerten weiß.

Evylines Miene war verkniffen vor Sorge, als sie den Flur entlanghasteten. »Haben wir genug Zeit, um dorthin zu gelangen? Meine Königin, vergeben Sie mir, aber Ihr Gesicht … Es ist voller Licht. Da sind Sterne unter Ihren Wangenknochen.«

»Ich weiß.« An der Treppe blieben sie stehen. Rielle lehnte sich gegen die Wand. Ihre Gedanken wanderten zu Ludivine, ein entsetzlicher Fehler, der sie nun umso grässlicher quälte. Sie verdrängte die Erinnerung an Ludivine und die an Corien direkt dahinter und ließ stattdessen ein Bild eines anderen Engels in ihrem Geist entstehen.

Zahra? Bitte beeil dich.

Kurz darauf kam das Geistwesen hinter einer Mauer hervor. Zahras Haar umfloss sie in weißen Strömen. Evyline zuckte erstaunt zusammen und zischte ein Schimpfwort.

Zahra machte augenblicklich einen Kniefall. »Was kann ich tun, meine Königin?«

»Zwei Dinge«, antwortete Rielle knapp. »Du musst uns bei unserem Gang durch die Stadt beschützen. Niemand darf uns sehen. Halt sie alle fern von mir.«

»Ja, meine Königin.«

»Und du musst dafür sorgen, dass Audric nicht aufwacht, nicht bis ich weit genug von Baingarde entfernt bin, dass er mich, selbst wenn er so schnell läuft, wie er kann, selbst wenn er mich auf Atheria verfolgt, nicht mehr aufhalten könnte.« Sie biss die Zähne zusammen und blinzelte sich die hellen Flecken aus den Augen. »Du weißt, warum ich das tue.«

Zahras Miene strahlte tiefe Traurigkeit aus. »Natürlich, meine Königin.«

»Und du kannst beides zugleich tun? Ich vertraue niemand anders, Zahra. Ich brauche dich und nur dich.«

»Das kann ich und das werde ich.« Die Macht kräuselte sich über Zahras Gesicht, als hätte der Strom ihrer Gedanken den Kurs gewechselt. Sie senkte die Stimme. »Der König wird erst erwachen, wenn du das Tiefland erreicht hast, meine Königin.«

»Gut.« Rielle atmete flach und blickte den dunklen Treppentunnel hinab. Jede Stufe erschien ihr wie ein Berg. Nadeln aus Licht bahnten sich den Weg in ihre Muskeln. Wenn sie sich bewegte, kratzte der Schmerz von innen gegen sie, als wären jedem Knochen spitze, schwarze Borsten gewachsen.

»Ich habe dir unterwegs vieles zu sagen«, erklärte sie und stolperte auf die Treppe zu, ehe Evyline sie abfangen konnte. »Hör genau zu, denn was ich heute Nacht tue, wird Auswirkungen auf alle Lebenden haben.«

Sie musste zu sprechen aufhören, bis sie die endlose Treppe bewältigt und das Schloss hinter sich gelassen hatten. Evyline brachte sie zu einer Tür neben der Küche, von der aus sie in die Gärten gelangten. Rielle warf nur einen kurzen Blick hinüber zu den sehenden Teichen, und als sie durch die Dunkelheit spähte, zeigte ihr das Empirium eine vage, in Gold gefasste Erinnerung – sie selbst, wie sie schnell über die glitschigen Steine lief, dicht gefolgt von Ludivine, während Audric von der Wiese aus beunruhigt zusah.

Da weinte sie, obwohl ihr Blut sie antrieb, schneller zu gehen. Sie war beinahe angelangt; sie näherte sich dem Ende. Schon bald würde sie keinen Schmerz mehr empfinden, und es gäbe keinen Grund mehr, sich an das zu klammern, was von ihrem zerfallenden Körper übrig war. Ihr Kiefer tat so weh, dass ihr das Sprechen schwerfiel. In manchen Nächten fürchtete sie, beim Erwachen feststellen zu müssen, dass sie im Schlaf ihre Zähne zu Staub zermahlen hatte.

Erst als sie in der Stadt anlangten, fand sie ihre Stimme wieder.

»Heute Nacht werde ich sterben«, sagte sie, »und dann werde ich das Empirium hier in Avitas in eine Art Schlaf versetzen. Es wird jahrelang schlafen. Die Menschen werden sich fürchten, wenn sie erwachen und feststellen, dass ihre Macht verstummt ist. Das tut mir leid, doch es muss sein.«

»Warum?« Evyline stammelte das Wort zitternd vor Grauen.

»Um die Pforte zu verschließen«, sagte Zahra leise. »Und einen neuen Krieg zu verhüten, bevor er ausbricht.«

Evyline starrte sie an. »Einen neuen Krieg? Wir haben schon einen Krieg hinter uns, und wir haben ihn gewonnen.«

»Aber in Kirvaya schwärt die Rebellion zwischen denjenigen mit Elementarmagie und denjenigen ohne, und wenn man sie nicht eindämmt, wird sie sich ausbreiten.« Zahras Worte kamen rasch und sanft. »Die Gezeichneten werden von einer gewissen Eliana hören, die aus der Zukunft zu uns gereist ist, und sie werden mit Abarten der Magie experimentieren, von denen sie lieber die Finger lassen sollten. Die Prinzessin wird in Gefahr sein. Viele Engel sind noch am Leben, und ihre Trauer um Kalmaroth macht sie bösartig. Sie werden wieder und wieder auf euch losgehen. Sie werden einen Weg finden, um Verstärkung für sich aus der Verdammnis herbeizurufen, wenn die Pforte nicht versiegelt wird.«

Evyline erbleichte. »Aha.«

Rielle zwang sich, die Augen offen zu halten, obwohl die gleißende Welt sie drängte, sie zu schließen. Jedes Gebäude, das sie passierten, brannte von tausend weißen Feuern. Jeder ihrer Schritte ließ Wellen der Macht über den Boden rieseln.

»Es werden keine neuen Engel imstande sein, menschliche Körper zu besetzen«, stieß sie hervor und rang damit, Worte zu formulieren – Zähne gegen Zunge, Zunge gegen Gaumen. »Diejenigen ohne Körper werden so bleiben, und alle Überlebenden, die ich selbst wiederauferweckt habe, werden nur noch eine verminderte Geisteskraft besitzen. Die Urformen der Elementherrscher werden sich verdunkeln. Gezeichnete …« Sie zögerte und dachte an den kleinen Simon. Wie nüchtern und ruhig er bereitgestanden hatte, als sein Vater Eliana auf die Welt geholt hatte. »Gezeichnete werden nicht mehr in der Lage sein, Bänder zu knüpfen. Ich werde nur dreierlei Leben unberührt lassen: die Göttertiere, die der Krone treu ergebenen Geistwesen und Eliana.«

Es war schmerzhaft, Elianas Namen auszusprechen, als wäre jede Silbe ein Keulenhieb gegen ihre Rippen. Ihr Herz sehnte sich zurück nach Baingarde, zurück zu den stillen Gemächern, die die zwei überlebenden Teile ihres Herzens bargen.

»Die Prinzessin wird ihre ganze Macht behalten?«, fragte Evyline.

Rielle nickte. »Eines Tages wird das Empirium wiederkehren. Etwas wird geschehen und es wecken. Ein neuer Konflikt, vielleicht ein neuer Feind. Ich kann Splitter davon erkennen, aber mehr hat mir das Empirium nicht gezeigt. Die Pforte ist ein Zugang zur Verdammnis, und die Verdammnis ist ein Zugang zu allen Welten, die es gibt. Etwas wird kommen. Und wenn das geschieht und das Empirium zurückkehrt, wird die Welt auf Elianas Führung bauen.«

Ihre Tränen flossen unaufhaltsam. »Ich wünschte, ich müsste das nicht von ihr verlangen. Ich wünschte, ich würde Audric nicht mit einer Welt konfrontieren, die den Verlust ihrer Magie betrauert. Aber ich weiß keine andere Möglichkeit, um sie in den bevorstehenden harten Jahren zu beschützen, und bald werde ich nicht mehr hier sein und selbst für ihren Schutz sorgen können.«

»Und was ist mit den Tempeln, meine Königin?«, fragte Evyline mit belegter Stimme. »Was werden wir anbeten, wenn die Magie fort ist?«

»Nichts wird euch daran hindern, zur Sonne und zu den Schatten zu beten. Und wenn die alten Gebete nicht mehr passen, verfasst ihr neue.«

Eine Welle frischen Schmerzes warf sie zu Boden. Risse zogen sich über die gepflasterte Straße und zersplitterten Hunderte akkurat zugehauener Steine. Rielle zitterte, schnappte nach Luft, und als sie nach oben schaute, sah sie weder eine Straße noch eine Stadt, sondern ein weites, flaches Meer. Und an dessen Horizont ein weiß gekleidetes Mädchen.

Evyline versuchte ihr aufzuhelfen, brachte sie aber nur auf die Knie. Die Erde zerrte an Rielles Nacken, ihre Ranken hartnäckig und hungrig. Dagegen anzukämpfen war, wie gegen den harten Ansturm des Ozeans anzuschwimmen. Wenn sie die Berge rechtzeitig erreichen wollte, würden sie Hilfe brauchen. Eine zweite Person, die Rielle beim Stehen und Gehen half, jemanden, dem sie vertrauen konnten.

Zahras Stimme drang zu ihr durch, fern und dünn. »Meine Königin, wir sind in der Nähe von Garver Randells Haus.«

»Bringt mich zu ihm«, krächzte sie, und jedes Wort schmeckte nach Blitzen. »Sagt ihm, er soll sich beeilen.«

Er kam sofort, stand einen Moment still da und kniete sich dann neben sie. Rielle blinzelte ihn durch eine weiße Wand aus Schmerz an. Sein faltiges Gesicht, seine hellen, scharfen Augen.

»Bei dir muss es aber auch immer großes Theater sein«, bemerkte er trocken. Mit Evylines Hilfe und unter allergrößter Anstrengung schaffte er es, Rielle wieder auf die Beine zu stellen. Sie fühlte den sanften Druck einer abgearbeiteten Hand gegen ihre Stirn.

»Wohin auch immer du gehst, Kind«, sagte er mit weicher Stimme, »ich hoffe, du findest dort Frieden.«

Frieden. Sie lachte, verblüfft von der Vorstellung. Würde ihr so etwas jemals vergönnt sein, wenigstens im Tod?

nicht Tod

Das Empirium schalt sie, eine irritierte Korrektur. Wie kam sie dazu, sich einzubilden, irgendetwas sei so einfach wie ein schlichter menschlicher Tod?

Was dann?, fragte sie japsend.

Es antwortete mit einem Gefühl, dem Hauch eines einzigen Wortes: *mehr*.

Sie erreichten die große Mauer, die ramponiert und angekohlt die Stadt umgab. Zahra verbarg sie vor den Wachen, als sie durch das neu erbaute Tor huschten. Einst hatte Âme de la Terre keine solche Mauer gebraucht. Einst hätte keiner der Bewohner geglaubt, dass ihnen so etwas passieren könnte, ganz egal was für Gebete die Menschen auch neben ihren Betten murmelten.

Und dann hatten sie auch schon die Brücke über den See überquert und waren im Tiefland angelangt, wo sie nun über den verwüsteten Boden stolperten. Von monströsen Klauen gezogene Furchen, Krater, die nach wie vor Elementarmagie dampften. Die Tempeldiener hatten sich die durch die Schlacht zerstörte Natur noch nicht vorgenommen, sondern sich zuerst darauf konzentriert, die Toten zu bergen, die Stadt zu reinigen und den Hinterbliebenen Trost zu spenden. Und nun würden die Menschen von Âme de la Terre, wenn sie aus ihren Fenstern blickten, stets die Verwüstungen des Krieges erblicken. Sie würden an die Blutkönigin denken und daran, wie sie ihnen ihre Magie geraubt hatte. Manche von ihnen wären dankbar dafür und fänden Trost in der neuen Ruhe, die in der Luft lag. Manche wären vor Schmerz außer sich, doch da sie keine Magie mehr besaßen, die ihre Wut hätte nähren können, und das Schloss durch ein Heer von Geistwesen beschützt wurde, wären Audric und Eliana in Sicherheit, zumindest ein paar Jahre lang.

Donnerschläge rollten über das Tiefland, angezogen von Rielles stolpernden Schritten. Als sie sich dem Pass näherten, knisterte es golden in der Luft. Evyline hob den Blick, und auf ihrer Miene zeichneten sich Ehrfurcht und Angst ab.

»Zahra, du darfst Audric jetzt aufwachen lassen«, stieß Rielle mit erstickter Stimme hervor. Ihre nackten Füße patschten durch den kalten Schlamm. »Geh zu ihm. Erzähl ihm alles, was ich gesagt habe, sobald er bereit ist, es aufzunehmen.«

Zahra antwortete nicht, doch ein kalter Luftzug küsste Rielles Nacken, und schon war das Geistwesen verschwunden.

»Sag mir, was du siehst, Evyline«, keuchte Rielle.

»Ich sehe goldenes Licht über den Himmel fließen«, antwortete Evyline. »Anstelle gezackter Blitze sind da Blütenblätter, verstreut und pulsierend. Sie treffen sich, lösen sich wieder und treffen sich abermals.«

»Und ich sehe Audric«, sagte Rielle, wobei ihre Stimme an jedem Wort hängen blieb. Das Empirium war eine breite, unendliche Leinwand, auf der vom Boden bis zum Himmel Formen schwebten. Rielle las alles, was darauf geschrieben stand. »Er ist aufgewacht. Er stürmt durch unsere Gemächer und sucht nach mir. Er ruft immer wieder meinen Namen. Eliana …« Sie brach in Tränen aus. Sie hatte in ihrem Leben leidenschaftlich geliebt, aber nie so perfekt wie diesmal. »Eliana ist aufgewacht und weint. Audric ruft … Er ruft nach den Wachen. Er drückt sich Eliana an die Brust und brüllt unentwegt meinen Namen. Sie schreit ihm ins Ohr, und er geht auf die Terrasse hinaus. Er sieht mein Licht und weiß, was ich getan habe.«

»Bitte nicht, Kind«, sagte Garver. »Sieh nicht hin. Es tut dir nur weh, wenn du sie beobachtest.«

Rielle fiel in einem weichen Schlammhaufen auf die Knie. Über ihr ragten Bäume auf, in denen das letzte Herbstlaub golden glühte, und darüber erhoben sich die von dunklen Kiefern bestandenen Anhöhen des Mount Taléa.

»Geht weg!«, schrie sie und stieß Garver gegen die Brust. Sie packte Evylines Hand, drückte sie einmal und schubste auch sie weg. Sie wartete, bis sich die beiden zwischen die Bäume verzogen hatten und auf einem von Felsbrocken gekrönten Hügel stehen blieben. Dann stützte sie sich auf allen vieren in den Schlamm. Sie zitterte wie Espenlaub. Sie schluckte luftlos gegen den Sturm an, der sich in ihr aufbäumte. Es war Zeit, und dennoch wusste sie nicht, wo sie beginnen sollte.

atme

lass los

Rielle starrte auf ihre Hände im Schlamm. Bleich und schmal, umgeben von Schatten.

wir erheben uns

Das Mädchen kauerte vor ihr – sie selbst als Kind, aus leuchtenden Augen lächelnd. Barfuß, in einem weißen Kleidchen, das ihr um die Knöchel flatterte, mit dünnen Handgelenken und einer wilden, dunklen Mähne.

»Komm jetzt mit«, sagte das Mädchen ganz freundlich und mit zarter Stimme. »Es gibt noch so vieles für uns zu tun.«

Die Welt glitzerte von Diamanten. Quälende Schmerzen klopften an Rielles Schläfen, doch als sie nach der Hand des Mädchens griff, lösten sich einige der Angstknoten in ihren Schultern, und an den Rändern ihres Sichtfelds erblühten Millionen von Rosen aus schimmerndem goldenen Licht. Licht brach in tausend funkelnden Strömen aus ihr heraus, und in den letzten Momenten, bevor es sie verschlang, sah sie zu viele Dinge, um sie zu benennen. Doch manche Dinge sah sie und kannte sie und behielt sie bei sich.

Sie sah die zerstörte Stadt, die ihre Heimat gewesen war, deren sieben Tempel, erleuchtet von Trauerkerzen, und den See, der sich wie ein funkelndes Lächeln um die Mauern zog.

In den Sunderlands ächzte und wirbelte das Licht der Pforte und wand sich spiralförmig um sich selbst, ein Zyklon aus Violett und Gold, bis nichts mehr von der Tür übrig war, die einst gewesen war. Nichts als zwei wuchtige graue Steine, zwischen denen völlig normale Luft wehte, durchzogen von Seewinden.

In den hohen, kalten Bergen von Borsvall schlief König Ilmaire neben seinem neuen Ehemann, dem Drachensprecher Leevi von den Kammerat. Die Hauptstadt Styrdalleen war wieder die geflügelte Stadt, die sie im Ersten Zeitalter gewesen war, denn große wie kleine Drachen hockten auf jedem Turm, die weiten Schwingen gefaltet, während sie unermüdlich durch die Nacht nach Feinden Ausschau hielten. An einer weißen Steinmauer oberhalb der Küste stand Ingrid Lysleva, Kommandantin der Armee und geliebte Schwester des Königs. Mit schmalen Augen blickte sie über das Nordmeer zur fernen Insel der Pforte, wo sich seltsam beleuchtete Wolken träge wälzten, anders als jeder Sturm, den sie je erlebt hatte.

In der strahlenden Stadt Genzhar, in einem rot-goldenen Palast, musterte die junge Königin Obritsa mit kaltem Blick die verräterischen Magister, die im Austausch gegen hohe Positionen in der neuen Engelswelt die Kinder ihrer Stadt an Corien verkauft hatten. Der Scharfrichter hob sein Schwert, doch im letzten Augenblick hielt Obritsa ihn auf und verschonte das Leben der Verurteilten. Sie kniete sich zu ihnen, während sie Tränen auf ihre Hände vergossen, dann setzte sie ein hartes Lächeln auf und sagte etwas, was Rielle nicht hören konnte.

In der Stadt Quelbani, der Perle ihres Landes, deren Straßen vom fahlen Mondlicht beschienen wurden, las Prinzessin Kamayin Asdalla bei Kerzenschein im Gemach ihrer Mütter. Hinter ihr schliefen die beiden in ihrem breiten weißen Bett, mit weichen Gesichtern und verschlungenen Händen. Kamayin, die ihre nackten Füße aufs Fensterbrett gestützt hatte, blickte von ihrem Roman auf und wippte geistesabwesend mit den Zehen. Sie legte das Buch auf ihrem Schoß ab, drehte sich zu dem Tisch neben ihr und machte sich auf einem Blatt ein paar Notizen. Oben auf der Seite stand eine doppelt eingekringelte Frage: *Wie machen wir jetzt weiter?*

Und auf einer kleinen Terrasse vor den nobelsten Gemächern auf Baingarde drückte sich der König von Celdaria seine Tochter an die Brust und sah zu, wie der Horizont zum Abschied hell aufleuchtete.

EIN NEUER ANFANG UND EIN ENDE

»Meine geliebte Tochter, mein Kleines. Wahrscheinlich wirst du lange Zeit nicht verstehen, was ich getan habe. Womöglich wirst du wütend auf mich sein, womöglich wirst du mich hassen, womöglich wächst du auf und ich werde dir gleichgültig sein. Aber was auch immer du für mich empfindest, du sollst wissen, dass ich dich heiß und innig geliebt habe, weshalb ich dich auch verlassen musste. Du wirst jetzt ein relativ normales Leben führen, und obwohl sich die Welt geändert hat, müsstest du eine Zeit lang in Sicherheit sein. An manchen Tagen wirst du Angst haben. Das ist völlig in Ordnung. Aber du bist stärker als jedes Feuer. Pass auf deinen Vater auf. Räume ihm immer einen Platz in deinem Herzen ein. Schätze deine Freunde. Liebe dich und deine Macht, die ich dir geschenkt habe. Beobachte die Wolken am Himmel und spüre die Sonne auf deiner Haut. Schwimme in Flüssen und spiele im Schatten der Bäume. In jedem Moment, in jedem Grashalm, in jedem Weg, der vor dir liegt, werde ich an deiner Seite sein und dort auch immer bleiben. Meine Eliana. Mein mutiges Mädchen. Da bist du also, ein neuer Anfang.«

Brief von Rielle Courverie, verstorbene Königin von Celdaria, an ihre Tochter, Eliana Courverie, Prinzessin von Celdaria und Erbin von Katells Thron, datiert vom 11. November im Jahre 1000 des Zweiten Zeitalters

FÜNF JAHRE SPÄTER

Eliana saß auf ihrem Lieblingsstuhl in der Lieblingsecke an ihrem liebsten Ort auf der ganzen Welt – mit Ausnahme ihres Schlafzimmers vielleicht, und des Schlafzimmers ihres Vaters, und des Salons ihrer Großmutter, dessen Zimmerdecke mit Göttertieren bemalt war, und der ruhigen, kühlen Katakomben, wo eine hübsche Statue ihrer Mutter über einem leeren Grab wachte.

Aber neben all diesen Orten war sie am liebsten in Garvers Laden. Sie mochte, dass es dort nach Pflanzen und Tinkturen duftete, ein saurer, aber frischer Geruch, der ihre Nase aufweckte. Außerdem mochte sie die Kräuter, die ordentlich in den kleinen Glastiegeln verstaut waren, und die Tinkturen und Salben, die in Garvers klarer Handschrift etikettiert waren. Sie mochte die aufgeräumten Arbeitstische, die Garver mit Sand abschmirgelte, und wie sich der Raum mit Dampf füllte, wenn neue Mixturen vor sich hin köchelten, bevor sie schließlich verkorkt und zur Seite geräumt wurden.

Zu seinem Laden gehörte auch ein prächtiger Garten voller Blumen und Kräuter, der jetzt im Frühsommer in unterschiedlichsten Farben explodierte. Manchmal flog Atherias Schatten am Fenster vorbei, wenn sie den Himmel nach ihrem Mittagessen absuchte. An der Tür hing eine glänzende Silberglocke, es gab einen Besen, den Garver immer in dieselbe Ecke stellte, und einen Teekessel, der über dem Feuer warm gehalten wurde.

Aber so wunderbar all die Dinge in dem Laden auch waren, am liebsten mochte Eliana Simon.

Während er arbeitete, warf sie ihm heimlich einen Blick zu. Alle sagten, dass er für einen dreizehnjährigen Jungen ein sehr ernstes Gesicht hätte. *Fast schon finster*, hatte Eliana gehört. Aber sie mochte sein Gesicht und die Ernsthaftigkeit. Wenn er die Liste mit den Zutaten las, zogen sich seine hellen Augenbrauen oft zusammen und seine dunkelblonden Haare fielen ihm unordentlich in die Stirn. Mit geschickten Fingern schnitt er Wurzeln und Kräuter so flink und vorsichtig klein, dass Eliana wohlig warm wurde, wenn sie ihn dabei beobachtete. Das Gefühl sagte ihr, dass sie in Sicherheit war. Wenn sie bei ihm und seinem kleinen scharfen Messer war, konnte ihr niemand wehtun.

»Darf ich auch mal?«, fragte sie und rutschte mit ihrem Stuhl nach vorne.

Er schaute kurz zu ihr. »Nein.«

»Warum nicht?«

»Weil die Messer scharf sind. Willst du dir deine Finger abschneiden?«

»Nein.«

»Na, siehst du.«

»Aber *eines Tages* darf ich die guten Messer benutzen, oder?«

Er lächelte ein wenig, schnitt die Scharfgarbenblätter fertig, schob sie in eine Hand und ließ sie dann in den Mörser fallen.

»Vielleicht«, antwortete er. »Fürs Erste benutzt du die schlechten Messer.«

Mit hochgezogenen Augenbrauen schaute er auf die Messer neben ihr. Sie wurden ihretwegen nicht geschärft und eigneten sich nicht besonders zum Schneiden. Wenn Eliana sie benutzte, war sie ganz langsam und ungeschickt, und sie hasste das, denn vor Simon wollte sie auf keinen Fall unbeholfen wirken.

»Das sind keine schlechten Messer«, bemerkte Garver von seinem Tisch aus. »Das sind Lernmesser.«

Eliana schnitt den Messern eine Grimasse und Simon lachte leise und stupste sie mit dem Ellbogen. Was ihre Laune erheblich verbesserte. Im Nu bearbeitete sie ihr Blätterhäufchen und grinste Simon mit hochgereckter Nase triumphierend an.

Jetzt musste Simon laut und aus vollem Herzen lachen, was er nicht häufig tat. Freudig strahlte sie ihn an. Er war nur selten so glücklich. Wenn sie darauf warteten, dass die Wurzeln kochten, oder wenn sie Blätter zum Trocknen aufhängten, schaute Simon häufig mit einem fürchterlich traurigen Gesichtsausdruck aus dem Fenster.

Meistens passierte das, wenn es draußen stark wehte und der Wind den Geruch der Nadelbäume aus den Bergen mit sich trug. Simon war an diesen Tagen ruhig, irgendwie abgerückt und ernst, aber nicht die Art von ernst, die ihr gefiel. An solchen Tagen redete er fast überhaupt nicht. Sein Gesicht war dann umwölkt und seine Augen stechend und wütend oder ganz matt und bekümmert. Wenn er in dieser Stimmung war, wechselte er kaum einen Blick mit ihr.

Einmal hatte er sie sogar angeblafft. »Ist es möglich, dass du wenigstens ein Mal für ein paar Minuten den Mund hältst und nicht ständig auf mich einquasselst?«, hatte er gerufen. Als sie in Tränen ausbrach, war er ganz entsetzt. Garver hatte ihn sofort nach oben auf sein Zimmer geschickt, er durfte sich nicht einmal mehr entschuldigen, und sich dann ruhig neben sie gesetzt, bis Zahra sie abgeholt und nach Hause gebracht hat.

Als Eliana später weinerlich und schniefend auf dem Schoß ihres Vaters gesessen hatte, fragte sie ihn, warum Simon das getan hatte. Warum er an manchen Tagen so traurig war, so gemein und kurz angebunden.

Und ihr Vater – ihr lieber, sanfter Vater, der ihre Fragen immer beantworten konnte – hatte sie eine ganze Weile einfach nur unter ihrer Lieblingsdecke geborgen festgehalten. Sie befürchtete schon, dass er eingeschlafen wäre.

Schließlich sagte er leise in ihre Haare: »Vielleicht verstehst du jetzt noch nicht alles, was ich dir erzähle, mein Schatz, aber ich tue es trotzdem, denn so machen wir zwei das, nicht wahr? Wir reden miteinander. Wir sagen uns die Wahrheit.«

»Ja, Papa«, erwiderte sie und schaute ihn mit großen Augen an. Die Stimme ihres Vaters klang oft traurig und ernst, besonders wenn sie das Grab ihrer Mutter besuchten, aber dieses Mal war sie anders. Dieses Mal schwangen Geheimnisse in seiner Stimme mit.

»Ich glaube, Simon trauert um den Verlust seiner Macht. Erinnerst du dich noch, was ich dir über deine Mutter erzählt habe und was sie getan hat, bevor sie starb?«

Eliana hatte Bilder von ihr gesehen und ihr Vater hatte sie ihr viele Male beschrieben. Wenn sie sich ihre Mutter vorstellte – ihre grünen Augen und ihre Haare und ihre Arme, die von ihrer Macht in Gold getaucht waren –, hielt Eliana manchmal die Luft an, denn dann hatte sie den Eindruck, als bräuchte sie sich bloß umzudrehen und schon stünde ihre Mutter dort. Als könnte Eliana sie mit ihren Gedanken aus dem Empirium zurückholen.

»Sie hat dem Empirium dabei geholfen, sich auszuruhen«, sagte sie flüsternd zu ihrem Vater, so wie immer, wenn sie über ihre Mutter sprach. Sie wählte bei den Gelegenheiten jedes einzelne Wort sorgfältig aus, denn ihr Vater hatte ihr beigebracht, wie wichtig das war. Die Magie in der Welt war verschwunden, hatte er ihr erklärt, aber ein wenig davon lebte noch in den Worten, die sie benutzten, und diese Macht sollte respektiert werden. Sie hielt sich an der dünnen Kette fest, die sie von ihrem Vater bekommen hatte – daran hing eine goldene Scheibe, auf der ihre Mutter auf dem Rücken von Atheria eingraviert war. Wenn sie die Kette mit ihrer Faust umfasste, fühlte sie sich immer gleich ein wenig stärker.

»Eines Tages wird das Empirium wieder aufwachen«, sagte Eliana zu ihrem Vater, »aber jetzt schläft es gerade, und nur ich …«

Sie sprach nicht weiter und bekam ganz rote Wangen, während sie zu Boden schaute. Wenn Eliana nicht gerade mit Miren und Sloane in den Tempeln betete oder mit ihrem Vater in Büchern über das Empirium las, vergaß sie oft die Macht in ihrem Körper. Wegen ihrer Macht konnte sie auch Zahra und die anderen Geistwesen sehen, was allen anderen nicht gelang. Wegen ihrer Macht schickte ihr Vater sie auch zum Unterricht in Garvers Laden, und ihr Vater und Miren und Sloane und Zahra brachten ihr so viele Dinge bei, dass sie manchmal glaubte, ihr Kopf müsste dreimal größer sein, als er tatsächlich war. Sie wollten, dass sie alles über die Magie in ihren Adern lernte und keine Angst davor hatte. Außerdem brachten sie ihr die faszinierenden Welten der Heilkunst und Musik und Mathematik nahe, damit sie nicht nur ihre Macht liebte.

Wenn Eliana daran dachte, dass sie sich von allen anderen auf der Welt unterschied, fühlte sie sich manchmal so einsam wie ein Vogel, der ganz hoch oben in einem Baum saß. So hoch, dass die anderen Vögel ihn nicht erreichen konnten.

Ihr Vater küsste sie auf den Kopf. »Und nur du kannst das Empirium noch berühren. Das stimmt, Eliana. Und das ist nichts Schlimmes. Du musst dich deswegen nicht schämen. Deine Mutter hatte ihre Gründe, warum sie deine Macht nicht anrührte. Vielleicht glaubte sie ja, dass eines Tages etwas Schreckliches passieren würde. Oder sie hat dich so sehr geliebt, dass sie wollte, dass dieses Stück von ihr in dir weiterlebt.«

Eliana fröstelte. Was würde wohl eines Tages geschehen und wie sollte sie es aufhalten?

»Das ist wahrscheinlich der Grund, warum Simon manchmal traurig ist«, fuhr ihr Vater fort. »Und warum er manchmal sogar wütend auf dich zu sein scheint. Du besitzt noch die Macht und er nicht. Seine Begabung wurde ihm genommen, so wie mir meine und die von allen anderen – und das aus gutem Grund, zumindest muss ich daran glauben, dass es so war –, aber fort ist sie so oder so. Ich glaube, wenn Simon dich sieht, erinnert ihn das an seinen Verlust.

Als Eliana das hörte, füllten sich ihre Augen mit Tränen. »Soll ich dann lieber nicht mehr seine Freundin sein? Ich möchte ihn nicht traurig machen, Papa.«

»Nein, Schatz, das wollte ich bestimmt nicht damit sagen. Ich glaube, es würde ihn noch trauriger machen, wenn du nicht mehr seine Freundin wärst. Es wird einfach immer wieder Tage geben, an denen er anders ist als sonst, und du wirst geduldig mit ihm sein müssen. Vielleicht spürst du an solchen Tagen sogar, dass du besser erst gar nicht mit ihm redest, und auch das wäre völlig in Ordnung. Ihr könntet dann schweigend zusammenarbeiten, oder du liest eins von Garvers Bücher und lässt Simon an seinem Tisch allein. Denkst du, das bekommst du hin?«

Aber heute war nicht so ein Tag. Heute war ein Tag voller Licht und Freude, und Eliana konnte sich gar nicht sattsehen an dem lachenden Simon – der auch noch wegen etwas lachte, das *sie* getan hatte. Und während sie ihn beobachtete, zog es ein wenig in ihrer Brust. Es war ein süßes, leises Ziehen, das ihr nichts ausmachte. Das Gefühl war so ähnlich, wie wenn sie zu Hause sicher und geborgen in ihrem warmen Schlafzimmer saß und das Gesicht ihres Vaters betrachtete, während er ihr eine Geschichte über ihre Mutter erzählte.

Als die silberne Türglocke läutete, wirbelte Eliana herum, um zu schauen, ob Zahra sie abholen wollte – aber sie war nicht allein. Ihr Vater hatte den Geist den langen Weg vom Schloss hierher begleitet! Obwohl er Eliana erklärt hatte, dass er wahrscheinlich den ganzen Nachmittag in langweiligen Sitzungen verbringen würde, wartete er jetzt mit seinem breiten Lächeln und den dunklen Augen, die ihren so sehr ähnelten, und breitete die Arme aus, um sie aufzufangen.

Eliana konnte gar nicht schnell genug zu ihm rennen und purzelte fast vom Stuhl. Sie quietschte seinen Namen und sprang ihm in die Arme, und er hielt sie fest, wirbelte sie einmal im Kreis und küsste sie auf die Haare. Und dann fragte er sie auch schon mit seiner warmen Stimme, die ihr so lieb war, ob sie heute mit ihm bei Odo zu Mittag essen wollte. Sie könnten sich ja vielleicht auf die Terrasse mit den Farnen und Blumen setzen und Odo würde sich ihnen sicher anschließen. Das bedeutete, es gäbe eine Menge neuer *Geschichten.* Die eigenartigsten und wildesten Geschichten, die von den Leuten, die für ihn arbeiteten, zu ihm gelangten. Von den Geistwesen, die für ihn spionierten, und den Händlern, die für ihn Dinge verkauften.

Eliana wurde geradezu schwindelig vor Glück. Einen ganzen Nachmittag zu Füßen ihres Vaters, während Odo ihnen alle möglichen Geschichten erzählte!

Sie gab ihm einen innigen Kuss auf die Wange, die durch die alten Verbrennungen ganz rau war, aber davon abgesehen musste er sich wirklich einmal wieder rasieren. Als sie ihm das naserümpfend mitteilte, lachte er und die große, wunderbare Zahra schwebte zu ihr herab und berührte sie an der Stirn – ein kühler Lufthauch wie zu Beginn des Winters, wenn es draußen nach Schnee roch.

Eliana drehte sich in den Armen ihres Vaters um. »Sind wir fertig, Garver? Darf ich gehen?«

Garvers Mundwinkel zuckten. »Nein, Kind, ich verbiete dir, mit deinem Vater, dem König, zu gehen. Stattdessen musst du für den Rest des Tages hierbleiben und den Staub auf meinen Böden wischen.«

Ungläubig starrte sie ihn an und spürte, wie sie vor lauter Schreck Gänsehaut bekam, aber dann wandte er sich glucksend seiner Arbeit zu.

»Einen schönen Tag wünsche ich Ihnen, mein König«, sagte er mit einer kleinen Verbeugung und einem Winken. »Ihre Tochter ist mir auch heute wieder gut zur Hand gegangen.«

Eliana atmete hörbar aus. Sie sah ihren Vater entrüstet an. »Heißt das, dass er einen Witz gemacht hat?« Anschließend schaute sie noch entrüsteter zu Garver. »Das war nur ein *Witz*?«

Als sie den Laden verließen, begleitete Garvers Lachen sie nach draußen. Simon ging still an der Seite ihres Vaters und öffnete für sie das Gartentor.

»Sie bringen sie nächste Woche aber wieder, oder?«, fragte der Junge hoffnungsvoll, als sie auf die Straße traten. »Wenn sie da ist, sind das Kräuterschneiden und all die anderen Aufgaben nicht so langweilig.« Er verstummte und bemühte sich um ein ausdrucksloses Gesicht. »Weil ich ständig auf sie aufpassen muss, verstehen Sie? Damit sie sich nicht die Finger abschneidet. Und ich ihr beibringe, wie sie die *Lernmesser* richtig benutzt.«

Eliana streckte ihm die Zunge raus, aber sie wusste, dass er ihr nicht böse war, denn er grinste verschmitzt, und ihr Vater lächte sein wunderbares herzhaftes und warmes Lachen, das sie so liebte. Atheria zog am klaren Frühlingshimmel gemächlich ihre großen Kreise. Zahra schwebte neben Eliana her und erzählte ihr von den Wildkatzen, die sie an diesem Morgen im Gebirge gesehen hatte, und ein ganzes Stück weiter die Straße entlang erhob sich Baingarde zwischen den Nadelbäumen in den Bergen und wartete auf ihre Rückkehr. Ihr *Zuhause*.

Während sie die Straße entlangliefen, schmiegte Eliana sich an die Schulter ihres Vaters und beobachtete, wie Simon immer kleiner und kleiner wurde. Er wartete jedes Mal am Gartentor, bis sie das Kopfende der Straße erreichten. Das gebiete die Höflichkeit, sagte er, damit zolle er dem König Respekt. Und der Prinzessin auch, erinnerte Eliana ihn oft, woraufhin er für gewöhnlich übertrieben die Augen verdrehte und gespielt gleichgültig mit den Schultern zuckte.

Als sie sich dem Ende der Straße näherten, hielt Eliana die Luft an und lauschte ihrem pochenden Herzen. Was, wenn er dieses Mal nicht wartete? Was, wenn er sich schon vorher abwandte und im Laden verschwand? In ihren Augen brannten Tränen, und sie weigerte sich zu atmen, obwohl ihr langsam schwindelig wurde.

Zahra schickte ihr einen zärtlichen Gedanken, wenngleich sie auch etwas aufgebracht war: *Wenn du nicht bald atmest, Kleines, zwinge ich dich dazu.*

Und dann – *na, bitte.* Simon hob seine Hand, so wie er es immer tat und genau wie er es ihr versprochen hatte. Bei dem Anblick füllte sich Elianas Herz mit Licht und sie kicherte ins Ohr ihres Vaters. Sie war so glücklich, dass sie nicht antworten konnte, als er fragte, was so lustig sei. Stattdessen lächelte sie breit und winkte Simon so lange zu, bis sie um die Kurve bogen und der kleine Laden, den sie so sehr liebte, mit seinen Gärten und dem Jungen, der geduldig am Tor stand, friedlich aus ihrem Blickfeld verschwand.

DIE ELEMENTE IN DER EMPIRIUM-TRILOGIE

In Rielles Reich Celdaria ist die Kirche das offizielle religiöse Organ. Die Menschen beten in sieben Elementartempeln, die es in jeder Stadt von Celdaria gibt. Die Form der Tempel reicht von einem schlichten Altar in einem kleinen Raum bis zu den imposanten, üppig ausgestatteten Tempeln in der Hauptstadt Âme de la Terre. Ähnliche religiöse Einrichtungen gibt es auch in den anderen Nationen in der Welt von Avitas. Zu Elianas Zeit sind die meisten Elementartempel bereits vom Unsterblichen Imperium zerstört worden, und nur wenige Menschen glauben noch an die Geschichten aus der Alten Welt über Magie, die Heiligen und die Pforte.

DANKSAGUNG

Vor sechzehn Jahren erträumte ich eine Figur namens Rielle und beschloss, ihre Geschichte zu erzählen. (*Beschloss*, als hätte sie mir dabei irgendeine Wahl gelassen.)

Und nun ist das letzte Buch der *Empirium-Trilogie* – der Geschichte von Rielle und Eliana – fertig. Ich kann gar nicht in Worte fassen, wie glücklich es mich macht, dass ich die Möglichkeit bekommen habe, diese Bücher mit der Welt zu teilen. Sie waren die Seele meines kreativen Daseins. Ich weiß nicht, ob ich jemals wieder eine Geschichte so lieben werde wie diese, und das ist ein schrecklich seltsames und bittersüßes Gefühl.

Im Lauf der Jahre haben mir viele Menschen dabei geholfen, diese Trilogie Wirklichkeit werden zu lassen, weitaus mehr, als ich hier in meine Danksagung einschließen kann. Ich danke allen Leser:innen, Bibliothekar:innen, Pädagog:innen und Buchhändler:innen, die diese Bücher willkommen geheißen und ihnen zu ihrem Erfolg verholfen haben, aus tiefstem Herzen für ihre Unterstützung, Begeisterung und Freundlichkeit. Und meine Lieblingsmenschen, meine Freunde und Verwandten – ihr wisst, wie sehr ich euch liebe und wie dankbar ich bin, dass ihr nie aufgehört habt, an mich zu glauben. Ich bin so froh, dass ich euch habe.

Bei diesem letzten Buch der Reihe möchte ich diese Danksagung vor allem meinem Verlagsteam widmen. Ohne euch, ohne euer Verständnis, euer Engagement und eure harte Arbeit würde diese Geschichte nach wie vor nur in meinem Geist existieren. Eure Hingabe, euer Talent und euer Können haben diese Bücher Realität werden lassen, und das ist eine außergewöhnliche Gabe, für die ich euch von Herzen dankbar bin

Danke – eine Million Dankeschöns – an meine furchtlose, unerschütterliche Agentin Victoria Marini, deren unermüdliche Fürsprache und Anteilnahme nicht nur meinen Büchern weitergeholfen haben, sondern auch mir als Mensch. Dankbar bin ich auch dem Team der Literarischen Agentur Irene Goodman – vor allem Lee O'Brien und Maggie Kane – sowie der stets hilfsbereiten Penelope Burns von Gelfman Schneider/ICM Partners und Renee Harleston für ihre Kompetenz und ihren Sachverstand.

Unendlichen Dank muss ich Annie Berger zollen, der überragenden Lektorin, die mir eine kreative Partnerin von unschätzbarem Wert war und die ein so unerschütterliches Vertrauen in meine Fähigkeiten hat, dass ich mich manchmal zurücklehne und mit großen Augen über mein Glück staune.

Riesiger, allerherzlichster Dank gebührt dem unermüdlichen Team von Sourcebooks, vor allem Beth Oleniczak mit ihrer Engelsgeduld, aber genauso Sarah Kasman, Stefani Sloma, Lizzie Lewandoski, Katie Stutz, Mallory Hyde, Valerie Pierce, Margaret Coffee, Sierra Stovall, Ashlyn Keil, Caitlin Lawler, Heather Moore, Michael Leali, Jackie Douglass, Danielle McNaughton, Todd Stocke, Steve Geck, und Dominique Raccah.

Besonders bedanken möchte ich mich bei der Produktionsleiterin Cassie Gutman für ihren scharfen Blick und ihre unerschöpfliche Geduld; sowie bei Nicole Hower und David Curtis für die herrlichen Cover der Trilogie. Sourcebooks war eine so wundervolle Heimat für Rielle und Eliana, und ich bin allen, die dort arbeiten, enorm dankbar dafür, dass sie mir und meinen Mädels das Gefühl gegeben haben, zur Familie zu gehören.

Außerordentlich dankbar bin ich Alison Cherry, einer fabelhaften Korrektorin (und fabelhaften Freundin) – danke, dass du dieses Buch in eine bessere Fassung gebracht und mich immer unterstützt hast.

Riesiger Dank gebührt auch den Teams bei Penguin Random House Audio and Listening Library – Aaron Blank, Heather Job, Brieana Garcia, Rebecca Waugh, Emily Parliman und Jessica

Kaye – für ihre Arbeit an den Hörbüchern der *Empirium-Trilogie*. Und mein wärmster Dank geht an Fiona Hardingham für ihre meisterhafte Vorlesekunst.

Zu dem Prozess, ein Buch zum Leben zu erwecken, braucht es so viel mehr Menschen als nur die Autorin allein. Wenn ich zurücktrete und auf jeden blicke, der mir dabei geholfen hat, diese Geschichte zu erzählen, fühle ich mich wirklich gesegnet und beschämt von der Großzügigkeit, mit der mir Liebe und Vertrauen geschenkt wurden. Ich danke euch allen.

Claire Legrand, geboren 1986, stammt aus Texas und war zunächst Musikerin. Heute lebt sie in New Jersey, arbeitet als Bibliothekarin und schreibt Bücher für Kinder und Jugendliche. An ihrem Fantasy-Roman *Zorngeboren*, der wochenlang auf der *New York Times*-Bestsellerliste stand und der für sie den Durchbruch als Autorin bedeutete, schrieb sie mehr als dreizehn Jahre lang. Auch Band 2 *Königsfluch* erreichte die *New York Times*-Bestsellerliste.

Alexandra Rak studierte Germanistik mit dem Schwerpunkt Kinder- und Jugendliteratur in Frankfurt am Main. Heute arbeitet sie als freie Lektorin, Übersetzerin und Referentin und begleitet Autoren bei der Verwirklichung ihrer Projekte. Sie lebt mit ihrer Familie in Hofheim am Taunus.

Ariane Böckler studierte Anglistik, Hispanistik und Allgemeine Sprachwissenschaft in München und absolvierte anschließend den Studiengang »Literarische Übersetzung aus dem Englischen«. Sie hat weit über hundert Bücher aus dem Englischen und Spanischen übersetzt und lebt in Nürnberg.

ELEMENT	ELEMENTAR-NAME	EMBLEM	TEMPEL	FARBEN
Sonne	Sonnenbändiger		Das Haus des Lichts	Gold und Weiß
Luft	Windflüsterer		Das Firmament	Himmelblau und Dunkelgrau
Feuer	Feuerzeichner		Das Feuer	Scharlachrot und Gold
Schatten	Schattenwerfer		Das Haus der Nacht	Tiefblau und Schwarz
Wasser	Wasserwandler		Die Bäder	Schieferblau und Meerschaum
Metall	Metallmeister		Die Schmiede	Anthrazit und feuriges Orange
Erde	Erderschütterer		Die Burg	Umbrabraun und Hellgrün